BLOOD IN THE WATER
The Attica Prison Uprising of 1971
and Its Legacy

Heather Ann Thompson

[美]海瑟·安·汤普森 著 张竝 译

水中血
1971年的阿蒂卡监狱起义及其遗产

上海译文出版社

谨以此书献给
所有 40 多年前在阿蒂卡监狱被杀害的人

William Allen	Edward Menefee
Elliot Barkley	Jose Mentijo
John Barnes	Milton Menyweather
Edward T. Cunningham	John Monteleone
John D'Arcangelo	Richard Moore
Bernard Davis	Carlos Prescott
Allen Durham	Michael Privitera
William Fuller	William Quinn
Melvin Gray	Raymond (Ramon) Rivera
Elmer Hardie	James Robinson
Robert Henigan	Santiago Santos
Kenneth Hess	Barry Schwartz
Thomas Hicks	Harold Thomas
Emanuel Johnson	Carl Valone
Herbert Jones	Rafael Vasquez
Richard Lewis	Melvin Ware
Charles Lundy	Elon Werner
Kenneth Malloy	Ronald Werner
Gidell Martin	Willie West
William McKinney	Harrison Whalen
Lorenzo McNeil	Alfred Williams
Samuel Melville	

以及所有在 1971 年 9 月 13 日受伤、残废、受到折磨和伤痕累累的人。因所涉者太多，恕不能在此一一列出。

"这些年来一直在报纸上读到美莱村大屠杀的报道。也就170个人。我们这儿会死1 500个人,如果处理不当,至少得死1 500人。"

——爱德华·坎宁汉(阿蒂卡监狱狱警)

"狱警抽出把菲利普斯螺丝刀,叫那个光着身子的囚犯站起来,否则就把螺丝刀戳进他的肠子……然后,狱警就这么戳了起来。"

——詹姆斯·奥代(国民警卫队士兵)

"晚上你会浑身冒汗地惊醒。看见这么多惨相,实在没法缓过来。"

——托马斯·康斯坦丁(纽约州州警)

"我看见泥土里往外冒血,水里漂着血。满眼都是血。"

——詹姆斯·李·阿斯伯里(阿蒂卡监狱囚犯)

目 录

序言　州的秘密 / 001

第一部　火药桶
"黑大个"弗兰克·史密斯 / 003

1. 牧草茵茵何处寻 / 005
2. 对抵抗的回应 / 022
3. 来自奥本的声音 / 028
4. 知识就是力量 / 036
5. 照章办事 / 040
6. 翻来覆去 / 046
7. 山穷水尽 / 050

第二部　脱缰的权力和政治
迈克尔·史密斯 / 057

8. 反驳 / 060
9. 放火烧楼 / 067
10. 退缩与反制 / 080
11. 混乱中的秩序 / 085
12. 发生了什么事 / 095
13. 入夜 / 111
14. 新的一天开始了 / 119

第三部　怒火爆发前的声音
汤姆·威克 / 135

15. 言归正传 / 138
16. 梦想与梦魇 / 155
17. 在悬崖上 / 180
18. 导致灾难的决定 / 198

第四部　难以想象的惩罚与报复

托尼·斯特罗洛 / 207

19. 急不可待 / 209
20. 坚定不移 / 216
21. 毫不留情 / 227
22. 灾难失控 / 249
23. 一仍其旧 / 266

第五部　清算与反应

罗伯特·道格拉斯 / 291

24. 发声 / 293
25. 退一步 / 302
26. 葬礼及余波 / 316
27. 催促与试探 / 328
28. 你到底站在哪一边？/ 335
29. 安排就绪 / 348

第六部　调查与偏离

安东尼·西蒙内蒂 / 355

30. 继续深挖 / 356
31. 鸡窝里的狐狸 / 375
32. 大棒和胡萝卜 / 384
33. 寻求帮助 / 390
34. 遍地起诉书 / 396

第七部　审判中的正义

厄内斯特·古德曼 / 405

35. 动员与操纵 / 407
36. 分裂的观点 / 418
37. 夯实地基 / 426
38. 试水 / 436
39. 破釜沉舟 / 443
40. 扳平比分 / 474
41. 前路漫漫 / 509

第八部　揭发

马尔科姆·贝尔 / 523

42. 加入团队 / 525
43. 保护警方 / 544
44. 证据确凿 / 553
45. 公之于众 / 567

46. 对调查的调查 / 576　　47. 掩卷太息 / 590

第九部　大卫与歌利亚

伊丽莎白·芬克 / 597

48. 该结束时才结束 / 599　　49. 照亮邪恶 / 607

50. 拖延战术 / 623　　51. 血的代价 / 632

52. 与魔鬼交易 / 649

第十部　终极一战

狄安娜·奎恩·米勒 / 661

53. 愤怒的家属 / 662　　54. 被操纵与智取 / 672

55. 穷追不舍 / 686　　56. 让大家听到 / 692

57. 伺机而动 / 703　　58. 空洞的胜利 / 713

尾声　监狱与权力 / 723

鸣谢 / 743

关于"阿蒂卡诉讼"的一点说明：

　　代表囚犯提起的阿蒂卡民事案件有无数重复的，不同之处在于被告和原告的名字、案件在近 30 年中的何时提交。反抗事件后不久提交的这个案子的第一个引证，是"阿蒂卡狱友等诉洛克菲勒等"（Inmates of Attica et al. v. Rockefeller et al.）。到本案最终结束时，它被称为"阿基尔·艾尔琼迪等诉文森特·曼库斯等"（Akil Al-Jundi et al. v. Vincent Mancusi et al.）。

序言　州的机密

有人或许会非常好奇，为什么等了 45 年才有人来写 1971 年阿蒂卡监狱暴动的整个历史。答案很简单：有人刻意不让公众了解这个故事的最重要的细节。与这些事件相关的数千盒资料遭到封存，或者说很难看到。

其中一些材料，比如与调查阿蒂卡事件的麦凯委员会（McKay Commission）有关的大量文件 40 年来一直是禁区，这是应委员会成员们的要求而封存的，他们担心州检察官们会利用这些信息将囚犯告上法庭。其他与阿蒂卡暴动有关的材料，比如《迈耶报告（1976）》的最后两卷，也在 1970 年代遭到了封存。执法部门的人殚精竭虑，就是为了阻止这样一份报告大白于天下。尽管有一位法官近期规定这些卷宗现在可以向公众开放了，但公布之前卷宗必须经过修订，这也就意味着阿蒂卡的历史的关键部分几乎肯定会被继续藏匿起来。①

有关阿蒂卡的绝大多数记录虽然未遭封存，但还不如封存起来的好。联邦调查局和司法部之类的联邦机构都掌握着重要的阿蒂卡档案，如果一旦有人引《信息自由法案》为据，要求查看，那么文件就会被编辑到不忍卒读的地步。而且，纽约州自己也掌握着资料，不计其数的资料盒就藏在该州北部的各类库房里，它们来源各异，有该州对阿蒂卡暴动期间是否有犯罪行为发生进行的官方调查，有其 5

年来对这些所谓的犯罪行为进行的指控,以及近 30 年来在囚犯与人质提起的民事诉讼中尽力维护自己的文件。2006 年,我得到了这些文档的索引,很显然,这是阿蒂卡文献的宝库:尸检报告、弹道分析报告、州警的陈述、证词等,不一而足。它构成了阿蒂卡故事的起点。②

州在这些库房里所存的每一样东西,也是可以援引《信息自由法案》要求查看的,但要让当局开放这些资料是难上加难。自 2013 年起,我一直在等待当局的回复,告知我最近根据《信息自由法案》提出的请求能否使我看到那些我想看的重要文件,然而截至本书付梓之时,我只收到寥寥数语,表示州政府官员不会让我查看这些材料。从州政府自己的清单来看,我知道我申请查看的资料就在那儿,我也知道我并没有要求查阅受保护的大陪审团材料,可我的申请依然被驳回了。

不过,幸亏许多人经历过阿蒂卡暴动,并为此诉讼不止,还有许多人不惜耗费时间将报纸、回忆录、不受纽约州政府控制的档案上的这段历史记录下来,或加以收集,所以我仍然能拯救并重述阿蒂卡的故事。

而且,由于我在着手撰写本书的时候,有幸获得了两个突破口,所以你即将读到的这段历史是州政府官员根本不想让你读到的。

首先,2006 年,我歪打正着地在纽约州布法罗的伊利县政府得到了一批隐藏多时的阿蒂卡档案,这件事改变了一切。整整两年来,我给每一处县政府和法医办公室以及纽约州北部的市政府办公室打电话、写信,意图找到还没有被州总检察长办公室或某位法官封存的与阿蒂卡有关的记录。一开始那些年,我毫无进展,因为我没有案卷号

---

① Heather Ann Thompson, "How Attica's Ugly Past Is Still Protected," *Time*, May 26, 2015, http://time.com/3896825/attica-1971-meyer-report-release/.
② Letter. Deputy Attorney General Richard Rifkin to Dr. Heather Thompson. November 12, 2003. 作者握有这封信。

可以搜索，也不知道可以去问哪些人。但有一天，我挖到宝了。我和伊利县政府的一位女士通电话，她说有一批阿蒂卡档案近期被放进了里屋。档案之前是放在其他地方，后来搬入了书记员办公室，兴许是被水淹了才搬过去的吧。于是我就去了布法罗。

到了县政府，一踏入那间幽暗的案卷室，我就不觉一惊。在我面前，天花板那么高的金属案卷架上，好几千页的阿蒂卡文件摊得到处都是。在这堆乱糟糟的文件中，有大陪审团的证词，有证言和诉状，有备忘录和私人信件。然而，最令我震惊的是，我还在这一大堆发霉的文件中发现了一个非常关键的信息，那就是州政府自行调查过在监狱暴动或重新夺回监狱控制权期间是否犯下什么罪行。总之，我发现了大量信息，比如政府知道什么，何时知道的，尤其是政府认为它对从未被起诉的执法人员所握有的证据。我尽可能地记了大量笔记，并在他们允许的范围内尽可能多地复印，最终我掌握了足够多的材料，可以写下尚无人知晓的一段阿蒂卡的历史。

其次，到了 2011 年，我又有了一个不可思议的突破。在阿蒂卡事件 40 周年之际，我在《纽约时报》上发表了一篇评论文章，然后收到了克雷格·威廉姆斯发来的一封邮件，他是纽约州立博物馆的档案保管员，从纽约州警署那儿新得到了一批材料，想帮我把这批材料好好理一理头绪。[1] 1971 年，双方在监狱里对峙了 4 天之后，州警立马把一整间活动房屋里的物品交了上去，这些物品是他们从阿蒂卡监狱各院汇拢过来的，政府认为它们可能会被用作起诉囚犯或州警的证据。听到这个消息我兴奋不已，立刻便赶去了奥尔巴尼。

当我进入博物馆那洞穴般的库房时，我很高兴克里斯汀·克里斯托弗也来了，他是个导演，正在拍摄阿蒂卡的纪录片，我和他的合作相当密切。我们站了一会儿，注视着成排成排的纸箱、盒子、包袋，

---

[1] Heather Ann Thompson, "The Lingering Injustice of Attica", *New York Times*, September 8, 2011, http://www.nytimes.com/2011/09/09/opinion/the-lingering-injustic-of-attica.html?_r=0.

还有一筐筐 40 年前从监狱转移过来的资料。几十年来，汇聚并隐藏于此的文献已变得面目模糊。一个尤为残破不堪的箱子里放了一堆衣物，那是被杀的狱警卡尔·瓦隆的衬衣和裤子，脏兮兮的，皱巴巴的。他的衣服这么脏，不仅是因为几十年来阿蒂卡监狱 D 院的泥污所致，而且是因为沾满了血渍，才硬邦邦的。我见过瓦隆家的两个孩子，他们至今仍然渴望知道答案，知道 1971 年 9 月 13 日他们父亲身上究竟发生了什么事。

而这才仅仅是其中一个盒子。在紧挨着它的另一个盒子里，我发现了阿蒂卡监狱的囚犯 "L. D." 艾利奥特·巴克利的衣物，上面满是血污，已硬如木橛。和卡尔·瓦隆一样，L. D. 巴克利是在官方夺回阿蒂卡监狱控制权时遭射杀的。我和他家里的一个人见过面，是他妹妹特蕾西。她和瓦隆家的孩子一样，至今仍被阿蒂卡监狱的噩梦时时困扰。

尽管纽约州警方将阿蒂卡监狱的残砖碎屑救了下来，装进了这么

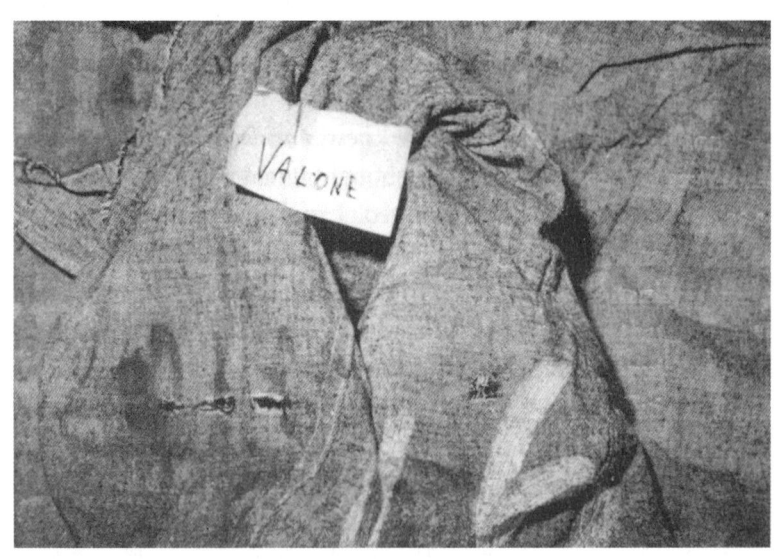

卡尔·瓦隆的衣服（日期不明，From the *Elizabeth Fink Papers*）

多盒子里，但对于这件事为什么会演变成那样并没有提供多少新信息，只是令人痛心地提醒大家它所造成的人员伤亡。其中有一本卷了角的线圈笔记本，红色封皮，上面写着密密麻麻的各种字句，都是官方夺回监狱控制权后幸存下来的囚犯写的，他们希望有人能将这些纸张偷带出去，好让家人和朋友知道他们还活着。还有一纸箱一纸箱囚犯心爱之人的泛黄照片，以及囚犯们想尽各种办法拷贝下来的不计其数的诉讼文书，甚至还有囚犯们的《圣经》和《古兰经》，那场噩梦之后，所有这些东西都从牢房里收走了。

我在伊利县政府的黑屋子里见到的阿蒂卡监狱的所有文档，如今都已不知所终，纽约州立博物馆一直以来愿意公开展示的阿蒂卡监狱的所有人工制品也从公众的视野中消失了。[①] 但我 2006 年从那些资料中了解到的情况不能再不为人知，而我 2011 年见到的阿蒂卡监狱囚犯的一盒盒血衣和字字带泪的信件也不能再置身于公众视线之外。

于是，我决定将自己看到的、了解到的所有信息全都写入这本书里。

可即便如此，这个决定也是令人痛苦的。虽然我作为历史学家的职责就是要如实地反映过去，不能掺杂自己的好恶，但我也无意使任何人不安。我清楚地知道，我的决定会让过去 45 年来一直努力使自己不为公众所知的一些人被大家发现，它会重新撕开许多旧的创伤，

[①] 2015 年，当一名记者想要确定我在伊利县法院找到的无数阿蒂卡监狱文件的准确位置时，工作人员告诉他，那里没有阿蒂卡监狱的文件，也从没保存过这样的文件。不久之后，他们给他打去电话，说搞错了，确实有一些与阿蒂卡监狱相关的文件，他可以看。然而当这名记者去看的时候，却只拿到一只盒子，里面只有囚犯的起诉书。得知这事，我震惊不已。我在 2006 年所见的那些资料竟然全都移走了。似乎没人知道阿蒂卡如山堆积的文件究竟去了哪儿，事实上，连它们是否存在过都已成疑。至于纽约州立博物馆的那些人工制品，或许是博物馆意识到他们收到的那些赠品会带来争议，所以官方决定最好不要再让我这样的学者见到这些东西，或以某种方式向公众开放。迫于压力，博物馆也确实将其中部分物品还给了幸存的人质，但阿蒂卡监狱绝大多数人工制品如今究竟落脚何方仍然是个未知之谜。我只能希望这些在布法罗和奥尔巴尼的关键资料别被毁掉，而且我很庆幸对写作本书至关重要的那些资料我都留了备份。

引起许多新的痛苦,这一点让我心有余悸。旧伤永远无法愈合,新痛却已无法避免,但是,我相信,应对此负责的是纽约州政府官员。正是这些官员自1971年以来,一再地刻意保护造成如此巨大创伤的政客和执法人员。正是这些官员很早以前本可以而且应该将阿蒂卡的全部真相公之于众,好让伤口开始愈合,这样阿蒂卡的历史才会成为历史,而非成为今日的政治问题与痛苦之源。

当然,即便是这本书也不能保证向阿蒂卡的幸存者们讲出完整的故事。纽约州仍然隐藏着许多秘密。不过,只要是我发现的,这本书定会悉数披露出来,通过这样的讲述,至少会多一点正义吧。

第一部 火药桶

"黑大个"弗兰克·史密斯

"黑大个"弗兰克·史密斯想知道自己是否能习惯坐牢的生活。他的牢房像一口棺材,只是棺材盖离得够远,足以让噪音、臭虫和风霜雨雪跑进来,而笼子外面的条件也很恶劣。格林黑文监狱根本就不是人待的地方。

弗兰克·史密斯1933年9月11日出生于南卡罗来纳州的贝内茨维尔,父亲亨利·帕克,母亲米莉·史密斯。米莉花了很长时间在田里劳作,这块地也是当年她的家人在蓄奴制度下被迫劳作的地方。不过,随着儿子长大成人,米莉决定离开南方,寻求更好的生活。弗兰克5岁的时候,她和亨利最终鼓起勇气搬到了布鲁克林。可是,在这座北方的大城市里,工作很难找,工资又很低,一家人都在为生存而挣扎。最终,弗兰克的父亲开始靠赌博并在街头干些非法勾当来维持生计,等到弗兰克十几岁的时候,他便像父亲那样,在贝德福德-史岱文森街头掌握了赌技。1969年,他运气耗尽,当然这已经不是第一次了。就在这一年,他发现从事赌博有个问题,那就是欠钱的人最后不是付不出钱就是不愿意付钱。当弗兰克揣着一把子弹上了膛的枪闯入一个赌局,把钱拿走时,他以为他拿的是别人欠他的钱,结果却被关进了纽约州最偏僻的监狱,只能在水泥墙后面过夜了。

格林黑文监狱里的其他囚犯都不爱搭理弗兰克·史密斯。史密斯块头大,脖子粗,留了个短寸头,嗓子低沉浑厚。他不喜欢政治,所以监狱里的黑豹党①、各种穆斯林组织、反战的叛乱分子对他来说都没什么用。那儿的人都叫他"黑大个",他也不是特别虔诚,所以各种基督教派别也对他敬而远之。黑大个只能自己消磨时间。他的目标很简单:保持低调,数着日子过,返回布鲁克林。

1970 年,黑大个发现自己被转移到了阿蒂卡监狱,在那里,他每天都待在充满蒸汽的洗衣房里,从巨大的推车里抽出臭气熏天、脏污不堪的衣服。那年夏天到秋天,阿蒂卡的囚犯都在纷纷传言纽约市多家监狱发生了一系列戏剧性的暴乱。从名声极臭的"坟墓"监狱到皇后区看守所,数千名囚犯正在接管他们的监狱,要求彻底改革。一队队同情囚犯的人被派去和他们谈判,其中包括纽约的两名众议员雪莉·奇肖姆和赫尔曼·巴迪罗,还有纽约市长约翰·林赛。其中一些暴乱在经过密集的商讨之后悄悄地终止了,另一些则在狱方操着警棍夺回监狱控制权之后结束了。无人伤亡。后来,市政府官员决定,对于监狱过度拥挤这一囚犯投诉最多的问题,最快的解决办法就是把尽可能多的人迁至纽约州北部的监狱里去。但这治标不治本。有传言说,这些囚犯当中的许多人就这样被遣往了阿蒂卡。当黑大个在给他面前的一堆堆从典狱长文森特·曼库斯的官邸送来的脏衬衫、脏床单分类的时候,心里一直在琢磨阿蒂卡在被挤爆之前究竟会挤成什么样。

---

① 1965 年创立的美国黑人政党,主张武力夺权。——译者

1. 牧草茵茵何处寻

如果有人一辈子住在布鲁克林或布朗克斯，去阿蒂卡的路会把他绕得晕头转向。惩教署（Department of Correctional Services）用厢式货车把刚判刑的囚犯押往州北，登上这些货车待上一个小时，透过裂纹丛生的防弹玻璃所能看到的一切就是绵延几英里的奶牛、谷仓和土地。

在巴塔维亚下高速之后，囚车便沿着一条双车道的公路驶去，这条公路将这座小镇和更小的阿蒂卡镇连接了起来。这里到处都是白人。这里的男人出门开皮卡，而不用挤地铁闸机口。这里的风景就是连绵的山丘，不见酒店和烧毁的建筑物。一块欢迎来到纽约阿蒂卡的标牌上，写着当地的人口不足 3 000 人，比阿蒂卡囚犯称为家的许多市内街区的人口要少。

纽约的阿蒂卡是美国的一部分，对绝大多数囚犯来说，它只在电视上存在。镇上的小铺面看上去都颇精致，有一座漂亮的公园，一座装点得喜气洋洋的演奏台，一座少年棒球联盟的投手丘，一个波光粼粼的公共泳池，这一切都像是诺曼·洛克威尔画中的景象。然而，就在这一小片美利坚的风景之外，隐约可见一座庞大无比、令人望而生畏的堡垒，这就是纽约最臭名昭著、戒备等级最高的监狱。

阿蒂卡监狱距村子不到一英里，四周围着巨大而厚重的灰墙。每块 30 英尺高的石板都用水泥固定在地下 12 英尺深的地方，每个

走近阿蒂卡监狱（*Courtesy of the Democrat and Chronicle*）

角落都有一座炮塔，守卫从那里可以扫视这块 55 英亩的场地，随时发现情况。从停车场里，新来的囚犯可以辨认出在红砖砌成的炮塔内来回踱步的人形，一眨眼的工夫，他们就能朝监狱内外开火。

这座令人生畏的巨无霸似的监狱与周围的乡村田园环境形成的反差，是一个很有意思的现象。当囚犯被送到阿蒂卡的前门，还没来得及进入大门之前，大多数人都会忍不住回头偷瞧最后一眼对面的马路。即便卫兵大吼着叫他们进去，看着附近洒满野花的草地上，无穷无尽的蟋蟀从高高的草丛里发出有节奏的齐齐的嗡嗡声，也很难不让他们心驰神往。

一旦进入这座戒备森严的监狱，就会感受到另一番震撼。建筑已经陈旧，自大萧条时期启用至今，便几乎没有进行过现代化改造。监狱里人满为患，有忧心焦虑的，有愤怒不已的，有小伙子，有老头子，有城里人，有乡下人，来自纽约州的各个城市和小镇。阿蒂卡的 2 243 名囚犯绝大多数都是年轻人，城里人，没受过多少教育的人，非裔美国人或波多黎各人。① 在阿蒂卡，逾三分之二的人来此之前至少坐过一次牢。

不过，这并不是说阿蒂卡的人都是些不知悔改的囚犯。许多人被送到阿蒂卡，仅仅是因为违反了假释条例，其中一些人太年轻，无法在戒备等级最高的监狱里讨生活。詹姆斯·施莱奇和约翰·施莱奇是双胞胎，19岁，之所以被关入阿蒂卡，就是因为违反了假释条例。约翰最初的罪名是"未经授权使用机动车"，他兄弟詹姆斯的罪名则是"在一位女士的敞篷车顶开了个洞"。虽然他"给这位女士买了新的敞篷车顶"，但仍旧被判了刑。② 阿蒂卡的另一个年轻囚犯，21岁的"L. D."艾利奥特·巴克利，是因为无证驾驶违反了假释条例而被送进了阿蒂卡。

阿蒂卡的年轻囚犯越来越多，就因为吸毒成瘾。有个17岁的波多黎各孩子安赫尔·马丁内斯，为减缓小儿麻痹症的疼痛而注射海洛因，并染上了毒瘾。后来，他为了满足这个嗜好而犯了罪，结果被法官关进了阿蒂卡。③ 被关入纽约州这座特殊的监狱，对像马丁内斯的这样的囚犯而言，尤其难熬，因为他们既不会讲英语，也听不懂英语。监狱里确实有一个讲西班牙语的波多黎各狱警，但他的同事都知道他对归他管的人只讲英语。④

不管什么原因进了阿蒂卡，一个人的日常生活就很少会有变化。穿过巨大的混凝土外墙上的那个入口后，狱警会将每个囚犯分配到一

---

① 40%的人不到30岁，77%的人来自城市，80%的人高中没毕业，63%的人是非裔美国人或波多黎各人。
② John Thomas Schleich, Testimony, "*In the Matter of the Additional, Special and Trial Term of the Supreme Court of the State of New York, Designated Pursuant to the Order of the Appellate Division, Fourth Department*"，怀俄明县，1972年3月21日，书记员办公室，资料存放于纽约布法罗的伊利县法院，2006年10月，作者曾前往该地查证。以后均指伊利县法院。
③ Angel Martinez, Testimony, *Hearin*, "*New York State Special Commission on Attica Public Hearings Transcript*", Rochester, New York, April 13, 1972, 45. 以后均指 *Mckay Transcript*。
④ 同上，93。

座囚楼。阿蒂卡有 5 栋囚楼，分别是 A、B、C、D、E 楼。还有一幢 Z 楼，监狱里的人称它 HBZ，或者叫它"盒子"，狱警要惩戒犯人的话，就把他们关进去。这 5 栋主楼，每一栋都关押了 500 名囚犯。每一栋都有自己活动的院子，每座院子都被分成 12 个不同的群体，每个群体由 40 到 45 个人构成，名为"群"。除了 E 楼，所有囚楼的高均为三层，分成两个翼楼。翼楼内的牢房在 1970 年时看起来和 1930 年代初建时一样，只是到了 1970 年，铁栅栏上的锈更厚了，剥落的油漆也越来越多。

即便阿蒂卡的囚楼都同样令人反感，但派来负责每栋楼的人还是能辨出它们的巨大差别。首先，有些囚楼内的牢房装了铁栅栏，而有些囚楼内的牢房只装了钢门，门上开了很小的观察孔。前者毫无隐私可言，后者则令人生出幽闭恐惧感。阿蒂卡的有些囚楼里几乎没有热气，风从水泥墙间呼啸而过，有些囚楼却热得让人几乎无法呼吸。此外，一个人住哪栋楼也决定了他在哪里干活。

阿蒂卡最累最脏的活，比如寒冬腊月时铲掉无休无止的积雪，都

阿蒂卡的牢房（*Courtesy of the Democrat and Chronicle*）

是由所谓的垫底群干的。最好的活在食堂、洗衣房和医院。在行政楼里当个办事员或信差，也可以视为升了一级。1970年，不管是干什么活，阿蒂卡的囚犯鲜有每天能收入超过6美分的。运气好的人干满一整天能挣到2.90美元，但要在这座监狱里活下去，这点钱仍然远远不够。

阿蒂卡监狱里的人之所以需要钱，是因为州里提供给他们的东西只有少数几样是免费的。其中包括一件薄薄的灰色外套，两件灰色工作衫，三条灰色裤子，一双鞋，三套内衣，六双袜子和一把梳子。然后，每个月，囚犯还能收到一块肥皂和一卷厕纸，这意味着他们得限制自己"每天只用一张"。① 州里在食品预算方面的拨款也少得可怜。每个囚犯每天仅有63美分，完全无法满足联邦指导手册中规定的最低饮食标准。② 现实情况是，阿蒂卡的许多人都是饿着肚子上床睡觉的。③ 正因如此，厨房和食堂的活尽管比其他活更累，而且要每周7天连轴转，却是最令人垂涎的工作。至少干这些活，还能多吃点残羹剩饭。

为了得到配给之外的东西，比如更暖和的衣物，更多的食物，牙刷、牙膏、除臭剂、洗发水、剃须刀和更多厕纸等洗护用品，囚犯需要钱。④ 能购买除臭剂并不是什么奢侈的事，因为这些人每周只能洗一次澡，每天只给2夸脱的水。有了水，囚犯就能洗袜子和内衣裤，刮脸、刷牙，并打扫牢房，以符合狱警的苛刻标准。⑤

阿蒂卡的人很少指望家人寄钱过来满足他们的基本需求，因为家人通常也是一贫如洗。近半数的阿蒂卡囚犯均来自纽约市。要探监的

---

① Ralph Bottone, Testimony, *McKay Transcript*, April 14, 1972, 691.
② The New York State Special Commission on Attica, *Attica: The Official Report of the New York State Special Commission on Attica* (New York: Bantam, 1972), 47. 以后均指 *McKay Report*。
③ Martinez, Testimony, *McKay Transcript*, April 13, 1972, 476.
④ William Jackson, Testimony, *McKay Transcript*, April 12, 1972, 82.
⑤ *McKay Report*, 43-46.

话,家里人搭去巴塔维亚的公交汽车要花33.55美元,而这是离阿蒂卡最近的城市,设有一个公交汽车站点。由于从这个公交站点去阿蒂卡没有公共交通可资往返,所以他们还需要花钱打出租车。家里人如果想念亲人了,就得设法凑足这笔100多美元的车费,请假20个小时来探监,所以也就留不下什么钱来给他们买吃的,更别提帮助他们了。①

为了争夺足够的必需品而不断地蝇营狗苟,对囚犯的士气造成了极大的打击,并使得监狱里的紧张气氛不断升级。阿蒂卡的人每天要待在牢房里长达15到24小时。他们穷极无聊,消沉沮丧,神经一直绷着。每间牢房都塞进了一张床、一个坐便器、一只水盆,几乎不剩什么地方让人走动了。大多数人每天被允许放风31分钟到100分钟,可以在监狱的4座院子之一跑跑步,活动活动筋骨。遗憾的是,一年当中的许多个月温度都在零下,所以即便能从牢房里出来放风,也会很不舒服。②

待在牢房里的一个好处是,就算压抑,也还有机会读读书、听听广播。然而,阿蒂卡没有报纸,书也少得可怜,西班牙语的书更是一本没有。阿蒂卡确实订了几份杂志,比如《户外生活》《田野与溪流》《美国家园》和《美化家庭》,能订这样的杂志确实没想到。③如果囚犯想读其他东西,他就得让人从外面寄过来。但即便如此,他其实也有可能收不到,因为狱方没收了许多他们认为不合适的书和报纸。至于听广播,监狱里只能收到3个有静电干扰的电台,而且晚上11点就全部停止播放了。由于晚上8点以后禁止在牢房里交谈,所以囚犯们晚上的时间会过得特别慢。④

阿蒂卡的囚犯的日常行为受到了很多规章制度的约束,总体上来

---

① David Addison, Testimony, *McKay Transcript*, April 17, 1972, 81.
② 同上,72。
③ 同上,75。
④ Cornell Capa, Testimony, *McKay Transcript*, April 17, 1972, 134.

说，这些规章制度特别琐碎，因此，囚犯时常会受到惩罚。违反规章通常会导致犯人被"禁足"（keeplock），这是行话，意思是一天24小时被关在自己的牢房里，具体天数不确定。采取这种处罚方式经常是为了些鸡毛蒜皮的违规行为，比如在去食堂的路上讲话。"不准讲话"的规定也适合于一群囚犯从监狱的一个地方前往另一个地方的途中，但有的警卫会严格执行，有的却会睁一只眼闭一只眼。

阿蒂卡的许多囚犯在改善生活条件方面颇多创举。比如，为了把水弄热，以便喝热饮御寒，他们自行设计出了一种名为"滴管"的电器装置。他们会在两片剃须刀刀片中间夹几根火柴，再拿线或细绳把它们绑在一起。然后用回形针把电灯线勾连到这个装置上，再将整个装置放入水中，这样就能通过电解作用产生热量。即便狱方视这种加热器为违禁品，被抓到的人可能会惹上大麻烦，但几乎每间牢房都有一个这样的装置，于是大多数时候狱方也就容忍了。照一个后来采访了1 600多名阿蒂卡囚犯的局外人的说法，归根结底，阿蒂卡几乎所有的人，"包括那些适应能力强的人"，都被"这种变来变去的做法弄得极度沮丧"。[1] 事实上，通过禁足来强迫囚犯劳动也会激起愤怒。当十来岁的安赫尔·马丁内斯因为不堪忍受小儿麻痹症的剧痛而请求休息两天时，狱警们把他关在他的斗室里整整一个月。[2]

阿蒂卡的人对于在服刑期间尽可能保持健康很上心，倒不仅仅是因为他们即便生病也得上工。这座庞大的监狱仅有两名医生：赛尔顿·T. 威廉姆斯和保罗·G. 斯特恩伯格。这两个人每天早上8点到8点半来监狱，要处理100到125个每天来等着看病的囚犯的医疗需求。威廉姆斯医生从1949年起就在阿蒂卡工作，斯特恩伯格是1957

---

[1] Addison, Testimony, *McKay Transcript*, April 17, 1972, 53.
[2] Martinez, Testimony, *McKay Transcript*, April 13, 1972, 57. For more on Martinez, 参见: Jeremy Levenson, "Shreds of Humanity: The Attica Prison Uprising, the State of New York and 'Politically Unaware' Medicine," Unpublished Undergraduate Honors Thesis, Department of Urban Studies, University of Pennsylvania, December 21, 2011, 作者握有这份材料, 38。

年过来的。这些医生通常会要求囚犯透过纱网来描述自己的病情,几乎不给病人进行体检。大多数人都是给 1 片阿司匹林就打发走了。对那些患有慢性疾病的人,比如有严重的牙齿问题的"黑大个"史密斯,这意味着小毛病通常会拖成大毛病。在阿蒂卡的那几年里,"黑大个"的牙齿几乎全部掉光了,因为阿蒂卡的医生拒绝让他转诊去看牙医。①

威廉姆斯医生和斯特恩伯格医生对于阿蒂卡的波多黎各囚犯的医疗需求几乎不闻不问。他们俩都不会讲西班牙语,而且也从没向狱警提出过请翻译协助。安赫尔·马丁内斯能告诉医生自己腿疼得厉害的唯一方式就是卷起裤管,让他们看自己肿胀的双腿。即便如此,他们也没有帮助他。② 这些医生对关在 Z 楼的人就更是不管不顾了。有一个关在这栋隔离区的人手骨骨折,疼痛难忍,连手指都没法动弹。他哀求斯特恩伯格医生帮帮他,却被斯特恩伯格回绝了,还叫他写信给其他医生。③

阿蒂卡的医生是如此经常性地对囚犯的医疗需求装聋作哑,结果在 1969 年的某个时候,E 楼的文职人员就真的起来采取行动了。那年,E 楼一个 30 岁的囚犯在威廉姆斯医生的照顾下死了,那些文职人员决定开个会,商讨如何让医生对此事负责。他们讨论了几个方案,包括限定医生的私人执业时间,写信向报纸透露囚犯的死亡详情,给国会议员写信或者让囚犯给国会议员写信。还有一个人想走得更远,想把威廉姆斯医生带到县检察官面前,指控他玩忽职守。④ 但

---

① Frank Smith, interview, "Attica Prison Riot," *American Experience: The Rockefellers*, Public Broadcasting Service, 2007.
② Martinez, Testimony, *McKay Transcript*, April 13, 1972, 66.
③ Jerry Rosenberg, interview, *Voices from Inside: Seven Interviews with Attica Prisoners* (New York: Attica Defense Committee, 1972), American Radicalism Collection, Michigan State University Library.
④ 狱警 B.J. 康威的手写记录,1969 年 6 月 20 日,以及狱警查尔斯·坎宁汉关于文职人员开会的打印记录,1969 年 6 月 16 日,与阿蒂卡暴动有关的资料保存在纽约阿蒂卡的阿蒂卡监狱内。

最终，这些计划没有导致任何结果，威廉姆斯医生对待囚犯的态度没有任何改变。

囚犯的家人会不时地设法进行干预，为他们提供更好的医疗护理。一名妇女因为其子在阿蒂卡得不到必要的治疗而深感痛心，于是求助于罗切斯特一个名为"战斗"的社区组织的一位领导。这位牧师就给惩教署的副专员写了封信，告知他"除非你方人员处理此事，否则我方只能派遣自己的医生前去［为病人做］检查"。[1] 可是，这位狱政官员并未去调查情况，而是大动肝火，仅仅回复道："没有任何法律条款允许你方派遣医生来为任何囚犯做检查。"[2]

尽管狱政官员并不急于要求阿蒂卡的医生为囚犯提供更好的护理，但他们倒是很愿意允许在囚犯身上做医学实验。受雇于罗切斯特和思创纪念医院的一名医生在阿蒂卡进行了"免疫反应系统应对病毒感染的研究"。[3] 该医生很清楚自己正在进行的这项研究需要志愿者，但要找到稳定的志愿者群体"并不容易"，因此，他对自己获准使用阿蒂卡的囚犯相当感激。[4] 因为成为测试对象可以让阿蒂卡的人获得急需的钱，所以有不少人愿意暴露在受测试的病毒中。[5] 尽管这名医生确保囚犯们都签了知情同意书，但正如他后来承认的那样，"他们的知情程度有多高，得打个问号"。[6]

对阿蒂卡的囚犯的健康状况完全漠然处之，势必会消磨他们的锐

---

[1] Letter. Rev. Johnnie Monroe to Mr. John R. Cain, Deputy Commissioner, Department of Corrections, March 31, 1969. Box 7b, Folder 29, Franklin Florence Papers, Manuscript and Special Collections, Rush Rhees Library, University of Rochester, Rochester, NY.

[2] Letter. John R. Cain to Rev. Johnnie Monroe, FIGHT. April 7, 1969. Box 7b, Folder 29, Franklin Florence Papers, Manuscript and Special Collections, Rush Rhees Library, University of Rochester, Rochester, NY.

[3] Dr. Michael Brandriss, Interview Transcript, August 18, 2012, *Criminal Injustice: Death and Politics at Attica*, Blue Sky Project (2012), 戴安娜·威瑟尔抄录，最初为克里斯汀·克里斯托弗所有。

[4] 同上。

[5] 同上。

[6] 同上。

气,但是该州惩戒系统的运作方式在其他方面也向来如此,比如假释程序的处理过程。允许通过假释而提前离开阿蒂卡,当然是每个囚犯的梦想,但究竟如何才能获得假释却令人如堕五里雾中。假释委员会每月来一次阿蒂卡,但没人清楚为什么有的人可以提前获释,有的人却不行。正如一个囚犯所说:"这也太随意了。"①

即使是对那些以某种方式获得假释的人而言,他们的兴奋之情通常也会很快夭折,因为只有在外面找到工作,他们才算真正地离开了阿蒂卡。为了做到这一点,这些人会收到一本过时的电话簿,以便他们找到企业的地址,自行联系,获得工作。由于许多囚犯几乎不会写字,而且还得花钱买纸,支付邮费,所以想用这种方式找到工作可以说极其困难。囚犯们都知道,他们省下钱,写了两三百封信,结果还是关在牢里,过了假释期,连任何音信都没收到。② 阿蒂卡的假释流程如此反复无常,就连狱警都认识到了这个问题。这让囚犯一而再再而三地失望,感觉自己上当受骗了,白白花了这么多时间精力,也让狱警的工作更难开展。③

监狱生活也被弄得毫无必要的紧张,因为狱方的行事风格经常是怎么简单怎么来。一些狱警认为,应该为囚犯提供更多的职业和教育培训机会,而不是仅仅把他们关起来,但惩教署总是说自己预算有限,以此作为挡箭牌。④ 狱方也没给囚犯提供足够的饮食,因为惩教署让他们要算好账。有个狱警沮丧地说:"你要是能在食物供应商那儿多花一块钱,就会给我们解决很多麻烦。"⑤ 但据州政府官员说,即便是显而易见的必需品,钱也没法到位。阿蒂卡仅有6.19%的预算

---

① Jackson, Testimony, *McKay Transcript*, April 12, 1972, 110.
② 同上,108。
③ Harold Goeway, Testimony, *McKay Transcript*, April 13, 1972, 383.
④ 同上,385。
⑤ Ralph Bottone, Testimony, *McKay Transcript*, April 14, 1972, 685.

划拨给饮食，0.69%给医疗，1.6%给教学与职业培训，1.65%给服装。①

尽管分给囚犯的资源实在有限，但因为狱方采取高度歧视性的管理方式，有些囚犯显然要比其他囚犯受更多的苦。虽然阿蒂卡的每个人都得干活，并且靠着各式各样的坑蒙拐骗才能使日常需求得到一些补充，但非裔美国人和波多黎各人因为干活挣的钱更少，所以他们不得不多花很多功夫。即便囚犯中只有37%是白人，但他们占据了阿蒂卡74%的好工作，在令人艳羡的文职岗位上占了67%，在狱警食堂的差事中占了62%。相形之下，非裔美国人和波多黎各人却有76%在活又累、钱又少的金属加工车间干活，有80%的人都在干苦力的垫底群里。② 即便白人干最差的活，起薪通常也会较高。③

有时候，种族歧视的行为在阿蒂卡对个人造成的伤害极大。比如，虽然理论上讲，所有囚犯的邮件都得接受检查，但实际操作起来，受这项政策影响最大的是黑人和波多黎各人。每个月，行政委员会都会来检查哪些出版物必须受到审查，但绝大多数情况是有色囚犯要求提供的书报名称才会被列入禁止清单。无论是《阿姆斯特丹新闻》或《布法罗挑战者》这样的黑人社群的报纸，还是《信使》或《穆罕默德真言》(*Muhammad Speaks*)之类的宗教出版物，非白人囚犯所要求的读物鲜有能通过收发室的。④ 出于狱方从未讲明的理由，他们认为这些读物太危险了，以致不能允许阅读。正如惩教署的一位律师所言，应用于"黑人穆斯林"身上的这些规章"大体上和应用于其他宗教派别的规章是一样的，只是你得对这个群体多加注意和警

---

① The State of New York Special Commission on Attica, "Appendix A: Attica Expenditures Fiscal Year 1971-1972," *McKay Report*, 488.
② *McKay Report*, 39.
③ Addison, Testimony, *McKay Transcript*, April 17, 1972, 57.
④ 同上, 86; Manuel T. Murcia, Counsel, Memorandum to "all institutions", subject: "Religious Correspondence," September 1, 1966, 与阿蒂卡暴动有关的资料保存于纽约阿蒂卡的阿蒂卡监狱内。

惕罢了"。① 同样，凡是用西班牙语写的信，或者任何西班牙语出版物，甚至不用去考虑它们是否具有煽动性，是否需要没收，但凡不是英语写的，一概扔掉了事。

至于家人探监，波多黎各人和非裔美国人也要遵守更严格的规定。在阿蒂卡，26.6%的波多黎各人和20.4%的黑人都是同居伴侣，但狱方的规定写得很清楚，事实婚姻的妻子或由此而生的孩子均不许来探视。② 甚至连同居伴侣之间的信件都会被没收。一个囚犯给他孩子的母亲写了这样一封信，告诉她在他被关在阿蒂卡监狱期间可以怎样设法联系上他。"亲爱的，我知道你没想到还能收到信，所以请你一定要仔细多读几遍。我是托人从狱中把信偷带出来的……你写信的时候，务必确保你没犯错，也别写你的名字。"③ 生怕她的信还是寄不进来，于是他继续写道："晚饭后6:30到7:30，我会听罗切斯特WYMR的广播。你打电话进去，他会问你有什么需要。这样我就能听到听筒那头你的声音了。让他播放《我好害怕失去你》这首歌，再跟我打声招呼。这封信一寄出，我就开始听。"④ 种族歧视在阿蒂卡是如此明显，以至于白人囚犯也欣然认同警卫对黑人和波多黎各人采取不同的规则。⑤

这种歧视确实对阿蒂卡的紧张局势起到了推波助澜的作用，使得令囚犯和狱警同样倍感压力的人满为患问题变得日益严峻。⑥ 1960年代末，阿蒂卡变得越来越拥挤，监狱管理层却没有雇用更多狱警，反而决定让现有的工作人员负责数量日渐增多的囚犯。当狱警约翰·斯德哥尔摩1971年来到阿蒂卡时简直没法相信这一点，他意识到自己"要同时管理大约60到70名囚犯……有时，我们要带多达120名囚

---

① Murcia to "all institutions", September 1, 1966.
② Addison, Testimony, *McKay Transcript*, April 17, 1972, 80.
③ 同上，85。
④ 同上。
⑤ Jackson, Testimony, *McKay Transcript*, April 12, 1972, 40.
⑥ Goeway, Testimony, *McKay Transcript*, April 13, 1972, 399.

犯去吃早饭"①。事实上，监狱管理层也确实期望一名狱警每天陪两群甚至三群囚犯去食堂吃饭，并领他们去干活，去院子放风，狱警只能靠自己，随身也就一根警棍，这让警卫产生了巨大的焦虑，也使囚犯觉得害怕。②

事实是在这种情况下要让监狱平稳运转，唯一的方式就是囚犯通常遵守规章，服从狱警的命令。但是，随着阿蒂卡的人数日增，秩序和平静也变得很难相随了。值得注意的是，来阿蒂卡的囚犯的面貌发生了改变。越来越多的囚犯都很年轻，而且有政治意识，在监狱里遇见不公就会大声说出来。这些人是黑色和棕色皮肤的年轻人，他们深受这一时期的民权斗争以及马尔科姆·X和切·格瓦拉的著作的影响。这些年轻人清楚地表明，他们更愿意站出来，而不会像阿蒂卡的那些老油子一样对恶劣的待遇忍气吞声。狱警发现了这些新类型的囚犯，他们对这些敢于直言的囚犯充满了恐惧和怀疑，从而进一步加剧了紧张局势。阿蒂卡的狱警屡屡以为必须对这些好斗的小年轻下重手，诉诸恐吓、口头侮辱和动辄找茬的执法，而这么做实际上必然会使好斗的囚犯做出回应。③ 当这些"囚犯表现得越来越团结、好斗"，反过来又促使阿蒂卡的狱警越来越具有攻击性。④ 正如某人所说，尽管大多数狱警的内心都很清楚自己是否安全，取决于囚犯是否感受到"尊重，他们合情合理的不平和牢骚是否……受到关注"，但许多狱警心中充满了恨意和怒火，甚至被吓坏了，所以无法将这些原则付诸实施。⑤

事实上，阿蒂卡的绝大多数狱警与非裔美国人和波多黎各人都不

---

① John Stockholm, Testimony, *Public Hearing Conducted by Governor George E. Pataki's Attica Task Force*, Rochester, New York, May 9-10, 2002, 6. 以后均指 *Attica Task Force Hearing*。
② James E. Cochrane, Testimony, *McKay Transcript*, April 13, 1972, 236.
③ Henry Rossbacher, Supervisor, Testimony, *McKay Transcript*, April 17, 1972, 31.
④ 同上。
⑤ Cochrane, Testimony, *McKay Transcript*, April 13, 1972, 293.

甚了解，与这些囚犯成长的城市也没什么来往。狱警们来自纽约西部的小城镇，清一色都是白人为主、信仰天主教的村子，像阿蒂卡一样，他们高中毕业以后几乎没有什么就业选择，只能来当狱警。1970年，阿蒂卡监狱雇用了398名当地人，年龄从22岁到60岁不等。一名刚开始担任狱警的年轻人，年收入在8 500到9 600美元之间，工作15年后，收入仍低于12 000美元。① 许多狱警不得不干两份工才能养家糊口，因而始终处于疲惫不堪却又神经紧绷的状态之中。② 或许更重要的是，这些人几乎没接受过任何监狱方面的工作的培训。③ 新人第一天来报到就上岗了，在领取一根警棍、一只警徽、一套制服后，就开始负责一群40人左右的囚犯。监狱只有19名主管，近400名狱警只能靠自己想办法对付数量不断增加的囚犯。

缺乏监狱管理层的培训和指导，使得狱警们非常沮丧和愤怒。他们为自己在这样一个日益危险和充满敌意的场所上班而责怪他们的上司。狱警开始要求他们的工会，即美国州、县和市政府雇员联合会（AFSCME）第82理事会，为他们争取更多的薪水，并要求监狱雇用更多的狱警，以保障他们的安全。

可是，即便1970年夏天和秋天纽约市的监狱爆发了起义，阿蒂卡的管理层和奥尔巴尼的狱政官员实际上并没有采取任何行动来解决狱警与囚犯的担忧。④ 如果有的话，那就是从1970年起，阿蒂卡的管理层开始对底下的囚犯压制得更厉害了，对狱警的抱怨也更加置若罔闻。这在很大程度上是因为阿蒂卡的囚犯甚至在纽约市的那些监狱

---

① Cochrane, Testimony, *McKay Transcript*, April 13, 1972, 244.
② *McKay Report*, 26.
③ Rossbacher, Testimony, *McKay Transcript*, April 17, 1972, 9.
④ Russell G. Oswald, Commissioner, Department of Correctional Services, Memorandum to Nelson A. Rockefeller, Governor, Subject: "Activities Report—February 8, 1973 - March 7, 1973," March 7, 1973, Nelson A. Rockefeller gubernatorial records, Departmental Reports, Series 28, New York (State), Governor (1959-1973: Rockefeller), Record Group 15, Box 2, Folder 32, Rockefeller Archive Center, Sleepy Hollow, New York.

爆发起义之前,就大胆发动了他们自己的抗议,要求改善条件。

1970年7月29日,在阿蒂卡最令人讨厌的金属加工车间干活的囚犯坐着不动,拒绝开工,除非有人给他们涨工资,他们坚称工资"太低了,在阿蒂卡干活就等于为奴"。① 这些人每天挣6美分到29美分不等,但狱政官员扣留了一半,说等他们获释时会发还,这也就意味着他们每周手头上没有多少钱,买不起食堂那些价格高企的生活必需品。

关押于阿蒂卡的人,长期以来对剥削他们的劳动都很敏感;特别是有一次,一个名叫塞缪尔·麦尔维尔的白人囚犯对金属加工车间、食堂和监狱洗衣房的经济状况作了些研究,然后写了一篇小论文,叫《洗衣房的解剖学》(*Anatomy of the Laundry*)。到1970年代中期,他的这篇短文的副本在阿蒂卡的每间牢房里都能找到。② 如果这些人知道,1969至1970年间阿蒂卡通过他们的劳动使纽约州获利近120万美元,那他们的怒火会比现在更旺。③

1970年7月,抗议活动悄悄地开始了。囚犯派出了一个小代表团与主管见面。可是,想要和平谈判的努力流产了。典狱长文森特·曼库斯把代表团的所有成员都禁了足,然后安排他怀疑会挑事儿的其他囚犯全部转移出了阿蒂卡。

曼库斯的举动激怒了金属加工车间的工人,于是他们号召举行全面罢工。起先,仅有B楼的囚犯拒绝上工,因为被禁足的是他们那栋楼的人。但当曼库斯锁定整栋楼来实施惩罚时,次日,金属加工车间的450名工人几乎全部拒绝上工。恼羞成怒的曼库斯叫来惩教专员保罗·麦金尼斯,让他知道囚犯们正在负隅顽抗。然而,麦金尼斯专员

---

① Addison, Testimony, *McKay Transcript*, April 17, 1972, 62.
② Samuel Melville, "Anatomy of the Laundry," Attica uprising-related documents kept at the Attica Correctional Facility, Attica, New York. 亦可参见:Samuel Melville, *Letters from Attica* (New York: William Morrow, 1972), 151 – 52; and Larry Boone, Testimony, *McKay Transcript*, April 17, 1972, 147。
③ Addison, Testimony, *McKay Transcript*, April 17, 1972, 93.

却一反常态地决定不再进一步惩罚罢工者,而是同意在囚犯选出代表他们立场的两名代表后与其进行对话。多亏了双方的商讨,在阿蒂卡的金属加工车间挣 6 美分的人薪水涨到了 25 美分,每天的计时工资封顶从 29 美分涨到了 1 美元。①

监狱的金属加工车间(*Courtesy of the Democrat and Chronicle*)

但是,1970 年金属加工车间的罢工事件是一场付出极大代价而获得的胜利。即便金属加工车间的工人进行了和平抗议,并在开始时向狱警保证不会伤害他们,"只是想表达自己的不满程度",但典狱长曼库斯还是决定要让这些人为自己的行为付出代价。在这场反抗行动之后,麦金尼斯专员返回了奥尔巴尼,曼库斯突然把大量之前已被禁足的罢工者悉数转入了令人害怕的 Z 楼。②

---

① Addison, Testimony, *McKay Transcript*, April 17, 1972, 94. 麦金尼斯最终走得比这还远。1971 年,惩教署在所有监狱实施了统一的支付标准,食堂利润以 5% 封顶。
② Stephen Merkle et al. v. Vincent R. Mancusi, *Superintendent of Attica Correctional Facility*, Federal Court, Western District of New York, C1970-490, 与阿蒂卡暴动有关的资料都保存在纽约阿蒂卡的阿蒂卡监狱内。

曼库斯将囚犯的行动视作好斗的黑人煽动的结果，必须对这些人格外小心地看管，并且一旦他们出声，就让他们赶紧闭嘴。[1] 他的观点反映出了到 1970 年为止越来越多的州级和国家级政治人物的观点。他们都认为，现在是时候对任何冒犯权威的人采取严厉的惩罚了，对于违反法律的人，应该予以更严厉的惩罚。

---

[1] *McKay Report*, 129.

2. 对抵抗的回应

1960年代初，包括费城、罗切斯特和纽约在内的北部城市是城市反抗特别激烈的地方，它们反抗的是看起来根深蒂固的歧视、缺乏就业机会以及执法部门的暴力执法。①当这样的种族起义震撼了像阿拉巴马州的伯明翰之类的南方城市时，北方的政客相对会持同情的态度，但是一旦他们目睹自己的家乡出现这样的动乱时，就会非常手足无措。和南方的政客一样，北方的政客也很快开始对出现在其城市街道上的骚乱和愤怒做出回应：他们会想办法将这些抗议活动抹黑为打砸抢的犯罪行为。到1965年，南北双方的两大政党的政客按常规将城市的混乱局面与城市的犯罪行为画上了等号。所有人都不仅同意犯罪行为正在迅速成为最严重的全国性问题，而且认为必须快马加鞭，发动一场新的大规模战争以应对这样的威胁。

尽管通常认为1968年理查德·尼克松的当选标志着美国"法律与秩序"时刻的开始，而实际上，焦点从1960年代上半期的自由化和改革到维护社会秩序、打击犯罪的巨大转移，早在林登·约翰逊执政时期就已经开始了。②他以同样的热情批准成立了经济机会办公室③，签署了1964年《民权法案》，作为民主党的自由派，约翰逊总统1965年创建了执法协助办公室（OLEA），不仅使投入执法部门和监狱的资金达到了一个新的高度，而且还创造出了必要的官僚体系，以发动一场史无前例的打击犯罪的战争。1965年的《执法协助法》

和 1968 年的《综合犯罪控制和安全街道法》甚至在打击犯罪方面投入了更多的联邦资金。此外,最高法院的具有里程碑意义的裁决,如特里诉俄亥俄州一案,赋予了警方几乎无限的权力,允许其在毫无理由的情况下拦截、搜查公民,这加强了警方针对贫穷街区和有色人种的执法力度,反过来又导致了创纪录的逮捕率。所以,不久之后,像阿蒂卡这样的监狱就要爆满了。

公共政策的这一转向成了一道分水岭,最终将使美国囚禁的人比世界上任何其他国家都多,其实这一转向是基于一个严重的误解,认为美国的"犯罪问题"已经达到了岌岌可危的程度。1964 年,当联邦与州官员首次对严刑峻法和暴力执法举双手欢迎的时候,这个国家的犯罪率从历史上看并无特别之处。确实,约翰逊创建执法协助办公室的时候,全国每 10 万人的谋杀率仅为 5.1,而 1921 年是 8.1,1933 年为 9.7。④

随着 1960 年代的到来,从共和党保守派到民主党自由派,无论是州长还是市长,都投身于对美国最脆弱的社区发动一场大规模的打击犯罪的运动。可是,仅仅因为两党都支持美国新发起的打击犯罪运动,并不意味着它的源头在政治上顺风顺水。纳尔逊·奥尔德里奇·洛克菲勒自 1959 年起便担任纽约州州长,当他决定对犯罪行为采取更严厉的措施时,就遭遇过这样的困境。洛克菲勒做了一辈子的共和

---

① Michael Flamm, In the Heat of the Summer: From the Harlem Riot of 1964 to the War on Crime and America's Prison Crisis (Philadelphia: University of Pennsylvania Press, forthcoming); Matthew Countryman, Up South: Civil Rights and Black Power in Philadelphia (Philadelphia: University of Pennsylvania Press, 2007).

② 欲了解更多打击犯罪方面的自由主义起源,可参见:Elizabeth Kai Hinton, From the War on Poverty to the War on Crime: The Making of Mass Incarceration in America (Cambridge: Harvard University Press, 2016); Naomi Murakawa, The First Civil Right: How Liberals Built Prison America (New York: Oxford University Press, 2014)。

③ Office of Economic Opportunity,直属总统府,负责基本教育和职业训练的联邦机构。——译者

④ "Homicide Rate Trends, 1900-1926", Bureau of Justice Statistics, http://bjs.ojp.usdoj.gov/content/glance/tables/hmrttab.cfm.

党人，但他在自己党内一般都偏向于自由派。从历史上看，这对他的帮助相当大。比如说，1964 年，林登·约翰逊在总统选举中以大优势获胜，他就是落败的共和党内为数不多幸存下来的人之一。但洛克菲勒的野心并不止于纽约州。作为一个精明的政治家，他日渐意识到让他在纽约赢得一批追随者的自由派声望正在迅速成为一种累赘，尤其是如果他希望在党内赢得总统竞选的提名。纵观 1960 年代，他一直在注意理查德·尼克松，看着后者慢慢地在全国范围内窃取他的政治影响力。所以，到 1960 年代即将结束的时候，洛克菲勒开始为自己树立更为保守、更为传统的共和党人形象。1970 年，洛克菲勒明确表明他会"严厉打击犯罪"。这突然之间变成了能让一个人当选总统的平台。

可是，1971 年，当洛克菲勒任命一名新专员来管理该州的惩教系统时，他挑选了一个敢于直言的改革人士，名叫拉塞尔·G. 奥斯瓦尔德。奥斯瓦尔德来纽约州之前，在威斯康星州和马萨诸塞州负责过假释系统的事务，还拥有社会工作方面的一个学位。他是刑事罪犯特别委员会（Special Committee on Criminal Offenders）的联席主席，据说成立这个委员会是因为"州长对犯罪率居高不下的担心，想要寻求新的解决方案"。① 奥斯瓦尔德是推动 1970 年立法的关键人物，纽约惩教署便因该法而设立，这个新成立的部门对坐监的囚犯与假释的囚犯进行了统一管理。② 1971 年 1 月，洛克菲勒任命他为这个部门的负责人。

当奥斯瓦尔德从保罗·麦金尼斯，就是前一年协助谈判使阿蒂卡的金属加工车间的罢工结束的那位专员手中接过指挥棒时，决定领导他的纽约惩教署朝着一个大胆的新方向发展。奥斯瓦尔德是个矮矮胖胖的男人，整天一副不胜其烦的样子，有点不修边幅，看起来倒是一

---

① Russell Oswald, *Attica-My Story* (New York: Doubleday, 1972), 194.
② 同上，194。

副好心肠。他认为这份新工作是一个改善囚犯和假释犯生活的机会。他把监狱（prison）、拘留所（jail）和管教所（reformatory）更名为"惩教机构"，将监狱看守（prison guards）更名为"惩教官"，称囚犯（prisoner）为"狱友"（inmate），觉得这是在传递一个信息，表明他想要使监狱更专业化，更人性化。① 洛克菲勒州长可能将奥斯瓦尔德的职责视为"为遵纪守法的公民提供安全和保障"，但奥斯瓦尔德本人有更宏大的目标，正如他自己所说，他打算"使传统监狱里的囚犯形象显著地弱化"，"即便是身处监禁之中，仍可营造出一种社区生活的氛围"。② 如他所见，我们不能指望一个人"长期置身于完全反常的环境中，还能适应正常的环境"。③

担任惩教专员之后没多久，奥斯瓦尔德便给州长写了一份备忘录，要求进行改革并提供改革所需的资金。他说得很清楚，纽约州全境的囚犯一直在"大声疾呼，要求进行有意义的变革"，还认为无所作为"将导致难以控制的挫败感、敌意和愤怒"。④ 把人关起来，"每天关12个小时或以上，对他们和对我来说都是不可接受的"。不过，他也说了"想在不设新职位，而且还严格限制资金的情况下实现变革，是会招来大麻烦的"。⑤ 奥斯瓦尔德敏锐地意识到纽约的监狱系

---

① 值得注意的是，如今，坐牢的人和坐过牢的人都非常不喜欢"狱友"一词，更喜欢被称为"男人""女人"或"人"，如果一定要指明他们坐牢的身份，大多数人还是会选择"坐牢的人"（incarcerated people）或囚犯这个称谓。由于"坐牢的人"这个词太长，所以本书对于阿蒂卡坐监者，会用"男人""那种人"和"囚犯"称呼。更多关于语言方面的内容，可参见：Eddie Ellis, "Words Matter: Another Look at the Question of Language", Center for NuLeadership on Urban Solutions, January 2013。
② Oswald, *Attica-My Story*, 196-197.
③ 同上，197。
④ Russell G. Oswald, Commissioner, Department of Correctional Services, Memorandum to Nelson A. Rockefeller, Governor, Subject: "Activity Report—April 8, 1971-May 5, 1971," May 10, 1971, Nelson A. Rockefeller gubernatorial records, Departmental Reports, Series 28, New York (State), Governor (1959-1973: Rockefeller), Record Group 15, Box 2, Folder 32, Rockefeller Archive Center, Sleepy Hollow, New York.
⑤ 同上。

统存在一些特定的"麻烦点",这些点会比其他方面"更具有潜在爆炸性",所以他坚决要求州长划拨更多的资金来避免发生任何灾难。①

为了协助自己完成工作,奥斯瓦尔德还聘请了一名副专员,后者似乎在刑罚改革上与他持相同观点。沃尔特·邓巴这个人抽烟斗,戴角质镜框的眼镜,长长的简历令人印象深刻。他曾在美国假释委员会担任加州惩教署署长,并担任过美国惩教协会的会长。②

洛克菲勒州长同意新任专员的观点,也认为监狱问题必须尽快处理。1970年夏季和初秋在纽约州各地的监狱和拘留所爆发的囚犯暴动,也使他相信必须采取一些措施,但他倾向于认为对囚犯施以重手才是解决方法。纽约市长约翰·林赛一直愿意做出让步,认可看守所囚犯的一些合理要求,甚至最终同意和他们见面,但洛克菲勒骨子里是个冷战分子,将任何囚犯骚乱都视为更大的左派阴谋的一部分,认为他们"再迈出一步,最终就会摧毁整个国家"。③

尽管如此,洛克菲勒也能看出为某些改革背书还是有好处的。首先,也是最重要的是,这样可以从根上削弱对监狱"革命分子"的支持,从而可以使前任专员所说的"战后社会异类和抗议事件层出不穷"的乱象告一段落。④ 至少从1960年起,洛克菲勒就一直听他

---

① Russell G. Oswald, Commissioner, Department of Correctional Services, Memorandum to Nelson A. Rockefeller, Governor, Subject: "Activity Report—April 8, 1971–May 5, 1971," May 10, 1971, Nelson A. Rockefeller gubernatorial records, Departmental Reports, Series 28, New York (State), Governor (1959–1973: Rockefeller), Record Group 15, Box 2, Folder 32, Rockefeller Archive Center, Sleepy Hollow, New York.
② "No. 2 State Aside: Walter Dunbar," *New York Times*, September 16, 1971, 48.
③ Draft of speech to be given at the New York State Bar Center dedication, Albany, New York, September 24, 1971, Nelson A. Rockefeller gubernatorial records, Speeches, Series 33, New York (State), Governor (1959–1973: Rockefeller), Rockefeller, Nelson A. (Nelson Aldrich), Record Group 15, Box 85, Folder 3471, Rockefeller Archive Center, Sleepy Hollow, New York.
④ Paul D. McGinnis, Commissioner of Correction, "Agency Appraisal Report, 1970," July 15, 1970, Nelson A. Rockefeller gubernatorial records, Departmental Reports, Series 28, New York (State), Governor (1959–1973: Rockefeller), Record Group 15, Rockefeller Archive Center, Sleepy Hollow, New York.

当时的惩教委员会说,需要进行一些正儿八经的改革,尤其是在"提供医疗服务"方面,对因"日渐拥挤"而造成的囚犯心生不满的现象也得多加注意。[1] 现在看来,在处理这些事情上面似乎比往常都要小心谨慎。

洛克菲勒很高兴能由奥斯瓦尔德负责这项工作。他很少见到对处理监狱的大量问题如此乐观的刑罚专家。可是在奥斯瓦尔德接掌之后,乐观心态几乎立马开始黯淡了下来。在其前任任职期间,距今不远,奥本监狱曾发生过一起重大的囚犯暴动事件,它可是纽约州北部规模最大、问题也最大的监狱之一。奥斯瓦尔德一直希望为囚犯开展一些新项目,此刻却被迫去收拾那次暴动的烂摊子。

---

[1] Department of Correction Program Meeting Report, September 22, 1960, Present: Paul McGinnis, William Leonard, John Cain, William J. Ronan, Charles Palmer, John Terry, Edith Baikie, Richard Wiebe, William Rand, Nelson A. Rockefeller gubernatorial records, Departmental Reports, Series 28, New York (State), Governor (1959–1973: Rockefeller), Record Group 15, Rockefeller Archive Center, Sleepy Hollow, New York.

3. 来自奥本的声音

奥本位于锡拉丘兹以西 30 英里处，是又一座看起来令人生畏的监狱，四周被气势磅礴的高墙包围，各个角落都设有炮塔。奥本在历史上之所以有名，是因为那里主持了我国的第一例电刑，并在 1970 年以纽约最拥挤的监狱之一而闻名。在阿蒂卡的金属加工车间罢工三个月后，奥本的一群囚犯要求典狱长允许他们纪念"黑人团结日"。跟阿蒂卡的囚犯一样，奥本的囚犯也懂政治，在政治上也很活跃。奥本监狱有各种政治组织，其中组织最严密的两个是"黑人穆斯林"和黑豹党，前者隶属于"伊斯兰民族"[①]或某个分支组织。奥本的一位黑豹党领导人在解释他们的成员为何想要庆祝"黑人团结日"时说，因为"你们白人的英雄都有纪念日，我们也想要自己的纪念日"。[②]典狱长让他们给麦金尼斯专员写信，但专员又将决策权踢回给了典狱长。当 11 月 2 日这天纪念日到来时，仍没有做出决定，于是囚犯中的"黑人穆斯林"成员在院子里抢过麦克风，宣告纪念"黑人团结日"，"凡黑人今天不应工作"。[③]

宣告一经作出，三四个人就堵住了通往院子的大门，不让狱警进来。在接下来的 6 个小时里，奥本的许多非裔美国劳动力就一直待在院子里听演讲，而没有去指定的工作岗位干活。[④]除了将囚犯领回牢房进行晚间点名时出现了一些推搡之外，当天的停工事件一派和平，参与者似乎也得到了宣泄。奥本的狱警觉得当天的事情已经顺利结束，而且在囚犯从院子返回时，为了避免任何可能的爆发，奥本的狱警向囚犯保证他们不会因其行为而受罚。但奥本的管理层后来不顾普通狱警的承诺，决定将他们确定为本次抗议行动领头人的14名囚犯关无限期禁足。

这次出尔反尔之举犹如火上浇油。次日上午，奥本的400名囚犯，无论黑人还是白人，均拒绝排队上工，并要求释放那些被禁足的囚犯。同时，其他囚犯聚在主院里，看狱警会采取什么行动。同奥尔巴尼的狱警商量之后，奥本监狱的管理层拒绝与这些人见面，讨论他们的要求。骚乱随即爆发，到处都是叫喊嘶吼之声，还有人在砸玻璃，院子里的一群人也开始用临时制作的武器武装自己，还将约50名狱警和文职人员当作人质。虽然囚犯保护了其中的绝大多数人，但有的人就没这么幸运了。除了4人遭到毒打之外，还有1人因拒绝投降而被人抢去警棍，劈头盖脸地打了一顿。[5]

最终，囚犯将所有人质带到院子中央，为了免遭进一步袭击，"黑人穆斯林"在他们四周形成了一个保护圈。为了让他们在寒冷的11月天气里不受冻，其他囚犯还给他们拿来了毯子。然后，当所有人都开始安顿好过夜时，囚犯们把要求列出一份清单，包括12项内容：

1. 增加讲西班牙语的狱警和法律顾问。

---

[1] Nation of Islam，一个激进的非裔美国人组织。——译者
[2] 乔草·戴维斯，与作者的交谈，迪尔菲尔德监狱，弗吉尼亚州卡普纶，2006年2月16日。本书中许多地方提到他的时候会采用不同的名字，这是他当时所用的名字。
[3] New York State Senate Committee on Crime and Correction, *The Hidden Society: Annual Report*, 1970, 12.
[4] 如需了解奥本骚乱一参与者的目击证词，可参见：Mariano "Dalou" Gonzalez, Interview by Michael D. Ryan, Transcript, W. E. B. Du Bois Library, Special Collections, University of Massachusetts, Amherst, 7-8。
[5] James F. Campbell, *Hostage: Terror and Triumph* (Connecticut: Greenwood, 1992), 49-57.

2. 增加黑人文化课程。
3. 提供更好的医疗护理服务。
4. 解雇不称职的心理医生。
5. 提供品质更好、价格更低的食堂商品。
6. 改进假释流程。
7. 提供更好的衣服;比如,在泥泞的院子里穿的胶鞋。
8. 提供更好的食物和卫生条件。
9. 提供更好的"好时光"项目①。
10. 改进法律图书室。
11. 假释委员会对无期徒刑犯增加复核的次数。
12. 保护囚犯不受报复。②

僵持了 6 个小时之后,狱警向囚犯许诺,如果他们和平投降并释放人质,就能和惩教署的官员见面,商讨自己的要求。更重要的是,他们承诺不会对任何囚犯采取报复措施。前者遵守了,后者却食言了。

奥本的囚犯投降后,不仅遭到殴打并被迫用警棍对愤怒的狱警进行还击,而且其中 120 人被赶到一起,押送至奥本的特殊监室单元,也就是隔离区,因为参与了 11 月的起义,这些囚犯只能在那儿无限期地等待自己的命运。最终,其中 6 个人面临刑事起诉。奥本的抗议者已经和平投降却仍遭到毒打,被关入隔离区,并被控犯罪的传言透过囚犯的小道消息网迅速传播了出去。

当拉塞尔·奥斯瓦尔德刚开始履职惩教专员的时候,狱方食言和尚未得出定论的纪律听证会这段历史正在等着他。正如他不无遗憾地

---

① good time programs,"好时光"项目是指监狱工作和教育培训方面的项目。——译者
② New York State Senate Committee on Crime and Correction, *The Hidden Society*, 14.

对洛克菲勒所言,"这段时间似乎全都扑在了解决奥本监狱的事情上了"①。奥斯瓦尔德还忧心忡忡地对上司指出,奥本被隔离关押的那些囚犯正在设法引起某些律师的关注,那些律师如今正在提起诉讼,去联邦法院状告惩教署,声称囚犯们"被狱警和县警(用树干之类的东西)殴打"②。

除了对惩教署提起一项诉讼,指控警卫们的野蛮暴行外,包括全国有色人种协进会(NAACP)法律辩护基金、纽约市美国公民自由联盟(ACLU)在内的组织以及一些个体律师也团结在一起,获得了一项联邦命令,指示奥本监狱当局"表明理由",为什么要将120人无限期地隔离起来。这些律师中的两位——刘易斯·斯蒂尔和赫尔曼·施瓦茨——已经成了数月前因在纽约市一些监狱煽动暴乱而被起诉的犯人的代理律师,并且要求确保奥本的囚犯在没有代理律师的情况下,不得面临同样的重罪指控。他们也不让狱方将一百多号人无限期地隔离关押。这两位律师后来在阿蒂卡事件中扮演了重要的角色。③

多亏了斯蒂尔和施瓦茨这些人付出的无数法律方面的努力,奥本的警察高层被迫将被隔离的120人中的绝大多数人释放回普通牢房。行政人员对此暴跳如雷。正如赫尔曼·施瓦茨指出的,"这是狱方第一次在惩戒犯人方面输了"。这件事也让奥斯瓦尔德神经紧绷。他不仅意识到自己得在监狱系统内与一群为囚犯辩护的意志坚定的律师唱对台戏,还会在公共舆论法庭上承受盟友施加的巨大压力。当来自布法罗的议员阿瑟·O. 伊夫即兴巡视了奥本的隔离单元,并宣称那些仍然被关押在那里的人(惩教署确定的 6 名叛乱主谋)不仅受到了

---

① Russell G. Oswald, Commissioner, Department of Correctional Services, Memorandum to Nelson A. Rockefeller, Governor, Subject: "Activities Report—February 25, 1971 – March 22, 1971," Nelson A. Rockefeller gubernatorial records, Departmental Reports, Series 28, New York (State), Governor (1959-1973: Rockefeller), Record Group 15, Box 2, Folder 31, Rockefeller Archive Center, Sleepy Hollow, New York.
② 同上。
③ 赫尔曼·施瓦茨,与作者的电话交谈,2004 年 7 月 28 日。

非人的待遇，而且事实上还在为"自己的生命担忧"，于是，媒体风暴随之而来。①

奥斯瓦尔德专员意识到奥本的局势正在快速演变成一场公关灾难，便向洛克菲勒州长保证自己会亲自前往监狱，看看那儿的状况是否真如伊夫议员所说的那么糟糕。他将会见狱方、普通囚犯，也会和任何一名愿意交流的处于隔离状态的囚犯见面。②但在此次走访之前，奥斯瓦尔德致信那6名仍被隔离的囚犯，向他们保证不会判重刑，不过前提是他们放弃"刻意为之的骚扰性策略"。③

那年3月，奥斯瓦尔德走访了奥本，受到了很不友好的接待，这使他极大地动摇了自己之前所持的观点，即纽约囚犯的怨气是合情合理的。之前，奥斯瓦尔德习惯于被囚犯们视为好人，其他人帮不了他们，他能帮。可在奥本，很明显，许多囚犯都很鄙视他，这让他着实大吃一惊。在他们看来，他们只要投降了，奥斯瓦尔德就有权阻止奥本的狱方伤害他们，并且不会让他们被隔离好几个月，但他什么都没做。专员没有试图向这些人多作解释，也没试图修复彼此之间的关系，而是把那些人视为疯子。正如奥斯瓦尔德在给洛克菲勒的报告里写的那样："因参与骚乱而受到指控的所谓'奥本六人组'，在我看来都是些头脑有病的人。我们讨论问题的时候，他们一直在大喊大叫，说我是'种族主义猪'，还骂了一些更难听的话，他们还朝我泼水，凡是狱警，都被他们骂了个狗血喷头。"④

---

① Frank Lynns, "State Prison Chief Writes to Rebellious Inmates," *New York Times*, February 11, 1971, 36.
② Oswald Memorandum to Rockefeller, Subject: "Activities Report—February 25, 1971-March 22, 1971," Rockefeller Archive Center.
③ Lynns, "State Prison Chief Writes to Rebellious Inmates," 36.
④ Russell G. Oswald, Commissioner, Department of Correctional Services, Memorandum to Nelson A. Rockefeller, Governor, Subject: "Activity Report—March 23, 1971-April, 1971," April 6, 1971, Nelson A. Rockefeller gubernatorial records, Departmental Reports, Series 28, New York (State), Governor (1959-1973: Rockefeller), Record Group 15, Box 2, Folder 31, Rockefeller Archive Center, Sleepy Hollow, New York.

奥斯瓦尔德这次走访奥本使他很受伤，从而愈益认同洛克菲勒长久以来所持的信念，即因犯正在变得愈来愈好斗。专员仍然希望自己规划的一些改革措施将"最终打破罪犯对监狱工作人员的负面观点"。① 比如，在他看来，能够确保奥本的因犯每天都有澡可洗，就是一个"真正的突破"。但奥斯瓦尔德担心，"新的监狱革命"现在对惩教系统的稳定性造成了极大的威胁，这件事正开始让他焦头烂额。②

1971年5月，奥斯瓦尔德给共和党议员弗兰克·沃克利写了一封信，解释了自己的担忧之情："最近的法庭判决有利于犯罪分子，某些法庭表现出了极大的仁慈，而犯罪分子却日益好战，再加上社会上许多人好斗暴力的态度，毫无疑问导致了越来越多的不尊重。"③ 因犯对法庭的利用尤其让他生气。比如，隶属全国律师协会的刘易斯·斯蒂尔律师一直对记者说，狱警始终觉得自己可以"随便虐待因犯"，这话让他相当痛恨。④ 还令奥斯瓦尔德不满的是，正如他所说，"美国公民自由联盟和其他法律援助组织的人不断利用日常法律胡搅蛮缠"。普通市民寄来的海量邮件都是关注纽约监狱问题的，也让他觉得自己"已被压垮了"。⑤ 照他看来，他已经尽了最大的努力，"确保有关程序：武力的使用、瓦斯的使用、司法人员和法官的走访、

---

① Russell G. Oswald, Commissioner, Department of Correctional Services, Memorandum to Nelson A. Rockefeller, Governor, Subject: "Activity Report—March 23, 1971–April, 1971," April 6, 1971, Nelson A. Rockefeller gubernatorial records, Departmental Reports, Series 28, New York (State), Governor (1959–1973: Rockefeller), Record Group 15, Box 2, Folder 31, Rockefeller Archive Center, Sleepy Hollow, New York.
② Oswald, *Attica—My Story*, 37.
③ Russell Oswald, Letter to Frank Walkley, May 11, 1971, obtained through FOIL request #110818 of the New York State Attorney General's Office, 000912.
④ Douglas Robinson, "Abuses Charged in Auburn Prison: Relatives of Prisoners Tell of Beatings and Gassing," *New York Times*, April 23, 1971.
⑤ Russell G. Oswald, Commissioner, Department of Correctional Services, Memorandum to Nelson A. Rockefeller, Governor, Subject: "Activity Report—March 23, 1971–April 7, 1971," April 6, 1971.

普通法关系中的邮件往来—探视权、骚乱控制计划和方案"都说得清清楚楚,而且得到了严格遵守。① 可是,正如他在给洛克菲勒的报告所写的那样,囚犯中的一批"死硬分子看来是执意要破坏他们的监狱系统","未能对所有常规的处理方法作出反应"。② 让他震惊的是,奥本监狱里那些遭到隔离的人"继续在他们的牢房里示威,把凡是能砸的都砸得稀巴烂,食物也到处乱扔,还随处便溺,满口脏话"。③

其他州府官员大多都不同意奥斯瓦尔德与洛克菲勒的看法,即一小撮闹革命的人可以说明整个纽约州的看守所和监狱内的紧张局势和暴力氛围。1971 年 5 月 26 日,一队由 3 名共和党议员和 2 名民主党议员组成的特别立法委员会参观了奥本监狱,并直接与囚犯交谈,以了解到底发生了什么。随后,他们发表了一份有关监狱状况的 5 页纸的报告,其中证实了该监狱中曾发生过大量骚扰囚犯、伤害囚犯的行为。但惩教署的负责人仍然坚持己见,认为某些在监狱里制造骚乱的人以及在狱外的律师正在引起极其严重的问题。

到 1971 年夏,奥斯瓦尔德已经完全认同了他所在系统的奥本监狱以及其他监狱内的问题都是由"好战的骚乱分子"引起的,而让监狱恢复平静的唯一方法就是把"惹麻烦的"囚犯转移走。于是,他关闭了奥本监狱的特殊监室单元,将把所有仍在等待法院开庭的"好战的骚乱分子"悉数移走了事。所谓的"奥本六人组"被送到了阿蒂卡监狱。一旦这些人被移走,他下令将这些人继续关在隔离监

---

① Russell G. Oswald, Commissioner, Department of Correctional Services, Memorandum to Nelson A. Rockefeller, Governor, Subject: "Activity Report—March 23, 1971 – April 7, 1971," April 6, 1971.
② Russell G. Oswald, Commissioner, Department of Correctional Services, Memorandum to Nelson A. Rockefeller, Governor, Subject: "Activities Report—May 6, 1971–June 2, 1971," June 9, 1971, Nelson A. Rockefeller gubernatorial records, Departmental Reports, Series 28, New York (State), Governor (1959–1973: Rockefeller), Record Group 15, Box 2, Folder 31, Rockefeller Archive Center, Sleepy Hollow, New York.
③ 同上。

室,"除非这些人能证明自己在监狱的其他地方能够服从管教"。①

在将这些囚犯从奥本监狱移走之后,奥斯瓦尔德觉得自己肩上的重负终于卸了下来。专员重新抖擞精神,再次致力于他原初的改革议程之中,他写信给洛克菲勒称:"我们必须让所有人坚信我们并不赞成对囚犯漠不关心,也不支持任何人的任何形式的伤害行为,我们必须让所有人坚信我们将创造机遇,恢复和平。"他还写道,最重要的是,"通过表明我们的在乎",惩教的形象才会开始"向好的方向改变"。②

但是,早已人满为患、如今又收留了"奥本六人组"的阿蒂卡监狱,没有看到什么枳极的改变。那里仍然面临着严酷的条件、朝令夕改的规章制度、种族歧视,阿蒂卡的囚犯比起以往,挫败感更深了。③

---

① Russell G. Oswald, Commissioner, Department of Correctional Services, Memorandum to Nelson A. Rockefeller, Governor, Subject: "Activities Report—May 6, 1971–June 2, 1971," June 9, 1971, Nelson A. Rockefeller gubernatorial records, Departmental Reports, Series 28, New York (State), Governor (1959–1973: Rockefeller), Record Group 15, Box 2, Folder 31, Rockefeller Archive Center, Sleepy Hollow, New York.
② 同上。
③ 关于将奥本监狱的囚犯转移至阿蒂卡监狱隔离监禁的情况,可参见:奥斯瓦尔德写给沃克利的信,1971年5月11日。

4. 知识就是力量

  1971年夏,阿蒂卡监狱的囚犯并不仅仅觉得挫败,他们就像奥斯瓦尔德之类的惩教官员所担心的那样,政治觉悟正在变得越来越高。这些人不仅对监狱恶劣的条件提出了强有力的批评,而且还开始讨论如何改革监狱体制,具体地说,就是他们究竟可以实打实地做些什么,才能让国家把他们当作服刑的人,而非只配被虐待和忽视的怪物。

  囚犯在这段时期已经设法确保的一项重要改革是在教育领域。例如,在1965年11月,他们获得了佩尔助学金的资格,而佩尔助学金反过来又将各种课程带进了全国各地的监狱。到1970年,阿蒂卡聘请了相当数量的教师,其中包括好几名阅读指导老师,有教数学的,还有几个教历史和社会学。官方聘请的这些教师是来帮助囚犯达到高中同等学力的,他们在启发阿蒂卡的囚犯了解监狱高墙外的世界方面起到了关键作用。[①]

  1971年夏,在阿蒂卡开办的一门英语课上,两名"充满街头生存经验的敢于直言的思想家"肯尼·马洛伊和汤米·希克斯特别谈到了"他们对种族、经济、政治、犯罪和正义的感触"。[②] 两人都是黑豹党的成员,都参与了1970年11月奥本监狱的"黑人团结日"起义,[③] 而且政治觉悟高,像希克斯能"引证黑人诗人、作家和历史上的黑人形象……[而且]能讲一口流利的斯瓦西里语,西班牙语也足以流畅交谈",所以他们绝对是阿蒂卡监狱内能对不公的现象发出猛烈抨击的不二人选。④ 正如阿蒂卡的一名囚犯所言,那里的许多囚犯都打定主意要尽可能多地接受教育,从而"改善[他们自己的]命运和[他们]家人的命运"。⑤

1971年夏,社会学课程在阿蒂卡囚犯中特别受欢迎。在每周一次的课上,来自各个种族的15名囚犯阅读着亚当·斯密、马克思的著作。这些人每个星期都会进行一次辩论,思考如何将这些文本与自己的经历相结合。在这门课上,好几个学生分享了自己的实际经历,这有助于他们思考边缘人究竟该如何使自己变得强大。去年夏天,坟墓监狱爆发起义,课上的两名学生塞缪尔·麦尔维尔和赫伯特·布莱登当时就在那儿。两人说了很多,他们认为如果真想改善现状,就必须采取行动。

塞缪尔·麦尔维尔(出生时名叫塞缪尔·格罗斯曼,之后选择了更具文学性的名字)看上去更像是一个心不在焉的教授,而不像是媒体给他取的那个诨名"疯狂炸弹客"。麦尔维尔因在政府大楼放置爆炸物以抗议越战,被判刑18年,于是被关进了阿蒂卡监狱。正如他所见,除非美国亲身经历它的另一个国家造成的破坏,否则这场战争永远不会结束。在麦尔维尔看来,阿蒂卡的狱方对待囚犯野蛮粗暴而且还能不受惩罚,被关押在这样的地方,只会坚定这位出生于布鲁克林的白人激进分子的信念,即必须采取任何必要的手段来进行彻底的社会改革。

---

① Alton Germain, Testimony, *McKay Transcript*, April 14, 1972, 737.
② Lucien Lombardo, "Attica Remembered: A Personal Essay," *Paideusis: Journal for Interdisciplinary and Cross-Cultural Studies 2* (1999): 7-14.
③ 同上。
④ Bernard "Shango" Stroble, Chapter, "Anatomy of a Defense," unpublished book, ed. Ernest Goodman et al., Preliminary Inventory of the National Lawyers Guild Records, 1936-1999, Ernest Goodman Files, Box 67, Series 10, Bancroft Library, University of California, Berkeley.
⑤ Larry Boone, Testimony, *McKay Transcript*, April 17, 1972, 20.

赫伯特·布莱登也被说服，认为美国需要进行一些大改。布莱登出生于圣托马斯岛上，这位现年33岁的黑人肩膀宽阔、身材高大，和纽约的警察发生了很多冲突，但他的想法并不止于此。对布莱登而言，重要的是尽可能多地阅读从美国殖民主义、帝国主义到法律体系运转的一切读物。在坟墓监狱暴乱事件中，布莱登是最敢于直言的人之一，那次暴动的余波使他亲身体验到州里的囚犯需要了解尽可能多的信息，才能了解法律最终会如何被用来反对他们。

这些人的出现使得阿蒂卡的其他对政治漠不关心的人，比如黑大个史密斯，对自己的不满有了新的认识，也懂得如何使用新的语言来表达自己。但是，与拉塞尔·奥斯瓦尔德之类的州官员的想法相反，将诸如布莱登、麦尔维尔、马洛伊和希克斯这些经验丰富的活跃分子放到阿蒂卡的普通囚犯中间，并不会激怒那些囚犯。不用说，谁都可以看出阿蒂卡监狱的情况很糟糕，需要改变。阿蒂卡的囚犯也都意识到美国的监狱有多残酷，特别是如果那些囚犯缄默不言，州官员就可以为所欲为，而不会受到公众监督。①

从这方面看，转移到阿蒂卡的奥本监狱反叛者的命运极具启发性。尽管奥斯瓦尔德决定关闭奥本令人生畏的特殊监室单元，使许多外界人士相信他正在致力于刑法改革，但内部人士都很清楚，那次叛乱的所谓领头人一到阿蒂卡后，就被直接关进了另一个隔离区，即Z楼之中。② 从奥本被迁移过去的囚犯乔莫·乔卡·奥莫瓦莱后来是这样描述他们受到的接待的："警卫们块头都很大而且……他们说会想

---

① 欲了解更多阿蒂卡囚犯对必须在刑事司法体系中限制政府权力的观点，可参见：Heather Ann Thompson, "Lessons from Attica: From Prisoner Rebellion to Mass Incarceration and Back", *Socialism and Democracy 28*, no. 3 (September 2014): 153 - 171。
② David Addison, Testimony, *McKay Transcript*, April 17, 1972, 38. 亦可参见：Lawrence Killbrew, Auburn transferee at Attica until January 3, 1972, Testimony, *State of New York Select Committee on Correctional Institutions and Programs*, New York City, February 11, 1972。

办法宰了我们……我们都怕得要死。"①

值得注意的是，由于奥本的这些转押犯自学过法律，所以他们不会永远待在 Z 楼。这些人都很清楚，州政府将他们无限期地关押在此是没有法律依据的，而且多亏那些律师（包括刘易斯·斯蒂尔、赫尔曼·施瓦茨和一位名叫伊丽莎白·盖恩斯的年轻的法学院学生）的不懈努力，6 个月后，他们被放出隔离监室，关入普通牢房。② 取得这次胜利的关键是联邦地方法官约翰·T. 柯汀的决定，在接下来的一年里，他将被多次要求对阿蒂卡狱方的行为进行裁决。

囚犯很清楚他们这一方无论采取何种法律行动，都会激怒阿蒂卡的典狱长文森特·曼库斯。他们在金属加工车间的那次罢工行动中和他交过手，很显然，他决意不惜任何代价与从 Z 楼释放出来的那些奥本监狱的转押犯斗到底。曼库斯担心奥本监狱的囚犯会对整个监狱的犯人洗脑，把所有人都变成激进的麻烦制造者，而事实上，惩教署的官员如此对待奥本的转押犯，最终也使阿蒂卡监狱的许多囚犯变得日趋激进。囚犯们在获得不会遭到报复的承诺后，不仅遭到殴打，而且被凄惨地关在 Z 楼里整整 6 个月。狱方说话不算话，这使关押在阿蒂卡的大多数囚犯变得日益愤怒和焦躁。③

即便狱方不明白这件事的根源何在，但到了 1971 年夏，他们都很清楚自己正坐在火药桶上。正如专员拉塞尔·奥斯瓦尔德所言，那年夏天"我们忧虑的焦点从奥本转移到了阿蒂卡身上"。④

---

① 乔莫·克里夫兰·戴维斯，与作者的交谈，2006 年 2 月 16 日。
② 伊丽莎白·盖恩斯，与作者的交谈，纽约长岛，2006 年 4 月 8 日。
③ *McKay Report*, 130.
④ Russell Oswald, *Attica—My Story* (New York: Doubleday, 1972), 39.

5. 照章办事

尽管约翰·T.柯汀法官迫使狱方将奥本的转押犯从 Z 楼里放了出来，但囚犯的挫败感仍然很强。他们当中几乎没人相信监狱管理人员会受到惩罚，转而以更人道的方式来对待他们，给他们以尊严，一群囚犯认为现在是时候列出一份具体的清单，阐明他们所在的监狱需要解决的所有极其重要的问题了。1971 年 6 月 16 日，在对牢房的一次突袭搜查中发现了一份有关这些要求的草稿，这份草稿极大地震惊了阿蒂卡的典狱长曼库斯和没收它的狱警。两周之后，奥斯瓦尔德专员收到了一封列有同样要求的信件，署名的有 5 个人，他们自称为"阿蒂卡解放阵线"。其实并没有什么"阿蒂卡解放阵线"，但正如一个囚犯后来解释的那样，"这份宣言写完后，显然需要代表全体狱友署个名……［但］说什么有个严格的组织，压根儿就没这回事。"[①]

这封信让奥斯瓦尔德心情紧张，尤其是因为这封信也原样寄给了州长一份，不过他没料到这个自称"解放阵线"的组织写来的信并没有什么火药味儿："亲爱的先生，随函附上一份列有各项要求的宣言。我们觉得有必要抄录一份寄给你，以便你了解我们的需求以及监狱改革的迫切性。我们希望你的部门今后不会给我们造成任何麻烦，因为我们会让你了解监狱的状况。我们正在以民主的方式做这件事；真心希望你会帮助我们。"[②]

就算奥斯瓦尔德对这封信的开头既没有威胁用语也没有谩骂侮辱

而感到如释重负,但随信所附的那份宣言的激情昂扬,令他极为忐忑不安。那份宣言是这么开头的:"我们是阿蒂卡监狱的狱友,如今已意识到由于我们的囚犯身份以及被标记为所谓的犯罪分子,行政当局和监狱工作人员都不再把我们当作人来尊重,而是将我们视为牲口,是被挑出来服从他们命令的,视为苦役和狗,为满足他们施虐的变态心理想打就打。"宣言接着列出了 28 项改革要求,包括改变假释制度、穆斯林信教自由、改善工作与生活条件,医护人员和医疗政策及流程也需要改进。③ 署名为"阿蒂卡解放阵线"的 5 个人——赫伯特·布莱登、弗兰克·洛特、唐纳德·诺布尔、彼得·巴特勒、卡尔·琼斯-艾尔——在信的末尾提醒奥斯瓦尔德,他们这么做都是在照章办事。"现在将这些要求提交给你。我们不会采取任何形式的罢工行动来捍卫这些要求,会**设法**以民主的方式来做这件事。"④

奥斯瓦尔德的反应既小心翼翼,又带有怀疑,也有想和解的愿望。首先是小心翼翼:现在,既然"阿蒂卡监狱的所谓狱友代表已经提交了这么一长串的要求",他在给洛克菲勒的文件中写道,"那将'奥本六人组'关押在阿蒂卡监狱就让人更不放心了。"⑤ 他在想,把

---

① Larry Boone, Testimony, *McKay Transcript*, April 17, 1972, 27, 150.
② Attica Liberation Faction, Letter to Russell Oswald, 亦引自: David Addison, Testimony, *McKay Transcript*, April 17, 1972, 95.
③ 引自 Jeremy Levenson, "Shreds of Humanity: The Attica Prison Uprising, the State of New York and 'Politically Unaware' Medicine," Unpublished Undergraduate Honors Thesis, Department of Urban Studies, University of Pennsylvania, December 21, 2011, 作者握有这份材料, 39–40。
④ Attica Liberation Faction to Oswald, *McKay Transcript*, 97.
⑤ Russell G. Oswald, Commissioner, Department of Corrections, Memorandum to Nelson A. Rockefeller, Governor, as quoted in: David Addison, Testimony, *McKay Transcript*, April 17, 1972, 97. Copy also held at the Walter Reuther Library of Labor and Urban Affairs, DRUM Collection, Subseries 2C National Lawyers Guild: 1963–74, Box 7, Folder 11, Wayne State University, Detroit, Michigan.
   Russell G. Oswald, Commissioner, Department of Correctional Services, Memorandum to Nelson A. Rockefeller, Governor, Subject: "Activities Report—June 2, 1971–July 2, 1971," July 6, 1971, Nelson A. Rockefeller gubernatorial records, Departmental Reports, Series 28, New York (State), Governor (1959–1973: Rockefeller), Record Group 15, Box 2, Folder 31, Rockefeller Archive Center, Sleepy Hollow, New York.

他们转移到附近的县看守所，在那里等待法院对他们的 11 月暴动做出判决，是否会引起民众对他们的案子的更多不必要的关注；抑或是把他们继续留在阿蒂卡的普通囚犯中间，让他们在那里煽动其他囚犯，从而使情势更糟？

其次是狐疑：奥斯瓦尔德读这份宣言的次数越多，就越对它的出处产生怀疑。他确信自己不久前见过类似的论述，但那不是出自纽约的监狱，而是来自加州的监狱。在调查之后，他在给洛克菲勒的报告中写道："我们发现这些要求几乎原封不动地抄自加州福尔索姆监狱不久前的那份由黑豹党牵头写的宣言。"① 这位专员发现特别有意思的一点是，阿蒂卡的"七月宣言"——现在囚犯都这么称呼它——要求"宗教自由"。照他看来，这是一个过硬的证据，暴露了远在加州的激进分子已在这所监狱里搞事，更糟的是，"'黑人穆斯林'也卷入其中"。② 他发现还有一个地方同样让人不安，宣言的其中一个署名者是赫伯特·布莱登，他知道此人正是 1970 年纽约市看守所暴乱的关键人物。

没错，阿蒂卡监狱的这 5 名囚犯呼吁监狱进行改革的这份宣言，确实是以加州福尔索姆监狱起草的宣言为榜样的。③ 去年发生在福尔

---

① Russell G. Oswald, Commissioner, Department of Correctional Services, Memorandum to Nelson A. Rockefeller, Governor, Subject: "Activities Report—June 30, 1971–July 29, 1971," July 30, 1971, Nelson A. Rockefeller gubernatorial records, Departmental Reports, Series 28, New York (State), Governor (1959–1973: Rockefeller), Record Group 15, Box 2, Folder 31, Rockefeller Archive Center, Sleepy Hollow, New York. 亦可参见：Russell G. Oswald, Interview by CBS News correspondent Walter Cronkite, September 21, 1971, Transcript, Dorothy Schiff Papers, Box 4, New York Public Library。
② Russell Oswald, *Attica—My Story* (New York: Doubleday, 1972), 40.
③ Herbert X Blyden and Akil Al-Jundi, Testimony, Deferred Joint Appendix, *Herbert Blyden et al. v. Vincent Mancus, et al.*, United States Court of Appeals, Second Circuit, 186 F. 3d 252, Docket No. 97-2912, Vol. I, November 11, 1991, in the papers of Elizabeth M. Fink, Brooklyn, New York, A-1-687. Also see: "Folsom Manifesto," in Frank Browning, *Prison Life: A Study of the Exploitative Conditions in America's Prisons* (New York: Harper & Row, 1972).

索姆监狱的因犯大规模抗议活动是个大新闻,而那些囚犯的不满在全国各地的无数牢房里都可以见到。但这并没有否定从阿蒂卡传出的改革呼声的合理性;布莱登的参与也并不能表明叛乱正在酝酿之中。布莱登清楚地看到阿蒂卡的情况和坟墓监狱的一样可怕,他只是觉得有必要大声说出来。

"七月宣言"为什么会和福尔索姆的宣言如此相似,阿蒂卡监狱的管理人员自身根本不想去了解其中真正的原因。对于这份宣言,管理层认为其中必有不可告人的目的,最好的回应方式就是对囚犯实行更严厉的镇压。"七月宣言"之后的阿蒂卡形势变得如此严峻,以至于因犯塞缪尔·麦尔维尔在写给他律师的一份长信中说,就因为写了宣言,狱友如今都被隔离了起来,要"关60天的盒子"。[1]

但是,当典狱长曼库斯选择惩罚"七月宣言"的同情者时,身在奥尔巴尼的奥斯瓦尔德却决定采取和解的策略。他向洛克菲勒解释说,他打算"对所有的要求都调查一遍,以期在可能和有益的情况下采取行动进行回应"。[2] 奥斯瓦尔德一辈子都在从事监狱改革,阿蒂卡因犯能感到他把囚犯的最大利益放在心上,这一点对他而言仍然很重要。他相信,这可能是挫败外界煽动的唯一希望所在。

1971年7月7日,奥斯瓦尔德给阿蒂卡的"七月宣言"起草者回了一封信,向他们保证他会"对整个清单仔细斟酌"。[3] 他还提到了他们打算以民主的方式进行此事的叙述,并指出:"我完全赞同这是一种理性的做法。"[4] 他认为自己的这封信会传遍监狱的每一个角落,所以还告诉他们他已经在努力解决刑事方面的问题。"你们可能会……注意到已经发生了一些变化,我向你们保证,朝着更进步、更

---

[1] Robert E. Tomasson, "Melville, Attica Radical Dead: Recently Wrote of Jail Terror," *New York Times*, September 15, 1971.
[2] Oswald Memorandum to Rockefeller, July 30, 1971.
[3] Russell Oswald, Letter to Attica Inmates, July 7, 1971, as quoted in: David Addison, *McKay Transcript*, 106.
[4] 同上。

人道、更有改造能力的体制迈进的更大变革正在规划之中。"①

7月19日,奥斯瓦尔德收到一封回信,这次仅由弗兰克·洛特执笔,信中对如今开始的这场对话表示赞赏,称阿蒂卡的囚犯也对专员的"诚意"充满了信心。②但他又说,管理人员第一次将水罐放在了午餐桌上,除此之外,"宣言中最后两页的条款所涉及的情况仍然存在",接着他又把它们列举了一遍。③

一个月过去了。在充满善意的信件往来之后,从专员那里没有传来任何消息,阿蒂卡那些自封的发言人神经紧张起来。1971年8月16日,洛特再次代表"阿蒂卡解放阵线"写了一封信,信中提请专员注意这样一个事实:典狱长曼库斯仍在对囚犯阅读的报纸进行审查,尽管法院近期已经裁定这样的审查不合法;他还特意告诉奥斯瓦尔德专员,狱友们对改变已然迫不及待。"我们正焦急地等待你告诉我们你对宣言的评估结果,"他写道,"我真心希望你能给我写封信,让我知道具体的情况。"④尽管如此,洛特还是不想给专员留下受到胁迫的感觉。虽然从他们第一次接触专员起,阿蒂卡的情况变得更为压抑,对牢房的搜查升级了,写作和阅读材料遭到没收,惩戒性的关禁闭愈演愈烈,但洛特仍向奥斯瓦尔德承诺,"我们会继续以民主的方式努力达成监狱改革的目标"。⑤

这次,奥斯瓦尔德给洛特回了封信。他重申监狱系统已经完成了大量改革,并再次保证他将继续研究还有哪些地方需要做出改进。⑥但他也对阿蒂卡的囚犯提出了批评,希望他们现实一点。"彻底全面

---

① Russell Oswald, Letter to Attica Inmates, July 7, 1971, as quoted in: David Addison, *McKay Transcript*, 106.
② Frank Lott, Letter to Russell Oswald, July 19, 1971, as quoted in Addison, *McKay Transcript*, 107.
③ 同上,108。
④ 同上,110。
⑤ 同上,111。
⑥ Russell Oswald, Letter to Attica Inmates, undated, as quoted in: Addison, *McKay Transcript*, 111.

的改革不可能在短时间内达成。"① 他们都知道这一点。但他们也很清楚他们所要求的"都是些简单的变化,例如食堂里提供干净的餐盘,炎热的夏季允许每周洗澡超过一次",并不需要"彻底全面的改革"。②

---

① Second Oswald Letter to Attica Inmates quoted in Addison, *McKay Transcript*, 111.
② *McKay Report*, 138.

6. 翻来覆去

1971年8月中旬，白天的气温一直在华氏90度左右，夜间也从未低于华氏68度，阿蒂卡5栋闷热的囚楼里，陈腐的空气中弥漫着徒劳和沮丧的感觉。[①]一个月前，他们还带有乐观情绪，以为惩教署专员可能会为他们做点什么，现在看来还是太天真了。近2 300名汗流浃背的囚犯身上散发出的恶臭像毒云一样盘旋在牢房上方，即便最有耐心的囚犯都会认为奥斯瓦尔德在耍他们。

不过，囚犯将阿蒂卡变得人性化所要做的具体事项落实到了纸上，至少得出了一个有形的、极为重要的成果。在这所监狱的历史上，对变革的渴望第一次促使通常敌对的囚犯帮派开展对话，很快，跨越人种、种族、政治观点的界限的各色同盟涌现了出来，虽然不太牢靠，但具有潜在的强大力量。狱警们眼见发生这样的事都忧心如焚。一名狱警焦虑地指出："这些团体的特殊组成方式发生了变化……一个团体会包含三到四个不同的帮派……这很不正常，你懂的。"[②]

1971年8月22日上午，各类囚犯群体之间不同寻常的团结变得尤为明显。当阿蒂卡各个群体排着整齐的队伍安静地走进食堂时，狱警立即注意到，大多数囚犯都戴了一条黑布做的臂章。很明显的一点是，每个群体都没有遵照惯例由两个个子最高的囚犯领头，而是跟在两名身高各异、面无表情的黑人囚犯后面。接着，更令狱警不安的是，他们在食堂坐定后，竟然没有一个人用餐。当狱警扫视着洞穴般的巨大食堂，寻找蛛丝马迹的时候，一名囚犯终于向其中一名狱警解释说，他们这是在"默哀静坐"，以抗议狱友乔治·杰克逊前一天在加州的圣昆汀州立监狱遭谋杀一事。③

乔治·杰克逊在美国的监狱系统里可谓赫赫有名，因为他在狱中写了很多作品，阐述了美国监狱里的种族主义和残酷行径，尤其是对有色人种囚犯。④ 他的被杀令各地监狱里的囚犯感到不安。照加州的监狱方面的说辞，杰克逊当时试图越狱，"一名守卫过去检查他时，他从头上的假发里抽出一把5英寸长的9毫米口径半自动手枪"。⑤ 然后他跑着穿过院子，并在此被射杀。

对阿蒂卡的囚犯来说，这个故事一听就很假，甚至可以说是荒诞不经。⑥ 在加州的整个监狱体系内，像他那样受到最严密监控的人怎么可能戴假发，更别说假发里还藏了把沉甸甸的手枪？正如阿蒂卡的一名囚犯所言："没人能把枪藏在头发里……然后回到盒子里还不被搜出来。"⑦ 各地的囚犯都坚信，不管圣昆汀监狱发生了什么，肯定和喜欢滥杀无辜的守卫有关，现在乔治·杰克逊死了。之前关在奥

---

① "August-September, 1971," Agricultural Business Weather Bureau, Historical Databases.
② James E. Cochrane, Testimony, *McKay Transcript*, April 13, 1972, 290.
③ David Addison, Testimony, *McKay Transcript*, April 17, 1972.
④ 欲了解近期关于乔治·杰克逊以及加州囚犯权利运动方面的重要议题，可参见：Dan Berger, Captive Nation: Black Prison Organizing in the Civil Rights Era (Chapel Hill: University of North Carolina Press, 2014)。
⑤ Wallace Turner, "Bingham Charged in Prison Deaths," *New York Times*, September 1, 1971; "Officials Report Racial Angle in San Quentin Break," *New York Times*, August 25, 1971. Also see: Pacifica Radio Reports PM 054 and PM 122 on the killing of George Jackson, in: The Freedom Archives, San Francisco, California, as well as: Television News Archive, Vanderbilt University, Nashville, Tennessee.
⑥ Conversation #571-10 (rmn_e571b), September 13, 1971, 4:36 p.m.-6:40 p.m., Oval Office; and Conversation #74-2, September 14, 1971, Richard Nixon White House Recordings, Presidential Recordings Program, Miller Center for Public Affairs, University of Virginia, Charlottesville, Virginia. Hereafter referred to as Nixon Tapes.
⑦ Larry Boone, Testimony, *McKay Transcript*, April 17, 1972, 155.

本、如今关在阿蒂卡的囚犯乔莫·乔卡·奥莫瓦莱在得知杰克逊的死讯后特别沮丧,因为他近期和杰克逊通过信,聊过纽约的监狱生活。狱警的攻击性普遍都很强,但乔莫没想到他们竟然会直接杀害这样一位著名的囚犯。① 正如另一个囚犯所言,阿蒂卡的犯人"通常一直都认为,过去[守卫]可以杀死狱友而逃脱惩罚……但是没有人真的想到这种事[现在]会发生……直到它发生在杰克逊身上。"② 因此,1971年8月22日,无论黑人、白人,还是波多黎各人,如此多的囚犯站在了一起,他们拒绝进食,可见杰克逊之死不仅震撼了他们,也使他们集结到了一起。

趁着这一波新出现的团结浪潮,A楼的囚犯决定于8月30日来一次大规模的"生病"抗议。因为有传言说,奥斯瓦尔德专员将访问阿蒂卡,所以他们特别希望监狱医疗机构的严峻状况能在那天引起他的注意。

结果,专员取消了这次走访,因此他根本没见到一群囚犯挤在陈旧不堪的医务室内抗议的情景。但他确实听说了囚犯的这次行动,于是致信洛克菲勒州长及曼库斯典狱长,说他将在下周去阿蒂卡了解情况,他很担心。正如他对洛克菲勒所说的:"我这人虽然不会喊什么'狼来了',但近期圣昆汀监狱发生的惨剧已经很明显地表明,同监狱里的理想主义者和狂热分子打交道时,任何事都会发生。"③

到了8月底,阿蒂卡的狱警也愈来愈担心。他们开始对妻子和同事表示不想去上班。有的人甚至开始把钱包放在家里,以免监狱的"突发"状况。狱警威廉·奎恩还感到不得不确保自己的财务状况不出问题。一天晚上,等女儿狄安娜和克里斯汀上床睡觉后,奎恩把存

---

① 戴维斯,与作者的交谈,2006年2月16日。
② 布恩,Testimony, *McKay Transcript*, April 17, 1972, 154。
③ 来自拉塞尔·奥斯瓦尔德给纳尔逊·洛克菲勒州长的八月报告。副本已被纽约州从纽约州档案馆的洛克菲勒档案中移除,但这段引文重现在奥斯瓦尔德的自传内。参见:Russell Oswald, *Attica—My Story* (New York: Doubleday, 1972), 42。

放所有保单的地方告诉了妻子南希,并告诉她如何处理家里的账单。① 他担心阿蒂卡发生暴动是在所难免的,说不定近在眼前。

和拉塞尔·奥斯瓦尔德专员一样,阿蒂卡的许多狱警在法庭上说他们在狱中体会到了新的紧张局势,特别是当柯汀法官下令将奥本的囚犯转押至阿蒂卡的普通囚犯中间时,他们感到自己的权威被削弱了。② 不过,大多数狱警也认为惩教署的做法使情况更为恶化了。奥尔巴尼的狱警人手不足,没受过训练,无法应对最近力量陡增的愤怒囚犯带来的挑战。奥斯瓦尔德同意在接下来走访监狱时讨论守卫的安全问题。

尽管专员和官员担心囚犯可能会策划暴动,但情况并未发展到这一步。对于是否可以指望州政府官员来帮助他们,囚犯们仍然怀有深度的疑虑,而奥斯瓦尔德愿意与"阿蒂卡解放阵线"通信使他们深受鼓舞。正如一个囚犯总结的那样,1971年夏,许多人都真诚地相信奥斯瓦尔德可能会为他们干些实事,就连最愤世嫉俗的囚犯也愿意"拭目以待"。③

---

① 狄安娜·奎恩·米勒,与作者的交谈,纽约巴塔维亚,2004年8月11日。
② Henry Rossbacher, Testimony, *McKay Transcript*, April 17, 1972, 14; Addison, Testimony, *McKay Transcript*, April 17, 1972, 38. Also see: *McKay Report*, p. 130.
③ Boone, Testimony, *McKay Transcript*, April 17, 1972, 157.

7. 山穷水尽

从某些方面看,阿蒂卡的囚犯不敢相信纽约州惩教署的负责人会来和他们沟通。他们希望,奥本监狱和纽约市看守所近期发生的暴乱已经给了奥斯瓦尔德这样的官员一个教训,所以他们绝不会停止要求被当作人来对待。他们想让他明白,真正地倾听囚犯的声音而不是无视他们的要求,这才是明智的。乔治·杰克逊的《孤独的兄弟:乔治·杰克逊狱中来信》(*Soledad Brother: The Prison Letters of George Jackson*)、埃尔德里奇·克里夫的《冰上的灵魂》(*Soul on Ice*),都是阿蒂卡的囚犯热烈讨论的读物,他们从中读到了对不公的批判,深受启发,所以他们也祈祷奥斯瓦尔德在倾听之余能意识到现在亟须改变的现状。

所有人都怀着极大的期待等待着9月2日,也就是专员过来的这一天。一到监狱,他就会和工作人员见面,还会和"阿蒂卡解放阵线"的代表会面,然后通过监狱的广播系统对全体狱友讲话。那天晚上,囚犯坐在自己的牢房里,戴上耳机,他们平常都会听到广播里传出满是静电干扰的歌曲,如今则在等着听奥斯瓦尔德会说些什么。有传言说,当天早些时候,他和"阿蒂卡解放阵线"的代表见了面,这是个好兆头,但所有人都很想听听专员本人将要对阿蒂卡实行何种改革举措。先是A、B、C楼的囚犯在7:00到7:09通过耳机收听奥斯瓦尔德的讲话,然后,9:18到9:27,他会对E楼的囚犯讲话。最后，9:44 到 9:53，专员会再次用麦克风对 D 楼金属加工车间的囚犯讲话。

奥斯瓦尔德并未和囚犯亲自交谈，而是给他们留了一份录音带。在这段录音的开头，专员解释了自己为什么没有像说好的那样亲自对他们讲话。"我原本打算在这里待上两天，"他拉长语调说，"但遗憾的是，办公室有急事需要处理，再加上我妻子进了医院，我只能提早赶回奥尔巴尼了。"①

当对此难以置信的低语声隆隆地弥漫在各栋囚楼时，奥斯瓦尔德的声音还在继续。他告诉囚犯，尽管"面临着州历史上前所未有的最严重的财政危机"，但他还是采取了几个关键步骤，要将改革引入阿蒂卡。②他继续说道，重要的是，惩教署还计划"实施好几个新的规划和项目"，比如新增一间法律图书室，开办一项新的"培训项目，通过有意义的改造方式培训全体人员……［以及］将这些项目扩展至社区"。③

直到这段录音的尾声，奥斯瓦尔德才提及那些囚犯在 7 月寄给他的信里提出的所有问题。他只是说他和他的工作人员"正在并且今后还将继续从各个方面审视每个问题"，只要"合情合理"，他的部门就会进行改变。④

奥斯瓦尔德的讲话结束后，阿蒂卡的一些人仍对改革的可能性抱持某种乐观态度。一个 21 岁的囚犯甚至觉得有必要在第二周给专员写封信，他说自己"仔细听了讲话录音"，相信专员的话里满怀着"诚意"。⑤他接着写道："先生，我对你充满信心，相信你会尽自己

---

① 引自：Russell Oswald, *Attica—My Story* (New York: Doubleday, 1972), 117.
② 引自：同上，118。
③ 引自：同上，119。
④ 引自：同上，122。
⑤ Raymond Jordan, Jr., Letter to Russell Oswald, September 8, 1971, FOIA request # 110818 of the New York State Attorney General's Office, FOIA p. 000848.

所能将自豪与自尊还给我们,我知道你总有一天会成功的。"① 另一个人也给奥斯瓦尔德写了封信,不仅感谢他所作的努力,还希望他的妻子能早日康复。不过,大多数囚犯都觉得奥斯瓦尔德背叛了他们。他不在那里,所以没听见录音刚放完,监狱里就响起了"耳机砸在墙上"的声音,还有人在大喊,"这是逃避,这是逃避!"的吼声回荡在阿蒂卡的各栋囚楼里。② 当然,他也没有见到听完录音后,那些人沮丧地坐着,脑袋埋在双手里,或者绝望地在牢房里走来走去的场面。用一个人的话来说:"他什么都没做……他连一个让步都没做出,比如给一块肥皂,或者增加一次洗澡的机会。"③

接下来几天,阿蒂卡的囚犯进行了激烈的讨论,琢磨专员的这次录音讲话是什么意思,商量下一步将如何使他采取行动。对绝大多数人而言,有一点似乎是显而易见的,那就是他们以民主的方式所作的尝试,他们的耐心以及非暴力之举,都未能使他们的生存条件得到一丝一毫的改善。就算有的话,也只是导致了更多的审查,更频繁的牢房搜查,能踏出阴郁的囚楼的时间也更短了,监狱行政人员甚至更加怀疑和警惕他们的一举一动。正如塞缪尔·麦尔维尔在9月4日给律师的信中所写:"现在一切规章制度都执行得很严格。着装、发型、列队、不得讲话、不得戴帽,每一件事都有规章。"④

可是,即便有着些许直接行动的经验的那些囚犯,包括参与奥本监狱和纽约市看守所暴动的那些老资格,也仍然非常希望阿蒂卡别出什么大事。1971年9月8日,赫伯特·布莱登又写了一封信,这次是写给州共和党参议员约翰·邓恩,邓恩曾参加过纽约的坟墓监狱起义的和平谈判,当时布莱登就在那里,邓恩还是奥尔巴尼犯罪与惩教常

---

① Raymond Jordan, Jr., Letter to Russell Oswald, September 8, 1971, FOIA request # 110818 of the New York State Attorney General's Office, FOIA p. 000848.
② 引自: *McKay Report*, 141。
③ 同上。
④ 转载于 Samuel Melville, *Letters from Attica* (New York: William Morrow, 1972), 173-174。

设委员会的主席。从某些方面来看，布莱登将邓恩视为他们的最后一线希望。"我们希望你的委员会能在近期多来几次阿蒂卡，监狱的局势很不安定，"布莱登写道，①"所有人都对我们承诺要改变……我先在此谢谢你，此致敬礼，赫伯特·X. 布莱登。"②

其他人则更急切和热情地希望外界能立即进行干预。塞缪尔·麦尔维尔在给他律师的一封措辞激烈的信中写道："看在上帝的分上，做点什么吧！"③

---

① Herbert X Blyden, Letter to John R. Dunne, September 8, 1971, FOIA request # 110818 of the New York State Attorney General's Office, FOIA p. 001676.
② 同上。
③ 转载于 Melville, *Letters from Attica*, 173-174。

第二部 脱缰的权力和政治

迈克尔·史密斯

迈克尔·史密斯没搞明白自己怎么就当上了狱警。他 22 岁，留着络腮胡和唇髭，看上去更像是邋里邋遢的大学生，而不是纽约惩教署的雇员。但是，就像在纽约郊区长大的许多其他小镇的男孩一样，他得养活自己，而监狱在纽约州的那个地方还算是个不错的行业。

高中毕业后不久，迈克尔就进了杰纳西县社区学院学习。他在那里遇见了一个名叫莎朗的女孩，他对莎朗一见钟情，决定辍学去找份工作，好让女孩同意嫁给他。他们订婚后不久，迈克尔在当地的机修店找了份工作。但没过多久，他就觉得自己得找一份更好的工作。他发现自己可以参加公务员考试，像几个表兄弟那样在监狱系统工作。工资稳定，福利也不错，工作旱涝保收，这些都很重要，因为迈克最想要的就是能够养家糊口。

1970 年 9 月 3 日，结婚才两周的迈克尔在纽约纳帕诺克的东部监狱开始了自己的第一份警卫工作。另一个年轻的狱警约翰·达坎杰罗告诉了他一些门道，迈克尔对此很感激。他从没受过与这份工作有关的任何培训。迈克尔和莎朗很快就与约翰及安夫妇走得很近，而且由于两个女人都想要孩子，这让他们变得更亲密了。当迈克尔被调往阿蒂卡以便离大家庭更近的时候，他希望约翰也能调到那里。让他高兴的是，没过几个月，约翰就过去了。

迈克尔认为在阿蒂卡他的日子会过得很开心。尽管阿蒂卡很过时了，但比纳帕诺克现代化，看起来也更安全。① 而且，他觉得自己在监狱干活已经轻车熟路。他最看重的是互相之间的尊重。尽管他的大多数同事在叫囚犯的时候都是以他们的编号称呼，最多叫个姓，但迈克尔对每一个囚犯都称呼"先生"。当然，这种做法让他的几个同事很不爽，他们认为他太软弱，太随和。但在迈克尔看来，监狱里的许多人都很体面，他们只是做错了选择或者运气不佳而已。当纳帕诺克的两名囚犯给他写信，感谢他尊重他们时，他很感动。能有人给他写这样的信让他很自豪，所以把信整天带在身上。

不过，迈克尔到阿蒂卡没多久，就对狱警对待囚犯的方式很反感，这让他心情沉重。有个波多黎各囚犯，每次有他的信送来，迈克尔的同事就会把信扔进垃圾桶，只因没人能读懂信里的内容，这让迈克尔感到不安。② 每个新来的囚犯都会被脱光了搜身，迈克尔也觉得这么做毫无必要且有辱个人尊严。他非常确定，如果他受到这样的待遇，准保自杀了事。③

所以，迈克尔·史密斯对阿蒂卡监狱里有异议的人越来越多并不吃惊。当他被派去负责其中一个金属加工车间时，他清楚地觉得那里的囚犯有抱怨很正常，他们也越来越坚决地想要发声。他认为，允许囚犯说话是很重要的。

1971年7月的一天，唐·诺布尔和另两名囚犯在轮班结束时向迈克尔走去。他们写了一封信给惩教专员，想听听他的意见，这就是署名"阿蒂卡解放阵线"的那封信。仔细读完之后，迈克尔认为他们清晰而理性地表达了他们的担心，于是表示写这封信是个好主意。④

可这封信只等来了奥斯瓦尔德的录音讲话，对此，迈克尔几乎和

---

① 迈克尔·史密斯，与作者的交谈，纽约巴塔维亚，2004年8月10日。
② 同上。
③ 同上。
④ 迈克尔·史密斯，Testimony, *Attica Task Force Hearing*, July 30, 2002, Albany, New York, 197。

囚犯一样沮丧。他也很担心。播放奥斯瓦尔德的录音时，迈克尔正在阿蒂卡的一栋囚楼里走动，他能立马明白政府以这种方式处理事情将后患无穷。他甚至能感觉到周围的空气都因为这股新的怒气而发出噼里啪啦的爆裂声。

8. 反 驳

阿蒂卡的人希望像该州参议员约翰·邓恩这样有权有势的人仍能为他们做一些事，但如果连这个努力也没有为监狱带来有意义的改善措施的话，究竟该何去何从，他们并未达成一致意见。院子里的各种不同政治派别对这个问题的讨论已经有一段时间了，比如"地下气象台"（The Weather Underground，一个致力于反抗种族主义和帝国主义的革命组织）的塞缪尔·麦尔维尔、黑豹党的汤米·希克斯、"黑人穆斯林"的理查德·X. 克拉克这样的活动分子，以及"青年贵族党"（一个在纽约和芝加哥等城市活动，旨在改善波多黎各人的生存环境的草根激进组织）的"达卢人"马里亚诺·冈萨雷斯这样的人。[①]不过，也没有商量出任何新策略。然而，到1971年9月初，奥斯瓦尔德录音讲话之后，所有人都能在一个关键问题上达成共识：阿蒂卡的绝大多数人现在都处在一个临界点。几乎任何风吹草动都能使这个地方炸锅。

狱警迈克尔·史密斯也这么认为。尽管他和他管辖的那个群体的囚犯关系很好，但在奥斯瓦尔德录音讲话那场灾难之后的一个清晨，当他领着他们去食堂时，他看得出这些人异常焦躁，他很不喜欢这么多囚犯集中在一个气氛如此紧张的地方。那天什么事也没发生。但是一周后，也就是1971年9月8日，有一件事证明了他的担心，即阿蒂卡的情况已经变得多么岌岌可危。

那天下午大约 3:30，迈克尔·史密斯被派往 A 号院，A 楼的近 500 名囚犯正在那里放风。在院子的一角，靠近手球球场的地方，迈克尔注意到两个男人在争吵。在他看来，那两人明显是在闹着玩儿，所以觉得没必要干预。但另一名狱警得出了不同的结论，并跑去向上司、61 岁的高级警督理查德·马洛尼报告。还没来得及把他们带到马洛尼面前，其中一人就已经跑开了，只留下另一人解释刚才发生的事。

杜瓦是个瘦子，23 岁，来自纽约市，刑期 5 年。由于不服从狱警的命令，他被禁足 7 天，刚刚被放出来。在自己的小牢房里关了这么长时间后，他真的很享受在室外闲庭信步的自由。当杜瓦走到马洛尼跟前，想要解释刚才的事情时，警督却要他马上离开 A 号院，返回他那间可怕的牢房。

不可思议的是，杜瓦问道："凭什么?"

马洛尼回答："我说了，回去。"

马洛尼在阿蒂卡待了 10 年，惯于颐指气使。

杜瓦反驳道："我问你凭什么？我什么都没做。"

马洛尼又重复了一遍："我说了，回那儿去。"[②]

愤怒的杜瓦转过身，正要离开，马洛尼伸出手一把抓住了他。没想到，杜瓦一转身，当胸给了马洛尼一拳。警督重复他的命令，杜瓦又打了马洛尼，然后跑到院子中央，马洛尼紧跟其后。眼见这种难得一见的场景，近 200 名囚犯围了上来。杜瓦的一些支持者开始威胁马洛尼，如果他把杜瓦带走就对他不客气。作为回应，马洛尼试图让人群放心，说杜瓦不会受到伤害，只是让他离开院子而已。但到了

---

① For more information on the Weather Underground and the Young Lords Party see: Dan Berger, Outlaws of America: The Weather Underground and the Politics of Solidarity (Chico, California: AK Press, 2005) and Johanna Fernandez, When the World Was Their Stage: A History of the Young Lords Party, 1968–1974 (Princeton: Princeton University Press, forthcoming).

② Chris Mayers, Testimony, *McKay Transcript*, April 14, 1972, 173.

1971 年夏，狱警的承诺对阿蒂卡的人而言几乎一文不值，许多人都确信杜瓦只要一离开他们的视线，肯定会被毒打一顿。①

突然，另一个囚犯，一个名叫雷·拉莫里、原本在院子另一头玩橄榄球的 28 岁白人，就这么冲进了围住杜瓦和马洛尼的人群之中。后来，谁也说不清拉莫里是想打还是想骂马洛尼。但那个时候，另一个狱警，49 岁的警督罗伯特·柯蒂斯从 A 楼的走廊上看到了这一幕，以为囚犯与警卫之间的冲突正在升级，就立即跑过去试图平息事端。柯蒂斯进入 A 号院，要马洛尼和其他狱警离开，等以后再处理杜瓦和拉莫里。

当警督马洛尼和柯蒂斯走出 A 号院，而没有把杜瓦带走时，很难相信谁更惊讶：是他们，还是警惕地目送他们离开的囚犯。柯蒂斯返回他那个被称为"时代广场"的岗位上，那是一间又小又暗的屋子，四周一圈巨大的钢门，它就在监狱的正中央，是指挥中心，A、B、C、D 楼的大厅全都汇聚在此，还有一座楼梯可通往阿蒂卡的各条狱内栈桥。尽管柯蒂斯决定离开 A 号院，不参与到争执之中，但他觉得还是有必要把这件事报告给典狱长曼库斯和副典狱长列昂·文森特。②

柯蒂斯最终在毗邻 A 楼的行政楼内的假释听证室找到了曼库斯和文森特两人，他们和助理副典狱长卡尔·普菲尔一起正在与阿蒂卡的狱警工会，即 AFSCME 第 82 理事会，进行着紧张的会议。这次会议从上午 10 点就开始了，让各方花了这么长时间商讨的问题恰巧就

---

① Rockefeller Administration, Confidential Memo, "Events at Attica: September 8-13, 1971," 1. 这份近 70 页的 Albright-Vestner Report 是洛克菲勒最亲密的助手编写的，是为了便于州长可以获悉暴动期间阿蒂卡动荡的每个细节。该报告的存在被否认多年，但在 1980 年代，它最终还是迫于传票的召唤而现身。作者 2006 年造访纽约布法罗市伊利县法院大楼的书记员办公室时，找到了该文件的副本。

② Investigators James Stephen and F. A. Keenan, State of New York Organized Crime Task Force Memorandum to R. E. Fischer, Subject: "Interview of Lt. Robert Curtiss," December 9, 1971, Erie County courthouse.

是狱警的安全问题。① 工会代表、警督"老头子"弗兰克·瓦尔德认为,狱方管理层没把员工的安危放在心里。这是两天来第二次阿蒂卡工会紧急要求狱方管理层采取行动,确保狱警的安全。此前一天,狱警们去见了曼库斯,表示对自己的安全非常担忧,要求将监狱设为一级防范,以避免危险发生。管理层似乎根本没有听进去。即便现在,当柯蒂斯汇报 A 号院刚刚发生的事时,曼库斯只是无动于衷望着他。在他看来,那天早些时候囚犯的举动,只是意味着需要对他们施以惩罚。他让柯蒂斯少安勿躁,等到晚上杜瓦和拉莫里所在的两群人全部回到牢房后,再把这两个无法无天的犯人带到 Z 楼。

这是阿蒂卡的绝大多数人最担心的事,A 楼的所有人尤其担心一旦他们被隔离之后,杜瓦和拉莫里会遭遇不测。首先,没人打过阿蒂卡的警督,对这种行为的惩罚肯定是严酷的。不过更糟的是,杜瓦和拉莫里都是从奥本监狱过来的,因为他俩去年 11 月参加过那里的暴乱。② 谁都知道,阿蒂卡的狱警肯定会拿他们出气,因为前者至今仍为奥本的狱警在那次起义中被劫为人质而愤愤不平。那天晚上,当 A 楼 3 号群的人听见马洛尼和另外 3 名狱警走向杜瓦的牢房时,所有人都安静了下来,充满了警惕。

杜瓦起先拖延时间,要求让他把书交给另一个囚犯。当守卫拒绝后,杜瓦宣布他不走,于是狱警就跟着他进了牢房,把东西砸了个稀巴烂。③ 附近牢房的人都能听见家具毁坏、玻璃碎裂的声音,便开始敲击铁栅栏,大喊:"别碰那个孩子!"其实,他们谁都看不见杜瓦的牢房里发生了什么,于是想到了最坏的情况。当他们看见杜瓦一动

---

① Karl Pfeil, Testimony, *In the Matter of the Additional, Special and Trial Term of the Supreme Court of the State of New York, Designated Pursuant to the Order of the Appellate Division, Fourth Department*. County of Wyoming, January 20, 1972, Erie County courthouse.
② Richard X Clark, *The Brothers of Attica* (New York: Links Books, 1973), 8-9.
③ Chris Mayers, Testimony, *McKay Transcript*, April 14, 1972, 189.

不动地被 4 个警卫抓住四肢架出去时，其他囚犯都认为杜瓦已经死了。杜瓦被带走后，楼里一片死寂，大家都惊呆了。"就好像家里人刚死了一样。"一个囚犯回忆道。每个人现在都胆战心惊。①

接着，仅仅几分钟后，楼下传来又一场冲突的声音，雷·拉莫里所在的 A 楼 5 群就在下面这一层，当晚他们在那里被关了一夜。尽管警督柯蒂斯并不确定拉莫里到底犯了什么罪，但他和另外 4 名狱警仍然尽职尽责地听命于曼库斯，并冒险将 24 号牢房的拉莫里带到了 Z 楼。听见带走杜瓦引发的骚动后，拉莫里吓坏了，已经拿起凳子准备自卫。可是，很快他就发现这么做是徒劳的，即便他对柯蒂斯说不清他犯了什么罪这一点觉得难以置信，但他还是乖乖地跟狱警们走了出去。

由于 5 群就是一个所谓的垫底群，群里的人被分到的都是最脏最累的粗活，所以他们对阿蒂卡的守卫有一肚子怨气，而拉莫里和杜瓦被带走这件事正好如同火上浇油。当狱警带着拉莫里走出长廊的时候，囚犯们从各自的牢房里冲他们投掷各种物品，而且还骂骂咧咧。其中一个名叫威廉·奥蒂茨的囚犯扔出了一个汤罐，并成功地砸中一名狱警，为此在第二天被带去见协调委员会（adjustment committee）的人之前，他被禁了足。② 关于奥蒂茨也受到了纪律处分的消息，只会加剧囚犯的强烈抗议，于是警督柯蒂斯就派了几名狱警把拉莫里送去 Z 楼，他自己则留下来待了一会儿，以确保情势不会失控。由于发现局势极不稳定，柯蒂斯便请求支援。很快，当晚又多了 8 名狱警在长廊上走动。③

柯蒂斯这么担心是有道理的。5 群的 40 个人是阿蒂卡最暴躁的囚犯，也是发出反对声音最响的人。其中就有塞缪尔·麦尔维尔，这

---

① Chris Mayers, Testimony, *McKay Transcript*, April 14, 1972, 191.
② Rockefeller Administration, Confidential Memo, "Events at Attica: September 8–13, 1971," 2.
③ Investigators Stephen and Keenan Memorandum to Fischer, December 9, 1971.

个白人激进分子为抗议越战曾炸毁过多座建筑，还写过论述阿蒂卡洗衣房里的囚犯正受到残酷剥削的文章。这群人中还有汤米·希克斯，他是黑豹党人，也是奥本监狱的转押犯、奥本暴乱的领导者之一；L. D. 巴克利，黑豹党的一名年轻成员，他不仅书读得多，对自己的政治观点也是最敢于直言。不过，A 楼最后还是安静了下来。警督柯蒂斯决定返回阿蒂卡的高层还在和工会开会的那间屋子。再次闯入会议现场的柯蒂斯告诉曼库斯，他觉得"犯人的躁动已经达到了临界点"。① 鉴于这番话甚至都没能使他的上司休会，柯蒂斯根本不确定自己是否清楚地表明了形势有多么动荡。②

于是，柯蒂斯采取另一种策略，决定问问上司是否至少可以让晚班的人上到次日早上，以防有事发生。他还请求将次日上午 10 点至晚上 7 点的班提早 3 个小时上班。③ 他的理由是，早餐时间是最危险的时段，因为每个群的囚犯都会在从牢房到食堂的路上来回一趟，这样一来，警力就能覆盖这个时段了。副典狱长列昂·文森特简短地回了一句："那谁来付加班费？"④ 柯蒂斯只能作罢，走出了那间屋子。离开时，他决定至少他可以在大厅主管们像往常那样进行深夜巡视时多上 1 个小时的班，然后再处理加班的后续问题。⑤

那天晚上，阿蒂卡的囚楼里灯全熄了，没有事情发生，但柯蒂斯仍然放心不下。他知道 A 楼的许多囚犯都以为勒罗伊·杜瓦已死，他也知道没有把握一定能说服他们。⑥ 更糟的是，他明白带走杜瓦和拉莫里时引起的骚动已经通过散热器和通风孔传遍了 A 楼的每一条

---

① Rockefeller Administration, Confidential Memo, "Events at Attica: September 8-13, 1971," 2.
② Richard Maroney, Testimony, *McKay Transcript*, April 18, 1972, 397-398.
③ Investigators Stephen and Keenan Memorandum to Fischer, December 9, 1971.
④ *McKay Report*, 152.
⑤ Rockefeller Administration, Confidential Memo, "Events at Attica: September 8-13, 1971," 2.
⑥ Richard Maroney, Testimony, *McKay Transcript*, April 18, 1972, 409.

走廊。① 实情也确实如此。在 9 月 8 日的午夜钟声敲响之前,有关"他们殴打了这两个家伙"、杜瓦可能已经昏迷甚至死了的消息传遍了整座监狱。破晓时分,囚犯和狱警都以恐惧的心情迎接新一天的来临。②

---

① Jack Florence, Testimony, *In the Matter of the Additional, Special and Trial Term of the Supreme Court of the State of New York, Designated Pursuant to the Order of the Appellate Division, Fourth Department*. County of Wyoming, January 20, 1972, Erie County courthouse, 17.
② 同上,17-18。

9. 放火烧楼

1971年9月9日清晨7点，阿蒂卡监狱的灯亮了，将A楼的全体囚犯从断断续续的睡眠中唤醒。整个晚上，关于勒罗伊·杜瓦的命运的猜测一直在激烈地进行着。许多人都睡不着，生怕狱警再次踏上他们牢房所在的那条走廊。当囚犯在自己的牢房门前排好队，等着大厅的主管打开主锁，以便在早餐前进行例行的人数清点时，现场静得刺耳。[①]门锁开了，许多囚犯只是站在那里，不敢离开牢房或囚楼。[②]但最后他们还是走了出来，当他们走到食堂时，紧张地东张西望，每个人似乎都能"感觉到一声叹息、哭泣或者一个火星，反正任何东西"都能使这地方燃起燎原之火。[③]

狱警也是同样的感受。当狱管理查德·刘易斯和威廉·奎恩准备离家去上早上7点的班时，两人都不想惊醒家人，但心里又都深感忧虑。想请病假的狱警刘易斯拍了拍大丹犬和杜宾犬的脑袋，跟12岁的女儿派蒂和14岁的儿子大卫挥手道别后，就去上班了。奎恩那天也不想离家，不过他看了看仍在熟睡中的女儿狄安娜和克里斯汀后，还是溜出了门，希望一切都好起来。

奎恩和刘易斯到达监狱时，和其他上白班的提心吊胆的狱警一起准备听取警督罗伯特·柯蒂斯的简报，而柯蒂斯显然没怎么休息。他尽力把过去36个小时里A号院和A楼发生的每件事告知他们，然后告诉手下，他将确保在7:15的早餐时间多派一名狱警去食堂，以防万一。当狱警们走出大门时，他祝他们好运。④

那天早上，狱警戈登·凯尔西被指派带领 5 群去食堂，由于没有和这个群打过交道，他很担心，而且他知道前一天晚上发生的那些事肯定会留下阴影。等到了该抬起牢房的门闩、打开牢房的锁时，威廉·奥蒂茨的牢房依然是锁着的，因为凯尔西收到通知这人得待在牢房里，前天晚上他袭击了一个狱警，必须禁足以示惩罚。当凯尔西试图让其他人离开走廊的时候，有许多人要求给个明确说法，即他们不在的时候，奥蒂茨会不会有事。除了奥蒂茨原本被安排与调整委员会的人见面这个事实外，凯尔西对监狱官员的想法一无所知，但是他能觉察出来，若在这件事上支支吾吾只会激怒那些人。突然，有几个人宣称除非奥蒂茨和他们一块儿走，否则他们不会离开走廊，说完就返回了自己的牢房。凯尔西镇定自若，带着其余的人来到了 A 楼的走廊上。但凯尔西有所不知的是，当这些人经过当中的禁闭室时，其中一人设法扳开了那个把奥蒂茨锁在牢房里的开关。门一滑开，奥蒂茨和那些与他同心协力的人一起冲进了去食堂的大队人马中。⑤

5 群的大厅主管跑去打电话，报告这一违规行为。事情传到了柯蒂斯警督那里，他当时正在行政楼内写杜瓦-拉莫里事件的报告。典狱长曼库斯派柯蒂斯去 A 楼调查；他确认走廊上空无一人，所有人，包括奥蒂茨，都去吃早饭了。当柯蒂斯返回行政楼时，曼库斯已经离开。柯蒂斯就问曼库斯的助理副典狱长卡尔·普菲尔，他该怎么办。

普菲尔命令在奥蒂茨回到牢房后对其实行禁足，5 群的全体囚犯在早饭后返回牢房，今天，谁都别想在 A 楼的院子里放风。尽管柯蒂斯担心这件事没法收场，但他还是尽责地给负责驻守"时代广场"

---

① Chris Mayers, Testimony, *McKay Transcript*, April 14, 1972, 194.
② 同上，195。
③ 同上。
④ Rockefeller Administration, Confidential Memo, "Events at Attica: September 8-13, 1971," 2.
⑤ Steven Rosenfeld, Testimony, *McKay Transcript*, April 14, 1972, 219.

的威廉·奎恩打了电话。他让奎恩只要5群从食堂返回经过那里,就锁住通往"时代广场"的A楼大门。奎恩立刻就明白事情不太妙,因为在诸如用餐之类的通行繁忙时段将"时代广场"周围的所有大门都打开乃是标准操作。①

与此同时,用早餐的时候,5群的人就像什么事也没发生过一样。奥蒂茨和其他人一起用餐,似乎一切都已得到了原谅,自从离开囚楼后,他们第一次放松了下来,虽然只是放松了一点点。当凯尔西领着排成整齐两列的他们从食堂穿过C通道去"时代广场",然后进入A通道时,囚犯们以为这是去A楼院子呢,心情都挺不错。5群后面是2群,这是另一个垫底群,再后面是9群。这些群的人都安安静静地排着队,等着放风时间的到来。包括狱警凯尔西本人在内,谁也没有意识到从A通道去A楼院子的门已经在他们到达前已经锁上了。没人去通知狱警凯尔西常规程序有变。② 囚犯们疑惑不解地看着凯尔西,此时的他也同样摸不着头脑,正试图把门打开。最后他放弃了,留下排好队的囚犯,径自朝着通道尽头的大门走去,这个通道是从"时代广场"到A楼的。半路上,他遇见了柯蒂斯警督,柯蒂斯正走向通道,去通知5群他们要被带回牢房。③

就在柯蒂斯走到与队伍最前面的4名囚犯并排的时候,离A楼院子大门最近的那些人意识到他们是被有意地锁在了A通道内。他们

---

① 在是谁决定囚犯不得放风、应被带回牢房这件事上,证词彼此冲突(参见 McKay Transcript 的证词),至于那天早上谁当时在现场,谁说了什么,就连州长办公室拿到的都是截然相反的证词(参见:Rockefeller, Administration, Confidential Memo, "Events at Attica: September 8-13, 1971", 3)。不过,将所有囚犯和狱警的证词整合起来看,柯蒂斯的版本似乎更可信。普菲尔在大陪审团面前作证时说,他"是下了命令,下达的是曼库斯先生的命令,这是他该做的事,当时命令给A楼的大门上锁,亲自监督,确保那群人被锁在各自的走廊上"。Pfeil, Testimony, In the Matter of the Additional, Special and Trial Term of the Supreme Court of the State of New York, Designated Pursuant to the Order of the Appellate Division, Fourth Department. County of Wyoming, January 20, 1972, 12。
② Rosenfeld, Testimony, *McKay Transcript*, April 14, 1972, 220.
③ Rockefeller Administration, Confidential Memo, "Events at Attica: September 8-13, 1971," 3.

慌了。他们认为在 A 通道上朝他们走来的这个男人就是昨晚殴打杜瓦和拉莫里的主谋，不出几秒钟，排在队伍前面的人开始从柯蒂斯身边往后退，不知道该怎么办，5 群的队形随之乱成一团。突然，其中一人决定反击而不是逃跑，他一拳打在了柯蒂斯的左太阳穴上。其他几个人也对他发起攻击。①

这些人在打柯蒂斯的时候，5 群里剩下的人以及后面两个群的人都惊恐万分地看着。正如柯蒂斯后来所描述的："我从我的左肩往后看……那些人站在那里，脸上一副目瞪口呆的神情。那群人的最后面，差不多有 40 个人吧，仍旧整整齐齐地排成两列。"② 忽然间，他们好像也恍然大悟，他们不就是被关在这条幽暗密闭的通道里的活靶子嘛。正如囚犯理查德·X. 克拉克所说："我们料到那帮打手随时会来。"③ 于是，大家开始抄起能找到的任何东西来防身，现场顿时彻底乱了。

在这场混战中，有的人跑开了，想躲起来。但有些人则把这场混乱视为向他们特别憎恨的狱警或看不顺眼的狱友进行报复的机会。还有些人想去小卖部抢点吃的，或去监狱的药房抢药品。没几分钟，A 通道就乱成了一锅粥，拳头飞舞，窗户碎裂，尖叫声此起彼伏。

威廉·奎恩在"时代广场"指挥中心上锁的大门后面安全无虞，是见证这场骚动的狱警之一。其他狱警则从自己站着的地方看着发生的一切，等待着轮到他们领着自己负责的用完早餐的囚犯进入"时

---

① 之前的阿蒂卡囚犯约翰·希尔（又名达卡杰瓦尔）在回忆录中声称他、塞缪尔·麦尔维尔和一个不知道名字的非裔美国囚犯共三人朝柯蒂斯冲了过去，开始揍他。他写道："兄弟说：'操你妈的白鬼子'，迎面就是一拳，直接把柯蒂斯放倒了。塞缪尔·麦尔维尔和我跟在后面，把柯蒂斯和他那些伙计揍得一塌糊涂。黑人、白人和棕人同仇敌忾，挑战这个残暴的体制。" John Boncore Hill and Sandra Bruderer, *The Autobiography of Dacajewiah: Splitting the Sky, From Attica to Gustafsen Lake* (Canada: John Pasquale Boncore, 2001), 18。
② Lieutenant Robert Curtiss, Hostage, Statement taken by M. D. Gavin and E. Palascak, September 28, 1971, 4:15 p.m., Erie County courthouse.
③ Richard X Clark, *The Brothers of Attica* (New York: Links Books, 1973), 22.

代广场",前往 B、C、D 通道。所有人都很紧张,但大多数人觉得 A 通道发生的事是控制得住的。

与此同时,100 多名先期吃过早饭的囚犯此时已经在 A 楼院子里放风了。当他们听见 A 通道传来的喊叫声和玻璃碎裂声,便挤到通道的窗户前,想看看发生了什么事。发生骚乱的消息,如同野火一般传遍了 A 楼院子。这些人开始用他们能找到的任何东西武装自己,比如耙子、板子、橄榄球头盔,以及其他运动器材。看守 A 楼院子的两名狱警约翰·达坎杰罗和沃尔特·齐莫夫斯基眼见一群囚犯朝他们走来,抢走他们的钥匙圈,腿都软了。他们无奈地注视着这群人走到通往 A 通道的门前,在花了点时间打开门之后,涌入早已拥挤不堪的空间里,加入这场闹剧。

在"时代广场",指挥中心外的守卫看得出威廉·奎恩越来越紧张。他开始一遍遍地检查,以确保所有的大门都上了锁,此时他抬头看见了自己的朋友——脸上淌着血的戈登·凯尔西。奎恩冒着巨大的风险把大门拉开一条缝,让凯尔西进入安全的地界。然后,他又把狱警唐·麦尔文放了进来,麦尔文当时正在 C 通道,领着一群从食堂吃完早餐回来的囚犯。C 通道的囚犯还没有完全意识到一场全面的暴乱已经吞没了 A 通道,但奎恩担心一旦他们明白过来,麦尔文就会成为靶子。

眼见奎恩给两名守卫打开大门,9 群的许多惊恐万状的囚犯便央求让他们进"时代广场"避难。其中一人哀求道:"让我进去吧……我和这件事一点关系都没有。"① 但奎恩太害怕了,不敢冒险再次打开"时代广场"的大门。他叫 9 群的人靠墙站好,保持安静,千万不要卷入这场疯狂的混战当中。然后,他抓起电话,发了狂似的试图

---

① Edward Douglas Zimmer, Testimony, In the Matter of the Additional, Special and Trial Term of the Supreme Court of the State of New York, Designated Pursuant to the Order of the Appellate Division, Fourth Department. County of Wyoming, January 20, 1972, Erie County courthouse, 3-4.

联系上行政楼。①

电话打不通。阿蒂卡的电话系统太老掉牙了,一次只能容一条线路通话,而现在大家都在拼命往行政楼打,想了解"时代广场"附近发生的骚乱怎么样了。由于联系不上任何人,奎恩没办法,只能等待。他不知道在骚乱当前自己究竟该做些什么。没有计划,也没有程序,整个夏天,狱警一直在向管理层抱怨这事。正如有个守卫说的:"典狱长……每次都在我们的建议下接受了[我们的要求],但据我所知,他实际上什么也没干。"②

在 A 通道,原本由凯尔西负责的大多数囚犯都拼命地试图逃离这个眼下正变得越来越危险的密闭空间。如果他们怎么都无法打开大门,就会被困在里面,成为几十个狱警和守卫的活靶子,他们想象着这些人现在已经在行政楼集结。在恐惧和狂怒的驱使下,一大群人推搡着来到"时代广场"的大门前,有几个开始把他们从 A 楼院子守卫那里拿来的各种钥匙胡乱往锁眼里塞。他们一把一把地试着,与此同时,奎恩、凯尔西和麦尔文恐惧地注视着这一切。但没一把钥匙能打开大门,看来狱警们暂时是安全了。

但 B 楼的囚犯抓狂了。他们放弃了用钥匙开门的念头,开始尝试把门冲开。他们疯狂地撞击门上的铰链,招呼那些在 C 通道上呆呆看着的囚犯过来帮他们打开通往"时代广场"的门。但没人挪一下步子。

尽管如此,阻隔 A 通道和"时代广场"的 A 门开始发出呻吟。有人给那些人递过去一根长长的管子,像是从 A 楼院子的篮球筐背

---

① Investigators James Lo Curto and F. E. Demlar, Memorandum to A. G. Simonetti, Subject: "Quinn Homicide Investigation," October 20, 1971, State of New York Organized Crime Task Force, Erie County courthouse. Also see: Zimmer, Testimony, In the Matter of the Additional, Special and Trial Term of the Supreme Court of the State of New York, Designated Pursuant to the Order of the Appellate Division, Fourth Department, 3-4.

② Harold Goewey, Testimony, *McKay Transcript*, April 13, 1972, 397.

板上扯下来的。在几十个人的合力冲撞下，A 通道与"时代广场"之间的大门终于扛不住了。① 将大门固定在水泥中的一根钢条，早就该更换了，此刻它断成了两截，从天花板上垂下了 15 英寸。② 显然，这根钢条之前就已经断了，又被随便焊了回去，然后又刷了很多遍油漆，以至于它的脆弱之处已经变得看不出来了。③

上午 9:05，隔开 A 通道和"时代广场"的大门最终不敌强力，几十名囚犯涌入了狭小的空间，要求威廉·奎恩交出他的钥匙和警棍。可是，奎恩刚递过去，他脑袋上就被什么东西猛击了一下，据事后描述，那个东西不是一块 2×4 英寸的建筑用木料，就是一根"很重的棍子"。奎恩倒在地上，其他人开始打他，踩他，此时大批囚犯继续涌入"时代广场"。很快，这位年轻的狱警就躺在那儿一动不动了，鲜血顺着他的脑袋和脸流下来。④ 没过几分钟，戈登·凯尔西和唐纳德·麦尔文也被击倒在地，遭到拳打脚踢。这 3 名狱警很快便浑身是血，意识时有时无。

与此同时，此刻涌入阿蒂卡神经中枢的数十人开始试图用奎恩的钥匙打开通往阿蒂卡的其余囚楼通道的大门。不一会儿，他们就进入了所有 4 条通道和囚楼，"时代广场"连接上方栈桥的楼梯也被攻陷。从这个高度，他们能对监狱的 4 座院子的情况一目了然。同样重要的是，"时代广场"的屋顶也很快被攻占，狱警们在那里存放了几

---

① Investigators James LeCurto and F. E. Demlar, Memorandum to A. G. Simonetti, Subject: "Quinn Homicide Investigation," October 20, 1971. Also see: Rockefeller Administration, Confidential Memo, "Events at Attica: September 8–13, 1971," 5.
② Investigators James LeCurto and F. E. Demlar, Memorandum to A. G. Simonetti, Subject: "Quinn Homicide Investigation," October 20, 1971.
③ "焊接本身就有问题。两端用的是对头焊接，所以只有不到 1/16 的金属固定住钢条的两端"，钢条被随意连上去后，接缝处就"磨平了，进一步削弱了强度"，*McKay Report*, 161.
④ Investigators James LeCurto and F. E. Demlar, Memorandum to A. G. Simonetti, Subject: "Quinn Homicide Investigation," October 20, 1971. Also see: Rockefeller Administration, Confidential Memo, "Events at Attica: September 8–13, 1971," 5.

把瓦斯枪和一些催泪弹。①

A 楼通往"时代广场"的大门陷落 10 分钟后,监狱的警铃终于响起。在此之前,在阿蒂卡上班的 116 名狱警和 78 名文职人员中,大多数人竟对监狱正中位置发生的大事一无所知。每当一群囚犯闯入监狱的某个区域时,总会抓住几个毫无防备的狱警。凡是身穿狱警的白衬衫和文职人员的蓝衬衫的人,囚犯都会不加分别地痛殴一顿,他们已经忍受阿蒂卡的虐待太久,早已对此满腔怒火。

在金属加工车间站岗的迈克尔·史密斯听见了监狱的警哨声,但不明就里;他只知道听到警报声,就说明有囚犯逃跑了。他来到窗前,往车间一楼的车库区看去,那里是狱警"老好人"尤金·史密斯的管辖区,他发现事情很不对劲:到处都有囚犯在跑,手上还抄着家伙。迈克尔·史密斯匆忙间决定把文职人员锁进金属加工车间的办公室,以保护他们,而在车间里正在干活的囚犯也吓坏了,想要挤进储物柜或藏到桌子底下。

迈克尔跑去办公室打电话。但电话不通。当他疯狂地拨号,想接通某个权威人士时,能听到有人撞开了楼梯底下的钢门。他听见他们爬上楼梯,然后冲砸通往他那部分车间的大门。迈克尔只能一动不动地站着,一手拿钥匙,一手拿警棍,祈祷门能撑住。让他震惊的是,车间里的一名囚犯突然从藏身处爬了出来,拿走迈克尔的钥匙,打开了门。许多人冲了进来,把他打倒在地,用管子对着他猛抽。

当迈克尔躺在地上试图护住自己脑袋的时候,一直躲着的两名囚犯——"七月宣言"的作者唐纳德·诺布尔和另一人扑到了他身上,护住他,叫那些人别打他,说他是个"好人"。狱警唐纳德·阿尔米特那天也在金属加工车间,他就没这么好运了。23 岁的阿尔米特素来强硬,且尽人皆知,囚犯很乐意揍他一顿。"他们看上去像图西

---

① Rockefeller Administration, Confidential Memo, "Events at Attica: September 8-13, 1971," 6.

人，就这么冲了进来，"阿尔米特后来回忆道，"我被打得很惨，晕头转向，以为我是在 A 楼院子。"①

囚犯们随后闯入了金属加工车间的办公室，把文职人员拖下楼梯，拖出车间。迈克尔·史密斯和囚犯唐纳德·诺布尔以及另一个保护他的人仍在车间里。这些人现在都不知道该拿这名狱警怎么办。他们考虑把史密斯藏在油漆车间里，但又怕他被发现后出事。于是，他们就将他当作他们的"囚犯"，护送出了金属加工车间，希望带着他穿过 A 楼，进入行政楼，到那里他就安全了。

尽管在监狱陷落之时，阿蒂卡的许多狱警都遭遇了暴力和忿怒，但迈克尔·史密斯绝不是唯一一个受到囚犯保护的守卫。金属加工车间楼下部分的守卫"老好人"史密斯，惊慌失措地注视着他看管的 80 多号人开始武装自己。他问其中一人拿金属管要干什么。那人答道："是为了保护我自己，史密斯先生，我不会用它打你的。"② 车间外的另一群人开着一辆电动叉车穿过钢门，冲了进来。"老好人"史密斯车间里的工人都往边上闪，看来要弃他于不顾了，但他后来表示，往边上闪这种事，"换了我，也会做的"。③ 闯入者逼"老好人"史密斯脱掉衣服，但其中一个在他手下干活的人从他们手里抢走了狱警，护送他出了门，并对靠近的囚犯大吼，说这是他的"他妈的人质"。④ 当他们快到"时代广场"时，这人平静地说："别担心，史密斯先生，我会想办法让你尽可能容易地到达院子的。"⑤

在 B 楼院子，狱警迪恩·莱特也有类似的经历。当他意识到正在发生一场大规模骚乱后不久，他和迈克尔·史密斯的朋友约翰·达坎

---

① Donald Almeter, 与作者的交谈, New Port Richey, Florida, July 3, 2005. Also see: Carol Demare and Sarah Metzgar, "The Attica Uprising 25 Years Ago," *Times Union* (Albany, New York), September 8, 1996.
② Eugene Smith, Testimony, *Attica Task Force Hearing*, July 31, 2002, Albany, New York, 33.
③ 同上，35。
④ 同上，36。
⑤ 同上，36。

杰罗便进了院子的厕所,用枕头、靠垫和其他存放在那里的东西顶住了门。连着听了几个小时的玻璃破裂声和叫喊声,以及偶尔的一片死寂,这两人还是被囚犯发现了,后者威胁说如果不打开门,就把他们烧死。他们向这群戴着橄榄球头盔、挥舞着棒球棍的衣衫褴褛的人投降了。随后,他们被剥光了衣服痛殴一顿,并被押进了 D 楼院子。但莱特回忆道,这时有个人跑过来,抓住他,告诉其他人离他远点,还对他说:"你对我一向很好,我会尽力不让你受到伤害的。"①

当迪恩·莱特、约翰·达坎杰罗、迈克尔·史密斯、G. B. 史密斯和唐纳德·阿尔米特被劫为人质的时候,"时代广场"的威廉·奎恩仍旧一动不动地躺在地板上。唐·麦尔文和戈登·凯尔西刚刚苏醒过来,另外两名被囚犯暴揍的狱警保罗·罗斯科兰斯和埃尔顿·托尔波特则缩在地板上。囚犯理查德·X.克拉克碰巧看见了这一幕,他看得出奎恩的情况很糟;另外四名守卫也不太好。他心想得做点什么来帮助他们。

克拉克 25 岁,染上毒瘾后开始偷东西,并被判犯有抢劫罪和轻微盗窃罪,因而被关进了阿蒂卡。克拉克是在海军服役时养成了吸毒的习惯。他设法控制住了一段时间,甚至在 1968 年光荣退伍,回到了妻子塞莱斯特和他们 1 岁的双胞胎儿子身边。但很快他就复吸了。②

入狱服刑为克拉克敲响了警钟。他成了虔诚的穆斯林,到 1971 年,他已经在阿蒂卡的"黑人穆斯林"社团里升任了领导职务。身为领导者,他感到必须采取一切措施来确保在"时代广场"受伤的 5 个人的安全。不到一个小时,克拉克和他手下的几个人就带着狱警凯尔西、麦尔文、罗斯科兰斯和托尔波特穿过 A 通道去了 A 楼,为保护他们,把他们锁在通常关 8 群的囚犯的两间牢房里。返回 A 通道

---

① Dean Wright, Testimony, *Attica Task Force Hearing*, May 9-10, 2002, Rochester, New York, 59-63.
② Nicholas Gage, "Richard Clark," *New York Times*, September 15, 1971.

后，克拉克遇到了另一个被打伤的狱警、绰号"树干"的罗伊尔·摩根和一名囚犯，他们正设法把狱警威廉·奎恩带到一个更安全的地方，尽管摩根本人似乎还没缓过神来，身上除了鞋袜，什么都没穿。[1] 显然，摩根的手已经被打烂了，难以托住失去知觉的奎恩，于是克拉克叫了几名囚犯过来搭把手。他们把奎恩搬入了 A 楼底楼的办公室，然后把摩根锁在 A 楼二楼的走廊上，让他和"时代广场"的其他守卫待在一起，以便使他们免受攻击。[2] 克拉克来到奎恩身边，意识到这名狱警急需医疗救治。克拉克回忆道，他"一直昏迷不醒，平躺在地上。他的鼻子和嘴巴在流血……头也受了重伤"。[3] 克拉克惶恐不安地走到隔开 A 楼和行政楼的大门前，对着 15 英尺外第二道大门后面端着霰弹枪的神经紧张的狱警喊道："这里有个受伤的守卫，你们能派个医生过来吗？"狱警们的第一反应是冷冷地注视着他。[4] "妈的，"克拉克心想，"这儿有他们的人，竟然没人过来帮忙。"[5] 最后，有人冲他喊，说他应该把奎恩带过来。[6]

克拉克难以置信地摇了摇头，便返回 A 楼，召集了 5 个"黑人穆斯林"的囚犯，帮他把奎恩毫无反应的身体抬到垫子上，然后下了一段楼梯，来到大门前。[7] 路上，有个被称为沙里夫兄弟的人被地上的血滑了一跤，摔得很重，牙齿都磕坏了。其他人设法让奎恩站了起来，再小心地放到地板上，好让第二道大门后的守卫看清楚。还是

---

[1] Clark, *The Brothers of Attica*, 23.
[2] Royal Morgan, Testimony, *Attica Task Force Hearing*, August 13, 2002, Rochester, New York, 74.
[3] Clark, *The Brothers of Attica*, 24.
[4] 同上。
[5] 同上。
[6] 大门边是否有曼库斯或文森特之类的高官在场，相关的报道莫衷一是。麦凯委员会的说法是文森特在场，后来克拉克告诉奎恩的女儿在场的是曼库斯。参见：*McKay Report*, 161。也可参见：Deanne Quinn Miller, Testimony, *Attica Task Force Hearing*, July 30, 2002, Albany, New York, 184。
[7] Investigators James LeCurto and F. E. Demlar, Memorandum to A. G. Simonetti, Subject: "Quinn Homicide Investigation," October 20, 1971.

没人过来管奎恩。克拉克认为如果他离开那个区域，狱警也许会过去救奎恩，于是他就上了楼梯去 A 楼。从那里，他看见终于有人过来把重伤的狱警带走了。

他们一关上身后的大门，克拉克便冲着大门另一头的狱警喊道，楼上还有其他警卫也需要治疗。除了他放在 8 群保护起来的那些狱警之外，克拉克还遇见了藏在一间牢房里的罗伯特·柯蒂斯和另外两名狱警，埃尔默·休恩和雷蒙德·鲍嘉。鲍嘉明显需要医疗护理。① 克拉克告诉 8 群牢房里的所有人，他正在想办法把他们弄出来。正如狱警戈登·凯尔西记得的那样："他说他正在想办法……[但是]他不知道能不能成。"② 事实上，到上午 10 点时，克拉克已经设法把凯尔西、托尔波特、罗斯科兰斯、摩根、麦尔文以及另一名守卫卡里·莫瑞带到了一楼，从那里，其他狱警再把他们弄出监狱，带到了安全的地方。③ 那天下午，囚犯们还设法把 4 名狱警弄出了监狱，他们是雷蒙德·鲍嘉、詹姆斯·克鲁特、理查德·德莱尼、唐·詹宁斯。他们当中有些人没什么问题，回了家；有些人则需要送医院，但没有一个狱警像威廉·奎恩那样受伤如此之重。他不仅遭到了囚犯的毒打，而且监狱管理人员还把他孤零零地留在前门地上的一张简易床上，狱医或护士连个人影都没有。④ 当救护车司机理查德·O. 莫尔最终赶到阿蒂卡接奎恩的时候，他简直没法相信自己的眼睛。奎恩的伤势让他震惊。要不是跟奎恩相识多年，他还真认不出来。

---

① Clark, *The Brothers of Attica*, 25.
② Gordon Kelsey, Testimony, In the Matter of the Additional, Special and Trial Term of the Supreme Court of the State of New York, Designated Pursuant to the Order of the Appellate Division, Fourth Department. County of Wyoming, January 26, 1972, Erie County courthouse.
③ Kelsey, Testimony, In the Matter of the Additional, Special and Trial Term of the Supreme Court of the State of New York, Designated Pursuant to the Order of the Appellate Division, Fourth Department. County of Wyoming, January 26, 1972.
④ Richard O. Merle, Testimony, *The State of New York v. John Hill et al.*, Vol. 10, New York State Court of Appeals, Albany, New York, March 7, 1975, 2021-2023.

在阿蒂卡的高墙之外，奎恩的妻子南希那天上午从 9:15 到 10:30 一直听见监狱的警哨无情地尖叫，但并不知道监狱里究竟发生了什么事。直到几个小时后，南希才接到通知说她丈夫受了伤，已被送往附近巴塔维亚的圣杰罗姆医院。等终于见到丈夫时，她吓了一大跳，"他胳膊上全是瘀青，肿得很厉害，双手都缠着宽大的绷带"。① 医生说她丈夫有两处开放性颅骨骨折，需要转到北区的医院，罗切斯特的那家规模更大、设备更好，开车过去差不多 1 小时。② 南希几乎无法厘清她的所见所闻。即便那天晚上，南希·奎恩仍然不知道阿蒂卡监狱究竟发生了什么，竟然会把她丈夫伤成这样。

---

① Nancy Quinn Newton, Testimony, *Attica Task Force Hearing*, July 30, 2002, Albany, New York, 149.
② 同上，149-150。

10. 退缩与反制

在阿蒂卡镇,没人知道 1971 年 9 月 9 日早上警车为何会鸣着警笛冲向监狱,阿蒂卡监狱员工的家人不知道,甚至连在那里工作的狱警也不明白。当阿蒂卡警铃大作时,前一天被囚犯勒罗伊·杜瓦殴打的狱警理查德·马洛尼正在自己家里,尽管他对第二天监狱发生的事并没有那么吃惊,但他困惑的是,不知道究竟是什么事导致要拉响警铃。没人打电话过来,而他联系过的人似乎也都对此毫无头绪。①

狱警约翰·达坎杰罗的妻子安也不明白监狱的警铃为何会响个不停,而且响了很久很久,她越来越害怕。她试图回忆起约翰对她说过的关于警铃的事。她记得,只有囚犯越狱时警铃才会响。由于只有安和三个月大的女儿在家,这个想法本身就很可怕。她最终领会到是监狱发生了骚乱,但也就知道这些。没人给她打电话,说她丈夫是否一切安好。最后,过了好几个小时之后,她才得知丈夫和其他一些狱警被劫为人质,没有其他消息。她不知道接下来会发生什么。

9 月 9 日上午,坐在访客区等待与亲人相见的囚犯家属也不清楚为什么访客室外面如此嘈杂。②直到他们看见阿蒂卡的文书惊慌失措地冲出前门,才意识到监狱里正在发生骚乱。来访者全都离开了大楼,但他们都很担心还在里面的家人的安危。接下来的几个小时,监狱四周的停车场停满了囚犯家属和监狱员工的汽车,所有人都迫切地想知道究竟发生了什么。

但是，典狱长曼库斯并不乐意透露信息，让人知道他的监狱为什么会一团糟。他不仅不想拉响警报，甚至在意识到事情确实已经失控之后也不想，而且也不希望惩教署或当地执法部门介入。曼库斯想亲自处理这场危机，用自己的人重新夺回阿蒂卡的控制权。为此，他开始打电话叫下了班的狱警回来上班。尽管如此，曼库斯也知道至少得把所发生的事告知在奥尔巴尼的上级。那天上午 9:15，他设法联系上了惩教署的副专员沃尔特·邓巴，后者马上通知了拉塞尔·奥斯瓦尔德专员。深感震惊的邓巴告诉奥斯瓦尔德，他认为他们最好马上赶往阿蒂卡。下午 1 点左右，两人在奥尔巴尼登上了一架双引擎客机"比奇空中国王"。惩教署的另一位副专员维姆·范·埃克伦被告知要确保对州内的其他监狱密切注意。③国民警卫队接到了警报。洛克菲勒州长的办公室也联系了，但州长本人正在华盛顿特区参加外国情报咨询委员会的会议。奥斯瓦尔德于是和州长的第一助理法律顾问霍华德·夏皮罗通了话，后者联系了洛克菲勒的私人律师迈克尔·怀特曼，怀特曼又将这信息转达给了洛克菲勒的心腹顾问罗伯特·道格拉斯。怀特曼还通知了洛克菲勒的私人秘书安·怀特曼，现在得由她去打断会议，告诉州长发生了什么事。④

当各级官员在听取关于阿蒂卡的局势急遽恶化的简报时，威廉·奎恩正被送往医院，曼库斯手下休息的狱警正开始赶往监狱。他们从监狱的武器库拿来了枪，从监狱后面的一个工棚里拿来了棒球棍和斧

---

① Richard Maroney, Testimony, *McKay Transcript*, April 18, 1972, 400.
② As described in a publication authored by James H. Hudson, *Slaughter at Attica: The Complete Inside Story* (New York: Lopez Publication, 1971), 34. Copy in the personal archives of Jamie Valone.
③ Rockefeller Administration, Confidential Memo, "Events at Attica: September 8-13, 1971," 11.
④ 同上，11; Robert Douglass, Deposition, "Special Inquiry into the Attica Investigation" (hereafter referred to as the Meyer Commission), June 20, 1975, Mineola, New York, 2907, FOIA request #110818 of the New York State Attorney General's Office, FOIA pp. 000253-000254.

子。① 这些人急于冲入监狱解救同事,他们闯入了几座混乱不堪的囚楼,但在发现囚犯已经全面控制了监狱后,很快就退了回来。曼库斯最终建议他的手下全部撤出,等待纽约州警的支援,人是副典狱长列昂·文森特联系的,尽管曼库斯对此持保留意见。在接到文森特的消息后仅仅15分钟,驻扎于巴塔维亚的纽约州警A部队的约翰·莫纳汉少校就联系了他的师部,告诉上级他正准备带一个营的人进驻监狱。② 洛克菲勒州长的律师迈克尔·怀特曼得知后这个消息后很震惊。眼下似乎并没有恢复监狱秩序的明确计划,而纽约州警已经在现场了,急切地想开进监狱。

约翰·莫纳汉少校仪态威武,满头银发,长了个圆圆的长鼻子,他确实已经打定主意尽快夺回监狱。听说E楼着火了,里面还有人,他二话不说便命令手下一名中尉带上消防器材进入监狱的那个区域,他抽调了一队共30人,还有一个15人的后援。③ 这个营成功地扑灭了E楼的大火,那里已被其他囚犯弃置,只有两个生病的囚犯在里面。纽约州警可以确保该区域的安全,所以这个监狱至少有一部分现在回到了惩教署的手中。

要夺回其他囚楼就完全是另一码事了。最初是根据曼库斯的命令,由狱警组成的两个分遣队来执行这项任务,他们配备了催泪弹和一些枪,有步枪,也有0.38口径的左轮手枪,甚至还有一把汤普森冲锋枪。通常情况下,守卫在面对囚犯时是禁止携带枪支的,因为有可能会使枪支落入囚犯手中,但常规做法在此已不再适用。一支分遣队后来有一百来号州警加入了,到中午时分,这支队伍横扫而过,最终夺回了B食堂以及A楼和C楼的控制权。拿下C楼的过程很简单,

---

① *McKay Report*, p. 188.
② Major J. W. Monahan, Troop Commander, Memorandum to Superintendent W. E. Kirwin, Subject:"Attica Correctional Facility," September 19, 1971, Investigation and interview files, 1971-1972, New York (State), Special Commission on Attica, 15855-90, Box 86, New York State Archives, Albany, New York, 1.
③ 同上。

因为那里的许多囚犯选择待在安全的牢房里,而不是混乱的走道。

当天上午,监狱一半以上的区域都已夺回,狱警和州警都以为他们会拿下剩余的区域。但莫纳汉少校并不这么认为。即便已有更多的州警和狱警赶来,但他仍然认为人数不足。帮助莫纳汉思考下一步行动的是 A 部队的上尉"大力士"亨利·威廉姆斯,他也到达了阿蒂卡。威廉姆斯是个大块头,剃了个板寸,双眼一直藏在墨镜后面,他 21 岁就已经是州警了,现在纽约州警刑事调查局任职,负责该州西部一个有 8 个县的地区。① 那天上午,他和莫纳汉少校都花了大半时间来向纽约州警的高层通报监狱里面的情况。刑事调查局的乔治·因凡特中校就是这些想要随时了解情况的高级官员之一,而且很快他也

纽约州警在监狱外集合(*Courtesy of* The New York Times)

---

① Judge Robert M. Quigley, Final Order, Lynda Jones, *Individually and as Administratrix of the Estate of Herbert W. Jones, Jr., Deceased v. State of New York*, State of New York Supreme Court, Appellate Division, Fourth Department, 96 A. D. 2d 105 (N. Y. App. Div. 1983), Rochester, New York, August 31, 1982, Archives of William Cunningham, 26, 30. Hereafter referred to as Quigley Order.

会去现场。

到了9日中午，A部队的100名士兵已经到达了阿蒂卡监狱面前，E部队和D部队的100人也到了。有传言说C部队也在附近，集结了50人左右。① 但这些人无事可做，只能焦躁不安地踱来踱去。似乎没人知道接下来该干什么。监狱官员从A楼或C楼的屋顶、窗户看出去，能看见暴动的囚犯正在组织他们自己，大部分人都移到了D楼院子。他们还能看见这些人将守卫和文职人员劫为人质，但究竟有多少人质，具体困在哪里，他们一概不知。

---

① "State Police/Attica Riot Chronology", New York State Police Headquarters, Albany, New York, in the papers of Elizabeth M. Fink, Brooklyn, New York, 1.

11. 混乱中的秩序

令 1 281 名囚犯如释重负的是，他们突然发现自己掌控了监狱，让从外面观察囚犯行动的监狱官员和警察恐惧的是，到 9 月 9 日下午，D 楼院子已经成了高度组织化的、极为平静的抗议活动现场。尽管清晨时分充斥着尖叫声、玻璃破碎声，几个小时后，关押在阿蒂卡的囚犯给原本混乱的局面带来了某种显著的有序。

囚犯卡洛斯·罗切很喜欢这天早上的动荡带来的行动自由，但又对缺乏组织感到担忧。罗切是 D 楼 48 群的一员，和群里其他 39 名犯人、包括他朋友"黑大个"弗兰克·史密斯一样，都被分配在洗衣房干活。①9 月 9 日上午，他在干活时觉察到洗衣房上方的金属加工车间着火了。电话在他身后响起，典狱长的妻子在这时候给洗衣房打来电话，为典狱长家要些干净的床单，但罗切满脑子想的都是烟味儿，男人的吼叫，以及他随后来到走廊上看到的一片混乱。②当一名囚犯开着叉车沿走廊一路驶来时，他终于明白了：这是骚乱。

罗切不知道该去哪里，于是跑向 D 楼院子，因为好像大家都在往那里跑。路上，他看见一个名叫"佩里老爹"的 75 岁囚犯趴在一桶监狱自酿的葡萄酒上，大杯大杯地舀给其他人喝，后者刚从小卖部抢了整箱的香烟和果汁。罗切早就准备这么干了，但他的警惕心很足。这么干是不会长久的，没人管事的话会很危险。③

罗切的担忧不无道理。像"佩里老爹"这样的囚犯所做的相对无害，其他人的行为则要过火得多。因违反假释规定而被关进阿蒂卡的双胞胎——19 岁的约翰·施莱奇和詹姆斯·施莱奇，亲身体验了这一点。在那天上午的混乱中，约翰跟詹姆斯走散了，后来他惊恐地看着弟弟被人带进了浴室，约翰跑去救他，但还没反应过来，就被另一个囚犯用刀抵着，押进了同一间浴室。④他被五六个人围着，遭到了轮奸。⑤ 与此同时，约翰能听见和看见弟弟"被抵在墙上，有个家伙顶在他身后"，也被攻击了。⑥

那些发现自己可以在无人看管的阿蒂卡走廊上随便乱走的囚犯，实际上对他们自己的危害比对别人的大。有个囚犯试图进入"时代广场"边上的洗手间，却碰上"一大帮人在里面注射毒品"。⑦ 他们利用刚获得的自由，第一时间将监狱医院的药物洗劫一空。

罗杰·查彭是 D 楼一个受人尊敬的懂法的囚犯，9 月 9 日清晨，

---

① Carlos Roche, Testimony, *Akil Al-Jundi et al. v. The Estate of Nelson A. Rockefeller, Russell Oswald, John Monahan, Vincent Mancusi and Karl Pfeil*, United States District Court, Western District of New York, Buffalo, New York, No. CIV-75-132, October 31, 1991, 1911. Hereafter *Akil Al-Jundi et al. v. The Estate of Nelson A. Rockefeller et al.*
② John Stockholm, 与作者的交谈, Lehigh Acres, Florida, July 1, 2005.
③ Carlos Roche, Testimony, ibid., 1914.
④ John Schleich, Testimony, *In the Matter of the Additional, Special and Trial Term of the Supreme Court of the State of New York, Designated Pursuant to the Order of the Appellate Division, Fourth Department.* County of Wyoming, March 21, 1972, 11.
⑤ 同上, 13。
⑥ 同上, 14。参见: M. Eugene Pittman, M. D. Clinical Physician, Memorandum to John B. Wilmont, Acting Superintendent, Elmira Correctional Facility, November 8, 1971, New York State Archives Investigation and interview files, 1971–1972, New York (State), Special Commission on Attica, 15855-90, Box 84, New York State Archives, Albany, New York.
⑦ Jack Florence, Testimony, *In the Matter of the Additional, Special and Trial Term of the Supreme Court of the State of New York, Designated Pursuant to the Order of the Appellate Division, Fourth Department.* County of Wyoming, February 2, 1972, 39.

周围那些无法无天的事把他看得"目瞪口呆"。① 在几个朋友的召唤下,当他走进 D 楼的院子时,发现一片混乱景象。到处都有小卖部的香烟,食物也散落一地。查彭倒吸一口冷气,意识到必须尽快建立秩序,否则情况就会一发不可收拾。②

但是,9 月 9 日上午在监狱里跑来跑去的囚犯似乎也清楚大家应该聚在一个地方,到了中午,大家都去了 D 楼院子。③ 尽管如此,查彭还是对这么多人挤在开阔的空间里,却没人主持大局的情况很担心。这里有种族差异,也有政治分歧,查彭不清楚在这种前所未有的情况下,每个人会如何表现。种族分歧尤其让查彭担心,因为他能从白人的脸上、从他们与其他人保持距离的做派上清楚地看出,他们担心的种族冲突可能势所难免。④ 在他看来,这将是一场彻头彻尾的灾难。监狱里近 1 300 号没人管的囚犯决定聚集到 D 楼院子,其中近三分之二是非裔美国人,约四分之一为白人,近 10% 为波多黎各人。⑤ 有的隶属于黑豹党或青年贵族党这样的组织,有的人对政治毫无兴趣,只想独善其身。查彭希望尽快有人站出来,缓解紧张情绪,鼓励囚犯团结一致。

查彭并非 D 楼院子里唯一一个认识到需要做点什么来防止冲突,给 D 楼院子带来一些平静的囚犯。理查德·X. 克拉克和他的"黑人穆斯林"采取了主动,首先努力确保被蒙住眼睛带到 D 楼院子某个区域的人质不会受到进一步袭击。他们在人质的周围围成两圈,里一

---

① Tom Wicker, notes from interview with Roger Champen, undated, Tom Wicker Papers, 5012, Series 1.1, Box 2, Southern Historical Collection, Manuscripts Department, Wilson Library, University of North Carolina, Chapel Hill, 19. 此后均指 Tom Wicker Papers。
② 同上。
③ "Inmates in D Yard Survey Statistics," Investigation and interview files, 1971-1972, New York (State), Special Commission on Attica, 15855-90, Box 88, New York State Archives, Albany, New York.
④ Wicker, notes from interview with Roger Champen, undated.
⑤ "Inmates in D Yard Survey Statistics," New York State Archives.

层,外一层,彼此挽着胳膊脸朝外,以防其他囚犯可能的攻击。① 他们很清楚,人质如果有个三长两短,囚犯就没有讨价还价的底牌,也无法劝阻当局不用武力夺回监狱。

尽管有些被当作人质的狱警颇受囚犯们的喜爱,比如迈克尔·史密斯和约翰·斯德哥尔摩,但其他人像罗伯特·柯蒂斯警督就不受待见了。据他的一个同事说,柯蒂斯其实是"监狱里最不受欢迎的狱警之一……他的14天禁足处罚尽人皆知"。② 阿蒂卡的"黑人穆斯林"不仅成功阻止了对"人质圈"里不受欢迎的狱警的报复,还让他们在这种状况下尽可能好过一点。③ 他们给所有被扒光的人质拿来了衣物。④ 身为人质的狱警G. B. 史密斯问一个囚犯,是否可以把他胳膊绑在前面而非后面,以减轻肩膀的剧痛,令他大为宽慰的是,囚犯真的照做了。⑤ 不得人心的狱警盖瑞·沃克是从金属加工车间被抓走的,也被剥光了衣服,还受过囚犯的拷打,现在有人在周围保护他,他还是挺感激的。⑥

当"黑人穆斯林"保护性地把人质围起来时,查彭激动地拿起他在"时代广场"附近的地上找到的一个大喇叭,跳上桌子,呼吁大家团结起来。⑦ 当他对狱友们说,要跨越种族和政治上的成见并肩作战时,D院一片寂静。每个人都能清晰地听到他的请求,"消除内

---

① 照理查德·X. 克拉克的说法,阿蒂卡差不多有30到40名"黑人穆斯林"成员。参见: Richard X Clark, Testimony, *Akil Al-Jundi et al. v. The Estate of Nelson A. Rockefeller et al.*, United States District Court, Western District of New York, Buffalo, New York, No. CIV-75-132, October 25, 1991, 112。
② 引自:"Five Deadly Days," reprinted from the *Democrat and Chronicle* (Rochester, New York), Tom Wicker Papers。
③ Eugene Smith, Testimony, *Attica Task Force Hearing*, July 31, 2002, 39-40.
④ Gary Walker, Testimony, *Attica Task Force Hearing*, July 31, 2002, Albany, New York, 63.
⑤ Eugene Smith, Testimony, *Attica Task Force Hearing*, July 31, 2002, 37.
⑥ Walker, Testimony, *Attica Task Force Hearing*, July 31, 2002, 63.
⑦ Wicker, notes from interview with Roger Champen, undated, 20.

斗，一致对外"。① 查彭是有资格发表这通演讲的，因为阿蒂卡的许多人都知道他公允持正，从 1968 年起，他就在院子里给人免费上法律课和政治课。他说话的方式既带有权威感，又不会让人觉得受到胁迫，而他话里的意思，即要求大家团结起来，听上去也很切合实际。②

在查彭讲话的时候，有几个人走到桌边。打头的是 L. D. 巴克利，查普早前曾找他帮过忙。跟巴克利一起的还有赫伯特·X. 布莱登、唐纳德·诺布尔和弗兰克·洛特。布莱登在奥本的经历教会了他如何与监狱当局谈判，而诺布尔和洛特是"七月宣言"的作者，也有很高的公信力。不一会儿，白人激进分子塞缪尔·麦尔维尔以及"黑人穆斯林"的理查德·X. 克拉克、黑豹党的汤米·希克斯、青年贵族党的领导人"达卢人"马里亚诺·冈萨雷斯也走了过去。这些人组成了一个委员会，帮助恢复院子里的秩序。"达卢人"加入这个团体是一个重要标志，说明不管接下来发生什么，阿蒂卡的所有人都不会被撂下不管。他的工作是确保他们之间的讨论会被翻译给阿蒂卡讲西班牙语的犯人听。

随着时间的推移，查彭的这番讲话不仅使大家平静下来、团结一心，也让 D 楼院子里完成了一些实际工作。有个精于电工活的囚犯设法建起了一个扩音系统，每个人都将听见各项指令，比如要大家立即停止吸毒、性行为、囤积食物和香烟等。他们还被告知要把所有武器，如撬棍、铁管、刀具都拿到放扬声器的桌子底下。③ "达卢人"将每项指令都翻译成西班牙语。④ L. D. 巴克利尽管在委员会里最年

---

① Wicker, notes from interview with Roger Champen, undated, 20.
② 同上。
③ Charles Horatio Crowley, Testimony, *In the Matter of the Additional, Special and Trial Term of the Supreme Court of the State of New York, Designated Pursuant to the Order of the Appellate Division, Fourth Department*. County of Wyoming, May 24, 1972, Erie County courthouse, 45.
④ Mariano "Dalou" Gonzalez, Interview by Michael D. Ryan, 7.

轻,但很快就成了院子里最有影响力的演说家之一。多亏了他,各政治派别之间的紧张关系得以缓解,因为他坚持让他所在的黑豹党与其他组织合作,包括他们看不顺眼的组织,就像他说的,因为"在这件事上,谁都跑不了"。①

尽管院子里的人都怀有极大的善意,但委员会还是觉得需要加强安保措施。一个征召志愿者的活动吸引了大约 50 人前来。布莱登和克拉克到院子里招募保安,黑人、白人和波多黎各人都要。他们瞄准了团体中最受尊敬、块头最大的人,就这样招了一批铁杆分子,其中就包括了"黑大个"弗兰克·史密斯。

由于史密斯块头大,孔武有力,是 D 楼橄榄球队最好的球员之一,而且谁都知道他不属于任何政治派别,不会偏袒一方打压另一方,所以选了他来负责保安队。他的朋友卡洛斯·罗切求他别干这活,怕他会在监狱最终被夺回控制权后付出惨重代价,但黑大个还是接受了这个任命。他和赫比·斯科特·迪恩②——也是一个很受欢迎的人,经常担任篮球和橄榄球赛的裁判——一起,负责有近 300 名囚犯的保安队。他们要确保食品平等分配,不得使用暴力,任何人威胁他人都会被带离院子。有个名叫伯纳德·斯特罗布尔(大家都叫他香戈)的囚犯被派去看守 D 楼的入口,而奥本来的囚犯乔莫,即乔莫·乔卡·奥莫瓦莱,被派去负责看守通往"时代广场"的入口。

尽管保证每个人安全的任务看上去很艰巨,但黑大个还是决心确保"院子里的任何人都能感觉自己像在院子里一样,不会受到任何人身伤害"。③ 施莱奇兄弟尤其高兴看到戴着保安队臂章的人到处巡

---

① Florence, Testimony, In the Matter of the *Additional, Special and Trial Term of the Supreme Court of the State of New York, Designated Pursuant to the Order of the Appellate Division, Fourth Department.* County of Wyoming, February 2, 1972, 47.
② 又名阿基尔·艾尔强迪,即注释中多次提到的 Akil Al-Jundi。——译者
③ Frank "Big Black" Smith, Interview by Jennifer Gonnerman, "Remembering Attica," *Village Voice*, September 5-11, 2001.

逻,守望东西。当理查德·X.克拉克听说他们遭到袭击,他和查彭组建了一个安全小组,带着这兄弟俩当晚打着手电筒搜查了一次,寻找那些强奸犯。① 虽然这兄弟俩无法确认袭击者的身份,但有这样的支持,他们已然感激不尽。②

D楼院子的人面临的另一个紧迫的问题是如何处理囚犯与人质所受的伤,以及糖尿病和哮喘等慢性疾病。布莱登呼吁院子里任何有医疗经验的人过去帮忙。③ 这一次,志愿者又来到了D楼院子角落的桌边,开始提供服务。一些人去监狱的医院找绷带,另一些人则与监狱外面的人谈判,以获取额外的补给。47岁的泰尼·斯威夫特成了囚犯医疗护理的负责人。那天结束时,他和他的志愿者伙伴已经搭建了一个功能齐全的医疗站,以一个临时做的十字架为标识,并用一块大白床单罩着作为这个区域的标记。向受伤者分发止疼药,把胰岛素等药物分给那些需要的人。

下午的时光渐渐过去,人们行动起来用囚楼里的床单搭建帐篷,并确保每个人都有饭吃。担任领导职务的人让一组人去小卖部拿剩下的给养,然后指挥他们将所有偷来的食物和其他抢来的商品交给社区进行共管。经过一番关于如何最有效地养活1 300号人的讨论,他们决定把人叫到囚楼边吃饭,每一餐都由指定的志愿者负责分发,像午餐肉之类的罐头食品,以及三明治和咖啡,都在其列。④

---

① Charles "Flip" Crowley, *In the Matter of the Additional, Special and Trial Term of the Supreme Court of the State of New York, Designated Pursuant to the Order of the Appellate Division, Fourth Department*. County of Wyoming, May 24, 1972, 70.

② John Schleich, Testimony, *In the Matter of the Additional, Special and Trial Term of the Supreme Court of the State of New York, Designated Pursuant to the Order of the Appellate Division, Fourth Department*. County of Wyoming, March 21, 1972, 19-20.

③ Crowley, *In the Matter of the Additional, Special and Trial Term of the Supreme Court of the State of New York, Designated Pursuant to the Order of the Appellate Division, Fourth Department*. County of Wyoming, May 24, 1972, 64.

④ Carl Rinney, Testimony, *In the Matter of the Additional, Special and Trial Term of the Supreme Court of the State of New York, Designated Pursuant to the Order of the Appellate Division, Fourth Department*. County of Wyoming, March 28, 1972, Erie County courthouse, 33-34.

组建的医疗站（*Courtesy of the Associated Press*）

一旦基本需求得到满足，委员会就开始讨论如何形成一个更民主的决策机构。最终，同意举行一次选举，每栋囚楼的每个人将选出两个人对所有重要的决定进行投票表决。他们向院子里的人讲话，要求每个人按囚楼结成组，然后决定谁可以"代表这个小组说话"。[1] 这不是个速战速决的过程，但 D 院正在从无政府状态过渡为一个有组织的帐篷之城，拥有一批民选代表、一支保安队、一个就餐区和一个装备相当完善的医疗站。

在许多情况下，当选的都是介入政治最深、最敢于直言的人。A 楼的人选了"黑人穆斯林"的领袖理查德·X. 克拉克和黑豹党的 L. D. 巴克利；B 楼的人选了在纽约看守所待过的活跃分子赫伯特·X. 布莱登；C 楼的人选了一个绰号"犹太人"的杰瑞·罗森伯格，

---

[1] Carl Rinney, Testimony, *In the Matter of the Additional, Special and Trial Term of the Supreme Court of the State of New York, Designated Pursuant to the Order of the Appellate Division, Fourth Department.* County of Wyoming, March 28, 1972, Erie County courthouse, 33–34.

他因法律知识渊博而备受尊敬，另外还选了一个弗利普·克劳利，此人非常善于表达立场。查彭是 D 楼选出的代表之一。除了正式选定的这些领导人之外，还有些急于加入的人，如塞缪尔·麦尔维尔、弗兰克·洛特和汤姆·希克斯。这些人聚集在桌边，以免有人在策略和组织方面需要他们的协助。

一旦决定了由谁来代表现在聚集在 D 院的近 1 300 人，那么大喇叭就人人有份了，谁若是想讲话，就可以排队发表自己的意见和疑虑。阿蒂卡总算有了言论自由。正如理查德·X. 克拉克后来所说："那时候说了很多话"，而且言辞都非常尖锐有力。① 大多数人都把注意力放在了阿蒂卡需要改变的许多事情上。由于提出的重要议题如此之多，领导层很快就明白，他们需要起草一份正式的要求声明，交给监狱官员。尽管他们没有事先计划过这次监狱起义，但身处其中的那些人想确保他们能趁此机会把他们所受的种种不公公之于众。② 大喇叭里在召唤打字员过去，经过长达一个小时的喧哗、慷慨激昂的恳求、勃然大怒之后，两名白人和两名黑人打出了一份清单，上面是院子里的人希望能解决的主要事项。③ 诸事项会逐一经投票表决，达成共识，领导人则努力帮助小组优先考虑他们的要求，并将紧急事项和可稍后处理的事项区分开来。④

领导委员会还列出了一份名单，希望上面的人能来阿蒂卡为这次起义作见证。正如克拉克解释的那样，他们渴望接待这些人，认为他

---

① Richard X Clark, Testimony, *Akil Al-Jundi et al. v. The Estate of Nelson A. Rockefeller et al.* , October 25, 1991, 131.
② 同上，132。
③ 同上，133。
④ George Nieves, Testimony, *Akil Al-Jundi et al. v. The Estate of Nelson A. Rockefeller et al*, United District Court, Western District of New York, Buffalo, New York, No. CIV-75-132, November 19, 1991, 4652. 欲全面了解 D 院的人 9 月 9 日所写的"切实可行建议"，以及如何决定每个个体的要求是"短期目标"还是"可事后处理"，可参见：Appendix A。还可参见：Clark, Testimony, *Akil Al Jundi et al. v. The Estate of Nelson A. Rockefeller et al.* , October 25, 1991, 137-145。

们能帮他们将监狱里的情况散播给外界,并追究监狱官员的责任:"我们希望这些人以观察员的身份进来,看着我们,也看看惩教署。"①

---

① George Nieves, Testimony, *Akil Al-Jundi et al. v. The Estate of Nelson A. Rockefeller et al*, United District Court, Western District of New York, Buffalo, New York, No. CIV-75-132, November 19, 1991, 4652。欲全面了解 D 院的人 9 月 9 日所写的"切实可行建议",以及如何决定每个个体的要求是"短期目标"还是"可事后处理",可参见:Appendix A。还可参见:Clark, Testimony, *Akil Al-Jundi et al. v. The Estate of Nelson A. Rockefeller et al.* , October 25, 1991, 135。

12. 发生了什么事

1971年9月9日上午，看见文森特·曼库斯在办公室里踱步的任何人都能立刻明白，他正气得七窍生烟。曼库斯不敢相信自己竟然会落到这样一种境地。他57岁，在纽约州立大学新帕尔兹分校获得了大学文凭，在州政府机构中也算身居要职，现在他还得恭恭敬敬地和一帮暴徒打交道，问他们到底想要什么。尽管他觉得这太离谱了，但还是得这样做。曼库斯认为自己已经尽一切所能保护了手下的员工，比如说，那天上午10点之前，他就让所有的女员工都回家了，可现在他得想办法将监狱从里面的那帮人手上夺回来。①唯一的办法就是找出囚犯想要什么，并且毫不含糊地让他们知道，他们最好立即投降。

叛乱后的第一天上午11:30，当囚犯们正在组织起来时，曼库斯抓起一个大喇叭，朝着通往A通道的大门走去，这条通道离行政楼最近。他喊道需要有个人过来告诉他发生了什么事。最后，四五名囚犯出现在漆黑的通道深处。曼库斯有点手足无措，因为没想到"他们戴着橄榄球头盔，头上绑着毛巾使人无法认出他们，每个人说话都是在喊叫"②。"闭嘴，一个一个说。"他冲着他们吼道，就好像他们都是不听话的孩子。③

他们冷冷地注视着曼库斯，其中一人，也就是理查德·X.克拉克，毫不迟疑地说："他们和［他］没什么好说的，只跟专员或州长谈。"④

曼库斯气冲冲地回到自己的办公室。他不乐意把这个麻烦甩给别人。事实上，他仍然希望一旦有足够的人手，就可以派莫纳哈少校进去夺回监狱的剩余部分，但当奥斯瓦尔德专员和他的一组官员，包括副专员沃尔特·邓巴、纽约州警总督察约翰·C. 米勒，以及惩教署公共信息部主管杰拉德·霍利汉，于下午2点从奥尔巴尼赶来时，这个想法被否决了。

那天下午，在行政楼二楼的曼库斯办公室作简报的时候，奥斯瓦尔德说得很清楚，他不愿意批准强行夺回D院，因为怕出人命。[5] 相反，他希望能通过谈判和平解决。[6] 但在有一点上，专员是决不退让的：囚犯必须先释放人质，他才会同意和他们谈判。[7]

与此同时，其他方面的人也抵达了监狱，想确保这次骚乱能通过和平谈判来结束。其中一位便是赫尔曼·施瓦茨，他是执业律师和布法罗大学的法学教授，"奥本六人组"转押到阿蒂卡后，就是他想办法把他们从Z楼弄出来的。他从收音机里一听到监狱出事的消息，便给奥尔巴尼的邓巴副专员打电话，表示愿意提供帮助。尽管被告知如需他效劳邓巴办公室会和他联系，但他还是决定直接去监狱，以防万一。[8]

9月9日下午一两点，当施瓦茨驾车来到阿蒂卡时，已经聚集在那里的围观群众、记者和警察的人数让他大吃一惊。他在一张名片上

---

[1] Vincent Mancusi, Testimony, *Akil Al-Jundi et al. v. The Estate of Nelson A. Rockefeller et al.*, United States District Court, Western District of New York, Buffalo, New York, No. CIV-75-132, December 17, 1991, E-9223.
[2] 同上，E-9242-E-9243。
[3] 同上，E-9243。
[4] 同上，E-9244。
[5] Russell Oswald, Testimony, in loc. cit., read posthumously into the record on January 2, 1992, 10805.
[6] 同上。
[7] Rockefeller Administration, Confidential Memo, "Events at Attica: September 8-13, 1971," 13.
[8] Herman Schwartz, Testimony, *McKay Transcript*, April 19, 1972, 498.

写道"专员先生：如需帮助，我就在前面的草坪上"，然后递给了监狱大门前的一名警官。① 收到名片后，奥斯瓦尔德对施瓦茨愿意提供帮助一事有着比较复杂的感想。他不止一次和这位主张囚犯权利的律师意见不合。即便如此，奥斯瓦尔德仍然认为施瓦茨是个"热心的、有信念的人"，于是同意让他进去。② 当施瓦茨走入那扇巨大的门时，便被"这么多士兵和警卫"吓着了。③ 他战战兢兢地来到 A 通道大门前，一群站岗的囚犯同意让他进入 D 院了解他们的要求。④ 施瓦茨说他没意见，但他得先和奥斯瓦尔德专员谈一下。囚犯把这看成一个好兆头——或许现在就能开始一些问题的谈判了。

在 35 英里外的布法罗，议员阿瑟·伊夫也通过美联社的广播中听说了起义的消息，他去年 11 月访问过奥本监狱，并对叛乱后那里如何对待囚犯感到苦恼。他开车直接去了广播电台，把电台收到的消息文字稿从头到尾读了一遍。很快，他也向阿蒂卡赶去。⑤ 自 1966 年起，伊夫一直是纽约州议会中为数不多的非裔美国人之一，考虑到他的选民中很多人经历过密集的警方执法以及高逮捕率，监狱问题一向是他最关心的。多年来，他已经走访过纽约州的许多监狱，跟进过许多囚犯的控诉。⑥ 伊夫拥有改革家的声誉，他为奥本叛乱分子仗义执言让他赢得了阿蒂卡的许多囚犯的尊敬。9 日下午一两点钟，他在阿蒂卡停车场挤过越聚越多的人群时，希望自己的民选官员身份能让

---

① Russell Oswald, *Attica—My Story* (New York: Doubleday, 1972), 84.
② 同上。
③ Herman Schwartz, Personal Diary recorded so that he would remember all that he witnessed and experienced during the Attica uprising, transcript, taped originally on September 12, 19, and 24, 1971. 赫尔曼·施瓦茨记了日记，好让自己记住他在阿蒂卡起义期间所目睹和经历的一切，手稿，1971 年 9 月 12、19、24 日打字录入，作者握有这份材料。
④ Schwartz, Testimony, *McKay Transcript*, April 19, 1972, 520.
⑤ Arthur O. Eve, Testimony, *Akil Al-Jundi et al. v. The Estate of Nelson A. Rockefeller et al.*, United States District Court, Western District of New York, Buffalo, New York, No. CIV-75-132, November 6, 1991, 2709.
⑥ 同上。

被允许进入。他知道囚犯们为奥本监狱的暴乱付出了高昂的代价,他非常想趁这次起义不可避免地以惨剧收场之前,成为他们的辩护人。

下午3点,当D院的人还在讨论他们可能会向狱方提哪些要求时,伊夫议员和施瓦茨律师在阿蒂卡的行政楼里听取了奥斯瓦尔德的简报。施瓦茨认为囚犯既然已经提了要求,他就应该进去,伊夫也很想进去。奥斯瓦尔德同意派他俩去,要求他们安排他和囚犯代表见个面,商讨人质释放的事情。下午3:25,施瓦茨和伊夫经过行政楼来到A楼大门前,在大门的另一边他们遇到了一群样子可怕的人,而且搜了他俩的身,然后领他们进了D院,径直来到了领导者的桌前。① 有人给施瓦茨拿来果汁,又要求他站上桌子自我介绍一下。尽管院子里的一些人对他挺了解,但其他人显然还心存疑虑,不知道这个穿着领尖带扣的衬衫的白人律师是否真的站在他们这边。

施瓦茨要求看一下他们打出来的"立即解决的要求"清单,然后提出了自己的意见,这样一来,他们的怀疑就更重了。施瓦茨过目的那份清单包含6条(一字不差地在此列出):

  1. 我们想要全体大赦。即所有人都获得自由,不受任何身体、精神和法律上的报复。

  2. 我们想要现在就迅速而安全地被送出监狱,去一个非帝国主义国家。

  3. 我们要求联邦政府介入,这样我们将归联邦司法管辖。

  4. 我们要求由狱友或在狱友的监督下重建阿蒂卡监狱。

  5. 我们敦促立即进行谈判,参加者为律师威廉·M.昆斯特勒(纽约市第九大道588号)、纽约州布法罗议员阿瑟·O.伊夫,监狱团结委员会,M. S.帕兰特的法兰坎牧师②,青年贵族党

---

① Schwartz, Personal Diary, September 12, 19, 24, 1971, 3.
② 路易斯·法拉坎·穆罕默德(1933—),"伊斯兰民族"的领导人,曾在波士顿哈林的清真寺担任阿訇。——译者

的报纸，黑豹党。[纽约《阿姆斯特丹新闻》的克拉伦斯·琼斯]。《纽约时报》的汤姆·威克，"财富社会"《通讯快报》的理查德·罗斯，纽约罗切斯特都市联盟的戴夫·安德森，金发伊娃-邦德·尼卡普，密歇根《底特律民主纪事报》①的吉姆·英格拉姆。

6. 我们强烈要求所有的沟通都在"我们的"所在区域"保证往返安全"中进行。②

施瓦茨觉得有些要求是可行的。但他也清楚地表明，他认为，无论是要求前往他国，还是要求监狱归联邦管辖，都不可能满足。院里的许多人变得敌对起来，对他的提议报以嘘声。施瓦茨感到困惑的是，他觉得他是在帮助这些人，但有人认为他"摆出一副高人一等的架势"，有人"觉得他在居高临下地跟他们说话"，说他"和其他人一样都是种族主义者"。③

生怕情势会迅速恶化，阿瑟·伊夫站了出来，做了自我介绍，并对施瓦茨表示了最诚心的支持。这取到了预期的效果。事态很快平静了下来。D院的人深知他们需要伊夫和施瓦茨，需要这两人帮他们传达要求，安排奥斯瓦尔德与他们的会面，还希望能安排电视台进入监狱拍摄。最后一个愿望很重要，因为正如查彭后来所说："我们试图联系上……穷苦的工人阶级民众，联系上那些有儿女、叔伯、父亲、丈夫和甥侄在这种地方的人……然后，他们还希望能联系上那些搞政

---

① 此处所列报纸名应为《密歇根纪事报》之误。——译者
② All Inmates of Attica Correctional Facility to Richard N. [sic] Nixon and Nelson Rockerfeller [sic], "Immediate Demands," September 9, 1971, Investigation and interview files, 1971-1972, New York (State), Special Commission on Attica, 15855-90, Box 84, New York State Archives, Albany, New York. 在D院用打字机打出的原件，由阿瑟·O.伊夫手写补充。
③ Richard X Clark, *The Brothers of Attica* (New York: Links Books, 1973), 67.

治的人,让这些人来着手改变一些东西。"① 因犯们还想要更多的晶体管收音机,这样,坐在 D 院里的所有人都能听到外界是怎么报道他们这次暴乱的。

在重兵护卫下进入院子 25 分钟后,施瓦茨和伊夫回到了 A 通道的门口。临走前,囚犯又告诉他们三个名字,希望这些人能立刻以观察员的身份到阿蒂卡来:州参议员约翰·邓恩,国会议员雪莉·奇肖姆,联邦法官康斯坦斯·贝克·莫特利。

尽管奥斯瓦尔德看见伊夫和施瓦茨安然无恙地从 A 通道出来显然松了一口气,但当他得知释放人质的事情根本没来得及谈,还是很不高兴。更糟的是,他被告知,除非专员亲自进去会面,否则囚犯们不打算进一步讨论任何事情。典狱长曼库斯和邓巴坚决反对这一想法,生怕奥斯瓦尔德会被杀或被扣为人质。② 奥斯瓦尔德同意跟 D 院的人对话,但前提是他们必须在更中立的场地与他见面。奥斯瓦尔德走到一条可以俯瞰院子的栈桥上,冲下方的囚犯喊道,他要在上面跟他们说话。令奥斯瓦尔德吃惊的是,他的提议竟然被拒绝了。囚犯冲他喊道,如果专员要和他们对话,就得坐下来,面对面开诚布公地谈。

专员回来时很心烦意乱,考虑立刻派州警冲进去。赫尔曼·施瓦茨吃惊地发现,奥斯瓦尔德"似乎认为这件事得在几个小时里解决",因为在施瓦茨看来很明显"这种情况需要时间,而且是很多时间"。但当施瓦茨和伊夫提醒他里面有近 40 名人质的生命受到威胁时,他低下脑袋,轻声说:"我会进去的。"③

三人一起下到了 A 通道,现在双方都把这不祥之地称作"无人

---

① Tom Wicker, Notes from interview with Roger Champen, undated, Tom Wicker Papers.
② Rockefeller Administration, Confidential Memo, "Events at Attica: September 8–13, 1971," 14..
③ Schwartz, Personal Diary, September 12, 19, 24, 1971, 4.

区",或"非军事区"。施瓦茨、伊夫和奥斯瓦尔德专员见到了理查德·克拉克,以及一队保护这些来访者的囚犯。一踏进 D 院,他们便被另一个规模更大的保安队围住了。奥斯瓦尔德被拉到了推到院子一角的桌子前,敏锐地感受到了从四面八方的囚犯身上散发出来的紧张和愤怒。当他不停地抹去秃顶上的汗水,保安队也在试图让他平静下来。比如,"黑大个"史密斯就挺注意的,在带奥斯瓦尔德进院子前对他进行搜身时,并没有动作太粗鲁;当专员向前走去时,其他保安高喊:"别让任何人靠近他!别让任何人靠近他!"[1] 然而,当奥斯瓦尔德看见前方临时搭起的谈判桌旁站着的一些人时,再次紧张起来。因杀警察而获刑的"犹太人"杰瑞·罗森伯格和 L. D. 巴克利对他怒目而视,把他吓得不轻。他倒是乐意在这里见到弗兰克·洛特和赫伯特·布莱登这两位"七月宣言"的作者,因为他记得他俩好像真的看重商讨,给他写信时也总是很恭敬。[2]

让奥斯瓦尔德惊讶的是,从他在谈判桌旁坐下的那一刻起,每个和他说话的人一开口都是那么彬彬有礼。事实上,他一坐下,一个人就给他端来了一杯葡萄汁,另一个人则向他保证,"他们对你没有敌意,只是不喜欢当地的监狱管理部门"。[3] 尽管如此,这些人还是急切地想知道奥斯瓦尔德为什么没有对他们的"七月宣言"做出任何有意义的回应。他回答说,他认真考虑了他们的要求,但认为它和福尔索姆监狱的叛乱狱友所写的宣言没多大区别,此言一出便引发了一些人的怒吼和一片嘘声。这些人坚称他们的文件里描述了阿蒂卡的情况,并指责专员托词逃避他们的诉求。在这种来来回回的沟通中,奥斯瓦尔德一直想把话题引到人质问题上,但未能成功。

---

[1] Rockefeller Administration, Confidential Memo, "Events at Attica: September 8-13, 1971," 14.
[2] Oswald, *Attica—My Story*, 86.
[3] Schwartz, Personal Diary, September 12, 19, 24, 1971, 5.

就这样，在叛乱后的第一天下午 5 点，奥斯瓦尔德与 D 院里的人结束了会面。令专员沮丧的是，他没能确保人质获释，而且囚犯们表达得很清楚，在满足他们的一些要求之前，一切免谈。他也只能如此。奥斯瓦尔德同意送更多的食物和水进来，将其他囚楼的屋顶上监视 D 院的州警和狱警撤掉一些，查看雷·拉莫里和勒罗伊·杜瓦的情况，确保他们没有受到伤害，正是因为对他们的虐待才引发了这次叛乱。他还保证去检查 C 楼的情况，以确保那些被送回囚楼的囚犯没有遭到殴打。最后也是最重要的一点是，奥斯瓦尔德答应了囚犯的请求，允许媒体进入 D 院，以便全世界都能听见他们这次抗议行动的诉求。

在大门口把他移交给对方的时候，一名囚犯提醒奥斯瓦尔德，他确实一路都得到了安全保障："你看，我们遵守了诺言。"① 这对专员来说很重要。他把自己视为高尚的人，他会尽自己所能解决这些人的诉求。

这可绝不是莫纳汉少校想听的话。奥斯瓦尔德离开院子的时候，莫纳汉已经调集了足够的军队，准备重新控制监狱。② 除了他自己的人之外，到那天下午 2:30，又有 250 名士兵从该州其他地方赶来，此外还有至少 40 名治安官和 350 名当值狱警，所有人都随时准备冲进监狱。③

但奥斯瓦尔德已经承诺要和囚犯谈判，所以拒绝讨论进攻阿蒂卡的事，至少眼下不行。不顾阿蒂卡外边的草坪上越聚越多的执法人员愤怒的抗议之声，专员着手联系一队新闻工作者进入 D 院。随后，他又亲自巡视了 Z 楼和 C 楼，查看囚犯们是否安全。他还开始联系一些人以观察员的身份参加他希望很快就能重启的谈判。没想到，满足

---

① Oswald, *Attica—My Story*, 88.
② Monahan Memorandum to Kirwan, September 19, 1971.
③ Official Call Log (also known as "the Van Eekeren Tapes"), Headquarters, New York State Police, Albany, in the papers of Elizabeth M. Fink, Brooklyn, New York.

囚犯对水的要求竟然是个更为困难的任务，因为监狱里的许多水管在骚乱中遭到了破坏，但奥斯瓦尔德坚持要送水进去。他首先联系了艾默林·C. 奥哈拉将军，人称"嗡嗡先生"。如果谁能办成这件事，那"嗡嗡先生"奥哈拉是最有可能的。奥哈拉是洛克菲勒办公室总务处专员，也是纽约陆军国民警卫队的前指挥官，1964 年纽约罗切斯特骚乱期间，他的表现非常出色，到那天快结束时，奥哈拉真的设法弄来很多大水罐送进监狱，在 D 院分发。①

下午 5:48，奥斯瓦尔德很高兴自己能这么快地回应囚犯们的要求，因此对下一轮的谈判抱乐观态度。他返回 D 院，这次不仅有伊夫和施瓦茨作陪，还有《纽约时报》和《布法罗晚报》的两名新闻工作者以及少数当地记者相随。随后，又有美国全国广播公司、合众国际社与美国广播公司的一些电台记者和报纸记者加入其中。②

从那一刻起，阿蒂卡就步入了历史。这是有史以来第一次，美国人得以一窥监狱暴乱并看到其进展情况。值得注意的是，并不是只有媒体在里面拍摄。从那天下午起，纽约州警就一直通过便携式电视摄像机和录像机监视囚犯的一举一动。他们在寻找任何可能具有"证据价值"的行为，并确保能拍到是谁在破坏监狱，谁貌似在负责谈判，谁把人质扣在某个地方。③

D 院的人看见新闻播音员和摄像机穿过草坪朝谈判桌走来，都高兴坏了。一旦电视摄像机开始拍摄，院子里一片寂静，这时 L. D. 巴克利第一个拿起了扩音器。对"美国人民"发表讲话的巴克利，讲起该州向阿蒂卡的人承诺过的"许多事情，[但]他们什么也没做

---

① Oswald, Testimony, *Akil Al-Jundi et al. v. The Estate of Nelson A. Rockefeller et al.*, read posthumously into the record on January 2, 1992, 10816-17.
② 如需了解进入阿蒂卡访客的完整清单（进入时间、离开时间、日期），可参见："访客记录"，与阿蒂卡起义相关的文献均保存在纽约阿蒂卡的阿蒂卡监狱内。
③ Technical Sergeant F. D. Smith, New York State Police Memorandum to Major Sergeant Chicco, Subject: "Special Assignment Attica Correctional Institute," September 9-14, 1971, in the papers of Elizabeth M. Fink, Brooklyn, New York.

到，除了把殴打、谋杀这些本来就有的暴行变本加厉了。我们不想再逆来顺受……这种情况……因此，我们要让美国人民知道我们写了这份宣言，让他们知道我们的感受和我们的……要求"。接着，他饱含热情地说：

我们是人：不是野兽，我们不想被殴打或驱使。整个监狱里的人，也就是说这里的我们每一个人，已经开始永远地改变这里以及整个美国对囚犯生命的残酷无情和漠视。这里所发生的，不过是受压迫者在爆发怒火前的呐喊。①

尽管 D 院的人，如赫尔曼·施瓦茨所建议的那样，在媒体到来之前将其所提要求的清单修订稿写好了，并对此进行了投票表决，但巴克利还是在讲话结束时重复了囚犯最初的一些要求，包括安全转移至"非帝国主义国家"，以及联邦政府的干预，将监狱纳入其管辖范围。当巴克利的独白结束时，院子里的囚犯对他报以雷鸣般的掌声。

巴克利讲话的时候，奥斯瓦尔德和那些跟他一起进来的人就坐在那里听，像是看表演的观众。看着围在自己身边这几十个人，奥斯瓦尔德说："我答应过的几件事，我已经照办了。我去见了你们让我去见的三个人；我把报纸和其他媒体的人带进这里来听我们对谈。我早些时候承诺过，除了执法人员和地区检察官可能对这里已经犯下的罪

---

① "WBAI Transcript of Speeches Made in D Yard," March 6, 1972, Investigation and interview files, 1971-1972, New York (State), Special Commission on Attica, 15855-90, Box 84, New York State Archives, Albany, New York. Also see: copy of original typed version of at least portions of Barkley's speech complete with some notations and modifications in the area addressing which observers the inmates wanted called to the prison. Penciled in was the addition of Pablo "Yoruba" Guzman of the Young Lords Party and Huey Newton of the Black Panther Party for Self Defense, L. D. Barkley, "We are Men," speech, investigation and interview files, 1971-1972, New York (State), Special Commission on Attica, 15855-90, Box 84, New York State Archives, Albany, New York.

行进行调查之外，不会对你们采取任何报复行动。现在，我的问题是……你们什么时候释放人质?"① 对这个问题，他没有听到肯定的答复。

阿蒂卡的每个人都记得奥本监狱发生的事，囚犯同意释放人质和投降以换取不对他们进行报复的承诺，但随后还是遭到了殴打，并被隔离监禁。D 院里的人提醒奥斯瓦尔德，他郑重地保证他们不会受到伤害，对他们其实意义不大。奥斯瓦尔德对此予以反驳，提醒他们，当奥本监狱的人结束抗议行动时，他并不是专员。"我是个信守诺言的人。如果我说会做这件事，就肯定会去做的!"② 许多张充满怀疑

D 院的欢欣鼓舞之情（Courtesy of the Associated Press）

---

① Rockefeller Administration, Confidential Memo, "Events at Attica: September 8-13, 1971," 16.
② 同上。

的面孔朝他看去。他们怀疑奥斯瓦尔德是否有权就他们投降后可能遭受的任何身体上的或法律上的反弹作决定。

奥斯瓦尔德觉得双方陷入了僵局，便决定离开院子。然而，在护送他去 A 通道之前，囚犯们递给他一张纸，让他好好考虑考虑：那是一份新的清单，列出了 15 条"切实可行的建议"，是他们针对施瓦茨的批评所作的回应：

1. 将纽约州的最低工资法适用于州内所有监狱。停止奴役囚犯。
2. 允许纽约州所有的囚犯参与政治活动，不得恐吓或报复。
3. 给我们真正的宗教自由。
4. 停止对报纸、杂志、信件及其他出版物的一切审核。
5. 允许所有狱友自己花钱与任何人交流。
6. 当狱友符合有条件释放的要求时，应予以完全释放，而非假释。
7. 停止对因违反假释规定而重回狱中的狱友进行行政复议。
8. 根据狱友所犯罪行与个人需求，为全体狱友制定切实可行的改造计划。
9. 教育全体狱警去了解狱友的需求，即寻求理解而非动辄惩罚。
10. 让我们有健康的饮食，不再让我们吃大量猪肉，每天给我们一些新鲜的水果。
11. 更新监狱的教育体系，使之现代化。
12. 给我们一个愿意为所有有需要的狱友提供检查和治疗的医生。
13. 每个群出一名狱友组成一个代表团，该代表团有权将所受不公向监狱管理部门进行申诉（每季度一次）。
14. 减少待在牢房的时间，提供更多的休闲设备与设施。

15. 拆除内墙，让院子连成一体，不得再施行隔离监禁或惩罚。①

尽管奥斯瓦尔德同意考虑这份新的要求清单，但他现在也开始持怀疑态度了。奥斯瓦尔德可以看出，这份清单上的要求与巴克利的激情演讲中所提出的要求大不相同，这让他担心院子里的囚犯对于如何结束这种对峙僵局并没有达成一致意见。

那天晚上在行政楼，奥斯瓦尔德向等待他的监狱和执法人员简单通报了情况，然后给洛克菲勒州长的律师迈克尔·怀特曼打了电话，给他讲了最新的情况。专员希望州长办公室里的每个人都对他与囚犯进行谈判的决定充满信心，但看到D院的人对他的怀疑态度，他自己对谈判过程的热情也减弱了。正如这年初他处理奥本监狱叛乱的后遗症时所发生的那样，他对自己所受侮辱的不悦正在慢慢演变成一种强烈的怀疑，即囚犯其实并不是在呼吁"监狱改革"，而是希望"监狱发生革命，开始无政府状态"。② 而洛克菲勒州长则认为，在阿蒂卡"进行讨论只会适得其反"，但奥斯瓦尔德仍然拒绝完全采纳他的这一观点。③

值得注意的是，洛克菲勒在奥尔巴尼的律师迈克尔·怀特曼和霍华德·夏皮罗并没指望奥斯瓦尔德同囚犯的会面可以解决眼前的危机，他们在叛乱的第一天待在阿蒂卡是为了将州长拉进来定夺此事。直到傍晚6点，怀特曼才联系上州长，向其做了汇报。洛克菲勒指示怀特曼继续关注事态发展，同时也要留意外部煽动者来阿蒂卡的可能

---

① "Practical Proposals," copy of original typed list, Investigation and interview files, 1971–1972, New York (State), Special Commission on Attica, 15855-90, Box 84, New York State Archives, Albany, New York.
② Rockefeller Administration, Confidential Memo, "Events at Attica: September 8-13, 1971," 17; Oswald, *Attica—My Story*, 93.
③ Rockefeller Administration, Confidential Memo, "Events at Attica: September 8-13, 1971," 17.

性。和最近他所在州的其他监狱发生的所有起义一样，州长拒绝相信这次的起义是因为囚犯们内心真有不满。为了防止来自狱外激进分子的进一步煽动，洛克菲勒叫怀特曼与当地执法部门保持联系，并援引该州政府的"紧急权力封锁该地区"。① 按照洛克菲勒的律师霍华德·夏皮罗的说法，州警其实已经通知他"布法罗的一个黑人组织"正"计划前往阿蒂卡"，所以他把这个消息通知了惩教署副专员维姆·范·埃克伦，并指示他密切关注这一情况。② 不久之后，范·埃克伦收到他自己的警察简报，大意是"25 名黑豹党人正从布法罗出发去阿蒂卡"。③ 一小时后，夏皮罗再次打电话给惩教署，这次是为了确定一旦"外人试图靠近"监狱，惩教署是否愿意关闭通往监狱的所有道路。④

洛克菲勒的手下并不是唯一有兴趣密切关注草根组织和民权组织对阿蒂卡起义的反应的。联邦调查局对此也很感兴趣。事实上，值得注意的是，一些联邦机构对纽约州中部乡村的这座州立监狱所发生的事牵涉甚深。联邦调查局立刻加强了对被怀疑同情囚犯的团体的广泛监视，而且通过其在纽约、芝加哥和旧金山的线人搜集有关阿蒂卡叛乱的情报。更令人吃惊的是，联邦调查局收集的信息无论可信与否，都会被提交给美国政府的最高当局，包括总统理查德·尼克松、副总统斯皮罗·阿格纽、司法部长约翰·米切尔，以及国防情报局、陆军部、空军部、海军调查局、特勤局和国家安全局。⑤ 联邦调查局奥尔巴尼办公室提醒其他各

---

① Rockefeller Administration, Confidential Memo, "Events at Attica: September 8–13, 1971," 16.
② 同上。
③ 同上。
④ 同上。
⑤ 联邦调查局有许多备忘录都是提交或转发给这些政府部门的，参见：Federal Bureau of Investigation, Communications Section, Buffalo, Teletype to Director, Domestic Intelligence Section, Stamed: "Included in summary to White House and Attorney General", September 9, 1971。还可参见：Domestic Intelligence （转下页）

办公室主管，洛克菲勒的左膀右臂罗伯特·道格拉斯也希望随时了解他们从"极端分子线人"处搜集来的任何"有关阿蒂卡局势的信息"。①

令人不安的是，联邦调查局发布的各种报告如果不算完全不准确的话，往往也是具有误导性的。在一份9月9日晚11:58发往联邦调查局国内情报部门、白宫和美国司法部长的电传稿中，布法罗办公室报告称，在骚乱过程中，"据说白人被黑人强行带到了院子里"，而且那里的"黑人权力运动"（Black Power）② 好战分子不仅在围捕监狱职员作为人质，还把所有白人囚犯都关了起来。这样的误导只会让人以为监狱里正在发生种族骚乱。③ 更具煽动性的是，联邦调查局布法罗办公室称，囚犯"扬言，[对他们]每开一枪，就会杀一名守卫作为报复"；他们"还扬言，除非要求得到满足，否则将杀死所有人质"；所有的人质都在D院外"被要求立正站好"。④ 结果证明，上述说法没一个是真的。

在动荡的1960年代和1970年代，联邦调查局投入大量资金瓦解和削弱他们认为对国家安全构成威胁的草根组织，诸如尼克松、阿格

（接上页）Division, "Informative Note", September 10, 1971。This summarizes current details and then reads: "Information being included in the summary to the White House, the Attorney General, Secret Service and military agencies。Copy being sent to Inter-Division Intelligence Unit, Internal Security and Civil Rights Division of Department." All documents obtained through FOIA request #1014547-000 of the Federal Bureau of Investigation。

① Albany, Federal Bureau of Investigation, Communications Section Teletype to Director, Buffalo, September 16, 1971, FOIA request #1014547-000 of the FBI.
② 泛指1960年代和1970年代的黑人权力运动，学生非暴力协调委员会领导人斯托克利·卡迈克尔1966年率先使用了"黑人权力"一词，此处是对本书中提到的"伊斯兰民族"、黑豹党、青年贵族党等组织的统称。——译者
③ Buffalo Office, Federal Bureau of Investigation, Communications Section Teletype to Director, Domestic Intelligence Division, CC: White House and Attorney General, CC: Mr. Sullivan for the Director, 11:58 p.m., September 9, 1971, FOIA request #1014547-000 of the FBI.
④ 同上。

纽和米切尔之类的政治家也都支持这种做法,并随时听取他们的汇报。① 这一时期,联邦调查局的一个反情报项目——"反谍计划"(COINTELPRO)因利用谣言和纯粹捏造的故事,试图从内部摧毁左翼、反战和民权团体而臭名昭著。出于这个原因,奥斯瓦尔德专员决定继续和D院的人谈判一事,惹恼了调查局的很多人。正如联邦调查局的一份内部备忘录所言,州政府官员"屈服于囚犯的无理要求"。② 而且,这些人不仅仅是罪犯;就像联邦调查局在许多场合已经表明的,"大多数暴动的囚犯都是黑人"。③ 在阿蒂卡起义的第一天,D院泛起了暮色,联邦调查局和州警关于黑人囚犯恐吓、施暴的流言只会成倍增加。但不管其他人对州政府与囚犯谈判一事有多敌视,拉塞尔·奥斯瓦尔德专员甚至愈加坚持要将谈判进行到底。

---

① 如需了解联邦调查局瓦解激进组织的近期历史,可参见: Seth Rosenfeld, *Subversives: The FBI's War on Student Radicals, and Reagan's Rise to Power* (New York: Picador, 2013)。
② Domestic Intelligence Division, "Informative Note," September 10, 1971, FOIA request #1014547-000 of the FBI.
③ 同上。

13. 入 夜

正如拉塞尔·奥斯瓦尔德专员想要与 D 院的人进行谈判,以迅速结束目前正在全国各地演变成新闻的这场叛乱,他也决心赶紧从那些人那里得到一些让步,以免他的上司们叫停谈判,用武力解决此事。当副专员沃尔特·邓巴提出要进去和囚犯对话时,奥斯瓦尔德同意了,于是在阿蒂卡起义第一天晚上 7:30,邓巴在赫尔曼·施瓦茨、阿瑟·伊夫和一位名叫詹姆斯·埃默里的共和党州议员陪同下,第四次造访 D 院。

但副专员邓巴并不是那种能在这种情况下赢得任何人支持的人。当囚犯们递给他一份他们已经给过奥斯瓦尔德的同样要求的清单时,邓巴对第二条要求的担忧让自己惹出了事:"允许纽约州所有的囚犯参与政治活动,不得恐吓或报复。"邓巴透过他角框眼镜盯着囚犯们,问他们"参与政治活动"是什么意思?然后就这一点和他们展开了辩论。但那些人很快就改变了话题,把焦点转到了事件的核心问题上,也就是他们最关心的问题:叛乱本身以及需要什么来结束叛乱。他们告诉邓巴,如果不能保证他们不会遭到报复,他们就不会释放任何人质,更别说投降了。

当 D 院的讨论变得越来越紧张时,囚犯杰瑞·罗森伯格突然拿出了 份前一小时他还在弄的手写的法律文件,题为"阿蒂卡监狱狱友诉纳尔逊·洛克菲勒、拉塞尔·奥斯瓦尔德、文森特·曼库斯"。罗森伯格解释道，如果联邦法官愿意在这上面签字，它将成为法庭禁令，禁止州政府在他们投降之后进行任何报复。院子里的人听见这个都很开心，很快，讨论便转到了哪个法官愿意签署这份文件的问题上。康斯坦斯·贝克·莫特利法官的名字不断被提及，因为她在囚犯中名声很响，作为法官，她在审判过程中愿意支持马丁·索斯特尔，后者曾起诉惩教署将他单独囚禁了整整一年。①

陪同邓巴进入院子的赫尔曼·施瓦茨主动提出愿意找法官签署，但不是找莫特利法官，因为她负责纽约南区，阿蒂卡并不在她的管辖范围之内。他建议与西区的约翰·T. 柯汀法官接洽。那些人都挺喜欢这个主意。正是柯汀法官迫使曼库斯将奥本六人组从 Z 楼放了出来，这表明他也是个同情囚犯的法律人士。不过，施瓦茨指出，这么做需要时间。柯汀和纽约其他任何一名可能会帮助他们的法官目前正在佛蒙特州参加一个会议。当他解释这些复杂情况时，许多人认为这又是一个拖延策略，于是对施瓦茨发出了嘘声。但是一个囚犯的声音打破了众人的声讨，说确实有这样一个会议正在召开，他在《纽约法学杂志》上读到过这个。当施瓦茨提出当天晚上就去佛蒙特州面见柯汀时，那些人又变得热情了起来。②

此时，院子里的讨论转到了 C 楼的囚犯是否遭到了殴打这件事上。尽管奥斯瓦尔德与阿瑟·伊夫已经一起调查了此事，并报告说那天傍晚一切都很好，但人们的恐惧并未因此减轻。副专员邓巴能感觉到，除非能让他们亲自去那栋楼看看，否则这个问题是不会烟消云散的。他同意带三名囚犯去翼楼看看，以确认他们的狱友都没事。迫于压力，邓巴还同意让一名医生进入 D 院。他不得不容许，那里既有囚犯也有人质，他们需要更为专业的医疗护理，这是医务室的那些自

---

① Malcolm McLaughlin, "Storefront Revolutionary: Martin Sostre's Afro-Asian Bookshop, Black Liberation Culture, and the New Left, 1964–1975." *The Sixties: A Journal of History, Politics and Culture* 7, no. 1 (2014).

② Herman Schwartz, Personal Diary, September 12, 19, and 24, 1971. 作者握有这份材料, 7.

封为医护者的人所无法提供的。院子里的人已经向他表明,州政府的官员根本没意识到他们还没允许医生进入院子。①

晚上8点,邓巴离开D院去向奥斯瓦尔德汇报最新的情况,阿瑟·伊夫则照此前的承诺,领着查彭、理查德·克拉克与另一名囚犯去巡视C楼。这对三名囚犯来说,是一次极其胆战心惊的经历,因为正如克拉克回忆的那样,"你能感受到那里的州警的恨意……你能从他们的眼神中看出那种仇恨,明白他们都在尽力克制自己不扣动扳机"。② 不过,一旦进入C楼,他们觉得来这一趟还是值的。被关在那里的人确实没受到伤害。

大约晚上9点,巡视完C楼后,查彭以自学成材的犯人律师的身份,与伊夫议员一起前往曼库斯的办公室,同赫尔曼·施瓦茨一道敲定法庭禁令的措辞。在起草了好多份之后,查彭才最终确信禁令涵盖了所有必须涉及的要点。施瓦茨往佛蒙特州曼彻斯特的酒店给柯汀法官打了电话,解释了他需要法官做的,并请法官保证等施瓦茨一到,法官就会在禁令上签字。施瓦茨还说服奥斯瓦尔德专员也在文件上签名同意,然后让一名州警驱车12英里,把他送到位于巴塔维亚的最近的机场。

晚上11:30,在等待航班起飞的时候,施瓦茨给莫特利法官打了电话,想看看她是否也愿意在禁令上签字。他解释说自己已经告诉阿蒂卡的囚犯,这不在她的管辖范围,但他们仍然希望她能为这份文件背书。尽管施瓦茨请求了很长时间,还是没有说动莫特利签署禁令。他很清楚,"她只是不想做任何不相干的、无用的事情"。③ 施瓦茨觉得莫特利的签名会很有帮助,即便只是象征性的,但他仍然希望有了柯汀和奥斯瓦尔德的背书就够了。

当施瓦茨登上前往佛蒙特的飞机,去面见柯汀法官时,沃尔特·

---

① Richard X Clark, *The Brothers of Attica* (New York: Links Books, 1973), 68.
② 同上,72。
③ Schwartz, Personal Diary, September 12, 19, 24, 1971. 8.

邓巴正在返回 D 院，这次他带了沃伦·汉森医生。汉森是距阿蒂卡以南 15 英里的怀俄明县社区医院的外科医生，怀俄明县警长呼吁医生到监狱去，以备不时之需，他就响应号召过来了。尽管汉森已经在阿蒂卡监狱外等了好几个小时，和另外几名医生只是在"红十字会摊位前站着喝咖啡，吃甜甜圈"，但一直没人要求医疗援助，也没人费心向他们解释里面的医疗状况。① 鉴于到处都有传言说"人质死的死，伤的伤"，所以汉森和其他医生认为这简直不可思议。②

在得到"无人区"的囚犯的安全通行保证之后，汉森被指派了一名贴身保镖，保镖对他说："医生，我负责你的安全……我不想拉着你或推着你走来走去，[所以]倒不如你拉着我的胳膊，让我领着你走，你只要跟着我就行了。"③ 一进 D 院，汉森就看见囚犯列成的两条长队，他们都戴着白色臂章，彼此手肘相连，面对着面。事实上，这些人为他搭建了一条安全的人肉通道，让他从当中穿过，这让他颇为感激。④

汉森和领导层团体见了面，然后被护送至医疗站，那里有三张桌子和一个装有些许药品和绷带的箱子。在听取了囚犯医疗队的简报后，汉森便朝人质圈走去。人质依然被"黑人穆斯林"的保安队围住，他们挤在一个椭圆形的空间内，有人坐着，有人躺着。⑤ 到此

---

① Dr. Warren Hanson, interviewed by Joe Heath and John Straithorp, Interview Report Sheet, December 3, 1974, Ernest Goodman Papers, Box 7, Walter Reuther Library of Labor and Urban Affairs, Wayne State University, Detroit, Michigan. Hereafter Walter Reuther Library. Also see: Warren Hanson, Testimony, *McKay Transcript*, April 18, 1972, 289.

② Dr. Warren Hanson, interviewed by Joe Heath and John Straithorp, Interview Report Sheet, December 3, 1974. Also see: Hanson, Testimony, *McKay Transcript*, April 18, 1972, 289.

③ Hanson, Testimony, *McKay Transcript*, April 18, 1972, 295.

④ 同上。

⑤ 关于人质圈内每名人质的具体位置，可参见：Investigator Joe Mercurio, State of New York Attica Investigation Memorandum to Anthony G. Simonetti, Subject: "Circle Case", July 26, 1974, in the papers of Elizabeth M. Fink, Brooklyn, New York。

时，人质已经戴着眼罩度过了近 10 个小时，汉森发现他们处于严重的精神痛苦之中。他尽自己所能地使他们平静下来，并"很高兴地发现他们的情况都相当不错"。① 囚犯已经在尽力照顾人质，比如用夹板固定住可能的骨折处，并做了几例紧急缝合，一些人质有各种各样的伤，但无一有生命危险。②

尽管监狱管理部门派汉森医生去查看人质的健康状况，但当 D 院的负责人让他去看看同样需要医治的囚犯时，他也欣然答应了。回到医疗站后，便有大约 25 到 30 个病人在等他看病。有的是在接管监狱的过程中受的伤，其他的则因长期困扰的疾病来求助。正如理查德·克拉克所说的那样，"阿蒂卡的病号从没得到过任何医治"。③ 由于需要更多的药品，汉森请求允许让囚犯泰尼·斯威夫特出 D 院去拿药品和夹板。斯威夫特因谋杀罪被判无期徒刑，但汉森发现他在这种紧张情况下，是一名称职的护工。事实上，汉森对斯威夫特全身心地投入照料病人留下了深刻印象，当他带着医药用品回来时，汉森决定对他进行一些额外的现场医疗培训，以便自己走后，斯威夫特能做得更好。④

在看完能走动的病人之后，汉森医生在四五名囚犯组成的保安人员的陪同下开始四处转转。当他们穿过此时已经漆黑的院子时，其中一人拿着大喇叭问："还有人要看医生吗？还有人要看医生吗？"⑤ 汉森有些害怕，尤其是当他发现那些负责人没怎么盯着他时。"天很黑，人们拿着手电筒在我周围转来转去，所有这些吓人的家伙都带着各种棍棒和武器。"但最终他意识到自己没什么好担心的。⑥ 汉森在

---

① Hanson, Testimony, *McKay Transcript*, April 18, 1972, 292.
② 同上，295。
③ Clark, *The Brothers of Attica*, 71.
④ Dr. Warren Hanson, interviewed by Joe Heath and John Straithorp, Interview Report Sheet, December 3, 1974.
⑤ Hanson, Testimony, *McKay Transcript*, April 18, 1972, 297.
⑥ 同上，303。

D楼的两层楼面走了一圈,这栋楼的一些可能需要医治的年老体弱的囚犯此时选择了睡觉,于是,汉森便在4小时前带他进来的那个人的护送下出了院子。他同医生握了握手,"代表他的兄弟们"道了谢。①

就在汉森医生离开监狱的同一时间,洛克菲勒州长的两名高级助手进去了,一个是当天早些时候曾协助将水运进D院的奥哈拉将军,一个是纽约州预算主管T. 诺曼·赫德。② 奥斯瓦尔德向州长的人汇报了情况,并带他们巡视了一圈A楼,然后邀请他们去会见邓巴、曼库斯、约翰·莫纳汉少校和纽约州警的总督察约翰·C. 米勒。在场的每个人都很高兴地得知,奥斯瓦尔德尽管仍然坚持要完成谈判,但至少愿意讨论重新夺回监狱所需的条件。③ 莫纳汉少校认为,有了狱外集结的五六百名士兵,准备一接到命令就立即进去,现在他们已经万事具备。奥哈拉将军并不同意;在他看来,CS瓦斯(催泪瓦斯的一种)对这样的行动至关重要,可他们既没有这种瓦斯,也没有能在监狱院子上方喷洒瓦斯的飞机。所以,奥哈拉联系了他在国民警卫队的熟人,后者连夜打通关节保证调派一架配备M-5化学喷洒器的CH-34直升机,以及足以让D院的所有人丧失行动能力的瓦斯。④

而在D院,囚犯和人质都还在指望谈判能够成功。双方都对能见到汉森很感激,但有的人在他离开时感到害怕。人质圈里的人尤其如此。这些人对迄今为止为他们提供的安全保障感到高兴,但又担心是否"这些穆斯林真的保护得了他们"。⑤ 在这一点上,人质唐纳德·阿尔米特就觉得"比我在越南时更让人害怕",人质约翰·斯德

---

① Warren H. Hanson, "Attica: the Hostages' Story," *New York Times*, October 31, 1971.
② Rockefeller Administration, Confidential Memo, "Events at Attica: September 8-13, 1971," 17.
③ 同上,18。
④ 同上,19。
⑤ Larry Lyons, 与作者的交谈, Lehigh Acres, Florida, July 1, 2005.

哥尔摩怕得要命，就算劫持他的人同意他去上厕所，他也不敢去。①正如他回忆的那样，他的"身体压根儿不听使唤了"。② 然而，随着时间一分一秒地过去，这些人开始对自己的前景有了希望。子夜时分，一些囚犯走进 D 楼牢房，拖出床垫，让人质睡在上面，还拿来毯子盖在他们身上。③

囚犯知道两方对垒，人质是他们可以依仗的一切，而且他们坚信肯定会对监狱发起一场血腥的进攻。尽管这一整天 D 院的人在和监狱官员讨论时都刻意表现得勇敢，但他们其实也吓坏了。他们完全不确定是否可以信任施瓦茨会给他们弄来一纸禁止报复的命令，也非常害怕纽约州警在他们上方的囚楼屋顶上安排的狙击手。正如有个囚犯回忆的，出于这个原因，"我们大多数人都睡在院子里"。④ 至少，睡在开阔地带能让他们知道进攻有没有开始。

尽管有不祥的预感，但也有轻松一刻，一些人在看到已经多年未曾感受过夜晚新鲜空气的人们陶醉在这种奇怪的自由之中时，甚而感到一种不期而至的喜悦。黑暗中，可以听见音乐，"好多鼓、一把吉他、共鸣、长笛、萨克斯，兄弟们正在演奏"。自从被关入这座最高安全级别的监狱，这可以说是他们中的许多人最轻松的时刻了。⑤ 事实上，那晚所有人都深受触动。理查德·克拉克惊讶地看着人们拥抱在一起，看见一个男人潸然泪下，因为已经很久不被"允许靠近某人了"。⑥ 卡洛斯·罗切看着他的朋友"猫头鹰"干瘪的脸上满是欣喜的泪水，这个老头已经被关在这里几十年了。"你知道吗，"猫头

---

① Donald Almeter，与作者的交谈，July 3, 2005.
② John Stockholm，与作者的交谈，July 1, 2005.
③ Clark, *The Brothers of Attica*, 73.
④ 同上。
⑤ 同上，76。
⑥ 同上，75。

鹰惊叹道,"我已经 22 年没见过星星了。"① 正如克拉克后来对叛乱第一天晚上的描述,尽管人们对接下来可能发生的事充满恐惧,但 D 院的人仍然感觉很棒,因为"不管以后发生什么,他们都没法把这个夜晚从我们这里夺走"。②

---

① Carlos Roche, Testimony, *Akil Al-Jundi et al. v. The Estate of Nelson A. Rockefeller et al.*, October 31, 1991, 1919.
② Clark, *The Brothers of Attica*, 76.

14. 新的一天开始了

9月10日星期五清晨,阿蒂卡叛乱的第二天,赫尔曼·施瓦茨从佛蒙特州返回阿蒂卡监狱。他为自己感到骄傲;凌晨3点,他设法把约翰·T.柯汀法官从埃奎诺克斯酒店舒适的床上拖了起来,签署了一份文件,上面写着:"经被告同意,特此命令:被告、其代理人和雇主不得对1971年9月9日参与阿蒂卡监狱骚乱的任何狱友采取任何人身或其他行政方面的报复行为。"①让拉塞尔·奥斯瓦尔德专员在底部签名之后,施瓦茨觉得自己已经得到了"被告的同意",这是D院的人真正需要的保护。②

早上8点左右,施瓦茨能够把现在已经相当皱巴巴的法律文件交给隔开A通道和A楼的那扇大门边的囚犯了。由于奥斯瓦尔德头天晚上答应他们他会在清晨7点时过来,却至今仍未露面,许多人明显很紧张,但施瓦茨希望这项禁令可以让大家的情绪好起来。令他大吃一惊的是,他将文件的副本递过去后不久,他和阿瑟·伊夫很快便被传唤至A楼的大门前,站在那里的理查德·克拉克严厉地瞪着他,说文件"毫无价值"。③"为什么?"施瓦茨简直不敢相信自己的耳朵。"因为上面没有敲章。"克拉克答道。④施瓦茨向克拉克解释说,凌晨3:30,法官不可能把章带到佛蒙特州去吧,但如果这些人要求敲章,那他现在就去柯汀在布法罗的办公室加盖印章。⑤施瓦茨匆忙离开,带上原始文件,开车去布法罗盖法官的章。他个人认为柯汀在原始文件上的签名完全足够了，但非常想让 D 院的人放心，相信这项禁令确实是具有约束力的。

8:45，还是没见到奥斯瓦尔德的踪影，克拉克传话到行政楼，要求专员立刻来和他们会面。克拉克还表示，黑豹党的鲍比·西尔也应该被列入可能到阿蒂卡来作为谈判观察员的名单中。起先，这些人希望黑豹党的休伊·纽顿能来阿蒂卡，但如果来的是西尔，他们希望确保他能进得来。眼下，他们已经等了两个多小时来跟专员重启谈判，担心很快就会对他们发动攻击，并相信外界有足够多的人关注这件事是至关重要的。

奥斯瓦尔德之所以耽搁了，是因为他在努力让囚犯点名的那些观察员到场。而且他也在确保这群人的一些会从州政府的角度来看问题，因而让州政府感到满意。为此，他请州长办公室的诺曼·赫德与奥哈拉进行协助，后者又联系了洛克菲勒的律师迈克尔·怀特曼，看看谁有兴趣去阿蒂卡。

经过一番深思熟虑，怀特曼和州长办公室的其他人列出了一份他们认为合适的观察员的名单，认为这将缓和囚犯要求的那些更自由散漫、在某些情况下更激进的观察员的影响。在他们看来，关键是选一些同情州政府的人，但又不能太明显，以免因犯拒绝他们参与。名单上有两个与马丁·路德·金博士密切合作的非裔美国人，一个是哈莱姆区迦南浸信会基督教堂的高级牧师怀厄特·提·沃克，一个是黑人报纸《阿姆斯特丹新闻》的编辑克拉伦斯·琼斯。他们还提议与民

---

① Injunction, *Inmates of Attica Correctional Facility v. Nelson Rockefeller, Governor; Commissioner of Correction, Oswald; Vincent Mancusi, Warden*, United States District Court, Western District, New York, September 10, 1971, in the papers of Elizabeth M. Fink, Brooklyn, New York.
② 同上。
③ Herman Schwartz, Personal Diary, September 12, 19, and 24, 1971. 作者手中有这份材料。
④ 同上。
⑤ 同上。

主党国会议员、波多黎各人赫尔曼·巴迪罗,以及温和派共和党州参议员约翰·邓恩接洽,因为这两人都从去年夏天解决纽约市看守所系统的多起危机中积累了经验。不过,他们也坚持名单里一定要有保守派人士,于是选了前警官和地方检察官、现任共和党州参议员托马斯·F.麦戈文,以及共和党纽约州议员弗兰克·沃克利、克拉克·温普尔。

与此同时,州议员阿瑟·伊夫也在急不可耐地忙着联系囚犯们想要的男女观察员,充实观察员委员会。他手下的工作人员不仅成功地联系上了底特律的黑人记者吉姆·英格拉姆、《纽约时报》的汤姆·威克,这两人都是被点名要出席的;还找到了囚犯改革组织的人、"财富社会"的人以及青年贵族党的两名成员。伊夫亲自联系了黑豹党的领导人,后者同意在进一步商议后派人去。到那天下午,伊夫高兴地得知,曾与赫尔曼·施瓦茨一起代表"奥本六人组"的律师刘易斯·斯蒂尔已在阿蒂卡监狱外,准备为他们提供服务。伊夫仍然想联系著名的左派律师威廉·昆斯特勒,因为囚犯们特别想见他。

当D院里的人焦急而平静地等待专员到来时,监狱外关于囚犯暴行的流言甚嚣尘上。在看到囚犯们把床垫从牢房里拖出来,放到人质圈里(让那些人有床可睡)之后,军队中间谣传人质"被浇上汽油的垫子包围了"。① 因此,州警再次坚决要求进入监狱,并开始为强攻做准备。到中午 12:45,所有州警均已在行政楼前待命,等待许可。② 但是,仍然存在一个战术上的问题:强攻所需的催泪瓦斯和直升机还未到达。几个小时后,直升机总算到了,但纽约国民警卫队指挥官指派执行这项飞行任务的人员,仍需"10个小时或更长的时间……准备煤气罐和引信装置"。③ 强攻行动再次受阻。

---

① Official Call Log, Headquarters, New York State Police, Albany. Date: September 10, 1971. Time: 10:30 a.m.
② Transmitter Log, September 9-13, New York State Police, Investigation and interview files, 1971-1972, New York (State), Special Commission on Attica, 15855-90, Box 9, New York State Archives, Albany, New York.
③ Russell Oswald, *Attica—My Story* (New York: Doubleday, 1972), 102.

D 院的空中鸟瞰图（*Courtesy of the Buffalo News*）

奥斯瓦尔德如此专注于召集观察员委员会和重启谈判，以至于似乎忘了这样一个事实，即执法部门仍在盘算着一旦万事俱备，便立即攻入监狱。然而，他把这群名人召集到监狱的能力，在他毫不知情的情况下，挫败了强攻计划。观察员和其他外界人士当天陆续赶来，这是一个多元化的群体。有共和党参议员，也有知名的黑人牧师，如马文·钱德勒、雷蒙德·斯科特以及与反贫困组织"战斗"一起工作的富兰克林·弗洛伦斯。这些牧师想进入阿蒂卡，为他们认识的住在罗切斯特附近的许多囚犯家属收集信息。奥斯瓦尔德一从伊夫那里得知他们到了，便决心也要让他们成为官方的观察员。正如马文·钱德勒所见，"我认为他们只是想通过我们使之具有合法性"。[1]

奥斯瓦尔德花了太多时间把观察员弄到阿蒂卡，所以当他终于联

---

[1] 牧师马文·钱德勒，劳拉·希尔 2009 年 5 月 13 日采访，Rochester Black Freedom Struggle: Online Project, Rare Books and Special Collections, University of Rochester, New York.

系上 D 院的人时,后者等他的消息已经等了 4 个小时了。关于会议将在哪里举行的问题,双方进行了激烈的交锋,奥斯瓦尔德提议在 A 楼的通道里举行,囚犯们却坚持要在院子里举行。奥斯瓦尔德屈服了。① 正如他们向他表明的那样,"这得由我们全体人而不是你们一群人说了算,所以你必须把你的观察员等带到我们大家伙儿面前"。②

起义的第二天,星期五,上午 11:25,奥斯瓦尔德与 5 名观察员——阿瑟·伊夫、赫尔曼·施瓦茨、刘易斯·斯蒂尔、雷蒙德·斯科特、马文·钱德勒——以及十几名媒体人,穿过 A 通道第五次进入院子。奥斯瓦尔德、施瓦茨和伊夫立刻就能感觉到,从上次进来到现在,这些人的情绪变得相当阴沉,从搜身时比以前粗暴就能看出这一点。施瓦茨不确定囚犯们会对法官禁令尚未解决一事做出何种反应,所以特别紧张。③ 事实证明,他想得没错。

这群观察员一到谈判桌前,赫尔曼·施瓦茨律师就被"滔滔不绝涌向奥斯瓦尔德的叱责、大肆攻击和挖苦"吓了一跳。④ 而且,不仅是院子里较为引人注目的那些人——比如 L. D. 巴克利、查彭、赫伯特·布莱登、理查德·克拉克、塞缪尔·麦尔维尔——在对专员恶语相向,院子里到处弥漫着怒气。奥斯瓦尔德静静地坐在那里,听着各种谩骂,当"种族主义猪""恶狗"这样的恶名劈头盖脸落到他身上时,显得茫然而疲惫。然后轮到施瓦茨了。等这些人的注意力转回到禁令上,施瓦茨便尽力解释,即便没有盖章,文件仍可以保护他们免受人身和行政方面的报复,但尽管如此,有人正在赶往这里,按照他们的要求在最初的禁令上盖章。不知怎的,他的辩护只是加剧了那些人对禁令的怀疑。⑤

---

① Xerox of the handwritten note in: Oswald, *Attica—My Story*, 104.
② *McKay Report*, 267.
③ Schwartz, Personal Diary, September 12, 19, 24, 1971.
④ 同上。
⑤ Russell Oswald, Testimony, *Akil Al-Jundi et al. v. The Estate of Nelson A. Rockefeller et al.*, read posthumously into the record on January 2, 1992, 10818.

对 D 院里的人来说，这份法庭禁令对他们能否"带着某种尊严、不受伤害地走出院子"至关重要，囚犯"筋斗王"克劳利就是这样解释的。① 为此，施瓦茨遭到了一堆有关禁令的问题的狂轰滥炸，比如它的意义何在，效力如何，等等。"为什么上面有奥斯瓦尔德的签名？这么做有什么好处？……如果有必要签名的话，为什么不让［洛克菲勒］在上面签字？"② 然后，突然，身为领导人之一的犯人律师杰瑞·罗森伯格抓过麦克风，大摇大摆地把那份所有人都在审阅的禁令撕了个粉碎。罗森伯格吼道，禁令上不仅没盖章，而且特别点明是 9 月 9 日的事件，因为现在对他们没用了。此外，它并没阻止监狱官员在叛乱结束后以各种罪行来指控囚犯，对他们实施报复。他说，如果没有刑事大赦，他们真的什么保护都没有。施瓦茨简直不敢相信，自己辛辛苦苦好不容易而且是应囚犯的要求弄来的那份禁令，竟然被他们断然拒绝接受。不过，罗森伯格的这番话引来了如潮的赞许声，以致他只能说服自己保持沉默。③

随后，桌边的那些人又将怒火撒到了奥斯瓦尔德的头上。尽管他们一直试图与专员核对他们的"切实可行的建议"清单，但当专员解释说这上面的建议一条都没完成时，更令他们火冒三丈。他需要更多的时间。更糟的是，在他们看来，奥斯瓦尔德接着继续试图将话题转到释放人质上面去。囚犯认为他们已经释放了许多人质，共计 11 人，既有狱警，也有文职人员。一些人，比如戈登·凯尔西和威廉·奎恩，受了伤，显然急需治疗，但其他人他们不也释放了嘛。但奥斯瓦尔德不肯让步。他刚刚得知那天早上又发现了两名藏在洗手间里的狱警，所以他根本没法确定到底有多少人被关在 D 院，这让他很不

---

① Charles "Flip" Crowley, *In the Matter of the Additional, Special and Trial Term of the Supreme Court of the State of New York, Designated Pursuant to the Order of the Appellate Division, Fourth Department.* County of Wyoming, May 24, 1972, 8-9.
② *McKay Report*, 269.
③ Schwartz, Personal Diary, September 12, 19, 24, 1971.

安。① "总共有多少人质？38个？"他问。这时，有人冲他大喊："现在是39个！"然后转身对院子里的人说："我们为什么不把他也扣在这里？"② 现在，施瓦茨真的害怕了。院子里突然爆发出一片嘈杂声，有人在叫喊，有人在尖叫，还有人在争辩。囚犯的领导赫伯特·布莱登和理查德·克拉克似乎也被这个场景震住了，无力扭转局面。③ 但就在奥斯瓦尔德可能大难临头的时候，"黑大个"史密斯"走到奥斯

拉塞尔·奥斯瓦尔德专员（坐者，左下方角落处）在谈判桌前面对囚犯负责人，如"黑大个"弗兰克·史密斯（戴墨镜者）和 L. D. 巴克利（右二）（*Courtesy of* The New York Times）

① 根据后来的调查，叛乱初期有 50 名人质，其中 11 人获释。*McKay Report*，184。
② 不清楚是谁说的。有关这个问题的报告互相抵触。阿瑟·伊夫认为是"达卢人"马里亚诺·冈萨雷斯说的。参见：Arther Eve, Testimony, *Akil Al-Jundi et al. v. The Estate of Nelson A. Rockefeller et al.*, November 6, 1991, 2738。欲了解有关此事的其他描述，可参见：Oswald, Testimony, *Akil Al-Jundi et al. v. The Estate of Nelson A. Rockefeller et al.* 也可参见：Schwartz, Personal Diary, September 12, 19, 24, 1971。
③ Schwartz, Personal Diary, September 12, 19, 24, 1971.

瓦尔德面前,搂住他,说'别担心,不会有事的'"。①

尽管负责人之一"达卢人"曾赞成把奥斯瓦尔德扣为人质,但绝大多数人似乎都致力于保护专员免受伤害。当赫伯特·布莱登呼吁对这问题进行投票表决试图以此来恢复秩序时,要求赞成将专员扣为人质的站出来,结果没人站出来。这件事就这么解决了。②

起义的第二天下午快 1 点时,奥斯瓦尔德和其他人安全地走出了 D 院,回到了行政楼。因犯们说,在他们要求的所有观察员都到达之前,不会进行进一步的商讨,而奥斯瓦尔德也没心情继续谈下去了。他很受震动,以至于决定将与 D 院的人进行的所有进一步协商都留给观察员来完成。对其中一位牧师、观察员马文·钱德勒而言,整个局势还没有可怕到令人心碎的地步。当他离开院子的时候,他听见有人叫他:"牧师……"③ 那是黑大个史密斯。"是的,先生。"钱德勒答道,然后,让他大吃一惊的是,黑大个说:"牧师,他们真是该打屁股,但是非常感谢你能来。"④ 黑大个的话让钱德勒的眼中泛起了泪光。⑤

那一刻,钱德勒和他团队里的其他成员发誓,他们不会让刚刚在院子里看到的不好的一面破坏对峙的和平解决。为此,阿瑟·伊夫和刘易斯·斯蒂尔临时决定让专员明白法律大赦对囚犯们来说有多重要。如果那天早上他们在 D 院的遭遇并没有说明其他问题,那么现在已经很清楚,若不对囚犯予以刑事大赦,这些人将绝不会感到足够

---

① Crowley, *In the Matter of the Additional, Special and Trial Term of the Supreme Court of the State of New York, Designated Pursuant to the Order of the Appellate Division, Fourth Department*, 14.
② Bernard George Kirk, Testimony, *In the Matter of the Additional, Special and Trial Term of the Supreme Court of the State of New York, Designated Pursuant to the Order of the Appellate Division, Fourth Department*. County of Wyoming, February 17, 1972, Erie County courthouse, 61.
③ Chandler, Interview by Hill, May 13, 2009.
④ 同上。
⑤ 同上。

的安全感,从而释放人质。

那天下午,一离开院子,奥斯瓦尔德就参加了另一场会议,讨论结束叛乱所需的后勤保障。与会者是纽约州警的一些高级官员,包括总督察约翰·米勒,以及巴塔维亚当地的 A 部队负责人莫纳汉少校。监狱官员文森特·曼库斯和沃尔特·邓巴也在场,此外还有洛克菲勒手下的奥哈拉。奥斯瓦尔德直截了当、明白无误地表述了他最近去院子那次有多可怕,他问与会者是否认为现在"以武力夺回监狱"的条件已经成熟。[1] 然而,他们讨论得越详细,专员就越是不停地回到一个棘手的事实:既然他不仅已经授权,而且实际上促进了将二十多个知名人士带进阿蒂卡监督和观察谈判过程,那他现在根本没法允许武力夺回监狱。就连与会的官员也都明白,这至多只能算是一次前途未卜的冒险。

9月10日,D 院的囚犯毫不畏惧,行黑人力量的致敬礼(*Courtesy of the Associated Press*)

此刻在 D 院,知道有更多的观察员正在来的路上,对提升囚犯

---

[1] Oswald, Testimony, *Akil Al-Jundi et al. v. The Estate of Nelson A. Rockefeller et al.*.

和人质的士气颇有助益。人质被允许有更多的自由，一些人当天早上还在人质圈里锻炼了身体，除了一日三餐之外，他们还得到了咖啡和香烟。一名人质问，他们给他的骆驼牌香烟是否可以换成万宝路，看管他的人转身就带了三包来给他。① 那天，州政府官员还允许汉森医生第二次进入院子，当他进去后，"他发现人质感觉好多了；他们受到了精心的照料，眼罩也被摘掉了"。② 他注意到囚犯们给人质提供了更好的庇护所——在木板上搭了一些床单，用来遮挡日头。③

即便他们意识到谈判还将继续，会有外界的观察员进来，对此更加充满希望，但和奥斯瓦尔德的那次灾难性会面还是让所有人都感到不安。睡不好觉也造成了不好的影响。比如，黑大个问汉森医生能否给他一些安非他命，因为他需要保持警觉，"为谈判保持清醒"。④ 他和绝大多数囚犯都希望保持警惕，生怕州官员突然改变主意，决定武力夺回监狱。在许多方面，他们和监狱当局长期打交道的经验使他们料到自己会遭到背叛，因此，即使是在等待谈判重新开始的时候，他们当天还是花了相当长时间在院子里的各个门前以及上面的栈桥上搭建了路障。⑤ 如果警察开始进攻，院子里的人就需要尽可能多的保护。

奥斯瓦尔德离开院子后，几个小时过去了，囚犯们开始担心他们现在说不定又被下套了。要是没人再来谈判怎么办？到了下午，轻微的不安再次变成了疑神疑鬼。布法罗 WGR 电视台的电视记者斯图亚特·丹亲眼看到了这一点。囚犯和监狱官员允许丹和他的摄影师在院子里自由走动、采访。他们花了点时间同两名在狱中成为朋友的白人

---

① As quoted in "Five Deadly Days," reprinted from the *Democrat and Chronicle* (Rochester, New York), Tom Wicker Papers.
② Dr. Warren Hanson, interviewed by Joe Heath and John Straithorp, Interview Report Sheet, December 3, 1974.
③ Hanson, Testimony, *McKay Transcript*, April 18, 1972, 308.
④ Dr. Warren Hanson, interviewed by Joe Heath and John Straithorp, Interview Report Sheet, December 3, 1974.
⑤ Wicker, Notes from interview with Roger Champen, undated, Tom Wicker Papers.

囚犯进行了交谈，26 岁的巴瑞·施瓦茨，当时已在阿蒂卡待了 3 年，22 岁的肯尼斯·海斯刚待了 4 个月，再过 6 个月就有资格获得假释。① 当丹问两人他们将如何处理这场危机时，他们把起义的事添油加醋地讲给他听，极尽取悦之能事。当丹在自己的小笔记本上奋笔疾书时，一块巨大的阴影落到了他的笔记本上，他抬头一看是赫伯特·布莱登，后者毫无预兆地一把拿过他的笔记本，说"我们来看看上面写了什么"。②

可是布莱登看不懂丹的笔记，毕竟记者有自己的速记方法，于是布莱登就坚持让丹、施瓦茨和海斯和他一起去谈判桌那边。③ 一到那里，丹不得不把自己的笔记大声朗读给这群人听，包括查彭、"筋斗王"克劳利、理查德·克拉克、"达卢人"、杰瑞·罗森伯格、乔莫·乔卡·奥莫瓦莱、伯纳德·斯特罗布尔（香戈）及另一些人。

---

① 26 岁的巴瑞·施瓦茨 1968 年 11 月 11 日被判入狱服刑。陪审团裁定他在 1967 年 3 月闯入纽约皇后区的一间公寓杀死一名男性，伤一名女性，所以他被判一级谋杀罪。他父亲莱斯特和母亲露丝已经离婚，他有个同父异母的姐妹。自从进了阿蒂卡，他交了许多朋友，包括 D 院的负责人"筋斗王"克劳利，因为他俩"一起上法律课"。肯尼·海斯 5 月才进的监狱，再过 6 个月就能获得假释。他 22 岁，身高 5 英尺 11 英寸，棕发，淡褐色眼睛，他光荣退伍后在纽约缅因的家族企业——艾德·海斯父子公司里工作，后因巨额盗窃罪入狱。海斯最大的弱点就是酒精和毒品，这让他惹祸上身，让他的两个兄弟、一个姐妹和父母（埃德加和玛丽·珍）伤透了心。在阿蒂卡，海斯和施瓦茨交了朋友。他们一起开赌局，卖"筹码"给其他囚犯。参见: Barry Jay Schwartz, Inmate Record Card, October 14, 1994, Ernest Goodman Papers, Accession Number 1152, Box 7, Walter Reuther Library; Barry Jay Schwartz, DOB: 4-14-45, Death Certificate, October 14, 1994, Ernest Goodman Papers, Accession Number 1152, Box 7, Walter Reuther Library; Kenneth Edgar Hess, Inmate Record Card, October 14, 1994, Ernest Goodman Papers, Accession Number 1152, Box Walter Reuther Library; Kenneth Edgar Hess, Death Certificate, October 14, 1994, Ernest Goodman Papers, Accession Number 1152, Box 7, Walter Reuther Library。

② 1994, Ernest Goodman Papers, Accession number 1152, Box 7, Walter Reuther Library. 33. New York State Police Memorandum, Subject: "Stewart Dan, Interview by Sid Hayman, Tony Simonetti, Ed Stillwell, and H. F. Williams, WGR – TV," September 22, 1971, Erie County courthouse.

③ 同上。

被带到桌前的这三个人都拼命表白自己并没做错什么。① 但是在奥斯瓦尔德来过院子之后，这些人都已草木皆兵，看似神秘兮兮的笔记的存在只会激起他们的怀疑。"当我们努力解决问题的时候，这就是你们干的好事！"一个人冲巴瑞·施瓦茨吼道。② "筋斗王"克劳利在和巴瑞·施瓦茨一起上法律课时和他交上了朋友，便问他究竟怎么回事，为什么不通过合适的渠道来跟媒体交谈？对此，施瓦茨老老实实地回答"他不知道他应该怎么做"③。

丹看着他们，目光中的恐惧逐渐加深，此时桌边的一人要求投票决定该如何处置海斯和施瓦茨。几乎没有经过深思熟虑，桌边的6个人就做出了集体裁决：海斯和施瓦茨破坏了院子里囚犯的团结。他们不值得信任。现在必须把他们看管起来。为了缓和局面，记者主动提出马上离开院子，甚至可以把自己的笔记留给这个委员会，如果他们需要的话。"不，"布莱登说，"你不必离开……你只不过是在做分内事。"④ 但是，丹追问道，这两个人会怎么样？当被告知"海斯和施瓦茨不会有事"，只会被移到监狱的另一个区域的时候，他松了一口气。⑤

丹想相信他们的话。他拿回笔记本，离开了院子，但没把刚才发生的事告诉任何一位监狱官员。他决定还是相信布莱登的话比较

---

① Bernard Gaddy, Testimony, *In the Matter of the Additional, Special and Trial Term of the Supreme Court of the State of New York, Designated Pursuant to the Order of the Appellate Division, Fourth Department*. County of Wyoming, May 4, 1972, Erie County courthouse, 42–46.
② New York State Police Memorandum, Subject: "Stewart Dan, Interview by Sid Hayman et al., WGR–TV," September 22, 1971.
③ Crowley, Testimony, *In the Matter of the Additional, Special and Trial Term of the Supreme Court of the State of New York, Designated Pursuant to the Order of the Appellate Division, Fourth Department*, 39.
④ New York State Police Memorandum, Subject: "Stewart Dan, Interview by Sid Hayman et al., WGR–TV," September 22, 1971.
⑤ 同上。

好。① 可是丹离开后，海斯和施瓦茨的情况就不妙了。两人都被迫脱光了衣服，然后——照一个囚犯的说法——由保安队的4个人"将他们从 D 院押到了［D 楼的］走廊"，随后被关入了牢房。②

与此同时，D 院的情势继续剑拔弩张，行政楼那里还是没有任何消息，谈判桌前发生的最后一幕也使局势开始恶化。这些人想知道，外来的观察员是真的来 D 院监督叛乱的和平解决的，抑或这是个圈套，他们是被安排来发起进攻的？不过，他们并不需要担心。观察员们确实已经在路上了，那天深夜，每个人都再次感到一切皆有可能。

---

① New York State Police Memorandum, Subject: "Stewart Dan, Interview by Sid Hayman et al., WGR‐TV," September 22, 1971.
② Gaddy, Testimony, *In the Matter of the Additional, Special and Trial Term of the Supreme Court of the State of New York, Designated Pursuant to the Order of the Appellate Division, Fourth Department*, 49.

第三部　怒火爆发前的声音

汤姆·威克

1971年，44岁的汤姆·威克是《纽约时报》最受尊敬的记者之一。作为铁路售票员的儿子，与他在华盛顿特区或纽约市的豪华派对上遇见的大多数人相比，他去过的地方更多，读过的书更多，经历也更丰富。威克不仅见过世面，而且还花时间深入思考这个世界，探究了许多如今正在撕裂这个国家的社会和政治议题。其中最主要的便是美国的种族关系现状。威克是在北卡罗来纳州小镇哈姆莱特长大的，在很大程度上并未考虑过种族隔离是如何构成他的小镇并巩固其所有社会和政治制度的。

但作为一个年轻人，威克敏锐地意识到了不道德的法律和不人道的做法，正是它们界定了这个国家中他所在的地区。当他在纽约找到一份报纸专栏作者的工作时，就已经决定利用这个平台来唤起世人对社会不公的关注，呼吁人民和组织与之作斗争。如果说这个有点矮胖、一脸坦然、举止谦恭的新闻工作者成不了他内心想要成为的伟大小说家，那么他将是一个相当出色的社会评论家。

在阿蒂卡起义的前一年，威克写过文章，是关于纽约州一名囚犯就其被单独监禁整整一年而起诉惩教署一事。马丁·索斯特雷的苦难令威克惊骇不已，联邦法官康斯坦斯·贝克·莫特利裁定索斯特雷所受的待遇是残酷和异乎寻常的，也给威克留下了深刻印象。威克钦佩莫特利之类的法官，他们敢于在州官员不遵守规则或不人道地工作的情况下与之较量。这样的故事加固了威克的信念，即简单地讲述真相就能带来变革的力量。他内心深信，普通美国人只要掌握了所有的事实，便会做正确的事。

1971年9月10日中午，威克正在距白宫几个街区远的国家地理学会华丽舒适的餐厅里用餐。能与新西兰大使和意大利大使之类的要人共进午餐，令他受宠若惊。后来，有人告诉他有电话找他。他的秘书在电话那头告诉他一个惊人的消息：有人点名要威克去阿蒂卡。①一名州议员打电话来告知，叛乱的囚犯要求威克在他们和纽约州谈判时在场作为见证人。

威克同意前往。如果没什么问题的话，这会让他每周一次的专栏里有东西可写。到目前为止，他那本总是随身携带、以记录想法的绿皮线圈笔记本上只记了一些没什么启发性的普通点子："纽约故事：交通，巨人队②，纽约城市大学免试入学制"和"出租车行业——还好吗？"③

他取回夹克，赶往机场，飞向布法罗。在那里，他和一名开车送他去监狱的州警接上了头。接下来的一个小时里，两人友善融洽地聊着天，但当他们驶近那座看起来不祥的建筑时，车里的气氛发生了变化。大楼被数百名全副武装的州警包围着，这把威克吓了一跳。然而，诡异的是，停车场里的景象也可能让人以为是在举办州集市或嘉年华。狮子会④已经在那里设了一个摊位，会员们在忙着分发热咖啡

---

① Tom Wicker, "Transcribed Personal Notes of Events at Attica Prison and Among the Committee of Observers, September 10-13, '71," Tom Wicker Papers, 5012, Series 1.1, Box 2, Folder 15. Also see: Tom Wicker, *A Time to Die: The Attica Prison Revolt* (New York: Quadrangle/New York Times Books, 1975), 2-4.
② 纽约巨人队是美国职业橄榄球大联盟的老牌球队之一。——译者
③ Attica Reporter's Notebook (4×8), Tom Wicker Papers, 5012, Series 1.1, Box 2, Folder 14.
④ The Lions Club, 1917年创立，是全球最大的国际性服务组织，以"We Serve"为宗旨，为需要帮助者提供无私服务。"LIONS"中，L代表Liberty，I代表Intelligently，O代表Our，N代表Nation's，S代表Safety，因连在一起为英文的"狮子"，被称为"狮子会"。——译者

和三明治；孩子们"在监狱大门前跑来跑去地玩耍"；马路对面的一排移动厕所的工作人员正在倒马桶。①

不过，当威克走近时，发现很显然这里没人有心思搞游艺活动。一张张阴沉的不苟言笑的脸注视着他穿过人群来到阿蒂卡的那扇看起来非常普通的前门，大门两侧都有州警。这是一个临时建起的军事基地，有家人在等待亲人的消息，还有一队队警察在准备战斗。威克写道："每个警察似乎腰间都佩了一把枪、一根分量很沉的警棍；许多人携着步枪和霰弹枪；有些人拿着催泪弹发射器；有些人的腰间挂着防毒面具。"② 还有"军车模样的卡车，车上堆满了盒子，加长的消防水龙带"——可以攻下一个小国的东西，都在这里了。③ 威克这时便扪心自问走这一趟是否明智。他完全不知道在阿蒂卡这场大幕徐徐拉开的戏里，那些人究竟期望他扮演什么样的角色。

---

① James A. Hudson 在其作品中描述过这样的情景，*Slaughter at Attica: The Complete Inside Story*. 亦可见于 "Five Deadly Days," reprinted from the *Democrat and Chronicle* (Rochester, New York), Tom Wicker Papers。
② Wicker, "Transcribed Personal Notes of Events at Attica Prison and Among the Committee of Observers, September 10–13, '71," Tom Wicker Papers. Also see: Wicker, *A Time to Die*, 35.
③ 同上。

15. 言归正传

尽管囚犯想在阿蒂卡见到的名人并不是每个都同意来，比如像"伊斯兰民族"的牧师路易·法拉坎就拒绝了邀请，说他的领袖和导师以利亚·穆罕默德指示他不要去，但其他许多人都对这个机会表示欢迎。[①]其中包括威廉·昆斯特勒，一位52岁的律师，以不知疲倦地倡导人权和民权而闻名，还有青年贵族党的两名代表，以及来自"财富社会"的几位自由派监狱改革人士。[②]两位知名的黑人记者也在其中：《密歇根纪事报》的吉姆·英格拉姆，纽约《阿姆斯特丹新闻》的克拉伦斯·琼斯。尽管黑豹党的自卫部长休伊·纽顿尚未同意出手相助，但有话放出，说黑豹党主席鲍比·希尔会走一趟。[③]

奥斯瓦尔德专员及州长的幕僚对集结在这里的这群人很满意，但是特别高兴看到阿瑟·伊夫说动了记者克拉伦斯·琼斯加入其中，因为洛克菲勒与他私交甚笃。当众议员赫尔曼·巴迪罗接受邀请来担任观察员时，他们也很高兴，尤其是巴迪罗还带了两位温和派的拉丁裔人士：纽约州参议员、布朗克斯的罗伯特·加西亚，以及布朗克斯学校的督学阿尔弗雷多·马修。[④]

到周五晚上，观察员的队伍还在继续膨胀，不仅因为这些人开始陆续到达，还因为别的人也不请自来了。其中一个名为贾巴尔·肯亚塔的人曾坐过牢，现在主持一座清真寺。没人真的知道肯亚塔是谁，但由于他与记者吉姆·英格拉姆有点渊源，加之他穿了一身飘逸的非洲长袍，所以监狱官员最终让他进去了，就像奥斯瓦尔德说的，假设他就是"备受尊敬的纽约黑人民族主义领袖查尔斯·37X·肯亚塔"，他留给人们的这个印象很难被打消。⑤

那天深夜，从华盛顿特区赶来的三名公共利益律师出现在监狱门口，也被允许进入，其中一人名叫朱利安·泰珀。到周五子夜时分，共有33名观察员来到阿蒂卡的现场。

周五下午，当 D 院里的人越来越担心谈判被放弃时，许多已经在阿蒂卡的观察员与奥斯瓦尔德专员和副专员邓巴坐在一起向州官员施压，想了解目前究竟期望他们做些什么。正如汤姆·威克所说，他们不得不逼迫一下，因为每个人都是一头雾水，"不知道到底该干些什么，应该扮演什么角色，是把自己看作囚犯的代表呢，还是把自己视为州政府的代表。抑或是纯粹不偏不倚的中间人。我们真的是来斡旋的吗？"⑥

从这些官员那里，观察员们了解到两个至关重要的事实：其一，

---

① 按照法拉坎阿訇的说法，当得知局势明显恶化时，他再次询问以利亚·穆罕默德是否可以前往。法拉坎说穆罕默德同意了，然而当纳尔逊·洛克菲勒派飞机去接他，他正准备登机时，穆罕默德却打来电话让他别去，所以他就没去。参见：Minister Louis Farrakhan, "Death Stands at the Door", Speech, Chicago, Illinois, July 27, 2003, as reproduced in The Final Call, May 10, 2010。

② Johanna Fernandez, *When the World Was Their Stage: A History of the Young Lords Party, 1968-1974* (tentative title) (Princeton: Princeton University Press, forthcoming).

③ 据联邦调查局的一份备忘录称，有"可靠的消息来源说黑豹党的自卫部长休伊·P. 纽顿联系了纽约州议员阿瑟·伊夫的秘书，说他考虑应他们所请去一趟布法罗"；但"纽顿目前尚未预订航班"。参见：San Francisco, FBI Memorandum of Communication to Directors Albany, Buffalo, New York City, 5:34 p.m., September 10, 1971。那天早些时候的一份联邦调查局备忘录向布法罗办公室保证，"旧金山办公室会继续跟进黑豹党的消息源，一有确切的出行信息便会告知"。参见：San Francisco, FBI Memorandum of Communication to Directions Albany, Buffalo, New York City, 12:02 p.m., September 10, 1971。所有文件都依据《信息自由法案》获取 #1014547-000 of the FBI。

④ Rockefeller Administration, Confidential Memo, "Events at Attica: September 8-13, 1971," 20.

⑤ Russell Oswald, *Attica—My Story* (New York: Doubleday, 1972), 112.

⑥ Thomas Wicker, Testimony, *McKay Transcript*, April 18, 1972, 421-22.

囚犯们无意缴械投降；其二，奥斯瓦尔德和邓巴也无意再次返回院子劝说他们这么做。进入监狱，与院子里的人谈判，将是观察员的任务。奥斯瓦尔德说，更具体地讲，他们将进入 D 院，以探明达成和解所需的确切条件，然后他们将进行谈判，达成一项协议，从而结束这场叛乱。① 观察员都吓了一大跳。比如，汤姆·威克以为那天晚上就能回家睡觉，甚至连牙刷和干净的衬衫都懒得带来。② 退一步说，刚刚交给他们的责任实在太艰巨了。但集结在此的这个观察团还是挺让人钦佩的，至少其中有些人乐于成为斡旋者，并相信他们能够有所作为。国会议员赫尔曼·巴迪罗不仅在去年夏天敲定了一个使纽约市看守所的骚乱相对平稳地结束的方案，而且当他看到囚犯的要求清单时，认为和解还是有望达成的。正如他所指出的，囚犯们都很清楚"有的事可以协商，有的事不可协商"。③

观察员克拉伦斯·琼斯和刘易斯·斯蒂尔对达成协议不太有信心。琼斯所在的报纸《阿姆斯特丹新闻》有个专栏叫做"监狱高墙后"，作者都是囚犯，他对监狱里的不公很熟悉。④ 但他不清楚的是，州在解决这些问题时究竟会采取何种立场。琼斯催促奥斯瓦尔德澄清州政府打算如何回应各种要求，并激动地辩称"奥斯瓦尔德对囚犯一个劲儿地说'是的、是的、是的'，偶尔才说个'不'字，而他是不会作为由此产生的混杂且不确定的消息的传递者进入 D 院的。"⑤

刘易斯·斯蒂尔提出了一个更棘手也更具前瞻性的担忧。"问题出在大赦上，"斯蒂尔告诉观察团的人说，"里面的那些人都很清楚奥本之后发生了什么。他们知道狱友到时候会被控方罗织一切罪名起

---

① Thomas Wicker, Testimony, *McKay Transcript*, April 18, 1972, 420.
② 同上。
③ Herman Badillo and Milton Haynes, *A Bill of No Rights: Attica and the America Prison System* (New York: Outerbridge & Lazard, 1972), 57.
④ Clarence Jones, 与作者的交谈, New York City, New York, April 21, 2005.
⑤ Tom Wicker, *A Time to Die: The Attica Prison Revolt* (New York: Quadrangle/New York Times Books, 1975), 43.

诉，其至连偷了守卫的钥匙这种也能想得出来……他们知道可能会被指控绑架罪，如果那个守卫死了［指的是威廉·奎恩，就是起义刚开始几个小时在"时代广场"遭到毒打的狱警］，就会有人被控谋杀罪。也许许多人都会遭到指控。那些人只能要求得到特赦。如果得不到，那任何协商都免谈。"①

奥斯瓦尔德专员仔细地听取了聚集在行政楼里的这群人提出的各种关切，并当场同意给怀俄明县的地区检察官路易斯·詹姆斯打电话，了解赦免方面的问题。放下电话后，专员脸色阴沉地告诉大家："詹姆斯说他无权赦免罪犯，就算能，他也不会这么做。所以，先生们，不会有任何赦免。绝对不行。"②

屋里一片寂静，大家都在琢磨刚才那番话。如果不能赦免，那该怎么办？尽管如此，汤姆·威克和大多数观察员只是想当然地认为，没人会"这么不理性，想要流血和死亡"，而且"理性的人总能找到一个解决办法，以所有实用目的来看，它将类似于大赦，而无需像詹姆斯和奥斯瓦尔德这样的人承认这是大赦"。③ 克拉伦斯·琼斯也强烈认为，"用赦免来解决并不是一个法律问题，也和宪法无关。这是一个有关人道主义的道德问题"，因此，事情最终是会自行解决的。④正如他后来所说，显然，"如果你是州的首席行政长官，你会认为保护人的生命比破坏法律对称性的风险更重要……人的生命要重要得多"⑤。

眼下，观察员们意识到他们在赦免问题上做不了什么，加之天色渐暗，便决定现在进入 D 院去见见囚犯们。自从奥斯瓦尔德上次在 D 院的那场剑拔弩张的会面之后，已经过去快 6 个小时了，有人——比

---

① Tom Wicker, *A Time to Die: The Attica Prison Revolt* (New York: Quadrangle/New York Times Books, 1975), 43.
② 同上，44。
③ 同上。
④ Clarence Jones, Testimony, *McKay Transcript*, April 19, 1972, 758-759.
⑤ 同上，752。

水中血：1971 年的阿蒂卡监狱暴动及其遗产　　141

如巴迪罗——就认为趁着时间过去还不算久,进去见见这些囚犯是个好主意,尤其是考虑到媒体现在就在 D 院内,因此,每个人都会知道至少有些观察员在场,而且是渴望提供帮助的。①

尽管有人发出了警告,比如阿蒂卡监狱的一名牧师就说过"院子里那些性情较为狂暴的囚犯可能随时会攻击〔人质〕",包括州参议员约翰·邓恩和罗伯特·加西亚、记者汤姆·威克、国会议员赫尔曼·巴迪罗、学校督学阿尔弗雷多·马修、律师刘易斯·斯蒂尔、牧师沃克、牧师钱德勒、阿訇斯科特、报纸编辑克拉伦斯·琼斯、州议员阿瑟·伊夫在内的一组人还是在星期五晚上 7 点进入了 D 院。② 最令人提高警觉的一幕是,作为第六批造访 D 院的外界人士,当他们走到 A 门处时,一名州警写下了每个人的名字,以防他们中的任何一个被抓。

观察团中的许多人是真心害怕。当他们穿过 A 通道的无人区时,四周静得像墓地一般,囚犯们拿着各种临时拼凑的武器站在那里。有的囚犯戴着橄榄球头盔,有的把衬衫罩在脑袋上,开两个孔露出眼睛,还有的趁着光线昏暗再戴了匪徒面具遮住下半部分面孔。③ 不过,令观察员大为宽慰的是,囚犯显然很高兴看见他们。一个囚犯还热情地跟他们打招呼:"太棒了,哥们儿!"其他人也立即报以同样发自肺腑的问候。每个人都长吁了一口气。④

观察员们一离开 A 通道,就被护送进了院子,穿过了一条由两排人背靠背组成的长长的人身通道。院子里静得可怕。汤姆·威克几乎能感觉到许多人正挤在他们周围的人肉防护链上,他们只是想瞅一眼这些新面孔。尽管他知道院子里有一千来号人,但他觉得远不止这

---

① Richard X Clark, Testimony, *Akil Al-Jundi et al. v. The Estate of Nelson A. Rockefeller et al.* , October 25, 1991, 200.
② Rockefeller Administration, Confidential Memo, "Events at Attica: September 8–13, 1971," 23.
③ John Dunne, 与作者的交谈, Albany, New York, April 3, 2007.
④ Wicker, *A Time to Die*, 47.

一群囚犯带着自制的防护用具守在"时代广场"上（Courtesy of the Associated Press）

个数。①

自从最后一次与奥斯瓦尔德会面后，阿蒂卡被推选出的囚犯们便将指挥基地搬到了 D 院靠墙的地方，还在桌上搭了一座会亮灯的形如瞭望台的木质结构。他们还在院子里添了一些扬声器，以便谈判桌上说的每一句话都能让所有人听到。当他们来到桌边时，L. D. 巴克利伸出手来，正式而谨慎地向每一位观察员致意。尽管巴克利想让这些人来，但他还不了解这些人的动机。当威克紧张地问他"还好吗？"的时候，L. D. 巴克利直截了当地答道："你说呢。"② 布莱登打断了这番冷淡的寒暄，抓起那天早上从监狱乐队存放设备的屋子里偷来的麦克风，喊道："兄弟们！全世界都在听我们说话！全世界都在

---

① Wicker, Testimony, *McKay Transcript*, April 18, 1972, 426.
② Wicker, *A Time to Die*, 50.

看我们抗争！证据就在你们眼前！"① 人群爆发出欢呼。乐观精神又回到了 D 院。然后，布莱登让每位来访者到麦克风前介绍一下自己。轮到邓恩讲话时，狱友们发出了震耳欲聋的欢呼，纷纷起身为他鼓掌。他惊呆了，头一次意识到竟有这么多人在指望他。

待所有人都介绍完毕之后，阿瑟·伊夫解释说，要等其他观察员都到了才能开始全面讨论，而他们现在过来是想开个小会，了解一下谈判已经进行到什么阶段了。他们还想查看人质的情况。很明显，查彭和理查德·克拉克等人听说还要耽搁，都很不高兴。他们等了好几个小时才等来了谈判重启。然而他们又别无选择。于是，又说了一会儿话之后，观察员们便走过去查看人质和待在院子里的其他囚犯的状况。

很明显，无尽的等待，更兼缺乏睡眠，已经对人质造成了伤害。尽管他们看上去都相当健康，但压力很大，而且他们也指望着观察员能不动一兵一卒地结束他们的噩梦。看见他们，让观察员意识到让州当局留在谈判桌上对他们来说是多么重要。他们担心，一旦囚犯或州官员认为这样的谈判毫无意义，那么这些人立刻陷于危险之中。

坑洼不平、泥泞遍地的院子里还散落着近 1 300 名焦急的囚犯，这也向观察员们展示了他们的角色是多么重要，既要帮助和平地结束与州政府的僵局，而且一旦叛乱分子投降，还要有明确的措施对其加以保护。观察员惊讶地发现，D 院的人对自己未来的安全问题以及仍旧被州当局拘押在 C 楼的人竟如此忧心。一些囚犯讲述了过去被狱警报复的经历，担心 C 楼的人会因 D 院的人的所作所为而受连累。早些时候 D 院里有人甚至说要去把 C 楼的人救出来，但正如布莱登和克拉克非常严厉地提醒大家的那样："C 楼里完全由州警和狱警把守，想把楼夺过来就是找死。"② 对 C 楼人安危的担心是如此强烈，以至

---

① Wicker, *A Time to Die*, 52.
② Kirk, Testimony, *In the Matter of the Additional, Special and Trial Term of the Supreme Court of the State of New York, Designated Pursuant to the Order of the Appellate Division, Fourth Department.* County of Wyoming, February 17, 1972, 46.

于克拉伦斯·琼斯和阿瑟·伊夫要求威克、邓恩、巴迪罗及其他一些人一起再次视察这片区域,然后返回行政楼,等待其他观察员的到来。

对汤姆·威克来说,监狱的这个区域要比 D 院可怕得多。到处都是全副武装的守卫,他们的情绪似乎都很低落。正如威克对身旁的国会议员赫尔曼·巴迪罗说的那样:"里面没武器的人比外面有武器的人对我们好。"① 前一天骚乱的痕迹仍随处可见,地板上到处是一摊摊从断裂的水管里流出的积水,过道上各种残骸碎片七零八落。更令人惊惧的是,观察员一踏入囚楼,就有人冲他们发出绝望的呼喊声。有些人如此引起他们的注意是为了得到医疗救治,另一些人说他们饿得厉害,还挨打了。② 还有一些人恳求观察员把他们放出去,让他们和"D 院的兄弟们"在一起。③

观察员们从一间牢房走到另一间牢房,一路上被他们听到和看到的故事震惊了。和早些时候关于 C 楼的报告不同,这些人明显受到了惊吓,有人显然受了伤,所有人都在求救。即使是那些看上去身体状况不错的人,说的也是他们被关在阿蒂卡期间遭受的种种非人待遇。威克与之交谈的一个人在他小小的牢房里被关了整整 27 年。他还得知,另一个人是个酒鬼,没人帮他,在多次醉驾之后被关进了这个地狱般的牢笼。威克后来对其他观察员说,这些罪行和他一直以为的不一样,应该不至于被关进这座名声很差的戒备森严的监狱里,而且还在小笼子里一关就是几十年,这令他震惊不已。到了离开的时候,观察员们都很难受,并且对自己不得不摆脱身后那些人乞求的眼神和绝望的哀求声有一种极大的负疚感。令威克惊讶的是,当他在经过一间牢房时,有个囚犯偷偷塞了张纸条给他,并低声说希望能把它带给 D

---

① Wicker, "Transcribed Personal Notes of Events at Attica Prison and Among the Committee of Observers, September 10–13, '71," Tom Wicker Papers.
② Wicker, *A Time to Die*, 63.
③ 同上。

院的人。纸上的其中几句话是这么写的：

> 兄弟们，千万别放弃！他们没遇到过这样的事，不知道怎么应对！
> 我们会没事的。

> 尽可能地坚持下去
> 黑大个
> 赫伯特兄弟
> 理查德兄弟
> 卡洛斯
> 和你们所有人

> 加油！①

当威克一行在巡查 C 楼的时候，其他观察员均已返回，正在向奥斯瓦尔德通报情况，赫尔曼·施瓦茨正在去机场的路上。他已经明白禁令那件事失败后，他不能再去 D 院了，但他会去把威廉·昆斯特勒律师接来。毕业于耶鲁大学和哥伦比亚大学的昆斯特勒广受尊敬，不仅因为他二战期间曾在太平洋战场服役，还因为他长期致力于在众多备受关注的有关民权和社会正义的案件中为活动家进行了激情洋溢的辩护。施瓦茨并不总是赞成昆斯特勒的观点，但他若能来阿蒂卡，施瓦茨会相当感激，主要原因是只要他在场，就能使公众更关注这件事。②

---

① Original note, Tom Wicker Papers, 5012, Series 1.1, Box 2, Folder 15.
② Copy of paper, Senator Jacob A. Javits Collection, Special Collections and University Archives, Frank Melville Jr. Memorial Library, Stony Brook University, Stony Brook, New York.

到达阿蒂卡后，昆斯特勒不得不费力地穿过聚集在门前草坪上的大批焦急不安的当地人，然后经过排在监狱内院和走廊上的数百名全副武装的州警。最后才来到管理层办公室，被引荐给聚在那儿的观察员。阿瑟·伊夫现在担任会议主席和协调员，在向昆斯特勒介绍了囚犯与官方之间迄今为止的协商情况之后，想听听律师的想法。昆斯特勒开门见山，毫不含糊地表示若想结束叛乱，只有赦免一途，这和斯蒂尔早前的说法一致。威克疲倦地表示赞成："这是我们所有人真正关心的。"①

每个观察员都能看得出昆斯特勒会是一股崭新的力量，州政府将不得不好好掂量掂量。他果敢自信，认定就绝不回头。同样重要的是，他的人脉极广。当伊夫提到休伊·纽顿和鲍比·希尔是否能来阿蒂卡还是个未知数时，昆斯特勒径自走到房间的一端，拿起电话说："我找鲍比。"不一会儿，他就回到了这群人中，宣布鲍比·希尔第二天就来。昆斯特勒还成功地让奥斯瓦尔德把囚犯权利活动家汤姆·索托的名字加进了观察员名单中，尽管专员对再加进激进分子的名字心存顾虑。

索托是来自纽约市的一名年轻的波多黎各活动家，在接管纽约城市大学的过程中起到了关键作用，还通过与"反战反法西斯青年联盟"（YAWF）的关系涉足监狱团结事务。并非所有的观察员都认识索托，但他们知道城市大学的那次声势浩大的抗议活动。观察员中的温和派和奥斯瓦尔德一样，都对他的加入颇为担忧。特别是伊夫，他担心索托会惹麻烦，尤其是从那天早上开始，他就看到索托对媒体说施瓦茨弄到的那份禁令不会给院子里的囚犯提供任何真正的保护，因为州政府可以上诉。对此，施瓦茨暴跳如雷；他走到外面索托正在讲话的那个停车场，大声叫道索托在胡说。他冷冷地啐了一口唾沫，说

---

① Wicker, Testimony, *McKay Transcript*, April 18, 1972, 436.

禁令是经过同意的，因而不可上诉。①

但昆斯特勒认为索托可能会对谈判有用。正如他向专员指出的，虽然没有指名道姓要索托过来，但囚犯确实要求索托的组织"反战反法西斯青年联盟"过来。重要的是，由于索托一直在狱外接受采访，囚犯们会知道"反战反法西斯青年联盟"的代表也这里，会想见他。尽管奥斯瓦尔德让了步，但伊夫仍然觉得有必要让索托承诺不再向公众或D院的囚犯发表离经叛道的言论。被叫到管理层办公室后，索托同意遵守这些条件。不久，目前在监狱里的整个观察团以及新闻界的人进入了D院，这是外界人士第七次造访院子，也是迄今为止最重要的一系列讨论。

此时已是周五晚上11:30，仍然是起义的第二天，D院的人看见观察员们进来，简直不敢相信自己的眼睛，他们如今都是全国知名的人物，举足轻重，有权有势，他们在朝谈判桌走来，要听取他们的诉求，见证他们的抗争。对这些人而言，这是极其漫长的一天，情绪几近崩溃。从拂晓起，赫尔曼·施瓦茨从佛蒙特带回来的禁令以及与奥斯瓦尔德专员的谈判就导致了一些紧张的时刻。肯尼斯·海斯和巴瑞·施瓦茨因为谈判桌边与记者斯图尔特·丹之间发生的戏剧性一幕而被转移到D楼去了。不过，现在威廉·昆斯特勒律师来了，电视摄像机在录制中，是时候坐下来谈点正事了。

第一个抓起麦克风的观察员是汤姆·索托。"权力归于人民！"他高举拳头大吼道。"权力归于人民！"D院的人也报以同样的呼号。② 接下来的是昆斯特勒，他受到的欢迎使索托相形见绌。"向前进③——权力归于人民！"他大喊着跟大家打招呼，D院的人全都跳

---

① Schwartz, Personal Diary, September 12, 19, 24, 1971.
② Wicker, "Transcribed Personal Notes of Events at Attica Prison and Among the Committee of Observers, September 10-13, '71," Tom Wicker Papers.
③ 此处为Pa'alante，是波多黎各的俚语，为Para adelante（向前进）的缩写。——译者

了起来，大声呼喊，热烈鼓掌，把其他观察员惊呆了。① 显然，这就是阿蒂卡的核心团体的目的。这些被剥夺了公民权、似乎可以任人践踏的人决心团结一致，让自己的生活发生一些具体的改变。眼前的团结与激情，让汤姆·威克惊得忘了呼吸。当昆斯特勒的声音再次响起时，他向这些人道歉，说黑豹党的人都还没来，但他向他们保证鲍比·希尔明天就会过来。"我们中的许多人都爱你们，"他告诉那些人，"我们中的许多人都明白纽约和其他地方的制度简直烂透了……我们希望成为你们的兄弟。"② 欢呼声再次响彻全场。

昆斯特勒向这些人解释说，他们需要弄清楚他们到底想向州政府要什么，这个东西必须是**他们**想要的，而非外人想让他们要的。下一个拿起麦克风的是赫伯特·布莱登，他激动地问："比尔兄弟，你愿意做我们的律师吗？如果可以，你愿意代表我们这些兄弟吗？"③ 昆斯特勒看上去有些吃惊，但显然受宠若惊，面对雷鸣般的掌声和欢呼声，他答道："是的，我愿意。"④

昆斯特勒肯定的回答，至少让一位观察员感到忧心忡忡，那就是参议员约翰·邓恩。邓恩深知奥斯瓦尔德对他寄予了厚望，认为他能"在把革命的要求剥离出去的同时，就监狱改革的真正要求进行谈判"，然而他的一名观察员同伴现在却将合法地代表那些可能紧抓革命要求不放的人。⑤ 另一方面，邓恩记得，从一开始就是囚犯而不是州官员在强调他们对"沟通和理解"的渴望。而且，迄今为止他们的大多数要求都是被当作人来对待的基本权利，而非"被当作数字和统计数据"。⑥ 此外，这些人显然一直在照顾人质，而且观察员和

---

① Wicker, "Transcribed Personal Notes of Events at Attica Prison and Among the Committee of Observers, September 10–13, '71," Tom Wicker Papers.
② 同上。
③ 同上。
④ 同上。
⑤ Oswald, *Attica—My Story*, 112.
⑥ Wicker, "Transcribed Personal Notes of Events at Attica Prison and Among the Committee of Observers, September 10–13, '71," Tom Wicker Papers.

监狱官员每次进入院子,他们都尽心保护。

在观察员们对昆斯特勒担任 D 院囚犯的律师这件事还没来得及细想的时候,突然从 C 楼传来一阵激烈的骚动,大家霎时恐慌起来。"他们进来了!"有人喊道。院子里的保安立马跳将起来,围住观察员以保护他们。坐在桌边的领导人关掉了所有的灯,希望进攻者不容易找到他们。D 院陷入一片黑暗,观察员汤姆·威克发现周围伸手不见五指,吓得浑身发抖。① 为了避免任何可能对他造成的伤害,一名囚犯跳到了威克面前的桌子上,摆出一副僵硬的战斗姿态——"他双腿分开,一只胳膊放在背后,另一只握住一个催泪瓦斯发射器的尾部抵在自己的臀上"。威克几乎被这辛酸的一幕征服了。正是这些囚犯,这些被社会视为野兽的人,在冒着生命危险履行承诺,保护他们要求来帮助他们的人。尽管如此,他还是能咂摸出自己的恐惧感,像是"酸臭的呕吐物"涌上了嘴里。②

渐渐地,在随之而来的死寂中,所有的眼睛都开始适应过来,似乎 D 院没再受到进攻。院子里再次恢复了平静。不过,C 楼肯定出了什么岔子,于是约翰·邓恩和阿瑟·伊夫同意去看看是怎么回事。当他们回来时,带来了一个大家不愿意听到的消息:C 楼的一名囚犯确实遭到了殴打,但他们了解到了打人的狱警的名字,说会报告上去。大家还没来得及对这起新的狱警暴力事件义愤填膺,伊夫告诉他们又有几个观察员刚刚抵达:青年贵族党来了两个人,"财富社会"来了三个人,还有贾巴尔·肯亚塔阿訇,后者裹着头巾,穿着飘逸的长袍,胳膊上搭着一块祈祷毯。

仿佛什么事都没发生过似的,会议继续进行。现在,三张桌子边挤满了来谈判的人,新来的观察员轮流自我介绍。结果发现,比起索托,肯亚塔才是真正的暴民煽动家,他敦促聚集在他面前的人进行一

---

① Wicker, *A Time to Die*, 99.
② 同上,106。

场针对"那种人"(the Man)和"那种猪"(the Pig)的暴力起义,然而,在黑暗中那度日如年的几分钟里,他传达的信息却与弥漫在院子里每个人身上的兄弟情谊和团结精神并不合拍。尽管他得到了一些稀稀拉拉的掌声,但绝大多数人似乎并不喜欢他传递的信息。一个囚犯甚至公开指责他播下了不团结的种子,另一人嚷嚷说:"我不是来送死的;我想活下去。我不想再听到这种话了;我们都是兄弟。"① 此时,观察员克拉伦斯·琼斯从肯亚塔手中夺过麦克风,这位院子里的人熟知的、他们最喜欢的出版物之一《阿姆斯特丹新闻》的编辑提醒每个人,要关注州官员所做的具体让步。

琼斯起了头之后,昆斯特勒看了看自己一直在记的详细笔记,评论说现在到处都是各种版本的要求。接着,他自己拿过麦克风,要求给出最终的清单,一份得到所有囚犯——而非观察员——支持的清单。他和伊夫两人都觉得囚犯的自主决定权神圣不可侵犯,因为是他们命悬一线。正如伊夫所说:"我们从来没有,也永远不会替他们做任何决定。我的意思是,他们自己想得很清楚。"②

颇具争议性的一个要求相对较快地得到了解决,这让每个人都松了一口气。尽管包括"达卢人"和 L. D. 巴克利在内的一小批囚犯真心希望把最初的那个送他们去"非帝国主义"国家的要求作为首要任务,但当这些人投票表决时,鲜少有人认为这项要求应该出现在清单上,于是两位倡导者做出了退让。③ 赫尔曼·巴迪罗后来说起这事还觉得讶异:"听新闻报道还以为把他们送出这个国家的要求是这些狱友坚定不移的立场,可是要求投票的时候,1 200 个囚犯中只有不到 20 个支持者。这在谈判过程中并不是一个实质性问题。"④ 囚犯一

---

① 亦见于:*McKay Report*, 286。
② Arthur Eve, Testimony, *Akil Al-Jundi et al. v. The Estate of Nelson A. Rockefeller et al.*, November 6, 1991, 2734.
③ Mariano "Dalou" Gonzalez, Interview by Michael D. Ryan, 30.
④ Badillo and Haynes, *A Bill of No Rights*, 59.

致同意的一个热点要求仍然是全体赦免。①

很快,天空泛起了鱼肚白,9月11日星期六开始了。观察员们花了那么长时间,差不多整整一晚,总算弄清楚了哪些要求对囚犯最为重要。清晨5点,除了索托、肯亚塔和青年贵族党的两个人(他们还想和院子里的人再"唠唠嗑")之外,所有观察员都拖着紧张而疲惫不堪的身躯,返回了行政楼的管理层办公室,比对各自的笔记,并起草一份最终的要求清单供奥斯瓦尔德专员考虑。② 这不是一个简单的任务,因为现在观察员之间存在一些比较严重的紧张气氛。比如,布朗克斯学校的督学阿尔弗雷多·马修对于肯亚塔和索托非常气愤,在他看来,这两个人试图煽动囚犯的强烈情绪而不是尽力化解。不过,马修认为真正的始作俑者是威廉·昆斯特勒。他坚持认为,昆斯特勒给了囚犯一种虚假的、不切实际的印象,即只要他们为"正义"而战,他们事实上就能达成目的。马修的抨击似乎在其他观察员中引发了一连串基于各种往往相互冲突的原因而发出的尖刻批评,由此,观察团的清晨会议很快就瓦解成了相互指责。

最终,经过来来回回的讨论,决定由一个六人组成的执行委员会为奥斯瓦尔德起草这份文件,这六人是:伊夫、昆斯特勒、琼斯、肯亚塔、邓恩和巴迪罗,伊夫担任主席。由于囚犯已经表达得很清楚,赦免才是主要议题,委员会便首先将注意力集中到这样一个问题上,即怀俄明县的地区检察官路易斯·詹姆斯是否能在这件事上提供帮助。没错,詹姆斯说过他永远不会批准赦免,但也许可以说服他。正如威克所认为的,"说不定如果詹姆斯知道局势有多严重,知道血流成河有多危险",他会有所触动,去做点什么。大多数人都同意这个

---

① Badillo and Haynes, *A Bill of No Rights*, 59.
② 1971年9月10日周五晚上至9月11日周六早晨开会期间,约翰·邓恩在D院记录囚犯要求的手写笔记, Investigation and interview files, 1971–1972, New York (State), Special Commission on Attica, 15855-90, Box 85, New York State Archives, Albany, New York。

推断，于是伊夫建议，趁其他观察员睡几个小时补觉，汤姆·威克、克拉伦斯·琼斯和公共利益律师朱利安·泰珀应该去华沙拜访一下詹姆斯，设法改变他的想法。

但是，就在观察团基于阿蒂卡的叛乱可能仍会得到和平解决的假设来操作时，纽约州警、国民警卫队的负责人甚至洛克菲勒办公室的许多人却在继续鼓噪，要求立刻将监狱夺回。前一天晚上10：43，就在观察员进入院子参加马拉松式谈判前不久，纽约州警总督察米勒正在巴塔维亚假日酒店里等电话，因为他确信他的手下很快就会采取行动。奥哈拉将军也已命令800名国民警卫队士兵随时待命。

根据他们从联邦调查局的情报人员和惩教署的各方人士那里听来的消息来看，D院的情况正在分崩离析，观察员们根本无力改变这一点。正如一名执法人员所说："不可能在一个地方聚集大量出谋划策的人，辩论每个议题都是有效的。"① 此时，在监狱外集结的数百名州警中，大多数人都认为允许局外人参与其中是"奥斯瓦尔德犯的严重错误"。②

然而，马上夺回监狱有一个新的障碍。约翰·C. 米勒和奥哈拉将军两人都得到秘密通知，说州长本人可能周六上午来监狱。③ 事实上，州长并没打算来阿蒂卡，主要是因为他的律师迈克尔·怀特曼一直在通过保守派观察员、州议员詹姆斯·埃默里汇报，说激进的观察员使院子里的情况变得更糟了。有一次，怀特曼告诉洛克菲勒："狱友的情绪急剧变化，他们现在目空一切，还坚决要求满足他们的所有要求，包括安全前往非帝国主义国家。"④ 尽管向州长做的这次简报

---

① Albert S. Kurek, "The Troopers Are Coming II: New York State Troopers, 1943 – 1985," Dee Quinn Miller Personal Papers, 166.
② 同上。
③ Official Call Log, Headquarters, New York State Police, Albany, 13.
④ Rockefeller Administration, Confidential Memo, "Events at Attica: September 8–13, 1971," 25.

水中血：1971年的阿蒂卡监狱暴动及其遗产　　153

完全不准确,但它将对州政府官员处理阿蒂卡危机的方式产生巨大而悲惨的影响。囚犯和观察员花了好几个小时苦心孤诣地拟出要求,这些要求不仅合情合理,而且会使狱警和囚犯的生活变得更好,此时纳尔逊·洛克菲勒对这些人的疑虑却正在加深。

16. 梦想与梦魇

9月11日星期六，早上6:30，起义第三天，D院谈判桌边的几个领导人决定叫醒院子里的所有人。他们对前几个小时同观察员取得的进展感到满意，但仍然认为谨慎的做法是，每个人都要做好保护自己的准备，以免双方谈崩。在武力夺回监狱的过程中，狱警和州警肯定会棍棒伺候，他们在奥本监狱和纽约市好几座看守所的骚乱中就是这样做的。因此，院子里的每个人都得"采取一切预防措施，挖洞的挖洞，垒垫子的垒垫子，反正你能怎么保护自己就怎么保护自己"。①二十来个囚犯受命挖掘一条L形的壕沟，供躲避之用，这项艰巨的任务要到当天下午3点左右才能完成。②

作为保安队队长，黑大个史密斯感到为最坏的情况做计划很重要。他心头的一件事是确保自己能保证一个和他有着某种生意伙伴关系的狱警的安全：当黑大个为了维持生计而经营各种赚钱营生的时候，这位狱警一直留神照应，也跟着赚点儿。他们彼此尊重，甚至还结下了某种友谊。黑大个看得出，一旦州政府决定强攻，人质纯粹就是活靶子。于是，黑大个悄悄地告诉这名守卫假装心脏病发作，自己会想尽办法把他弄出去。黑大个花了很大力气，终于在那天傍晚成功地把那名狱警放了出去，这也使得其他人质对自己的前景乐观了起来。至少囚犯们无论自私与否，都想把他们的命保住。

事实上，两名人质盖瑞·沃克和罗恩·考兹洛夫斯基在这个清冷的周六清晨有好事要庆祝。当囚犯们热火朝天地进行防御演习——搭建临时房屋、挖洞、造地堡、制作武器之时，沃克与考兹洛夫斯基意识到这天正好是他俩的生日。考兹洛夫斯基马上就 23 岁了，沃克则是 34 岁了。③ 他们一起喝了一杯咖啡，还谈到了他们是多么期待囚犯们据说正在为晚餐准备的炖牛肉，即囚犯自制的"肘形通心粉加意大利面酱和大块火腿"的混合物。④

同一天早上，三名观察员威克、琼斯、泰珀穿着皱巴巴的衬衫，正沿着迷宫般的乡村道路驶去，因为缺乏睡眠，他们眼睛通红。怀俄明县的地区检察官路易斯·詹姆斯同意在他位于华沙的家里见他们。当他们到达时，詹姆斯和妻子以热咖啡和鸡蛋培根早餐热情地迎接了他们。

詹姆斯用餐巾擦了擦嘴，直奔正题。他不能也不会授权对囚犯进行任何形式的刑事赦免。就这么定了。在威克看来，詹姆斯似乎确实抓住了危机的关键，也确实想在某种程度上提供帮助，所以他想出了一个新的策略：地区检察官是否愿意以书面形式列出**他将会**提起诉讼的具体条款，比如，只起诉犯下具体罪行且证据确凿的个人，并书面保证**不会**允许任何大规模的报复？⑤ 可以，詹姆斯说他愿意这么做。几个小时以来，三名观察员首次感到了乐观。他们跟着詹姆斯去了他在华沙市区的办公室，在那里，他们作为一个团队起草了这份

---

① George Kirk, Testimony, In the Matter of the Additional, Special and Trial Term of the Supreme Court of the State of New York, Designated Pursuant to the Order of the Appellate Division, Fourth Department. County of Wyoming, February 17, 1972, 48.
② 同上，49。
③ Ron Kozlowski, Testimony, *Attica Task Force Hearing*, May 9-10, 2002, Rochester, New York, 171.
④ 引自："Five Deadly Days," reprinted from the *Democrat and Chronicle* (Rochester, New York), Tom Wicker Papers。
⑤ Wicker, "Transcribed Personal Notes of Events at Attica Prison and Among the Committee of Observers, September 10-13, '71," Tom Wicker Papers. 亦可参见：Wicker, *A Time to Die: The Attica Prison Revolt* (New York: Quadrangle/New York Times Books, 1975), 7。

文件。①

三人急切地想把签署好的协议带回管理层办公室，其他观察员还在那里等着他们此行的消息呢。然而，当他们返回阿蒂卡时，一大群州警却拒绝放他们进入。威克简直不敢相信。他原以为监狱官员在焦急地等待地区检察官那边传来的消息，没承想现在他们甚至没法进去面见专员。② 直到下午近1:30，大门才为他们打开，而这仅仅是因为巴迪罗和其他议员介入，迫使执法部门让他们进去。③ 这三人也不是

威廉·昆斯特勒、汤姆·威克与克拉伦斯·琼斯在监狱外商量（*Courtesy of* The New York Times）

---

① Wicker, Testimony, *McKay Transcript*, April 18, 1972, 450.
② 同上，451。
③ Wicker, "Transcribed Personal Notes of Events at Attica Prison and Among the Committee of Observers, September 10–13, '71," Wicker Papers. 亦可参见：Wicker, *A Time to Die*, 7。

唯一被拒之门外的观察员。赫尔曼·施瓦茨和威廉·昆斯特勒当天上午想要再次进入的时候，也被挡在门外好长一段时间。如此敌意的态度使他们不禁起了疑心，难道州政府的立场"实质上强硬了起来"不成。①

当天下午，当观察员设法在里面再次聚首的时候，每个人都心绪不宁。没人有过充分的休息，执法部门的敌意明显加深，这大大增加了他们工作的风险。在这种忧心忡忡的情况下，威克、泰珀和琼斯复述了他们和詹姆斯的会面，并提出观察员应该把他签署的这份文件带到 D 院。这份声明内容如下：

应克拉伦斯·琼斯、汤姆·威克与朱利安·泰珀所请，我谨代表阿蒂卡监狱的观察员委员会，就该监狱近期发生的事件可能导致的起诉事宜发表我的看法。

首先，我认为，作为一名检察官，如果有足够的证据可以起诉，我有责任不受干扰地起诉在本县境内犯下或明显犯下的所有重大罪行。

其二，在起诉任何罪行时，我定会努力做到公正地起诉，以确保正义得到伸张为唯一目的。

其三，鉴于阿蒂卡当前的局势，我认为只有在我认为有确凿证据表明某人与某一具体罪行有关时，我才有义务起诉。

其四，在阿蒂卡这个特例中，我坚定不移地反对对任何及所有可能在场的个体不分青红皂白地进行群体性起诉，反对仅仅为实施报复而进行的起诉。

其五，在起诉任何罪行时，无论是在这种情况下还是在其他任何情况下，我都会努力以诚实、公平、公正的方式起诉，并充

---

① Herman Schwartz, Personal Diary, September 12, 19, 24, 1971. 作者握有这份材料。

分尊重被告的权利。

最后,作为检察官,在审判本身、审判结果以及可能的判决中努力确保公正,是我的最高职责。①

还没等其他人发表意见,琼斯便跳起说,这不仅"是所有可能实现的事情获得的最好结果",而且建议在递交给囚犯的时候把这视为政治上的大捷。② 尽管一些人似乎同意这种说法,其中就包括阿尔弗雷多·马修、约翰·邓恩和沃克牧师,但威廉·昆斯特勒一再强调不行。在昆斯特勒看来,这份文件只是重申了法律,都是些陈词滥调,事实上对那些人根本起不到实质性的保护作用,当然,对最重要的议题——赦免——只字未提。他将代表囚犯的合法利益,正如他所承诺的那样。但威克惊得目瞪口呆,立即充满激情地为地区检察官辩护,说他是正直的,说他的出发点是做正确的事。③

然后,赫尔曼·施瓦茨也加入了这场唇枪舌剑。尽管他仍在为前一天囚犯们拒绝了他让柯汀法官签署的那份文件感到痛心,但他也认为囚犯不可能接受这份说话拐弯抹角的新文件,因为他给他们的那份禁令"措辞要比地区检察官的这份声明严谨得多"。④ 令琼斯、泰珀和威克沮丧的是,其他观察员开始争论是否应该给囚犯们看詹姆斯的信的全文。最后,他们的结论是,考虑到院子里的人在等州政府的回音时肯定已经很紧张了,所以最好还是给他们看。即便这不是他们所希望的一切,至少它表明了观察员正在为他们的利益真诚地努力。

不过,在任何人进入 D 院之前,还有另一份文件需要处理:执行

---

① Louis James, Original statement (on official letterhead and complete with edits), Tom Wicker Papers, 5012, Series 1.1, Box 2, Folder 15.
② Wicker, "Transcribed Personal Notes of Events at Attica Prison and Among the Committee of Observers, September 10–13, '71," Tom Wicker Papers. 亦可参见: Wicker, *A Time to Die*, 8。
③ Wicker, Testimony, *McKay Transcript*, April 18, 1972, 454.
④ Schwartz, Personal Diary, September 12, 19, 24, 1971.

委员会在凌晨与奥斯瓦尔德敲定的要求清单。令观察员吃惊的是，奥斯瓦尔德似乎对清单上的一切都很顺从，他逐条查看了囚犯的 33 条要求，对大多数竟然都同意了。① 奥斯瓦尔德后来是这样描述这个进程的："我们对要求逐字检查……然后设法重新措辞。我想，昆斯特勒先生和我做了大部分工作，也听取了其他人的一些意见。但他和我做得最多，至少花了一下午时间。"②

可是，当最终版打出来分发给观察员确认的时候，并非所有人都满意。③ 比如，刘易斯·斯蒂尔就担心奥斯瓦尔德不愿意换掉曼库斯，这是个很容易同意的要求。而且奥斯瓦尔德在赦免问题上也不会退让。斯蒂尔每次强调这一要求有多重要时，奥斯瓦尔德都只是回答："你不是有詹姆斯的那封信吗？"④ 但几个小时后，就连斯蒂尔也不得不承认，他们在这次会议上"对奥斯瓦尔德专员逼得太紧了"。⑤ 赦免是不可能，但阿蒂卡的囚犯已经得到纽约州惩教署最高级别官员对 33 条关键要求中的 28 条的首肯。每个人都在祈祷这足以让囚犯满意。⑥

观察员的建议	奥斯瓦尔德专员可接受的建议
1. 为该群体提供充足的食物、水和庇护所。	1. 为所有狱友提供充足的食物、水和庇护所。
2. 立刻换掉典狱长曼库斯。	2. 狱友应获准自行返回其牢房或其他适当的住所或庇护所。观察员委员会应监督该操作的执行情况。

---

① Clarence Jones, Testimony, *McKay Transcript*, April 19, 1972, 703.
② Russell Oswald, Testimony, *Akil Al-Jundi et al. v. The Estate of Nelson A. Rockefeller et al.*, read posthumously into the record on January 2, 1992, 10824.
③ 同上，10826。
④ Lewis Steel, 与作者的交谈, New York City, April 20, 2004.
⑤ Clarence Jones, Testimony, *McKay Transcript*, April 19, 1972, 705.
⑥ "Proposals acceptable to Oswald at this time," original typed copy, Investigation and interview files, 1971–1972, New York (State), Special Commission on Attica, 15855–90, Box 84, New York State Archives, Albany, New York.

续　表

观察员的建议	奥斯瓦尔德专员可接受的建议
3. 对与本次事件有关的所有人予以全面的行政与法律上的赦免。	3. 对与本次事件有关的所有人予以全面的行政上的赦免。关于行政赦免，州同意： a. 不在任何假释行为、行政程序上进行为难，不实施体罚或其他形式的骚扰，如不许与他人接触、在狱友中实行隔离、将他们单独关押或关 24 小时禁闭。 b. 州将对本次事件可能引发的所有民事诉讼予以法律赦免。 c. 纽约州及其所有局、署、分支机构，包括惩教署和阿蒂卡监狱，还有其雇员和代理人均不得对 1971 年 9 月 9、10、11 日期间在阿蒂卡监狱发生的与财产、财产损失或与财产相关犯罪有关的任何形式或性质的罪行提起或发起任何诉讼或刑事诉讼。 d. 纽约怀俄明县地区检察官已于本日期签发并签署了所附信函。
4. 将监狱置于联邦政府管辖下。	4. 在 1971 年 10 月 1 日前为该监狱设立一个永久性的监察员服务机构，由来自邻近社区的合适人选组成。
5. 狱友从事的所有工作都按纽约州最低工资法付酬。**停止劳役**。	5. 建议对所有由狱友完成的工作按纽约州最低工资法付酬。尽一切努力使狱友的收入记录在案。
6. 允许纽约州所有囚犯参与政治活动，不得恐吓报复。	6. 允许纽约州所有囚犯参与政治活动，不得恐吓报复。
7. 允许真正的宗教自由。	7. 允许真正的宗教自由。
8. 停止对报纸、杂志和其他出版物的一切审查。	8. 停止对报纸、杂志和其他出版物的一切审查，除非由包含监察员在内的有资质的权威机构确定出版物对监狱的安全保障构成明显和近在眼前的危险。监狱仅审查信件。
9. 允许所有狱友自由地与任何人交流沟通。	9. 允许所有狱友自由地与任何人交流沟通，费用自行承担。

续　表

观察员的建议	奥斯瓦尔德专员可接受的建议
10. 当狱友达到有条件释放的条件时，予以完全释放而非假释。	
11. 根据狱友的犯罪情况和个人需求，为所有人制订切实有效的改造计划。	10. 根据狱友的犯罪情况和个人需求，为所有人制订切实有效的改造计划。
12. 对监狱的教育体系进行现代化改造。	11. 对监狱的教育体系进行现代化改造，包括设立拉丁语图书馆。
13. 提供有效的毒品治疗计划。	12. 为所有提出请求的囚犯提供有效的毒品治疗计划。
14. 对所有提出请求的狱友提供充分的法律援助。	13. 向所有提出请求的囚犯提供或允许其获得充分的法律援助，或准许他们在任何程序中使用其选择的由狱友提供的法律援助。在所有此类诉讼中，狱友均应有权获得适当的正当法律程序。
15. 提供健康饮食；减少猪肉餐食数量；每日提供新鲜水果。	14. 提供健康饮食；减少猪肉餐食数量；增加每日新鲜水果量。
16. 减少待在牢房的时间，增加放风时间，并提供更好的休闲设施与设备。	15. 减少待在牢房的时间，增加休闲设施与设备，希望在 1971 年 11 月 1 日前实现。
17. 对每位狱友提供充足的医疗服务，配备一名讲西班牙语的医生或由翻译陪同讲西班牙语的狱友就诊。	16. 对每位狱友提供充足的医疗服务；配备一名讲西班牙语的医生或多名狱友翻译，由后者陪同讲西班牙语的狱友就诊。
18. 提供一个全西班牙语图书馆。	(参见第 11 条)
19. 教育所有狱警了解狱友的需求。	
20. 为雇用黑人和讲西班牙语的狱警制订计划。	17. 为招募及雇用大量黑人和讲西班牙语狱警制订计划。
21. 成立一个狱友申诉代表团，由每个群选出一名狱友组成，授权代表团与行政当局交涉申诉事宜，并另行开发规章，让社区参与管控监狱。	18. 成立一个狱友申诉委员会，由每个群选出一名狱友组成，授权委员会与行政当局交涉申诉事宜，并另行开发规章，让狱友参与监狱的运营和决策过程。

续　表

观察员的建议	奥斯瓦尔德专员可接受的建议
22. 对没收狱友的基金以及金属加工和其他车间的利润使用问题进行大陪审团调查。	19. 调查所称的没收狱友基金以及金属加工和其他车间的利润使用问题。
23. 停止对因违反假释规定而被送回监狱的狱友进行行政复议。	20. 州惩教署专员将建议修改刑法，停止对因违反假释规定而被送回监狱的狱友进行行政复议。
24. 以公平的方式举行梅内奇诺听证会。	21. 建议及时公正地举行梅内奇诺听证会。[1]
25. 准许 C 楼与 Z 楼的其他狱友加入该群体。	
26. 为想要离开这个国家的狱友安排航班飞往非帝国主义国家。	
27. 拆除内墙，让院子连成一体，不得再施行隔离或惩罚。	
28. 拓展工作释放计划。	22. 建议适当立法并提供充足资金，以拓展工作释放计划。
29. 结束已批准实施的探访与通信清单。	23. 结束为通信和访客所设的清单。
30. 尽快拆除探视室的隔离屏。	24. 尽快拆除探视的隔离屏。
31. 对违反假释的制度进行变更，不应对车辆及交通违法者撤销假释。	25. 获假释的狱友不得因违反交通法规或无证驾驶而被控违反假释规定，不得将上述行为与其他任何罪行进行关联。
32. 所有惩戒措施均需走正当听证程序，期限不得超过 30 天。	26. 因任何违规行为而导致的隔离惩罚措施最长期限为 30 日。应尽一切努力使每个狱友尽快入住正常的牢房，且不得违反安全规定。
33. 可至狱外看牙医和其他医生，费用由狱友承担。	27. 在可能的情况下，允许外来牙医和医生入狱为狱友看病，费用由狱友承担，且需遵守调度安排，符合医疗诊断和健康需求之要求。

---

① 这将允许囚犯在假释听证会上有法律顾问。参见：Menechino v. Oswald, 430 F. 2d 403 (2nd Cir. 1970). 21。

续 表

观察员的建议	奥斯瓦尔德专员可接受的建议
	28. 明确理解，观察员委员会的成员将在合理的基础上获准进入监狱，以确定上述所有规定条款是否得到有效执行。如执行不力，则提请惩教署专员注意以便解决。

当观察员们准备将这份清单与詹姆斯的文件交给囚犯时，奥斯瓦尔德向洛克菲勒的助手们报告了几个好消息：他说他现在颇为乐观，这次危机有望妥善解决。然而当洛克菲勒在俯瞰哈得孙河的自家宅邸内琢磨这件事时，他并不十分确定奥斯瓦尔德看问题的方法是否现实，尤其是考虑到从他的得力助手迈克尔·怀特曼那儿听来的消息。事实上，在洛克菲勒看来，现在似乎是时候由州长出手对局势施加更多的控制了。于是，他决定派另一个心腹罗伯特·道格拉斯前往阿蒂卡。从道格拉斯星期六——起义第三天——到达现场的那一刻起，他便一直与他的老板保持联系。[1] 道格拉斯对那里发生的事的解读，在州长对僵持做出重要决定时将产生不可估量的影响。

星期六，黑豹党的鲍比·希尔也在赶往阿蒂卡。管理层办公室里的观察员们惊讶地得知希尔和他的两名保镖正在来监狱的路上。但联邦调查局对希尔的行程了如指掌。星期六上午 11:15，联邦调查局旧金山办事处通知了布法罗、奥尔巴尼、芝加哥及纽约的办事处，称希尔乘坐联合航空的飞机将于下午 4:35 抵达布法罗机场，航班号为 #412。[2] 尽管洛克菲勒州长的办公室已通知纽约办事处，称如果不让黑豹党的代表出现在阿蒂卡"会更好"，"如果能想尽办法阻止他们

---

[1] Robert Douglass, interview, "Attica Prison Riot," *American Experience: The Rockefellers*, Public Broadcasting Service, 2007.
[2] San Francisco, Federal Bureau of Investigation Communications Section Memorandum to Directors, Albany, Buffalo, Chicago, New York Subject: "Extremist Matters," 11:15 a.m., September 11, 1971, FOIA request #1014547-000 of the FBI.

现身，相信将对局势产生有利影响"。① 但旧金山办事处一直没能阻止希尔前来阿蒂卡，眼下得由奥斯瓦尔德专员来决定是否让他进去了。

尽管赫尔曼·施瓦茨相当确定奥斯瓦尔德不会让希尔进入监狱，但仍然同意去机场接他，开车送他去阿蒂卡。果然，奥斯瓦尔德想阻止希尔进入，而施瓦茨发现自己充满热情地劝专员改变主意，似乎无济于事。奥斯瓦尔德知道州长的人——道格拉斯、赫德与夏皮罗——都在看着他呢，他可不愿违背他们的意旨。②

而且，奥斯瓦尔德担心希尔会打乱他认为已在那天取得的进展，而且他还一直听说院子里"[正在]发生某种心理恶化"，在他看来，希尔的出现只会使情况更糟。③ 他的担心基于汉森医生的一份报告，报告中说，又一次到院子里出诊回来后，他认为这些人正在变得越来越焦虑。汉森是这样描述的："囚犯们真的很焦躁易怒。我看到许多人有不同类型的急性精神疾病或歇斯底里的反应。有个大块头，是个黑人，走了过来，拿着个十字架……他大喊着黑人权力和上帝如何如何，说他们都快死了，反正各种胡言乱语。"④ 医生还报告说，他遇到"两个人，得了紧张性癫痫，这是一种歇斯底里的反应"。⑤

在发表这些报告时，汉森医生无意鼓励州政府对院子里的人采取更强硬的立场。他对奥斯瓦尔德说得极为清楚，他"对这些人深感抱歉"。⑥ 事实上，还向专员报告了一些正面的消息，清楚地证明了囚犯的平静和人道。比如，奥斯瓦尔德就接到过汉森的通知，说囚犯

---

① New York, Federal Bureau of Investigation Communications Section Memo to Directors, Albany, Buffalo, San Francisco, 5: 06 p. m. , September 11, 1971, FOIA request #1014547-000 of the FBI.
② Rockefeller Administration, Confidential Memo, "Events at Attica: September 8-13, 1971," 31.
③ Dr. Warren Hanson, Testimony, *McKay Transcript*, April 18, 1972, 334.
④ 同上，321-322。
⑤ 同上，322。
⑥ 同上。

自愿释放一名人质（就是黑大个的狱警朋友），那人显然患有心脏病。① 医生还告诉奥斯瓦尔德，说有一名人质悄悄塞了张纸条给他，让他带出去，纸条上说他们"希望叛乱分子的所有可能的要求都能得到满足"，以便他们能安全回家。② 值得注意的是，人质也送来了他们所需物品的清单，其中特别包括他们"打算与我们的保安人员分享的物品……[因为]他们和我们分享了很多东西，我们也愿意和他们分享这些"。③

但是在这场危机中，囚犯的善举几乎没有得到监狱官员的认可，汉森也无法控制自己的言辞如何被人解读。医生绝对想不到，当他提到囚犯在谈判桌周围搭建了一个讲台时，洛克菲勒的手下便认为他们是打算建"一个祭台，用来吊死人的"。④ 他们得到的每个消息都让奥斯瓦尔德担心自己为和平解决这一局面所做的努力正在付诸东流，并使洛克菲勒的人对继续谈判的想法日益反感。

然而，尽管州长办公室坚持不允许希尔进入监狱，奥斯瓦尔德却逐渐认为把他挡在门外可能挺愚蠢的。昆斯特勒就曾表示，这位受人尊敬的人物其实可能就是说服囚犯们接受从33条演变出的28条的那个人。这个说法让奥斯瓦尔德心烦不已，特别是考虑到观察员已经派出一名特使进入无人区，带去了希尔很快会到来的消息。鉴于那些人从叛乱的第一天起就一直要求见黑豹党成员，若是见不到，他们就会认为是州政府不让他进来的，这样做于事无补。在得到昆斯特勒的保证，说希尔不会发表任何煽风点火的言论后，专员极不情愿且战战兢兢地打电话到楼下，告诉门口的警察让他进来。

---

① Official Call Log, Headquarters, New York State Police, Albany, 13. 亦可参见："WBAI Transcript of Speeches Made in D Yard," March 6, 1972, 17。
② Warren H. Hanson, "Attica: The Hostages' Story," *New York Times*, October 31, 1971.
③ Hanson, Testimony, *McKay Transcript*, April 18, 1972, 316.
④ Rockefeller Administration, Confidential Memo, "Events at Attica: September 8-13, 1971," 31.

可是，希尔已经走了。当奥斯瓦尔德纠结该不该让他进去时，他被晾在施瓦茨的车里坐了一个多小时，勃然大怒的他让施瓦茨掉头送他回机场了。奥斯瓦尔德只得派纽约州的一名警察拦下施瓦茨的车，将希尔带回阿蒂卡，此举让观察员不禁哑然失笑。正如威克惊叹的那样："奥斯瓦尔德派了一辆州警的警车把著名的黑豹党头目带回来，警察追他的目的是礼貌地请他回来协助当局恢复和平，他可能从来没被警察这样追过。"①

鲍比·希尔穿过阿蒂卡监狱外的人群（Courtesy of Corbis）

---

① Wicker, *A Time to Die*, 155.

然而，从不苟言笑的希尔进入管理层办公室的那一刻起，所有的欢乐时光戛然而止。

第一件正事就是听听希尔对那 28 条的看法。屋子里鸦雀无声，任他扫视那一页页纸。没多久，他就说出了许多观察员最怕听到的话：在他看来，这份文件没说什么。更重要的是，根本没涉及谈判过程中最大的症结：赦免。

此次讨论过程中传来的某些消息让聚在这里的所有人都认识到，这个特定的要求现在成了必备条件。因头部受重伤被送往医院的狱警威廉·奎恩刚刚去世了。①

阿蒂卡的典狱长文森特·曼库斯是在周六下午 5 点左右得知奎恩的死讯的，同一时间，罗伯特·道格拉斯即将抵达阿蒂卡。一听说这一悲剧，道格拉斯便抓起电话给地区检察官詹姆斯打了过去。道格拉斯告诉詹姆斯，千万不能让公众知道奎恩的死讯，因为这会使观察员和囚犯两方都更加坚定必须予以刑事赦免的立场。② 尽管道格拉斯希望如此，但奎恩的死讯不知何故还是传了出去。不仅在管理层办公室开始跟鲍比·希尔讨论问题的观察员听说了这事，而且还传到了监狱外，让数百名早已在外面等得焦躁不安的州警群情激愤，其中一些人从周四早晨起就等在狱外了。几天来，观察员们一直眼看着州警的怒火越烧越旺，一名狱警的死讯，再加上听说鲍比·希尔来了，用汤姆·威克的话说："无异于火上浇油，令已然备受煎熬的州警、各方

---

① William E. Quinn, September 11, 1971, Certificate of Death, Department of Health, New York State, filed September 21, 1971, Erie County courthouse. 亦可参见：John F. Edland, Autopsy of William Quinn, September 12, 1971, Autopsy #A-339-71，作者握有这份文件；Dr. H. J. Pinsky, Quinn Autopsy X-Ray Findings, Erie County courthouse；Elmer Gordon, William Quinn Laboratory Report, Monroe County Department of Health, Office of the Medical Examiner, September 12, 1971, Erie County courthouse。
② Rockefeller Administration, Confidential Memo, "Events at Attica: September 8-13, 1971," 30.

代表和狱警更加愤恨和痛苦。"①

州警的雷霆之怒是被一个经过歪曲编造的奎恩死讯激发出来的,没过几分钟,这个版本的传闻就变得板上钉钉:说这名狱警伤重不治,是因为被囚犯从二楼的窗户扔了出去,头部着地。《布法罗晚报》和《纽约时报》的报道中都采信了这个胡编乱造的版本。② 谣言开始满天飞,说奎恩不仅是被扔出去摔死的,而且可能还遭到了阉割。③

从当时的情况看,鲍比·希尔显然是不赞同一项不包含赦免的协议的。所有的观察员,甚至连本以为他们肯定可以达成一项不含赦免的协议的赫尔曼·巴迪罗,如今认为没有赦免这层法律保障,D院的人将危在旦夕。也许更糟的是,就像他说的,囚犯们现在可能会"一旦其他所有人都离开了,自己就会受到愤怒的狱警的摆布",因此他们也需要"牢不可破的保证不会受到报复"。④

事实证明,即便州准备同意赦免,希尔也无意赞同或反对官员精心拟就的任何文件。他的解释是,他一个人无法支持任何事情,只有黑豹党的中央委员会有权这么做。因此,他会回去就此事与委员会协商。

没想到希尔还没见到任何囚犯就想离开,观察员在吃惊之余恳请

---

① Wicker, *A Time to Die*, 161.
② "The Attica Revolt from Start to Finish: A Daily Chronology," Special to the *Buffalo Evening News*, September 14, 1971, Senator Jacob A. Javits Collection, Box 50, Special Collections and University Archives, Frank Melville Jr. Memorial Library, Stony Brook University, Stony Brook, New York. Fred Ferretti, "Amnesty Demand Is Called Snag in Attica Prison Talks," *New York Times*, September 12, 1971.
③ "Summary of Chronology," Investigation and interview files, 1971–1972, New York (State), Special Commission on Attica, 15855-90, Box 88, New York State Archives, Albany, New York.
④ Herman Badillo and Milton Haynes, *A Bill of No Rights: Attica and the America Prison System* (New York: Outerbridge & Lazard, 1972), 59.

他去院子里看看，哪怕只是一次简短的会面也行。① 其中一位观察员把几小时前院子里的人交给他的一张纸条递给希尔，试图让他明白这次探访有多么重要："鲍比兄弟……我们的小命都捏在你手里了——快来吧！阿蒂卡囚犯。"② 但令所有人意外的是，希尔只是草率地瞥了一眼，就轻蔑地把它扔到桌上，就好像那是一张用过的餐巾纸。不过，他最终还是勉强同意去里面随便看一看。在大家走向 A 门的时候，刚才的整个场景依然让汤姆·威克感到很不舒服。在他看来，希尔"太过专注于抽象事物（如果它是真正的事业的话），使得最初把他引到这项事业上来的人性意识变得麻木迟钝了"。③

到现在为止，已经整整 16 个小时没有任何行政部门或观察员委员会的人造访院子了。在理查德·克拉克看来，州官员整天就在"拖延"。他"去大门口等消息，来来回回走了好多趟，但什么也没等到"。④ 这种沟通上的疏漏总是使院子里的人焦虑不安。这一天的耽搁，甚至连罗杰·查彭这个 D 院里通常最冷静的人之一都如坐针毡。更糟的是，守在屋顶上的州警已经奚落、嘲笑他们好几个小时了。不过，他们最后还是得到了消息，说大名鼎鼎的黑豹党头目鲍比·希尔正在过来，要和他们见面。许多囚犯都对"鲍比的事业"充满敬佩，觉得他凶悍，会是他们这一边强有力的辩护者。⑤ 起义第三天，在他们准备迎来局外人的第八次探访时，人人都怀有很高的期望。

当观察员这次走到谈判桌边时，周四和周五晚上那种热情洋溢的气氛几乎无迹可寻。甚至是见到鲍比·希尔，也没有任何人想象的那么激动。希尔自己缺乏热情也是其中部分原因。尽管他向囚犯致以黑

---

① Wicker, "Transcribed Personal Notes of Events at Attica Prison and Among the Committee of Observers, September 10-13, '71," Tom Wicker Papers.
② Tiny handwritten note, Tom Wicker Papers, 5012, Series 1.1, Box 2, Folder 15.
③ Wicker, *A Time to Die*, 162.
④ Richard X Clark, *The Brothers of Attica* (New York: Links Books, 1973), 109.
⑤ Wicker, Notes from interview with Roger Champen, undated, Tom Wicker Papers.

豹党的敬意，大喊"权力归于人民"，但他这么做的时候心不在焉，结果对他的欢迎也不温不火，与头天晚上参议员约翰·邓恩和威廉·昆斯特勒受到的起立欢呼不可同日而语。观察员对此煞是不安。他们都指望希尔能受到"热烈的鼓掌欢迎"，那样的话将有助于做好铺垫，以便把 D 院的人必须决定的两份文件递到他们手中。①

希尔的到来不仅是令人震惊的"虎头蛇尾"，而且接下来他只是非常简短地说了几句。② 他将他的姗姗来迟，怪在专员身上，然后告诉这些人说奥斯瓦尔德曾试图跟他谈条件，要他答应叫这些人投降才放他进来。③ 这番话明显不实，但确实如他所愿地激怒了一些人。④ 希尔继续说，他们不必担心，因为他是不会这么做的。事实上，他根本不会对他们究竟该做什么评头论足。相反，他打算回去和休伊·纽顿和中央委员会讨论，第二天早上再回来将他们的回复报告大家。然后，他站起身，向院外走去。

D 院的人简直无法相信，希尔刚来就要走了。他们显然很不高兴，觉得他跟他们待的时间太短，也没提及他的观点。"太让人失望了，"查彭说，"我们本以为找到了一个和这事有关的人。然后他显得很紧张……忧心忡忡的……那么短的时间，你真的无法得到任何结论，尤其还是这样的大事。所以，当他离开时……大家的失望油然而生。"⑤

希尔大步朝出口走去的时候，赫尔曼·巴迪罗担心地问威克："我们不是都按照我们说好的方式去做吗？本来不是安排好，我们大家一起出去吗？"⑥ 他们确实向奥斯瓦尔德承诺会一起离开，威克也认

---

① Wicker, Testimony, *McKay Transcript*, April 18, 1972, 470.
② 同上，469-470。
③ Wicker, "Transcribed Personal Notes of Events at Attica Prison and Among the Committee of Observers, September 10-13, '71," Tom Wicker Papers.
④ Schwartz, Personal Diary, September 12, 19, 24, 1971.
⑤ Wicker, Notes from interview with Roger Champen, undated, Tom Wicker Papers.
⑥ Wicker, "Transcribed Personal Notes of Events at Attica Prison and Among the Committee of Observers, September 10-13, '71," Tom Wicker Papers.

为这样最好。约翰·邓恩坐在附近,不用问他也知道。他这辈子进出过很多次监狱,他看得出希尔的突然离去,使当时的局势变得很不稳定。

眼见其他观察员也在准备离开,就连一向性情温和的查彭也愤怒地喊了起来:"我理解不了!"[1] 人质圈里的狱警约翰·斯德哥尔摩认为他理解得没错。从刚才的所见来看,他认为"鲍比·希尔怕得要死,巴不得快点离开",现在观察员们也很紧张。[2]

克拉伦斯·琼斯迅速站了出来,试图平息局势。他解释说这些人并没有被抛弃,观察员给他们留下了自己辛勤劳动的成果——两份文件,他们认为这两份文件会满足囚犯们的大多数要求。[3] 但琼斯说的话丝毫阻挡不了 D 院里掀起的失望浪潮。在内心深处,人们无法相信鲍比·希尔或其他人还会回来。

确实,当跟着希尔走出院子的观察员来到 A 楼大门州政府掌控的那一侧时,他们中的许多人已经像州参议员约翰·邓恩一样决定不再进去了。[4] 奥斯瓦尔德没料到他们会这么快出来,他对这个团体已然分裂感到震惊。邓恩向奥斯瓦尔德保证一切都很好,要有耐心;有 9 名观察员决定留在院子里,以确保囚犯们拿到詹姆斯的信以及奥斯瓦尔德认可的那份要求清单,这不是挺好嘛。邓恩还解释说,希尔现在要去和休伊·纽顿商议黑豹党予以支持的事宜。黑豹党头目让囚犯放心,说他第二天早上 7 点会亲自来转达纽顿的立场。奥斯瓦尔德似乎安心了一点,点了点头,与希尔真诚地握手告别,低声感谢他能来帮这个忙。专员知道州警对于希尔出现在阿蒂卡附近有多愤怒,因而随后再次安排警方护送他离开。

而在 D 院,留下的 9 名观察员——伊夫、琼斯、斯蒂尔、泰珀、

---

[1] Wicker, "Transcribed Personal Notes of Events at Attica Prison and Among the Committee of Observers, September 10–13, '71," Tom Wicker Papers.
[2] John Stockholm, 与作者的交谈, July 1, 2005.
[3] Wicker, "Transcribed Personal Notes of Events at Attica Prison and Among the Committee of Observers, September 10–13, '71," Tom Wicker Papers.
[4] John Dunne, 与作者的交谈, April 3, 2007.

费奇、肯亚塔和索托，以及青年贵族党的两名代表胡安·奥迪斯和何塞·帕里斯——都不确定这是不是个好主意。伊夫后来解释说，他仓促决定留下，是因为"形势很严峻，囚犯的神经绷得很紧，感到大为失望"。① 在他看来，他别无选择，只能"继续，递上一揽子方案"。② 但他也清楚，这么做可能大错特错。

阿瑟·伊夫能嗅出囚犯们的恐惧，因为他们在昏暗的院子里忧心忡忡地谈论"谈判已然破裂"的可能性，对他们而言，事态发展到这一步实在可怕。③ 当伊夫鼓起勇气走到麦克风前讲话时，兜头迎来一片谩骂和叫嚷："你们这一整天都去哪儿了？"这时，克拉伦斯·琼斯走到麦克风前，试图平静地谈论那两份文件。他提醒他们，绝不能指望他们的 33 条要求都能得到满足，然后提醒他们想想其中的利害关系。他指出，"说枪杆子里出政权"也未尝不可，但这些人得想清楚，眼下的情况是只有"外面的人"才有枪，在他看来，"如果不能通过妥协解决此事，恐慌情绪就会蔓延开来"，暴力就会接踵而至。④ 琼斯说，尽管这得由他们自己来决定，但他觉得观察员为他们设计的一揽子方案是他们所能期待的最佳方案。然后，他开始念起了经奥斯瓦尔德同意的 28 条。

这些人静静地听着，直到他们听出奥斯瓦尔德并没有同意赦免那条。等琼斯开始读詹姆斯的信时，詈骂再次甚嚣尘上。琼斯面对这些人讲话时，刘易斯·斯蒂尔就坐在他边上看着他，意识到他和其他观察员现在正在面临"从未遇见过的最危险时刻"。⑤ 琼斯念到尾声时，斯蒂尔看到昆斯特勒已经返回了院子，正朝桌子走去。虽然惊叹昆斯特勒的勇气，但不确定他是否能驱散敌意。昆斯特勒很快看出院子里

---

① Wicker, Testimony, *McKay Transcript*, April 18, 1972, 472.
② 同上。
③ Wicker, Notes from interview with Roger Champen, undated, Tom Wicker Papers.
④ 转引自：Wicker, *A Time to Die*, 172–173, and as recollected by witnesses testifying before the McKay Commission. 参见 *McKay Transcript*。
⑤ Lewis Steel, 与作者的交谈, April 20, 2004.

的形势在过去 30 分钟里急剧恶化。这让他既担心又害怕,因为他刚在行政楼见到了奥哈拉将军,被告知"文件上给出的已经是他们能得到的最有利的条件了"。①

昆斯特勒感受了巨大的要消弭这场灾难的压力,于是冲到桌边,从琼斯手中抓过麦克风,激情昂扬地讲了起来,为琼斯刚刚提供给他们的那一揽子方案辩护,说它并不完美,甚至不是要他们非接受不可,但"州政府最多只能提供这些",而且极有可能,"他们能希望得到的也就这些了"。② 由于他毕竟是全体囚犯的律师,这些人至少

威廉·昆斯特勒对场院里的人讲话(*Courtesy of the Associated Press*)

---

① Rockefeller Administration, Confidential Memo, "Events at Attica: September 8-13, 1971," 32.
② 昆斯特勒认为这 28 条是囚犯能得到的最好方案这一说法得到了一些资料来源的佐证,如:Eve, Testimony, Attica Task Force Hearing, July 30, 2002, Albany, New York, 81; Wicker, Testimony, *McKay Transcript*, April 18, 1972, 473。

还有理由相信他的话,于是他们确实开始认真地听了起来。伊夫、斯蒂尔和琼斯都觉得,尽管那天晚上什么都没干成,但昆斯特勒刚刚救了他们的命。①

但很快,情势再次逆转。为了确保他能确切了解这些人的立场,以便可以向州政府官员准确地报告情况,昆斯特勒在不经意间告诉了他们尚未听说的消息。他确实理解他们对放弃赦免的担忧,他说,"现在那名守卫已经死了"。②

院子里霎时安静了下来,带着恐惧和怀疑的喘息声此起彼伏。就在那一瞬,昆斯特勒惊恐地意识到,他们还不知道奎恩已死。突然之间,一切都变了。这些人一直对未得赦免便放弃抗争的前景感到惧怕,但如今他们都很清楚风险更大了。简言之,在"奎恩死亡之后……每个人都有可能被起诉,而[那些被选为]发言人的人……绝对会受到起诉"。③像是为了火上浇油似的,理查德·克拉克抓过28条的副本,跳上谈判桌,动作夸张地把它撕了个粉碎。会面结束了。

尽管没人明确表示过囚犯将拒绝州政府的提议,也没进行过投票表决,但这个信息再明白不过了。人质也很清楚这一点。正如人质G. B. 史密斯所言,当"得知威廉·奎恩的死讯时……狱友和人质的情绪波动都很大。每个人都知道现在面对的是一场全新的游戏"。④此时已返回管理层办公室的观察员们也知道这一点,但至少其中有几个人仍然抱有期望,希望希尔早上能如约回来,使囚犯的抗议活动不

---

① Referenced in several different sources. See: Eve, Testimony, *Akil Al-Jundi et al. v. The Estate of Nelson A. Rockefeller et al.*, November 6, 1991; Lewis Steel, 与作者的交谈, April 20, 2004; Wicker, *A Time to Die*.
② 引自: Wicker, *A Time to Die*, 174。究竟是伊夫还是昆斯特勒宣布了奎恩的死讯,这存在一些分歧。尽管伊夫声称把这个消息告诉狱友是他的职责,事实上也是他去说的,但其他所有证词都说是昆斯特勒说的。参见: Eve, Testimony, *Akil Al-Jundi et al v. The State of Nelson Rockefeller et al.*, November 6, 1991, 2763-2764。
③ Charles Ray Carpenter, Testimony, *McKay Transcript*, April 19, 1972, 663.
④ Eugene Smith, Testimony, *Attica Task Force Hearing*, July 31, 2002, 40.

致以悲剧收场。

离开监狱小睡了一会儿后，昆斯特勒确保奥哈拉将军知道他和希尔第二天早上可能都需要被送回监狱。当天傍晚，赫尔曼·施瓦茨把希尔送到了假日酒店后，也表示如果他被召唤要带他回阿蒂卡，他也可以走一趟。观察员威克、麦戈文、巴迪罗、加西亚和马修已在特雷德韦酒店，为了能订到房间，他们提前走了。在酒店的酒吧里喝了点东西，又在头顶上的电视上看了会儿美国小姐选美比赛后，这群人便去一家保龄球馆兼餐厅吃牛排。直到刘易斯·斯蒂尔来了之后，他们才知道囚犯拒绝接受 28 条，但斯蒂尔同意他们的看法：希尔或许能扭转局面。在周六行将结束之时，每个人显然都在"等待鲍比"。①

然而，奥斯瓦尔德专员拒绝再等下去了。他想不出还有什么人或什么事能扭转这种局面。奥斯瓦尔德情绪低落、精疲力尽，扪心自问为了满足囚犯的要求，已经仁至义尽了。就连他都知道，他承诺的 28 条中的有些条款，比如最低工资、修改刑法中的假释规定，他个人是无权执行的，同样重要的一点是，他也清楚自己故意塞入了"合理""真实""足够"等字眼，就是为了使他在事实上同意的事情上能有一些回旋余地。但囚犯不接受 28 条，仍让他颇为伤心甚至痛苦。现在，他同意洛克菲勒手下人的意见，即"局势并没有变好，反而在变糟"。②

周六深夜，当奥斯瓦尔德再次见到阿蒂卡的行政人员、州长办公室的人和莫纳汉少校时，就连奥斯瓦尔德都愿意认真地谈论"星期天夺取监狱的可能性……或者说有利条件"。③ 他们定了一个计划。除非"谈判的未决定状态"有所改变，否则对 D 院的总攻可能会在次日，即 9 月 12 日星期日上午 6 点开始。④

与此同时，在那个漆黑的周六晚上，一场冷雨将囚犯的破帐篷和

---

① Wicker, *A Time to Die*.
② Oswald, Testimony, *Akil Al-Jundi et al. v. The Estate of Nelson A. Rockefeller et al.*, read posthumously into the record on January 2, 1992, 10828.
③ 同上。
④ Official Call Log, Headquarters, New York State Police, Albany, 13.

庇护所淋了个透，没人知道他们应该睡觉，还是保持警惕。为了让人质更舒服，一些囚犯去人质圈看了一下，以确保"他们能多盖一条毯子"，然后扫视夜空，找寻任何麻烦的迹象。①

不管有没有毯子，圈内的人质和 D 院的人一样心焦。他们在阿蒂卡镇的家人和朋友也是如此。没人知道谈判进行得怎么样了，市长理查德·W. 米勒的兄弟爱德华·米勒就是里面的文职人质，可就连他也无法从任何一名州政府官员口中得知里面的情况。人质的妻子宝拉·克罗茨和许多人的家人一样，觉得自己"或许跟隐形人一样"，因为"那些天来，唯一和我们说话的人是马辛凯维奇神父"。② 事实上，当地人非常急切地想从官方那里了解他们亲人的情况，所以才在过去三天里一直等在阿蒂卡监狱前的草坪上，要求答案。周六下午，许多人都挤在草地上，照记者的说法，"救世军的工作人员已经供应了 32 510 杯咖啡和冷饮、750 打甜甜圈、6 500 份三明治、3 000 杯热汤、300 瓶牛奶和数量不详的切片披萨"。③ 人质卡尔·瓦隆的妻子安在圣杰罗姆医院当护士，她也是开着旅行车在阿蒂卡监狱前停了好几个小时，徒劳地希望得到一些消息的人之一；而在之前，她一直在做的唯有"祈祷、倾听、看电视"，但她什么消息也没得到。④

阿蒂卡镇的小街上也挤满了来打听消息的外人。几十家报社和电视台的人已经到达，还有络绎不绝的车辆运来了囚犯的支持者，当然也少不了从附近镇上赶来的成群结队的看客。阿蒂卡的许多镇民都觉得自己也被围困了。⑤ 几乎听不到任何消息，只有各方观察员来来去

---

① Clark, *The Brothers of Attica*, 114.
② June Fargo, Testimony, *Attica Task Force Hearing*, May 9–10, 2002, Rochester, New York, 118.
③ 引自："Five Deadly Days," reprinted from the *Democrat and Chronicle* (Rochester, New York), Tom Wicker Papers。
④ 引自：Paul Jayes, "Kunstler's Arrival Welcome Break in Dull 'Siege of Attica,'" Senator Jacob A. Javits Collection, Special Collections and University Archives, Frank Melville Jr. Memorial Library, Stony Brook University, Stony Brook, New York。
⑤ Official Call Log, Headquarters, New York State Police, Albany, 13.

去的传闻，这只会加剧当地人的恐惧，鼓励他们往最坏的情况想。到了星期六，镇上的男人都在武装自己，而他们的妻子则在客厅的窗前彻夜未眠，以防任何人闯入。[1] 州警也开始挨家挨户地要求阿蒂卡的居民把车子停在路边，把小街堵住，这样一来，任何可能出现的抗议者或囚犯的同情者想要过来，都无法绕开警方的路障。[2] 有传言说，囚犯的支持者将通过托纳旺达溪（Tonawanda Creek）进入阿蒂卡，为此，警方来到临河人家，包括人质约翰·斯德哥尔摩的家中，询问是否可以牵着警犬绕他们的住所走一圈，看看是否有外来的煽动者。斯德哥尔摩的妻子玛丽同意了，还热心地带着一名警察在院子里巡视。[3] 每一条主街的拐角都站着手持步枪的人，有毫无根据的传言称黑人好战分子正在赶到镇上来绑架白人孩子，为此，阿蒂卡村里的学校也关闭了。[4]

镇上的人不仅恐惧，还充满了敌意，尤其是对在当地旅馆住宿、在当地餐厅用餐的观察员。有些人愤慨这些外来者居然比他们更容易接触到奥斯瓦尔德专员这样的人，有些人憎恨这些人比人质的家属更了解院子里发生的事。大多数人还认为，所有的观察员都是唯恐天下不乱的亲囚犯分子，永远不会做对被关在 D 院的惩教人员有利的事。一天下午，国会议员巴迪罗想在当地"狮子会"设在监狱门前的饮食帐篷里买个热狗，但被对方直截了当告知，"这吃的不卖给你"。[5] 同样，阿瑟·伊夫也发现自己在阿蒂卡的小餐馆里点不了餐，因为员工甚至装作没看见他。

当囚犯的家人出现在村子里想了解些情况时，也同样不受欢迎，如果他们有能力跑这一趟的话。对于住在布鲁克林、布朗克斯这些南部

---

[1] John and Mary Stockholm, 与作者的交谈, Lehigh Acres, Florida, July 1, 2005.
[2] 同上。
[3] 同上。
[4] 同上。
[5] 引自: "Five Deadly Days," reprinted from the *Democrat and Chronicle* (Rochester, New York), Tom Wicker Papers。

偏远行政区的家庭来说，他们根本负担不起到阿蒂卡来整夜守在监狱外面的费用，因此他们只能仰赖于电视报道和报纸，可那上面几乎没什么新的或有意义的消息。当然，对阿蒂卡许多讲西班牙语的囚犯亲属来说，几大新闻网的报道毫无用处。大多数囚犯的家人甚至不知道自己的儿子和丈夫是否在 D 院里，或者是否身在仍由州政府控制的 C 楼。

从这点来看，L. D. 巴克利的母亲拉文娜是幸运儿之一，因为她至少在电视上见到了自己的儿子。和大多数母亲一样，拉文娜·巴克利是看了晚间新闻，意识到屏幕上那个试图向全世界解释他们为何要掀起叛乱的年轻人正是她儿子时，才知道囚犯们在 9 月 9 日占领了阿蒂卡。她儿子在家里 11 个孩子中排行老二，就因为无证驾驶这么小的过错违反了假释条例，便被州政府送进了最高安全等级的监狱，这简直丧尽天良。现在倒好，他的刑期就要满了，正准备读大学，迎接美好的未来时，却跟着监狱里的人起义了。① 9 月 5 日，她、她女儿贝蒂以及巴克利的女朋友刚刚去探望过他。他给他们看了一本他正在写的书，让他们都吃了一惊。巴克利希望母亲把这本书带回家，但她说服他自己留着。"艾利奥特，"她说，"过几天你就回家了，所以到时候你自己带回来吧。"② 拉文娜现在很后悔没拿那本书。

到周六晚，没人认为这种对峙会持续很久，坐在遥远的城市紧张地看着电视新闻的囚犯亲属，在阿蒂卡不祥的建筑物底下来回踱步的人质家属，试图在当地的汽车旅馆睡会儿觉的观察员，驻守在监狱门前宽广的草坪上端着武器随时待命的州警，都不这么认为。但某个地方，有人即将打破这个僵局。

---

① Jack Slater, "Three Profiles in Courage: Mothers Overcome Grief at Deaths of Their Children," *Ebony*, March 1973.
② Attica Brothers Legal Defense, "Fighting Back! Attica Memorial Book, 1974" (Buffalo, New York), 90.

17. 在悬崖上

9月12日星期日，晨光初现之时，纽约州警、巴塔维亚A部队的负责人约翰·莫纳汉少校已经做好了准备，但令他大为恼火的是，他仍没有得到强攻阿蒂卡的命令，反而被告知原地待命。对他来说，这种情况太让人郁闷了，因为州政府官员和囚犯每交谈一个小时，他们接管监狱这件事就更理直气壮。他坚信，要是早几天就允许他来一次总攻的话，这件事老早就结束了。

与此同时，在附近旅馆里醒来的观察员们的看法截然不同。对他们来说，囚犯们就是想通过适当的渠道表达自己的不满，却一无所获。虽然四天前的突然爆发是不对的，但其行为完全可以理解。现在，观察员觉得该由他们来确保这个不幸的局面得出正面的结果。但他们很累，压力极大。周日早上，在假日酒店或特雷德韦酒店找到一张床位睡觉或在绒毛已经打结的地毯上打地铺将就的人们，睡眼惺忪地扣好了自己如今已皱巴巴、味道难闻的衬衫，试图强打精神，为新一天的谈判做好准备。当威廉·昆斯特勒接到他一直在等的黑豹党从纽约打来的电话时，汤姆·威克和刘易斯·斯蒂尔正在昆斯特勒的房间里。昆斯特勒迫切地想找到办法在没有暴力的情况下结束阿蒂卡的对峙，因此他请黑豹党的人看看，如果设法将阿蒂卡的一些囚犯安全地送往一个"非帝国主义"国家，那么他们在阿尔及利亚等国的关系是否愿意接收。威克不喜欢听这个。他试图提醒昆斯特勒，囚犯们已经表达得很清楚了，这个最初的"要求"事实上没有多少人支持，而且，如果再提出这个，只会让人分心。照威克看来，现在重点只应放在鲍比·希尔身上，以期说服院子里的那些人接受业已向他们提出的解决办法。

周日上午 8:20，希尔尽职尽责地回到了阿蒂卡，但当奥斯瓦尔德告诉他，除非他答应为 28 条背书，否则不允许他进入 D 院时，希尔扭头就走。在监狱外，当着越来越多想挤过来听他说些什么的人的面，希尔宣读了自己刚刚起草的一份声明：

> 今天早上，专员和他的助手不让我进入，说如果我进去不是去鼓动囚犯接受委员会炮制的所谓要求，他们就不用我管这事了。我不会那样做的……黑豹党的立场是：囚犯必须自己做决定，我不会鼓励他们对自己的立场做出妥协。黑豹党的立场是：所有政治犯若想获释前往非帝国主义国家，必须服从纽约州政府的规定。①

再说那边的管理层办公室，几名观察员，包括昆斯特勒，都支持希尔的立场，这让奥斯瓦尔德恼怒不已。但其他人都对希尔非常震怒，认为他在危机面前逃避责任。比如，威克坚定地认为，希尔应该告诉院子里的人，"看，你们已尽自己所能走得够远了。你们向全世界表明了政治观点。你们让那些人听到了你们的声音。现在，如果你们再一意孤行下去，很多人会送命的"。② 然而，不管他们有什么异议，所有的观察员都认为现在需要一个新的计划。

时间一分一秒地过去，观察员之间依旧很难达成共识。有些人认

---

① Copy of statement in: McKay Commission Papers, 15855-90, Box 84, New York State Archives, Albany, New York. Also as quoted in Tom Wicker, *A Time to Die: The Attica Prison Revolt* (New York: Quadrangle/New York Times Books, 1975), 192.
② Tom Wicker Papers, 5012, Series 1.1, Box 2, Folder 15.

为，应该告诉囚犯他们的选择很明确，要么接受州政府提供给他们的条件，要么等着在强攻时丧命的可能。汤姆·索托甚至说，"囚犯的行为代表了全世界所有劳动人民和受压迫人民的利益，就算遭屠杀也在所不惜"。① 而贾巴尔·肯亚塔似乎对与州政府硬碰硬的可能性满腔热情："我们必须做出承诺……一旦他们来了，我们不介意开打。"② 阿瑟·伊夫的想法与此大相径庭。他担心的不仅是州警一旦进入囚犯和人质会怎么样，而且担心这将如何影响他的选民。"如果他们进去杀人，布法罗就会大乱……如果这里发生什么，全城的每个社区也将发生类似的反应"，他大声道出了自己的担心。③

但正如每个观察员都清楚知道的那样，奥斯瓦尔德正面临着"来自其他州的官员、惩教人员、诸如警察慈善协会（PBA）这样的组织、人质家属的巨大压力，还有街头趁火打劫者在跃跃欲试"，而且这些压力越来越大。奥本市长给洛克菲勒去信，说他对奥斯瓦尔德的"放任态度"感到"极为沮丧和愤怒"。④

幸而有这层压力，周日上午，专员向观察员宣布，除非囚犯们同意派一个谈判小组去阿蒂卡食堂见他和一组观察员，否则免谈。不过，没人注意到他划的新底线，因为所有人都忙于宣泄自己的不满和意见。当克拉伦斯·琼斯大胆地表示，现在正是时候澄清观察员"在囚犯问题上的作用"时，显然，他们现在对这一点的看法是多么大相径庭。⑤ 共和党州参议员弗兰克·沃克利认为，他们的任务就是说服那些人放弃对赦免的要求。昆斯特勒不相信有人会认为囚犯们会得到开给他们的那些条件的充分保护，他说，谁要是真有这想法，他会觉得那人像是爱丽丝在漫游仙境。接着，他毫不含糊地说，"必须

---

① Tom Wicker Papers, 5012, Series 1.1, Box 2, Folder 15.
② Attica Reporter's Notebook (4×8), Tom Wicker Papers.
③ 同上。
④ Rockefeller Administration, Confidential Memo, "Events at Attica: September 8–13, 1971," 34.
⑤ Attica Reporter's Notebook (4×8), Tom Wicker Papers.

告诉他们关于眼下局势的绝对的、彻彻底底的真相"。①

克拉伦斯·琼斯同意囚犯需要被告知全部事实,威克也这么认为,他说观察员"有责任让他们有机会做出明确的选择"。没错,青年贵族党的一名代表也表示同意,他们需要机会好好想想自己是否真的得"和州政府硬碰硬"。② 但是,房间里的所有人都认识到时间真的来不及。昆斯特勒摇着头,意志消沉地说:"一想到那些人会死,会因为我的原因而死,我心里就很不舒服。"③ 突然像是明白该怎么做了,他语气坚定地说:"鲍比·希尔的那个插曲无关紧要……他给公众的任何理由都不重要……我们应该全都下去,告诉他们真相。"④

观察员朱利安·泰珀听了他的表态,大吃一惊。他轻轻地摇了摇头,对大家说:"说实话,我真害怕进去。"⑤ 他解释道:"［由于］政府把我们置于一个说话没有威信的境地,鲍比·希尔也把我们推到一个说话不当回事的境地,所以不会有解决办法的。"⑥ 房间里的大多数人似乎都同意他的看法。随着大家对观察员群体日益减少的选择越来越悲观失望,克拉伦斯·琼斯又重提典狱长曼库斯有没有可能被调离阿蒂卡的老问题。这一重大让步是否足以说服囚犯们放弃赦免的要求?其他人要求州长亲自到阿蒂卡来,向囚犯保证他不会允许任何报复发生。然后,大家又回到了赦免的重要性上来,结果又卡在了这里。⑦ 但州参议员约翰·邓恩提醒每个人,这种事情是根本摆不上桌面的。他接着说,必须让囚犯们明白,"有个政治观点已经得到证明……过去三天在刑法方面的改革比之前任何时候的都多"。⑧ 说完

---

① Attica Reporter's Notebook (4×8), Tom Wicker Papers.
② John Dunne, Transcription of notes taken in observers meetings, FOIA request #110818 of the New York State Attorney General's Office, FOIA p. 001646.
③ Attica Reporter's Notebook (4×8), Tom Wicker Papers.
④ 同上。
⑤ 同上。
⑥ 同上。
⑦ 同上。
⑧ 同上。

这番话，在其他观察员的请求下，州参议员于上午 10:35 出发去找罗伯特·道格拉斯。或许他们可以说服他带州长来阿蒂卡。洛克菲勒至少可以发话说只要他们投降，就不会受到伤害。

不出 10 分钟后，参议员邓恩便回到了管理层办公室，但后面跟着的是诺曼·赫德而非道格拉斯。他们受到了大家的连声抱怨，因为没人相信赫德有权决定阿蒂卡的任何事情，仍旧坐在桌边的奥斯瓦尔德为赫德辩护道："赫德是作为州长的私人代表被派过来的。"[1] 就连邓恩都觉得有必要在这件事上对专员施压。专员是否觉得赫德"有跟道格拉斯一样的权力"？[2] 赫德明显觉得受到了冒犯，他告诉大家，他是洛克菲勒的官方代表，道格拉斯在那里只是"予以协助"。[3] "也许吧，"赫尔曼·巴迪罗说，不过，"是道格拉斯把我弄到了这里来的，[所以]有他在很重要。"[4]

周日上午 10:50，罗伯特·道格拉斯终于站在了观察员们的面前，并发觉自己被他们的各种问题和担忧淹没了。阿瑟·伊夫对道格拉斯说，观察员的观点完全一致，那就是至少州长应该来一趟监狱，因为若是没有和平解决方案的话，"成百甚至上千人可能会被杀害"。[5] 巴迪罗也试图说服道格拉斯，洛克菲勒来一趟阿蒂卡对其本人有多重要。他重复了伊夫的关切，告诉道格拉斯，他担心像哈莱姆区和布朗克斯区这样的地方会对夺回监狱做出什么反应，并向道格拉斯保证，他们不指望州长进院子跟囚犯交谈；他们只是希望他能来，因为这么做意味着强调一旦这些人投降，他会兑现保护这些人的承诺。

昆斯特勒的话更直截了当："如果州长不来，他就是在纵容一场

---

[1] Attica Reporter's Notebook (4×8), Tom Wicker Papers.
[2] 同上。
[3] 同上。
[4] 同上。
[5] 同上。

大屠杀。"① 其他观察员也都同意这说法。在监狱外集合的执法部门成员"和动物差不多……被链条皮带拽得紧紧的。那帮野兽一旦被松开束缚，任其朝对面的人冲过去……他们就会大开杀戒"，有人说道。② 克拉伦斯·琼斯也认为"肯定会发生屠杀囚犯的事"，他恳求道格拉斯"宁愿花点时间，也不要牺牲人命"。③ "你们的话我都听到了，也听明白了。"道格拉斯边说边朝门外走去，大概是去给他老板打电话了。④

巴迪罗仍然不放心，他说，考虑到道格拉斯或许也说服不了州长相信有必要火速赶来阿蒂卡，也许是时候让观察员寻求美国人民的帮助了。他们可以在新闻稿上解释局势已经变得有多严峻，然后要求公民向州长施压，由他亲自监督和平结束这场僵局。私下里，邓恩怀疑即使这样的压力也未必能让洛克菲勒挪步。在他看来，州长眼睛盯着美国总统的位子，所以不能在阿蒂卡的僵局上对"罪犯"心慈手软。⑤ 尽管如此，邓恩并没有阻挠那些想要撰写全国新闻通稿的人。⑥ 上午 11 点，草稿已经完成，他们一致同意必须把它带到 A 楼的大门那儿，让囚犯看看有什么措辞需要修改：

> 阿蒂卡监狱的观察员委员会现在确信在这样的局势下，对囚犯和守卫的屠杀可能在所难免。出于共同的人道主义精神，我们呼吁每个听见这些话的人恳请本州州长来阿蒂卡与观察员委员会协商，以便我们可以花时间而不是赔上人命来尝试解决我们面前的问题。请立即将下述电报发给此刻在纽约市的州长纳尔逊·洛

---

① Attica Reporter's Notebook（4×8），Tom Wicker Papers.
② 同上。
③ 同上。
④ 同上。
⑤ 同上。
⑥ 同上。

克菲勒:"请前往阿蒂卡与观察员委员会见面。"①

D院的人确实没有异议,但观察员们能从他们的脸上看到绝望,于是同意立即将他们随后的要求带给奥斯瓦尔德:半小时内,送一名黑人记者、一名波多黎各记者以及5名观察员入内,其中一名观察员必须深受外界"真正的信任",能借他的口来告诉世界人质仍然安然无恙,告诉世界他们是真的希望平安地结束这场起义,并对监狱进行有意义的改革。

很少有人相信新闻稿会起到多大作用。不过,就像威克说的,重要的是要做出"最后的努力,哪怕事实证明这只是对体面和人性摆出的一种毫无用处的姿态"。②威克自己做出的"尽最后一次努力"的承诺很快就受到了考验,因为他和邓恩是整个观察员小组一致认为符合"受外界信任"这一标准的人选。他们可以自行决定是否应囚犯的要求回到院子。参议员邓恩断然拒绝,说他不会进去。那就只剩《纽约时报》记者威克了,尽管他觉得自己得走一趟,但还是吓得呆立一旁。见他害怕,克拉伦斯·琼斯站出来说要和他一块儿进去。面对"如此的勇气和友情",威克顿觉如释重负。③当每个人都平静下来,决定走进那个可怕的、局势尚不确定的院子时,奥斯瓦尔德过来告诉他们,绝对不许再进院子了。此外,他已经派副专员沃特·邓巴去A通道的大门,把他的最后声明带给D院的囚犯,其内容如下:

> 作为惩教署专员,我亲自在你们控制的区域与你们见过几次面,目的是确保雇员人质眼下的安全,以及其他所有身处如此危险境地的有关人士的安全。如你们所知,食品、衣物、被褥、水

---

① 引自:Wicker, *A Time to Die*, 208.
② 同上,209。
③ 同上,212。

和医疗措施都已提供给你们。你们也已经能会见你们选定的外部观察员和新闻媒体的代表。而且很快获得了联邦法院的命令,以保证不会发生行政上的报复;你们的代表也能查明狱友并未受到虐待。

我敦促你们毫发无伤地释放人质,现在就放,并接受由我批准的外部观察员委员会的建议,与我一起恢复这座监狱的秩序。

只有在采取这些步骤之后,我才愿意和你们选定的一个五人委员会开会讨论你们可能怀有的任何不满,并建立一个机制,使你们能够确信我所同意的那些建议悉数得到执行。

我们已经尽一切努力公正地处理你们的问题和不满,并解决目前的状况。所有的诚意都体现在我签署的拟议协议上,这份协议就在你们手中。它与你们所有的利益息息相关,务请你们现在对这个请求作出肯定的答复。[1]

邓巴透过 A 通道的大门将这份声明递给了理查德·X. 克拉克,告诉他,他们有 15 分钟时间做出答复。

克拉克带着不好的预感回到 D 院,把声明交给了谈判桌旁拿着麦克风的那几个人,后者用英语和西班牙语向躁动不安的人群读了一遍。奥斯瓦尔德的措辞听在这些人耳朵里,特别是那句"我敦促你们毫发无伤地释放人质,现在就放,并接受由我批准的外部观察员委员会的建议……",让 D 院的人觉得被蒙蔽了。正如克拉克后来所说:"最让我们伤心的是,观察员都没有征求过我们的意见就同意了……他们没把我们的话传给外界,反倒和州政府攻守同盟。"[2]

---

[1] Rockefeller Administration, Confidential Memo, "Events at Attica: September 8–13, 1971," 35.
[2] Richard X Clark, *The Brothers of Attica* (New York: Links Books, 1973), 116–117.

返回管理层办公室的观察员一读奥斯瓦尔德的声明，也炸开了锅。阿瑟·伊夫尤其觉得不可思议。他摇着头，想知道奥斯瓦尔德为什么要对囚犯说这些话；他为什么暗示观察员和州政府是同谋，从而危及观察员的安全？伊夫太过情绪激动，不禁失声痛哭。①

尽管觉得奥斯瓦尔德造成观察员进院子一趟变得更加危险，但伊夫和其他人现在在坚持要求允许他们返回院子，扭转局势。房间里群情激愤，奥斯瓦尔德不得不听他们一个接一个滔滔不绝地慷慨陈词，说严守他们对 D 院的人的承诺是多么重要，尽力避免进一步激怒一群手中掌握着其他人性命的人是多么重要，专员最终同意和上司商量一下，看能不能再进最后一次。然而，他刚离开几分钟，房间里便隐隐可以嗅到催泪瓦斯的气味，观察员开始打喷嚏、流泪。他们惊慌失措地跑到窗边，想奥斯瓦尔德是不是在拖延时间，可怕的袭击实际上已经开始了。

又是一场虚惊；外面有人在卸卡车的时候，掉落了一罐催泪瓦斯。

观察员坐了回去，忐忑不安地等待着。他们交谈起来，一遍又一遍地说到洛克菲勒来阿蒂卡有多重要。巴迪罗厌倦了等待道格拉斯传回消息，说他们得直接跟州长谈谈。这是他们唯一的希望。威克同意了，但实在想象不出他们会怎么做。这时，约翰·邓恩从胸前的口袋里掏出一本黑皮面的小通讯录，说："我有他电话。"没过几分钟，巴迪罗、邓恩和克拉伦斯·琼斯便接通了州长在韦斯特切斯特县波坎蒂科山的庄园。

让威克吃惊的是，洛克菲勒热情地和他们每个人打了招呼，寒暄了几句之后，四人便进入了实质性的谈话：观察员们正式邀请州长来阿蒂卡和他们见面。威克煞费苦心地向洛克菲勒表明，是请他来见见他们，只有他们，不是见囚犯。洛克菲勒的来访可以达成两个关键目

---

① Arthur Eve, Testimony, *Attica Task Force Hearing*, July 30, 2002, 82.

的：首先，它将向院子里的人，包括囚犯和人质，展示州长关心他们的安危；其次，它将向 D 院的人显示，他们得到了州长的个人保证，即 28 条会被尊重，并且如果他们投降，将不会受到伤害。这两点对于观察员和平结束僵持局面的努力都将是不可估量的支持。① 但正如威克和其他人所说，洛克菲勒"热情洋溢的态度消失了，取而代之的是冰冷的公事公办的做派"。②

甚至就连共和党州参议员邓恩都无法说动洛克菲勒。"我不能批准赦免，所以为什么要去呢，约翰？"州长问。"来了就能起到心理作用；可能会使心理天平倾斜。"邓恩再次强烈要求。③ 但讨论没有结果。聊了一个多小时，晓之以理，动之以情，后来干脆央求甚至乞求，最终观察员明白了，虽然洛克菲勒从未明确表态，但他是不会来阿蒂卡的。照威克的说法，他的"语气干脆，话说得滴水不漏，好像已经下定决心"。④

事实上，情况的确如此。观察员的电话打进去的时候，道格拉斯正和州长讨论是否访问阿蒂卡一事。道格拉斯先总结了观察员的各种论点，说他们认为州长出现在监狱里是多么重要，接着表明了他自己的观点，认为这不是个好主意。道格拉斯知道，早在周五晚上，有人"私底下"传说州长周六可能会去阿蒂卡，但他当时被劝阻了，而且必定会被再劝阻一次。⑤ 洛克菲勒信任自己的顾问，接下来的时间他在电话里跟道格拉斯讨论了如何用一份官方声明来解释他不去监狱也不批准赦免的决定。⑥ 道格拉斯刚挂断电话，四个观察员的电话就打进来了。

---

① Tom Wicker, Testimony, *McKay Transcript*, April 18, 1972, 485.
② 引自：Wicker, *A Time to Die*, 217。
③ 引自：*The Nation*, January 24, 1972。
④ 引自：Wicker, *A Time to Die*, 217。
⑤ 据纽约州奥尔巴尼警察无线电通信日志记载，为 1971 年 9 月 10 日晚 9:40 通过警方无线电频道播送，详见纽约布鲁克林伊丽莎白·M. 芬克的报道。
⑥ Rockefeller Administration, Confidential Memo, "Events at Attica: September 8-13, 1971," 34.

眼见自己的选择已经不多了，于是观察员再次向奥斯瓦尔德施压，要求进入院子。星期天下午 2:45，伊夫、昆斯特勒、肯亚塔、奥蒂茨、帕里斯、索托、佛罗伦斯、威克和琼斯向 A 门走去。与他们同行的还有两名记者：《纽约每日新闻》的鲁迪·加西亚，和琼斯所在的《阿姆斯特丹新闻》的迪克·爱德华兹，以及他们各自的摄影师。愁眉苦脸的奥斯瓦尔德在那里和他们见了面，15 分钟后，终于同意他们进入院子。但首先，他们每人都得签一份弃权声明，即他们或他们的"继承人和遗产"，均不得因"其自愿参与谈判而可能遭受的任何和所有人身伤害或损害"向纽约州追责。① "突然，我怕得要死，"阿瑟·伊夫后来回忆道，"我很明白了州政府的意图。他们要把我，一个州议员，当祭品献出去。"②

下午 3:45，A 通道的大门和无人区的锁终于打开了，这群人跟理查德·克拉克接上了头。他们能感觉到空气中弥漫的敌意。贾巴尔·肯亚塔率先开口，带着紧张的语气匆忙解释说，观察员对奥斯瓦尔德专员当天早些时候给他们的声明并不知情。"一点都不知道。"威克也插嘴道。理查德·克拉克连看都没看他们就严厉地说："有几个兄弟很想把你们宰了。"③ 但是，一旦观察员坐到谈判桌前，就发现等待他们到来的那些人似乎并不全都充满敌意；事实上，似乎能听到外面的消息，他们就很感激了。克拉克先开了腔，说观察员已向他保证，奥斯瓦尔德的那份文件并不是他们在背后捣的鬼。他把那份声明大声读给囚犯听，问他们是否同意奥斯瓦尔德最新提出的投降条件。"同意个屁！"他们从泥泞的院子里冲他吼了回去。④

现在，这些人真正感兴趣的是来的记者。他们来不仅是为了获得

---

① Russell Oswald, *Attica—My Story* (New York: Doubleday, 1972), 239.
② Eve, Testimony, *Attica Task Force Hearing*, July 30, 2002, 83.
③ 引自：Wicker, *A Time to Die*, 228.
④ 同上，231。

院子里的人认为需要说的话，也为了采访人质，以便公众能看见人质都还活着，因此，州官员必须让谈判继续。①

记者鲁迪·加西亚和汤姆·威克采访一个又一个人质的时候，囚犯理查德·克拉克也跟了过去。威克接触的第一名狱警是"老爹"弗兰克·瓦尔德上尉，他看着摄像机一言不发。"我们受到了优待，有人看病，有东西吃，我们和院子里的其他人过得一样好，有时候可能还要更好一点。"② 当被问及他是否愿意对洛克菲勒州长说些什么的时候，他说愿意。事实上，他说得很动情。他恳请州长"尽其所

人质站在囚犯提供的睡垫和睡袋旁接受新闻报道组的采访。站在最前面的是狱警"老爹"弗兰克·瓦尔德（*Courtesy of the Associated Press*）

---

① 有关人质谈话的完整记录，可参见："Attica Tape（在会议桌上找到），" transcript, investigation and interview files, 1971-1972, New York（State）, Special Commission on Attica, 15855-90, Box 84, New York State Archives, Albany, New York.
② 同上。

能"挽救生命。①

接着,人质弗兰克·斯特罗洛插了进来,他兄弟托尼·斯特罗洛是包围监狱的武装州警之一。他说:"我们都受到了非常好的待遇,吃得也好,还给我们毯子盖,我们睡垫子,他们睡地上,药不够的时候他们先紧着我们用。"斯特罗洛还说:"他[州长]应该完全赦免他们,这是我们必须要做的,完全赦免……我们聊过了,我们38个人,大家都同意必须给他们完全的赦免,这就是我们希望洛克菲勒对他们做的。"②

狱警爱德华·坎宁汉中士,一向以对囚犯态度特别强硬出名,他几乎是从威克的手中夺过麦克风,说他也同意这一点,还提醒收听的各位注意这样对峙下去对谁都不利:

> [州长]必须对他们宽大。他必须宽大处理,让他们免受刑事指控……我的意思是对他们所有人。这就是我的意思……我没开玩笑。我们在这里可不是办什么茶话会。这些年,你们在报纸上读到过美莱村大屠杀的事。也就170多个人。我们这儿总共1 500个人,要是出什么岔子,至少有1 500个人搭进去。③

坎宁汉还说:

---

① "Speeches Made in D Yard. Sunday, September 12, 1971," March 3, 1972, investigation and interview files, 1971-1972, New York (State), Special Commission on Attica, 15855-90, Box 84, New York State Archives, Albany, New York, 3. Also as quoted in: Wicker, *A Time to Die*, 235.

② "Attica Tape (found at conference table)," transcript, New York State Archives.

③ 对美莱村死亡人数的引用并不准确,不过,他指的是阿蒂卡发生大屠杀的可能性。"Speeches Made in D Yard, Sunday, September 12, 1971", New York State Special Commission on Attica, March 3, 1972, 4-5. Also as quoted in: Wicker, *A Time to Die*, 236-237; "Attica Tape (found at conference table)", Transcript, New York State Archives。

192　Blood in the Water: The Attica Prison Uprising of 1971 and Its Legacy

我希望你把我们的人从屋顶上撤走,一个也别剩下,因为要是那些不靠谱的家伙开了枪,或者扎个堆什么的,某些人就可能会来劲,那我们就都要遭殃了。①

坎宁汉的坦率和他愿意起来反对自己那些雇主,特别是当记者提到洛克菲勒和赦免的问题时他说的话,都让囚犯们感到振奋。他还强调了一句:"他要是不同意,我就死定了。"② 查彭表示难以置信:"这警察最他妈的难搞,他就是个混球。把这么多人关那儿,比周围的40个看守还要多。你听听现在**他**竟然这么说?"③

同为人质的狱警迈克尔·史密斯读过这些人7月写给奥斯瓦尔德要求他改革的首封信,也明确表示洛克菲勒有必要来一趟阿蒂卡。他告诉记者,州长"应该马上把屁股挪到这里来",他指着院子里的囚犯,掷地有声地说:"我们根本不怕你的人。我们知道等在外面的不是你的人,而是广大人民。"④ 史密斯往上望去,继续说道:"谁要是带了武器,谁要是有一丝打仗的想法,赶紧走人。把他们从屋顶上弄走。"⑤ 然后,记者去采访了年轻的白人囚犯布莱兹·蒙哥马利,他的南方口音和威克的一样重。蒙哥马利的语气很严肃:"我想让每个人都知道我们很团结,除非满足我们的要求,否则同归于尽。"⑥

对人质的采访在继续,谈判桌前的演讲也在继续。肯亚塔一直想接过麦克风,但又不得不一次次递给其他人,比如仍然十分沮丧和紧

---

① "Speeches Made in D Yard, Sunday, September 12, 1971," March 3, 1972, New York State Archives, 4–5. 引自:Wicker, *A Time to Die*, 236–237;"Attica Tape (found at conference table)," transcript, New York State Archives。
② 引自:Wicker, *A Time to Die*, 237。
③ 同上。
④ 同上,246。
⑤ 关于此人身份,可参见:"Speeches Made in D Yard, Sunday, September 12, 1971," New York State Special Commission on Attica, March 3, 1972, 33. 亦可见于:Wicker, *A Time to Die*, 247。
⑥ 引自:Wicker, *A Time to Die*, 241。

张的议员阿瑟·伊夫,他公开对囚犯说他觉得奥斯瓦尔德背叛了观察员,获得赦免对他们全体来说仍然相当重要。当赫伯特·布莱登尖锐地提问威廉·昆斯特勒,是否真的有外国愿意接纳想要离开的阿蒂卡狱友时,后者突然发现自己成了目光的焦点。早在给黑豹党打电话的时候,他就准备好回答这个问题了。他说,有的,有四个"第三世界国家和非洲国家"事实上"准备为想要离开这个监狱前往这些国家的每个人提供庇护"。① 这当然是夸大其词。没有国家准备就这么爽快地把囚犯从 D 院里带走,但昆斯特勒特别想让院子里的人明白,全世界都在注视着他们的抗争,他们并不孤单。同样重要的是,昆斯特勒想让院子里的人知道,他其实是在努力为他们着想,而且他本人是站在他们一边的。为了讲清楚这一点,他在结束讲话之际用夸张的语气告诉大家,鲍比·希尔想让他们"知道在每个有黑人、奇卡诺人和波多黎各穷人社区的城市里",人们都在"关注阿蒂卡监狱"。外国佬都在说要"牢记阿拉莫"②。牢记阿蒂卡。

  昆斯特勒讲话的时间越长,其他不那么激进的观察员就越警惕。先是伊夫再次强调赦免,再是昆斯特勒说外国愿意提供政治避难,这些话可以提升他们在囚犯中的声誉,但这些观察员都很担心这样的话会使他们抱有虚假的希望,反而会更危险。另一方面,那些人显然很欣赏昆斯特勒的话。记者汤姆·威克从不羞于表达这样的观点,即昆斯特勒这样的观察员可能走得"太远了",但这次他认为,无论伊夫还是昆斯特勒的讲话都没有给囚犯"任何理由相信,他们再坚持一会儿就能获得赦免,自由回家"。③

---

① "Speeches Made in D Yard, Sunday, September 12, 1971," New York State Special Commission on Attica, March 3, 1972, 28; "WBAI Transcript of Speeches Made in D Yard," March 6, 1972, 41.
② 阿拉莫是美国得州圣安东尼奥附近一座由古老教堂扩建的要塞,得克萨斯独立战争期间,不到 200 名得州士兵在此坚守 12 天,击退了几千人的墨西哥军队一次次的进攻,最终全部牺牲。"牢记阿拉莫"这句口号流传至今,被美国人视为追求和捍卫自由、英勇战斗和牺牲精神的象征。——译者
③ Wicker, Testimony, *McKay Transcript*, April 18, 1972, 491.

没什么好讨论的了,所以周日晚 6 点,观察员们返回了行政楼。这次的告别似乎有点不祥,好像永别一样。没人确定这场危机将如何结束,但所有人都怀疑结局不会太妙。当观察员最后一次穿过恶臭、坑洼、肮脏的院子时,囚犯们对观察员为他们所做的一切致以深深的谢意。黑大个史密斯在过去四天一直冷静沉着地处于戒备状态,此时却对由他护送出院子的这群人涌起一股意想不到的强烈热情。他走到汤姆·威克面前,紧紧握住后者的手。威克感到不知所措,只是一个劲儿地说:"祝你好运。祝你好运,兄弟。"①

威克对人群讲话(*Courtesy of* The New York Times)

由于刚采访过人质,威克觉得自己有责任去阿蒂卡的停车场,让焦灼不安的人群了解他们的亲人和镇民的最新情况。他在那里受到的接待立刻证实了他的担心,看来黑大个史密斯和 D 院的其他人真的需要他们能得到的所有好运。当威克爬到一辆汽车的车顶,好让人群

---

① 引自:Wicker, *A Time to Die*, 250。

看见他时,天空再次落下了冰冷的毛毛细雨。他看了看手中那本一直让人沮丧的笔记本,开始扼要地讲述自己的采访经过。他说,所有人质"都强烈要求尽可能考虑给囚犯全面赦免"。① 又补充道,他们都"强烈要求洛克菲勒州长亲自来这儿一趟",最后他说,"他们敦促阿蒂卡监狱当局和奥斯瓦尔德专员不要让任何军队在屋顶上或狱内任何地方展示武力"。② 他很清楚,无论是观察员、人质,还是囚犯,每个人都担心如果州长不来,大屠杀将在所难免。

听众爆发了。"我儿子怎么样了?"人质迈克尔·史密斯的父亲斯蒂芬·史密斯冲着威克喊道,他老泪纵横,身上被雨淋得湿透。③ "我们得进去,把他们救出来!"他痛苦地吼道。④ "哄着那些犯人是行不通的!"⑤ 史密斯的激愤点燃了其他镇民的情绪,他们纷纷大声咒骂威克,要求州政府介入。"我得让他们知道点儿厉害。"一个女人尖叫道;另一个女人喊道:"军队应该进去救他们!"⑥ 人质弗兰克·斯特罗洛的兄弟托尼就是站在边上听威克讲话的数百名州警之一,对大家的反应深表赞同。他很肯定这个观察员在编造人质的真实想法,所以他比以往任何时候都更渴望冲进去,一劳永逸地结束这场骚乱。其他人,比如人质约翰·斯德哥尔摩的妻子玛丽听了威克的讲话后,更为恐惧而不是气愤。威克话里的意思是如果某人不介入,将会血流成河,这把他们都吓到了。"在那之前,"玛丽·斯德哥尔摩回忆道,"我一直以为会和平解决。"⑦ 人群不断拥过来,喊声震耳欲聋,玛丽晕了过去。威克望着这绝望而混乱的场景,感到了前所未有

---

① "WBAI Transcript of Speeches Made in D Yard," March 6, 1972, 28.
② 同上。
③ 引自:"Five Deadly Days," reprinted from the *Democrat and Chronicle* (Rochester, New York), Tom Wicker Papers。
④ 同上。
⑤ 同上。
⑥ 同上。
⑦ Mary Stockholm, Testimony, *Attica Task Force Hearing*, May 9–10, 2002, Rochester, New York, 18.

的沮丧和无助。①

返回行政楼后,威克和其他观察员向奥斯瓦尔德汇报了他们刚才造访 D 院的情况。大家很快发现,奥斯瓦尔德不再相信他还能在结束这场僵局上有所作为。他们甚至给奥斯瓦尔德播放了一段理查德·X. 克拉克的录音,他把囚犯们的观点表达得很清楚,即"任何结果都是专员造成的,不是我们"。② 奥斯瓦尔德只是盯着墙看了一会儿,然后站起身,告诉观察员们,谁都不准再进 D 院了,他一边往外走,一边凄凉地说:"该做的我都做了。"③ 专员从监狱直接回了自己的办公室。晚上 7:20,他指示立即切断管理层办公室的电话线。他担心有些观察员会想办法发送"叛乱分子可以通过半导体收音机接收的密码信息"。④ 奥斯瓦尔德知道,他的上司肯定会下令一举结束这场监狱抗议活动,一切只是时间问题。

---

① 引自:"Five Deadly Days," reprinted from the *Democrat and Chronicle* (Rochester, New York), Tom Wicker Papers. Also see: John Stockholm, Testimony, *Attica Task Force Hearing*, May 9-10, 2002, Rochester, New York, 11。
② Tom Wicker, "4 Days of Attica Talks End in Failure," *New York Times*, September 14, 1971.
③ Oswald, *Attica—My Story*, 246.
④ 同上。

18. 导致灾难的决定

周日晚，阿蒂卡起义的第四天，警察部队挤满了监狱大门和行政楼之间的一片长条形草坪，以及环绕监狱高墙的柏油路。人太多了，一动就会撞到别人身上。大家都受够了。[①]有个警察后来直截了当地说："每个人都对解决这场骚乱花的时间太长而感到沮丧。我们只想结束这一切，回去继续过自己的日子。"[②]从起义的第一天下午起，州警的技术上士 F. D. 史密斯就一直在栈桥上拍摄 D 院里的情况，他觉得"12 日，星期天，州警和守卫都明显表现出厌恶的情绪……听说我们的人很多都希望'有事发生，哪怕是个错误也行'"。[③]狱警们也有同样的想法。他们从附近各地的县城赶来夺回监狱，已经等得很不耐烦了。

在阿蒂卡的任何人都很清楚，执法人员火都很大，如果派他们去夺取监狱，他们就算不是不可能，也是很难平心静气工作的。然而，既然认定谈判如今已经告终，奥斯瓦尔德就确保这些人正是被派来结束叛乱的人。就好像觉得他要表明这件事已经超出了他的控制，是州长本人决定停止和囚犯谈判的，于是，他开始分发洛克菲勒当天早些时候和道格拉斯起草的声明：

> 从这种不幸的状况一开始，包括阿蒂卡监狱发生的骚乱，扣押人质，累及许多人的生命，其中就有 38 名无辜的公民和尽忠

职守的执法人员,我就一直和惩教署专员拉塞尔·奥斯瓦尔德以及我在现场的代表保持直接联系,了解情况。

州政府已尽一切努力希望通过和平手段解决危机,恢复秩序。观察员委员会向我转达了要我亲自去一趟阿蒂卡的请求,以及狱友们提的我去监狱的院子和他们见面的要求,对此,我已斟酌再三。

对委员会成员为实现和平解决危机所做的长期而勇敢的努力,我深表感谢。然而,关键问题仍是要求对可能发生的任何犯罪行为予以全面赦免。

我并不具备宪法赋予的权力,因为这么做的话,会破坏我们自由社会的根基——公正无私地适用法律。

尽管委员会努力再三,纵使奥斯瓦尔德专员对狱友做出过很多承诺,但关键问题还是在于全部赦免,有鉴于此,我并不认为我亲自去监狱会有助于问题的和平解决。

奥斯瓦尔德专员提出了 28 条建议,经狱友和观察员委员会共同拟就。我完全支持专员的建议,对他那些经过深思熟虑的观点也完全同意,即现在必须给狱友一个直接回复他的提议的机会。

我个人与专员强烈呼吁狱友马上:

1. 释放人质,不可有任何损伤
2. 保持合作,和平恢复秩序

---

① Robert D. Quick, Testimony, *Akil Al-Jundi et al. v. The Estate of Nelson A. Rockefeller et al.*, United States District Court, Western District of New York, Buffalo, New York, No. CIV-75-132, December 13, 1991, E-8702.
② Albert S. Kurek, "The Troopers Are Coming II: New York State Troopers, 1943-1985," Dee Quinn Miller Personal Papers, 166, 167.
③ Technical Sergeant F. D. Smith, New York State Police Memorandum to Major Sergeant Chieco, Subject: "Special Assignment—Attica Correctional Institute," September 9-14, 1971, in the papers of Elizabeth M. Fink, Brooklyn, New York.

3. 接受专员诚心提出的 28 条建议①

　　洛克菲勒的声明只不过是在重复奥斯瓦尔德一直以来对观察员所说的话。他们当中的许多人都希望媒体对人质的采访能让洛克菲勒改变心意，因为他们都谈到了州长的到来将是多么重要。囚犯也对这些采访抱以极大的信心——现在每个人都能看见人质很安全。他们也急切地希望州长能现身，因为正如有人所说，这样的来访会给这些人"一条出路，让我们带着某种尊严离开，并给出真正的保证，让我们相信不会受到人身伤害"。② 另一个人说，就算不能赦免，州长的到来"也能保证只有个别人会因为个别行为受到指控"。③

　　但州参议员邓恩预言，洛克菲勒不想去阿蒂卡是因为政治风险太大，这一点没说错。包括邓恩在内的几名观察员都怀疑是罗伯特·道格拉斯说服州长别来的，而且道格拉斯才是决定必须结束阿蒂卡的叛乱的那个人。④ 有一件事是肯定的：州长拒绝来监狱一事是为了取悦某些人，而这些人的支持对他至关重要：那就是他所在政党的党魁。"发表了这份声明之后，"州长最心腹的助手在一份机密报告中写道，"洛克菲勒与总统［尼克松］进行了交谈，总统对州长的立场表示了

---

① Governor Nelson Rockefeller, Statement for Immediate Release, September 12, 1971, Nelson A. Rockefeller gubernatorial records, Press Office, Series 25, New York (State), Governor (1959–1973: Rockefeller), Record Group 15, Box 49, Folder 1065, Rockefeller Archive Center, Sleepy Hollow, New York.
② Charles "Flip" Crowley, Testimony, *In the Matter of the Additional, Special and Trial Term of the Supreme Court of the State of New York, Designated Pursuant to the Order of the Appellate Division, Fourth Department*. County of Wyoming, May 24, 1972, 17.
③ Charles Ray Carpenter, Testimony, *McKay Transcript*, April 19, 1972, 639.
④ 克拉伦斯·琼斯，与作者的交谈，2005 年 4 月 21 日。也可参见对约翰·邓恩的新闻报道。据报道，邓恩"说他相信最终的决策并非州长做出，而是其主要助手与顾问罗伯特·R. 道格拉斯和奥斯瓦尔德专员做出的"。Ralph Blumenthal, "Dunne Supports Attack on Attica: But Senator Says That Governor Should Have Gone There", New York Times, September 30, 1971。

强烈的支持。"[1]

有些观察员显然没有放弃希望,以为奥斯瓦尔德至少能在赦免问题上让州长改变主意。在管理层办公室,周日晚上有很长一段时间,他们中的一些人极为动情地恳求专员想想办法,什么办法都行,只要能防止一场必然引发灾难的袭击。观察员们有所不知的是,奥斯瓦尔德当天深夜确实将这些恳求转达给了洛克菲勒州长。他是这么对州长说的:"昆斯特勒极力主张赦免,还举了英国人对阿拉伯游击队劫持人质事件的反应为例……昆斯特勒还建议每周释放一名人质,并将谈判延伸为一个长期过程。威克还慷慨激昂地引用了《圣经》里的话。"[2] 但是观察员这一方或专员再怎么晓之以理,动之以情,都无法说动州长让步。

所以说,结束阿蒂卡的谈判的最终决定确实是州长做出的。晚上10:35,精疲力竭、失望、极度沮丧的观察员们没有听到奥斯瓦尔德传来任何新消息。他们知道他已经使尽浑身解数仍无法说动州长,现在得决定一旦进攻开始,他们是走是留。大多数人选择离开,但仍有9名观察员决定整晚待在那里,兴许事情出现转机,或者亲眼见证警方的袭击,他们相信后一种更有可能。

攻击比他们想象的更近在眼前。晚11点,奥哈拉将军致电洛克菲勒,请求允许他和其他人协调,于次日上午对监狱发起进攻。"同意。你尽管去做吧。"洛克菲勒答道。[3] 有了州长的首肯,奥哈拉便和奥斯瓦尔德、道格拉斯、洛克菲勒的律师霍华德·夏皮罗、诺曼·赫德、州参议员约翰·邓恩、州议员克拉克·温普尔以及詹姆斯·埃默里坐下来开会,通知他们接下来的行动。昆斯特勒原本被请来做个不偏不倚的观察员,随后却同意代表 D 院的囚犯,因而成为众矢之

---

[1] Rockefeller Administration, Confidential Memo, "Events at Attica: September 8–13, 1971," 37.
[2] 同上,38。
[3] 同上,39。

的,尽管如此,这次会议清楚地表明,至少还有三名观察员也在代表某方利益,这次,是代表州政府的。

在此次会议上,夺回监狱的实际脏活将落在"当地警察和监狱方面的两名代表"身上:约翰·莫纳汉少校和典狱长曼库斯。[1] 这件事本身很奇怪。这两人在专业知识上远不如惩教署和纽约州警的其他许多人,甚至还不如会上的其他人。而且,值得注意的是,另一个明显更适合负责此事的人选、纽约州警的头头威廉·柯尔万,不仅缺席了这次会议,而且没来阿蒂卡。阿蒂卡暴动的时候,总警司柯尔万正好在休假,但不知何故,该州史上最大危机之一当前,他竟被允许继续享受乔治湖的美景。曼库斯将监督这样一次对阿蒂卡的潜在灾难性袭击,具体执行者为莫纳汉少校,纽约州警里级别最低的军官之一,这强烈暗示洛克菲勒对这次夺回监狱的行动可能会如何展开是持保留态度的。[2] 让他的纽约州警和惩教署的高层远离实际的攻击行动,也意味着能够让州长办公室远离任何可能出问题的地方。

在周日深夜的这场战略会议上,至少有一个人对夺回监狱的计划出炉的情形非常不舒服。约翰·邓恩深知囚犯们都在指望他,然而他现在却坐在这里讨论如何用武力来终结他们的叛乱。在很大程度上,多亏了邓恩的影响力,之前所有攻入监狱的计划都泡汤了,包括那天上午的最近一次。[3] 但现在,翌日上午武力夺回监狱已是板上钉钉。简而言之,洛克菲勒做到了。在他看来,阿蒂卡这样的叛乱今后有可能会"在整个州乃至全国的监狱中蔓延开来",他希望夺回阿蒂卡可

---

[1] McKay Report, 342.
[2] 在1991年的一篇文章中,记者约翰·奥布莱恩写道:"在夺回阿蒂卡时,州警并未理会预先制定的一项重新控制监狱叛乱的计划。'天鹰行动计划'要求国民警卫队以最低限度的暴力夺回监狱,并禁止在阿蒂卡使用某些类型的武器。"参见:John O'Brien, "The Scars of Attica", *The Post-Standard* (Syracuse, New York), September 3, 1991。
[3] Vincent Mancusi, Testimony, *McKay Transcript*, New York City, April 28, 1972, reproduced in: 90–2287, 2289, 2291, Plaintiff-Appellees' Appendix, 2408, in the papers of Elizabeth M. Fink, Brooklyn, New York.

以起到强有力的震慑作用。① 正如后来某调查团所言："夺回监狱的决定……是在果断重申州政府的主权和权力。"②

尽管许多人会事后声称，所有参加那场深夜会议的人，包括邓恩和负责实施夺取计划的人，都非常清楚此次袭击将付出惊人的巨大代价。不仅会造成许多囚犯伤亡，而且正如议员克拉克·温普尔所说，"毫无疑问，谁都明白如果我们进去，守卫肯定会被杀"。③ 奥哈拉将军也认同这一点："在场的所有官员都认为……如果武力夺取监狱，人质将会遇害。"④

纽约州警选择的武器也明摆着肯定会造成一场血腥的结局。⑤ 州警六人一队共两队守在 A 楼和 C 楼的楼顶上，随时准备掩护下面发起进攻的人。打头阵的进攻人员将配备 0.270 口径的步枪，这种枪使用的是无包套的子弹（unjacketed bullets），会对人体造成极大的伤害，《日内瓦公约》已明令禁用。⑥ 其他准备进攻监狱的警察和狱警中许多人所持的也是会产生残酷后果的武器，比如装满致命铅弹的霰弹枪，每颗铅弹里的无数小弹珠喷射出来时会覆盖一道极宽的弧度。州政府的所有官员都知道，虽然院子里有几把能发射催泪弹的专用枪，但院子里的囚犯没有一个有枪械。⑦

---

① Francis X. Clines, Joseph Lelyveld, Michael Kaufman, and James Marham, "The Attica Revolt: Hour-by-Hour Account Traces Its Start to Misunderstanding," *New York Times*, October 4, 1971, Julius Epstein Collection, Box 16, "Attica" folder, Hoover Institution Archives, Stanford, California.
② 引自: *McKay Report*, 329.
③ Clines et al., "The Attica Revolt: Hour-by-Hour Account Traces Its Start to Misunderstanding."
④ Quigley Order, *Lynda Jones v. State of New York*, 96 A. D. 2d 105 (N. Y. App. Div. 1983), August 31, 1982, 49–50.
⑤ Robert Quick, questioned by attorney Elizabeth Fink, *Akil Al-Jundi et al. v. The Estate of Nelson A. Rockefeller et al.*, United States District Court, Western District of New York, Buffalo, New York, No. CIV-75-132, December 13, 1991, E-8758.
⑥ O'Brien, "The Scars of Attica."
⑦ Nelson A. Rockefeller, Deposition, *Lynda Jones, Individually and as administratrix of the estate of Herbert W. Jones, Jr. v. State of New York et al.* (Claim No. 54555); *and Elizabeth M. Hardie, Individually and as administratrix of the estate of Elmer S. Hardie v. State of New York et al.* (Claim No. 54684), State of New York Court of Claims, April 22, 1977, 47.

尽管周日深夜 D 院里准备铺床睡觉的人并不知道纽约州警已经获准在次日上午攻入监狱,但他们也并不乐观,没觉得认为这场僵局很快会和平结束。他们很清楚,奥斯瓦尔德无意将文森特·曼库斯从他在阿蒂卡的职位上撤下来,洛克菲勒也无意以全面赦免换取他们的投降。然而,要想投降再没那么容易。那天早些时候,赫伯特·布莱登在 D 院的人面前站出来,把这件事的含义说得一清二楚。他提醒大家,即使在被转到阿蒂卡之后,他仍然因为前一年在坟墓监狱的叛乱而面临"77 项指控"。[1]"这一切的发生,"他说得很清楚,"都是在市长和那些人答应我们,并在电视上保证不会实施报复之后。"落座之前,布莱登对那些抬头看着他的人悲伤地说,"伙计,我不是想吓唬你",但不管他们在阿蒂卡说什么、保证什么,"你们还是会死"。[2]

言犹在耳,罗杰·查彭回想起来内心悲戚。那天很晚的时候,监狱牧师突然现身,要求允许他为那些挤在人质圈里的人做临终祈祷,查彭觉得自己快受不了了。[3]"我很怕,"他说,"我不想死,我也不觉得为即将发生的事去死有什么意义。当时有些不一样,但没有发生什么具体的变化。"[4] 当晚,查彭试图躺下休息时,仍抱有一线希望,希望布莱登关于将要发生的事的预言是错的。不过,查彭感到一丝平静,他知道"要是出了人命,要是发生了大屠杀……归根到底,全世界都会知道,野兽不是里面的人,而是在外面运作这个体系和政府的人"。[5]

---

[1] Herbert Blyden, Speech, Transcript, September 12, 1971, investigation and interview files, 1971-1972, New York (State), Special Commission on Attica, 15855-90, Box 84, New York State Archives, Albany, New York.
[2] 同上。
[3] 迈克尔·史密斯,与作者的交谈,2004 年 8 月 10 日。
[4] 汤姆·威克,来自对罗杰·查彭的采访笔记,日期不详,Tom Wicker Papers。
[5] Arthur Eve, Account of the Attica rebellion, Tom Wicker Papers, 5012, Series 2.2, Box 15, Folder 146.

第四部　难以想象的惩罚与报复

托尼·斯特罗洛

托尼·斯特罗洛认为自己是个铁杆的爱国者，也是个虔诚的天主教徒，他每个礼拜天都会去望弥撒，每逢礼拜五不吃肉，只要开车经过教堂，都会在胸前画十字。托尼的父亲在布法罗的一家雪佛兰工厂日复一日地劳作，他和他那一代的许多汽车工人一样，坚信美国的工人阶级只能信任富兰克林·罗斯福的党。但托尼不信任自由派。当1960年代的许多孩子发现自己跟着父母倾向于政治左派时，托尼在这10年里却变得比他父母保守得多。

托尼1962年高中毕业时，非常想参军。1966年，托尼结婚成家。为了抚养孩子，他决定去当个狱警试试，这是该州农村地区年轻人能找的为数不多的工作之一。托尼在新新监狱干过一段时间，最终调到了阿蒂卡，这样他可以在离家更近的地方工作，而且他兄弟弗兰克也在同一座监狱上班。不过，托尼并不想在监狱干一辈子。他一直梦想当个警察，没过几个月，托尼接到了纽约州警的电话。

1971年，托尼对自己的州警工作相当满意。他被派到利文斯顿县的杰纳西军营，那地方离家大约25英里远，他在该县的农村地区巡逻，在纽约州北部的公路和小路上寻找超速者和酒驾者。晚上，他去威廉姆斯维尔的伊利县社区学院上课。

1971年9月9日，阿蒂卡爆发叛乱的时候，托尼的兄弟弗兰克正在当班。此刻，弗兰克坐在人质圈里，托尼在监狱高墙外无助地踱来跛去。他是执法人员，却一筹莫展，无法解救自己的兄弟。因此，他和数百名州警一起做了他们唯一能做的事——不断向上司施压，要求允许他们从骚乱者手中夺回监狱。经过了5天的等待，当托尼和其他州警在拂晓的凄风冷雨中瑟瑟发抖，睡眠不足且神经绷得很紧时，总算等来了好消息。他们马上要进去了。

但托尼内心也很不安。他知道，相比强攻监狱，州警对付超速者更有经验。托尼被配发了一把0.38口径的手枪，每年大约三次，他和州警同事会去靶场练习，以防碰到不守规矩的公民时需要用到武器。他们还配发了0.270口径的步枪。托尼完全没受过使用这种武器的训练，他知道其他大多数警察也是如此。①

照托尼看来，纽约州警竟然会有这样的武器，着实让人奇怪。10年前，逢到更新武器库的时候，他们订购了大约100把这种武器。可是，大多数警察不习惯使用0.270口径的枪。每把枪上面都有瞄准镜，稍有一点碰撞就容易打偏。更有甚者，匹配这些70型温彻斯特栓动步枪的弹药是银尖弹，照另一名州警的说法，这种子弹"特别容易爆开，[并能]对人体组织造成可怕的伤害"。②

但托尼只想甩开疑虑。毕竟，是囚犯挑起的头，他们可能受到的伤害，当然没什么值得担心的。尽管如此，他发现一名指挥官说的话在他的脑海里始终挥之不去。指挥官严肃地对托尼说："我们不可能及时赶到你兄弟身边。"托尼暗自祈祷这话说错了。③

---

① 托尼·斯特罗洛，与作者的交谈，纽约奥尔巴尼，2004年7月12日。
② Ed Hale, "Ex-Trooper, Gun Expert Recalls Horror of Attica," *Times Adirondack*, October 30, 1988.
③ 托尼·斯特罗洛，与作者的交谈，纽约奥尔巴尼，2004年7月12日。

19. 急不可待

9月13日，星期一，清晨6:30，是阿蒂卡起义的第五天，也将是最后一天，拉塞尔·奥斯瓦尔德专员和洛克菲勒的律师霍华德·夏皮罗以及惩教署公共关系主任杰拉德·霍利汉关起门来，忙着起草他们不久将交给囚犯的最后声明。奥斯瓦尔德感到不舒服，精力不济，头天晚上只休息了不到两个小时就赶回了监狱。[①]一想到要把这份特殊的声明交给院子里的人，他就很害怕。这在奥斯瓦尔德看来确实有些"吊诡"，他"这一辈子都在促进、满足弱势群体的需求，关心他们的人权"，现在他却不得不"面对这种针对他试图帮助的人的决定"。[②]他后来得出结论，认为自己尽了力，早已黔驴技穷，于是也就心安了。他很肯定，真正的问题出在"纽约市系统那3 000多个人身上"，这些人在去年夏天的看守所叛乱后被转移到了阿蒂卡这样的北部监狱。[③]他认为"这帮死硬分子……大多由……领头"，正是他们点燃了那些骚乱的火星，一直在"不断地试图使"该州其他地方的囚犯"激进化"，而现在他就是来处理这事的。[④]也许他根本就没法和平结束阿蒂卡的对峙。不管怎样，州长已经表明"他的决定不容更改"。奥斯瓦尔德也认定他现在已别无选择，只能听从命令。

所以，他此刻坐在那里，弓着腰伏在夏皮罗和霍利汉旁边的一台打字机上，斟酌他要交给A门那边囚犯的声明的措辞。这里甚至还能有最后一份公报给D院的人，很大程度上多亏了约翰·邓恩，此处要再次感谢他。回忆起这段的时候观察员汤姆·威克语气中有着无尽的感激,当邓恩在周日晚上得知州警会在次日上午进入监狱时,他便"据理力争,并得到了一个保证,即在清晨7点,在诉诸武力之前……就此事的解决对狱友们做最后一次呼吁"。⑤

但奥斯瓦尔德正在起草的那份最终版公文,根本没有传递出邓恩希望表达的意思,即现在再不立即投降,代价会很大。依据洛克菲勒政府的内部文件,奥斯瓦尔德被告知"在星期一早上7点左右将这份最后的提议(不得措辞成最后通牒)交给狱友,给他们一小时的时间答复……如果一小时内收到否定的回复或没有回复,就会下令夺回该监狱"。⑥ 当然,此处要注意的关键在于"最后的提议"不得"措辞成最后通牒"。洛克菲勒不想让囚犯知道如若不从,进攻便会立刻开始这层意思。⑦

但它包含的信息就是这个意思。另一份内部备忘录表明,副典狱长列昂·文森特已经在周日——进攻前一晚——大约6点时,让他的惩教人员透过他们的主管得知,"1971年9月13日周一的早晨"将发生一次"夺回监狱控制权的行动"。⑧ 这当然是在任何囚犯得到最后的投降机会之前。纽约州警、门罗县治安官办公室、阿蒂卡的惩教

---

① "Five Deadly Days," reprinted from the *Democrat and Chronicle* (Rochester, New York), Tom Wicker Papers, 23.
② Russell Oswald, Interview by Walter Cronkite, transcript, "Oswald and Attica," *New York Post*, September 25, 1971, Dorothy Schiff Papers, Box 4, New York Public Library.
③ 同上。
④ 同上。
⑤ Tom Wicker, "Nominee Was Burnished by Attica's Fire," *San Jose Mercury News*, January 30, 1990.
⑥ Rockefeller Administration, Confidential Memo, "Events at Attica: September 8–13, 1971," 39.
⑦ 同上。
⑧ Captain A. T. Malovitch, Memorandum to Major John Monahan, Subject: "Attica Prison Disorder," September 21, 1971, in the papers of Elizabeth M. Fink, Brooklyn, New York.

人员以及远在康斯托克的大草地监狱的惩教人员也在周日晚上得到了通知,夺回监狱的行动肯定会在周一上午进行。①

当奥斯瓦尔德草拟这份呼吁的文本时,纽约州警巴塔维亚 A 部队的约翰·莫纳汉少校和阿蒂卡典狱长文森特·曼库斯在阿蒂卡的书记长办公室举行了一次正式的情况简报会,以敲定将于上午 9 点开始的计划的最终细节。与此同时,同在 A 部队的汉克·威廉姆斯上尉已布置好他的人马;刑事调查局(BCI)的乔治·因凡特中校在两边的翼楼等候,以确保攻击行动按计划进行;洛克菲勒州长的得力助手罗伯特·道格拉斯检查了进攻开始后要向囚犯宣读的"投降信息"。② 同时,洛克菲勒州长的参谋长约翰·C.贝克少将开始对最近几天召集而来的许多国民警卫队士兵作简报,让他们知道,此次跟常规方案相反,洛克菲勒州长已经决定让纽约州警率先出击,国民警卫队只在稍后进入监狱负责一切需要医疗协助的地方。

这种违反常规方案的做法既令人惊讶,又令人生疑。虽然国民警卫队已经制定了一项明确的计划,即"天鹰行动计划",以控制密闭区域的内乱,但纽约州警几乎没有受过这类行动的正式培训。③ 集结在阿蒂卡监狱的数百名警察从未进行过任何演习或模拟攻击。他们没有通过防毒面具交流的经验,也不熟悉武器操作。正如一位名叫杰拉德·史密斯的士兵所言,士兵们"没受过这方面的训练……[他们进入的]这个局面就是一个政治皮球"。④

阿蒂卡叛乱在政治上是如此纠缠不清,这很可能就是洛克菲勒没

---

① Live Broadcast Script, WROC–TV, September 13, 1971. WROC–TV 1971 年时是罗切斯特的标志性电视台。
② Monahan Memorandum to Kirwan, September 19, 1971; Rockefeller Administration, Confidential Memo, "Events at Attica: September 8–13, 1971," 42.
③ Daniel Callaghan, 与作者的交谈, New Port Richey, Florida, July 5, 2005. For more on Operation Plan Skyhawk, 亦可参见: *McKay Report*, 364。
④ Gerard Smith, Testimony, *Akil Al-Jundi et al. v. The Estate of Nelson A. Rockefeller et al.*, United States District Court, Western District of New York, Buffalo, New York, No. CIV-75-132, November 19, 1991, 4023.

有请国民警卫队来收拾的原因。俄亥俄州国民警卫队一年多前，也就是1970年5月在肯特州立大学向一群手无寸铁的学生抗议者打出了67发子弹，造成4人死亡后，至今头顶上仍然笼罩着乌云。① 无论是洛克菲勒，还是尼克松政府的高层（包括司法部长约翰·米切尔）都不想给美国自由派和左派分子更多的理由把注意力集中在阿蒂卡这件事上。②

但对国民警卫队的士兵丹·卡拉汉而言，州长让州警夺回监狱的决定实在是愚不可及。在他的部队奉调到阿蒂卡之前，他们在军械库就夺回监狱时应该使用何种武器（如果有这种武器的话）一事进行了长时间的讨论。由于完全不用担心囚犯会有武器，所以他们也许连枪都用不着，但如果真要使用武器，卡拉汉强烈认为一定要在武器的选择上三思而后行。比如不应使用填充铅弹的武器，因为一旦炸开会造成很多伤亡。③ 然而，卡拉汉现在看到的是，即将进入阿蒂卡的士兵不仅全副武装，配备了装有大号铅弹的霰弹枪，而且明显都憋着一肚子火，还"神情憔悴""疲惫不堪"。④ 卡拉汉怎么也想不明白，为何州长要派这样笨手笨脚、明显一盘散沙的一群人去执行一项像营救人质那样需要精细操作的行动。"做这种事是有方法的"，他后来反思道，但派几百个过度紧张、身心交瘁、过度武装的人绝对不行。⑤

州警具体将如何夺取阿蒂卡，已在约翰·莫纳汉少校和阿蒂卡典狱长文森特·曼库斯在凌晨会议中签字的一份手写协议中正式确定。⑥ 随

---

① John Kifner, "Four Kent State Students Killed by Troops," *New York Times*, May 4, 1970.
② Arthur Eve, Interview by Christine Christopher, November 12, 2011, *Criminal Injustice: Death and Politics at Attica*, Blue Sky Project (2012), transcribed by Diane Witzel.
③ 卡拉汉，与作者的交谈，2005年7月5日。
④ 同上。
⑤ 同上。
⑥ Vincent Mancusi, Testimony, *The Additional Special and Trial Term of the Supreme Court of the State of New York designated pursuant to the Order of the Appellate Division Fourth Department*, dated November 1, 1971, Proceedings Before the Grand Jury, State of New York Supreme Court: County of Wyoming, August 15, 1972, 77-78, 收于: *Akil Al-Jundi et al. v. The Estate of Nelson A. Rockefeller et al.*, Plaintiff's-Appellant Brief Index, 90-2287, 2289, 2291, United States Court of Appeals for the Second Circuit.

后，该计划分别以口头和书面形式传达给副典狱长列昂·文森特和助理副典狱长卡尔·普菲尔，以及州警的亨利·威廉姆斯上尉。[1]

首先，监狱的所有电力供应将被切断。然后，国民警卫队提供的一架名为"头奖1号"的直升机将飞过监狱院子的上空，投下 CS 催泪瓦斯，使集聚在 D 院的叛乱囚犯暂时丧失行动能力。另一架携带催泪瓦斯罐的直升机会紧随其后，以免第一架直升机操作不成功。之后，配备 0.270 口径步枪和催泪弹的六人一组共两组士兵，会立刻占据 A 楼和 C 楼屋顶上的有利地形，清除挡在栈桥上的任何人。近 200 名"手持左轮手枪和霰弹枪"的士兵将以小分队的形式同时进入 A 通道和 C 通道，在"时代广场"汇合。[2] 一旦那些士兵到达"时代广场"，他们就会散开去保护 B 楼和 D 楼，一队配有枪支和梯子的 25 名警察将设法营救人质圈里的人。[3] 不知出于何种目的，整个行动也会被摄录下来。从阿蒂卡叛乱开始的那一天起，便有几名州警被派来记录监狱里的事件。在夺取监狱过程中，他们会继续用电视摄像机和录像机进行摄录。

这个计划有很多细节，但也缺失了许多重要的关键点。首先，计划中并未告诉州警什么时候开始射击，也没有一种机制告诉他们何时停止射击。事实上，"是否开火的决定直接交给了枪手自己"，这就等于让进攻行动的成败掌握在个人手中。[4] 由于士兵个人之间没有明

---

[1] Vincent Mancusi, Testimony, *The Additional Special and Trial Term of the Supreme Court of the State of New York designated pursuant to the Order of the Appellate Division Fourth Department*, dated November 1, 1971, Proceedings Before the Grand Jury, State of New York Supreme Court: County of Wyoming, August 15, 1972, 77–78, 收于：*Akil Al-Jundi et al. v. The Estate of Nelson A. Rockefeller et al.*, Plaintiff's-Appellant Brief Index, 90–2287, 2289, 2291, United States Court of Appeals for the Second Circuit.

[2] Robert Quick, Testimony, *Akil Al-Jundi et al. v. The Estate of Nelson A. Rockefeller et al.*, December 13, 1991, E-8729.

[3] 在州长办公室的记录和之后纽约州警流传的备忘录之间，关于参加进攻的警察的具体人数略有差异。参见：Captain A. T. Malovich, Memorandum to Troop Commander, Troop A, Subject: "Attica Detail—September 13, 1971," September 17, 1971, in the papers of Elizabeth M. Fink, Brooklyn, New York.

[4] *McKay Report*, 351.

确的沟通方式,缺乏这样的计划便对所有相关人员构成了潜在危险。士兵们并未配备专门的无线电设备,特定的部队不负责传达高层的命令。更糟的是,每个被派进监狱的士兵都要戴上厚重的防毒面具,这会使他几乎不可能透过厚厚的毒气烟雾看清情况。枪声也可能使人们无法交流。本来可以用手势来处理交流障碍,但在这儿行不通。或许最重要的是,该计划并未写明要用英语或西班牙语向囚犯传达投降信息或进攻后的指示,也没有概述一旦州政府重新控制监狱后在处置囚犯上的程序。

不仅州政府的夺回监狱的计划留下了很大的阐释空间,就连士兵后来声称他们听到的指令也与他们的指挥官受命传达的指令大相径庭。士兵杰拉德·史密斯后来作证说,队长告诉他的小组"应在直升机投下催泪弹的同时开火",而且"顶层栈桥上只要有人就予以清除"。[1] 其他人后来否认自己得到过这样的指令。

当各营士兵正在听取简报时,阿蒂卡的副典狱长列昂·文森特向大约 312 名狱警解释了进攻计划,后者就像纽约州警一样迫不及待地想冲进监狱。尽管文森特后来坚称他已经对狱警说得很清楚,只有州警可以进入监狱,狱警不可以进,但这一说法无从查证。[2] 相反,根据典狱长曼库斯后来的证词,列昂·文森特实际上"发布命令,狱警可以参加此次武装夺取行动"。[3] 即便文森特口头禁止这些人参加,但他们也很可能不会被吓倒。有些人走了很远的路过来,就是为了帮把手。一名狱警的妻子后来描述说,她的丈夫一听到消息说夺取监狱的行动迫在眉睫,就"像约翰·韦恩"一样出了门,还带上了平常

---

[1] Gerard Smith, Testimony, *Akil Al-Jundi et al. v. The Estate of Nelson A. Rockefeller et al.*, November 19, 1991, 3943, 4028.
[2] 在夺回阿蒂卡之后,关于高度情绪化的狱警为何参与夺取监狱的行动,很多人相互指责攻讦,以致很难搞清楚文森特到底给了他们哪些指令。夺回监狱后,州长办公室声称,他们对文森特说得很清楚,他的部下不得参加行动,而文森特也坚称他是这样告诉部下的,但没有确凿证据表明他的确对手下人这么说过。
[3] Vincent Mancusi, Testimony, *Akil Al-Jundi et al. v. The Estate of Nelson A. Rockefeller et al.*, December 17, 1991, 9537.

放在床底下的私人枪支。她拼命地冲他喊"别做你会后悔的事",但他"头也不回地走了"。①

来自纽约 8 个县的一帮治安官和治安官的副手也早已聚集在阿蒂卡,和狱警一样,他们过去 4 天在监狱外焦躁不安地踱来踱去,希望在夺取监狱时助一臂之力。13 日清晨,他们早已穿好"灰色工作服,戴上五花八门的头盔,抄着防暴警棍、霰弹枪和其他武器",期盼能够进入监狱。② 杰纳西县和斯凯勒县的公园警察也在那里。和狱警的情况一样,尚不清楚他们是否被告知可以参与夺回监狱的行动。但对于从许多治安官办公室来的有警衔的警察而言,如门罗县的弗兰克·霍尔中士,他们似乎毫无疑问会采取行动。③ 他们已经武装完毕,准备就绪。

值得注意的是,有多少武器被分发给了在监狱周围的草坪上来来回回走得不耐烦的执法人员。尤其是,由纽约州警执行的这一分发过程的方式也是非同寻常的。早在叛乱的第一天,0.270 口径的步枪就被分发给了每支部队的警员,而且实际上"任何人都没打算……登记一下序列号或士兵的身份"以便对谁收到了什么枪有个数,此举实在是太过刻意,后来这一点会变得更为明朗。④ 尽管已经过去了整整 4 天,负责人本可以确保武器的分发是遵守相关流程的,但现在准备用于夺取监狱的武器没有一件是正式记录在案的。因此,那些即将进入阿蒂卡的人对任何人都没责任。

---

① 苏·利昂斯,与作者的交谈,佛罗里达州利哈伊埃克斯,2005 年 7 月 1 日,1971 年她与名为罗杰的另一名狱警结婚。
② "Five Deadly Days," reprinted from the *Democrat and Chronicle* (Rochester, New York), Tom Wicker Papers, 23.
③ 同上。
④ AAG James Grable, State of New York Organized Task Force Memorandum to AAG Anthony Simonetti, Subject: "Report on Weapons Accountability Investigation—State Police. 270 Rifles at Attica. Buffalo Office," April 8, 1974, in the papers of Elizabeth M. Fink, 5.

20. 坚定不移

9月13日星期一，上午，纳尔逊·洛克菲勒州长和他的许多助手在他位于曼哈顿第五大道的公寓内，"坐在一起吃炒蛋、培根、吐司，喝咖啡"，等待着夺取阿蒂卡的行动即将开始的消息。① 阿蒂卡外的警察正忙着往枪里装子弹，D院里的囚犯们正从昨晚被冷雨淋湿的帐篷里苏醒过来。

尽管院子里的人不知道他们即将遭到袭击，但他们的处境已经相当严峻。到现在，他们在D院里已经待了5天，那里变成了一片泥泞，下水道系统不能用了，也没有干净的饮用水来源。前一天晚上，狱方切断了他们的供水。然而，尽管局势已经变得如此危急，囚犯和人质却毫无理性地寄希望于汤姆·威克前一天晚上对人质的采访，将有助于那天的谈判取得成果。正如某人所言，他们仍旧希望外界的压力能够说服洛克菲勒现身，仍旧"真的相信我们会获得赦免"。②

为了搞清楚谈判什么时候重开，理查德·克拉克周一清晨醒来时便径直走到A门前。当时那里没人。然后，上午8点左右，A通道的哨兵通知克拉克说奥斯瓦尔德已经传话过来，想和他谈谈。8:25，奥斯瓦尔德、邓巴和奥哈拉将军与克拉克隔门而立，准备将他们拟好的那份最终版声明交给对方。专员告诉克拉克，他得说服院子里的人释放人质，并指示他确保所有人都听到这份新文件的内容。当奥斯瓦尔德将它递给克拉克时，恳切地对他说："克拉克先生，我郑重地恳请你对这份备忘录的内容予以最仔细的斟酌……**我想和你们继续谈判。**"③

克拉克仔细地看了看那封信,对奥斯瓦尔德的郑重其事弄得有点摸不着头脑。他也迷惑不解为什么奥斯瓦尔德对这份新的声明如此大动干戈,因为他看得出,这同周日给他的那份没什么两样,而那份已被投票否决。尽管如此,他还是答应将这上面的信息转达给院子里的人,并要求 30 分钟时间让他们做出反应然后进行回复。奥斯瓦尔德只给 15 分钟。最后双方各让一步说定 20 分钟。

当克拉克返回 D 院,他抓起了扩音器,宣读了奥斯瓦尔德这份最新的声明:

> 4 天来,我一直在利用我所能利用的一切资源来和平解决阿蒂卡的悲惨局势。我们和你们见了面,同意了你们的要求,包括食物、衣物、被褥和水,以及医疗救治;拿到了你们要的禁止对你们进行行政上的报复的联邦法令。我们与你们要求的特殊公民委员会合作。我们同意了你们提出的和公民委员会建议的 28 项主要要求。尽管做出了种种努力,但你们仍然继续扣留人质。我渴望和平解决当前普遍存在的局势。我急切地请求你们认真考虑我之前的呼吁:④
> 1. 立即毫发无伤地释放所有人质;
> 2. 你们跟我一起恢复监狱的秩序。
>
> 一小时内,我必须收到你们对这份紧急呼吁的答复。我希望

---

① "Five Deadly Days," reprinted from the *Democrat and Chronicle* (Rochester, New York), Tom Wicker Papers, 24.
② Perry Ford, Testimony, *McKay Transcript*, April 24, 1972, 1456-1457.
③ Rockefeller Administration, Confidential Memo, "Events at Attica: September 8-13, 1971," 43.
④ 州长办公室在转载给囚犯的这封信时在这个词下面画了线。Rockefeller Administration, Confidential Memo, "Events at Attica: September 8-13, 1971," 43.

并祈祷你们能做出肯定的答复。①

院子里沸腾了。这不是和奥斯瓦尔德之前一天说的话一模一样吗？有什么区别？他难道没注意到记者对人质的采访吗？他难道不明白就连人质都希望他能同意赦免，以便和平解决当前局势吗？时间一分一秒地流逝，克拉克提醒大家，必须投票决定对奥斯瓦尔德的呼吁是同意还是拒绝。说到是否释放人质并现在就投降的问题时，院子里静得可怕。只听到一个人发声支持这个立场。"为什么不接受？"这人喊道，"33个要求里已经同意了28个……不可能有比这更好的结果了。"② 但狱警威廉·奎恩的死，使所有人都明白赦免是必需的。他们中的任何一个甚至所有人都会被控重罪谋杀，那些担任过领导人和发言人的人尤其要遭殃。③ 正如某人所说，他"就是没法同意，你知道的，把当过代言人的……伙计们扔出去喂狼"。④

克拉克重述了一遍这个问题，问大家是否对奥斯瓦尔德的投降提议也予以拒绝。院子里响起震耳欲聋的赞同之声。正如人质弗兰克·沃尔德惊叹的那样："从我坐的地方看过去，好像每个人都同意不接受这个提议。"⑤

然而，D院的人并未意识到奥斯瓦尔德的请求其实是对他们的要求。正如囚犯"达卢人"冈萨雷斯后来所说，"如果他们说快释放人质，不然我们就开枪了"，投票结果可能会大相径庭。⑥ 同样重要的是，尤其是在前一天晚上让记者进来采访了人质之后，这些人仍然无法相信赦免没有被提上议事日程。照冈萨雷斯的说法："许多囚犯都

---

① Rockefeller Administration, Confidential Memo, "Events at Attica: September 8–13, 1971," 43.
② 引自：Charles Ray Carpenter, Testimony, *McKay Transcript*, April 19, 1972, 668。
③ 同上。
④ 同上，669。
⑤ Frank Wald, *McKay Transcript*, April 24, 1972, 1390.
⑥ 迈克尔·D. 莱恩对"达卢人"马里亚诺·冈萨拉斯的采访，31。

想从洛克菲勒那里听到这个消息……如果他说不会赦免,并对我们下最后通牒,这会让许多囚犯重新考虑自己的立场的。"[1]

再说管理层办公室那边,惩教署副专员沃尔特·邓巴向观察员们分发了一份刚刚交给理查德·克拉克的那份声明的副本。[2] 他简洁地通知大家,为了夺取监狱的行动,大楼正在清场。如果他们打算留下来,就不允许在行动结束之前离开房间。阿瑟·伊夫不敢相信事情已经到了这个地步,他宣布,如果洛克菲勒甚至都不来帮助"他手下的 38 个人[指人质]……他就不配当这个州的州长"。[3] 当邓巴急于退出房间,从观察员的尖刻评论和怀疑的目光中解脱出来时,有一个问题却让他立刻收住了脚步:他们如果留下的话,是否有防毒面具给他们用?邓巴的回答是没有,不会发给他们。[4] 一位陪同邓巴的狱警冷冷地看着他,补充了一句,"装给你们用的防毒面具的卡车走丢了"。[5]

参议员邓恩已经知道自己会留下来的。现在,既然他已经亲自介入了夺取监狱这件事,与阿蒂卡的官员及州长在监狱的助手们磋商过,那他就不再是观察员委员会的成员了。和大多数观察员的观点不同,他同意必须武力夺取监狱,虽然他也认为正是洛克菲勒拒绝来阿蒂卡(一个"最关键的错误")使得武力夺取成了唯一的选择。他现在唯一的希望就是事情能圆满解决。[6] 毕竟,正如他过去几天里再三指出的那样,前一年皇后区监狱的暴乱也是武力解决的,而且没人

---

[1] 迈克尔·D.莱恩对"达卢人"马里亚诺·冈萨拉斯的采访,31。
[2] 当参议员邓恩在头天晚上得知次日上午对 D 院发动进攻的时候,"他据理力争,并获得了一个保证,即在清晨 7 点,诉诸武力之前……就此事的解决对狱友们进行最后一次呼吁。"Tom Wicker, "Nominee Was Burnished by Attica's Fire", San Jose Mercury News, January 30, 1990。
[3] Attica Reporter's Notebook (4×8), Tom Wicker Papers.
[4] 同上。
[5] 阿瑟·伊夫,有关此次起义重要事件的逐日笔记,Tom Wicker Papers, 5012, Series 1.1, Box 2, 4。
[6] 引自:Blumenthal, "Dunne Supports Attack on Attica," New York Times, September 30, 1971。

死亡。①

其他观察员完全没被邓恩的乐观态度所说服,大多数人都毫不隐讳这样一个事实,一想到要看着窗外几百名全副武装的州警和狱警突然冲进来,他们就对自己被关在监狱里的前景感到害怕。他们提醒他,这次行动和其他任何一次夺取监狱的行动有一个重要区别,那就是其他监狱的行动中没有使用枪支。从邓巴身后的门关上的那一刻起,观察员们就一直在挣扎,是服从内心里逃跑的欲望,还是遵从自己的责任感,站在囚犯一边亲眼见证夺取监狱的过程。没人怀疑这会是一次暴力行动,但其中一些人,包括《密歇根纪事报》的记者吉姆·英格拉姆、国会议员赫尔曼·巴迪罗、华盛顿特区的公共利益律师朱利安·泰珀,希望他们的在场能起到缓和的作用,尽管他们自己很可能处于危险之中。他们常常会感受到狱警时不时盯着他们看时的那种带着恨意的怒视,也都能清晰地听到有人低声发出的威胁"我们会弄死你们这帮狗娘养的"。② 正如英格拉姆那句不无挖苦的话所说:"他们有枪、有紧张,而我们只有紧张。"③ 尽管如此,大多数人还是决定坚持下去。

与此同时,A 通道的岗哨传话说理查德·克拉克想再见一下奥斯瓦尔德。在确定"派来参与进攻的州警已经就位"后,奥斯瓦尔德、邓巴和奥哈拉将军重返无人区。④ 然而,令他们吃惊的是,克拉克没有对他们刚才的投降呼吁作出答复,反而告诉他们"狱友委员会对其中的某些方面不是很能理解,特别是那 28 条的内容",所以想再和观察员委员会见一次面。克拉克是在尽力争取时间,想以此向洛克菲

---

① Tom Wicker, "Transcribed Personal Notes of Events at Attica Prison and Among the Committee of Observers, September 10–13, '71," Tom Wicker Papers, 18.
② 汤姆·威克,有关周一上午情况的手写笔记,Tom Wicker Papers, 5012, Series 1.1, Box 2, Folders 12–23。
③ 同上。
④ Rockefeller Administration, Confidential Memo, "Events at Attica: September 8–13, 1971," 44.

勒表明来一趟监狱的重要性,也以此说服官员赦免对投降是多么重要。"绝对不行!"奥斯瓦尔德厉声拒绝,克拉克的心一沉。他开始意识到,事实上,这可能是和专员已经彻底谈崩了。他对奥斯瓦尔德说,好吧,那是否能再多给他点时间和院子里的人进一步讨论奥斯瓦尔德的请求?奥斯瓦尔德厌恶地啐了一口唾沫,说他还有20分钟,然后扭头就走,留下邓巴和一名州警拿着无线电通话机守在大门边。他们的职责是克拉克一旦带了最终答复回来,就马上通知他。①

奥斯瓦尔德走到典狱长曼库斯的办公室,向等待消息的道格拉斯和州长的其他手下汇报了情况。他有些窘迫地承认自己又给了那些人一点时间。时钟嘀嗒作响,屋内一片寂静,最后的期限过去了。经过一番讨论,召集在此的人决定上午10点进逼监狱。② 罗伯特·道格拉斯起身给洛克菲勒打了个电话。囚犯的第二次最后期限刚刚过去,在报告完这个之后,道格拉斯把听筒交给了奥斯瓦尔德,然后是赫德。当这三个人都跟州长通完话后,显然州长不想再谈下去了。结束通话前,洛克菲勒对他们唯一的指示是:"有事随时通知我。"③

尽管理查德·克拉克认为奥斯瓦尔德有可能是在虚张声势,可他内心里其实还是很害怕。他承认,那天上午没有观察员过来是个坏兆头,因为如果袭击近在眼前,州政府可能会让他们待在外面。不过,他不知道,也不确定他是该在 D 院拉响警报,还是让大家准备好再多谈谈。由于不知道该怎么办,克拉克和他的狱友决定他们得以某种方式给奥斯瓦尔德提个醒,即如果他们那天打算强攻的话,他最好再考虑考虑。

他们的计划的核心取决于一个关键点:州政府官员确实在乎人质的安危。那天拂晓前的几个小时里,已经对如何更有效地利用州政府

---

① Rockefeller Administration, Confidential Memo, "Events at Attica: September 8–13, 1971," 44.
② 同上。
③ 同上。

保护自己雇员的意愿进行了一些讨论。照黑大个的说法,"对人质的愤怒并未升级",但在凌晨 4 点左右,一些囚犯已经开始琢磨,是否需要提醒州政府官员他们确实拥有对人质的最终权力,这样官员就不会下令发动袭击了。①

随着时间一分一秒地过去,没有任何迹象表明观察员在路上,D 院的人决定随机挑选一组 8 名人质,带到栈桥上去。每一名人质,他们至少会派有 3 个携带自制刀具和长矛的囚犯围住,以此向州政府表明,如果政府选择武力攻入阿蒂卡,而不是谈判,那就是在拿自己人的生命冒险。正如罗杰·查彭所解释的那样:"我们觉得有了人质,我们或多或少就能迫使他们遵守诺言。"② 杀死这些人"绝非"他们的意图。他还说,"我们甚至不会考虑伤害人质",因为他们"是我们谈判的唯一筹码"。③

然而,把人质带出去的举动加剧了院子里的焦虑。没几分钟,囚犯们便开始用任何能找到的东西,如木料、棒球棍武装自己。其他人则开始"连声祈祷",找地方"躲避"。④

眼见囚犯突然朝人质圈走去,圈里的人质便很惊慌。"他们开始绑上我们的手脚,给我们重新戴上眼罩。""老爹"沃尔德回忆道,

---

① Frank "Big Black" Smith, Testimony, *Akil Al-Jundi et al. v. Estate of Nelson A. Rockefeller et al.*, United States District Court, Western District of New York, Buffalo, New York, No. CIV-75-132, October 22, 1991, 23, in: Deferred Joint Appendix Volume I of VI (Pages A-1-A-687), *Herbert X. Blyden, Big Black, Also Known As Frank Smith et al., v. John S. Keller et al.*, United States District Court for the Western District of New York, August 3, 1999.
② 威克,采访罗杰·查彭的笔记,日期不详,Tom Wicker Papers。
③ 同上。
④ Jameel Abdul Raheem, Testimony, *Akil Al-Jundi et al. v. Estate of Nelson A. Rockefeller et al.*, United States District Court, Western District of New York, Buffalo, New York, No. CIV-75-132, November 1, 1991, 2121; James Diggs, Testimony, *Akil Al-Jundi et al. v. The Estate of Nelson A. Rockefeller et al.*, United States District Court, Western District of New York, Buffalo, New York, No. CIV-75-132, November 19, 1991, 4782.

然后一些人质便不由分说被带到了栈桥上。① 沃尔德很担心，不知道为什么要把他带走，但他也清楚，劫持他的囚犯迄今一直在"保护我们"，而且"做得很不错"，所以他更关心到底监狱外面发生了什么才导致他们被转移。② 有些囚犯确实试图解释他们的计划。人质迈克尔·史密斯得知囚犯这么做只是想"拖延时间"，便稍稍松了口气，但他也从周围一些人惊慌失措的表情得出结论，他们确实会杀了他，只要他们认为这么做可以救他们，或者接到了动手的命令。③ 文职人员人质罗恩·考兹洛夫斯基希望囚犯们是真的打算把他们"当作保险，以阻止任何试图夺取监狱之举"。④ 但他仍然很担心，当劫持他的囚犯割断绑住他手脚的绳子，理了理他的头发，给了他一片Tums⑤和一根烟，等着州政府官员出现在栈桥上的时候，他不知该作何感想，是觉得这些人在安慰他呢，还是为他引颈就戮做准备。⑥ 人质克利·沃特金斯被带到栈桥上时也怕得要死，当他紧张地和抓他的囚犯聊起"一些共同的熟人"时，心里希望此事有个最圆满的结果。⑦

就算有些人质认为把他们带上栈桥只是在虚张声势，也还是被此举所冒的危险吓呆了。一方面，他们不清楚被指派为"行刑者"的人是否明白他们真的不会受到伤害。其中一名囚犯真在他自制的武器上潦草地写下了"刽子手"一词，现在他在栈桥上就拿着这件武器。并且，人质也不清楚这么做是为了震慑州政府，还是为了向人质表明有些事会真的发生。更令人担忧的是，人质现在怀疑州政府是否真的关心他们的遭遇。州长一定看到了他们乞求他来阿蒂卡的新闻画面，

---

① Frank Wald, *McKay Transcript*, April 24, 1972, 1390.
② 同上，1355。
③ 迈克尔·史密斯，与作者的交谈，2004 年 8 月 10 日。
④ Ron Kozlowski, Testimony, *Attica Task Force Hearing*, May 9-10, 2002, 173.
⑤ 缓解胃酸钙片，美国家庭常备药。——译者
⑥ Rockefeller Administration, Confidential Memo, "Events at Attica: September 8-13, 1971," 47.
⑦ "War at Attica: Was There No Other Way?," *Time*, September 27, 1971, 24.

但他没来。他也肯定被告知他们也支持赦免,希望他重新考虑自己的立场。可是,他也没有这么做。现在,他们焦虑的是,是什么让这些囚犯认为看到他们用自制的刀具抵住人质的喉咙,或把长矛放在他们身旁,就能促使州政府官员做出正确的选择?

但囚犯都很绝望,想不出其他办法来阻止士兵进入 D 院。那天上午 9:22,人质被带到栈桥上之后,一队囚犯立即拿着扩音器走进 A 通道,告诉州政府官员他们想谈谈恢复谈判的事。"我们要公民委员会的人来 D 院,"他们喊道,"屋顶上有 8 名人质,你们看着办吧。现在就请公民委员会和奥斯瓦尔德一起过来。"① 沃尔特·邓巴听了他们的话,暗示如果他们释放人质,就可以举行这样的会议。但当囚犯回答"不行"时,邓巴直接走了。②

在栈桥上等待(*From the Elizabeth Fink Papers*)

---

① Rockefeller Administration, Confidential Memo, "Events at Attica: September 8-13, 1971," 45.
② 同上。

栈桥上的囚犯和人质都在等着,心怦怦乱跳,不知道接下来会发生什么。由于蒙着眼睛很难保持平衡,人质迈克尔·史密斯便和其中一个所谓的行刑者唐纳德·诺布尔严肃地交谈起来。5 天前叛乱爆发时,有两名囚犯想尽办法保护迈克尔不受伤害,诺布尔就是其中之一,当迈克尔终于穿过 D 通道来到上方的栈桥时,听到旁边传来诺布尔的声音,顿时如释重负。

迈克尔一连担心了好几天,生怕州政府会选择牺牲他和其他人质,所以觉得有必要给妻子莎朗写封信,以防他没法活着离开阿蒂卡。他从另一个人质那里弄到一支笔,设法把笔藏在口袋里,偷偷地给妻子写了张便条,然后塞进了皮夹里。几分钟过去了,迈克尔和唐纳德都表现出了深深的悲哀,过去四天的事竟然走到了这一步。然后,在告诉对方如何联系到对方的爱人之后,他们郑重立誓,如果他们中的一方有个三长两短,另一方便会找到对方的家人,并确保他们知道自己有多爱他们。[1] 迈克尔告诉唐纳德,他给莎朗写了张纸条,就在他钱包里,唐纳德答应把纸条交给他妻子。

迈克尔·史密斯和唐纳德·诺布尔刚交换完各自的个人信息,就听见一个声响,让他们脊梁骨发凉。那是直升机桨叶加速时的不详的轰响。"除了能听见声音外,"迈克尔·史密斯惊恐地回忆道,"你还能感觉到螺旋桨的震动。"[2] 一架保护团的直升机正在飞越阿蒂卡的上空,以便在士兵们进入前探明 D 院的情况。[3]

在栈桥上抓着人质理查德·法戈的一名囚犯听到直升机的声音也吓了一跳,他认为只有当州政府真的相信人质的生命危在旦夕时,才

---

[1] Michael Smith, Testimony, *Attica Task Force Hearing*, July 30, 2002, 199.
[2] 有关平民保护团的直升机对现场情况的调查材料,参见:"A Nation of Law? (1968–1971)," transcript, *Eyes on the Prize: America's Civil Rights Movement, 1954–1985*, Public Broadcasting Service, 1987。
[3] Transmitter Log, September 9–13, New York State Police, investigation and interview files, 1971–1972, New York (State), Special Commission on Attica, 15855–90, New York State Archives, Albany, New York.

一架直升机朝 D 院飞去，纽约州警鱼贯进入监狱（Courtesy of the LIFE Picture Collection/Getty Images）

不会贸然发起袭击。这名囚犯拼命想要改变事态发展，于是俯身在法戈的脖子上划了道口子，希望直升机上的人能看见，同时低声向守卫保证："这是装装样子的，老板，是假的。"① 狱警 G. B. 史密斯也想相信这些新的攻击性策略其实是在做做样子。他非常清楚地"听见有人在大吼，'把人质扶起来，让他们看见人质都没事'"。② 然而，他几乎吓傻了，没法动弹。如果州政府愿意拿人质的生命来冒险，那这件事就不可能有个好的结局。

---

① "Five Deadly Days," reprinted from the *Democrat and Chronicle*（Rochester, New York）, Tom Wicker Papers, 25.
② Eugene Smith, Testimony, *Attica Task Force Hearing*, July 31, 2002, Albany, New York, 42.

21. 毫不留情

当保护团的一架小型直升机直接出现在监狱高墙上方的时候，D院和栈桥上近1 300名囚犯中的许多人都在观察它接下来要干什么。一些人继续四处寻找武器；另一些人直接找地方躲起来。突然，当一架样子完全不同且体形更大的直升机的轮廓出现在地平线上时，每个人都停下了手头的活计。一个囚犯心想，这可能是来吓唬他们的，因此得保持冷静，"不要退缩"。①其他一些人在怀疑直升机是不是送洛克菲勒来监狱，终于让他和囚犯见个面。但大多数人并没有抱这样的幻想，特别是当第二架直升机开始向院子里倒下粉状浓雾时。显然，袭击已经开始了。才几秒钟，混合使用的CS和CN催泪瓦斯——一种厚厚的粉状物质，就让院子里的空气浑浊起来，并迅速将接触到的每个人都包裹起来，使其感到恶心，然后不支倒地。事实上，CS催泪瓦斯，化学名为邻氯苄叉丙二腈，"根本不是气体，而是精细的白色粉末。一旦喷洒，它几乎是悬浮于空气中，会使吸入者出现流泪、恶心、干呕的症状"。②

当第一架直升机飞过时，卡洛斯·罗切和一些人一样，都以为洛克菲勒可能真的来了，而且，他还记得"有些人开始喊号子、大叫，你懂的，就是欢呼"。③但当第二架更大的直升机开始在院子上方盘旋，空气再次震颤之时，一种深深的恐惧攫住了他们。他们还没来得及逃跑或藏匿，就发现自己被一股白色浓云吞没了，还立即呕吐不止。④"我把吃的东西都吐了出来……然后，我……开始呕血。"罗切回忆道。⑤当一罐催泪瓦斯在另一名囚犯身边爆开，他就开始剧烈呕吐，粉末还使"他的眼睛肿得睁不开，嘴唇、鼻子和肺部像着了火一样灼得难受"。⑥ 这种物质威力极大，就连待在监狱行政楼里一个窗户完全关上的房间里的观察员都感受到了。⑦

如果像奥哈拉将军后来作证时所说，洛克菲勒政府的目标是"使暴露于 CS 催泪瓦斯中的人"彻底丧失行动能力，好让狱方能在无人阻拦的情况下进入，从容地夺回控制权，那么几分钟就大功告成。⑧ 然而，这仅仅是更具攻击性的行动的前奏。上午 9:46，按照州长发布的官方公告和下达的行政命令，纽约州警通过其无线电系统发出了众人期待已久的命令："叫你们所有的部队进发!"⑨

---

① "Five Deadly Days," reprinted from the *Democrat and Chronicle* (Rochester, New York), Tom Wicker Papers, 25.
② 同上。
③ Roche, Testimony, *Akil Al-Jundi et al. v. The Estate of Nelson A. Rockefeller et al.*, October 31, 1991, 1932. 人质迈克尔·史密斯佐证，有些囚犯确实是这样想的。"我记得有狱友认为这是一架官方直升机，那就说明洛克菲勒过来了"。参见：Michael Smith, Testimony, Attica Task Force Hearing, July 30, 2002, Albany, New York, 200-201。
④ Roche, Testimony, *Akil Al-Jundi et al. v. The Estate of Nelson A. Rockefeller et al.*, October 31, 1991, 1933.
⑤ 同上。
⑥ Decision and Order, Appendix 1, Category One Claimants, *Akil Al-Jundi et al. v. Vincent Mancusi et al.*, United States District Court, Western District of New York, Buffalo, New York, No. CIV-75-132, August 28, 2000, 168.
⑦ 劳拉·希尔对雷蒙德·斯考特的采访，誊印本，2008 年 7 月 11 日, Rochester Race Riots Interviews, Rare Books and Special Collections, University of Rochester, New York, 33。
⑧ Quigley Order, *Lynda Jones v. State of New York*, 96 A. D. 2d 105 (N. Y. App. Div. 1983), August 31, 1982, 46-47.
⑨ Governor Nelson Rockefeller and Michael Whiteman, Counsel to the Governor, Proclamation for Immediate Release, September 13, 1971, Nelson A. Rockefeller gubernatorial records, Press Office, Series 25, New York (State), Governor (1959-1973: Rockefeller), Record Group 15, Box 49, Folder 1066, Rockefeller Archive Center, Sleepy Hollow, New York; Governor Nelson Rockefeller and Michael Whiteman, Counsel to the Governor, Executive Order No. 51 for Immediate （转下页）

当囚犯和人质开始跌跌撞撞地在浓密的有毒空气中爬来爬去时,一波一波戴着防毒面罩的士兵冲上栈桥,枪声立时大作。①

在进入前,士兵已经拆掉了他们身上的身份标识,比如缝在领子上表明部队番号、姓名和警衔的徽章。② 州警威廉·迪伦上尉不仅摘下了他的铭牌和上尉肩章,而且正如他事后所说,他还"告诉底下人也把这些摘下来……[因为]我们并不是在一个公民完全有权知道是谁在阻止他们的地方采取行动……这次的事有所不同"。③ 士兵杰拉德·史密斯说得就更直接了:"每个人都开始摘下这些东西……因而一旦出事,他们就没法确定是哪些部队、哪些人干的。"④

此刻正在开进 D 院的一些士兵很兴奋,觉得总算可以夺回监狱的控制权,让囚犯们知道到底谁才是这里的老大,而托尼·斯特罗洛进到里面的原因只有一个:解救自己的兄弟、人质弗兰克·斯特罗洛。不管怎样,这些人都配备了充足的弹药,对如何确保监狱的安全几乎毫无计划,更别说如何真正安全地救回人质了。更糟的是,这些人在过去 5 天被各种流言轰炸,说里面的那些"畜生"一逮到机会就会把他们都宰了。⑤ 依据州警事后提交的记事簿和库房员工记录,共有 33 支步枪被送到阿蒂卡,用作夺取监狱之用,还有 217 把霰弹枪已经在各种运兵车上分发给了士兵。还有数量不详的私带武器。所

(接上页) Release, September 13, 1971, Nelson A. Rockefeller gubernatorial records, Press Office, Series 25, New York (State), Governor (1959–1973: Rockefeller), Record Group 15, Box 49, Folder 1066, Rockefeller Archive Center, Sleepy Hollow, New York; Transmitter Log, September 9–13, New York State Archives.

① 派去夺取监狱的部队大约有一半并没有开枪,也就是说那天消耗的大量子弹都是由某个特定的队伍发射的。
② Quick, Testimony, *Akil Al-Jundi et al. v. The Estate of Nelson A. Rockefeller et al.*, December 13, 1991, E-8787–E-8788. 亦可参见: Gerard Smith, Testimony, *Akil Al-Jundi, et al. v. The Estate of Nelson A. Rockefeller et al.*, November 19, 1991, 3917。
③ William K. Dillon, Statement taken by Malcolm Bell, Organized Task Force Offices, Buffalo, New York, April 26, 1974, Erie County courthouse, 77.
④ Gerard Smith, Testimony recounting testimony given previously on April 2, 1974, *Akil Al-Jundi et al. v. The Estate of Nelson A. Rockefeller et al.*, November 19, 1991, 3920.
⑤ 托尼·斯特罗洛,与作者的交谈,2004 年 7 月 12 日。

有这些加在一起可谓数量惊人，现在它们集中在执法人员手中，正在仇恨、恐惧和侵略的有毒混合物中嗡嗡作响。①

9月13日，有数量惊人的人排着队使用这些武器。除了550名穿制服的纽约州警外，"有刑事调查局的增援，总共约600人"，还有"232名治安官的副手在阿蒂卡监狱内"全副武装，随时准备攻进去，另外还有来自杰纳西县的治安官和来自杰纳西县与斯凯勒县的公园警察。②尽管州政府官员后来坚称，其他这些执法人员的加入并非州政府的意愿，但治安官和公园警察都坚称他们是受邀加入的。一名杰纳西县州立公园的警官说，"州警发现我们有步枪……他们就问我们是否可以站在那里［C楼］的窗户边上，以防万一"。③他说，一名纽约州警甚而同意他们"挑选靶子"射杀，以帮助他们"清除对人质的威胁"。④阿蒂卡的狱警以及奥本的狱警也受到了欢迎，他们要么私带武器，要么携带州政府配发的武器，驻守在A楼二楼和三楼的射击点。⑤

尽管许多人对自己有这么强大的火力支持感到安心，但也意识到，这也意味着很可能陷入交火状态。像托尼·斯特罗洛这样的警察特别担心这一点，因为有太多人挥舞着装有大号铅弹的霰弹枪，"一旦子弹爆开"就可能会惨不忍睹。⑥另一个真实的担心是能见度。首先，"没有讨论过催泪瓦斯作用的时间有多长"，所以他们就得走进

---

① Captain G. J. Dana, Memorandum to Detail Commander, Subject: "Rifle and Shotgun Accountability—Attica Prison Detail," New York State Police, Troop A Station Headquarters, September 19, 1971, 收于伊丽莎白·M. 芬克的文档, 纽约, 布鲁克林。
② Monahan Memorandum to Kirwan, September 19, 1971.
③ Quigley Order, Lynda Jones v. State of New York, 96 A. D. 2d 105 (N. Y. App. Div. 1983), August 31, 1982, 68–69.
④ 同上。
⑤ 同上, 56; Elizabeth M. Hardie, Individually and as administratrix of the estate of Elmer S. Hardie, v. State of New York et al. (Claim No. 54684), State of New York Court of Claims. 参见: Russell Oswald, Testimony, Lynda Jones, v. State of New York et al. (Claim No. 54555), State of New York Court of Claims, June 5, 1979, 96。
⑥ 托尼·斯特罗洛, 与作者的交谈, 2004年7月12日。

弥漫厚厚粉尘的空气中，厚到可以说是伸手不见五指，尤其是还得透过厚厚的橡胶防毒面罩。有个警察被刚刚投下的瓦斯的威力和密度吓了一跳，几年后，仍然无法相信上司会派他进入这样一片"浓雾"之中。①

尽管士兵们视力受限，但从进入监狱，开始踏上阿蒂卡院子上方的栈桥起，他们就开始开枪了。

栈桥上的人质正好处在第一道火线上。人质理查德·法戈当意识到囚犯以为人质出现在栈桥上"就能阻止警察在这片区域开枪"简直是异想天开时，不禁吓得几乎晕倒。② 文职人员人质罗恩·考兹洛夫斯基听到周围响起确定无疑的枪声，觉得胃里一阵难受。几秒钟前，有一个囚犯拿着把自制的刀抵着他的脖子，接着他发现此人被击中了，"人都不知到哪儿去了"。③ 子弹击中时，囚犯的身体猛地一跳，便往后倒下，他手里的刀子从罗恩的脖子往上划出一道不规则的口子，直到他的发际线，然后又向后划过肩胛骨落下。罗恩吓坏了，"倒在地上，蜷成一团，一动不动地躺着"，这样就不会有人朝他开枪了。④ 但令他丧气的是，"子弹像雨点一样落下"，而且，由于有太多子弹在栈桥上弹起，他的脸也被凹凸不平的尖锐水泥碎片炸开了花。⑤

迈克尔·史密斯感觉撞到他右边身体的囚犯被打中了两次，最后一枪简直把他轰得飞出了栈桥的栏杆外。当紧跟在身后的迈克尔遭遇齐发的致命子弹，为了不让自己和他被击中，唐纳德·诺布尔将他拉到左侧，却没想到这是徒劳。他们还是被打中了。四颗子弹直线穿过

---

① Albert S. Kurek, "The Troopers Are Coming Ⅱ: New York State Troopers, 1943–1985," Dee Quinn Miller Personal Papers, 168.
② "Five Deadly Days," reprinted from the *Democrat and Chronicle* (Rochester, New York), Tom Wicker Papers, 26.
③ Kozlowski, Testimony, *Attica Task Force Hearing*, May 9-10, 2002, 175-176.
④ 同上，175-177。
⑤ 同上，175-176。

迈克尔的腹部，烧着了。他的胳膊也中了枪，感觉胳膊快要被人从身体上撕下来一样。① 射中迈克尔肚子的子弹正好就在肚脐和生殖器中间，在撞上身体的瞬间炸开，弹片往下射入他的脊柱。一块弹片冲出身体，将他尾椎也一并带了出去，在他的肠子部位留下了"一个葡萄柚大小的洞"。② 枪声还在继续，迈克尔满耳都是"人的哭喊声，有人在死去，有人在尖叫"。③ 当迈克尔蜷缩着身子躺在那儿流血不止的时候，他突然发现自己一抬头和一名州警对上了眼，后者正用霰弹枪对准他的脑袋。他听见附近某处一名狱警对这个州警大喊"他是我们的人"，这才开始松了口气。接着，他病态地意识到州警又将武器对准了唐纳德·诺布尔，诺布尔就躺在他身边，也流着血。迈克尔虚弱地对州警说："他救了我的命。"④ 令他宽慰的是，就在他渐渐失去知觉时，他看见诺布尔似乎已经逃过了一死。

附近的人质迪恩·斯坦肖恩拼命想要透过蒙着的眼罩看看周围发生了什么事。他想找个地方藏身，躲开周围呼啸而过的子弹，却只能僵立在那儿，动弹不得。他听见一个囚犯说"别杀他"，这才瞬间意识到，他更害怕从栈桥上冲下来的士兵，而不是把他的生命当作跟州政府讨价还价的筹码的那些人。⑤ 人质克利·沃特金斯突然发现自己倒在地上，一名囚犯重重地压在他身上，顿时恍然大悟，尽管这个囚犯只要愿意就能杀了他，但他仍然活着。然而，讽刺的是，他却有可

---

① 很显然，击中迈克尔·史密斯的是狱警而非州警，因为"警察没有机关枪"。参见：Malcolm Bell, Testimony, Attica Task Force Hearing, July 30, 2002, Albany, New York, 18。
② Michael Smith, Testimony, *Attica Task Force Hearing*, July 30, 2002, 202.
③ Michael Smith, Corroborating Testimony, p. 3. Decision and Order, Appendix 4, *Akil Al-Jundi et al. v. Vincent Mancusi et al.*, United States District Court, Western District of New York, Buffalo, New York, No. CIV-75-132, August 28, 2000. Final Summaries.
④ Michael Smith, Corroborating Testimony, 3. Decision and Order, Appendix 4, Akil Al-Jundi et al. v. Vincent Mancusi et al., August 28, 2000. Final Summaries.
⑤ "Five Deadly Days," reprinted from the *Democrat and Chronicle* (Rochester, New York), Tom Wicker Papers, 25.

能死在所谓的友军的枪下。①

约翰·希尔，在院子里被称为达卡杰瓦尔，也是枪声大作时在 B 楼栈桥上押着人质的囚犯之一。就在枪响的那一刻，他意识到 D 院里的人完全没有领会到州政府的意图。"邓恩乃至媒体的出现，都让我们觉得受到了某种程度的保护……我想，我们以为有媒体看着，不可能会大开杀戒。"② 他蹲在囚犯在 B 栈桥上搭建的路障后面，刚抬起身就被击中了。接着，另一名州警过来用枪托砸他，枪托的撞击让他跃出栈桥的栏杆，落在下方的水泥手球场上。

希尔倒下时，只听见"人的尖叫和哭喊"，比如爱德华·科瓦尔次克。③ 在夺回监狱行动的最初一刻，囚犯科瓦尔茨克拼命想在 A 栈桥上找地方藏身，结果身中 7 枪。④ 他胸口、腹部、后背和阴茎根部都被打中了，痛苦得倒在地上，一抬头却惊恐地发现一名州警正朝他逼近。⑤ 州警扔了把刀给他，"命令我去捅我的同伴卡洛斯，卡洛斯也是个囚犯，就躺在我右边，看起来也受了重伤。我拒绝这么做，这时州警笑着想要把刀放在我手里。但我不想拿着，就把刀往后扔去。州警随后捡起了刀，交给另一名州警，就离开了"，之后，科瓦尔茨克昏了过去。⑥

当催泪瓦斯落下枪声四起时，囚犯何塞·奎诺内斯也在栈桥上。

---

① "War at Attica: Was There No Other Way?," *Time*, September 27, 1971, 24. 沃特金斯被狱友救下的故事也可见于 "Convict Saved His Life," *New York Post*, September 14, 1971, Dorothy Schiff Papers, Box 4, New York Public Library。
② 约翰·希尔与作者的电话交谈，2005 年 5 月 31 日。
③ 同上。
④ Edward Kowalczyk, also known as Angelo Martin, Affidavit, *People of the State of New York v. Shango Bahati Kakawana* (Indicted as Bernard Stroble), 407 F. Supp. 411 (1976), October 12, 1974, Ernest Goodman Papers, Accession number 1152, Box 6, Walter Reuther Library.
⑤ Decision and Order, Appendix 1, Category One Claimants, *Akil Al-Jundi et al. v. Vincent Mancusi et al.*, August 28, 2000, 184.
⑥ Kowalczyk, 也称安杰罗·马丁, Affidavit, People of the State of New York v. Shango Bahati Kakawana (Indicted as Bernard Stroble), 407 F. Supp. 411 (1976), October 12, 1974, Ernest Goodman Papers。

他不敢相信眼前听见和看见的一切,甚至当子弹如雨点般落入 D 院,数百名州警、狱警和刑事调查局的警察从 A 楼屋顶开火,一架州警的直升机在头顶盘旋,通过扩音器喊话"和平投降,你们不会受到伤害。和平投降,你们不会受到伤害"时也没想明白。① 突然,"有人抓住他的后颈,强迫他站起来,然后在他耳朵后面用什么东西打他……[接着]州警直接对着他的脸射出了催泪瓦斯,并打他的头",最后扬长而去,任凭他痛苦地尖叫,那可是二级和三级化学烧伤啊。②

纽约州警站在栈桥上,笼罩于毒气的浓雾之中(*From the Elizabeth Fink Papers*)

---

① See videotaped account of assault: "September 9-13, 1971: New York State Troopers Kill 39 Men in Raid to End Attica Prison Uprising," *Democracy Now*, September 11, 2003, www. democracynow. org.
② Decision and Order, Appendix 1, Category One Claimants, *Akil Al-Jundi et al. v. Vincent Mancusi et al.*, August 28, 2000, 88.

就连有些士兵也因为这次进攻迅速瓦解成如此混乱的局面而不知所措。托尼·斯特罗洛"踩过一具具尸体"寻找着他的兄弟,州警杰拉德·史密斯则被周围的疯狂行为吓懵了。① 史密斯难以置信地盯着那些试图躲避齐射的子弹而"滑到[栈桥]底部栏杆下面"的人,看着他们从整整 15 英尺高的地方跳下。② 但那么做并不能给他们带来安全。史密斯探出栏杆看去,见一名警察走近一个躺在路面上的囚犯,朝他脑袋开了一枪。③

斯特罗洛和史密斯的同事、狱警和其他执法人员才刚开始行动。等清理完栈桥,上面一个人都没有之后,纽约州警便开始发起地面进攻。挤在那里的每个人马上就明白过来,州警、狱警并不是仅仅想重新获得对监狱的控制这么简单。监狱已经拿下了。他们现在似乎决心让阿蒂卡的囚犯为自己的反叛付出高昂的代价。整个起义期间都被锁在 C 楼的一名 22 岁囚犯后来讲述了夺取监狱的行动开始后,C 楼的两名守卫是怎么来到他的牢房,只为羞辱他的。照他的说法,这些狱警"把他的脸往窗户栏杆上撞,命令他'好好看看那些不守规矩、试图搞出自己一套的该死的囚犯的下场'"。④ 在被殴打时,他也惊恐地得知,院子里的其他囚犯"尽管向空中高举双手,挥舞着乞求不要伤害其性命,但仍被开枪射杀了"。⑤

黑大个弗兰克·史密斯简直不敢相信自己周围正在发生的恐怖景象。黑大个曾以为州政府会"进来,敲一些人脑袋,打烂一些人脑壳",但一看见"那些人端着霰弹枪",就知道他们从没料到州政府

---

① 托尼·斯特罗洛,与作者的交谈,2004 年 7 月 12 日。
② Gerard Smith, Testimony, Akil Al-Jundi et al. v. The Estate of Nelson A. Rock*efeller et al.*, November 19, 1991, 3912.
③ 同上,3817。
④ Gene Anthony Hitchens, Corroborating Testimony, 7. Decision and Order, *Akil Al-Jundi et al. v. Vincent Mancusi et al.*, United States District Court, Western District of New York, Buffalo, New York, No. CIV-75-132, August 28, 2000. Appendix 4.
⑤ 同上。

会如此残忍。① 对乔莫·乔卡·奥莫瓦莱而言,这里"就像一个战区",这个说法后来一而再再而三地从那些亲历过夺回监狱行动的人的描述中听到,而他实在无法理解枪手为何如此冷酷无情。"看见那些年纪大的、有残疾的人被枪杀,心里实在不是滋味……他们之所以待在 D 院,是因为他们实在没地方好去。"②

卡洛斯·罗切也被袭击的残忍吓得不知所措。他看了看"谈判桌,那里的一切都乱了套了",然后他看到死者和伤者散落在院子里,死的死,伤的伤,混乱之中还一个叠一个地摞在了一起。③ 一个人说,他在被击中后,就摔倒在其他人身上,接着就觉得其他伤者又倒在了他身上。"我喘不过气来……你知道吗,他们都压在我身上……他们一直对我们说,压低脑袋,所以我就想爬起来,把那人从我身上弄下去。"④

19 岁的囚犯麦尔文·马歇尔实在没法相信他仅仅因为违反假释规定,就陷入了这样的噩梦。他躺在地上,催泪瓦斯的气体仍然悬浮在院子的空气里,犹如一条厚厚的毯子,他艰难地呼吸着,然后一名州警踢了他,一枪托砸在他脑门上。⑤ 囚犯罗德尼·佐布里斯特一听见头顶上直升机的声音,便为了安全起见,往地上一趴,他斗胆从胳膊底下往外张望,却看见周围的士兵正在"随意射击",好几个他认识的人都"被击中了"。⑥ 让他恐惧的是,其中一名士兵发现了罗德

---

① "A Nation of Law? (1968-1971)," transcript, *Eyes on the Prize*, 1987.
② 乔莫·戴维斯,与作者的交谈,迪尔菲尔德监狱,弗吉尼亚州卡普伦,2006 年 2 月 17 日。
③ Carlos Roche, Testimony, *Akil Al-Jundi et al. v. The Estate of Nelson A. Rockefeller et al.*, October 31, 1991, 1937, 1958.
④ Jameel Abdul Raheem, Testimony, *Akil Al-Jundi et al. v. The Estate of Nelson A. Rockefeller et al.*, November 1, 1991, 2103.
⑤ Decision and Order, Appendix 1, Category One Claimants, *Akil Al-Jundi et al. v. Vincent Mancusi et al.*, August 28, 2000, 18.
⑥ 同上,38。

尼，便朝他走来，一把将霰弹枪塞进了他的嘴里，然后走开了。① 洛伦佐·斯金纳和乔莫一样，"难以置信地听着接二连三的枪声似乎从四面八方而来"，也吓得愣住了。当他跪倒在地，想捂住自己的脸避开四周不停爆炸的催泪罐时，一名士兵把"他的脸摁进了一个泥坑里，叫他别动，否则就杀了他"。为了呼吸，这个年轻的囚犯不得不"把嘴里和鼻子里的大量脏水咽下去"，他觉得自己快要淹死了。②

就连那些争先恐后投降的人也遭到了难以形容的虐待。一名后背已经中弹的囚犯被命令"站起来，双手举过头顶。可由于受了伤，他的手根本无法举过头顶"。尽管如此，另一名士兵还命令他脱下用来防护的橄榄球头盔。当他没法脱下时，这位士兵就"开始用脚把头盔踢下来"。③

尽管这些事情都很残忍，但这种冷血杀戮，这种有预谋的杀害，使现场景象变得愈发可怖。一名囚犯难以置信地看着两名士兵正用枪瞄准了一个想躲进壕沟里的人。士兵们命令那人双手抱头从洞里爬出来，他照做了。然后，"让他双手抱头的士兵朝他胸口开了一枪"。④ 另一名腹部和腿部中弹的囚犯也被命令站起来走路，可他根本动不了，"于是士兵就给了他脑袋一枪"。⑤ 士兵杰拉德·史密斯看着自己的同伴冲进帐篷之后碰巧发现这是囚犯的藏身之处，然后目睹其中一个士兵"把步枪伸入洞里，扣下了扳机"。⑥

21岁的克里斯·里德被4颗子弹击中，其中一颗在他的左大腿"炸开，掀掉了一大块肉"。他惊恐万状地听着士兵们在他面前讨论

---

① Decision and Order, Appendix 1, Category One Claimants, *Akil Al-Jundi et al. v. Vincent Mancusi et al.*, August 28, 2000, 38.
② 同上，48。
③ 同上，183。
④ 同上，103。
⑤ 同上，185。
⑥ Gerard Smith, Testimony referencing statement Smith gave in 1974, *Akil Al-Jundi et al., v. The Estate of Nelson A. Rockefeller et al.*, November 19, 1991, 3909.

是杀了他，还是任他流血而死。他们一边讨论，还一边把枪托塞进他的伤口，往他的脸上和受伤的腿上扔石灰，直到他失去知觉。当他醒来，发现自己"和死尸堆在一起"。① "我从没见过这么对待人。"另一个囚犯回忆道。他不明白："为什么恨成这样？"② 但这不仅仅是恨，而是种族仇恨。正如一名囚犯听到拿枪对准他的士兵所说：他很快就会死，因为"黑鬼我们杀得还不够"。③ 到处都能听见有人在喊，比如"把你的黑鬼脑袋低下去！"④ "你不知道州警不喜欢黑鬼吗？"⑤ "别动，黑鬼！你死定了！"⑥

要想知道在 D 院大开杀戒的士兵受到了多大的种族仇恨的驱使，可以举囚犯威廉·梅纳德为例。乔莫身中数枪后，梅纳德试图把他抬到安全的地方去，正当梅纳德艰难地移步时，一名狱警命令他停下，手举过头顶。当梅纳德服从地举起双手，同时仍设法让肩上的乔莫保持平衡时，这名狱警朝他的前臂开了两枪。梅纳德倒地，乔莫压在了他身上，这名狱警"装好子弹，冲我身上的乔莫开了 6 枪，然后踢我的脸，说两个黑鬼都死翘翘了，说完走开了"。⑦

令那些被留在人质圈内此时也像囚犯一样找地方躲藏的人质感到震惊的是，囚犯即使是自己中弹了，也仍在设法保护他们。在袭击开

---

① Decision and Order, Appendix 1, Category One Claimants, *Akil Al-Jundi et al. v. Vincent Mancusi et al.*, August 28, 2000, 186.
② 同上，19。
③ 同上，32。
④ 引自：Francis X. Clines, Joseph Lelyveld, Michael Kaufman, and James Marham, "The Attica Revolt: Hour-by-Hour Account Traces Its Start to Misunderstanding," *New York Times*, October 4, 1971, Julius Epstein Collection, Box 616, "Attica" folder, Hoover Institution Archives, Stanford, California.
⑤ 同上。
⑥ "The Battle of Attica: Death's Timetable," *New York Post*, September 14, 1971, Dorothy Schiff Papers, Box 4, New York Public Library.
⑦ William Maynard, Testimony, *Akil Al-Jundi et al. v. The Estate of Nelson A. Rockefeller et al.*, United States District Court, Western District of New York, Buffalo, New York, No. CIV-75-132, November 19, 1991. 乔莫说是一名狱警朝他们开枪，梅纳德说是一名士兵。

始之前几分钟，赫伯特·布莱登指示阿基尔·艾琼迪和另外 9 到 10 人"挡在人质前头，别让他们受到伤害"。① 尽管他们也害怕暴露在枪口之下，但仍旧坚守阵地，直到被子弹击倒。艾琼迪在守卫人质圈时，"左手被一支 0.270 口径的步枪洞穿"，透过伤处甚至能看到对面，他右眼下方还被一块弹片击中了。②

人质的遭遇稍微好一点。当狱警迪恩·莱特紧紧蜷缩成一小团时，突然感到有人俯身把他翻了过来，他一阵轻松，以为自己总算得救了。没想到一看之下，顿时魂飞魄散，他抬头发现一名纽约州警端了"一把 12 毫米口径的霰弹枪"，枪管正杵在他脸上，好像随时会扣动扳机。要不是当时有人吼道"他是自己人，他是自己人"，他才异常清晰地意识到，自己差点就死了。③ 后背中弹的守卫罗伯特·柯蒂斯也感到了死亡即将来临的恐惧，当时，他一想坐起来就被一名士兵打翻在地。他声嘶力竭地吼道他是狱警，但还是得乞求士兵别开枪打死他。④ 要不是同为人质的约翰·斯德哥尔摩，人质 G.B. 史密斯也可能早被射杀了。斯德哥尔摩记得，"G.B. 从人堆里爬了出来，一名士兵用枪瞄准了他，直到我说他是自己人，士兵才作罢。"⑤

那天上午，枪声极为密集，正如托尼·斯特罗洛担心的那样，就连袭击者本身也难以避免被射杀的危险。人质唐纳德·埃米特就震惊地看着"一名州警察倒在了血泊中"。⑥ 由于囚犯没有枪，打中他的肯定就是他们自己人。这名被射中的士兵是约瑟夫·克里斯蒂安中尉，当时他正朝人质圈跑去，后来他坚称，一个囚犯想要打他，因此

---

① Decision and Order, Appendix 1, Category One Claimants, *Akil Al-Jundi et al. v. Vincent Mancusi et al.*, August 28, 2000, 52.
② 同上，181。
③ Dean Wright, Testimony, *Attica Task Force Hearing*, May 9–10, 2002, 65.
④ Robert Curtiss, Testimony, *McKay Transcript*, April 24, 1972, 1327–1328.
⑤ 莱瑞·利昂斯和约翰·斯德哥尔摩，与作者的交谈，佛罗里达州利海艾克斯，2005 年 7 月 1 日。
⑥ Mercurio, Attica Investigation Memorandum to Simonetti, Subject: "Circle Case," July 26, 1974.

B 栈桥上的士兵"才为了救他而开枪射击"。① 不过，多亏了囚犯弗吉尔·贺拉斯·马利根，当子弹向人质圈扫射时才至少有一名人质被拉出危险地带。那名人质后来在马利根的假释听证会上作证，是马利根救了他的命。②

D 院的整体情况是在很短时间内造成了惊人的破坏。囚犯詹姆斯·李·阿斯伯里回忆道，对监狱的袭击开始才刚刚 10 分钟，不管往哪里看去，满眼都是血和水。③ 19 岁的囚犯查尔斯·佩纳萨里斯看到这么多的鲜血，鼻子里都是血腥味，尖叫声在耳朵里回响不去，吓得直往后缩。④《七月宣言》原稿的作者之一弗兰克·洛特难以置信地摇了摇头："到处都躺着人……他们刚想站起来，就被射倒了。"⑤

即便纽约州警的官员报告说上午 10:05，阿蒂卡已经彻底安全了，但那些在管理层办公室等待夺回监狱行动结束的观察员们迟至上午 10:24 仍能听到监狱内传来枪声，还有人说，甚至在一小时后还能

---

① 关于哪些士兵朝人质圈附近的囚犯开枪以保护克里斯蒂安，可参见：Attica Investigator Leonard Brown, Testimony, regarding testimony of Arthur Kruk, *The Additional Special and Trial Term of the Supreme Court of the State of New York designated pursuant to the Order of the Appellate Division Fourth Department*, dated November 1, 1971, Proceedings Before the Grand Jury, State of New York Supreme Court: County of Wyoming, August 10, 1972, Wyoming County Courthouse, Warsaw, New York, 2-7。值得注意的是，事后对两名士兵的调查采访显示，他们立刻设法制服了那名试图用枪托击倒克里斯蒂安中尉的囚犯，后者据称是汤米·希斯。如果真是这样，那么朝人质圈连续射击杀死那么多人质就完全没必要了。参见：Bell, Testimony, *Attica Task Force Hearing*, July 30, 2002, 27-28。
② Decision and Order, Appendix 1, Category One Claimants, *Akil Al-Jundi et al. v. Vincent Mancusi et al.*, August 28, 2000, 12。
③ 他在 2000 年 7 月 5 日证明自己所受的损害时，原话是这样的："我能看见泥里水中都往外冒血。这就是我看到的景象。"法官迈克尔·泰莱斯卡在在总结陈词中是这么提及这份证词的："他放眼望去，到处都是血和水。"Decision and Order, Appendix 1, Category One Claimants, *Akil Al-Jundi et al. v. Vincent Mancusi et al.*, August 28, 2000, 48。
④ *Attica*, 辛达·菲尔斯通编剧并导演, 1974 年 4 月。
⑤ 同上。

听到。①

最终，夺回监狱造成的人员代价高得惊人：128 人中弹，其中有些人中了好几枪。② 在行动开始后不到半小时，9 名人质死亡，至少还有一名人质濒临死亡。29 名囚犯被射杀。③ D 院的许多死亡案例中，人质和囚犯都是被大号铅弹波及致死，还有一些死于无包套子弹的致命冲击力。④

无论是被带上栈桥充当讨价还价筹码的人质，还是在院子里被围

栈桥上的伤亡者（*From the Elizabeth Fink Papers*）

---

① Transmitter Log, September 9-13, New York State Police, New York State Archives; Captain A. T. Malovich, Memorandum to Troop Commander, Troop A, Subject: "Attica Detail—September 13, 1971," September 17, 1971, 收于伊丽莎白·M. 芬克的文档，至于哪些士兵朝 A 院开枪，参见：Dillon, Statement taken by Malcolm Bell, Organized Task Force Offices, Buffalo, New York, April 26, 1974, 54-55。
② Dennis Cunningham, Michael Deutsch, and Elizabeth Fink, "Remembering Attica Forty Years Later," *Prison Legal News* 22, no. 9 (September 2011).
③ 26 人当场死亡，另外 3 人又多熬了几天方才去世。Rockefeller Administration, Confidential Memo, "Events at Attica: September 8-13, 1971", 50。
④ *Attica*, Firestone, 1974.

成一圈的人质，都因为州政府的滥用武力付出了可怕的代价。监狱的爱德华·坎宁汉中士是8个孩子的父亲，如今躺在地上，头部被大号铅弹的弹珠击中，洞穿并切断颈部脊髓而死。① 迈克尔·史密斯的好友约翰·达坎杰罗的第一个孩子刚出生，七周前才被调到阿蒂卡，被一名挥舞着0.270口径步枪的州警狙击手射杀，后者当时显然瞄准了好几名囚犯。② 监狱守卫卡尔·瓦隆是4个孩子的父亲，死于头部中弹造成的"脑外伤性休克和撕裂伤"，而且胸部伤口导致腹部器官出血。③ B楼的理查德·刘易斯上尉因子弹击穿背部，主动脉破损而死亡。④

狱警约翰·蒙特里昂是被一把私自带进来的手枪——0.44的马格南手枪⑤击中心脏而死。⑥ 遇难的文职人员中，工厂领班、8个孩子的父亲埃尔默·哈迪头部中弹身亡，资深财务人员赫伯特·琼斯的死因也是一样。⑦ 财务主管埃隆·维尔纳及其侄子、狱警罗尼·维尔纳都死于枪伤导致的内出血。⑧ 最终，"5人……死于00号铅弹。其余的人都是被州警的狙击手在A楼和C楼的屋顶及高层楼面使用0.270步枪射杀"。⑨

在袭击中幸存下来的人质也受了重伤。除了迈克尔·史密斯伤势

---

① 引自：*McKay Report*, 501。
② "Names and Badge Numbers of Officers in Hostage,"文件，阿蒂卡起义相关文件保存在阿蒂卡监狱，纽约，阿蒂卡。亦可参见：H. Shapiro and M. B. Spoont, Confidential Memo, Attica Investigation, November 1, 1971, 收于伊丽莎白·M.芬克的文档，纽约，布鲁克林。
③ 引自：*McKay Report*, 501。
④ "Names and Badge Numbers of Officers in Hostage,"文件，阿蒂卡起义相关文件保存在阿蒂卡监狱，纽约，阿蒂卡。
⑤ 号称世界上威力最大的左轮手枪。——译者
⑥ Dr. Gene Richard Abbott, Testimony, *Attica Task Force Hearings*, May 9-10, 2002, Rochester, New York, 189-190.
⑦ 引自：New York State Special Commission on Attica, *McKay Report*, 501。
⑧ "Names and Badge Numbers of Officers in Hostage,"文件，阿蒂卡起义相关文件保存在阿蒂卡监狱，纽约，阿蒂卡。
⑨ Rockefeller Administration, Confidential Memo, "Events at Attica: September 8-13, 1971," 50.

严重外,罗伯特·柯蒂斯上尉背部中弹,文职人员戈登·尼克伯克头部中弹,另一名文职人员艾尔·米策尔背部被子弹碎片击中。①

因犯的伤亡人数要高得多。21岁的威廉·艾伦被0.38口径的手枪及00号子弹的弹珠击中身亡,23岁的麦尔文·威尔死于身上多处中弹,有士兵的0.270口径子弹,也有狱警使用的00号铅弹,后者用12毫米口径的猎鹿霰弹击中他两到三次。② 29岁的洛伦佐·麦克内尔被D栈桥上的一名士兵射中后脑勺,死在了D院里。③ 25岁的弥尔顿·梅尼维德也是遭枪杀的,后背、胸部和右肺被0.270的子弹打得千疮百孔。22岁的查尔斯·"卡洛斯"·普莱斯科特在A栈桥上被00号铅弹射杀,身体被打成了筛子。④ 或许,没有比肯尼斯·B.马洛伊遭遇的枪击更残忍的了。马洛伊被近距离击中12枪,身上布满了0.357和0.38口径的枪射出的子弹,导致"脑部撕裂,肺部和心脏被打烂"。⑤ 马洛伊是被极其恶毒地枪杀的,他的眼睛都被头部的碎骨片撕开了。

据一些目击者称,在士兵控制监狱后,不少被杀的因犯实际上还活着。其中一个死者是35岁的塞缪尔·麦尔维尔,所谓的"疯狂炸弹客",他花了很多时间在阿蒂卡的教室里给狱友上课,还写作揭露

---

① 引自:New York State Special Commission on Attica, *McKay Report*, 502-503。
② 有关麦尔文·威尔的弹道学信息,参见:Decision and Order, Appendix 2, Category V Death Claims, *Akil Al-Jundi et al. v. Vincent Mancusi et al.*, United States District Court, Western District of New York, Buffalo, New York, No. CIV-75-132, 113 F. Supp. 2d 441 (2000), August 28, 2000, 3. 关于马尔科姆·海格曼的证词,参见:Attica Investigator James Stephen, Testimony, *The Additional, Special and Trial Term of the Supreme Court of the State of New York*, State of New York Supreme Court: County of Wyoming, Wyoming County Courthouse, Warsaw, New York, October 25, 1972, 7.
③ Decision and Order, Appendix 2, Category V Death Claims, *Akil Al-Jundi et al. v. Vincent Mancusi et al.*, No. CIV-75-132, 113 F. Supp. 2d 441 (2000), August 28, 2000, 5. 根据州调查员马尔科姆·贝尔的调查,唐纳德·吉尔文承认朝这名狱友开过枪。Bell, *Preliminary Report on the Attica Investigation*, 19。
④ 同上,第7页。
⑤ 引自:*McKay Report*, 498-499。

阿蒂卡的洗衣房从囚犯劳动中榨取利润的黑幕。囚犯都坚称麦尔维尔"在袭击后还活着",并且老老实实地做出投降的表示,但在这一天快要结束时,他被一颗1盎司重的霰弹枪铅弹击中了左边胸部的上半部分,子弹炸开后,撕裂了他的左肺。①

还有托马斯·希克斯,被00号铅弹打得全是窟窿。② 子弹击中了他的背部,击穿右肺和心脏,而且右臀也有枪伤。③ 一名国民警卫队士兵在夺取监狱后,立即进入监狱处理受伤的囚犯,他坚称他看到希克斯在监狱被士兵完全控制后还活着,尽管他的说法遭到了州政府官员的质疑。④ 他说他之所以对这名囚犯记得特别清楚,是因为他听见一名狱警抓住了他,并对自己的同事说:"看看我们抓到谁了,是希克斯先生。"然后,他强迫希克斯跪下,让他把手放在头上,威胁要杀了他,同时还踢他的喉咙。⑤ 两名囚犯莱瑞·巴恩斯和麦尔文·马歇尔后来也说,看见汤米·希克斯在"最初的枪声停止

---

① 枪杀塞缪尔·麦尔维尔的细节来自马尔科姆·贝尔与乔治·艾伯特医生关于艾伯特对麦尔维尔进行的初步尸检的讨论。参见:FBI, Memorandum regarding interview with Donald Goff of the Correctional Association, October 21, 1971, FOIA request #110818 of the New York State Attorney General's Office; Decision and Order, Appendix 2, Category V Death Claims, *Akil Al-Jundi et al. v. Vincent Mancusi et al.*, No. CIV-75-132, 113 F. Supp. 2d 441 (2000), August 28, 2000。

② Decision and Order, Appendix 2, Category V Death Claims, *Akil Al-Jundi et al. v. Vincent Mancusi et al.*, No. CIV-75-132, 113 F. Supp. 2d 441 (2000), August 28, 2000, 3. Michael Baden, Autopsy of Thomas Hicks, September 16, 1971, Ernest Goodman Papers, Accession number 1152, Box 6, Walter Reuther Library of Labor and Urban Affairs. 关于射击希克斯之人的信息,可见于:Memorandum regarding Trooper Milford J. Clayson, FOIA request #110818 of the New York State Attorney General's Office, FOIA p. 001547. Remarks: "Possible hit P#12, (Lorenzo McNeil), P#26 (Thomas Hicks)."

③ John F. Edland, Autopsy of Thomas Hicks, September 14, 1971, 作者握有这份文件。

④ 这名国民警卫队士兵名叫富兰克林·达文波特。之后McKay Commission发布的一份报告说希克斯在夺取监狱行动的过程中死亡。参见:*McKay Report*, 396-397。

⑤ John O'Brien, "The Scars of Attica," *The Post-Standard* (Syracuse, New York), September 3, 1991.

后"被枪杀。① 依据马歇尔的说法,希克斯是被"一梭子子弹"打死的,之后,他看见几个士兵走到希克斯的尸体旁,抄起"枪托对着他血淋淋的身体猛砸,又踢又捶,还对他开枪"。②

21 岁的 L. D. 艾利奥特·巴克利从许多方面来看都是阿蒂卡的脸面,他戴着金属丝镶边的眼镜,讲起话来慷慨激昂。有各种各样的说法说他在警察已经不再有理由对任何人开枪之后,还活得好好的,这么说的人包括狱友黑大个弗兰克·史密斯、弗兰克·洛特、卡尔·琼斯和麦尔文·马歇尔以及纽约州议员阿瑟·伊夫。③ 照之后的尸检报告,巴克利死于背部的枪伤,是"在 D 院东南角被一颗 0.270 口径的跳弹击中的"。④ 巴克利到底是什么时候被枪杀的,杀死他的那颗子弹真的是"跳弹",还是直接冲他去的,将成为随后几年中的一个主要的争论所在。但阿蒂卡的许多囚犯都坚信州政府"谋杀了他"。⑤

再说行政楼那边,观察员和州政府官员并不知道 D 院发生了什么,但枪声和催泪瓦斯的雾气绝不是什么好事。上午 11:46,州参议

---

① Investigator Michael McCarron, State of New York Attica Investigation Memorandum to Anthony Simonetti, Subject: "Interview of Larry Barnes, ACF #26589," January 30, 1975, FOIA request #110818 of New York State Attorney General's Office.
② 克里斯汀·克里斯托弗对麦尔文·马歇尔的采访,誊印本,2011 年 9 月,*Criminal Injustice: Death and Politics at Attica*, Blue Sky Project (2012), 34。
③ James J. Peppard Jr. , "Attica Inmate Alleged to Have Met Death After Peace," *Daily Messenger*, October 1, 1971. Also see reports on this in: "Attica Leaders Killed After Assault," *Georgia Straight* 5, no. 21 (December 16, 1971); "Attica Leaders Assassinated," *Fifth Estate* 6, no. 15 (October 11, 1971)。当伊夫看见他所在区域的最敢言的囚犯领袖之一 L. D. 巴克利还活着时,深感欣慰。他对站得离他最近的罗伯特·加西亚说:"那是 L. D……他至少还活着。"弗兰克·洛特也看见了他。"L. D 还活着……他就在 A 楼那块区域,鼻子埋在草丛里。"参见:伊夫,有关此次起义的逐日笔记,Tom Wicker Papers, 5;"Five Deadly Days," reprinted from the *Democrat and Chronicle* (Rochester, New York), Tom Wicker Papers, 25。
④ Decision and Order, Appendix 2, Category V Death Claims, *Akil Al-Jundi et al. v. Vincent Mancusi et al.*, No. CIV-75-132, 113 F. Supp. 2d 441 (2000), August 28, 2000, 2.
⑤ 克里斯托弗对马歇尔的采访,誊印本,2011 年 9 月 10 日,*Criminal Injustice*, 36。

员约翰·邓恩要求允许他进去看看"袭击的结果"。① 沃尔特·邓巴和洛克菲勒的律师霍华德·夏皮罗勉强同意让他进去走走。邓恩在院子里的所见所闻令他惊骇不已:"三四十名狱警在打 6 个囚犯",囚犯被迫接受他们的残忍殴打。几年后,他回忆道:"我看见一群光着身子的人朝我的方向跑来,在这当中他们必须穿过一排用警棍抽他们屁股的狱警。②"这种虐待行为极为过分,邓恩告诉邓巴:"我不应该眼睁睁地看着 [这种情况],最好马上制止。"③ 邓巴让他放心,肯定会去制止的。④

其他观察员直到中午 12:16 才听见夺取监狱的官方通报,是惩教署副专员沃尔特·邓巴终于来到管理层办公室来通知他们最新消息的。他说行动很成功:州警和狱警已经控制住了囚犯,而且"纪律严明,没有粗暴对待",他说的时候颇为自豪。⑤ 不过,当汤姆·威克问现在是否可以进去看看囚犯时,邓巴突然毫不客气地说现在行动还没结束,不宜入内。⑥ 邓巴的汇报只能令房间里的气氛更为不安,但让大家如释重负的是,在夺取监狱期间一直和监狱官员待在一起的约翰·邓恩一小时后出现了,他根据监狱方面告诉他的话,给大家做了一个相对乐观的通报:"这地方已经一切尽在掌握",受伤的囚犯现在在监狱医院,受伤的工作人员在当地医院,余下的囚犯现在被安置

---

① Rockefeller Administration, Confidential Memo, "Events at Attica: September 8-13, 1971," 53.
② John Dunne, Testimony, *Herbert X. Blyden et al. v. Vincent Mancusi et al.*, United States Court of Appeals, Second Circuit, 186 F. 3d 252, Docket No. 97-2912, Vol. II, December 2, 1991, A-886.
③ State of New York notes on John Dunne, FOIA request #110818 of the New York State Attorney General's Office, FOIA pp. 0011631 and 212076; Tom Wicker, "Nominee Was Burnished by Attica's Fire," *San Jose Mercury News*, January 30, 1990.
④ Tom Wicker, "In the Nation: A Man of Character," *New York Times*, January 29, 1990.
⑤ 有关周一上午情况的手写笔记, Tom Wicker Papers。
⑥ 同上。

在牢房里。①

事实上,几乎没有理由认为这次夺回监狱的行动是成功的,或者说现在一切都好。尽管还未公布数字,或者还得拖上几天才能公布,但每个人从那天的动静就能判断出死亡人数会很高。即便在监狱外,子弹击中墙面和肉体的刺耳声音都是那么清晰和响亮,以至于非裔美国记者约翰·约翰逊在试图向远离阿蒂卡高墙的地方向全国观众报道夺回监狱的行动时,发现自己情绪很激动。"这是个可怕的场景,"他对着镜头哽咽着说,"我认为里面的人肯定正在死去。"② 观察员也很确定肯定发生了可怕的事情。牧师马丁·钱德勒回忆道:"我看见

纽约州警和州政府官员正在检查栈桥上被杀的囚犯(*From the Elizabeth Fink Papers*)

① 有关周一上午情况的手写笔记,Tom Wicker Papers。
② "A Nation of Law? (1968-1971)," transcript, *Eyes on the Prize*, 1987.

他们把尸体抬了出来，抬出来就把人放在地上……全都沿墙排，从监狱一直排到大门。"①

威廉·昆斯特勒对阿蒂卡监狱里刚刚发生的事感到难受。他本人也体会过一种让他目瞪口呆的敌意，包括他走在监狱外的马路上的时候，"一辆坐着四个人的汽车朝我们冲过来，假装要把我们撞倒似的，我看得出他们都在笑"。②他甚至无法想象执法人员进入 D 院后，里面的人遭受了多大的痛苦。在接下来的几个小时里，昆斯特勒一直在等待监狱里传话出来，他一个人坐在那里，说不出话来，只是泪流满面。③

监狱里，罗杰·查彭也在流泪。和其他许多狱友一样，他无法理解为什么会发生这样的事："为什么没有人说……他们会带着枪进来把你们这些人都杀死？"④

纽约州警部队戴着防毒面具，穿着雨衣，向监狱入口走去（Courtesy of Don Dutton/Getty Images）

---

① 希尔对麦尔文·钱德勒牧师对采访，2009 年 5 月 13 日。
② Tom Fitzpatrick, "Bill Kunstler's Worst Day—Hearing the Guns of Attica," *Chicago Sun-Times*, October 6, 1971, as reprinted in *Penal Digest International* 1, no. 5 (October 1971).
③ 同上。
④ 威克对罗杰·查彭的采访笔记，日期不详，Tom Wicker Papers。

248　　Blood in the Water: The Attica Prison Uprising of 1971 and Its Legacy

22. 灾难失控

与观察员或查彭这样的囚犯相反，在现场的洛克菲勒手下人似乎只是略显吃惊，但基本上对他们授权的夺回监狱行动所造成的屠杀无动于衷。可以肯定的是，行动进行得这么快倒是让他们大吃一惊。但总的来说，他们松了一口气，一切似乎都很顺利，州警察的表现"非常棒"，奥哈拉将军后来对洛克菲勒描述时就是这么说的。①

道格拉斯在 13 号上午晚些时候向洛克菲勒递交了夺回阿蒂卡的报告，也统计了幸存下来的人质的人数。州长最关心的似乎是如何确保全国人民了解这次行动有多成功。②他还以为自己下令的袭击可能会导致所有人质丧生，没想到竟然有这么多人质活着出来，所以他相当开心。③然而，奥斯瓦尔德专员发现要想对刚才发生的事产生任何积极的看法是极其困难的。他还得去对一大群聚集在监狱外的家属和记者讲话，即便是他也能闻出空气中刺鼻的血腥味。尽管他仍然相信那天早上的死亡和毁灭在所难免，但一想这事，他还是觉得难受。"我想我现在能理解一点点杜鲁门决定扔原子弹时的那种感受了。"那天早上，他对身边的人说。④

与惩教署公关总监杰拉德·霍利汉及副专员沃尔特·邓巴就措辞进行协商后，上午 10:40，奥斯瓦尔德来到监狱外，向新闻界发表了一份声明。⑤他首先对为何会走到夺取监狱这一步重申了他的看法，乃是因为谈判陷入僵局，州政府才别无选择，只能进去。他还明确表示,当天上午他觉得是多么生死攸关的时刻。他是这么说的:"再拖延行动,不仅会危及无辜的生命,也会危及这个州整个监狱系统的安全。"⑥ 他越说越激动:"我们所面对的武装叛乱分子会摧毁我们的自由社会。我们不能允许这样的事发生。这确实是一个令人痛苦的决定。"⑦

差不多两个小时后,由于监狱周围的空气中仍然弥漫着催泪瓦斯的味道,还不时传来枪声,霍利汉和邓巴又对新闻界做了补充声明。这一次提供了更多关于人质命运的细节,按照甘尼特新闻社的报道,每个记者都要求知道"他们是怎么死的"。⑧

霍利汉眼睛眨都不眨地说:"我知道有几个人被割了喉……有些人的喉咙被割开了。"⑨

"有多少人?"记者追问道。

---

① John Dunne, Transcription of notes taken in observers meetings, FOIA request # 110818, FOIA p. 001669.
② "Five Deadly Days," reprinted from the *Democrat and Chronicle* (Rochester, New York), Tom Wicker Papers, 25.
③ Appendix 6: "Supplemental Materials on Nelson Rockefeller by Attica Brothers Legal Defense," as contained in: Attica Brothers Legal Defense, Statement, Nelson A. Rockefeller Vice Presidential Confirmation Hearings, House of Representatives, 93rd Cong., 2nd sess., *Congressional Record* 120 (November 26, 1974), Ron Nessen Papers, Box 25, Folder "Rockefeller, Nelson—Confirmation Hearings," Gerald R. Ford Presidential Library, Ann Arbor, Michigan, 1177.
④ "War at Attica: Was There No Other Way?," *Time*, September 27, 1971, 24.
⑤ Michael Whiteman, Testimony, Meyer Commission, June 12, 1975, 1817, FOIA request #110818 of the New York State Attorney General's Office, FOIA p. 000801.
⑥ Russell Oswald, Statement, September 13, 1971, Nelson A. Rockefeller gubernatorial records, Press Office, Series 25, New York (State), Governor (1959 – 1973: Rockefeller), Record Group 15, Box 49, Folder 1066, Rockefeller Archive Center, Sleepy Hollow, New York.
⑦ 同上。
⑧ Harry W. Albright Jr. and Eliot N. Vestner Jr., Memorandum to the Governor, Subject: "The Throat Slitting Story and Atrocity Stories," Appendix 2 in Rockefeller Administration, Confidential Memo, "Events at Attica: September 8-13, 1971."
⑨ 同上。

"7个，7或8个。"他接着说。①
"他们都是被囚犯杀害的吗？9个都是？"
"是的。"霍利汉不加掩饰地说。②

惩教署公关总监杰拉德·霍利汉在对媒体讲话（Courtesy of the Democrat and Chronicle）

几个小时后，沃尔特·邓巴对有关囚犯暴行的传闻给出了他自己的说法，一个经过令人毛骨悚然的歪曲的版本。那天稍晚时候，他与包括阿瑟·伊夫与赫尔曼·巴迪罗在内的一批议员参观了监狱，然后面对新闻界人士讲述了一个生动的故事，说州政府官员冲囚犯大喊"放开人质！"，一个囚犯回答"这是给你的答案"，然后把"刀捅进

---

① Harry W. Albright Jr. and Eliot N. Vestner Jr., Memorandum to the Governor, Subject: "The Throat Slitting Story and Atrocity Stories," Appendix 2 in Rockefeller Administration, Confidential Memo, "Events at Attica: September 8-13, 1971."
② 同上。

了人质的肚子"。① 随后,邓巴继续说了下去,而且越说越离谱。其他囚犯不仅割开了那些人质的喉咙,更可怕的是,"其中一个持刀的囚犯还抓过年轻的狱警[迈克尔·]史密斯,把他阉了……当着我们的面,把这个人的器官塞进了他嘴里……我们都看见了。我们都看见了。"② 接着,邓巴还添油加醋地说自己"不得不痛心地指认那个把人质迈克尔·史密斯的生殖器塞进他嘴里,还割开他喉咙的囚犯"。③ 邓巴指认的那个囚犯正是黑大个史密斯,现在他就躺在桌上,很显然这批参观监狱者恨不得用眼神活剐了他。阿瑟·伊夫和赫尔曼·巴迪罗待在院子里的时候认识了黑大个,听到这个故事,他们很沮丧,也很恶心,但又不知道如何去反驳。伊夫至少鼓足勇气问邓巴,他们怎么知道就是这个囚犯干了这样的暴行,"我们都看见了,"邓巴答道,"我们都拍下来了。"④

那天深夜,邓巴跟几名记者坐在一起,《罗切斯特联合时报》的劳伦斯·博普雷也在,他又重复了这个故事,此时,这个故事已像野火一般在部队里传开,那些士兵看到迈克尔·史密斯流了很多血,然后听说这是因为他在院子里被黑大个阉了。到这个时候,所谓的目击者叙述已经不限于阉割一说,还有人声称囚犯"用刀把一名守卫的

---

① 阿瑟·伊夫,关于此次起义的逐日笔记,Tom Wicker Papers, 5。
② 同上。邓巴不仅报告说桌上的那个人对这些人质被阉割负有责任,而且他后来在派珀委员会作证时也这么说。参见:Elizabeth M. Hardie, *Individuality and as administratrix of the estate of Elmer S. Hardie v. State of New York et al.* (Claim No. 54684), State of New York Court of Claims。亦可参见:Russell Oswald, Testimony, *Lynda Jones v. State of New York et al.* (Claim No. 54555), State of New York Court of Claims, June 5, 1979, 122。作者手中握有所有这些文件。
③ 伊夫,关于此次起义的逐日笔记,Tom Wicker Papers, 5。亦可参见:Elizabeth M. Hardie, Individually and as administratrix of the estate of Elmer S. Hardie v. State of New York et al. (Claim No. 54684), State of New York Court of Claims。以及:Russell Oswald, Testimony, *Lynda Jones v. State of New York et al.* (Claim No. 54555), State of New York Court of Claims, June 5, 1979, 122。
④ Albright and Vestner, Memorandum to the Governor, Subject: "The Throat Slitting Story and Atrocity Stories."

脸划烂了并且……把他开膛剖肚了"。①

这些骇人听闻的故事和当天早些时候的新闻一样令媒体兴奋不已,那天早些时候的新闻说所有死亡的人质都是被持刀的囚犯残忍杀害的。② 给这些版本画上句号的,是美联社在那天结束前发出的一则声明:"州长纳尔逊·A.洛克菲勒的发言人说,好几名人质在州政府武力攻入监狱之前即已死亡。"③ 来自纽约州最高机关的这条新闻,最终证明是基于至少5名监狱官员毫无根据的说法,这些人给常驻奥尔巴尼的惩教署副专员维姆·范·埃克伦设立的热线打过电话,讨论他们对夺取监狱一事的看法。惩教署产业部主管艾伦·米尔斯就打过这样一个电话,他的看法是人质"已经死了很长时间",这让他觉得囚犯"根本没打算释放他们"。④

在夺回监狱的第二天曙光初现之时,纽约州官员有关囚犯凶残邪恶的煽动性说法便登上了美国最受推崇的报纸的头版头条。"在这场美国最严重的监狱骚乱中,"《纽约时报》报道称,"数名人质——守卫和文职人员——死亡,死于被囚犯用刀割断了喉咙。"该报接着发表社论,称"[人质之]死反映了一种与我们的文明社会格格不入的野蛮行径。囚犯割断了完全无助、手无寸铁的守卫的喉咙"。社论指出,"对在阿蒂卡监狱杀害人质的囚犯,应根据纽约州法律判处死刑"。⑤《纽约每日新闻》有一篇题为"我看见7人遭割喉"的文章,讲述了一名士兵在看到"那些混蛋""割开那些人的喉咙"后,"痛

---

① Edmond Pinto, "The Attica Report: An AP News Special," Dorothy Schiff Papers, Box 4, New York Public Library.
② Albright and Vestner, Memorandum to the Governor, Subject: "The Throat Slitting Story and Atrocity Stories."
③ Associated Press wire bulletin, Senator Jacob A. Javits Collection, Special Collections and University Archives, Frank Melville Jr. Memorial Library, Stony Brook University, Stony Brook, New York.
④ 引自: *McKay Report*, 457。
⑤ "Death Penalty Possible in Slaying of Hostages," *New York Times*, September 14, 1971, Dorothy Schiff Papers, Box 4, New York Public Library. 21.

苦之情溢于言表"的体会。① 《洛杉矶时报》在告诉读者"9 名人质遭囚犯杀害"后，引用州长洛克菲勒的观点，说这是"革命激进分子"的"冷血杀戮"。② 《华盛顿邮报》也报道称"囚犯杀死 9 名人质"。③ 有了美联社的推波助澜，囚犯野蛮行径的故事几乎在美国所有中型城市和小城的当地报纸上都成了头条。④

煽风点火的媒体报道让全国民众立刻疯狂起来，电报如雪片般涌向州政府和监狱，从州长到底下的官员都收到了，电报表示了对维护法律和秩序的坚定立场的支持，以及对发动叛乱的囚犯的震怒。其中一份电报说得更直白："别想赦免，手枪伺候。这么干才对。"另一个人表达自己的观点称："应该清洗牢房，一个囚犯都不应该活下来。"⑤ 观察员们也受到了攻击："威克和昆斯特勒居然活着出来了，太糟心"，一封由一对夫妻共同签名的信中这样写道。⑥

---

① 可参考: *McKay Report*, 456。
② "37 Die as Police Guards Storm Attica Prison," Fort Scott, Kansas, *News and Courier*, September 14, 1971.
③ Stephen Isaacs, "Attica Prison Retaken, 37 Slain," *Washington Post*, September 14, 1971.
④ 在西弗吉尼亚州的摩根敦，《自治领新闻》的读者获悉，昨天阿蒂卡的"有 9 名人质遭囚犯杀害"。同样，读过《山谷晨星报》的得克萨斯州哈林根居民得知"9 名人质被发现惨遭囚犯杀害"，而居住在霍兰镇的密歇根州居民也从《荷兰哨兵晚报》上获悉"阿蒂卡州立监狱的叛乱囚犯杀害 9 名文职人员"。从缅因州的奥古斯塔到宾夕法尼亚州的农村地区，美国人被他们信任的媒体毫不含糊地告知"叛乱囚犯"冷血地"谋杀了"9 名警卫人质。参见："Hostages Are Murdered", kennebec Journal, September 14, 1971; "Nine Prison Hostages Found Dead", Bucks County Courier Times, September 13, 1971. 在布法罗，《郁法罗新闻晚报》认为，幸运的是，尽管"纽约州事实上已废除了死刑，但被判杀害阿蒂卡人质的人可能会上电椅"，因为在奥本叛乱之后，州议会修改了废除死刑的法律，为"杀害监狱文职人员"者规定了一个例外。参见："The Attica Revolt from Start to Finish: A Daily Chronology", Special to the *Buffalo Evening News*, September 14, 1971。
⑤ H. Vozka, Nashville, Tennessee, Telegram, September 15, 1971, and W. T. Combs, Fresno, California, Telegram, September 14, 1971, 这两者均收录在阿蒂卡起义相关文件，保存于位于纽约阿蒂卡的阿蒂卡监狱。
⑥ Dr. and Mrs. Derkasch, Valley Stream, New York, Telegram, September 13, 1971, and Mr. and Mrs. Marshall, Louisville, Kentucky, Telegram, September 14, 1971。这两者都收录在阿蒂卡起义相关文件，保存于位于纽约阿蒂卡的阿蒂卡监狱。

这个国家的报纸杂志上"致编辑的信"板块很快就充满了对"凶残的罪犯"的同样恶毒的愤怒,说他们"病态至极,无法无天到令人发指",是"邪恶的、凶恶的社会公敌",连"那些在外面支持他们的没脑子的白痴"也未能幸免。[1]

然而,在夺取监狱之后,并非所有的公民和媒体都希望囚犯在已经付出了起义的代价后再付出更高的代价。有的人认为,国家需要花更多的时间来评估阿蒂卡发生的事,并公开对夺取行动中的暴力行为进行质疑。比如,夺取行动结束一周后,脱口秀主持人大卫·弗罗斯特取消了他在纽约市第五频道(WNEW)每周一晚8:30的固定节目,转而对阿蒂卡事件进行了长达90分钟的现场讨论,对叛乱的结束方式提出了一些更具批判性的视角。他邀请的嘉宾,包括纽约市惩教人员慈善协会的负责人利奥·泽斐莱蒂、阿蒂卡的观察员克拉伦斯·琼斯和刘易斯·斯蒂尔,以及去年坟墓监狱起义中被劫为人质的一名守卫。[2] 在各种针锋相对的观点激烈地讨论完之后,弗罗斯特以沉重的话语收尾:"让我们最后为所有失去亲人的人祈祷。"[3]

也有人公开表示,他们觉得监狱里的人造反可能是出于正当理由,并且在被围困期间对其他人表现出了非凡的人性。正如一位公民在写给《时代周刊》的信中说:"这些被许多人冠以'畜生'之名的狱友,仅仅是因为他们被迫生活于斯的条件而得到这样的称谓。事实上,动物园的动物比这些囚犯过得要好,动物园的动物根本不用被

---

[1] E. C. Johnson, Chicago, Letter to the Editor, *Time*, Monday, October 4, 1971; Elizabeth M. Keating, Jacksonville, Letter to the Editor, *Time*, Monday, October 4, 1971; Jim Griffith, Cincinnati, Letter to the Editor, *Time*, Monday, October 18, 1971.

[2] 克拉伦斯·琼斯,与作者的交谈,2005年4月21日。亦可参见:John Dunne, Leo Zeferetti, and Clarence Jones, Episode 4.6, *The David Frost Show*, September 27, 1971。

[3] John J. O'Conner, "Attica in the News," *New York Times*, September 15, 1971. 亦可参见:刘易斯·斯蒂尔,与作者的交谈,2004年4月20日。

'改造'"。① 好几位知名的刑法改革者也对执法人员夺取监狱的做法表示失望，诸如《刑法文摘》之类的好几本监狱改革出版物也表达了同样的看法。② 全国有色人种协进会也加入了讨论。其官方出版物《危机》将所发生的事称为"惨不忍睹的阿蒂卡悲剧"。《乌木》等主流黑人刊物试图将重点放在寻找"解决监狱骚乱的良方"的必要性上，而不是简单将其归咎于道德败坏的囚犯身上。③

叛乱结束后，一些国会议员也参与到讨论中。俄克拉何马州共和党参议员亨利·贝尔蒙表示，他对"纽约州阿蒂卡州立监狱……发生的血腥暴行""感到万分震惊和愤怒"，"屠戮人的生命比最近发生的任何此类事件都更恐怖"。④ 在他看来，"只要我们的监狱仍是现在这种状况"，监狱暴乱就是"无法避免的"，同样重要的是，"执法援助管理局［1964年由林登·约翰逊总统设立，为警方和监狱方面提供新的实质性支持］并未动用其资源来改变这个系统，而是使之永久化"。⑤ 也许没有哪个国会议员比阿蒂卡的观察员赫尔曼·巴迪罗更直言不讳了。他试图向众议员同僚们表明，夺取行动是一场巨大的悲剧。他指出，不该急于以这种暴力的方式来终结叛乱，尤其是既然囚犯哪儿也去不了，人质也受到了保护。他解释说，甚至是囚犯早先提出的将他们送往"一个非帝国主义国家"的要求，随着叛乱的持续"完全未获支持"，在他看来这是"非同寻常的，因为据我所知，

---

① C. J. Callahan. Rochester, New York, Letter to the Editor, *Time*, Monday, October 18, 1971.
② Tom Murton, "The Atrocity at Attica," *Penal Digest* 1, no. 4 (September 1971); N. Mastrian, "Reply to Rhetoric of Right," *Penal Digest* 1, no. 5 (October 1971).
③ "The Awesome Attica Tragedy," *Crisis*, November 1971, 299–330; Winston E. Moore, "My Cure for Prison Riots," *Ebony*, December 1971, 这两份文件均藏于纽约公共图书馆的尚博格黑人文化研究中心。
④ Henry Bellmon, Statement, Senate, 92nd Cong., 1st sess., *Congressional Record* 117s (September 14, 1971), Ron Nessen Papers, Box 525, Folder "Rockefeller, Nelson—Confirmation Hearings," Gerald R. Ford Presidential Library, Ann Arbor, Michigan, 31719-20.
⑤ 同上。

其中 200 多名囚犯都是无期徒刑"。①

尽管州政府试图将美国人的注意力集中在所谓的囚犯道德败坏上，但美国年轻人和那些反战人士、民权人士并不买账。1971 年 9 月 27 日发表在《国家》上的一篇文章，就概括了他们的观点和关切：

> 阿蒂卡将成为美国历史上最血腥的监狱叛乱。它将与肯特州立大学惨案、杰克逊州立大学杀戮、美莱村惨案以及其他一些震撼美国人良知、激起关于武力使用以及引发武力的压力……的激烈争论的悲剧性事件等量齐观。由于阿蒂卡的囚犯大多为黑人，许多黑人将这次事件视为美国根深蒂固的种族主义……的又一表现。白人自由主义者——而不是自由主义者——将阿蒂卡事件看成至少是美国监狱系统崩塌的一个衡量标准。②

来自各政治派别、各年龄群体的人至少可以同意的一点是，美国的监狱系统存在着严重的问题。从左派的观点来看，这源于种族主义和对囚犯的漠视，而从纳尔逊·洛克菲勒这样的保守势力捐客的角度看，这得归功于"好战分子高度组织化的革命策略"。③ 事实上，正是洛克菲勒坚信他挫败了一场破坏国家稳定的革命阴谋，这使他对 9 月 13 日上午发生的事感到无比自豪。在夺取行动后的第二天，州长面对媒体不仅再次谎话连篇，说这些囚犯"拒斥和平解决的一切努力，挑起对抗，并实施了他们从一开始就威胁要采取的冷血杀戮"，

---

① Herman Badillo, Statement, House of Representatives, 92nd Cong., 1st sess., *Congressional Record* 117s (September 15, 1971), 31990.
② "War at Attica: Was There No Other Way?", *The Nation*, September 27, 1971.
③ 1971 年 9 月 24 日，在纽约奥尔巴尼的纽约州律师中心发表演讲的演讲稿。Nelson A. Rockefeller. Record Group 15, Series 33: Speeches. Box 85, Folder 3471, Rockefeller Archive Center, Sleepy Hollow, New York。

9月15日，纳尔逊·洛克菲勒州长在新闻发布会上讲话（*Courtesy of* The New York Times）

而且还向媒体表示他对阿蒂卡叛乱如此结束感到兴奋。①

他是这么说的："州警和狱警在国民警卫队与各县治安官副手们的支持下，以技能和勇气挽救了 29 名人质的生命，而且由于他们的一贯克制，也尽量避免了囚犯的伤亡，我们对此深表感谢。"②

洛克菲勒对自己做出武力夺取阿蒂卡的决定深感满意，这与他从白宫得到的反馈有关。13 日上午 11:30 左右，他先向尼克松的助手约翰·埃利希曼讲述了夺回监狱行动的过程，后者很快又将洛克菲勒

---

① Nelson A. Rockefeller, Press Release, September 13, 1971, Nelson A. Rockefeller gubernatorial records, Press Office, Series 25, Record Group 15, Box 49, Folder 1066, Rockefeller Archive Center, Sleepy Hollow, New York.

② Appendix 6: "Supplemental Materials on Nelson Rockefeller by Attica Brothers Legal Defense," as contained in Attica Brothers Legal Defense, Statement, Nelson A. Rockefeller Vice Presidential Confirmation Hearings, House of Representatives, 93rd Cong., 2nd sess., *Congressional Record* 120 (November 26, 1974), 1177.

的说辞转达给了总统。① 中午 12:37 时,尼克松总统正在椭圆形办公室里和共和党同僚罗伯特·多尔、小亚历山大·M. 黑格以及 H. R. 霍尔德曼讨论他刚刚得知的夺取监狱的事。② "他们杀了 7 名守卫……太血腥了,"尼克松告诉助手们,更糟的是,他接着说,"有个[守卫]还被阉了"。③ 尼克松对在座的人明确表示,在他看来,"洛克菲勒处理得很好",因为"你看,这就是个跟黑人有关的问题……他只能这么做"。④ 首先,这些人强烈地感到,这场叛乱与最近由安吉拉·戴维斯这样的黑人活动家在加州监狱系统酝酿的革命阴谋密不可分,戴维斯是黑豹党的著名领袖。所有聚集在总统办公室的人都一致认为,虽然那天上午发生的一切酿成了一个特别"可怖的事件",但有关砍杀、阉割的新闻将让美国"流血的心"雪上加霜,比如像"汤姆·威克看世界"里的新闻。⑤ "我认为这会对今后的监狱骚乱产生极坏的影响,"尼克松说,"就像肯特州立大学那事儿产生了极坏的效果一样……他们可以随心所欲地谈论武力,但武力的目的也正在于此。"⑥

下午 1:38,总统最终和洛克菲勒通了话,想让他知道白宫百分

---

① Richard Nixon, Daily Diary, September 13, 1971, The White House, Washington, D. C. Information courtesy of Peter Balonen-Rosen.
② 同上。
③ Conversation #571-6 (rmn_e571b), September 13, 1971, 3:47 p.m.-4:16 p.m., Oval Office, Present: Richard Nixon and Clifford Hardin, Nixon Tapes, 10.27 10.35. Also: Conversation #571-1C (rmn_e571a), September 13, 1971, Oval Office, Nixon Tapes, 1:01:37; Conversation 571-10 (rmn_e571b), September 13, 1971, Oval Office, Nixon Tapes, 1:09:50.
④ Conversation #571-6 (rmn_571b), September 13, 1971, 4:36 p.m.-4:16 p.m., Oval Office, Present: Richard Nixon and Clifford Hardin, Nixon Tapes, 10:38-4:16.
⑤ Conversation #571-10 (rmn_e571b), September 13, 1971, 4:36 p.m.-6:00 p.m., Oval Office, Present: Richard Nixon, H. R. Haldeman, and Charles Colson, Nixon Tapes, 1:10:07-1:10:16.
⑥ 同上,1:10:40-1:10-54。

之百地支持他。① "我知道你今天过得不容易，"尼克松安慰洛克菲勒道，"但我想让你知道，我会全力支持你……你展现出的勇气和不予赦免的判断力，都很好……我不在乎别人说什么……反正，这件事你做得对。"②

州长简直受宠若惊。考虑到"对守卫实施阉割"这件事，洛克菲勒强调道，他们确实只能以武力进入。③ 洛克菲勒接着报告，事实上，囚犯在夺取监狱之前就杀了几个守卫。尼克松的反应比较谨慎。"你应该都有证明的吧？"他说得小心翼翼，洛克菲勒让他放心。④ 州长说，当然有，有可能会由"一家天主教医院"来处理人质死亡事宜，因此，"这超出了我们的管辖权限"（其意思是如果医院是公共运营和资助的，那他可能对媒体的报道会有些影响力），但他相信他的这些信息仍会得到证实的。⑤ 洛克菲勒向尼克松确认的是，归根结底，整个叛乱都是由非裔美国人一手策划的。"整件事都是黑人领导的，"他说，他对总统保证，"等到他们开始杀害守卫的时候"，他才派士兵进入。⑥ 洛克菲勒还给总统提了个醒，说他可能会遭到纽约市长约翰·林赛（被尼克松轻蔑地称为"新民主党人……变节者"，因为林赛最近刚转投了政党）的猛烈抨击，市长"可能会说我应该进

---

① Nixon, Daily Diary, September 13, 1971. Information courtesy of Peter Balonen-Rosen.
② Conversation #008-113 (rmn_e008c), September 13, 1971, 1:31 p.m.-1:38 p.m., Oval Office Telephone, Present: Richard Nixon, Nelson Rockefeller, Nixon Tapes, 1:17:46-1:18:24.
③ 同上，1:19:25-1:19:28 and 1:22:01-1:22:03。关于同时代的另一个在重新夺回监狱控制权前人质被杀的故事，参见：Leonard Katz, "Attica: Two Hostages Slain Before Showdown," *New York Post*, September 14, 1971, Dorothy Schiff Papers, Box 4, New York Public Library。
④ Conversation #008-113 (rmn_e008c), September 13, 1971, 1:31 p.m.-1:38 p.m., Oval Office Telephone, Present: Richard Nixon, Nelson Rockefeller, Nixon Tapes, 1:19:31-1:19:33.
⑤ 同上，1:19:40-1:19:44。
⑥ 同上，1:20:08-1:20:27。

去，这样所有的人都不会死了"，但尼克松似乎并不在意。① 对于洛克菲勒应该去阿蒂卡的想法，他说："不用去，不用去，先生。"② 在尼克松重申了华盛顿的许多人都很支持他那天上午在监狱的行动后，洛克菲勒再三表示感谢，在挂电话前说了句："我们现在就来做收尾工作。"③

人质家属和囚犯家属最关心的是，"收尾工作"进度极慢，似乎根本不把他们当回事。尽管几名人质的家属听见直升机在院子上空盘旋的时候就在监狱里，但他们只能离开，因为正如理查德·法戈的妻

人质家属等在监狱外 (*Courtesy of the Democrat and Chronicle*)

---

① Conversation #008-113 (rmn_e008c), September 13, 1971, 1: 31 p. m.–1: 38 p. m. , Oval Office Telephone, Present: Richard Nixon, Nelson Rockefeller, Nixon Tapes, 1: 23: 35–1: 23: 50.
② 同上，1: 23: 50–1: 23: 53。
③ 同上，1: 24: 09–1: 24: 11。

子所说:"催泪瓦斯太呛了,我们根本待不住。"① 不过,他们都很肯定,一旦有家人在狱中的消息,惩教署的人就会给他们打电话,让他们知道该去哪里,接下来该做什么。但事实上,并没有一个将伤亡的情况告知人质和囚犯家属的机制。②

人质家属 13 号收到的消息大都是小道消息和疯传的谣言。其中大部分内容都不准确,也就不足为奇了。人质妻子宝拉·克罗茨记得:"13 号一大早,我在家,听收音机里说他们要进去了……我就急忙赶到了监狱。"③ 当催泪瓦斯投下来的时候,宝拉钻进了"迈克尔·史密斯父亲的车子,脸上捂了条毛巾,却还是很难受"。④ 然而,当她坐在车里的时候,听见有人说她丈夫被送到了圣杰罗姆医院,于是疯了似的开车去了。可到了那儿,她一无所获。没有找到丈夫,让她"顿感虚弱无力,我腿一软跪在了地上,脑袋差点砸在地上"。⑤ 几个小时后,她终于在杰纳西医院找到了她丈夫保罗,但那时她悲痛欲绝,实在无法相信躺在那里的人真是她的丈夫。

人质迈克尔·史密斯的妻子莎朗也度过了一个同样梦魇般的早晨。枪击开始的时候,她就在监狱里,和琼·法戈一样,被恐怖的气氛和 CS 催泪瓦斯的厉害吓住了,一名新闻工作者把她领到他们的温尼贝格露营车里,告诉她"别担心,史密斯太太,他们用的不是真子弹,是橡胶子弹",试图以此让她平静下来。⑥ 当幸存下来的人质

---

① June Fargo, Testimony, *Attica Task Force Hearing*, May 9–10, 2002, Rochester, New York, 22.
② Parole Officer Lumen V. Brown, Memorandum to Commissioner Dunbar, Commissioner James Morrow, Superintendent Vincent Mancusi, Deputy Superintendent Leon Vincent, and Deputy Superintendent Wilson Walters, Subject: "Monitoring Attica Correctional Facility," November 5, 1971, 阿蒂卡起义相关文件保存于位于纽约阿蒂卡的阿蒂卡监狱。
③ Paula Krotz, Testimony, *Attica Task Force Hearing*, May 9–10, 2002, Rochester, New York, 120.
④ 同上,第 120 页。
⑤ Krotz, *Attica Task Force Hearing*, May 9–10, 2002, 121.
⑥ Sharon Smith, Testimony, *Attica Task Force Hearing*, July 30, 2002, Albany, New York, 212–213.

最终被带出来时,她不知道迈克尔是否在他们当中,如果在,他们会带他去哪里。她发了疯似的一家一家地给医院打电话,最终在下午4点得到消息,说他已经被送到了圣杰罗姆医院。她在重症监护病房见到了一个医生,医生告诉她:"你丈夫情况危急。如果他能挺过今天晚上,就没事了。"①

守卫约翰·达坎杰罗的年轻妻子安·达坎杰罗对丈夫到底发生了什么事也同样两眼一抹黑。"我当时在我的公寓里,"她记得,那天早上10:30左右,她接到一个从阿蒂卡打来的电话,告诉她一个好消息,说她"丈夫正在去医院的路上,没法打电话"。② 她欣喜若狂,心想:"老天呐,他们总算把他救出来了",然后耐心地等着有人打电话告诉她更多的情况。③ 好几个小时了,她都没接到进一步的消息,"最后,到下午2点左右,我开始疯狂地给电话簿上从布法罗到罗切斯特……的每一家医院打电话。那些医院都没听说过他这个人。然后,下午四五点左右,我接到了典狱长曼库斯的电话,他说我丈夫遇害了"。④ 典狱长告诉她,囚犯杀了她丈夫,现在她"应该去教堂的地下室辨认约翰的尸体"。到了那里之后,他觉得头晕目眩,连路都走不了。她说:"那地方到处都是血腥味和泥土味。"⑤

安·瓦隆也花了星期一的整个上午拼命打听丈夫卡尔的情况。最后,让她颇感欣慰的是,她接到一个修女的电话,说"你丈夫在杰纳西纪念医院急诊室"。⑥ 她激动地把这个消息告诉了孩子们,女儿玛丽·安开始计划在家里举办一个派对,把所有的家庭成员都请来,

---

① Sharon Smith, Testimony, *Attica Task Force Hearing*, July 30, 2002, Albany, New York, 212-213.
② Jennifer Gonnerman, "Remembering Attica," *Village Voice*, September 5-11, 2001.
③ 同上。
④ 同上。
⑤ Ann Driscoll, Testimony, *Attica Task Force Hearing*, May 9-10, 2002, Rochester, New York.
⑥ 安·瓦隆,与作者的交谈,纽约州巴塔维亚,2004年10月17日。

让大家知道这个好消息。① 与此同时，安匆忙赶到医院。然而，一到那儿，就觉得静得出奇，有种不祥之感，没人告诉她卡尔在哪里，情况怎么样。"后来，詹克斯医生出来了，"她回忆道，"他说我见不了他了，因为他已经死了。我听了真是悲痛欲绝，只能去礼拜堂祈祷。"② 那一刻，她不忍心回家。她的"孩子们都在家里庆祝呢"，她无法想象自己不得不告诉他们："不，他已经死了！"③ 在内心深处，她不知道自己是否该相信医生的话。毕竟，有人告诉她卡尔还活着，可现在这个医生却说他死了。他知道她丈夫长什么样吗？最后，她"找了一个认识他的人去辨认，确认就是他"，她这才意识到现在只能回家，伤四个孩子的心了。④ 她的确伤了他们的心。玛丽·安不停地喊，"不，不，不！"并对母亲大发雷霆，一口咬定她不知道自己在说什么，因为他们在电话里说"我爸还活着"。⑤ 但当她看见牧师在门口时，一种刻骨铭心的背叛和绝望让她明白，父亲真的被害了。

对囚犯的家属来说，关于他们亲人的命运如何的消息就更少了。从监狱官员那里什么都打听不到，大约 40 名从罗切斯特赶来的阿蒂卡囚犯的亲属——"大多是女人"——全都聚在门罗县法医办公室门口，"冒着蒙蒙细雨……徒劳地想从尸检报告上找到……死者的名字，以及伤者被送往哪家医院"。作为三个孩子的母亲，多丽丝·塞申拼命想获知丈夫乔什的消息，就哀求道："如果他们在医院，我们为什么不能知道是哪家医院，好去看看他们？他们也是人呐。"艾瑟尔·惠特克也发疯了似的想知道她兄弟怎么样了。她先是给监狱和警署打电话，但是，她说："他们直接挂了电话，甚至都不给我们回电话。"囚犯亲属艾拉·格里尔也给出了相似的说法。前一天晚上，当

---

① Mary Ann Valone, Testimony, *Attica Task Force Hearing*, July 31, 2002, Albany, New York, 131.
② 安·瓦隆，与作者的交谈，2004 年 10 月 17 日。
③ 同上。
④ 同上。
⑤ Mary Ann Valone, Testimony, *Attica Task Force Hearing*, July 31, 2002, 131.

我岳母试图打听些消息时,"警署把她骂了出去"。① 从布法罗来的各家家属也聚在一起想得到些消息,但什么也没发现,于是他们给阿蒂卡市起了个绰号,叫它"北方的南方"。②

倍感压力的奥斯瓦尔德专员宣布,将通过州里的几个电话号码向公众提供有关阿蒂卡囚犯的消息。③ 公众得到了三个电话号码,并得到保证"这些电话每天 24 小时都有人值守"。④ 可以想见,所有的线路都是忙音,根本不可能打通。⑤ 与此同时,监狱那边,他们的亲人生不如死,流血、恐惧甚至被百般折磨。

---

① David Shipler, "Lack of Data on Inmates' Fates Scored by Prisoners' Families," *New York Times*, September 15, 1971.
② Frances X. Clines, "Attica Residents Inclined to Doubt Autopsy Findings," *New York Times*, September 17, 1971.
③ "List of Prisoner Dead," *New York Times*, September 16, 1971.
④ 同上。
⑤ 同上。

23. 一仍其旧

当尼克松总统在椭圆形办公室陶醉于洛克菲勒州长打击黑人煽动革命之图谋的大胆立场时，那些真正看到惨象，看到囚犯在其中所受创伤的人，心里都很不是滋味。弗兰克·霍尔中士是门罗县治安官，他就亲眼见识了夺取行动的余波。9月13日大清早，霍尔中士亲自协助将催泪瓦斯罐装上了直升机，直升机将这些催泪瓦斯投到了院子里，他则在附近转悠，想着万一需要抬担架的话，他可以搭把手。到了九十点钟的时候，他"看到100多个受伤的人躺在地上，看得都懵掉了"。[①]令霍尔惴惴不安的是，他仍能听到D楼有步枪的枪声。[②]然后，他看见已经受伤的囚犯被"残暴地殴打……我的眼眶里全是泪水。我是说监狱暴乱已经结束了可……他们把气都撒在这些光着身子的人身上……这让我心里很不好受，比看见死人还难受，因为这些人还活着，却遭受这样的凌辱"。[③]

国民警卫队士兵富兰克林·达文波特也是来帮忙抬担架的，也同样被D院的大屠杀震惊了。看着现在散落在监狱地面上的空弹壳，他强烈地感觉到夺狱行动从一开始就有屠杀的预谋。他知道，猎鹿弹可不是用来"控制人，或使人丧失行动能力的"。[④]

现场的另一名执法人员也没想到D院的死伤情况如此严重，他把自己亲眼见到的景象——死尸躺在地上，脚趾上挂着标签，伤者在撕心裂肺地惨叫——同"瓜达尔卡纳尔岛战役期间的情况"相提并论。⑤ 甚至连现场一位经验丰富的国民警卫队上尉也要艰难地克制自己，才能着手处理这番血淋淋的景象。他以前在医院工作过，医院里把三四名患者同时受伤定义为"大规模伤亡"，照他看来，眼前这就是一场彻头彻尾的"灾难"。⑥

按照 1960 年起就在阿蒂卡从事医学研究的一名医生的说法，就

国民警卫队士兵抬着担架，上面是一名身份不明的受害者（From the Elizabeth Fink Papers）

---

① "Five Deadly Days," reprinted from the *Democrat and Chronicle* (Rochester, New York), Tom Wicker Papers, 26.
② 同上。
③ 弗兰克·霍尔少校，克里斯汀·克里斯托弗采访，誊印本，2011 年 9 月 17 日，*Criminal Injustice: Death and Politics at Attica*, Blue Sky Project, 2012。
④ John O'Brien, "After 20 Years, Attica's Scars Run Deep," *Seattle Times*, September 8, 1991.
⑤ "Five Deadly Days," reprinted from the *Democrat and Chronicle* (Rochester, New York), Tom Wicker Papers, 26.
⑥ 同上。

连典狱长曼库斯眼见 D 院的这番人间地狱景象也不禁"颤抖起来"。①正如这名医生所见，曼库斯实在想不通，当州警和狱警被派去夺回监狱时，竟然都已"想得透彻，准备大开杀戒"。② 没料到这一点，就意味着曼库斯和州政府的其他任何官员都没有对此事先做好准备，没有安排医护人员、救护车或当地医院的医生在血腥袭击发生之时随时待命。③

当枪击正式停止时，阿蒂卡的医护人员少得可怜，仅有饱受诟病的斯特恩伯格医生和威廉姆斯医生，以及"两名护士，一名 X 光技师，三名巴塔维亚医院的护理员和两名兽医"。④ 照国民警卫队和其他医疗工作者及证人的说法，由于现场的医疗资源太有限，"伤者都在痉挛和抽搐"，最终"一动不动了"。⑤ 曼库斯直到上午 11 点后才打电话请求医疗救助，此时袭击行动已经正式结束一个多小时了。当他终于让更多的医生进来时，接到州长的总参谋长约翰·C.贝克将军的指示，要确保分配医疗资源时囚犯不会"被优先考虑"。⑥ 这名州政府官员认为士兵受伤，哪怕只是"手指骨折，膝盖擦伤""脚趾骨折"和"瓦斯熏了眼睛、吸入肺部"，也比 128 名中弹的囚犯重要得多，即便他们中许多人是身中数弹。⑦

---

① 迈克尔·布兰德里斯医生，访谈录，2012 年 8 月 18 日。
② 同上。
③ "Injuries State Police Personnel," Teletype, Investigation and interview files, 1971 - 1972, New York (State), Special Commission on Attica, 15855-90, Box 84, New York State Archives, Albany, New York.
④ Jeremy Levenson, "Shreds of Humanity: The Attica Prison Uprising, the State of New York and 'Politically Unaware' Medicine,"未发表的本科荣誉论文，宾夕法尼亚大学城市研究系，2011 年 12 月 21 日，作者手中有这篇论文，第 44 页。
⑤ John Stainthorp, Attica Brothers Legal Defense, "National Guard and Medical Workers: Report on Interviews," January 8, 1975, 收于伊丽莎白·M.芬克文档中，第 5-6 页。
⑥ John Dunne, Transcription of notes taken in observers meetings, FOIA request # 110818, FOIA p. 001671.
⑦ "Injuries State Police Personnel," Teletype, Investigation and interview files, 1971 - 1972, New York (State), Special Commission on Attica, 15855-90, Box 84, New York State Archives, Albany, New York.

确实，不把囚犯受伤当回事，也意味着当典狱长曼库斯最终联系迈耶纪念医院要求派更多医生过来的时候，未能说明他所在监狱的惨况严重到何种程度，需要多大规模的医疗队。迈耶纪念医院的沃辛顿·申克医生拼凑了一支由他和两名住院医师组成的小队，一小时后出发去阿蒂卡。一看到等待他的是如此规模的死伤情况，申克就去了监狱行政楼，又花了半个小时打电话，召集了一个大得多的医疗队，包括四个流动医疗组，还有手术设备、血液、血浆和其他必需品。又过了三个小时，这个仍然不敷使用的医疗队才到位。等到另外的医疗队赶来时，许多受伤严重的人已经躺了好几个小时，没得到任何治疗。①

这番惨景甚至对这些专业医疗人员来说也不忍卒睹。一名医生沮丧地看着阿蒂卡的栏杆前排成一排的尸体，忍不住把它和"一幅内战画中的场面"相比。② 另一位见过二战中的战时护理的医生难以置信地盯着眼前的场景，因为"他从没见过这么不被当回事的人"。③ 国民警卫队的士兵进来时也同样震惊，报告说"到处都安置着人，地上、走廊上、每个空地上都有"，如此混乱，想要先救治"最重的伤员"是根本不可能的。④

杰纳西县医院的罗伯特·S.詹克斯医生不仅对眼前这一幕感到震惊，觉得这简直是丧尽天良，而且对受伤情况发生了这么久之后监狱才打电话叫医生来感到怒不可遏。附近一家医院的另一位医生也对这样的延误大为震惊，后来报告说他一直在已经"设备齐全、几乎空

---

① David Breen, Testimony, *Akil Al-Jundi, et al. v. The Estate of Nelson A. Rockefeller, Russell Oswald, John Monahan, Vincent Mancusi and Karl Pfeil*, United States District Court Western District of New York, Buffalo, New York, No. CIV-75-132, November 14, 1991, 4033-4036.
② Stainthorp, Attica Brothers Legal Defense, "National Guard and Medical Workers," January 8, 1975, 8.
③ 同上。
④ U. S. Department of Justice, Federal Bureau of Investigation Memorandum, March 24, 1972, Buffalo, New York, FOIA request #1014547 of the FBI.

无一人的医院里等着所有的伤者过来，因为听说有许多人受伤……心想'囚犯都到哪里去了？'……［最后］，他主动召集4名外科医生，动身去了阿蒂卡"。① 当他们赶到时，根本无从下手。正如詹克斯所描述的，不仅"囚犯躺在外面好几个小时无人问津"，而且他展开工作的那个区域"那里都找不到一品脱的血"。② 他觉得这种情况"完全不可原谅；他们根本没提出要这个，因为我知道要的话能要到很多。这里附近有好几家血库，他们本可以提前把所需的一切都准备好"。③ 另一名医生也报告说"他到的时候一片混乱"，④ "没人指挥别人该怎么做"，而且监狱里根本没有他需要的医疗用品，比如血浆等事关人命的东西。⑤

由于缺乏计划和熟视无睹，身上多处骨折的囚犯要么得不到任何治疗，要么"最多也就是缠个绷带了事"，甚至受伤最严重的囚犯都没有打镇静剂，那就"只能强忍疼痛了"。⑥ 更糟的是，即便在增援的医疗队赶来后，现场的每位医生也能看出，鉴于这间狭小的监狱医院的实际情况，根本不可能对所有需要治疗的人进行救治。空气中依然悬浮着催泪瓦斯的气体，令医护人员不适，也妨碍了他们的施救行动。大卫·布林医生是个有三年经验的住院医师，他回忆说一开始他只能在监狱里面待了"大约60秒……因为催泪瓦斯让我睁不开眼"。⑦

显然，处理阿蒂卡大量重伤囚犯的唯一办法就是把他们从阿蒂卡转入当地医院，但监狱官员让这样的程序几乎不可能实现。正如后来的证词所表明的那样："即使最终获准进入，医疗人士和法律人士在

---

① Stainthorp, Attica Brothers Legal Defense, "National Guard and Medical Workers," January 8, 1975, 4.
② 同上，3。
③ 同上。
④ 同上。
⑤ 同上。
⑥ 同上，8。
⑦ Breen, Testimony, *Akil Al-Jundi, et al., v. The Estate of Nelson A. Rockefeller et al.*, November 14, 1991, 4033-4036.

履行其专业职责时也受到蓄意阻挠的惩教人员的严重阻碍……狱警,尤其是典狱长曼库斯,拒绝批准将某些受伤的囚犯转移至附近的布法罗医院进行手术和紧急救治,即便医生始终表明他们急需这样的救治。"①

夺取监狱的当天下午晚些时候,只有两名囚犯被转移至医院;到了当天结束时,也仅有6人转出。② 其中就有身中数枪的爱德华·科瓦尔茨克。他被转至迈耶纪念医院,只因为一名国民警卫队士兵坚称他需要立刻进行急救手术。尽管如此,当科瓦尔茨克带着钻心蚀骨的疼痛躺进救护车时,却发现开车的监狱守卫"不慌不忙,不亮灯,不拉警笛,还在停车标志前把车停了下来"。③ 一名国民警卫队士兵"和他一起上了车",对狱警说几名伤者"在后面已经快不动了",可守卫还是不肯踩油门。④

对于少数几个有幸进入医院接受治疗的人而言,他们所受的治疗也打了折扣,因为即便是那些伤势最重的人也被负责他们的狱警"将一只脚铐在床架上"。⑤ 他始终说,尽管"没接到任何铐住囚犯的命令",但他"认为有必要这么做,因为他们中有几个人高马大,有攻击人和逃跑的风险"。⑥ 这些所谓的有逃跑风险的人,乔莫就是其中之一,他身中七弹,好不容易才活了下来。

---

① "Assembly Resolution to Impeach Governor Nelson A. Rockefeller for His Wrongful and Unlawful Conduct in Connection with the Handling of the Attica Correctional Facility Inmate Rebellion," January 25, 1972, as contained in: Arthur Eve, Statement, Nelson A. Rockefeller Vice Presidential Confirmation Hearings, House of Representatives, 93rd Cong., 2nd sess., *Congressional Record* 120 (November 26, 1974), 307.
② Levenson, "Shreds of Humanity," 46.
③ Edward Kowalczyk, also known as Angelo Martin, Affidavit, *People of the State* of New York v. Shango Bahati Kakawana (Indicted as Bernard Stroble), 407 F. Supp. 411 (1976), October 12, 1974, Ernest Goodman Papers.
④ 同上。
⑤ Goldman Panel to Protect Prisoners' Constitutional Rights, Report, Investigation and interview files, 1971-1972, New York (State), Special Commission on Attica, 15855-90, Box 9, New York State Archives, Albany, New York, 12.
⑥ 同上。

再说回阿蒂卡,当国民警卫队的约翰·W.库德莫尔医生试图在监狱那间古老而狭小的医务室内救治大量伤情严重的患者时,实在觉得力不从心。因为曼库斯让送受伤的囚犯到外面的医院变得困难重重,库德莫尔医生只得在充其量类似野战医院的条件下施行复杂的创伤手术。仅9月13日一天,他在阿蒂卡的那一小队医生就"被迫……做了25台手术,其中3台为剖腹手术",有时还得同时为几个人做手术。①

然而,最让库德莫尔不高兴的是,士兵和狱警对他救治D院和A院外成堆的受伤囚犯的举动横加干涉。医生看见一个人跟跟跄跄地走来走去,满脸的血糊住了眼睛,便走过去试图治疗其流血不止的伤口,随即"听到身后有人叫我住手,说他是个领头的,别给他治"。②

士兵和守卫经常想方设法地妨碍医生治疗,以至于外面的医生不止一次和执法人员发生冲突,引起混乱。一次,一名国民警卫队士兵被教唆"往囚犯的伤口上抹盐",就是字面意思;另一次,一名国民警卫队士兵试图让囚犯宽心,说他们会没事的,却遭到一个军官的反驳,"大喊伤得多严重,囚犯看起来就要死了"。③ 当一名国民警卫队士兵"开始列出伤员名单,以便和他们的家人联系时,有个狱警过来告诉他不能这么做,然后划掉了名单上的两个人名,说他俩没受伤"。④

夺狱行动结束后,仍然待在监狱里的其他执法人员不仅阻挠囚犯就医,还起劲地为几十名伤者制造更多的痛苦。库德莫尔医生惊恐地目睹了一个被霰弹枪击中、伤势严重的年轻人是如何被士兵折磨的,

---

① John W. Cudmore, Testimony, *Akil Al-Jundi, et al. v. The Estate of Nelson A. Rockefeller, Russell Oswald, John Monahan, Vincent Mancusi and Karl Pfeil*, United States District Court Western District of New York, Buffalo, New York, No. CIV-75-132, December 4, 1991, 6736.
② 同上, 6727。
③ Stainthorp, Attica Brothers Legal Defense, "National Guard and Medical Workers," January 8, 1975, 6.
④ 同上。

一名医生离开媒体包围的监狱
(Courtesy of the Associated Press)

他们对"躺在地上的他又捅又踢"。① 和库德莫尔医生同在现场的年轻医生大卫·布林看见一个讲西班牙语的囚犯想要坐起来,好让别人帮他联系家里人,让家人知道他还活着。他试了好几次,引起了别人的注意,结果,"一个守卫用钝器砸了他的脑袋……狠狠地砸了一下"。② 另一个受伤者"要求……就医、吃药什么的。他说我中枪了。真的,帮帮我,求你了。他在为他的生命乞求。士兵转身就在他脖子

---

① Cudmore, Testimony, *Akil Al-Jundi et al., v. The Estate of Nelson A. Rockefeller et al.*, December 4, 1991, 6736.
② Breen, Testimony, *Akil Al Jundi et al., v. The Estate of Nelson A. Rockefeller et al.*, November 14, 1991, 4055.

上踹了一脚"。①

有些折磨是如此恶毒，谁若不巧撞见的话，会觉得很恶心。一个医生"描述说，星期一下午 2:00 到 2:30 之间，他看了个囚犯"，此人的"直肠和生殖器周围被严重割伤，血肉模糊，不是枪伤，看起来像是被人用玻璃或破瓶子划的"。②

13 日周一下午两三点，一名国民警卫队士兵亲眼见到了一起同样野蛮的事件。詹姆斯·奥代，一个年轻的国民警卫队士兵在执勤时发现一组 8 名国民警卫队士兵用担架抬着一名伤者。那人看上去伤得很重，所以奥代就问发生了什么事，然后被告知那人的双腿和臀部都有枪伤。奥代正看着，突然，站在旁边的一名白人狱警说他不相信那人真的受了伤，于是伸手去把担架翻了过来，"把那名囚犯掀倒在黏腻肮脏的地面上……他叫那名囚犯回自己的牢房去，否则就用螺丝刀捅他，在囚犯还没来得及做出任何反应之前，他就朝囚犯的肛门部位捅了五六下。囚犯根本站不起来，只能用脚向后推……这段时间，他一直躺着，狱警就站在囚犯的双腿之间威胁他"。奥代很想上前阻止，但又害怕那些站在附近的狱警。他觉得"如果他有什么行动，生命就会有危险"。③ 这件事让奥代非常不安，他试图在事件发生几天后向纽约州警报告此事，见没人相信，他最终去了位于布法罗的联邦调查局办公室。那儿的特工记下了他要报告的内容，并做了注脚，说他看上去"头脑冷静，不是留长发的嬉皮士"，这表明他们认为他的报告是可信的。④

---

① Perry Ford, Testimony, *McKay Transcript*, April 24, 1972, 1474.
② Stainthorp, Attica Brothers Legal Defense, "National Guard and Medical Workers," January 8, 1975, 13.
③ 同上，12。亦可参见：U. S. Department of Justice, Federal Bureau of Investigation Memorandum, March 24, 1972, Buffalo, New York。
④ U. S. Department of Justice, Federal Bureau of Investigation Memorandum, March 24, 1972, Buffalo, New York。在联邦调查局的这份备忘录里，这名警卫的名字被修改了，而其他文件表明他是詹姆斯·奥代。1991 年，奥代已是布法罗附近北托纳万达的高中生物老师，他在当地报纸上公开了他的故事。参见：John O'Brien, "The Scars of Attica", *The Post-Standard* (Syracuse, New York), September 3, 1991。

也有狱友受到了阿蒂卡的狱医塞尔登·威廉姆斯和保罗·斯特恩伯格的虐待。根据其他医务人员的报告，一名伤者喉部有个大肿块，当斯特恩伯格医生看见那块凸起时，"笑着说，'哈哈，你把自己的牙齿咽下去了'，事实就是这么回事。"① 现场的目击者报告说，他们听见一个狱医（要么是斯特恩伯格，要么是威廉姆斯）是这么说受伤的狱友的："那黑鬼是个傻瓜蛋，就该死在院子里，所以我们别给他治了。"② 另一个后背有两处枪伤的囚犯在监狱医院时，"两个穿白大褂的人，应该是医生"朝他走去，"其中一人把手指伸进其中一个伤口，开始在里面搅动。囚犯疼得大叫"。③ 一名国民警卫队士兵报告说，他看见一名囚犯"脑袋上有个很深的洞，像是枪伤。在他被送去医院的路上，脑袋一直耷拉着，这名士兵就把他脑袋扶起来，这才发现是两瓣"。④ 后来，这名士兵又去看这个人，发现一名狱医"在玩他的脑袋，一上一下颠着玩"。⑤ 另一个囚犯恳求威廉姆斯医生给他药治伤，据说威廉姆斯是这么驳斥的："我永远不会给你药的。我希望你们都死掉。"⑥

鉴于这些伤势严重的囚犯与有关囚犯"暴行"的恶毒谣言有关，而这些谣言在阿蒂卡外面已经泛滥了好几天，现在又在阿蒂卡的高墙里甚嚣尘上，因而士兵、狱警和阿蒂卡的狱医基本上都不为野蛮对待囚犯的行径所动。⑦ 比如，夺狱行动后即被送到阿蒂卡监狱的国民警卫队士兵丹·卡拉汉目睹了囚犯遭到的可怕虐待，但也听说了一些故事，后者让他对囚犯的悲惨遭遇漠然处之——譬如，"［威廉·］奎

---

① Stainthorp, Attica Brothers Legal Defense, "National Guard and Medical Workers," January 8, 1975, 16.
② 同上。
③ 同上。
④ 同上。
⑤ 同上。
⑥ Ford, Testimony, *McKay Transcript*, April 24, 1972, 1495-1496.
⑦ 丹·卡拉汉，与作者的交谈，佛罗里达州新里奇港，2005年7月5日。

恩在被蓄意杀害前遭到鸡奸。"① 士兵杰拉德·史密斯也听过类似的囚犯暴行，他发现"大家的情绪都被挑起来了……[狱警]跃跃欲试，特想教训一下那些人"。② 这也是州立法委员在巡视监狱时所目睹的虐囚行为的正当理由。阿瑟·伊夫、赫尔曼·巴迪罗、约翰·邓恩、詹姆斯·埃默里、弗兰克·沃克利、克拉克·温普尔和其他人都在栈桥上看见囚犯躺在院子的地上被棍棒殴打，还看见某些囚犯被士兵们特意挑出来遭到残酷的对待。③ 他们甚至还看见黑大个史密斯浑身一丝不挂，在他们下方的桌子上被百般折磨的特别恐怖的场景。④ 他们中没一个人过去干预。⑤ 和目睹施虐的国民警卫队士兵丹·卡拉汉一样，他们后来对自己没有尽力帮助这些人后悔万分。但在当时，他们每个人都"信了那些说法"。⑥

可是，即便在当时，国民警卫队的卡拉汉也能看出夺狱之后发生的虐囚事件是由公然的种族主义助长的。卡拉汉无意中听见一个士兵吹嘘用0.357口径的手枪射杀了一个黑人囚犯，然后眼睛看着他，敬了个"白人力量⑦的礼"。⑧ 他还看见"一名狱警中士叫一个高个子黄皮肤的黑人脱衣服"，那人拒绝后，中士便"让其他人将那人按在地上，像踢球一样踢那人的脑袋，结果把自己的脚崴了"。⑨ 另一名国民警卫队士兵无意中听见一个士兵在阿蒂卡监狱外的食品摊前对旁人说"杀黑鬼就是带劲儿"。⑩ 种族敌意事实上如此强烈，以至于在

---

① 丹·卡拉汉，与作者的交谈，佛罗里达州新里奇港，2005年7月5日。
② Gerard Smith, Testimony, *Akil Al-Jundi et al. v. The Estate of Nelson A. Rockefeller et al.*, November 19, 1991, 3925, 3936.
③ 阿瑟·伊夫，关于此次起义事件的逐日笔记，Tom Wicker Papers, 5。
④ 同上。
⑤ 伊丽莎白·芬克，与作者的交谈，纽约布鲁克林，2007年6月26日。
⑥ 卡拉汉，与作者的交谈，2005年7月5日。
⑦ White Power，白人至上的种族主义组织。前文有 Black Power。——译者
⑧ 同上。
⑨ 同上。
⑩ Stainthorp, Attica Brothers Legal Defense, "National Guard and Medical Workers," January 8, 1975, 12.

当天上午立法委员巡视时，就连议员阿瑟·伊夫都遭到了辱骂。"国民警卫队的士兵冲着伊夫骂——快带着你的黑屁股滚出这里"。①

任何与黑人叛乱分子一起站在 D 院的白人囚犯也遭到了特别的虐待。国民警卫队的队医报告说，他们听见士兵和狱警一边殴打白人囚犯——称这些人为"黑鬼同情者"——一边不时地挖苦他们"这就是你和黑鬼混的下场"。②

狱警和士兵对阿蒂卡投降的囚犯，尤其是其中黑人的憎恨如此之深，以至于夺狱之后好几天了，他们不仅对囚犯身体施虐，而且肆意破坏这些人最基本最必需的财产。一名士兵强迫杰克·弗洛伦茨取出假牙交给他们，然后把假牙扔到"地上，在上面踩"。③ 除了捣碎这

狱警和纽约州警站在被迫匍匐穿越烂泥地前往 D 院的囚犯身旁（Courtesy of the Associated Press）

① 卡拉汉，与作者的交谈，2005 年 7 月 5 日。
② Ford, Testimony, *McKay Transcript*, April 24, 1972, 1505; Stainthorp, Attica Brothers Legal Defense, "National Guard and Medical Workers," January 8, 1975, 9.
③ Jack Florence, Testimony, *In the Matter of the Additional, Special and Trial Term of the Supreme Court of the State of New York, Designated Pursuant to the Order of the Appellate Division, Fourth Department*. County of Wyoming, February 2, 1972, 108.

些囚犯赖以进食的假牙外，士兵和狱警还把眼镜弄碎，踩进泥地里，把他们碰巧在囚犯身上看到的每条项链扯断，每块手表砸碎。

没被野蛮破坏的是被偷走的东西。9月14日，国民警卫队的人带着金属探测器进了监狱，丹·卡拉汉注意到有个"中士偷了一串手表，胳膊从上到下戴满了，还很自豪"。① 另一名国民警卫队的士兵兴高采烈地展示"自己的战利品———一副有个弹孔的假牙"。②

枪击声沉寂下来之后，狱警们开始粗暴地将狱友赶上台阶，进入D楼，再穿过D通道，然后折回A院。从D院到A院，一路上这些人被推来搡去，踢来踢去，一个接一个地摔倒，叠在别人身上，倒在最底下的人几乎没法呼吸。③ 正如赫伯特·X.布莱登回忆起这段折磨时所说，他们几乎喘不过气来，身上还被脱了个精光，被迫"躺在泥地里，脸朝下……往前爬"。④

整个过程中，越来越多的"狱警过来殴打他们，扯掉他们的衣服，拿走眼镜、手表、假牙等，然后让他们光着身子排成歪歪扭扭的一长条队伍，缓缓地穿过[A]院子"，进入A通道，而那里有一队全副武装的狱警正等着他们。⑤

一进通道，他们的脚就被监狱地面上覆盖的碎玻璃割破了，血流了好多，但他们被迫跑了"大约50码……[而且]两边是列队站好的狱警，拿着斧头柄、长木条、棒球棍和步枪枪托"。当这些赤身露体、大多受伤严重的人跌跌撞撞或直接摔倒时，只能"爬完通道全程，同时不断被打、被捅"。⑥ 有个囚犯是这样描述这一挑战的："他们把我扒光，让我去排队。队伍是有一个，但排得歪歪扭扭，你得排

---

① 卡拉汉，与作者的交谈，2005年7月5日。
② 同上。
③ Jameel Abdul Raheem, Testimony, *Akil Al-Jundi et al. v. The Estate of Nelson A. Rockefeller et al.*, November 1, 1991, 2102.
④ "A Nation of Law? (1968-1971)," transcript, *Eyes on the Prize*, 1987.
⑤ Dennis Cunningham, Michael Deutsch, and Elizabeth Fink, "Remembering Attica Forty Years Later," *Prison Legal News* (September 2011).
⑥ 同上。

进去，他们一次放一个人进去。所以，这样的话……狱警［就有］机会准备好棍子了。大厅两边都有警察，你懂的，带着棍子，都是狱警。"① 约翰·库德莫尔和其他几个医生亲眼看到了 A 通道里发生的事："门两侧都有人，当那些人进了门里，他们就用棍子冲着那些人的腿和附近地方打，把那些人打倒在地。"②

9 月 13 日夺狱行动之后，囚犯在 D 院内被下令脱光衣服，排成一队
(*Courtesy of Corbis*)

州警和狱警只要认为哪个囚犯是领头的，就会用粉笔在那人背后画个白色的大"×"，专门伺候。当这 80 个人成功通过第一次夹道鞭

---

① Ford, Testimony, *McKay Transcript*, April 24, 1972, 1473.
② Cudmore, Testimony, *Akil Al-Jundi et al. v. The Estate of Nelson A. Rockefeller et al.*, December 4, 1991, 6699.

答,还得被迫再经过一轮,就在从 A 楼被带到 Z 楼的路上。① 在 Z 楼的入口,那些人都被单独分开,"6 到 8 个狱警……朝他们一个个挨着喊过去:'你想要赦免?那就来啊,给你赦免。'"他们经过这一轮后,守卫们会继续"用警棍死命地"抽打他们。②

黑大个史密斯当然被标记成了领头人,在 A 院的桌子上经受了好几个小时的折磨后,也被迫通过这样的修理,最终后才被扔进 Z 楼的牢房。黑大个来到第一个入口时,国民警卫队的丹·卡拉汉恰好就在 A 通道里。"院子里最后一个狱友就是弗兰克·史密斯。大家都有一种预感,觉得这家伙会受到特殊对待。狱警向史密斯走去,叫他站起来。他 [在桌上] 保持那个姿势四五个小时,所以他摔倒在地,他们就反复抽他的两腿之间和肛门区域,不顾他的反复求饶。"最终,他成功地爬着通过了 A 通道,卡拉汉当时所能听到的全都是"警棍敲在他身上的声音"。

5 个狱警轮流揍他,其中一人成功弄断了他的手腕,另一人,黑大个记得,"把我脑袋砸开了瓢,差点把我砸昏"。每挨一下,黑大个就会摔倒一次。他说,之后"他们把我带到医院边上的一个房间,把我放在地上,四肢摊开成'大'字,用霰弹枪指着我,玩轮盘赌。然后,他们把我弄起来,往 [监狱] 医院的地板上一扔"。③

当夜幕降临阿蒂卡时,"A 部队在监狱里协助狱警的一支骨干士兵设法把 D 院里的 1240 名囚犯塞进 540 间牢房中,大多是在 A 楼"。④ 这次安置行动从头至尾都很暴力。国民警卫队的丹·卡拉汉回忆说,他和同伴进入一个囚楼"协助狱警把一个不守规矩的狱友弄进牢房",他听见一阵骚动,然后难以置信地一名狱警竟把一个人

---

① Stainthorp, Attica Brothers Legal Defense, "National Guard and Medical Workers," January 8, 1975, 9.
② 同上。
③ Jennifer Gonnerman, "Remembering Attica," *Village Voice*, September 5-11, 2001.
④ Monahan Memorandum to Kirwan, September 19, 1971.

从牢房里拽出来，扔了下去，随即"那人的脑袋像西瓜一样碎了水泥地一地"。① 他还看见光着身子惊恐万状的伤者，有时三人被锁进一间 A 楼牢房。最好的情况下，也是"两个人睡在一张窄床上，另一个躺地上，有毯子，没床垫"，但通常所有的人都赤身裸体地躺在牢房冰冷的水泥地上，既没被子，也没床。②

有些人认为被关起来，哪怕是在这种情况下，也让人如释重负，毕竟，这也许意味着残酷的一天终于结束了。佩里·福特就是这样想的。当枪声仍不断在夜空中响起时，福德和两名白人囚犯蜷缩在牢房里，希望现在没人来打扰他们。③ 但是，把他扔进这间牢房的狱警们仍然怒火难消，因为他们认定佩里和狱警威廉·奎恩的死有关。在他被关了 15 分钟后，狱警又回来把他拖出了牢房，吼道"我们要杀了你，因为你杀了奎恩"，还一个劲地叫他"滑头货黑鬼"。④ 当他被拖下楼梯，拖回院子里的时候，他差点滑倒在一大摊血里，里面还有断了的牙齿。一个狱警告诉他，他们刚料理了一个黑鬼，断牙就是那黑鬼的。⑤ 此时，吓得浑身发抖的福特被推到院子里，靠墙站着，面对一个手里端了把霰弹枪的士兵。士兵在霰弹枪里只留了一颗子弹，把枪对着福特，说："里面有一颗子弹，你会知道什么时候打中你的"，然后开始一次次扣动扳机。每扣一次，福特"都觉得要死了"。⑥

俄罗斯轮盘赌是夜班守卫和士兵经常玩的游戏；叫那些蜷缩在地

---

① 卡拉汉，与作者的交谈，2005 年 7 月 5 日。
② Goldman Panel to Protect Prisoners' Constitutional Rights, Report, New York State Archives, 14.
③ Ford, testimony, *McKay Transcript*, April 24, 1972。关于夺狱行动后州警和狱警持续射击多久的问题，从许多来源看，囚犯的证词明确表示，13 日夜里仍能听到枪声。有人报告说狱警对关在牢房里的囚犯开枪，说他非常清楚地"听见了枪声"。参见：Jameel Abdul Raheem, Testimony, *Akil Al-Jundi et al. v. The Estate of Nelson A. Rockefeller et al.*, November 1, 1991, 2109。
④ 同上，1482-1483。
⑤ 同上，1483-1484。
⑥ 同上，1489-1490。

板上又渴又累的人,比如卡洛斯·罗切,去"喝狱警的尿"。① 13号整晚,狱警都在用枪托刮擦铁栏杆,嘲弄、殴打并威胁要杀死刚刚安置的囚犯。接下来几个晚上也是如此,来了几组狱警,把枪和警棍伸进牢房,威胁要把他们都弄死。② 如此无情地袭击囚犯,令之前的一些人质大吃一惊。人质唐纳德·阿米特有次听说了监狱里发生的事,他摇着头说,"最初的殴打我能理解,但三天后闯进牢房,把一个人拖出来殴打,我就没法理解了"。③

典狱长曼库斯命令外面来的所有医生在晚上11点前离开监狱,剩下的那名狱医说他要上床睡觉了,所以牢房里的人不仅遭到了狱警的恫吓,许多人至今仍有医疗造成的严重创伤。佩里·福特描述了当晚他看见的两个人:"一个身中12枪,或接近12枪,他就在牢房里。脖子上还有颗子弹。还有一个脊柱上有颗子弹。他们要求治疗,要求去看医生",但毫无回应。④ 假牙被砸碎的囚犯杰克·弗洛伦斯,亲身经历了这种冷酷无情不予治疗的过程。"我一直在乞求叫个护士来,但没人来,"他一边剧烈颤抖一边回忆道,"星期二晚上,每个人都在找护士和医生。谁都没找到。到了星期三,我要求见护士,还是没人来。"最后,弗洛伦斯看到一个"长官制服的人"经过他的牢房,于是求那人叫个医生过来。官员也"一言不发地继续走他的路"。⑤ 甚至术

---

① Carlos Roche, Testimony, *Akil Al-Jundi et al. v. The Estate of Nelson A. Rockefeller et al.*, November 1, 1991, 2077.
② "Assembly Resolution to Impeach Governor Nelson A. Rockefeller for His Wrongful and Unlawful Conduct in Connection with the Handling of the Attica Correctional Facility Inmate Rebellion," January 25, 1972, as contained in: Arthur Eve, Statement, Nelson A. Rockefeller Vice Presidential Confirmation Hearings, House of Representatives, 93rd Cong., 2nd sess., *Congressional Record* 120 (November 26, 1974), 307. Also see: *Inmates of Attica Correctional Facility v. Nelson Rockefeller et al.*, September 10, 1971, 748-749.
③ 唐纳德·阿米特,与作者的交谈,2005年7月3日。
④ Ford, Testimony, *McKay Transcript*, April 24, 1972, 1491.
⑤ Jack Florence, Testimony, *In the Matter of the Additional, Special and Trial Term of the Supreme Court of the State of New York, Designated Pursuant to the Order of the Appellate Division, Fourth Department*. County of Wyoming, February 2, 1972, 113.

后病人也没有得到后续治疗，据说13号离开监狱的一个医生对此不以为然，说："嗯，他们年纪轻轻，身强力壮；我猜他们会没事的。"①

但是，有许多医学专业人士对这些人深感担忧，只要允许，他们愿意留下来治疗这些人，也很乐意到监狱里面去进行治疗。那天晚上，一个医疗小队一直等在狱外，它由"纽约市的9名医生和3名护士组成，他们大多来自布朗克斯的林肯医院，[他们]到达监狱时说是响应医生的号召来的，但没人被允许进去"。② 这支医疗队代表的是国家医学协会，一个由8 000名有色人种的医生和护士组成的团体。那天一早他们就到了，迫不及待地想提供服务，他们试图争取所有在监狱门口见到的医务人员的帮助。③ 一个医生回忆道，"他们朝我们奔过来"，请他告诉曼库斯这支医疗队到了，准备提供帮助。④ 这位医生答应把话带到，但对典狱长是否希望他们进去并不乐观。⑤ 果然，曼库斯没同意。照迈克尔·布兰德里斯医生的说法，他们之所以被拒门外，是因为林肯医院"是一个著名的激进主义、社会运动以及其他此类思潮的温床"。⑥ 林肯医院的霍华德·列维医生便是现场这支医疗队的成员之一，他"1967年当军医时曾因拒绝指导绿色贝雷帽部队而被送上军事法庭，因此名声大噪"，但显然这里需要更多的医生帮忙，这应该不算是个什么问题。即便是另一队来自布法罗的医生、市民和护士，与政治没有瓜葛，只是来阿蒂卡希望被允许协助已在现场的迈耶纪念医院和布法罗大学医学院的医务人员，竟也被

---

① "Assembly Resolution to Impeach Governor Nelson A. Rockefeller for His Wrongful and Unlawful Conduct in Connection with the Handling of the Attica Correctional Facility Inmate Rebellion," 313.
② Alton Slagle, "Medic: Guns Killed Hostages," New York *Daily News*, September 15, 1971.
③ 迈克尔·布兰德里斯医生，访谈录，2012年8月18日。
④ 同上。
⑤ 同上。
⑥ 同上。

拒绝入内。① 其真相是，监狱官员并不真的信任医生，不愿让他们看见阿蒂卡里面发生的事，尤其是在迈耶纪念医院的两名医生将"狱警的暴行告诉媒体"之后。②

对曼库斯而言，从 9 月 13 日白天到晚上乃至此后数周里，他要竭力阻止关于阿蒂卡高墙内的种种虐待行为传出去，而这只是一个长达数年的麻烦的开始。但他肯定明白，侵犯人权的可怕行为正在发生，他的副手列昂·文森特和卡尔·普菲尔，他的上司拉塞尔·奥斯瓦尔德，以及乔治·英凡特、约翰·莫纳汉、亨利·威廉姆斯等州警高层也很清楚这一点。他们从 13 日清晨起就全在监狱里，原本可以帮忙的却什么也没做，只是看着医生、立法委员甚至国民警卫队的士兵来报告虐囚行为的猖獗。③

然而，对于其中任何一件，他们都声称是符合程序的。事实上，惩教署称其官员"疲惫不堪，忧心如焚，狱警和员工则全身心投入"，都在不舍昼夜地分发"衣服、被褥和生活必需品，在尽可能舒适的生活条件下，把他们三人一组安置进一间牢房"。④ 士兵们本身对现在正在安置的人并无政治成见。在 D 院的叛乱分子为纪念 9 月 9 日起义的开始用粉笔写的文字下，执法人员题了一段字："1971 年 9 月 13 日夺狱行动。31 名黑鬼死亡。"⑤

监狱外，许多人在夜以继日地工作，以确保执法部门不会继续伤

---

① "Assembly Resolution to Impeach Governor Nelson A. Rockefeller for His Wrongful and Unlawful Conduct in Connection with the Handling of the Attica Correctional Facility Inmate Rebellion," 313.
② 同上。
③ 关于夺狱行动后官员在阿蒂卡的各种日期和时间，可参见：Official Call Log, Headquarters, New York State Police, Albany。
④ "Attica Aftermath: Problems and Progress," *New-Gate News*, Department of Correctional Services, Central subject and correspondence files, 1959-1973, New York (State), Governor (1959-1973: Rockefeller), Record Group 15, Box 2, Folder 31, Rockefeller Archives, New York State Archives, Albany, New York.
⑤ Cunningham, Deutsch, and Fink, "Remembering Attica Forty Years Later."

害刚刚在夺取阿蒂卡的过程中遭到攻击的那些囚犯。除了囚犯的家人和志愿服务的医务人员之外，还有几十名囚犯维权律师前往监狱，要求给囚犯提供适当的医疗救治，并即时提供法律咨询。正如赫尔曼·施瓦茨所言："那天晚上，律师们开始涌入纽约北部。"① 他们还不清楚发生了什么，但都知道阿蒂卡囚犯的命现在正捏在士兵和狱警的手上，后者盼着抓到他们已经盼了4天；他们也知道，从人质的死亡人数以及他们是如何死亡的流言来看，狱中的情况极有可能对囚犯不利。

律师威廉·海勒斯坦35岁，留着大胡子，在纽约市法律援助协会负责刑事上诉委员会，13日清晨，他带着几名年轻律师动身前往布法罗，其中两人是他刚刚雇来的。他回忆道，"我们并不清楚自己到底能做什么"，不过，最终他们在赫尔曼·施瓦茨的家里开了个筹划会，然后前往布法罗大学，商讨如何进入阿蒂卡，查看囚犯的情况。②

制定这个计划是件相当磨人的事。海勒斯坦记得，那是一次"盛大的聚会……都在大喊大叫"，他和施瓦茨，还有更年轻更激进的律师及法学院学生，都互不相让。争论的焦点是如何以最佳方式向州政府施压，以保护里面的囚犯。③ 大家都怀疑会发生虐待行为，但又没有具体证据。那他们到底该怎么办？最终达成的看法是，帮助囚犯的最好方法就是获得联邦命令，这样就能进入监狱，理由是确保囚犯的米兰达权利得到遵守。④ 施瓦茨与美国地区法官约翰·柯汀相识已久，几天前还曾见过面，去拿那份他要带到D院的命运多舛不住的禁令，当晚他在自己家给法官去了电话。柯汀邀请施瓦茨、海勒斯

---

① Herman Schwartz, Personal Diary, September 12, 19, 24, 1971。作者手中有这份文件。
② 威廉·海勒斯坦，与作者的电话交谈，2011年11月8日。Schwartz, Personal Diary, September 12, 19, and 24, 1971.
③ 海勒斯坦，与作者的电话交谈，2011年11月8日。
④ 同上。

坦和全国有色人种协进会的斯坦·巴斯去他家，这样就能当面听听他们的意见。在认真听取之后，他最终决定批准一项临时命令，授予他们"禁止审讯的权利，准许我们见委托人的权利，并允许医疗救治"。① 柯汀亲自打电话给曼库斯，通知他这项命令，并告诉他如有任何问题，次日上午，即 9 月 14 日上午 10：30 将在其法官办公室举行听证会，审查这项命令。

这一大群如释重负的律师，在倾盆大雨中出发前往阿蒂卡。海勒斯坦及其团队乘坐一辆租来的旅行车和另外几辆车，在路上发现同行的还有从纽约市乘坐面包车前往监狱的林肯医院的一队医生。就在抵达医院前，这些满载律师和医生的车辆停下来加油时，突然被"拿着霰弹枪的士兵团团围住"，要求搜查医生的面包车。② 海勒斯坦知道干扰联邦法院命令的行为属于犯罪，所以亮出了柯汀签署的命令，不仅迫使士兵停止骚扰那一车"嬉皮士"医生，而且还说服士兵们护送律师和医生的车队去监狱。③

大约午夜时分，这群人来到了阿蒂卡，出示了法庭命令，以为这样就会让他们进去查看囚犯的情况。然而，典狱长曼库斯和助理副典狱长普菲尔拒绝他们进入。普菲尔在得知法庭命令的那一刻，便与他在惩教署的上司进行了商议，他确信阿蒂卡的员工若是拒绝听从柯汀的命令，定会得到上级的支持。④

施瓦茨和海勒斯坦简直不敢相信。即便他们这一方有"大约 20 名律师和 20 名医生，但我们还是被告知他们不理会这项命令，凌晨 3：30，事情板上钉钉"⑤。海勒斯坦便去找电话打给柯汀，说他签署的命令被无视了。他听得出，柯汀对狱方竟敢公然违抗联邦法院的命

---

① Schwartz, Personal Diary, September 12, 19, 24, 1971.
② 海勒斯坦，与作者的电话交谈，2011 年 11 月 8 日。
③ 同上。
④ Karl Pfeil, Testimony, *Akil Al-Jundi et al. v. The Estate of Nelson A. Rockefeller et al.*, 9768.
⑤ Schwartz, Personal Diary, September 12, 19, 24, 1971.

令"深感震惊"。但柯汀也已无计可施,只能等待即将到来的早晨的听证会。① 疲惫不堪、灰心丧气的律师只能重整精神,为稍后上午的听证会备战。②

---

① Schwartz, Personal Diary, September 12, 19, 24, 1971.
② 同上。

第五部 清算与反应

罗伯特·道格拉斯

　　罗伯特·道格拉斯整整一个星期都在设法帮助洛克菲勒州长解决阿蒂卡的局势，即便起义已经结束，但危机并未远离。道格拉斯从1965年起就给州长当律师。他家世显赫，出生在纽约宾厄姆顿，以优异成绩毕业于达特茅斯学院，又在康奈尔法学院获得法学学士学位。随后，他在一家知名律师事务所谋得职位，直到加入洛克菲勒政府。道格拉斯喜欢纽约，对该州的法律了如指掌。能在阿蒂卡给州长当耳目是个荣耀。他觉得洛克菲勒在当地的团队在设法斡旋和平解决问题上做得很好，一旦证明和平是不可能的，就以尽可能少的人命代价来夺回监狱。

　　道格拉斯从来不肯相信阿蒂卡监狱的囚犯条件有多糟，谁也说服不了他。在他看来，他们的不满主要归结为"淋浴次数和新鲜水果的数量，以及是否要在饮食中增加替代猪肉的食物"之类。① 更重要的是，他并不认为这帮人值得同情。在道格拉斯看来，"这些人是纽约罪犯群体中最死硬、最难对付的，都被判了很长的刑期，绝大多数犯的是杀人、放火、强奸之罪，是人渣中的人渣。" 到了周日，道格拉斯很清楚，阿蒂卡的囚犯真的"想来一场硬碰硬。……监狱的院子开始用床垫围成路障。他们制作武器，把床垫浸在汽油里，看上去是在为一场战斗做准备"。

　　现在，战斗已经结束。正如道格拉斯所见，"枪声很快就停了下来……人质被救了出去"。州政府的工作就是恢复秩序,所以"他们进去了,夺回了监狱,恢复了秩序"。

不过,他也清楚重要的是接下来的几天事情会怎么发展。道格拉斯认为,如果媒体开始关注这件事,那么本应被视为"平息一场可怕的监狱暴乱的相当成功的努力",可能会变成"州长的一场噩梦"。

---

① 这一节和本节之后所有的引文都来自:Robert Douglass, Interview, "Attica Prison Riot," *American Experience*, 2007。

24. 发 声

9月13日上午,当人质开始离开监狱时,对洛克菲勒派往阿蒂卡的人而言,夺狱行动一开始似乎是成功的。但不到24小时,事情就开始变得像一场大灾难——这需要采取大量公关手段了。当对阿蒂卡拥有直接司法管辖权的怀俄明县地区检察官路易斯·詹姆斯那天近中午时来到阿蒂卡时,也被眼前所见惊呆了,于是立即向州长的手下表明,这是一个很大的烂摊子,远不是他的办公室能搞定的。① 死的人太多了,还有太多人伤得很重,有生命危险,因此,老实讲,有太多关于情势何以至此的疑问堵在眼前。正如他对那些人所说:"先生们,说起这件事的规模,从窗户望出去,你可以想见成百上千件案子需要调查。我没这么多人手来处理这事。"②

洛克菲勒的法律顾问霍华德·夏皮罗心里一惊,连忙与其他可以信赖的法律顾问罗伯特·道格拉斯和迈克尔·怀特曼商谈,并决定去咨询司法部副部长罗伯特·E.费舍的意见,以便对阿蒂卡的法律形势做个初步评估。他是"从执法角度来纵观这件事;也就是说,对任何违法活动予以起诉"。③ 于是,费舍派他的助理司法部长安东尼·西蒙内蒂去监狱解决问题。西蒙内蒂13日一大早就到了现场,此时监狱的混乱还在继续。④ 直到几天后的9月17日,洛克菲勒才发表官方声明,称费舍负责调查阿蒂卡的叛乱及夺狱行动,但州长在这之前就已经确保以其敏锐的法律眼光来看待那里的问题了。⑤ 事实上,给

惩教署副专员沃尔特·邓巴在夺狱行动之后审视着 D 院 （*Courtesy of the Democrat and Chronicle*）

费舍打电话，以及西蒙内蒂几乎立刻就出现在现场，都清楚地表明州

① Rockefeller Administration, Confidential Memo, "Events at Attica: September 8-13, 1971," 53.
② 引自：Bernard S. Meyer, Special Deputy Attorney General, *Final Report of the Special Attica Investigation*, October 27, 1975, Printed reports and studies, 1955-1958, 1975-1982, New York (State), Governor, B0294-82, Container 1, New York State Archives, Albany, New York, 57.
③ 同上。
④ Meyer, *Final Report of the Special Attica Investigation*, October 27, 1975, New York State Archives, 46. 西蒙内蒂确实几乎立刻就成了阿蒂卡的核心人物，这将在后来州政府调查阿蒂卡所发生的事时被证明非常重要。比如，州警的警用电台日志中有他来来去去的记录："September 14th: 12: 06 Car 1035: DA Simonetti." From "State Police Radio Log of Troop A Headquarters," Investigation and interview files, 1971-1972, New York (State), Special Commission on Attica, 15855-90, Box 9, New York State Archives, Albany, New York. Also see: Whiteman, Testimony, Meyer Commission, June 12, 1975, 1629, FOIA request #110818, FOIA p. 000652。
⑤ State of New York, Executive Chamber, Press Release, September 15, 1971, Nelson A. Rockefeller gubernatorial records, Press Office, Series 25, New York (State), Governor (1959-1973: Rockefeller), Record Group 15, Box 49, Folder 1066, Rockefeller Archive Center, Sleepy Hollow, New York.

长很快就明白了士兵们 13 日的行动可能会使他陷入困境。洛克菲勒指望费舍的办公室来处理这件可能会惹麻烦的法律事务颇有些意味深长。费舍是该州有组织犯罪特别小组（OCTF）的负责人，设立该单位是为了跟踪打击暴徒和黑帮。洛克菲勒选择这个单位来调查阿蒂卡起义，是因为他从一开始就确信这是左派革命阴谋的结果。他希望费舍用来起诉有组织犯罪的那些法律也能适用于此。

当洛克菲勒政府准备好应对反弹时，当全州各地的民权律师正想方设法进入阿蒂卡看看发生了什么时，毗邻监狱的县停尸房正在接收尸体。躺在监狱维修车间地上的尸体数量如此之多，以至于三个县的病理学家都得到通知，说有大量尸检要做。一些尸体去了巴塔维亚附近的医院，一些被送到了布法罗的伊利县法医办公室，余下的 19 具囚犯尸体和 8 具人质尸体则去了罗切斯特，由门罗县法医办公室的约翰·埃兰德医生及其助手 G. 理查德·艾伯特医生负责尸检。①

当埃兰德医生接到电话，要他的办公室接收大批阿蒂卡的受害者时，他同意了，但必须按办公室的应急计划来实施，从而允许他再请三名法医来协助。② 这些医生很快就赶到了门罗县法医办公室，只等午夜之后尸体运来。埃兰德和艾伯特目瞪口呆地看着州警将两辆大卡车倒进医院的车库，锁上车库门，然后把担架一副接一副地卸到水泥地上。

到周二凌晨 0:20，也就是 9 月 14 日，停尸房的车库里挤满了人，除了死尸，还有士兵和其他州政府官员，他们坚持要待在屋子里。州警和门罗县治安官办公室的各色人等都决定留下来，看着每具尸体被

---

① "Five Deadly Days," reprinted from the *Democrat and Chronicle*（Rochester, New York）, Tom Wicker Papers, 25; Michael A. Baden and Judith Adler Hennessee, *Unnatural Death: Confessions of a Medical Examiner*（New York: Random House, 1989）, 210.
② John F. Edland, Monroe County Medical Examiner, Memorandum to Mr. Gordon Howe, Monroe County Manager, Subject: "Deaths from Attica Emergency," September 22, 1971. 作者手中握有这份材料。

停尸房又卸下了一具尸体（*Courtesy of the Democrat and Chronicle*）

剥去衣服进行尸检，州警的摄影师在现场拍照。执法人员显然担心验尸过程中会暴露出什么问题，洛克菲勒的手下人也是一样，都希望尽可能控制夺狱行动的后果。① 埃兰德医生9月12日对威廉·奎恩进行了尸检，那次他毫不费力地判定死因是"据称由监狱囚犯的袭击"导致的"头部严重创伤"。② 不过，这些死法更具争议性。

但埃兰德医生是个了不起的专业人士，他认为政治和医学不应混为一谈。这并不是说他对周遭的世界不感兴趣；事实上，他是一名注册的共和党人，曾为职业生涯选择法律还是医学而举棋不定，最后之所以决定当个病理学家，是因为这样能同时踏入这两个领域。他认为

---

① "Five Deadly Days," reprinted from the *Democrat and Chronicle* (Rochester, New York), Tom Wicker Papers, 25.
② John T. Edland, Autopsy of William Quinn, September 12, 1971, Autopsy #A-339-71.

自己的工作是向亡者家人提供关于死因的准备答案，无论这死因是什么。他的发现如何影响公众对阿蒂卡夺狱行动的看法，或负责此次行动的人的职业生涯，都对他的工作没影响。① 他在门罗县担任首席法医已有三年，其间，工作勤勉、为人体面的他为自己赢得了实实在在的好口碑。

埃兰德医生及其助手艾伯特医生立刻投入工作。首先，他们不得不用软管冲洗每具尸体，因为他们身上"胡椒瓦斯味道很重"，然后，在开始尸检之前，要确保医学摄影师艾德·莱利给尸体照了X光。② 与此同时，州警在周围晃来晃去进行监督这一事实也令停尸房的工作人员感到紧张。从莱利打开X光机的那一刻起，他们就能清楚地看见囚犯的身体深处嵌着许多子弹和铅弹，艾伯特和埃兰德都很明白州警为什么如此关心。到了凌晨4:30，很显然，"人质都是被枪杀的，没见到割喉或割生殖器的情况"。③ 当然，州政府官员对媒体根本不是这么说的，医生也意识到了这一点。40多名州警挤在过道里，在他们身边走来走去、低声嘟囔，两名病理学家则继续尽职尽责地寻找任何割喉致死的迹象。但他们只在人质的喉咙附近找到两处刀伤，而且"伤口……在脖子后面"，"深不足十分之一英寸"。④ 正如两名医生所知，如果有人想"通过割喉的方式重创或杀死某人，肯定会从正面下手"。⑤

或许，比没人死于刀伤这一事实更令州警惊讶的是，每个人心里都很清楚，9月13日那天，阿蒂卡监狱里唯有执法人员有枪。

即便背后是充满敌意的目光，但埃兰德和艾伯特并不理会，还是

---

① Lawrence Van Gelder, "Worst Day of My Life," *New York Times*, September 15, 1971.
② Gene Richard Abbott, Testimony, *Attica Task Force Hearing*, May 9-10, 2002, Rochester, New York, 194-195.
③ "Five Deadly Days," reprinted from the *Democrat and Chronicle* (Rochester, New York), Tom Wicker Papers, 25.
④ Abbott, Testimony, *Attica Task Force Hearing*, May 9-10, 2002, 194-195.
⑤ 同上。

继续努力想尽可能多地了解阿蒂卡的每个人究竟是怎么死的。比如，很显然，人质约翰·蒙特利昂是死于胸部的枪伤，子弹射入后，向下移动直到刺穿"主动脉和左肺"。① 艾伯特医生在蒙特利昂的胸膛深处发现"一颗蘑菇状的铅块，包套弹壳上留有步枪的部分膛线凹槽"，他认出这来自"0.44 口径"的子弹。② 同样明显的是，囚犯L. D. 巴克利是背部中弹，那里有"一处 1×1/2 英寸的子弹入口伤，形成了一道清晰的接触环"，这颗子弹对"右肺下叶造成大面积损伤"。子弹是"一颗已成碎片的包套弹，口径略大于 0.25"，卡在了他右边第四根肋骨上。巴克利是被近距离射杀的。③ 警方最恨的塞缪尔·麦尔维尔因子弹碎片撕碎了他的肺，导致他流血过多而死。④ 这是否支持后来有关囚犯的报告，即麦尔维尔在夺狱行动之后还活着并且举手投降，尸检结果无法确定。⑤

耗费了很长时间，除了枪伤，仍旧一无所获，埃兰德和艾伯特决定回家睡一觉，再去完成不得不做的 15 例尸检。医生和他们的工作人员已经忙活了超过 24 小时，到次日清晨 6:30，他们觉得"必须休息一下，这样才能以职业素养所要求的谨慎客观的方式来完成工作"。⑥ 不过，也就打了个盹，不到 90 分钟，他俩又赶了回去，并且愈发觉得不安。从尸体被运到停尸房的那一刻起，埃兰德就尤其觉得

---

① Autopsy of John Monteleone (identified as #8), September 14, 1971, Autopsy #A - 343-371. Other autopsies such as that of hostage John D'Arcangelo can also be found in the Ernest Goodman Collection. See: Dr. Abbott, Autopsy of John D'Arcangelo, Autopsy #A-347-71; and John D'Arcangelo, Death Certificate. All above from the Ernest Goodman Collection, Accession number 1152, Box 7, Walter Reuther Library.
② Autopsy of John Monteleone (identified as #8), September 14, 1971, Autopsy #A - 343-71; Dr. Abbott, Autopsy of John D'Arcangelo, Autopsy #A-347-71; John D'Arcangelo, Death Certificate.
③ Autopsy of Elliott J. Barkley (identified as Prisoner #17), September 14, 1971, Autopsy #A-355-71, 作者手中握有这份材料。
④ Autopsy of Samuel Melville (identified as Prisoner #13), September 14, 1971, Autopsy #A-366-71, 作者手中握有这份材料。
⑤ 同上。
⑥ Edland Memorandum to Howe, September 22, 1971.

被州警的出现吓得不行,而一旦尸检揭露出什么,他觉得自己会"迫于压力"修改自己的尸检报告。① 他还被告知,要特别留意两名囚犯的尸体,即巴瑞·施瓦茨和迈克尔·普利维特拉,在州警夺狱后他们被发现已经死在了 D 楼,这些州警坚称他们的死很可疑。埃兰德立刻就明白了为什么要他重点关注这两具尸体,因为这些人显然在夺狱之前就被杀了,据说是被囚犯所杀。尸检结果显示,施瓦茨不仅遭到了暴打,而且脖部的割痕极深,颈动脉都被割断了,颈部肌肉完全裸露在外,他身上还有不止 36 处刺伤。② 迈克尔·普利维特拉的尸检结果也没好多少,他头骨已碎,遭割喉,身上有 21 处深深的刺伤。③

尽管士兵们希望今后媒体的注意力全都集中在这些残忍的杀戮上,而非人质的死亡上面,但两名医生都很清楚真正的新闻焦点在于,州政府究竟杀了多少自己人,又有多少手无寸铁的囚犯被枪杀。埃兰德认为,一旦公众知晓这么多人都是死于州警的枪下,那就麻烦大了。④ 而且,他也知道,鉴于报纸记者正在"围攻"他的办公室,"要求获取更多信息",这样的新闻没多久就会爆出去。⑤

时间一分一秒地过去,门罗县卫生局局长温德尔·埃姆斯医生对媒体越来越担心。事实上,他特别要求埃兰德医生在官员明示之前,千万别对媒体透露消息,正如他所说,因为"我们不希望在即将进行的调查开始前,就在媒体上审判"。⑥ 洛克菲勒州长的团队一听说

---

① "Examiner Surprised by Attica," *Democrat and Chronicle* (Rochester, New York), December 10, 1971.
② Autopsy of Barry J. Schwartz (identified as Prisoner #22), September 14, 1971, Autopsy #A-351-71,作者手中握有这份材料。
③ Autopsy of Michael Privitera (identified as Prisoner #23), September 14, 1971, Autopsy #A-352-71,作者手中握有这份材料。
④ Abbott, Testimony, *Attica Task Force Hearing*, May 9-10, 2002, 194-195.
⑤ Edland Memorandum to Howe, September 22, 1971.
⑥ "Conflicting Reports from Inside," *Medical World News*, 3, 引自: Jeremy Levenson, "Shreds of Humanity: The Attica Prison Uprising, the State of New York and 'Politically Unaware' Medicine," Unpublished Undergraduate Honors Thesis, Department of Urban Studies, University of Pennsylvania, December 21, 2011,作者手中握有这份材料。

埃兰德的尸检结果，就惊慌失措起来。州长办公室立即指示不准泄露任何消息，并明示在召开任何新闻发布会之前，需对埃兰德的尸检结果进行审核。

然而，令各方沮丧的是，这个消息没有藏住。首先，凡是在门罗县法医办公室见过尸体的人都很清楚，尸体已被子弹和铅弹打成了筛子。一旦人质的尸检完成，尸体就会被送往殡仪馆，会有无数的局外人能看到他们的伤口。① 但真正令他们手足无措的是埃兰德的办公室主管将尸检结果透露给了迪克·库珀，当地报纸《罗切斯特时报》的记者。库珀奔回自己的车，开回城里，写下了报道。"我知道我所掌握的信息很重要，但直到我在回城的路上才意识到它的分量。如果人质并非死于割喉，而是确确实实死于子弹和铅弹造成的枪伤，那他们肯定是被派到 D 楼去解救他们的州警打死的"。② 当迪克把这个消息说给报社的同事听时，他们都惊呆了。《罗切斯特时报》的另一个记者劳伦斯·博普雷还记得当时听到这个消息的情景。"我的呼吸急促起来。每个人都知道这意味着什么，因为从报道上看，囚犯根本没有武器。"③

库珀刚一爆出枪伤的事，突然间，"不爱出风头的埃兰德医生就被推到了全国的聚光灯下"。④ 9 月 14 日周二下午 3 点，埃兰德举行了一次全国新闻发布会。会上，他只对尸检结果做了简单陈述，然后回答了几个问题。⑤ 然而，他的话还是引起了轰动。像阿瑟·伊夫这样的阿蒂卡观察员虽然对埃兰德所揭露的事极为震惊，但对门罗县法医办公室的这位医生致力于探究真相的做法感激不已。几个月后，他

---

① V. R. Mancusi, Superintendent, Western Union Telegram to Medical Examiners, John Edland, September 14, 1971.
② News clipping, *Rochester Times-Union*, undated, 作者手中握有这份文件。
③ 同上。
④ "Conflicting Reports from Inside," *Medical World News*, 3, 引自：Levenson, "Shreds of Humanity."
⑤ Edland Memorandum to Howe, September 22, 1971.

是这么说的:"谢天谢地,感谢有这样一位正直诚实的法医,几个星期以来,他的正直一直在遭到那些不那么正直的人的质疑。"伊夫满怀愧疚地回忆说,那天晚上,他"在布法罗向一个大型黑人团体汇报时也重复了那些[关于割喉的]谎言。我没想到州长为了替自己的行为辩护,竟会如此罔顾事实"。①

埃兰德的新闻发布会召开才几分钟,洛克菲勒州长的办公室就炸开了锅。洛克菲勒的律师迈克尔·怀特曼后来说,埃兰德的发现"令我们错愕不已"。② 他们沮丧地看着埃兰德医生站在大批记者面前,平静地说:"前8次尸检,对我们确认过是人质。8次尸检表明他们全都死于枪伤。"③ 接着,他说:"只有一名人质在脖子后面有'一道轻微的割伤'。"④

洛克菲勒在他位于纽约第五大道的公寓里听到了这个消息,并对他后来称为"非常不幸和尴尬的局面"感到"极度不安"。⑤ 他知道他必须马上赶回办公室。然而他还没做好准备面对媒体。于是,他设法避开了等在外面要求他对埃兰德的报告表明态度的成群记者,"从一扇侧门溜出了公寓",并再次从自己办公室的"后门溜进去",避开了那些人。⑥

但是,州长已经开始尝试歪曲埃兰德所披露的情况,其中大部分集中在对医生的能力和诚实提出质疑。

---

① Arthur Eve, Statement, Nelson A. Rockefeller Vice Presidential Confirmation Hearings, House of Representatives, 93rd Cong., 2nd sess., *Congressional Record* 120 (November 26, 1974), 300.
② Whiteman, Testimony, Meyer Commission, June 12, 1975, 1610, FOIA request # 110818, FOIA p. 000633.
③ "A Nation of Law? (1968-1971)," transcript, *Eyes on the Prize*, 1987.
④ "Amnesty: Governor Contradicted," *New York Post*, September 15, 1971, Dorothy Schiff Papers, Box 4, New York Public Library.
⑤ Nelson Rockefeller, Deposition, Meyer Commission, August 8, 1975, Mineola, New York, 8681, FOIA request #110818 of the New York State Attorney General's Office, FOIA p. 000428.
⑥ Gene Spagnoli, "Autopsies Leave Governor Silent," New York *Daily News*, September 15, 1971, Dorothy Schiff Papers, Box 4, New York Public Library.

25. 退一步

在发表任何公开声明之前，洛克菲勒州长想知道埃兰德医生的尸检结果是否属实。他在阿蒂卡的主要顾问罗伯特·道格拉斯立即建议乔治·英凡特——纽约州警的高级官员之一并且夺狱行动中和善后期间曾在现场——展开"广泛调查，将伤口的样子记录下来，这样我们就有一份记录，以确保验尸官的检查结果是准确的"。[1]洛克菲勒还派助理司法部长安东尼·西蒙内蒂亲自与埃兰德会面，了解尸检的情况，西蒙内蒂将是费舍对阿蒂卡事件的官方调查的负责人。[2]

当埃兰德与西蒙内蒂坐下来时，他清楚地感觉到州政府官员对他的检查结果相当不安，他们现在正准备让人复查他的工作。果然，到了9月14日晚7:30，他接到通知，威斯特切斯特县法医办公室的亨利·西格尔医生将前往几家殡仪馆了解情况，那里的人质尸体已被送去重新尸检。[3]

西格尔医生并不是造访这些殡仪馆的唯一一名州政府官员。由于害怕夺狱行动被曝光，州警们便去各家停尸房，要求其主管和员工给出书面证词，声明人质身上"事实上没有枪伤"。[4]与此同时，13日和14日，州警们亲自"跑遍各家殡仪馆，设法查看尸体……看能否找出法医记录之外的其他伤痕"，还想指望殡仪馆员工掩盖枪伤导致人质死亡的事实。[5]

卡尔·瓦隆的遗孀安后来回忆说，她接到吉尔马丁殡仪馆的电话，询问该怎么做，他压低嗓音对安说，因为"一群州警想单独跟她丈夫的尸体待会儿"。⑥巴塔维亚的缅因街上有家 H. E. 特纳殡仪馆，州警造访其中一位员工的家，想让后者证明被杀的人质理查德·刘易斯"身上无明显枪伤"。⑦ 当爱德华·坎宁汉的遗孀去阿蒂卡市中心的马利殡仪馆见丈夫的遗体时，出乎她意料的是，接待她的竟是马利先生本人。看上去既苦恼又害怕的马利将她领到了她丈夫遗体所在的房间，他把手指压在唇上，紧张地环顾四周，确保大楼里的许多州警都没有看到，然后才慢慢地将尸体翻过来，好让她亲眼看到丈夫是头部中弹。

不同于人质的尸体，囚犯的尸体没被送往殡仪馆，也不会过几天再送去，因为西蒙内蒂阻止法医办公室放行这些尸体。那天深夜或15号凌晨，埃兰德被告知，除了威斯特切斯特县的法医亨利·西格尔之外，迈克尔·巴登医生（数年后，这位病理学家因担任众议院暗杀特选委员会法医病理学小组组长而广为人知，该小组重新调查了肯尼迪总统遇刺一案）也会复查每一次尸检。⑧

在惩教署官员下令进行的新的尸检结果出来之前，他们就开始通力合作，让公众关注埃兰德的政治观点，从而对他的职业操守起疑。不仅惩教署公共关系总监杰拉德·霍利汉确保记者知道"一位顶尖

---

① Robert Douglass, Deposition, Meyer Commission, September 4, 1974, 17, FOIA request #110818, FOIA p. 000182.
② John F. Edland, Monroe County Medical Examiner, Memorandum to Mr. Gordon Howe, Monroe County Manager, Subject: "Deaths from Attica Emergency," September 22, 1971. 作者手中握有这份材料。
③ 同上。
④ Douglass, Deposition, Meyer Commission, September 4, 1974, 20, FOIA request #110818, FOIA p. 000185.
⑤ 同上，FOIA p. 000675。
⑥ 安·瓦隆，与作者的交谈，2004 年 10 月 17 日。
⑦ McCandlish Philips, "Semblance of Outward Normality Returns to Attica as Some Policemen Depart," *New York Times*, September 16, 1971.
⑧ Michael Whiteman, Testimony, Meyer Commission, June 12, 1975, 1701, FOIA request #110818, FOIA p. 000685.

病理学家正在飞来检查验尸官埃兰德医生这个小丑的尸检结果",其他人也散布谣言,说埃兰德是"激进的左翼分子"。① 于是,很快就有人信誓旦旦地说看见人质被割喉而死,而且看见"囚犯持有的各种各样武器可能会造成子弹击中那样的伤口"。② 惩教署副专员维姆·范埃克伦在尚无任何确凿证据的情况下,就在对媒体发表的声明中暗示,枪伤类的伤口可能来自囚犯自制的土枪。③ 然后,惩教署宣布,五支国民警卫队将前往阿蒂卡扫荡各个院子,寻找可能被这些囚犯埋藏起来的金属武器。④

州长办公室认为没有必要公开评论,许多事情还有待外部专家对尸检结果进行核实。9月14日下午和晚上,洛克菲勒的新闻秘书罗纳德·梅奥拉纳的办公室一直紧锁着,尽管至少"有25名媒体人等在相邻的新闻发布室外"。⑤ 不过,有一个人现在肯定最想得到对这些新暴露出的情况的解释,那人就是理查德·尼克松总统。

然而,在洛克菲勒设法联系总统之前,尼克松已经做出了战略决定:公开支持州长。事实上,约翰·埃里希曼已经向他透露了消息,是在阿蒂卡的那些州警杀害了人质,尼克松对此只能倒吸一口气:

---

① *McKay Report*, 459.
② 部分引自 Alton Slagle, "Medic: Guns Killed Hostages", Daily News, September 15, 1971, 全文引自: Annette T. Rubenstein, "Attica, 1971–1975", Pamphlet, Charter Group for a Pledge of Conscience, New York City, December 1975, 17。这份 58 页的对阿蒂卡暴乱及其影响的详细描述,由被控参与暴乱的阿蒂卡囚犯的支持者与律师起草。写这份东西似乎是因为在马尔科姆·贝尔曝光(见第 8 部分)后,纽约州警在夺回阿蒂卡监狱期间所扮演的角色可能会再次受到关注。In the New York State Coalition for Criminal Justice Records, 1971–1986, Series 9: Issues File, Box 1: Attica Aftermath, 1971–1974, Folder 1, M. E. Grenander Department of Special Collections and Archives, State University of New York, Albany, New York。
③ *McKay Report*, 459, 461.
④ 同上。
⑤ Gene Spagnoli, "Autopsies Leave Governor Silent," New York *Daily News*, September 15, 1971.

"哦，天哪。"① 不过，由于尼克松已经认定这是"黑人的一次行动"，所以他仍然相信洛克菲勒所做的完全正确。② 正如他在谈及州长其人时所说，"这人胆量够大"，而且他觉得"我们得在这件事上态度强硬"，因为这事牵涉到"安吉拉·戴维斯那帮……黑鬼"。③ 埃里希曼同意这个看法。在他看来，真正促使洛克菲勒在阿蒂卡做出决定的是"有消息说这是黑人起义的信号，这让他有点担心"。④ 无论如何，就像尼克松所指出的，在这件事上与州长站在一起，洛克菲勒"现在就欠我们一个人情；这只是个事实问题"。⑤

因此，当洛克菲勒和尼克松说起埃兰德的检查结果时，一切都还很好。尼克松明确表示，他认为州长当时必须做出"一个非常艰难的决定"，并向州长保证会"予以支持"。⑥ 正如总统在椭圆形办公室向埃里希曼指出的："首先，他们先挑的事……其次，他们还杀了一个人，毫无疑问。第三，他们威胁要杀其他人……照我看，形势很明朗。"⑦ 埃里希曼再次表示完全同意：他说，如果没有别的情况，"4个人死1个的比例……会让其他监狱的囚犯三思而后行"。⑧

然而，新闻界人士现在对洛克菲勒的行为大肆批评。确实，从《罗切斯特时报》刊登埃兰德医生尸检结果的第二篇报道起，几乎所

---

① Conversation #571-1A (rmn_e571a), September 13, 1971, 12:37 p.m.-2:58 p.m., Oval Office, Present: Richard Nixon, Bob Dole, Alexander Haig, H. R. Haldeman, Nixon Tapes, 4:18.
② Conversation #571-6 (rmn_e571b), September 13, 1971, 3:47 p.m.-4:16 p.m., Oval Office, Present: Richard Nixon, Clifford Hardin, Nixon Tapes, 10:38-10:54.
③ Conversation #571-1A (rmn_e571a), September 13, 1971, 12:37 p.m.-2:58 p.m., Oval Office, Present: Richard Nixon, Bob Dole, Alexander Haig, H. R. Haldeman, Nixon Tapes, 4:55-5:28.
④ 同上，5:29-5:34。
⑤ Conversation #277 (rmn_e277a), September 15, 1971, 1:05 p.m.-2:10 p.m. Executive Office Building, Present: Richard Nixon, H. R. Haldeman, Nixon Tapes, 58:00-59:00.
⑥ 同上，57:35-57:38。
⑦ 同上，58:13-58:29。
⑧ 同上，58:34-58:39。

有媒体的记者都对自己被误导愤怒不已,因为他们现在也不得不争先恐后地解释,为什么他们如此轻易地就登出了那些骇人听闻的阉割、割喉的报道。许多人找到了第一个告诉他们这些故事的人——杰拉德·霍利汉,开始愤怒地对他大喊大叫。霍利汉只得保证奥斯瓦尔德很快会回答他们的问题,这才得以脱身。①

9月14日周二晚11点,奥斯瓦尔德站在阿蒂卡的大门内,跟一群记者讲话,承认割喉的故事是假的。② 但他提醒记者:"你们知道,这话我从来没对你们说过。"③ 至于人质可能是被怎么射杀的,专员提出了一种可能性:"人质很有可能被当作人盾,或被迫卷入了枪战"。④ 为了避免记者漏掉州警所面对的危险这一真正要点,奥斯瓦尔德接着说:"在收复监狱的行动后,直接在监狱区域内发现了大约400件自制武器。今天又找到了数百件武器……现在正用扫雷设备来寻找还有没有其他的。"⑤

由于州长办公室和惩教署都没有对他们如何向新闻界提供如此严重的错误信息做出令人满意的答复,记者开始自行止损。有的记者坚称已经根据给到自己的证据做了最好的报道。正如《华盛顿邮报》的斯蒂芬·艾萨克斯所说:"或许媒体在自我鞭笞中走得太远了",因为正是惩教署专员本人"慢慢地左右摇着头,像是在哀悼一样,指着下方的监狱院子对我说,没错,有个人质就是在'那下面'遭

---

① "Amnesty: Governor Contradicted," *New York Post*, September 15, 1971, Dorothy Schiff Papers, Box 4, New York Public Library.
② Fred Ferretti, "Autopsies Show Shots Killed 9 Attica Hostages, Not Knives; State Official Admits Mistake," *New York Times*, September 15, 1971; Stephen D. Isaacs, "NY Prison Head Says Gunshots Killed Hostages," *Washington Post*, September 15, 1971.
③ Ferretti, "Autopsies Show Shots Killed 9 Attica Hostages, Not Knives"; Isaacs, "NY Prison Head Says Gunshots Killed Hostages."
④ Rockefeller Administration, Confidential Memo, "Events at Attica: September 8-13, 1971," 56.
⑤ 同上。

到了阉割。"①

其他记者只愿意承认他们的报道有些草率,但坚持认为其中绝无不诚实之处。② 许多人辩称,他们的报道中有一些是据称为目击者的说法。比如,正如美联社所说,它们的记者报道了阿蒂卡的事件,因为别人就是这样告诉他们的,他们听到的也是这样的,他们有充分理由去采信。其实,事实并非如此,就像一些批评报道的人所暗示的那样,"新闻界已经准备好听信官员的话作为事实了"。③ 照美联社的说法,该社"在监狱高墙外150码远的一处私人住宅里设立了一个报道指挥中心",记者提交的第一批报道并非来自惩教署,而是"基于进攻时的声响,监狱高墙内弥漫的令人窒息的催泪瓦斯气味,以及某些记者从偷听到的警方无线电了解的讯息"。④ 他们始终认为,人质死亡的第一批新闻从"里面人的喘息、哽咽声中,从绊倒、行走或被带走时的谈话片段中得出的"。⑤ 来自州政府的官方代表杰拉德·霍利汉在袭击当天的上午11:15出现在阿蒂卡的门口,直截了当地表示"好几名人质已遭割喉",这一事实不过是确证了他们所听到的第一手资料。⑥

可是,也有些记者对自己已然传播的谎言感到内疚,并试图以文章的方式找出原因,即为什么他们会在未得到确凿证据的情况下写出那样的报道。⑦《纽约邮报》的两名记者黯然地承认:"无论是囚犯、

---

① Stephen D. Isaacs, "Attica Report: Whose Credibility Is in Question?," *Washington Post*, September 13, 1971.
② S. Thran, "Attica Coverage Sloppy, Incomplete," *St. Louis Journalism Review* 2, no. 7 (December 1971), 5.
③ Edmond Pinto, "The Attica Report: An AP News Special," Dorothy Schiff Papers, Box 4, New York Public Library.
④ 同上。
⑤ 同上。
⑥ 同上。
⑦ J. Linstead, "Attica/Where Media Went Wrong," *Chicago Journalism Review* 4, no. 11 (November 1971), 9.

狱方、斡旋者、洛克菲勒的手下，还是媒体，每个人都倾向于相信任何证实了自己的先入之见和自己的恐惧的东西。"①

要不是编辑试图把控记者的报道，如果这不算直接审查的话，埃兰德的检查结果出来之后，可能紧接着会冒出更多批评州政府的报道。《纽约邮报》的两名已经表现出认错诚意的记者，被迫一遍遍地重写那篇报道，因为他们的报纸总编多萝西·席夫强烈地认为每一稿"都明显偏袒囚犯和观察员委员会的某些人"。② 照她的观点，"我们的员工反映了激进分子和自由主义者的观点，这些人倾向于将死硬的罪犯和反叛的学生混为一谈——不管怎么说，都是黑人"。③ 在席夫看来，一篇好的阿蒂卡报道应该是探讨，"为什么某些个体会犯下他被定罪的那些罪行……他现在对当时的所作所为有何感想？他是在自卫，还是认为自己做了错事，有所忏悔？"④

记者也受到了来自州政府官员的压力。当《华盛顿邮报》的斯蒂芬·艾萨克斯得知，阿蒂卡的一名人质在夺狱行动中被一颗"达姆弹击中，这种扩张型子弹被认为杀伤力巨大，1906 年的《日内瓦公约》已禁止在国际战争中使用"，他先是证实了这一说法，然后决定发表出来，结果接到了副司法部长罗伯特·费舍的新闻发言人的电话，认为报道不实，据艾萨克斯所说，他"要求我别发表这篇报道。他说《华盛顿邮报》发表这样未经证实的煽动性文章是'不负责任的行为'"。⑤

---

① Levin and Garrett, "Attica Chronology," Draft, *New York Post*, Dorothy Schiff Papers, Box 4, New York Public Library.
② Dorothy Schiff, Internal Memorandum to Paul Sann, Subject: "Our 45-page Attica 'Chronology,'" Dorothy Schiff Papers, Box 4, New York Public Library.
③ 同上。
④ Dorothy Schiff, Note to Paul Sann, Subject: "Attica Prisoners," November 26, 1971, Dorothy Schiff Papers, Box 4, New York Public Library.
⑤ Isaacs, "Attica Report: Whose Credibility Is in question?," as reproduced and referred to during hearings: House of Representatives, 92nd Cong., 2nd sess., *Congressional Record* 118 (September 13, 1972), 30549.

新闻界在努力寻找真相，迈克尔·拜登也是，州政府官员已聘请他来对埃兰德做的尸检重做一遍。9月15日，星期三，当巴登医生第一次从纽约赶来的时候，奥斯瓦尔德专员和典狱长曼库斯都"沮丧地"盯着他。① 在审查可能的人选时，沃尔特·邓巴要求无论谁被选中来复查尸检，那人都得"政治上清清白白，因为这不是个"医学问题……而是政治和行政问题"。② 所以，奥斯瓦尔德和曼库斯相应地期待是一个年纪更大、更老派，"更官僚"的人，然而眼前站的却是个"37岁，留着长发的家伙，看上去像个嬉皮士"。③ 奥斯瓦尔德"肯定这是搞错了"。④ 尽管如此，两人还是勉力而为。奥斯瓦尔德对巴登明确表示，埃兰德肯定有些政治方面的污点，"共产主义阴谋之类的"，否则，"埃兰德为什么要撒谎？"⑤ 对巴登而言，"埃兰德是共产主义阴谋的一部分这个想法似乎不可信"。事实上，埃兰德"在法医圈里谁都知道是个右派"，更重要的是"他人也很好"。⑥ 但争也没用；他所能做的就是先干活再说。

那天早上出发前，巴登给埃兰德医生打了电话，让后者知道他要去"检查几名人质的尸体，然后下午5点去［埃兰德的办公室］与之讨论"。⑦ 上午9点，也就是巴登打那个电话之前一个小时，埃兰德就已经和威斯特切斯特县的法医西格尔医生见了面，西格尔前一天晚上看过8具人质尸体中的5具。令埃兰德释然的是，西格尔"确认了枪伤的存在"，对此他并不惊讶。⑧ 埃兰德完全料到巴登也会得出

---

① Michael A. Baden and Judith Adler Hennessee, *Unnatural Death: Confessions of a Medical Examiner* (New York: Random House, 1989), 211.
② *McKay Report*, 461.
③ Baden and Hennessee, *Unnatural Death*, 211.
④ 同上。
⑤ 同上。
⑥ 同上。
⑦ Edland Memorandum to Howe, September 22, 1971.
⑧ 同上。

这样的结果。①

巴登承诺亲自复核所有尸检结果，随后前往安放人质尸体的各殡仪馆，他还安排时间去了门罗县停尸房重新检查尸体，并再次查看了之前的尸检结果。② 对于所有人质的死因，巴登跟埃兰德一样清楚：是枪伤。

巴登的工作结束之时，埃兰德第一次爆出所有死者均死于枪伤的消息已经几天了，副司法部长费舍要求所有参与检验尸体的法医——包括埃兰德、艾伯特、巴登和西格尔——会同安东尼·西蒙内蒂，与以及有组织犯罪特别小组的成员、纽约州警的人去阿蒂卡监狱见面。③ 埃兰德和艾伯特紧张地坐上了派来接他们的车子，很快发现自己又在解释自己做的尸检结果。在折磨人的6个多小时里，医生们针对他们的发现回答了一些问题；无论这些问题是如何提出的，纽约州警的官员有多希望能有所不同，答案都是一样的。"在场的病理学家一致认为，他们就死因达成了共识，并应该就此发表一份声明。"④

但在阿蒂卡的州政府官员不愿意接受这样的结论，在结束会议时，计划于9月23日星期四就这一主题另行举办一次会议。巴登医生和西格尔医生独立行事，先行在他们的新闻稿中将自己的发现公之于众，此时距阿蒂卡的袭击事件已经结束整整一周了。医生们不仅支持埃兰德最初的检查结果，而且，最令州政府官员不安的是，巴登医生还做出声明，他认为6名人质被枪杀的方式看起来"像是处决"。⑤ 他解释说，那是因为当州警"朝一名囚犯射出铅弹"时，弹丸喷射

---

① Edland Memorandum to Howe, September 22, 1971.
② Baden and Hennessee, *Unnatural Death*, 212.
③ 穆钦·维兹涅达罗格卢医生也完成了其中一例尸检，死者是人质，但不清楚他是否也参加了此次会议。参见：*McKay Report*, 458. Regarding the meeting, 及：Edland Memorandum to Howe, September 22, 1971。
④ Edland Memorandum to Howe, September 22, 1971.
⑤ Baden and Hennessee, *Unnatural Death*, 212.

开来，击中了这些人质的头部。① 但对于州政府官员，他也给出了一个好消息。在州政府官员和州警的巨大压力下，考虑到故意杀人之外的情形，比如像 L. D. 巴克利这样的囚犯是如何被杀的，巴登于是重新检查了巴克利的尸检报告，得出的结论是"子弹是从侧面打进的。这是一颗先击中了其他东西的跳弹，也就是说它原本不是冲着巴克利而去的"。② 这一发现至为关键，因为这表明，与囚犯及州政府的政客阿瑟·伊夫自己的第一手报告相反，当时他说巴克利在夺狱行动成功后整整一个小时还活着，巴克利并非在行动结束后被州警故意杀害，而是在夺狱行动一开始时就遇害了。在接下来的几十年间，巴登的尸检报告将是对 L. D. 巴克利死因的定论，似乎为纽约州警的任何不当行为做了开脱。③

埃兰德感到如释重负的是，巴登对阿蒂卡许多人的死因的总体调查结果与他的报告相符。④ 他接到过太多威胁电话，也忍受了无数次州警巡逻车在他家门口闲逛的令人毛骨悚然的情景，还收到如此多的恐吓邮件，因而需要巴登的支持。9 月 14 日，一封未署名的手写信件上说："希望你也被割喉，暴力也降临到你和你的家人身上。"⑤ 尽管埃兰德身心交瘁，但他从未打算退缩，因为"你所说的必得是你所见的"。不过，他仍然认为公布阿蒂卡受害者尸检结果的那天是"我这辈子最糟糕的一天"。⑥ 不幸的是，威胁言论和人格诽谤将继续

---

① Baden and Hennessee, *Unnatural Death*, 212.
② 同上，第 213 页。
③ 2012 年，本书作者和电影导演克里斯汀·克里斯托弗开始重新检视 L. D. 巴克利之死，他们请基恩·理查德·艾伯特医生，即最初对巴克利进行尸检的那位病理学家，根据巴登的说法复核那些记录。艾伯特斩钉截铁地说，基于这次尸检的证据和他对那具尸体最初的检查，不可能是"跳弹"或意外中弹。
④ McCandlish Phillips, "Prison Chaplain at Guards Funeral, Asks Separate Facility for Revolutionaries," *New York Times*, September 17, 1971.
⑤ Letter to Dr. Edland, undated and unsigned, John Edland Personal Files, 作者手中握有这份材料。
⑥ Lawrence Van Gelder, "Worst Day of My Life," *New York Times*, September 15, 1971.

侵扰埃兰德很多年。

一旦巴登公开证实13号在阿蒂卡的所有死亡事件均由执法部门造成，州政府官员便别无选择，只能承认这些事实。但是，他们仍然采取了攻势，在副司法部长罗伯特·费舍和纽约州警的约翰·莫纳汉少校联合召开的新闻发布会上，州政府选择了——如后来的批评指出的那样——"不道歉，也不……更正关于捅死和阉割的虚假新闻，[反而]展示了在D院发现的所有武器的照片，如棍子、刀子、螺丝刀和榔头"。① 至于大量伤亡者其实无一死于这些"武器"，州政府三言两语地解释道，许多人不是在交火中被意外击中，就是被跳弹射中。②

现在，洛克菲勒也准备好对新闻界发表讲话了，这是夺狱行动以来他和记者的第二次会面。州长还对阿蒂卡发生的与夺狱行动相关的死亡提出了"交叉火力"这个解释。他又回到了他的中心论点，即他当时别无选择，只能下令以武力夺回监狱。③ 不过，这一次，他走得更远，说这是包括观察员委员会在内的所有各方经过协商，一致同意有必要采取夺狱行动。不可思议的是，他还说："直到《纽约时报》的汤姆·威克和其他委员会委员'都认为没有其他任何办法'之后，他才做出了动用武力的决定。"④ 关于他为何不去阿蒂卡这个问题，他坚持认为，和危险的罪犯见面在他看来是不负责任的，开这样的先例绝对是糟糕的公共政策。洛克菲勒的声明是按照演讲撰稿人

---

① 引自：Rubenstein,"Attica, 1971-1975," 18.
② 关于这个故事是如何在全国各地流传开的，以下便是其中两例：Holland Evening Sentinel (Holland, Michigan), September 17, 1971, and Coshocton Tribune (Coshocton, Ohio), September 17, 1971.
③ WilliamFarrell,"Rockefeller Lays Hostages' Deaths toTroopersFire," NewYork Times, September 17, 1971.
④ "Amnesty: Governor Contradicted," New York Post, September 15, 1971. 亦可参见：Nelson Rockefeller, Press Conference Transcript, September 15, 1971. Printed reports and studies, 1955-1958, 1975-1982, New York (State), Governor, B0294-82, Container 1, New York State Archives, Albany, New York, 68-71。

为他定的剧本来的：他将把重点放在"采取这一系列行动的逻辑上，即最初的合理性，愿意满足合法的投诉，拒绝做出会破坏社会秩序的让步，做出在事态进一步恶化前采取行动的判断，拒绝通过暴力、胁迫和勒索等方式来实施社会改革"。①

那些在阿蒂卡担任观察员的人都被洛克菲勒对刚发生的事所作的解读惊呆了。正如赫尔曼·巴迪罗对任何愿意听他讲的人所说的："州长的幕僚绝对清楚，他们并没有要求州长和囚犯进行身体接触……当时的想法就是让委员会充当囚犯和州长中间的传话人，并尽可能让州长通过公共广播系统向囚犯讲话。"②

就连媒体都感到吃惊，鉴于最近有关在阿蒂卡造成此类屠杀的原因的报告，洛克菲勒仍然声称他已经尽了一切可能来避免这种坏事发生，也许更糟的是，他现在声称，在阿蒂卡因"交叉火力"造成的死亡，就算不合法，"在道德上也是正当的"。③《纽约邮报》的专栏作家詹姆斯·A.韦克斯勒简直不敢相信州长在事实面前竟然拒不承认除了武力夺取之外，还有其他选择。④ 正如他所说，前一年坟墓监狱的骚乱"一枪未发就制止了，人质、囚犯和警卫无一人死亡，而且也没给予大赦"。⑤ 纽约市长约翰·林赛上一年在他所在的城市面

---

① Nelson Rockefeller, draft of speech for New York State County Officers' Assoc. Annual Banquet, Monticello, New York, September 16, 1971, Canceled. 亦可参见：Persico, Memorandum to the Governor, Subject: "County Officers Speech, September 16, 1971," September 15, 1971. 两份文件都收于：Nelson A. Rockefeller gubernatorial records, Speeches, Series 33, New York (State), Governor (1959-1973: Rockefeller), Rockefeller, Nelson A. (Nelson Aldrich), Record Group 15, Box 85, Folder 3465, Rockefeller Archive Center, Sleepy Hollow, New York.
② Len Katz, New York Daily News Internal Memo, Dorothy Schiff Papers, Box 4, New York Public Library.
③ Nelson Rockefeller, Statement to Press following Edland revelations, Transcript, in: Bernard S. Meyer, Final Report of the Special Attica Investigation, October 27, 1975, New York State Archives.
④ James A. Wechsler, "A Superb Job?," New York Post, September 17, 1971, Willoughby Abner Collection, Box 16, Folders 16-27, Walter Reuther Library.
⑤ 同上。

对过不止一起大规模的监狱抗议，他也批评了州长对阿蒂卡事件的处理。林赛提醒媒体，"他也遇到了造反的囚犯……最终，他平息曼哈顿拘留所和皇后区拘留所叛乱用的都是没带武器的狱警，而非武装警察"。① 为了表达得更清楚，林赛补充道："当狱警进入的时候不允许携带任何枪支。"②

尽管如此，许多人仍然站在州政府这一边，其中就包括遇害人质的家属。朱莉·维尔纳在夺狱行动中失去了两个亲人，她仍然坚持认为"所有的人质都不是州警杀的"，即便埃兰德的检查结果得到证实之后也没用。③ 正如约翰·达坎杰罗的遗孀所回忆的："我们全家都相信，不管对我们说什么，囚犯肯定有枪……因为政府杀死自己的雇员，逻辑上说不通。"④ 死亡人质埃尔默·哈迪的兄弟吉姆说，他"可以接受8名人质中的一些是被警察的子弹打死的，但接受不了所有人都是"。⑤ 在阿蒂卡暴动中遇害的人质的女儿辛迪·埃尔默也同意这一点，"镇上的人都不相信州警杀了人质，'因为这不可能是真的'"。⑥ 当监狱守卫约翰·蒙特利昂的兄弟听说是警方的子弹杀了约翰时，他只说了句："胡扯。"他也在阿蒂卡工作，但后来决定辞职，是因为他觉得从暴乱的第一天起，囚犯就受到了太多迁就。就像他说的："只要这个州由奥斯瓦尔德、邓巴和黑鬼统治，我就不想在此上班。"⑦ 事实上，正如有个记者在走访了阿蒂卡附近的各个镇子后指出的，"在乡间，很少有人接受法医的报告，即在州政府下令强

---

① Frank Lynn, "Lindsay Criticizes Governor on Attica," *New York Times*, September 18, 1971, Dorothy Schiff Papers, Box 4, New York Public Library.
② 同上。
③ Philip D. Carter, "High Officials Absent as Attica Buries Hostages," *Washington Post*, September 16, 1971.
④ Ann Driscoll, Testimony, *Attica Task Force Hearing*, May 9–10, 2002, 146.
⑤ Carter, "High Officials Absent as Attica Buries Hostages."
⑥ 同上。
⑦ Joseph Lelyveld, "Findings Shock Families of Hostages," *New York Times*, September 15, 1971.

攻的过程中死亡的人质是被枪杀的",就算州长本人刚刚承认那些子弹"可能来自州警的武器"也没用。①

不管美国其他地方的人怎么想,有一群人对州政府的作为和不作为都很愤怒:那就是阿蒂卡囚犯的家属。就在埃兰德医生因为对人质的尸检结果而受到攻击的同时,许多囚犯的孩子、父母和伴侣仍然不清楚自己的亲人是死还是活,是受了伤,还是安然无恙。州政府还没有和他们亲自沟通,甚至都没公布伤亡名单。他们的屈辱和创伤还将继续下去。

---

① Francis X. Clines, "Attica Residents Inclined to Doubt Autopsy Findings," *New York Times*, September 17, 1971.

26. 葬礼及余波

在夺回阿蒂卡监狱之后的几天乃至几周里,"阿蒂卡囚犯忧心如焚的家属没有听到任何关于他们亲人是死是活的消息",所以他们不断给监狱和奥尔巴尼的惩教署打电话。① 即便约翰·埃兰德医生一开始也不知道他的停尸房工作台上大多数囚犯具体是谁。埃兰德意识到这些人也有家人,这些家人也想知道亲人的命运,于是就给每具尸体摁了指纹,"以便在此基础上进行身份识别"。②

州政府的雇员当中,埃兰德是少数认为这些人在死后应该受到人道待遇的人之一。9月16日,惩教署的一名官员终于向监狱外的媒体公布了"一份伤亡囚犯的完整名单,并附有囚犯的个人背景",在读到每个死者名字之后罗列的其被定罪的罪行时,根据记者的说法,"监狱守卫都扬起了紧握的拳头⋯⋯大喊'白人力量'"。③

然而,纽约州始终无人通过电话或私人信件联系死亡囚犯的家属,告知他们亲人的下落。大多数人都是从收音机里得知了这个可怕的消息,而这仅仅是因为霍华德·科尔斯,罗切斯特一位广受欢迎的非裔美国人电台节目主持人,决定惩教署一旦发布关于死者的任何消息,他就通过他的广播节目向听众奉上。④ 拉韦纳·巴克利就是因此才获悉了自己儿子的遭遇。好几天来,她一直试图联系监狱里的人,当她从州政府官员那里一无所获之后,便于决定开车穿过镇子去"战斗"——由此次的观察员之一、牧师富兰克林·弗洛伦斯组建的社会正义组织——的总部走一趟，看看她能否得到他的帮助。但是，在她还没赶到那里，还在街上转来转去找停车位的时候，就听见广播里正在念她儿子的名字。⑤ 坐在副驾驶座上的小女儿特蕾西伤心欲绝地看着她妈妈几乎不知道怎么开车了，等车终于靠边停下后，整个人都瘫倒了。⑥ 现在巴克利死了，巴克利夫人非常自责，怪自己从没把他在监狱里所受的不公待遇当事。就在起义前夕，巴克利还对她说："你无法想象这里是什么样……我觉得我可能没法活着从这里出去了。"⑦

其他父母也有负疚感。洛伦佐·迈克尼尔悲痛欲绝的父母认为他们对29岁的儿子的死亡负有某种责任，因为他们"劝他放弃假释，返回监狱，服完最后18个月的刑期"，这样就能保证远离外界的麻烦，刑期结束后也能重新开始。⑧ 他母亲坐在皇后区的家中，对记者讲述了他是如何"试图保住一份工作，但每次一被发现坐过牢，就会被解雇……我们怕他再出去偷东西，就想送他回去总好过让他重操旧业吧……当时我们以为自己做出了最好的决定。"⑨ 伊丽莎白·达勒姆是被杀害的20岁囚犯艾伦·达勒姆的母亲，她也沉浸在悲痛中，也觉得如果她不那样做的话，她儿子还能活着。艾伦刚刚给她写过

---

① Francis X. Clines, "Attica Residents Inclined to Doubt Autopsy Findings," *New York Times*, September 17, 1971.
② David Shipler, "Lack of Data on Inmates' Fates Scored by Prisoners' Families," *New York Times*, September 15, 1971.
③ "Racial Strife Is Hinted in Attica Prison Violence," Hayward, California, *The Daily Review*, September 14, 1971.
④ Howard Coles, WSAY Radio Program, CD #23, Howard Coles Collection, Rochester Museum and Science Center, Rochester, New York.
⑤ Jack Slater, "Three Profiles in Courage," *Ebony*, March 1973.
⑥ 特蕾西·巴克利，遇害的阿蒂卡狱友L. D. 巴克利的妹妹，与作者的交谈，纽约罗切斯特，2011年7月14日。
⑦ Slater, "Three Profiles in Courage."
⑧ Barbara Campbell, "Inmates' Kin Critical; For Families of Inmates, Word Is Late," *New York Times*, September 18, 1971.
⑨ 同上。

信，告诉她"他正在学裁缝手艺，学完之前，不想从阿蒂卡转出去"，而她没有试图说服他打消这个想法。①

还有的家庭不是从报纸或电台得到的消息，而是收到了最终来自监狱以电报发来的通知。其中一份写道："很遗憾地通知你，你的丈夫雷蒙德·里维拉（编号29533）已经去世。尸体存于停尸间。"② 截至9月18日，一些狱友家属仍未收到通知。③

即便收到阿蒂卡官方确认的儿子、兄弟、丈夫的死讯，对许多家庭来说也不一定意味着就完事了，因为他们仍不清楚亲人的遗体在哪儿，州政府什么时候同意交给家属以便下葬。由此，安排葬礼成了极为困难的事。直到9月17日下午，文森特·曼库斯才给埃兰德医生发了封电报，最终允许他"将他那儿所有的尸体交给获得授权的殡仪馆"，然后又耗了几天时间，遗体才到达准备下葬的地方。④

按计划，塞缪尔·麦尔维尔和巴瑞·施瓦茨的遗体送往帕斯基殡仪馆，L. D. 巴克利的遗体运往罗切斯特的拉蒂默殡仪馆，其他囚犯的遗体则运往诸如 N. J. 米勒殡仪馆、霍纳殡仪馆等地方。然而，停尸房内仍有17具囚犯的尸体不知该运往何处安葬。⑤ "财富社会"曾向曼库斯建议，不如交给它们，它们很乐意"埋葬所有没有家人或无人认领的尸体。请回复"，但典狱长一点也不急着同该组织或其他任何组织讨论囚犯葬礼的后勤问题。⑥

---

① Barbara Campbell, "Inmates' Kin Critical: For Families of Inmates, Word Is Late," *New York Times*, September 18, 1971.
② 引自一份出版物，作者为詹姆斯·A. 哈德孙，*Slaughter at Attica: The Complete Inside Story*（New York: Lopez Publication, 1971）。文件存于杰米·瓦隆的个人档案。
③ Campbell, "Inmates Kin Critical."
④ Vincent Mancusi, Western Union Telegram, to John Edland September 17, 1971, John Edland Personal Files, 作者手中握有这份材料。
⑤ Listing of where bodies were to go: John Edland Personal Files, 作者手中握有这份材料。
⑥ Illegible, possibly "Hawk," Memo to Mancusi, Investigation and interview files, 1971-1972, New York (State), Special Commission on Attica, 15855-90, Box 84, New York State Archives, Albany, New York.

L. D. 巴克利的母亲在得知儿子的下落后，就开始筹划儿子的葬礼，结果葬礼变成了整个社区对他的纪念活动。9 月 20 日的葬礼，使得罗切斯特的非裔圣公会锡安纪念教堂（AME Memorial Zion Church）附近的交通陷入瘫痪。

这座古老的红砖教堂是罗切斯特黑人社区正在进行的城市改造项目，"1 000 多人"不仅把教堂挤了个水泄不通，还拥塞了附近的街道，到处都挤满了前来悼念巴克利的居民。① 圣西蒙圣公会教堂的司铎圣朱利安·辛普金斯主持了礼拜仪式，会众唱起了《哦，自由》等灵歌，还有三篇激动人心的悼词称赞巴克利是"终结人类对人类的不人道行为的殉道士"。② 会众得知，巴克利在阿蒂卡坐牢仅仅是因为违反了假释规定，而他获得假释的原来那个"罪行"是伪造了一张价值 124.50 元的汇票。③ 当地许多名人，包括阿蒂卡的一名观察员、罗切斯特"战斗"组织的主席雷蒙·斯科特牧师，也发表了关于阿蒂卡和巴克利在狱中为人权而斗争的激情洋溢的演讲。仪式结束时，一列长长的车队追随灵车，将 L. D. 巴克利的遗体送往希望山公墓下葬。④

4 天后，纽约布鲁克林的街道上挤满了成千上万人，他们希望向在阿蒂卡遇害的其他囚犯表达敬意。⑤ 在基石浸礼会教堂的葬礼开始之前，当 6 个人的灵柩被抬着穿过贝德福-斯图韦森⑥的一些街道时，

---

① "The Attica Prisoners' Statement," *Georgia Straight* 5, Perkins Bostock Library, Duke University, Durham, North Carolina, p. 17.
② Murray Schumach, "Slain Attica Leader Is Eulogized," *New York Times*, September 20, 1971.
③ 同上。
④ "Remember Attica, Remember Attica, Remember Attica," Memorial Service of Slain Attica Inmates, Franklin Florence Papers, Box 7b, Rare Books, Special Collections, and Preservation, University of Rochester Library, Rochester, New York; Schumach, "Slain Attica Leader Is Eulogized."
⑤ Eric Pace, "Another Attica Prisoner Dies, Bringing Toll to 42," *New York Times*, September 26, 1971.
⑥ 此地当时是纽约布鲁克林的一处贫民窟。——译者

哀悼者在 L. D. 巴克利的葬礼上高举"黑人权力"的旗帜向其致敬（Courtesy of the Associated Press）

9月25日，载有阿蒂卡6名狱友遗体的灵车穿越布鲁克林（Courtesy of The New York Times）

人潮围了上来。① 教堂内,四壁回响着激情四射的雷鸣般的演讲。仪式进行着,人们都沉浸在痛苦和愤怒之中。但是,当教堂的主祭对聚集于此的哀悼者宣布葬礼不能按计划举行时,所有的情绪瞬间都化作了怒不可遏。他们刚接到命令,要他们将三具尸体运回罗切斯特的法医办公室,"因为对他们的身体存在争议"。② 正午时分,三人的遗体被抬出教堂,人群在拥挤的人行道上观看着,不知道这样的羞辱是否总有一天会停止。③

其他囚犯的葬礼上人少得多,也没这样的声势。另外一些在阿蒂卡狱中被杀的囚犯,连个仪式都没有。和"财富社会"一样,纽约市的其他社区团体都觉得必须做些什么,一些组织聚集在威斯敏斯特长老会,也就是 C. 赫伯特·奥利弗牧师所在的教堂召开了一系列会议。奥利弗牧师是布鲁克林的一位活动家,在这个社区的非裔美国人和西裔人群中广为人知,被视为支持者,他之前在海洋山-布朗斯维尔实验学校区当过主席。奥利弗想找个办法让阿蒂卡无主的尸体得以安葬。他说:"那些在阿蒂卡献出生命的人对我、你们、这座城市、这个国家和世界做出了巨大的贡献。"在奥利弗和海洋山-布朗斯维尔的另一名活动家桑尼·卡森的帮助下,为这些人的葬礼举行的筹款活动启动了。④

很快,其他组织和个人也开始筹钱帮助那些想埋葬亲人却苦于无钱的囚犯家庭。纽约城市联盟和歌手艾瑞莎·富兰克林在哈莱姆区的阿波罗剧院为受害者家庭举办了一场盛大的筹款活动。⑤ 全国各地学

---

① Eric Pace, "Another Attica Prisoner Dies, Bringing Toll to 42," *New York Times*, September 26, 1971.
② 同上。
③ 同上。
④ "Blacks Here Have Plans to Bury Any Bodies Unclaimed at Attica," *New York Times*, September 19, 1971.
⑤ "Attica Dead Honored, Families Aided at Apollo Benefit Headlined by Aretha Franklin and Sponsored by Urban League," *New York Amsterdam News*, December 25, 1971, B8.

校的学生团体也纷纷捐款。康奈尔大学的学生设法"为暴乱遇难者家属募集了700元"。① 令好几个囚犯家庭感到意外的是，罗切斯特的甘尼特报业集团在其为受害者家庭筹款的"出手相助"项目中，也将他们包含了进去。然而，在捐给阿蒂卡死难者家庭的总共2.1万元善款中，三个囚犯家庭只拿到了1 964元，其余的都给了人质家属。②

失去亲人的阿蒂卡警卫或文职人员的家庭，也与囚犯的家庭一样为获得资助而万分感激，在许多情况下他们都很需要这笔钱。在监狱遇害的监狱雇员的妻儿由于失去了家中唯一养家糊口的人而陷入贫困。其中一名当守卫的人质爱德华·坎宁汉，他的妻子和8个孩子因此有了活路。这些家庭拿到的资金来源非常多样，包括其他狱警给"阿蒂卡家庭纪念基金"的捐款。威廉·奎恩的家人和其他9名遇害人质——埃隆·维尔纳、罗纳德·维尔纳、埃尔默·哈迪、爱德华·坎宁汉、赫伯特·琼斯、约翰·蒙特利昂、理查德·刘易斯、卡尔·瓦隆和约翰·达坎杰罗——的家人为此深表感激，9月29日，他们在当地报纸上刊登了一则整版广告，对"所有为我们提供支持和资助"的人表示谢意。③ 他们写道："正如有人对我们说的，'千言万语也难以表达我们的悲痛'。我们现在要对你们说：'千言万语也难以表达我们的感激之情。'"④

为监狱遇害员工举行的首场葬礼是9月15日在阿蒂卡村的圣文森特教堂为威廉·奎恩举行的那场。后来，当他的家人在墓地边嘤嘤哭泣时，整个社区的人也跟他们一起沉浸在悲伤之中，许多人还表达

---

① "Cornell University Students Collect $700.00," *New York Amsterdam News*, December 25, 1971, B7.
② "Attica Fund Gives $1,964 to Families," *Democrat and Chronicle* (Rochester, New York), November 7, 1971.
③ "Fact Sheet #2 from Attica," Attica guard newsletter, September 16, 1971, Lieutenant H. Steinbaugh Papers; "Thank You from Families," full-page ad in the *Attica Pennysaver*, September 29, 1971, Lieutenant H. Steinbaugh Papers, 作者手中握有这两份材料。
④ "Thank You from Families."

了对拉塞尔·奥斯瓦尔德的愤怒,在追悼奎恩的一生、缅怀他对纽约州的贡献的场合,竟然不见他的踪影。当被问起为何不参加葬礼时,奥斯瓦尔德专员竟然略带怯懦地说因为他觉得"可能有人恨他"。①翌日,约翰·蒙特利昂下葬,身后留下了5个孩子。

一支由 400 人组成的仪仗队穿过阿蒂卡市中心参加威廉·奎恩的葬礼(Courtesy of the LIFE Picture Collection/Getty Images)

和某些囚犯的葬礼一样,某些被杀警卫的葬礼也因为对他们的死因有争议而推迟了。理查德·刘易斯的葬礼就是这样,因为其遗体要被运回进行第二次尸检,这次由迈克尔·巴登来做。② 即便约翰·达坎杰罗的葬礼于 9 月 16 日如期在奥本的圣玛丽教堂举行,但他的遗体随后被送回了法雷尔殡仪馆,由西格尔医生进行检查。③ 在

---

① Philip D. Carter, "High Officials Absent as Attica Buries Hostages," *Washington Post*, September 16, 1971.
② McCandlish Phillips, "Prison Chaplain at Guards Funeral, Asks Separate Facility for Revolutionaries," *New York Times*, September 17, 1971.
③ "Guard's Burial Delayed," *New York Times*, September 17, 1971.

某些情况下，推迟葬礼意味着葬礼最终举行的时候，家人没法出席。①

9月17日是遇害人质举行葬礼数最多的一天，共有5人下葬，即埃尔默·哈迪、赫伯特·琼斯、罗纳德·维尔纳、埃隆·维尔纳和爱德华·坎宁汉。"从大清早到下午晚些时候……几乎没有一刻不在举行葬礼、送葬或墓地仪式"，当地一位记者写道，这些纪念活动"引来了马里兰州、罗得岛、宾夕法尼亚州和纽约州附近的狱警和警察，他们静静地站在队伍中，从殡仪馆到灵车，从灵车到教堂，从教堂到公墓，当他们经过时便向灵柩敬礼"。② 那些开车沿98号公路去参加葬礼的人，会看见一条道路的两边挂着"降的半旗，庄严悼念阿蒂卡监狱员工的牺牲"。③ 当地商店也为纪念遇害人质而关门歇业，许多店铺都贴了用黑墨水写的小纸条，上面写着：'为表敬意，9月17日周五停业一天'"。④

这一天的哀悼傍晚在赫伯特·琼斯的墓地结束，他身后留下了一个20个月大的女儿。⑤ 那天所有的葬礼都特别令人动情，人们对埃隆·维尔纳稀里糊涂地遇害尤为震惊，他为人谦逊，不是狱警，而是阿蒂卡的一名高级会计，"许多人都认为……没人能比得上他，他举止温和，乐于助人"。⑥ 谁都想不明白他怎么会死于暴力。前一天在卡尔·瓦隆的葬礼上，众人的情绪也很高涨，在圣约瑟教堂墓地主持墓地仪式的神职人员发表了激动人心的演讲，他"警告说，纽约州的监狱还会发生大规模动乱，除非为他认为是'死硬革命分子'的

---

① "6 Attica Hostages Buried: Families Are Not Present," *New York Times*, September 19, 1971.
② David K. Shipler, "Guards Come from Afar," *New York Times*, September 18, 1971.
③ "Fact Sheet #2 from Attica."
④ Shipler, "Guards Come from Afar."
⑤ 同上。
⑥ McCandlish Phillips, "Tragedy Weighs Heavy on Townsmen," *New York Times*, September 15, 1971.

囚犯设立单独的监狱"。①

最后一场人质葬礼迟至 10 月才举行,狱警哈里森·沃伦在坚持了整整三个星期后,最终死于枪伤不治。沃伦的去世使得州政府袭击监狱造成的警卫和文职人员死亡人数增至 10 人。②

卡尔·瓦隆的葬礼(*Courtesy of the Democrat and Chronicle*)

然而,在阿蒂卡起义之后的这么多星期里,甚至在许多人都已入土为安之后,州政府还是没有人来向那些家庭解释究竟发生了什么。

安·瓦隆非常想知道丈夫死亡时的情况,于是 1971 年 10 月,她做出了一个非常不寻常的决定,给当时的观察员威廉·昆斯特勒,一个被阿蒂卡的大部分镇民认为是喜欢惹麻烦的激进分子,写了一份发自肺腑的信。她问这位当时曾在监狱并目睹了很多事情的人,是否能

---

① Phillips, "Prison Chaplain at Guards Funeral, Asks Separate Facility for Revolutionaries."
② "A Guard Dies, Raising the Attica Toll to 43," *New York Times*, October 10, 1971.

帮她弄明白当时到底出了什么大问题。① 令她惊讶的是，昆斯特勒给她回了一封饱含自己情感的信，说他会试图解释"她提出的那些非常令人困惑的问题"，并尽最大努力让她了解"他对 9 月的悲惨事件的感受"。② 昆斯特勒想让安·瓦隆知道，他和所有"在所谓的谈判委员会任职的人都无比希望在不发生更多流血冲突的情况下解决这场争端。尽管我们的观点各异，但我们在星期天那天确信，只要州长过来，只要再给几天时间，我们就能达成一项令各方满意的协议。事实上，我坚持让鲍比·希尔来的唯一原因就是请他帮助我们说服囚犯，让他们相信专员在周六接受的那些建议，虽然打了折扣，却是我们能为他们争取到的最佳选择"。③

昆斯特勒在信的结尾请求她帮助美国进行更大的监狱改革，因为这样一来，"像你丈夫这样的人不仅会比现在安全得多，而且他们肯定会发现自己的工作比目前条件下可能得到的回报更多，也更有创造力。他们将不再视自己的工作为监管那些愤愤不平、内心绝望的狱友，而是认为他是在跟那些至少觉得自己拥有一些人类尊严、对自己的将来抱有一些希望的男男女女相处"。④ 不管她做出何种决定，威廉·昆斯特勒都希望安·瓦隆知道他对她的悲伤感同身受，并真心相信他们可以一起"做点事情，哪怕再小再微不足道，也要去改变阿蒂卡这样的地方，这样你现在所承受的痛苦，另外 40 个家庭所承受的同样痛苦，将永远不会再降临到任何人身上"，这样"就不会有人像你一样给我写信了"。⑤ 在信末，他写上了"带着悲伤与希望"。⑥

阿蒂卡夺狱行动之后近两个月后，奥斯瓦尔德专员"召集大约

---

① William M. Kunstler, Letter to Mrs. Ann Valone, October 26, 1971, Mrs. Ann Valone Papers.
② 同上。
③ 同上。
④ 同上。
⑤ 同上。
⑥ 同上。

50名员工及他们的妻子在长老会教堂开了一次会,社区里没人通知新闻界"他们要讨论在养家糊口的人没了的情况下,他们将面对怎样的命运。① 奥斯瓦尔德传递的信息总体听上去令人松了一口气,尽管有些奇怪。琼·法戈还记得,好消息是"奥斯瓦尔德专员告诉他们别担心,放 6 个月的假",潜台词是他们会受到照顾。② 亮点是,每个寡妇和幸存的人质都已收到了支票来帮他们渡过难关,钱虽少,但挺受欢迎。然而,也有不祥的地方,他们在会上被明确要求"对发生的事别去乱说"。③ 尽管狱警的家属基本上都照办了,但全国其他地方的人并不买账。许多党派不仅决定继续关注阿蒂卡,而且还要调查在夺狱行动打响后囚犯到底出了什么事。

---

① "Oswald Pays Visit to Attica Widows," *Courier Express* (Buffalo, New York), November 16, 1971, Investigation and interview files, 1971-1972, New York (State), Special Commission on Attica, 15855-90, New York State Archives, Albany, New York.
② June Fargo, Testimony, *Attica Task Force Hearing*, May 9-10, 2002, Rochester, New York 23-24.
③ 同上。

27. 催促与试探

在9月13日深夜从柯汀法官那里获得临时命令的律师赫尔曼·施瓦茨和威廉·海勒斯坦，仍决心进入监狱，代表囚犯并确保他们的安全。当典狱长曼库斯违抗临时禁令，拒绝他们进入监狱时，他们就担心最坏的事会发生。问题是，这些律师不知道该如何让柯汀采取强制措施。正如施瓦茨所说，律师们处在了"跟'第22条军规'一样的情况，因为如果我们不能进去，就给不出我们为什么需要［进去］的证据，而如果我们给不出需要［进去］的证据，我们就没法进去"。[①]

这正是阿蒂卡监狱当局所希望的，当时他们正准备参加由柯汀法官下令于9月14日，也就是夺狱行动后的第二天，举行的听证会。在听证会上，惩教署副专员沃尔特·邓巴想方设法地说服柯汀相信，他们正在做的都是为照顾囚犯的需求所必须做的。他一再表示没人会审问囚犯，所以他们的律师就没必要进去了。柯汀对此大为信服。

然而囚犯的律师不为所动，因为他们确信阿蒂卡仍有虐待行为发生，所以坚决要求入内，以确保制止此类行为。15日，周三，他们最终获得了一些虐待行为的具体证据，希望能以此重新说服柯汀。国民警卫队一位名叫詹姆斯·威尔逊的士兵站出来提供了一些令人揪心的可怕细节，证实了人们对囚犯待遇的担心是有道理的。[②]他还亲眼见到了对囚犯的人身攻击和对囚犯伤情的不闻不问，以及一种暴力的高度紧张的氛围,警卫对囚犯进行种族方面的辱骂,还以污言秽语羞辱他们。③ 于是第二天,施瓦茨和海勒斯坦又和柯汀见了面,提交了新的证据。但法官仍旧不愿签发命令让他们入内。④ 不过,他倒是提议,或许他们可以在高曼委员会(Goldman Panel)的主导下进入,这是洛克菲勒州长前一天刚刚成立的一个观察组织。

许多方面都要求了解囚犯在夺狱行动后的待遇如何,面对如此巨大的压力,15 日,州长要求司法部第四上诉法庭的首席法官哈里·D.高曼"任命一个由公正的来访者组成的受人尊敬的委员会,对阿蒂卡州立监狱这一过渡时期的情况进行观察和汇报,以使公众确信狱友的宪法权利有所保障"。⑤ 该委员会中包括之前的阿蒂卡观察员克拉伦斯·琼斯、关爱囚犯的"奥斯本协会"⑥ 执行干事奥斯汀·H.麦考米克博士,以及"美国阿斯比拉协会"(一个为波多黎各社区服务的教育和领导组织)的全国执行干事路易斯·努涅兹。⑦

柯汀法官的直觉没错。令他们大为惊讶的是,当天晚些时候,律师施瓦茨和海勒斯坦就接到了电话,告诉他们事实上已被允许他们加入委员会。⑧ 于是,9 月 17 日,周五,一组囚犯权利律师和刚刚任命的高曼委员会成员一起进入了阿蒂卡。高曼委员会成员被告知,他们

---

① Herman Schwartz, Personal Diary, September 12, 19, 24, 1971. In author's possession.
② Schwartz, Personal Diary, September 12, 19, 24, 1971.
③ "Lawyers to Meet Attica Prisoners," *New York Times*, September 17, 1971.
④ Schwartz, Personal Diary, September 12, 19, 24, 1971.
⑤ State of New York, Executive Chamber, Press Release, September 14, 1971, Nelson A. Rockefeller gubernatorial records, Press Office, Series 25, New York (State), Governor (1959—1973: Rockefeller), Record Group 15, Box 49, Folder 1066, Rockefeller Archive Center, Sleepy Hollow, New York.
⑥ Osborne Association,非营利社会组织。1913 年,实业家托马斯·莫特·奥斯本,同时也是纽约州奥本市的前市长,化名汤姆·布朗自愿去奥本监狱待了一个星期(编号 33333 X)。他带着痛苦的经历离开后,致力于把美国的监狱从"人渣堆变成人类改造所"。奥斯本先生后来成了新新监狱的典狱长,并被誉为"人类监狱改造先驱"。奥斯本协会成立于 1933 年,以期在他去世后延续他的遗产。——译者
⑦ Annette T. Rubenstein, "Attica, 1971–1975," Pamphlet, Charter Group for a Pledge of Conscience, New York City, December 1975.
⑧ Schwartz, Personal Diary, September 12, 19, 24, 1971.

可以每周 7 天、每天 12 小时待在狱内,"探访牢房、医院、大厅、食堂甚至 Z 楼",但不知何故他们还是受到了限制。第一次去的时候,他们被告知必须在下午 5 点前离开,此后,他们的出入时间被限定在"周六和周日上午 9 点至下午 3:30 之间,从周一算起的工作日是在上午 9 点至下午 5 点"。① 考虑到得采访好几百人,而监狱只分配了四间屋子用作采访场地,这样的时间限制令人沮丧。施瓦茨郁闷地写道:"照这个速度,我们得花好几个星期采访他们。"②

这种处处受限的时间安排,是曼库斯为了确保他能限制囚犯权利律师可能造成的影响而想出来的。他曾竭力反对让高曼委员会入内,但奥斯瓦尔德明确表示自己别无选择,只能与委员会充分合作。对该州政府来说,好消息是,委员会成员和囚犯的律师只能从两个人那里得到"后勤与联络方面的信息",而这两个人会像奥斯瓦尔德一样维护州政府的利益,他们是洛克菲勒的律师迈克尔·怀特曼和霍华德·夏皮罗。更妙的是,从州政府的角度看,怀特曼对高曼委员会说得很清楚,委员会时间有限,只有 30 天,而且"委员会不是一个调查小组",只不过是来监看监狱里的情况。③

当高曼委员会的联合主席克拉伦斯·琼斯和奥斯汀·麦考米克开始在阿蒂卡四处走动,而且最终还去探访了如今被关押在其他监狱的囚犯,比如 24 日去了大草地监狱,25 日去了克林顿监狱,27 日去了格林黑文监狱,日渐明朗的一点是,即使是如此简单的监看任务也是艰巨的。他们遇见的狱友中至少有 83 人伤势严重,"需要手术治疗,

---

① Richard A. Fowler, Bureau of Staff Development, "Summary and Evaluation of the Monitoring Operation at Attica State Correctional Facility from 9/14/71 to 11/12/71," Investigation and interview files, 1971-1972, New York (State), Special Commission on Attica, 15855-90, Box 84, New York State Archives, Albany, New York. 亦可参见:"Fact Sheet #2 from Attica," September 16, 1971, Lieutenant H. Steinbaugh Papers。
② Schwartz, Personal Diary, September 12, 19, 24, 1971.
③ Goldman Panel to Protect Prisoners' Constitutional Rights, Report, New York State Archives.

有人受了重伤,只能在迈耶纪念医院接受采访"。① 阿蒂卡的许多人从一个多星期前的夺狱行动当天下午起,就没见过医务人员,可那时候,医生以及国民警卫队士兵和其他人都坚称接下来肯定会对他们的重伤进行治疗。

直到9月21日上午,一个新的医疗小组才真正开始到监狱里对囚犯进行体检。为了让那些明显吓得要死的囚犯能安心一些,高曼委员会"要求委员会至少有三名黑人医生和两名讲西班牙语的医生参与此次体检"。② 最终,9名医生组成的一个医疗小组对1 220名囚犯进行了检查,并清点了他们的医疗需求,而这些工作都是在21日的4小时内完成的。但即便对这些人进行如此粗略的检查,医生也能清楚地看出他们的身体状况极其糟糕,看出他们正在受到警卫的持续虐待,而且监狱的条件仍然令人无法接受。据其中一位医生莱昂内尔·希丰特斯报告,囚犯身上有许多枪伤,还有夺狱行动一开始就铺天盖地的催泪瓦斯所造成的一级和二级烧伤,令他们苦不堪言。③ 同样值得注意的是,"据观察,绝大多数囚犯身上都有多处瘀伤,A楼所有楼层的人都是如此"。④ 一个月后,希丰特斯医生与联邦政府官员交谈时,把这些瘀伤的事和盘托出,说它们"都是新伤,不到48小时,是1971年9月13日周一之后有的。这些瘀伤显然是由长条钝器造成的"。⑤ 同样重要的是,高曼委员会指定的医生也指出,囚犯害怕指认是谁打了他们。"一个背部和脸颊有瘀伤、头上裹着绷带的囚犯对

---

① Goldman Panel to Protect Prisoners' Constitutional Rights, Report, New York State Archives.
② James D. Bradley, MD, Letter to Russell Oswald, November 17, 1971, Investigation and interview files, 1971–1972, New York (State), Special Commission on Attica, 15855-90, Box 84, New York State Archives, Albany, New York.
③ 莱昂内尔·希丰特斯医生,与联邦调查局特工 Vincent Plumpton Jr. 和 Sylvester B. Smith 的谈话,1971年10月20日,FOIA request #110797 of the New York State Attorney General's Office, FOIA p. 000053。
④ 同上,FOIA, 000054。
⑤ 同上。

医生说'我是从楼梯上摔下来的'"。①

尽管有来自医生的报告,但高曼委员会的成员更愿意提醒人们注意早前已经在阿蒂卡发生的虐待行为,而不是现在仍在发生的。比如在定稿的报告中,委员会指出"在参加起义的狱友中,63%的人在袭击行动后立即遭到报复,从擦伤等轻伤,到肋骨骨折或头皮撕裂等重伤,再到丢失眼镜和假牙",对希丰特斯等医生目睹的一切却只字未提。②

当高曼委员会在调查完囚犯的伤情后召开第一次新闻发布会时,他们在报告中说他们指定的医生没有发现13号以后的任何伤痕。③ 正如高曼委员会的某位监督员所说:"根据我们在阿蒂卡的观察,我们确信狱友受到了惩教人员体面、公正的对待,没有暴力相向。他们的身体需要得到了充分的满足。饮食不错,牢房干净,有医疗服务。狱友们显然都洗过澡、刮过脸了,穿得也干干净净。"④

有许多人知道有关阿蒂卡夺狱行动的一切都是危险而不诚实的,这样的结论令他们始料未及。包括赫尔曼·巴迪罗在内的多名阿蒂卡前观察委员会成员"要求高曼委员会的人辞职",并表示应该解散该委员会,因为"它一直无法……保障[囚犯的]人身安全"。⑤ 委员会的构成事实上从一开始就困扰着囚犯的辩护律师,

---

① 莱昂内尔·希丰特斯医生,与联邦调查局特工 Vincent Plumpton Jr. 和 Sylvester B. Smith 的谈话,1971年10月20日, FOIA request #110797 of the New York State Attorney General's Office, FOIA p. 000056。
② 引自 Jeremy Levenson, "Shreds of Humanity." 亦可参见:original data in: Goldman Panel to Protect Prisoners' Constitutional Rights, Report, New York State Archives。
③ *McKay Report*, 464.
④ Richard A. Fowler, Bureau of Staff Development, "Summary and Evaluation of the Monitoring Operation at Attica State Correctional Facility from 9/14/71 to 11/12/71," New York State Archives, 7.
⑤ "Two Groups Term State Attica Panels 'Whitewash' Units," *New York Times*, October 4, 1971, Dorothy Schiff Papers, Box 4, New York Public Library.

因为许多监督员,即便官方视之为囚犯辩护律师,其实也是洛克菲勒的好朋友。其中的潜在利益冲突或许比我们想象的还要严重。委员会的联席主席奥斯汀·麦考米克曾给洛克菲勒写过一封私信,对9月13日阿蒂卡的行动表示支持。"我对你因为没去阿蒂卡而受到的不公正和无理的批评感到不安和愤怒,"他说,"如果你去了阿蒂卡,就不免要和昆斯特勒先生和鲍比·希尔先生,还有一些比这两人稍微好一点的人待在一起。"① 麦考米克继续写道,州长下令夺回监狱是正确的,因为观察委员会在阿蒂卡"几乎不可能进行理性的谈判了"。②

然而,即便高曼委员会的某些委员对洛克菲勒深表同情,而且委员会作为一个整体而言,也不愿提及其他们自己指定的医生所指出的那些虐待行为仍在持续发生,但这个监督机构确实坚持认为,为了关在里面的囚犯考虑,需要对阿蒂卡好好调查。比如,他们呼吁在狱中建立一个更持久的监控系统,由与监狱无关的人组成,并且"鉴于狱友指控暴乱之后仍遭到殴打",他们呼吁提升囚犯的权利,包括让囚犯有更多获得法律咨询的机会。③

由于委员会的建议,有的改进措施最终在阿蒂卡得以实施。到11月15日,委员会最后一次探访监狱时,监狱已有两名牙医、两名护士,还有两名每周在此工作两天的兼职心理医生。然而,尽管这是一个值得欢迎的进步,囚犯仍然需要帮助"以确保更换［他们的］法律文件,这些文件是上诉和假释申请等所必需的,但已被警卫故意

---

① Austin MacCormick, Letter to Nelson Rockefeller, December 2, 1971, Nelson A. Rockefeller gubernatorial records, Ann C. Whitman, Gubernatorial, Series 35, Whitman, Ann, New York (State), Governor (1959-1973: Rockefeller), Record Group 4, Box 13, Folder 383, Rockefeller Archive Center, Sleepy Hollow, New York.
② 同上。
③ Goldman Panel to Protect Prisoners' Constitutional Rights, Report, New York State Archives, 4-5, 10-11, 12.

销毁",此外在这些警卫手下还需多加留意他们的人身安全。① 同样重要的是,就连委员会也不得不公开承认,阿蒂卡狱内"骚扰狱友的风险"仍然存在,"而且在假释和其他领域也可能发生不公正的报复和煽动行为"。②

---

① Rubenstein, "Attica, 1971-1975."
② Goldman Panel to Protect Prisoners' Constitutional Rights, Report, New York State Archives, 18.

28. 你到底站在哪一边？

高曼委员会的成员对州政府官员对待阿蒂卡监狱囚犯的态度非常不力，全国各地的其他人则直言不讳地表达了愤怒，有人诉诸笔端，有人走上街头。比如，词曲创作者约翰·列侬就写了几首很有力量的民谣来纪念阿蒂卡的囚犯，活动家詹姆斯·福曼写了一首诗：

> 阿蒂卡，阿蒂卡，阿蒂卡，黑种人，棕种人，白种人——纳尔逊·洛克菲勒一声令下，尼克松政府全力支持，他们全被射杀。黑种女人，棕种女人，白种女人，家人，友人，恋人，妻子，数百万人在哀悼阿蒂卡被屠杀的人，哀悼在美国的土地上被越战中研制的武器杀害的人。①

囚犯权利活动家安吉拉·戴维斯也为《纽约时报》写了一篇评论文章，强烈主张阿蒂卡监狱的人需要支援，尤其是"事后，官员们会含糊其辞，散布不实言论，想尽办法将罪责推到囚犯身上"。②

重新夺回阿蒂卡之后，纽约州北部也举行了无数次支持囚犯的集会：埃尔米拉监狱外，康奈尔大学校园内的非洲研究中心，还有康奈尔的洛克菲勒厅，他们要求将该建筑更名为"阿蒂卡大厅"。③纽约州首府奥尔巴尼和惩教署所在地还发生了别的示威活动，这两个机构都位于双子塔中。奥尔巴尼规模最大的抗议活动"约有500名示威者，

[他们]步行3英里穿过城市……前往国会大厦"。④ 这群人"大多是年轻白人",他们加入了至少300名已聚集在国会大厦外的示威者当中。⑤ "洛基⑥下台,洛基下台,下台,下台,下台——全世界的人已拿起枪",他们一边高喊,一边举着州长的照片,上面写着"通缉阿蒂卡的凶手、屠夫"。⑦

1971年,奥尔巴尼的阿蒂卡抗议活动(*Courtesy of the Democrat and Chronicle*)

---

① James Foreman, Postscript, *The Making of Black Revolutionaries: A Personal Account* (Washington, D. C. : Open Hand Publishing, 1985).
② Angela Y. Davis, "Lessons: From Attica to Soledad," *New York Times*, October 8, 1971.
③ John Darnton, "Nixon Repeats Support for Governor's Action," *New York Times*, September 17, 1971; Barry Straus, "March Commemorates Prisoners; Mayor Refuses Permit for Paraders," *Cornell Daily Sun* 87, no. 12 (September 17, 1971); Daniel Margulis, "Cornell Students Demonstrate," *Cornell Daily Sun* 87, no. 10 (September 15, 1971).
④ Richard Phalon, "800 in Albany Protest the Attica Assault," *New York Times*, September 24, 1971.
⑤ 同上。
⑥ 洛克菲勒的昵称。——译者
⑦ "Demonstrators in Albany Oppose Attica 'Massacre,'" *The Cornell Daily Sun* 87, no. 17 (September 24, 1971); Phalon, "800 in Albany Protest the Attica Assault."

这类公开的抗议活动让惩教署专员奥斯瓦尔德相当紧张。夺狱行动之后，他已经觉得自己"承受着巨大的压力"①，这很大程度上是因为自 9 月 17 日以来，"双子塔至少发生了 15 起炸弹威胁，以致实施紧急疏散"。② 据专员说，"他妻子也接到了恐吓电话"。③ 而且，奥斯瓦尔德向洛克菲勒报告说他觉得自己受到了骚扰。他说："好像有个叫做囚犯团结委员会的相当严密的组织下了决心要打探我所有的行程"，有一次，"他们去午餐会捣乱，抢过麦克风，高喊'刽子手'，还举着巨大的横幅羞辱你我"。④

　　夺回监狱几个月后，针对洛克菲勒的抗议活动仍然声势强劲，其中一些在曼哈顿发生的事件特别引人注目。12 月，纽约市脑瘫基金会举办了一场庆祝活动，现场届时将授予州长人道主义奖，1000 多人在外面抗议。⑤ 各行各业的人都出来抗议州长在阿蒂卡的行为，有些艺术家在纽约现代艺术博物馆外游行，要求洛克菲勒辞去在博物馆董事会里的职务。⑥

　　夺回监狱之后，与阿蒂卡有关的抗议活动也在美国其他城市爆发。9 月的洛杉矶，在一个 90 多华氏度的闷热天气里，至少有 150 个

---

① Rockefeller, Deposition, Meyer Commission, August 8, 1975, 8746, FOIA request # 110818, FOIA p. 000550.
② Russell G. Oswald, Commissioner, Department of Correctional Services, Memorandum to Nelson A. Rockefeller, Governor, Subject: "Activities Report—December 16, 1971–January 14, 1972," January 19, 1972, Nelson A. Rockefeller gubernatorial records, Departmental Reports, Series 28, New York (State), Governor (1959–1973: Rockefeller), Record Group 15, Box 2, Folder 32, Rockefeller Archive Center, Sleepy Hollow, New York.
③ Rockefeller, Deposition, Meyer Commission, August 8, 1975, 8746, FOIA request # 110818, FOIA p. 000550.
④ Russell G. Oswald, Commissioner, Department of Correctional Services, Memorandum to Nelson A. Rockefeller, Governor, Subject: "Activities Report, February 10, 1972 through March 10, 1972," Nelson A. Rockefeller gubernatorial records, Departmental Reports, Series 28, New York (State), Governor (1959–1973: Rockefeller), Record Group 15, Box 2, Folder 32, Rockefeller Archive Center, Sleepy Hollow, New York.
⑤ "3 Held in Protest Against Governor," New York Times, December 15, 1971.
⑥ Phalon, "800 in Albany Protest the Attica Assault."

人涌入市中心,声援阿蒂卡囚犯,并呼吁全国监狱改革。① 诺曼的俄克拉何马大学超过 75 名非裔美国学生在一条单行车道上高呼口号,打出标语,其中一个上面写着"30 个兄弟死亡,一切一如既往"。② 据美国规模最大的大学生组织全国学生协会称,到 1971 年 10 月,阿蒂卡"监狱和监狱改革的高校宣讲会"已经计划在"20 多个大学校园开展"。③

当然,并非所有的抗议活动都是在批评纽约州政府在阿蒂卡的行动,也有支持洛克菲勒州长的集会,比如,在夺狱行动刚过一周,一个保守的学生组织"万岁"("美国生命之声"的缩写)④ 就在华尔街举行了一场集会。⑤ 执法人员、惩教人员和纽约州北部的居民都很高兴看到有人支持州长,因为他们害怕反对洛克菲勒的人很快就会针对他们。阿蒂卡当地的一些居民决定武装自己,以防发生这种情况,纽约州警经常在镇子附近转悠,"看有谁寻衅滋事"。⑥ 他们也在通往附近几座大城市的公路上巡逻,对貌似囚犯支持者的人会多加留意。纽约州警的官方通话日志中有这样的记录:"下午 2:50:州警拦下两辆满载黑人的汽车,他们说是要去布法罗的'黑豹党总部'",两小时后,"下午 4:26:4 个黑人在公路上被巡警拦下,自称正要去布法罗的黑豹党总部"。⑦ 州警甚至还密切注意阿蒂卡前观察员赫尔曼·

---

① John Darton, "Protesters Staging Rallies as Prison Dispute Widens," *New York Times*, September 16, 1971.
② 同上。
③ "Teach-Ins on Prison Set for 28 College Campuses," *New York Times*, October 5, 1971.
④ Viva, Voices in Vital America 的缩写。——译者
⑤ John Darnton, "Protests Mount, Prayers Offered," *New York Times*, September 18, 1971.
⑥ Eric Pace, "'Sick' Crank Calls Harass Widows of Attica Guards," *New York Times*, September 29, 1971.
⑦ Official Call Log, Headquarters, New York State Police, Albany, September 9, 1971, 6:30 p.m.

施瓦茨和威廉·昆斯特勒。① 每次有抗议活动的消息传出，州警如果不能完全加以阻止的话，就会引起重视并与市镇官员一起对其进行监视。当有传言说"外地人计划在10月2日"举行大规模示威活动，而且阿蒂卡即将发生"黑人入侵事件"时，村里的五人董事会召开了紧急会议，商讨如何应对。② 其间，他们谈到了逮捕未获许可参加游行的人以及实行宵禁。③

惩教署官员也很担心在他们管辖的其他监狱爆发新的抗议活动，阿蒂卡亦在担心之列。④ "阿蒂卡的局势持续紧张，"奥斯瓦尔德专员在1971年12月给洛克菲勒的备忘录中写道，更糟的是，"阿蒂卡的紧张局势似乎具有传染性，已蔓延到其他监狱，以致在［支付狱警的］加班工资一事上引起严重问题"。⑤ 官员们对克林顿监狱的现状特别担心，许多阿蒂卡的囚犯最近都被转去那里，那里已经被认为是不满情绪的温床。甚至在阿蒂卡叛乱之前，赫尔曼·施瓦茨就已注意到"克林顿监狱的情况看上去很严重，随时可能爆发，尽管此刻有许多州警驻守，可能暂时不会出事"。⑥ 据奥斯瓦尔德说，阿蒂卡的夺狱行动之后，克林顿监狱的险象更甚。阿蒂卡事件过去三个月后，他一直在担心其对克林顿监狱的影响，在给洛克菲勒的一份备忘录

---

① Official Call Log, Headquarters, New York State Police, Albany, September 10, 1971, 10:43 p.m.
② Murray Schumach, "Unfounded Rumors Still Cause Fear and Uncertainty at Attica," *New York Times*, September 18, 1971.
③ Murray Schumach, "Memories of Riot Are Evident as Attica Village Board Meets," *New York Times*, September 25, 1971.
④ Official Call Log, Headquarters, New York State Police, Albany, September 9, 1971, 2:45 p.m.
⑤ Oswald, Memorandum to Rockefeller, Subject: "Activities Report—November 1, 1971-December 15, 1971," Nelson A. Rockefeller, Gubernatorial. Series 28. Departmental Reports. Department of Correction, 1960, 1963-1964, 1970-1971. Record Group 15, Series 28. Box 2. Folder 31. Rockefeller Archive Center. Sleepy Hollow, New York.
⑥ Herman Schwartz, Personal Diary, September 12, 19, 24, 1971.

中，他指出最近搜查监狱，"发现大量隐匿和埋藏的武器"。①

阿蒂卡叛乱之后，大多数监狱抗议活动和对死伤者的支持活动都发生在纽约州之外。9月15日，佐治亚州亚特兰大富尔顿县监狱约60人在午餐时间发起抗议，"其灵感就是来自纽约的暴乱"。② 当天，克里夫兰的凯霍加县监狱和巴尔的摩市监狱也爆发了囚犯抗议活动，180名狱友试图劫持人质，"在巴尔的摩监狱的食堂设障……这明显是表达对阿蒂卡狱友的同情"。③ 同一天，在联邦调查局密报有叛乱预谋后，密歇根州底特律的韦恩县监狱的1 140名警卫缴获了150件武器。④ 在诺福克的马萨诸塞州立监狱，783人开始了一次为期四天的罢工，要求监狱改革，很快就蔓延到沃波尔的一座监狱。⑤ 女囚也站出来声援阿蒂卡的男性囚犯。西弗吉尼亚州奥德森的联邦妇女感化院的66名女囚发动了一场持续4天的叛乱，她们称这是"为了纪念在阿蒂卡死去的狱友"。⑥

1971年10月，庞蒂亚克的伊利诺伊州立监狱发生暴动，得克萨斯州达拉斯的一个县法院拘留所发生骚乱，新泽西州拉韦的一座戒备森严的监狱发生劫持人质的抗议事件，缅因州监狱330名囚犯绝食抗议，而且接下来的几个月，全国各地的看守所和监狱爆发了多起骚乱。1971年这一年是以12月28日的一场长达10小时的戏剧性骚乱结束的，发动骚乱的纽约市监狱系统的男性囚犯"要求修改有关拘

---

① Oswald, Memorandum to Rockefeller, Subject: "Activities Report—October 1, 1971-October 31, 1971," Rockefeller Archive Center.
② Peg Savage Gray, "1971 Prison Disturbances," April 20, 1972, Report compiled for the Select Committee on Crime, House of Representatives, Congress of the United States, Investigation and interview files, 1971-1972, New York (State), Special Commission on Attica, 159855-90, Box 90, New York State Archives, Albany, New York.
③ 同上; Alton Slagle, "Medic: Guns Killed Hostages", New York Daily News, September 23, 1971。
④ Gray, "1971 Prison Disturbances."
⑤ 同上。
⑥ "N. Y. Guards Threaten to Lock Cells," Washington Post, September 23, 1971.

留的规章制度"。① 在市政府官员同意"30 天拘留期之后自动进行保释审核，并设定拘留期限为 90 天"之后，此次抗议才和平结束。② 阿蒂卡发生的事甚至在欧洲监狱引起了回响。巴黎的囚犯在阿蒂卡事件的鼓舞下爆发骚乱，并扣留了人质。③

阿蒂卡事件之后，狱警对囚犯的叛乱非常恐惧，于是，他们的工会再次开始公开谈论工作场所安全问题。纽约所有州惩教人员的大工会 AFSCME 及其第 82 理事会均认为，正是惩教署的政策首先导致了阿蒂卡的如此局势。正如 AFSCME 主席杰瑞·沃夫所说："我们认为政府——在这件事上是纽约州政府——有义务有职责提供安全、人性的刑罚设施"，然而"州监狱大多人满为患，用的是陈腐不堪的刑罚理论"。④ 他还说，事实上，之所以爆发起义，只是因为"狱友的合理要求州政府没有理会，因为我们在阿蒂卡工作的工会成员能看到和听到即将发生的麻烦的证据却对警告视而不见听而不闻"。⑤

工会官员坚决要求和州长见面，讨论阿蒂卡事件对他们意义何在。他们最近正"和州政府就第 82 理事会会员提出的几项改革监狱系统的广泛要求进行谈判"，在他们看来，阿蒂卡起义只是加固了他们的论点，即"纽约应立刻对州内管理不善的监狱系统进行广泛的整改"。⑥ 阿蒂卡被杀的 10 名人质中，有 5 人是 AFSCME 的会员，该工会关心的是，"血腥暴乱和屠杀这样最悲惨的事……本来是可以避免的。如果州政府听取了狱警的警告，如果管理层对满足狱友的要求

---

① Gray, "1971 Prison Disturbances."
② 同上。
③ Howard K. Smith, " Riot Occurred Earlier This Week," CBS Evening News, September 24, 1971.
④ Jerry Wurf, AFSCME President, "Attica," *The Public Employee*, October 1971, Willoughby Abner Collection, Box 16, Folder 16-27, Walter Reuther Library, 2.
⑤ 同上。
⑥ "AFSCME Demands Reforms in N. Y. Prisons—NOW!!," *The Public Employee*, October 1971, Willoughby Abner Collection, Box 16, Folders 16-27, Walter Reuther Library, 8; Wurf, "Attica," 2.

方面表现出一点点敏感,如果州政府稍微肯听一听,叛乱可能永远不会发生"。① 阿蒂卡夺狱事件之后,工会和惩教署的紧张关系变得很糟,以至于奥斯瓦尔德觉得有必要向州长汇报,"到目前为止,协商不成,冲突不断,没有产生任何意图明确的结果"。②

州政府官员对工会投诉的安全问题并未给予令人满意的答复,9月22日,"代表纽约州8 000名监狱员工的工会,就阿蒂卡监狱的叛乱做出反应,说今天他们将把囚犯锁在牢房里直到10月7日,除非纳尔逊·洛克菲勒立即实施改革"。工会主席指出:"我们和管理层针对这些要求讨论了18个月,除了空头支票,一无所获……40个人不该死的人就这么白白送了命。"③

阿蒂卡事件之后,监狱员工的妻子也开始大声疾呼,要求认真对待工作场所的安全问题。这些妇女建了一个全州性的组织,准备去游说立法者,表达他们丈夫的安全需求,让公众知道这些人的工作有多危险。④ 奥斯瓦尔德专员被她们的活动搞得焦头烂额,因为他觉得这些妇女对他相当不利。他对州长说:"开会之后,她们传递给各种媒体和各立法委员的消息,并没有反映出我所认为的一种良好关系。"⑤

少数在州政府系统工作的非裔美国狱警也很关注阿蒂卡的问题,但他们是从不同的角度来看的。他们中的一些人公开表示,"阿蒂卡起义的原因和教训被白人官员和决策者严重误读了"。⑥ 总之,他们

---

① Bill Hamilton, AFSCME Public Affairs Director, "We Tried to Tell Them but Got No Response," *The Public Employee*, October 1971, Willoughby Abner Collection, Box 16, Folder 16-27, Walter Reuther Library, 8.
② Russell G. Oswald, Commissioner, Department of Correctional Services, Memorandum to Nelson A. Rockefeller, Governor, Subject: "Activities Report, February 10, 1972, through March 10, 1972," Rockefeller Archive Center.
③ "N. Y. Guards Threaten to Lock Cells." *Washington Post*, September 23, 1971.
④ Russell G. Oswald, Commissioner, Department of Correctional Services, Memorandum to Nelson A. Rockefeller, Governor, Subject: "Activities Report—December 16, 1971-January 14, 1972," Rockefeller Archive Center.
⑤ Russell G. Oswald to Nelson A. Rockefeller, January 19, 1972.
⑥ Joseph Lelyveld, "Black Prison Guards Deplore Racial Imbalance in Penal Chain of Command," *New York Times*, October 24, 1971.

觉得惩教署想要更进一步打压狱友的做法"走错了方向",正是这种态度导致了阿蒂卡事件。[1] 他们还对黑人警卫在跟白人同事共事时所受的待遇表示关切。正如一位黑人狱警紧张地说,自从阿蒂卡事件发生后,"当他跟白人狱警站在一起时,总感觉到一个问题悬在大家之间:'你站在哪一边……我们这一边,还是狱友那一边?'"[2]

对于9月13日阿蒂卡的袭击行动中幸免于难的囚犯而言,现实是无论惩教署或州政府,没有几个人站在他们这一边。从任命罗伯特·费舍的公告可以看出,州长办公室正在组织人去追击那些发动阿蒂卡叛乱的人,它几乎没有采取任何行动来保护幸存的人,其中许多人囚遭受虐待而伤势严重,也没有提供他们急需的医疗服务。[3] 在州官员重掌阿蒂卡整整一个月后,挤在牢房里的人没一个被允许联系家人。

因此,阿蒂卡的囚犯都在想尽办法把他们的情况通知亲人。监狱恢复了些许平静之后,他们就开始在牢房之间传递一本破旧的红色活页笔记本。他们在本子上写下了亲人的名字和地址以及一段简短的话,希望有人能把本子带出阿蒂卡,交到其中任何一个地址那里。[4] 一个自称"詹姆斯"的囚犯写下了妹妹艾瑟尔·沃克的地址,旁边还潦草地写着"妹妹,眼下我很好,希望一切都会好起来"。查尔斯·哈雷对母亲莱诺拉·哈雷写道"我们没事"。写给格拉迪斯·哈里斯的短信是"现在没事,身体不错。给我老婆及其他人打电话"。[5] 本子上写满了类似的信息,向家人保证囚犯还活着,身体不错。即便这些人中有几个其实伤还没好,而且经常遭到殴打,但他们不想让家

---

[1] Joseph Lelyveld, "Black Prison Guards Deplore Racial Imbalance in Penal Chain of Command," *New York Times*, October 24, 1971.
[2] 同上。
[3] "Fact Sheet #2 from Attica," September 16, 1971, Lieutenant H. Steinbaugh Papers.
[4] 破烂的活页笔记本上都是手写的只言片语和要传话的地址。是在警卫捣毁的一间牢房里找到的,后被纽约州警当作证据。部分资料2011年移交给了纽约州立博物馆。2011年10月,作者在纽约州立博物馆的仓库里见到了这些资料。
[5] 同上。

人比以前更担心他们。

但这些信息没有一个送到了收信人的手里。叛乱之后的几天里发生了多次突击大扫荡,笔记本在其中一次被州警没收了。高曼委员会成员在进入阿蒂卡时正好见到了扫荡过程,他们认为这样的突袭意味着囚犯"经年累月挣到、收藏或创造的个人财产就这么没了"。① 夺狱行动后的几小时、几天甚至几周内,负责监狱的州警和狱警似乎特别喜欢毁坏囚犯的财物。正如一位国民警卫队士兵带着厌恶指出的,狱警和州警为了取乐将囚犯的物品扔到空中然后把它们砸碎,"就像小时候把球扔到空中再给它一下那样"。②

阿蒂卡有一个特别不好的问题仍在持续,高曼委员会注意到了,那就是州官员行动太慢,还没有替囚犯更换被狱警和州警砸坏的眼镜

夺狱行动之后,沿墙堆放的私人物品、家具和其他残破物件(*Courtesy of Corbis*)

---

① Goldman Panel to Protect Prisoners' Constitutional Rights, Report, New York State Archives.
② John Stainthorp, Attica Brothers Legal Defense, "National Guard and Medical Workers," January 8, 1975, 12.

及假牙。委员会指出,"吃饭、看东西"离不开这些东西,因此"牵涉到基本人权"。①据文森特·曼库斯自己的统计,至少有78名囚犯需要新假牙……解决"在暴乱中被弄丢或弄坏的假牙的修补问题"。②最终,曼库斯被迫让布法罗大学牙医学院来更换"因9月事件而被毁坏"的牙科器械和假牙。③他还迫于高曼委员会的压力,联系了几位验光师,处理"积压的配制眼镜的需求"。④

除了损坏囚犯的物品之外,州警和狱警还想方设法损坏牢房里任何他们担心可能会对他们不利的东西。特别留意囚犯这些年来辛辛苦苦收集起来的法律文件。这些有数千页之多的人身保护令、上诉书和法律简报,都是阿蒂卡的囚犯亲手写的,通常一式三份,现在被没收了,随意扔进盒子,拖到纽约州警A部队兵营的活动房屋里。

1971年9月底,仍在阿蒂卡监狱服刑的2 000多名囚犯中的一部分获准接受家属探视。不出所料,"200多名来客涌入阿蒂卡的铁门,与亲属共度一小时时光",他们在第一次与家人见面时听到的消息令他们深感不安。比如,多萝茜·特里莫听儿子韦恩"诉说自己的生殖器和身体其他地方遭到野蛮的殴打……被强迫在碎玻璃上走"时"伤心落泪"。⑤当被要求对这些事情做出解释时,沃尔特·邓巴坚持说,"带狱友回牢房的时候,狱警在有些情况下会用力戳几下落在后

---

① Goldman Panel to Protect Prisoners' Constitutional Rights, Report, New York State Archives.
② Vincent R. Mancusi, Letter to James D. Bradley, M. D., November 10, 1971, Investigation and interview files, 1971-1972, New York (State), Special Commission on Attica, 15855-90, Box 84, New York State Archives, Albany, New York.
③ James D. Bradley, M. D., Correction Medical Director, Memorandum to Walter Dunbar, Executive Deputy Commissioner, Subject: "Inspection at Attica Facility," November 23, 1971, Investigation and interview files, 1971-1972, New York (State), Special Commission on Attica, 15855-90, Box 84, New York State Archives, Albany, New York.
④ 同上。
⑤ Eric Pace, "Visiting Day at Attica Stirs New Charges of Brutality," *New York Times*, September 30, 1971.

面的人。据我所知，除了戳之外，狱警没有对任何一名狱友动用过武力"。① 他在监狱内部一份"阿蒂卡情况说明"的材料中，向狱警传达了这层意思。

夺狱行动之后允许探视的第一天，囚犯家属在阿蒂卡（*Courtesy of the Democrat and Chronicle*）

夺取阿蒂卡之后最初几天，很多囚犯被转移到其他监狱，但他们的家人都没有被告知此事。根据阿蒂卡和该州其他刑罚机构官方之间的备忘录，1971年9月17日，"70名狱友被安排离开阿蒂卡……转至格林黑文监狱，周二和周四类似的转移也发生在克林顿监狱和大草地监狱"。② 到17日，周五，217名阿蒂卡狱友被转出这座监狱，之后另有150名狱友计划被转至格林黑文监狱。最终，截至9月，到转狱的最后一天，有780人从阿蒂卡转移到纽约州北部的其他监狱。③

---

① "Fact Sheet #2 from Attica."
② 同上。
③ Transferee Lists, undated, Investigation and interview files, 1971–1972, New York (State), Special Commission on Attica, 15855-90, Box 9, New York State Archives, Albany, New York.

但即便被转移到其他监狱的人也不能免于继续受到骚扰。虽然被转走的囚犯没有一个是叛乱的领导人,但他们在初来乍到的监狱里被狱方视为激进的煽动者。大草地监狱的管理人员不得不承认"有些人身上有枪伤、烧伤、擦伤",但当这些人要求治疗时,狱方坚称他们喜欢捣乱,这些伤"没什么大不了"。①

被送往大草地监狱的人非常不安,他们的伤情没人理睬,还受到警卫的虐待,其中 82 人在抵达后的数周内发起绝食抗议。②

警卫和州警对转至克林顿监狱的阿蒂卡狱友显然比对转移到大草地监狱的人更糟。10 月 29 日,奥尔巴尼法律援助协会对"洛克菲勒、奥斯瓦尔德和许多克林顿监狱的警卫及行政人员"提起集体诉讼,要求支付 150 万元,并希望北区法院的首席法官詹姆斯·T. 福莱对各种虐待行为发出限制令。③ 据诉状所称,克林顿监狱的狱友"经常挨打,无端被喷催泪瓦斯并受到威胁、骚扰,种族性辱骂更是家常便饭"。④

到了 10 月,随着又提起了好几件类似诉讼,还有无数市民甚至几位国会议员要求仔细彻查在夺狱行动 6 个多星期后,阿蒂卡的情况怎么会如此严重,显然,这一争议不会消失。洛克菲勒政府的高层官员意识到,现在是时候打开天窗说亮话了。

---

① Memorandum, Subject: "Status of Attica Riot Transfers," September 23, 1971, Investigation and interview files, 1971-1972, New York (State), Special Commission on Attica, 15855-90, Box 9, New York State Archives, Albany, New York.
② "Institution Status Report—Attica Inmates 9/30/71," Investigation and interview files, 1971-1972, New York (State), Special Commission on Attica, 15855-90, Box 9, New York State Archives, Albany, New York.
③ Fred Ferretti, "Legal Aid Files Suit on Behalf of Clinton Inmates," *New York Times*, October 30, 1971.
④ 同上。

29. 安排就绪

洛克菲勒州长看得出,全国上下对阿蒂卡的关注并未消散,于是决定不让自己看来像这个故事里的恶人。他内心深信,像他最近在阿蒂卡镇压的这场叛乱是个不祥的警告,它表明美国的生活方式正受到攻击。正如他最初向他的一位演讲撰稿人所说:"如今有一个相对较新的政治问题集中在革命分子在全国各地精心组织的行动中,在囚犯中,在普通人中,目的是破坏整个刑罚体系,进而最终摧毁这个国家。"① 在另一份草稿中,他更加尖锐地表达了他的观点:"上周一,我说'(阿蒂卡的)悲剧是由好战分子高度组织化的革命诡计造成的……从那时起发生的事情没有给我任何理由改变这个看法;相反,我更加深信。'"②

这也是最上层的观点。尼克松总统明确表示,他也将阿蒂卡视为黑人革命分子煽动暴乱的一个环节,他的政府成员也是这个看法。③ 副总统斯皮罗·阿格纽为《纽约时报》撰写了一篇题为《阿蒂卡的根源》的文章,其中不仅暗示这次叛乱是由执着于暴力的极端分子引起的,而且认为将重罪犯的生命"与守法公民的合法诉求相提并论""简直荒谬"。④ 司法部长约翰·米切尔长期以来都认为,激进组织只是滋生"有暴力倾向的只想搞破坏的激进分子"的温床,这些人"没有建设性目标,一味破坏,他们的领导人还自诩为革命者和无政府主义者"。⑤

美国最有权势的政客都将阿蒂卡视为颠覆整个国家的革命阴谋的一部分，这将对州官员和联邦官员如何处理官方对那里发生的事情的调查产生深远影响。当洛克菲勒任命有组织犯罪特别小组负责人罗伯特·费舍领导州政府对叛乱和夺狱事件的调查时，毫无疑问是希望他能描画出调查范围。用他的话说，他希望此次调查"确定外部势力可能起的作用，比如某些个人在教唆囚犯抓住完全无法实现的政治要求不放这类事上"。⑥由有组织犯罪特别小组来负责调查，就不愁没有充裕的资金以及处理犯罪阴谋的经验，他敢保证阿蒂卡的激进分子参与了这样的阴谋。

不过，洛克菲勒也不是傻瓜。他也知道一眨眼的工夫，阿蒂卡就能使州政府翻船。在他下令夺回监狱后，死尸遍地，重新安置囚犯时也发生了许多不光彩的事，囚犯还提出了许多被体罚和殴打的指控。因此，至关重要的是，在进行任何调查（不仅是费舍的调查，肯定还会有其他调查）之前，他和他的手下还有机会盘问那些在阿蒂卡现场的人。

为了确保他掌握了所有与起义和夺狱有关的信息，州长于 9 月

---

① Joseph Persico, Speech, Draft, September 22, 1971, Nelson A. Rockefeller gubernatorial records, Speeches, Series 33, New York (State), Governor (1959-1973: Rockefeller), Rockefeller, Nelson A. (Nelson Aldrich), Record Group 15, Box 85, Rockefeller Archive Center, Sleepy Hollow, New York.
② Hugh Morrow, Statement for Nelson Rockefeller, Draft, September 17, 1971, Nelson A. Rockefeller gubernatorial records, Speeches, Series 33, New York (State), Governor (1959-1973: Rockefeller), Rockefeller, Nelson A. (Nelson Aldrich), Record Group 15, Box 85, Sleepy Hollow, New York.
③ Conversation #571-1, September 13, 1971, 12:37 p.m.-2:58 p.m., Oval Office, Present: Richard Nixon, Robert Dole, Alexander Haig Jr., H. R. Haldeman, Nixon Tapes.
④ Spiro T. Agnew, "The 'Root Causes' of Attica," *New York Times*, September 17, 1971.
⑤ John N. Mitchell, Attorney General, Statement Concerning Campus Disorders, Special Subcommittee on Education, Committee on Education and Labor, House of Representatives, May 20, 1969.
⑥ Morrow, Statement for Nelson Rockefeller, Draft, September 17, 1971.

24日上午在他的波坎蒂科山的宅邸召开了一次会议。① 他的律师迈克尔·怀特曼回忆道,"目的是让人加深记忆",特别是因为他们"很可能会受到质询"。② 那天上午 10 点,一大群人聚集在宅邸的桌球室一张桌子旁。与会者有州长、他的私人秘书安·怀特曼、罗伯特·道格拉斯、律师迈克尔·怀特曼及其助理哈瑞·奥尔布赖特和艾利奥特·韦斯特纳、霍华德·夏皮罗、诺曼·赫德、奥哈拉将军、约翰·C.贝克将军、新闻秘书罗纳德·梅奥拉纳、讲演撰稿人休·莫罗、拉塞尔·奥斯瓦尔德、沃尔特·邓巴、安东尼·西蒙内蒂,以及约翰·莫纳汉少校。③ 据洛克菲勒说,在阿蒂卡起义和夺狱行动期间没露面的纽约州警负责人威廉·柯尔万此时也来了,在场的还有纽约州警总督察 J. C. 米勒。④ 会上做了详细的记录,后又录成磁带,再正式打印成文。⑤

洛克菲勒的庄园后来又开了三次这样的"通报"会议,拉塞尔·奥斯瓦尔德称其为"三次周末长会",根据他的说法,这几次都是秘密会议,用罗伯特·道格拉斯的话说,目的是"让我们这些高层人物统一口径"。⑥ 这几次会议,一次是 10 月 25 日召开,从上午 9:30 到下午 2 点,另一次在 10 月 30 日,从上午 9 点至下午 2 点,最

---

① Rockefeller, Deposition, *Lynda Jones v. State of New York et al.* (Claim No. 54555) and *Elizabeth M. Hardie v. State of New York et al.* (Claim No. 54684), State of New York Court of Claims, April 22, 1977, 47. Also see: Robert Douglass, Testimony, Meyer Commission, June 20, 1975, FOIA request #110818 of the New York State Attorney General's Office, FOIA p. 000295.

② Whiteman, Testimony, Meyer Commission, June 12, 1975, 1726, FOIA request #110818, FOIA p. 000710.

③ 同上,FOIA p. 000691。

④ Rockefeller, Deposition, *Lynda Jones v. State of New York et al.* (Claim No. 54555) and *Elizabeth M. Hardie v. State of New York et al.* (Claim No. 54684), State of New York Court of Claims, April 22, 1977, 47.

⑤ Rockefeller, Deposition, Meyer Commission, August 8, 1975, 8746, FOIA request #110818, FOIA p. 000468.

⑥ Douglass, Testimony, Meyer Commission, June 20, 1975, FOIA request #110818, FOIA p. 000349.

后一次是在 11 月 8 日，开了好几个小时，洛克菲勒和他的手下不仅和费舍办公室的人见了面，还会见了纽约州警的高层。① 不过，最后一次会议可能是最全面、问题最多的，因为约翰·莫纳汉少校和纽约州警的亨利·威廉姆斯上尉都来参加此次会议了，正是这两人执行了使 39 人死亡、100 多人受伤的夺狱行动，因此他们可能面临由费舍的有组织犯罪特别小组对阿蒂卡的调查——通常被称为"阿蒂卡调查"——所提起的指控。这些潜在的被告如今在州长家中，与阿蒂卡调查负责人合作，共同敲定阿蒂卡事件的正式陈述。现场协助此事的还有纽约州警的其他一些人，他们对 9 月 13 日 D 院发生的事有第一手的了解，其中包括一名州警，他在夺狱期间从 C 楼楼顶上拍摄了一系列 35 毫米幻灯片，还有一个州长法律顾问办公室的人"查看了录像带、影片和照片，并就州警在阿蒂卡扮演的角色提了一些相关问题"。②

和其他所有会议一样，与会的哈瑞·奥尔布赖特和艾利奥特·韦斯特纳的工作是录下讨论的内容，再转成文字版，形成报告。③ 而随后数十年里，州政府官员一再否认所谓的"奥尔布赖特-韦斯特纳报告"的存在，但这份报告已经成了预期目的。在接下来的几年里，阿蒂卡的夺狱行动将会受到非比寻常的彻底审查，1971 年秋在那间桌球室里花了很长时间来统一口径的州政府官员会很高兴他们当时这么做了。

---

① Harry Albright Jr. and Eliot Vestner Jr., Memorandum to the Governor, Subject: "Sources of Attica Chronology," in: Rockefeller Administration, Appendix 3, Confidential Memo, "Events at Attica: September 8–13, 1971."
② 同上。
③ Whiteman, Testimony, Meyer Commission, June 12, 1975, 1619, FOIA request # 110818, FOIA p. 000642.

第六部 调查与偏离

安东尼·西蒙内蒂

安东尼·西蒙内蒂在有组织犯罪特别小组罗切斯特办公室为罗伯特·费舍工作。他先在圣约翰大学拿了学士学位，接着在福特汉姆获得了法律学位，然后去了特别小组。1964 年，取得了律师资格，曾是海军陆战队队员，之前还当过联邦调查局探员，前十年甚至在南方调查过那片地区违反人权的情况。不过，西蒙内蒂当年引起罗伯特·费舍的注意，是因为他替著名的曼哈顿地区检察官弗兰克·霍根工作过。安东尼·西蒙内蒂在霍根手下工作的时候，虽然有些不合群，但仍然赢得了律师和调查员同行的尊敬。他工作出色，不仅调查案子时认真、有条理，而且在法庭上表现得非常犀利。每个人都看得出，西蒙内蒂喜欢让证人出庭作证，但他并不怎么鼓噪声势，而是喜欢问一些简单但非常直接单刀直入的问题，让他们讲出他想让他们讲的话。

1971 年 9 月 13 日，当安东尼·西蒙内蒂接到罗伯特·费舍的电话，让他去一趟阿蒂卡监狱的时候，他并不知道自己的生活会发生多大的变化。事情很快就清楚了，调查在阿蒂卡发生的事的重任大部分落在了他的肩上。这甚至对西蒙内蒂的调查和起诉技能也是一种挑战。他将是"阿蒂卡特别检察官安东尼·G.西蒙内蒂"，并拥有相应的权力，但是要完成这份工作不得罪一大堆人几乎是不可能的。正是雇他的人，即纽约州州长，下令夺回监狱，现在他应该仔细审慎地看待这间监狱。尴尬的是，夺取监狱的纽约州警如今正在阿蒂卡的院子里收集"证据"，而他很快还不得不依靠这些证据来立案了。

30. 继续深挖

洛克菲勒的办公室想方设法掌控对阿蒂卡的所有调查。选择罗伯特·费舍领导官方调查——有组织犯罪特别小组的阿蒂卡调查——只是方法之一。另一个方法是，专门召开几次会议，对发生的事在州层面上形成统一口径。尽管如此，到了1971年仲秋，有许多个人、团体和组织呼吁进行截然不同的、更独立的调查，以探究夺回阿蒂卡的行动何以伤亡如此惨重。这些调查活动就更难引导了。[①]在要求对阿蒂卡进行调查的人当中，有13名非裔美国人，他们分别来自众议院、纽约都市联盟、全国法律援助协会、辩护人协会及布法罗教会理事会。此外，"哈佛法学院的300名学生向尼克松总统提交了一份请愿书，要求任命一个联邦委员会，广泛调查全国的刑罚系统"。[②]罗切斯特的"战斗"组织的监狱改革与司法委员会也开始呼吁在全州范围内建立一个联盟，对监狱改革施压，委员会的主席正是贝蒂·巴克利，L. D. 巴克利的妹妹。[③]

洛克菲勒州长对这些调查很不高兴，因而设法与奥尔巴尼的立法委员会领导人见了面，"以努力强化此前要求的对叛乱行为的许多调查"。[④]这是他自己没法办到的，而让他担心的是，有传言说，阿蒂卡起义期间成立的观察员委员会又开始碰头，向立法者施压，要求下令对夺狱行动进行完全独立的调查。

观察员委员会实际上是应阿瑟·伊夫的要求，于9月26日星期日重新召集，伊夫强烈地感到他们应该将他们在阿蒂卡狱中度过的 5 天里累积的所有文件、纸张和磁带和记录都收集并保存起来。他想的是，他们可以就叛乱是如何演变的提供一份全面而精确的报告，包括委员会多次努力警告洛克菲勒政府武力夺狱会造成怎样的灾难性后果，然后将报告分发给任何进行认真调查的团体。⑤他们甚至还举办了募捐活动，为"死难的狱友和人质的家属"筹款。简而言之，重组后的观察委员会"发誓不会让死在阿蒂卡的狱友和人质失望"。⑥

然而，到 1972 年 5 月，随着其他更为正式的调查已在进行，只有少数观察员似乎有兴趣再碰头。⑦一些人决定以不同的方式让阿蒂卡事件保持热度，比如汤姆·威克是通过他在《纽约时报》上的专栏。其他人则因不同意委员会的意见而与之分道扬镳，比如州参议员约翰·邓恩，他觉得当前的委员会呈一边倒的态势，只站在囚犯一边。⑧

不过，邓恩加入了另一个委员会，也是由洛克菲勒创建的，叫做

---

① John Darnton, "Nixon Repeats Support for Governor's Action," *New York Times*, September 17, 1971.
② John Darnton, "Protests Mount, Prayers Offered," *New York Times*, September 18, 1971.
③ Marilynn Bailey, "Statewide Coalition Urged to Support Prison Reform," *Democrat and Chronicle* (Rochester, New York), November 12, 1971.
④ Fred Ferretti, "Congressional Committee Also Plans Investigation," *New York Times*, September 16, 1971, Senator Jacob A. Javits Collection, Box 50, Special Collections and University Archives, Frank Melville Jr. Memorial Library, Stony Brook University, Stony Brook, New York.
⑤ Arthur Eve, Memorandum to Members of the Attica Observers Committee, Subject: "Next Meeting," October 12, 1971, Franklin Florence Papers, Rare Books, Special Collections, and Preservation, University of Rochester Library, Rochester, New York.
⑥ 同上。
⑦ 这些人包括：阿瑟·伊夫、赫尔曼·巴迪罗、罗伯特·加西亚以及其他一些决定加入这个组织的监狱改革者，比如大卫·罗森伯格。Naomi Burns, Letter to Members of the Observers Committee, May 11, 1972, Franklin Florence Papers, Rare Books, Special Collections, and Preservation, University of Rochester Library, Rochester, New York.
⑧ John Dunne, Testimony, U.S. House Select Committee on Crime, September 27, 1971, 33522.

惩教机构及项目特别委员会。它被大家称为"琼斯委员会",因为其主席是州律师协会会长、社会福利委员会前主席休·琼斯,州长责成该委员会调查"阿蒂卡监狱和纽约其他监狱的状况"。① 约翰·邓恩仍然是州犯罪与矫正常设委员会的主席,在阿蒂卡起义之前,这个委员会一直在呼吁关注纽约监狱人满为患的状况及其他问题。他很喜欢在琼斯委员会工作,包括州议员、州参议员、宗教领袖及州内各机构的官员在内的其他十几位委员也是如此。洛克菲勒州长的老朋友彼得·普莱塞被任命为"特别顾问,负责协调该特别委员会的工作",因为正如拉塞尔·奥斯瓦尔德所说,"大多数人他都认识"。②

从 10 月初开始,琼斯委员会探访了全州各地的多家监狱,"对服刑人员、管理人员、狱警和其他机构人员的经历、情感和判断……都做了了解"。③ 当委员会走访阿蒂卡的时候,委员吓坏了,他们从"至少 17 至 20 名狱友"那里听说了"过度且持续不断的残暴对待",还有对"夹道鞭打和殴打"情节的细节描述。④

在阿蒂卡和其他监狱进行了一番了解之后,1972 年 1 月 24 日,琼斯委员会在提交给州长的第一份报告中毫不讳言。⑤ 正如它指出的,"委员会初步评估后,对现行制度体系的状况深感不安。目前的系统是否真的有望实现既定目标,这方面存在很大疑点。"⑥ 它接着指出,至少惩教署需要投入"更多的培训、更多的教育,少从中渔

---

① State of New York Select Committee on Correctional Institutions and Programs, New York City, February 11, 1972.
② Russell G. Oswald, Memorandum to Superintendents of Correctional Facilities and State Institutions and Directors of State Hospitals, Subject: "List of Committees," October 28, 1971, 阿蒂卡起义相关文件保存在纽约阿蒂卡的阿蒂卡监狱。
③ Hugh R. Jones, Report Number One, investigation and interview files, 1971–1972, New York (State), Special Commission on Attica, 15855–90, Box 90, New York State Archives, Albany, New York.
④ Eric Pace, "Attica Inmates Tell of Running a 'Gauntlet,'" New York Times, September 19, 1971.
⑤ Hugh R. Jones, Report Number One.
⑥ 同上。

利,别只顾收人而不顾其所受待遇的政策,多关注侵犯公民权利的行为,少审查,多提供精神卫生资源,向狱友提供充分的法律援助,提供更有益身心的监狱设施、更好的饮食、更好的医疗与牙齿护理"。①为了将他们关于监狱改革的这些建议广而告之,琼斯委员会于次月举行了三次公开的听证会,第一次在奥尔巴尼,第二次在布法罗,第三次在纽约市。这样的听证会和琼斯委员会发表的措辞严厉的最终报告,绝非洛克菲勒政府所期望的。

惩教署专员拉塞尔·奥斯瓦尔德大发雷霆。"在我看来,"他在给洛克菲勒州长的备忘录中写道,"琼斯委员会一个劲地强调负面信息,是对为实现有意义的变革而付出努力的惩教署和管理人员的一种伤害。"② 专员对高曼委员会的调查结果也同样不满。他说:"高曼委员会和琼斯委员会的报告的出笼,造成了一种令人不安的局面……[两者都一向]无视惩教署的努力,无视它在这个领域所做的巨大贡献。"③

然而,一旦有更高级别的委员会真的开始调查阿蒂卡,惩教署的官员和洛克菲勒政府就变得更为惊慌。这是一个联邦调查团体,由众议员克劳德·佩珀任主席,他也是众议院犯罪问题特别委员会的负责人。至少一开始,州长办公室对这个特别调查感到相当满意,它几乎是在夺狱行动之后立即启动的。9月17日,周五,佩珀和包括纽约的查尔斯·兰格尔在内的另外5位国会议员去了纽约,与洛克菲勒进行了一个半小时的会谈,以听取"州长对起义的描述"。④ 之后,州

---

① Hugh R. Jones, Report Number One.
② Russell G. Oswald, Commissioner, Department of Correctional Services, Memorandum to Nelson A. Rockefeller, Governor, Subject: "Activities Report, August 23, 1972–September 20, 1972," Central subject and correspondence files, 1959–1973, New York (State), Governor (1959–1973: Rockefeller), Record Group 15, Box 2, Folder 32, Rockefeller Archives, New York State Archives, Sleepy Hollow, New York.
③ 同上。
④ William Ferrell, "House Committee Confers with Rockefeller on Attica," *New York Times*, September 18, 1971.

长用他的私人飞机送他们去了阿蒂卡，以便他们了解夺狱行动之后几天里的情况。① 首次阿蒂卡之行后，议员佩珀告诉媒体"这次走访很有意思，收获很大"。② 委员会成员、众议员弗兰克·布拉斯科则对记者做了进一步阐述，他说在他看来，奥斯瓦尔德专员"在谈判中尽了最大努力"。③

佩珀委员会：国会议员威廉·基廷（俄亥俄）、山姆·斯泰格（亚利桑那）、查尔斯·兰格尔（纽约）、克劳德·佩珀（佛罗里达）、弗兰克·布拉斯科（纽约）(Courtesy of Corbis)

然而，第二天，佩珀委员会的成员与一些囚犯和狱警交谈之后，决定在监狱里待得"尽可能久一点"，也许待上整个周末，以便充分

---

① William Ferrell, "House Committee Confers with Rockefeller on Attica," *New York Times*, September 18, 1971.
② 议员克劳德·佩珀和弗兰克·布拉斯科，采访，*Attica Aftermath*, NBC News, Attica, New York, September 18, 1971, NBC Universal Archives, Clip #5112474568_s05, Roll 3.
③ 同上。

了解那里的情况。① 照《纽约时报》的说法，委员会听到囚犯们讲述监狱被夺回之后他们遭受的诸多虐待，并不得不从挥舞警棍的狱警组成的夹道鞭打中跑过去的故事，一点都高兴不起来。②

佩珀委员会接着又调查了国内其他发生过暴动的监狱，洛克菲勒认为也是破坏性革命运动温床的地方，此举让州长稍微对它的使命增强了一点信心。但是，一旦委员会举行听证会，他便意识到他的办公室将听到许多它特别不想听到的东西。③ 尽管克劳德·佩珀在听证会开始时表示，委员会主要关心的是"对美国刑事罪犯的治疗和改造的系统进行全国性调查"，以便国家能更好地处理"犯罪问题"，阿蒂卡的情况明显在整个议程中分量很重，五天的听证会占了两天半。④

看来，佩珀委员会是打算全面调查阿蒂卡的情况，甚至还安排他们在阿蒂卡狱中交谈过的理查德·X. 克拉克及其他囚犯来听证会作证，讲述囚犯在州警和狱警那里受到的持续严重的虐待，但囚犯最终还是失望了。拉塞尔·奥斯瓦尔德和沃尔特·邓巴不让克拉克来，认为他的到来会产生安全风险。⑤ 结果，委员会没让囚犯作证，而是听取了典狱长曼库斯和阿蒂卡许多狱警的说辞，所有人"都否认监狱内发生过任何殴打或官方许可的暴行"。⑥

这些证人确实受到了委员会成员的抵制。比如，众议员查尔斯·

---

① Ferretti, "Congressional Committee Also Plans Investigation."
② Pace, "Attica Inmates Tell of Running a 'Gauntlet.'"
③ Select Committee on Crime, Hearings, House of Representatives, 92nd Cong., 1st sess. (Washington, D. C.: U. S. Government Printing Office, 1972), November 20, 30, December 1, 2, and 3, 1971.
④ 同上。
⑤ "2 Inmates to Testify in Attica Court Room," *Courier Express* (Buffalo, New York), December 9, 1971; Investigation and interview files, 1971-1972, New York (State), Special Commission on Attica, 15855-90, New York State Archives, Albany, New York.
⑥ William Ringle, "House Crime Unit to Visit Attica to Quiz Prisoners," *Democrat and Chronicle* (Rochester, New York), December 3, 1971.

兰格尔就拒绝接受这种观点：囚犯不过是好斗的闹事者，想要毁了美国。兰格尔厌恶地指出，这种比喻已经烂大街了，"现在从州政府办公室到这儿都在这么说，囚犯现在被贴上了标签，是不是叛乱分子，是革命分子还是温和派，这样他们就会被系统地从普通大众中隔离或清除出去"。① 洛克菲勒的一些政治盟友，包括约翰·邓恩，也不同意他对阿蒂卡叛乱分子的看法。邓恩坚定不移地认为："典狱长曼库斯相信存在一个阴谋，它受马克思主义分子、极左分子影响，又被外部世界的纵容所强化，而这种想法'毫无根据'。"② 州长最心腹的顾问之一、律师迈克尔·怀特曼也指出，他和洛克菲勒在这件事上有着截然不同的看法。③ 奥斯瓦尔德专员亦不接受阿蒂卡起义乃是左派阴谋的观点。他在佩珀委员会作证时说，他认为"'没有证据'显示共产主义或革命阴谋是阿蒂卡监狱骚乱的幕后黑手"，因此，和兰格尔一样，奥斯瓦尔德也认为应该关注"根本原因，比如一个过时的监狱系统长期以来得不到州政府提供的资金和训练有素的工作人员"。④

尽管如此，佩珀委员会的最初几次听证会并没有对提升美国囚犯的权利起到什么作用。事实上，在国会议员巴迪罗看来整件事似乎不值得做，他是最后一刻赶来作证的，当时理查德·克拉克被阻止前来。巴迪罗认为，包括佩珀的调查在内，对阿蒂卡监狱叛乱的调查都

---

① Select Committee on Crime, Hearings, House of Representatives, 92nd Cong., 1st sess. (Washington, D. C.: U. S. Government Printing Office, 1972), November 30, December 1, 2, and 3, 1971.

② Morton Minz, "NY Prisons Official Finds No Red Conspiracy at Attica," *Washington Post*, undated, Senator Jacob A. Javits Collection, Box 50, Special Collections and University Archives, Frank Melville Jr. Memorial Library, Stony Brook University, Stony Brook, New York.

③ Michael Whiteman, Testimony, Meyer Commission, June 12, 1975, 1809, FOIA request #110612, FOIA p. 000793.

④ Commissioner Oswald, Address to the Select Committee on Crime, House of Representatives, Congress of the United States, November 30, 1971, Washington, D. C., Attica Correctional Facility Archive.

没有切中纽约监狱当前问题的核心,这一次甚至还成功地"故意模糊了一个事实,即经州政府同意的囚犯要求并没有得到执行"。①

最终,佩珀委员会听取了阿蒂卡一些囚犯的证词。后来在1972年2月于美国海关大楼举行的一系列听证会上,理查德·克拉克和弗兰克·洛特以及两名白人囚犯走上证人席,讲述了阿蒂卡起义的起因以及他们随后的遭遇。他们都表达了自己的懊丧,尽管他们在委员会9月走访监狱时终于与之进行了交谈,但他们的境况并没有什么改变。② 克拉克对委员会的无所作为尤其感到气馁。他说:"有人上我们那里谈论改革、改造,但全都是说说而已……我们的兄弟还在那里挨打。"③

琼斯委员会和佩珀委员会都对洛克菲勒没去阿蒂卡表示了批评,而大多数囚犯、民权组织以及观察员委员会余下的人都觉得,"所有由州政府指派调查阿蒂卡事件的委员会都是为了'洗白'"。④

有一个调查团体,州政府对其几乎毫无影响力。在夺回监狱之后,公众一直强烈要求进行真正独立的调查,州长最终迫于压力成立了一个完全独立的公民委员会来主导调查。⑤ 9月21日,他宣布由首席法官斯坦利·富尔德负责任命该委员会的人选,"调查阿蒂卡骚乱

---

① Fred Ferretti, "Badillo Decries Attica 'Inaction': Tells House Panel Promises Have Not Been Honored," *New York Times*, December 2, 1971, 61.
② Paul L. Montgomery, "2 Attica Inmates Tell U. S. Panel Brutality and Harassing Persist," *New York Times*, February 26, 1972, 59.
③ 同上。
④ Appendix C: "Continuing Questions About Nelson Rockefeller,"载于:Nelson A. Rockefeller Vice Presidential Confirmation Hearings, House of Representatives, 93rd Cong., 2nd sess., *Congressional Record* 120 (November 26, 1974), 1090; "Two Groups Term the State's Attica Panels 'Whitewash' Units," *New York Times*, October 4, 1971.
⑤ Nelson A. Rockefeller, Governor, and Ronald Maiorana, Press Secretary, Press Release, September 16, 1971, State of New York, Executive Chamber, Senator Jacob A. Javits Collection, Box 6, Attica Prison Riot, 1971 - 1972, Special Collections and University Archives, Frank Melville Jr. Memorial Library, Stony Brook University, Stony Brook, New York.

之前、期间及之后的事实",然后"尽快提交一份完整、确凿、公正的报告"。①

主持公民调查的是罗伯特·麦凯,他是纽约大学法学院院长。麦凯委员会由法官和律师、神职人员以及各类政治与社会正义组织的领导人组成,他们都获得了州最高法院的正式授权,1971年11月该委员会首次开会。② 委员会的总法律顾问是阿瑟·L.利曼,一位经验丰富的律师,当过辩护律师和检察官,如今是纽约享有盛名的保罗、怀斯、里夫金德、沃顿与加里森律师事务所的合伙人。当然,该委员会确实给人留下了很深的印象,但正如利曼本人所说,无论是黑人还是白人,都"对各监狱一无所知……只有一人除外"。这个例外就是委员会成员阿莫斯·海尼克斯,他年轻时坐过几次牢,现在已经是"戒毒运动的领导人"。③

委员会开展工作的预算是25万元,利曼的任务是组建一个全职工作的团队,最终招来了"全职的律师、调查员、研究员和文书人员……还有60名兼职的采访员、学生志愿者以及通信、监狱管理学、社会学、医院和卫生服务、精神病学、病理学和弹道学领域的顾问前来协助"。④

然而,尽管他们独立于官方,但麦凯委员会的成员从一开始就认

---

① Nelson Rockefeller, Speech, International Downtown Executives Association, Hilton Hotel, New York City, New York, September 21, 1971, Nelson A. Rockefeller gubernatorial records, Speeches, Series 33, New York (State), Governor (1959-1973: Rockefeller), Rockefeller, Nelson A. (Nelson Aldrich), Record Group 15, Box 85, Folder 3466, Rockefeller Archive Center, Sleepy Hollow, New York.
② 同上。
③ Arthur Liman, Attica Diary, Draft, January 13, 1972, Arthur L. Liman Papers (MS 1762), Group 1762, Series 1, Box 1, Folder 5, Manuscripts and Archives, Yale University Library, New Haven, Connecticut, 1–2.
④ New York State Special Commission on Attica, Press Release: "Attica Commission Completes Investigation: To Release Report to Public September 13th," Investigation and interview files, 1971–1972, New York (State), Special Commission on Attica, 15855–90, Box 88, New York State Archives, Albany, New York.

为，他们必须努力阻止州长办公室控制、破坏其调查的企图。① 委员会的目标不是就刑罚系统改革提出一般性建议，这是琼斯委员会和佩珀委员会的目标。② 麦凯委员会只关注阿蒂卡，打算用放大镜重新调查叛乱和夺狱的过程。从接受任命，担任委员会顾问的那一刻起，阿瑟·利曼就只能不断避开罗伯特·费舍，费舍想知道麦凯委员会所掌握的一切情况，想要获取他们所有的文档，以便州政府对叛乱及夺狱过程中在阿蒂卡犯下的罪行进行调查。正如洛克菲勒的律师迈克尔·怀特曼所回忆的那样，"委员会成立后［费舍］老是抱怨，说'你看，我实在搞不明白这些事情怎么一起协调处理'"。③

费舍试图让洛克菲勒根据《行政法》第六条发布一项行政命令，明令对腐败的调查可以随时获取任何有用的信息。由于州长已将费舍的调查置于有组织犯罪特别小组之下，所以，费舍推论他应该可以无限制地查阅麦凯的调查结果。然而，麦凯和他的委员会其他人据理力争，认为这"完全不可接受"，并向洛克菲勒的律师迈克尔·怀特曼清楚地阐明了这一点。由于怀特曼无法说服费舍放弃努力，别去索要委员会的文件，麦凯便打电话给洛克菲勒，告诉他如果他同意费舍的做法，那"委员会将辞职"。④ 除了威胁解散之外，麦凯还坚决要求州长坚守一些铁定的原则，这样委员会成员才能不受阻碍、不受限制地开展工作。其中包括委员会有权举行公开听证会，有权与所有的州官员进行充分全面的合作，并且任何州机关或机构不得接触他们的档

---

① *Ludington Daily News*（Ludington, Michigan）, October 21, 1971.
② *McKay Report*, xvi.
③ Whiteman, Testimony, Meyer Commission, June 12, 1975, 1822, FOIA request # 110818, FOIA p. 000806.
④ New York State Special Commission on Attica, Meeting Minutes, Present: McKay, Marshall, Carter, Rothschild, Broderick, Wadsworth, Wilbanks, Henix, and Rossbacher, November 1971, Investigation and interview files, 1971-1972, New York (State), Special Commission on Attica, 15855-90, Box 88, New York State Archives, Albany, New York.

案和证人。① 麦凯告诉洛克菲勒,如果他不同意这些条件,委员会成员"就会认真考虑在 11 月 8 日的会议上立即辞职"。②

令费舍沮丧,也令监狱官员非常惊愕的是,州长向麦凯做出了让步。拉塞尔·奥斯瓦尔德尤为担心此举将对他的手下人意味着什么。他在给阿蒂卡的典狱长文森特·曼库斯的信中写道:"老实说,我能想见,照委员会的这种行动方式,接下来的几个月,你、沃尔特[·邓巴]和我就有麻烦了。你肯定知道他们从纽约大学、哥伦比亚大学法学院和耶鲁大学法学院招募了法律系学生协助他们的调查。想必不用我多说什么了吧?"③

1971 年 11 月,高曼委员会前脚刚走,麦凯委员会后脚就进了阿蒂卡,曼库斯忙得焦头烂额。在接下来的 7 个月,委员会试图采访任何对起义的起因、起义每天的进程、州政府的夺狱行动以及夺回监狱之后立即出现的情况有所了解的人。委员会成员在收集这些信息方面面临着极大的困难。他们遇到的狱警往往是充满敌意的,会尽最大努力让采访者,尤其是年轻的采访者对囚犯产生严重的恐惧。阿瑟·利曼回忆道,"许多警卫对我们的采访的第一反应是就连委员会的男性成员都会被强奸",当有女性过来采访时,他们会"时不时地往窗户里望,以确保她没事",这种做法会让女性采访者非常不安。④

麦凯委员会的调查员面临的另一大障碍是许多囚犯对他们充满了不信任,尤其是因为这些人几乎全是白人。意识到这种潜在反应,罗伯特·麦凯和阿瑟·利曼就尽量把黑人采访员吸纳进这个团体;利曼

---

① New York State Special Commission on Attica, Meeting Minutes, Present: McKay, Marshall, Carter, Rothschild, Broderick, Wadsworth, Wilbanks, Henix, and Rossbacher, November 1971, Investigation and interview files, 1971-1972, New York (State), Special Commission on Attica, 15855-90, Box 88, New York State Archives, Albany, New York.
② 同上。
③ Commissioner Oswald, Letter to Mancusi, January 7, 1972, Attica Correctional Facility Archive.
④ Liman, Attica Diary, January 13, 1972, 13.

曾特地会见了耶鲁大学黑人法学学生联合会的成员,但最终只招募了4名兼职的学生。

讽刺的是,这些置身于白人之中的为数极少的黑人采访员成了囚犯的怀疑对象。一名囚犯代表被关在阿蒂卡的Z楼隔离单元的80名囚犯,这样写道,"当麦凯委员会看见我们大部分都是黑人,都不愿意同他们(白人)交谈时,他们就去找了五六个黑人,希望我们能和他们近乎些。这让我们强烈地感到被指派加入这个委员会的黑人违背了他们的原则,仗着他们的黑人肤色来从我们这里套取消息"。① 他接着写道,如果委员会真的有兴趣"了解导致叛乱及血腥后果的事件",那从一开始,它"就应该由我们的人、了解我们生活的人组成,他们得来自我们的社区,像我们一样穷,能理解我们为在这个社会生存而做的斗争。"②

这些囚犯一直是愿意同高曼委员会和琼斯委员会的成员谈话的,但他们的处境没有得到任何改善。他们因此感到厌倦,倒是可以理解的。然而,促使囚犯对麦凯委员会的采访员心生怀疑的真正原因是,过去两个月来,他们经历了费舍手下调查员的一些毫不客气的讯问,其中包括州警和州方面的调查员,这些人一直盘问他们,企图让他们揭发自己的狱友。囚犯很清楚费舍是想寻找叛乱和夺狱行动中的犯罪行为的证据,在囚犯看来,他的团队显然只是在观察他们,并没把他们当回事。现在麦凯的调查员进来了,囚犯们很难搞清楚麦凯的调查是否与费舍的调查有关,哪些调查员属于哪个调查组。即便它们彼此独立,囚犯也仍然担心他们对麦凯调查员所说的话,最终会被费舍的调查员歪曲,从而成为对付他们的呈堂证供。就像Z楼的某人所解释的那样,正因为担心州方面可能会以麦凯的信息为依据采取什么行动,参与叛乱的囚犯才感到害怕,才不愿与他们合作:"委员会收集

---

① 在"H.斯坦鲍格中尉文档"中发现的囚犯手书文件,作者手中握有这份材料。
② 同上。

的任何信息甚至全部信息都可以让大陪审团传唤证人出庭,并用作指控我们的证据"。①

罗杰·查彭更忧心的是麦凯的调查员,他说,他们把我"吓得要死"。② 他们不仅想让他就叛乱发表声明,还想让他在未来的公开听证会上以自己的亲身经历去作证。"他[阿瑟·利曼]就在我的牢房里,我还以为这人是搬来跟我一起住的,我没开玩笑,就在听证会的前一天晚上,他跑来对我说:'你确定不再考虑一下吗?'……我说'听着,我尊重你,但我希望你也能同样尊重我。我一再告诉你我不会和你或者麦凯委员会的任何人说话……因为这样我会被起诉,我给你的证词会被用在审判中。我不会对你说的……他就站在那里,试图说服我,说了老半天,以至于……我不得不无礼地……不去搭理他。'"③

理查德·X.克拉克也觉得有必要代表80个被单独监禁的囚犯说点什么。他对麦凯委员会发表了一份正式声明,以解释为什么这么多人都不愿在听证会上作证。他说,委员会已经"跟'几千个狱友'谈过话了",但"没有带给他们任何益处"。④ 他接着说,更重要的是,委员会"与特权阶层关系密切,这使得他们这帮人的工作就是洗白、粉饰"。⑤ 一些鼓吹囚犯权利的人对麦凯委员会的真实意图心存怀疑,于是一个自称"纽约州捍卫囚犯宪法权利特设公民委员会"的组织1971年12月22日代表囚犯向美国地区法院提起诉讼,从而使委员会无法"进一步调查"。⑥

---

① 在"H.斯坦鲍格中尉文档"中发现的囚犯手书文件,作者手中握有这份材料。
② 汤姆·威克,对罗杰·查彭采访的笔记,日期不详,第24页,Tom Wicker Papers。
③ 同上。
④ Michael T. Kaufman, "Leader in Attica Revolt Calls Inquiry 'Whitewash,'" *New York Times*, April 20, 1972.
⑤ 同上。
⑥ Jim McAvey, "Effort Made to Prevent Probe by Special Panel," *Courier Express* (Buffalo, New York), December 23, 1971, Investigation and interview files, 1971–1972, New York (State), Special Commission on Attica, 15855-90, New York State Archives, Albany, New York; "Suit Seeks Halt to Attica Probe," *Democrat and Chronicle* (Rochester, New York), December 23, 1971.

尽管麦凯委员会实际上非常努力地捍卫囚犯的权利，并且会对州政府夺取监狱的行动提出严厉批评，但其成员的行为有时也会直接损害囚犯对他们的信任。一天，阿瑟·利曼去理查德·克拉克的牢房与其谈话，他突然想到在文森特·曼库斯的陪同下穿过监狱走廊的行为，被囚犯看见可能会对他有不好的观感，于是叫典狱长"藏在理发店的椅子后面"。① 当然，对于任何一个看到利曼如此笨拙地努力表现出自己的独立性的囚犯来说，他似乎是在掩盖与监狱管理方的密切关系。从囚犯的角度来看，任何可能被曼库斯信任的人都是不可信任的，因为他们把发生叛乱的原因归咎于他的冷酷无情。利曼认为，囚犯对麦凯委员会成员同监狱管理人员谈话的看法属于反应过度。正如后来他说的："监狱的典狱长得把自己藏在凳子后面，这太滑稽了。"②

尽管存在信任障碍，麦凯委员会还是在一年里从超过3 200名证人那里收集到了信息，"其中包括1 600名阿蒂卡现在的和之前的囚犯，400名狱警，270名州警，200名国民警卫队人员，100名治安官和治安官副手，阿蒂卡监狱管理人员和在奥尔巴尼的监狱系统管理人员，被召到现场的医生和其他医务人员，阿蒂卡镇的居民，以及狱警的妻子和囚犯的妻子"。③ 委员会还采访了洛克菲勒州长以及他手下的5名行政人员，从他们那里获得了证词。④ 此外，还从惩教署、纽

---

① Liman, Attica Diary, January 13, 1972, 16.
② 同上。
③ New York State Coalition for Criminal Justice Records, 1971–1986, Series 9: Issues File, Box 1: Attica Aftermath, 1971–1974, Folder 1, M. E. Grenander Department of Special Collections and Archives, State University of New York, Albany, New York; New York State Special Commission on Attica, Press Release, "Attica Commission Completes Investigation: To Release Report to Public September 13th," New York State Archives.
④ New York State Coalition for Criminal Justice Records, 1971–1986, Series 9: Issues File, Box 1: Attica Aftermath, 1971–1974, Folder 1, M. E. Grenander Department of Special Collections and Archives, State University of New York, Albany, New York; New York State Special Commission on Attica, Press Release: "Attica Commission Completes Investigation: To Release Report to Public September 13th," New York State Archives.

约州警、纽约的国民警卫队以及"其他来源"收集了大量文件，共逾2 000 份。①

他们的发现充分表明，不仅那些关在阿蒂卡的囚犯从一开始就有很多东西要抗议，而且在起义之后他们也遭受了可怕的虐待。这正是罗伯特·麦凯坚持要就委员会的调查结果举行一系列公开听证会的原因：他想让纽约市民亲自来听一听究竟是怎么回事。

罗伯特·费舍决心阻止此类听证会的举行也是出于这个原因。就在1972 年4 月12 日听证会即将举行之前，费舍申请了一项有11 小时效力的禁令进行阻挠。②麦凯立刻给洛克菲勒写了一封信，提醒州长他在以前的信件中已经同意委员会"将有权举行公开听证会，并发表报告，且不受任何限制，无需得到任何法庭的批准"。③

这一次，麦凯又赢了，委员会得以继续照常工作。4 月，委员会前往罗切斯特和纽约市当地的公共电视台演播室，现场直播听证会。④不过，洛克菲勒要求在其位于曼哈顿的办公室里私下作证，结果前后花了3 个小时。他专门请来了一位特别法律顾问帮他安排作证事宜，经过顾问的精心准备，州长解释说，他本人在阿蒂卡问题上所做的任何决定几乎毫无关系，因为"他都是将权力下放给他信任的下属去操办"。⑤洛克菲勒一再避免让自己对这场祸事负有任何责任，但麦凯委员会和公众都很清楚，州长办公室对这一事件是拥有完全的

---

① New York State Special Commission on Attica, Press Release: "Attica Commission Completes Investigation: To Release Report to Public September 13th," New York State Archives.
② Robert McKay, Letter to Nelson Rockefeller, April 1, 1972, Nelson A. Rockefeller gubernatorial records, Ann C. Whitman, Gubernatorial, Series 35, Whitman, Ann, New York (State), Governor (1959–1973: Rockefeller), Record Group 4, Box 13, Folder 305, Rockefeller Archive Center, Sleepy Hollow, New York.
③ 同上。
④ New York State Special Commission on Attica, Press Release: "Attica Commission Completes Investigation: to Release Report to Public September 13th," New York State Archives.
⑤ Whiteman, Testimony, Meyer Commission, June 12, 1975, 1783, FOIA request # 110818, FOIA p. 000767.

控制权的。更重要的是，他本可阻止这场灾难。许多证人告诉麦凯委员会，洛克菲勒但凡只要去一下监狱，甚而听从观察员委员会关于武力夺取必将造成血腥屠杀的警告，那么这次监狱叛乱的结果将会截然不同。

麦凯的听证会使所有听众都明白，夺回阿蒂卡的后果几乎野蛮到令人发指。国民警卫队的队医约翰·W.库德莫的有力证词，令整个房间鸦雀无声。① 库德莫平静地总结了他在9月13日的全部所见所闻："我想阿蒂卡使我思考这样几件事。第一是人对人的基本的不人道，今天我们坐在一个光线充足、设施齐全的房间里，穿西装打领带，客观地对这些日子发生的事进行剖析，这些都是徒有其表的文明。然而，我们无法理解当时境况的恐怖，那些人，无论他们是黑人、黄种人，还是橙色的、长斑的，无论他们穿什么制服，那天他们身上连一丝人性都没有。文明的伪饰就这样被戳穿了。那天，在目睹这些之后我回到家，坐下来和我妻子聊天，作为一个有点敬业精神的非职业军人，我第一次告诉她我终于明白美莱村可能发生了什么。"②

这绝不是纽约州政府官员想让全世界都能听到的故事。更令州政府警觉的是，1972年8月30日罗伯特·麦凯宣布，在阿蒂卡夺狱事件发生一周年之际，他领衔的委员会将发表一份关于所有调查结果的长篇报告，公众可通过购买获得。③ 那天上午11点，麦凯在纽约大学法学院研究中心回答了媒体的提问，并告知新闻界，还会"在公共电视台推出一小时的特别节目"，讨论报告中的几个要点。④ 事实

---

① Michael T. Kaufman, "Doctor Testifies on Attica Abuses," *New York Times*, April 28, 1971. Also see: Dr. John W. Cudmore, Testimony, *McKay Transcript*, April 27, 1972, 2181-2250; John Cudmore, Louis Futterman, Ronal Dill, and James O'Day, *McKay Transcript*, April 27, 1972, 2250-2349.
② Cudmore, Testimony, *McKay Transcript*, April 27, 1972, 2313-14.
③ New York State Special Commission on Attica, Press Release: "Attica Commission Completes Investigation: To Release Report to Public September 13th," New York State Archives.
④ 同上。

证明，公众对此极感兴趣，纽约市的公共电视台 13 频道决定给麦凯委员会 90 分钟的时间陈述调查结果，随后是 30 分钟的小组讨论，由新闻播音员比尔·莫耶斯主持。讨论小组的成员包括时任纽约市惩教理事会的理事长威廉·范登·赫维尔、惩教人员慈善协会会长奥里·泽斐莱蒂、汤姆·威克、阿瑟·利曼，以及逃过一劫的两名阿蒂卡囚犯。①

由班坦图书公司出版的这份平装本《阿蒂卡：纽约州阿蒂卡特别委员会官方报告》很快就上架了。书店、报摊上随处都能买到，它是如此引人入胜，以至于第二年还入围了国家图书奖。麦凯委员会对事件的叙述毫不含糊，生动地披露了导致叛乱的原因，即囚犯所受的非人待遇；亦清楚地表明，这样血腥的结局本可避免，现在的结果实在丧心病狂。报告作者在结论中直言不讳地总结："夺回监狱的决定并不是为了从 1 200 名囚犯中解救出人质而做出的一种堂吉诃德式努力，而是为了最终彰显州政府的至高权威和强力。"②

即使是洛克菲勒阵营里的纽约政治顾问，如参议员雅各布·贾维茨，也因为从麦凯委员会的报告中得知的消息而深感不安。他公开表示："除非联邦政府、州政府以及美国人民把在我们的监狱里建立起体面和尊重人权的起码标准视为己任，否则阿蒂卡的事就还会重演。我们不能再坐视这样的灾难发生了。"③ 他的一位助手更直截了当地形容这份报告是"一个令人难以置信的关于管理不善、判断错误和

---

① McKay Commission, Press Conference Statement, September 13, 1972, New York University School of Law, Investigation and interview files, 1971–1972, New York (State), Special Commission on Attica, 15855-90, Box 88, New York State Archives, Albany, New York.
② *McKay Report*, 329.
③ Senator Javits, Statement on McKay Commission Report on Attica, undated, Senator Jacob A. Javits Collection, Box 6, Special Collections and University Archives, Frank Melville Jr. Memorial Library, Stony Brook University, Stony Brook, New York.

完全无视人类生命的故事"。①

报告公布之后,现在全权负责费舍委员会调查的安东尼·西蒙内蒂对此做出了反应——加倍努力设法获取麦凯委员会在调查过程中收集到的所有资料。他想尽可能多地掌握关于阿蒂卡起义及善后的信息。他怀疑麦凯的这本报告里会透露很多他需要看的东西。他让他的调查员们逐行细读,列出叛乱和夺狱期间发生的每一个事件的关键事实,跟他对同一事件的调查所掌握或没掌握的情况放在一起来看。②经过这样的分析,西蒙内蒂确信麦凯委员会掌握了证据,他的手下若要起诉那些在阿蒂卡叛乱及夺狱期间犯下罪行的人,就需要这些证据。

阿瑟·利曼坚持委员会的立场,称委员会若是被强迫公布其文件,那么州长就"违反了他对委员会的承诺,即委员会的采访记录(狱友、守卫和其他人的秘密陈述)不会因其犯罪目的而受州总检察长传唤作为呈堂证供"。③ 利曼公开表示,他［会］"先去坐牢,而不是把资料交出来"。④

事情说到这个份上也并不足以让州政府想拿到麦凯档案的问题烟消云散,照一名政治助理的说法,何况"州长的手下显然都会说没有做出过'这样'的承诺"。⑤ 费舍拒绝退让,他坚信自己有权获得这些文件。他尤其想要的是任何能让他起诉杀害狱警威廉·奎恩的人

---

① Brian Conboy, Memorandum to Senator Jacob Javits, Subject: "McKay Report re Attica," September 13, 1973, Senator Jacob A. Javits Collection, Box 50, Special Collections and University Archives, Frank Melville Jr. Memorial Library, Stony Brook University, Stony Brook, New York.
② Michael McCarron, State of Attica Investigation Memorandum to Anthony Simonetti, New York City Office, May 10, 1974, in the papers of Elizabeth M. Fink, Brooklyn, New York.
③ Conboy, Memorandum to Javits, Subject: "McKay Report re Attica," September 13, 1973.
④ 同上。
⑤ 同上。

的信息。费舍调任法官之后,纽约州总检察长路易斯·莱夫科维茨接替费舍担任监督安东尼·西蒙内蒂正在进行的刑事调查的负责人,他决定传唤麦凯委员会的那些官员到庭,接受大陪审团的质询,陈述他们在调查过程中了解到的东西,然后将所有的调查材料悉数上交。① 但就麦凯而言,这些材料仍然受到保护。正如他提醒大家的那样,"我们在执行任务的过程中对狱友、州警和狱警做过声明,保证他们的声明会被保密……如果将这些记录交给大陪审团,则州政府和委员会的信誉就会受损,这将给不信任政府的狱友留下又一个口实。"②

最终,李·P.加利亚迪法官在 1972 年 10 月 17 日的一次听证会上解决了这起纷争,裁定麦凯的文件将继续受到保护。③ 洛克菲勒迫于压力,没有在这场争端中公开露面,这可能使法官更容易做出有利于麦凯委员会的判决。洛克菲勒的律师迈克尔·怀特曼后来回忆道,负责管理阿蒂卡调查的那些人最后"都相当愤愤不平,说我们没有支持他们获取麦凯的材料的要求,说他们输了"。④ 不过,没看到麦凯的材料,并不影响西蒙内蒂的部门继续他们的调查。

---

① Louis Lefkowitz, Robert Fischer, and Gerald Ryan, Subpoena (Duces Tecum) to Citizens Committee, Robert McKay, Chairman, Arthur Liman, counsel, Ordered to appear September 14, 1972 at 10:00 a.m., Signed September 1, 1972, Investigation and interview files, 1971-1972, New York (State), Special Commission on Attica, 15855-90, Box 88, New York State Archives, Albany, New York.
② "Attica Study Commission Vows Grand Jury Won't Get Its Files," *Washington Post*, September 14, 1972.
③ "Battle Continues on Attica Records", *New York Times*, October 18, 1972。这项决定影响深远,也就是说几十年后,即便阿蒂卡的幸存者也没法见到这些文件,因为这场听证会下令对文件予以保护。
④ Whiteman, Testimony, Meyer Commission, June 12, 1975, 1843, FOIA request # 110818, FOIA p. 000807.

31. 鸡窝里的狐狸

见不到麦凯委员会的文件，并没有影响西蒙内蒂对阿蒂卡的犯罪行为的调查。实际情况是，西蒙内蒂的办公室可以不受限制地接触与叛乱和夺狱有关的每个人，这点要比麦凯的调查员更有优势，并且在麦凯委员会的任何人踏入阿蒂卡之前就开始询问囚犯了。

阿蒂卡的催泪瓦斯还没清理干净，安东尼·西蒙内蒂就已经"在监狱的院子里通行无阻了"。当监狱被封锁现场的时候，他也在场，这样调查员就能"收集弹道信息、血液测试样本、武器、指纹和图表制作这样的证据"。[①] 不可思议的是，西蒙内蒂所赖以收集证据的那些调查员都来自纽约州警刑事调查局（BCI）。A 部队的亨利·威廉姆斯上尉是负责夺狱行动的关键人物，也是目前 BCI 收集证据的核心人员，另外，至少还有一名 BCI 调查员——文森特·托比亚——在夺狱行动中使用过武器。的确，在阿蒂卡调查最初的关键几周里，也就是获取证据、拿到士兵们有关开枪的陈述的那几周，阿蒂卡犯罪行为的主要调查人员很可能就是犯下这些罪行的人。

纽约有组织犯罪特别小组利用州警的刑事调查部门来组织调查并不奇怪也不异常，事实上，这是常规操作。然而，在阿蒂卡调查的早期，就连罗伯特·费舍都意识到依靠这些人调查此案会引起轩然大波。为了避免批评，费舍提前告诉了洛克菲勒的律师迈克尔·怀特曼，说 BCI 调查员应该直接向他汇报，而不是像通常那样向自己的州警上司汇报。实际上，早在 1971 年 9 月费舍就说过：除非在调查过程中让州警完全听命于他，否则他不会接受这项工作。②怀特曼同意了这个请求，而且明确告知州警的乔治·因方特中校和州警总警司威廉·柯尔万，他们的人将直接向费舍汇报。③

尽管如此，BCI 调查员拒绝接受费舍或西蒙内蒂的任何指令，他们的上司也对此没兴趣。数十人在阿蒂卡丧生，正如英凡特和柯尔万所知，如果他们无法控制此次调查，他们中的许多人可能会面临刑事指控。来到阿蒂卡不到 24 小时，安东尼·西蒙内蒂就发现州警队伍内部很团结。如他所言，如果他确有希望查清州警可能犯下了哪些错，那"就需要独立调查员"。④ 除非有这样的独立调查员，但没有经费给到他们，因此费舍和西蒙内蒂与英凡特中校、约翰·莫纳汉少校、亨利·威廉姆斯上尉以及其他州警人员开了个有针对性的会议，让每个人明白究竟是谁负责此次调查。⑤ 可是，这对实际调查者丝毫不起作用。

费舍和西蒙内蒂，以及后来（费舍离开后作为他的接替者）的莱夫科维茨和西蒙内蒂，从来都没能让 BCI 调查员完全听命于他们，更别提让他们按照正确的程序走了。威廉姆斯上尉不遗余力地阻挠州方面对他的手下提出尖锐的问题。⑥ 而且，他甚至走得更远。夺回监狱后，威廉姆斯主动忙活起来，确保收集到尽可能多的证据来证明某个囚犯犯下了某项罪行（比如，收走 D 院的所有棒球棍，因为这些棍子可能被囚犯当作武器），同时还确保找不到任何与枪击有关的证据，比如弹壳、武器。即便是在一个犯罪现场，也没有一个 BCI 的人

---

① New York State Coalition for Criminal Justice Records, 1971–1986, Series 9: Issues File, Box 1: Attica Aftermath, 1971–1974, Folder 1, M. E. Grenander Department of Special Collections and Archives, State University of New York, Albany, New York.
② 引自：Bernard S. Meyer, Final Report of the Special Attica Investigation, October 27, 1975, New York State Archives, 63。
③ 同上，63，97。
④ 同上，65。
⑤ 同上，64。
⑥ 同上，66。

用粉笔在尸体倒地的地方画出轮廓或计算出子弹射中这些尸体的轨迹。相反，威廉姆斯上尉命令手下一队人马开始"清理"阿蒂卡的院子、储藏室、通道和其他建筑。① 截至夺回监狱那天下午5点，威廉姆斯手下的州警已经"完成了任务"。②

州政府开始调查，州警在搜集证据（Courtesy of the Democrat and Chronicle）

由于州长的阵营对起诉州警兴趣不大，所以没人想要把 BCI 或者只把威廉姆斯从州调查中除名。但其他人都说他们一直在阿蒂卡。1971 年 10 月 1 日，高曼委员会的成员直接给费舍去函，表达他们的强烈不满，指出州警"无法客观公正地调查对州警和狱警的指控，调查骚乱之后对狱友的暴行和肉体虐待"。③ 高曼委员会的克拉伦

---

① "Attica Assignment Mutual Aid Request form," Summary of total assignments of Niagara County Sheriff's Office September 9-13, 1971, September 14, 1971, FOIA request #110818 of the New York State Attorney General's Office, FOIA p. 000152.
② 同上。
③ 引自：Rockefeller, Deposition, Meyer Commission, August 8, 1975, 8841, FOIA request #110818, FOIA p. 000563.

斯·琼斯和奥斯汀·麦考米克走得更远，认为威廉姆斯上尉脱不了干系。琼斯称之为"对公众智商的侮辱；荒唐至极"。麦考米克同意这个说法。"如果我是威廉姆斯，"他说，"我会引咎辞职。"① 高曼委员会要求费舍"免除他的调查主任职务"。② 纽约州全国有色人种协进会的主席唐纳德·李也要求威廉姆斯去职。③ 囚犯的律师赫尔曼·施瓦茨不仅公开表示反对费舍的调查，而且明确表示，从法律上说，威廉姆斯的做法"侵犯了狱友享有同等的受法律保护的宪法权利"。④

调查开始几周后，费舍这边的安东尼·西蒙内蒂也日益直言不讳，称"直接参与夺狱行动的州警官员在调查中不管扮演什么角色都是不合适的"。⑤ 威廉姆斯根本就不配合他。当西蒙内蒂要威廉姆斯交出州警录制的所有录影带时，他"拿来两卷8毫米胶卷"，但拒绝交出母带。威廉姆斯说，无需母带，因为"所有内容都已翻录到这两盘带子上了"。⑥ 显然，只要是和州警、枪支、枪击有关，BCI所需要的任何资料很难拿到手。然而，如果州政府准备开始深挖州警在阿蒂卡所犯的罪行，纽约州警与西蒙内蒂的部门拒不合作才是真正的麻烦。而且，至少在一开始的时候，费舍和西蒙内蒂对这样做没兴趣。当到了要让BCI交出其收集的可能用来指证囚犯的信息时，他们对西蒙内蒂的部门相当配合。

从官方角度讲，西蒙内蒂的部门要调查四个领域：与叛乱本身相

---

① Eric Pace, "Officer in Inquiry at Attica Scored," *New York Times*, October 2, 1971.
② Goldman Panel to Protect Prisoners' Constitutional Rights, Report, New York State Archives.
③ WCBS News, Copy Transcript, Sunday October 3, 1971, 11: 15 p. m., Dorothy Schiff Papers, Box 4, New York Public Library.
④ James Clarity, "Attica Prisoners Opposing a Double Role in the Inquiry," *New York Times*, October 6, 1971.
⑤ 引自：Meyer, Final Report of the Special Attica Investigation, October 27, 1975, New York State Archives, 66。
⑥ Special Agents, Lee Mason and Carl Underhill, FBI Memorandum, October 21, 1971, Attica, New York, Buffalo File 44-592, FOIA request #110818 of the New York State Attorney General's Office, FOIA p. 000157.

关的罪行，包括劫持人质；夺狱行动开始前监狱里发生的死亡事件；夺狱行动导致的死伤；以及重新安置囚犯期间发生的虐待行为。可是，由于许多外人所无法完全理解的原因——因为大多数死伤事件都发生于夺狱期间和之后——费舍要西蒙内蒂首先把注意力集中在"引起骚乱的阴谋问题"上面。然后，他的团队将以同样的热情，全身心投入对袭击之前的所有谋杀案的调查，换言之，那些不可能由州警或狱警犯下的罪行。①

没错，在西蒙内蒂的部门调查州方面夺回监狱的行动之前，确有一些囚犯被杀事件需要其调查：狱警威廉·奎恩在骚乱刚开始时便被殴打致死，其后的过程中，有三名囚犯被杀。

从起义第一天起，像罗杰·查彭这样的人就做了非常出色的工作，尽量减少暴力行为，并使 D 院成为所有人的安全港。他和保安队花了很大的力气来防止性胁迫、报复性袭击和吸毒，否则这些问题可能会对这样一个足球场一半大小的空间里聚集的近 1 300 人造成大祸。但叛乱持续得越久，州的立场就越强硬，他们的疑虑和恐惧也开始严重。对囚犯肯尼斯·海斯和巴瑞·施瓦茨来说，这种日益加深的疑神疑鬼已经被证明是要命的，他俩就因为同记者斯图尔特·丹交谈，便被指为背叛，还被带到了 D 楼的一间牢房。

周六晚上，一个名叫山姆·利吉茨、被朋友称为"暴眼山姆"的囚犯被传唤到 D 楼，同行的还有一个名叫约翰·弗劳尔斯的囚犯，让他们负责照料被拘留的巴瑞·施瓦茨的撕裂伤。他们到的时候，施瓦茨给他们看了自己胳膊和脚上的一些严重的伤，并告诉他们，抓他的人一直往他身上扔碎玻璃。利吉茨打开手电筒，让弗劳尔斯能看得

---

① Meyer, *Final Report of the Special Attica Investigation*, October 27, 1975, New York State Archives, 124. 事实上，从一开始就有两名调查员被派去就夺狱行动进行调查，其中包括迈克尔·麦卡伦，但他们几乎没有获得任何支持，而且调查期间受到的压力倒是不小。

水中血：1971 年的阿蒂卡监狱暴动及其遗产　　379

清给他缝针。① 那天晚上的晚些时候，在弗劳尔斯和利吉茨离开之后，一群年老体弱、自从骚乱开始就选择在 D 楼过夜的囚犯，碰巧路过关押伯纳德·施瓦茨的 3 号牢房。这些患有关节炎只能慢慢地蹒跚而行的人，被里面凝固的血挡住了去路。② 据其中一人说，"我看见一名白人狱友躺着，或许是另一个狱友躺在他身上，是半躺，两人浑身是血，底下的那个人像是没了呼吸，上面的那个人喘气喘得那叫厉害。两人都是脸朝上躺着，头冲着牢房门"。③ 利吉茨和弗劳尔斯离开囚楼后不久，施瓦茨再次遭到攻击，这次他死了，有人把他搬到了海斯所在的牢房，海斯也被捅了好多刀。

尽管 D 楼内部这些可怕的事件，D 院之外的人并不知情，但在周日上午，一直监视 D 楼动静的一名州警注意到其中一层有些异常。一名囚犯试图从 D 楼的一扇窗外吸引他的注意。这名州警马上叫来好几名同事，其中包括两名中士，然后依次来到 D 楼的围墙边。凑近一看，他发现一个囚犯正卡在窗户和窗上的铁栅栏之间的小口子。他穿了件血淋淋的 T 恤，"喉咙上像是围了一条满是血渍的毛巾或破布"。④ 尽管这名囚犯连呼吸都成问题，声音也嘶哑，但一名狱警还是站在那里开始向这个痛苦的人一个劲地发问。那里没人知道这个人

---

① Investigator T. J. Sullivan, Organized Crime Task Force Memo to Robert Fischer, Subject: "Interview with John Flowers: 2/18/72," February 22, 1972. 亦可参见: John Flowers, Testimony, *In the Matter of the Additional, Special and Trial Term of the Supreme Court of the State of New York, Designated Pursuant to the Order of the Appellate Division, Fourth Department.* County of Wyoming, June 11, 1972, Erie County courthouse, 8-9.

② Frederick Berry, Interview, Attica Investigation, State of New York Organized Crime Task Force, September 22, 1971, 1:45 p. m., Erie County courthouse.

③ Warren Cronan, Interview, Attica Investigation, State of New York Organized Crime Task Force, February 22, 1971, Erie County courthouse. Handwritten Statement from Cronan attached.

④ Sergeants Fay Scott and Edward Qualey, Interview, Attica Investigation, State of New York Organized Crime Task Force, Buffalo Office, October 29, 1974, Erie County courthouse.

的名字,他们觉得好像叫什么"格拉斯"吧。① 但他们看得很清楚,他是在求救。② 一名州警不知道该怎么办,就让囚犯趴下,说他们会帮他想想办法。这名州警恪尽职守地找来一名中士,中士提出叫一辆车来"把窗台板整个拽走",然后这名州警"被告知原地待命,结果这事便没人管了"。③

这个浑身是血的囚犯就是肯尼斯·海斯。大约30分钟后,他又出现在了窗前,令那些仍在观望的州警吃惊的是,他开始缓慢地往上爬,再次卡在窗户玻璃和外面的铁栅栏之间,但这次他是想够着上一层楼面的窗户。据州警报告,他"看上去处在极度困难之中……来到二楼后,[他]在窗子那儿歇了歇,再次[和他们]攀谈起来"。④ 州警这时才明白这人被捅了,于是问他是谁捅的。"他只是消极地摇了摇头。"⑤ 他们就看着他"几分钟后离开了窗户,后来再也没人见过他"。⑥ 尽管这件事很快就被汇报给了州政府官员,但正如有人所说,州警和狱警"非常怀疑这是个陷阱,窗边的那个人只不过是个诱饵,是为了引他们靠近那栋楼"。⑦ 这不是什么陷阱。肯尼斯·海斯、他朋友巴瑞·施瓦茨、米奇·普利维特拉这三人在院子里一直举止失常,因此,为了保护聚集在外面的那些人,他们就被送到了D楼的三楼。他们是被强行关在这里的,所以麻烦大了。等到州政府夺回阿蒂卡时,这三人都已经死了。

---

① Sergeants Fay Scott and Edward Qualey, Interview, Attica Investigation, State of New York Organized Crime Task Force, Buffalo Office, October 29, 1974, Erie County courthouse.
② 同上。
③ 同上。
④ 同上。
⑤ 同上。
⑥ 同上。
⑦ Rockefeller Administration, Confidential Memo, "Events at Attica: September 8-13, 1971," 38. 亦可参见: Correction Office Don Jennings, Interview, Attica Investigation, State of New York Organized Crime Task Force, November 14, 1974, Erie County courthouse.

讽刺的是，州方面的调查如此热心地关注这些杀人事件，而当这些事发生的时候，政府似乎对他们并不关心。罗伯特·费舍解释说，西蒙内蒂的调查首先应该定个方向，并且"优先关注狱友的罪行"，因为"狱友对这方面问题的最初沉默必须尽早打破，否则就永远不可能打破"。① 而且，他还写信给总检察长路易斯·莱夫科维茨，称发生在囚犯手上的死亡"分明是更明显的谋杀"。② 因为负责调查工作的是 BCI 调查员，所以找出了大量对囚犯不利的"证据"。

但正如西蒙内蒂的部门所知道的，纽约州警并没有光明正大地交出其收集的对州警不利的证据，它也清楚地意识到，BCI 收集的关于囚犯的证据是非常有问题的。首先，它的审讯是在不考虑囚犯的合法权利或公民权利的情况下进行的。即便 BCI 调查员一再受到警告，即便是费舍本人予以警告，要确保审讯过程中囚犯的权利得到保障，但他们还是没把这当回事。违反人权的现象相当严重，早在 9 月 17 日，费舍就坚决要求汉克·威廉姆斯上尉命令自己手下的调查员不得询问任何囚犯。③ 但他没有理会。甚至洛克菲勒后来也承认，BCI 并没有"一直遵照费舍显然早已下达的指示，即米兰达警告……应该在审问囚犯之前对囚犯念出来"。④ 洛克菲勒的律师迈克尔·怀特曼也承认，州警"做法与上面早已下达的指示相悖……他们在询问那些人，或者做一些没有得到费舍明确许可的事"。⑤

即便费舍能够管住 BCI 的调查员，也仍然存在一个问题，那就是曼库斯手下的狱警该如何对待那些被争取过来囚犯，毕竟后者帮助他

---

① Robert Fischer, Letter to Louis Lefkowitz, June 14, 1972, 引自：Meyer, *Final Report of the Special Attica Investigation*, October 27, 1975, New York State Archives, 124-125。
② 同上。
③ Handwritten notes, FOIA request #110818 of the New York State Attorney General's Office, FOIA p. 001217.
④ Rockefeller, Deposition, Meyer Commission, August 8, 1975, 8704, FOIA request #110818, FOIA pp. 000346-000451.
⑤ Whiteman, Testimony, Meyer Commission, June 12, 1975, 1634-1635, FOIA request #110818, FOIA pp. 000657-000658.

们对自己的狱中同伴进行刑事立案。至少从官方角度来看，费舍也想让曼库斯守规矩，所以他写道："如你所知……我的职责就是收集与'阿蒂卡骚乱'有关的任何刑事违法行为的证据，并确保这些犯罪行为被依法起诉。任何狱警想以任何其他方式来惩罚狱友的话，只会扰乱我们的工作，妨碍我们对可能触犯刑法典的狱友的正常指控。"[1] 曼库斯以亲切的口吻给他的员工写了一份备忘录，其中写道："正如我过去所强调的，尽管这座监狱里最近发生了一些事，但任何一个虐待狱友的狱警不仅是在害自己，而且还可能妨碍对负有刑事责任者的正常起诉。"[2] 不过，说到实际是谁在监督狱警的行为，他把责任推到了副典狱长列昂·文森特的头上。违规行为仍在继续。

除了在内部发布备忘录之外，无论是费舍、西蒙内蒂，还是最终的莱夫科维茨，都没有花大力气去防止此类虐待行为。事实上，他们还极度依赖违规操作所获取的情报。由于几乎没有律师来保障囚犯保持沉默的权利，在监狱里实施监管以确保囚犯不会受到威胁、恐吓和身体伤害的人更是少之又少，所以 1971 年到 1972 年期间，这项阿蒂卡调查进行得极为积极强硬。

---

[1] Robert E. Fischer, Deputy Attorney General, Memorandum to Superintendent Mancusi, October 1, 1971, State of New York Organized Task Force, 阿蒂卡起义相关文件存于纽约阿蒂卡的阿蒂卡监狱。
[2] Leon J. Vincent, Deputy Superintendent Attica Prison, Memorandum to All Employees, October 1, 1971, 阿蒂卡起义相关文件存于纽约阿蒂卡的阿蒂卡监狱。

32. 大棒和胡萝卜

囚犯们一再送到西蒙内蒂眼前的与 BCI 审讯有关的虐待案件，可惜并未引起他的注意。事实上，没完没了地审讯囚犯几个月，困住了他办公室的人，使他们无法获得他们需要的囚犯证人的证词，如果他们想采取行动开始起诉囚犯的话，而起诉显然是上级想要的。从调查最初几天起，对囚犯遭受虐待的声明不闻不问也是他老板罗伯特·费舍的态度。早在 1971 年 10 月，费舍就请洛克菲勒州长联系司法部长约翰·米切尔，询问司法部是否有可能开始自己的单独调查，看看囚犯宣称遭到虐待之事与执法部门的不法行为是否有任何可用之处。司法部同意调查一下。[1] 但当司法部通知费舍，说有证人看见有人用十字螺丝刀下狠手攻击某个狱友的时候，费舍"指出他对国民警卫队所描述的事一无所知"，并坚定地表示"目前还没有医学记录能证实有任何囚犯的臀部受伤并且是被螺丝刀刺伤的"。[2]

无论他们愿意承认与否，阿蒂卡调查组的每个调查员都知道虐待与恫吓是说服阿蒂卡囚犯同意指证他们自己的关键所在。想想西蒙内蒂的部门想在巴瑞·施瓦茨被杀一案审理时传唤到大陪审团面前的证人——囚犯爱德华·科瓦尔齐克吧。夺狱行动那天，科瓦尔齐克身中 7 枪，后又遭到狱警的野蛮殴打，由于打得太狠，一名国民警卫队员前去干预，并将他送往迈耶纪念医院。但仅过了一天，尽管他还在用大量镇静剂，情况很危险，他仍不得不应付 BCI 的调查员。他们用枪指着他，威胁要拔掉他身上的管子，还说要毒死他。最后，恐惧万分的他同意合作。③他会说出是谁杀了巴瑞·施瓦茨。

西蒙内蒂的部门还必须知道一点，对"筋斗王"查尔斯·克劳利用上了虐待和贿赂双管齐下，以说服他去大陪审团面前为另一个案子作证，以帮助他们起诉他在阿蒂卡的一名牢友。克劳利重述道，1971年9月17日，"我在我所见过的最紧张的恐怖气氛下接受了采访。我接受采访，其实是为了救我的命。我感到而且内心里很清楚要是不在医院里和那两个执法人员谈话，我就活不成了"。④

那两名进入克劳利病房的警官告诉他，他们知道他的日子不好过，愿意把他从阿蒂卡转移到一个"安全的地方"，在那里他将不会受到狱警或州警的骚扰。不过，作为回报，"他们有一些与证词相关的事实"，希望他予以证实。⑤ 照克劳利的说法，当他没有这么做，没让他们满意时，警官就"开始打我，打了至少有半个小时。殴打过程中，我被逼在地上爬来爬去，高喊'白人力量'，还吻他们的脚……这种状况持续了两天"。⑥ 令克劳利震惊的是，一位神职人员目睹了全过程，但当他向其求救时，照克劳利的说法，那个神职人员

---

① 该项调查发现了囚犯遭受虐待的大量证据，但最终并没有站在囚犯一边，针对其公民权利进行立案。
② FBI notes in the matter of allegation of National Guardsman and inmate abuse with screwdriver, April 10, 1972, File: Buffalo 44-592, FOIA request #1014547-001 of the FBI, September 28, 2009.
③ Edward Kowalczyk, also known as Angelo Martin, Affidavit, *People of the State of New York v. Shango Bahati Kakawana* (Indicted as Bernard Stroble), 407 F. Supp. 411 (1976), October 12, 1974, Ernest Goodman Papers, Walter Reuther Library.
④ Charles "Flip" Crowley, Testimony, Wade Hearing, *People of the State of New York v. Shango Bahati Kakawana* (Indicted as Bernard Stroble), 407 F. Supp. 411 (1976), January 22, 1975, 586-87, 595-98, 628-31, 引自：Annette T. Rubenstein, "Attica, 1971-1975," Pamphlet, Charter Group for a Pledge of Conscience, New York City, New York, December 1975. Transcripts for Attica Wade Hearings can also be found in the Ernest Goodman Papers, Series IV, Subseries A: Trial Records, Boxes 24-32, Walter Reuther Library。
⑤ 同上。
⑥ 同上。

只是"垂下头，走了出去，把我留在了那里"。①

西蒙内蒂的部门里的每个人想必本来都希望可以不用如此恶劣的暴力和恐吓行为就得到囚犯的证词，而且确实，为了达到这个目的，他们从第一天起就叫嚣着让威廉姆斯的 BCI 调查员从阿蒂卡出去，转而用他们自己的人来向囚犯问话。费舍希望，西蒙内蒂会有一个稳定的"纽约退休警探或即将退休的警探队伍"来帮助他进行这项阿蒂卡调查，当然这是个理想化的想法。到 1971 年 11 月 20 日，费舍已从纽约市警局里借来了 9 名负责谋杀案的警探。② 但如果西蒙内蒂还有希望获得证据，提交给大陪审团，他仍然得极度依赖 BCI 的调查员。罗伯特·费舍说得很直接，"问题就出在这儿——让州警介入就会大大拖慢调查的完成，除非能扩大独立调查人员的人数。最终的结果是，大陪审团非但没法在秋初提交报告，反而要再等很久才能提交完整的报告"。③

当几个月变成了近一年半，囚犯们只能继续忍受着调查时的严重不当行为。

依据后来对阿蒂卡调查中这段时期的描述来看，典型的囚犯面谈一开始是调查员给囚犯 100 多个"预选出来的狱友"的大头照让他们辨认，州正在寻找证据起诉这些狱友。④ 囚犯一次又一次地没能认

---

① Charles "Flip" Crowley, Testimony, Wade Hearing, *People of the State of New York v. Shango Bahati Kakawana* (Indicted as Bernard Stroble), 407 F. Supp. 411 (1976), January 22, 1975, 586-87, 595-98, 628-31, 引自：Annette T. Rubenstein, "Attica, 1971-1975," Pamphlet, Charter Group for a Pledge of Conscience, New York City, New York, December 1975. Transcripts for Attica Wade Hearings can also be found in the Ernest Goodman Papers, Series IV, Subseries A: Trial Records, Boxes 24 - 32, Walter Reuther Library。

② Robert E. Fischer, Memorandum to Dunham, June 5, 1972, 引自：Meyer, *Final Report of the Special Attica Investigation*, October 27, 1975, New York State Archives, 79。

③ Fischer, Memorandum to Attorney General Lefkowitz, June 14, 1972, 引自：Meyer, *Final Report of the Special Attica Investigation*, October 27, 1975, New York State Archives, 102。

④ Rubenstein, "Attica, 1971-1975."

出调查员已经决定起诉的人,因而调查员就一再逼问——甚至告诉证人那个人的名字,希望他们能认出来。不堪压力的囚犯往往会屈服,最终同意说他们事实上亲眼见到某某犯下不法行为。

但有时候,即使是对囚犯采取引导性的提问和直接施压,也无法让他们说出调查员想听到的关于某个嫌疑人行为的信息。在这些案子中,他们采取了一种略微不同的策略让他们合作。夺狱行动刚刚结束后,有个惊吓过度的囚犯在接受采访时尽责地指认出了另一名囚犯,调查员拿着后者的照片,一个劲地想让他说那就是罗杰·查彭。调查员对收集指控查彭的证据很感兴趣,因为州警在夺狱那天已把他定为此次叛乱的首领。但照这位目击者的说法,查彭真心是个好人,在D院实实在在地救过他的命。但调查员一直逼他说查彭做了违法的事。最终,一个失望的调查员厌恶地说:"我再也不想听那些黑鬼说任何关于这方面的事了。"①

当强硬手段仍然难以奏效时,他们就改换了做法:调查员建议,如果证人能帮他们,他们也投桃报李帮他获得假释。② 除了用假释的可能性来引诱证人,他们还承诺在此期间会让他在监狱里过得舒服些。正如这人后来作证时所说,西蒙内蒂的一名手下厄内斯特·米尔德,此人并非BCI调查员,真的三次在他饭卡上存了5块钱,他说,这名调查员至少在另外三名可能成为证人的囚犯身上做过同样的事。③

囚犯对提早释放,以及同"费舍的委员会合作之后"就会获得假释的承诺都很在意。④ 西蒙内蒂的部门没人谴责过这种做法,毕竟

---

① From Wade Hearing, *People of the State of New York v. Shango Bahati Kakawana* (Indicted as Bernard Stroble), 407 F. Supp. 411 (1976), 407 F. Supp. 411 (1976), February 20, 1975, 3152-54。引自:Rubenstein, "Attica, 1971-1975"。
② From Wade Hearing, *People of the State of New York v. Shango Bahati Kakawana* (Indicted as Bernard Stroble), 407 F. Supp. 411 (1976), February 20, 1975, 3229-31; 3225-26, 引自:Rubenstein, "Attica, 1971-1975"。
③ 同上,3229 31。
④ Rubenstein, "Attica, 1971-1975", 31。

"给囚犯和前囚犯施加压力,是哄骗他们替州政府作证"。① 而且当调查员开始开出假释甚至减刑、赦免的好处时,也没有人来阻止,说不能这样。② 州检察官对胡萝卜加大棒的策略玩得更起劲了。如果哪个囚犯后来改变主意,不愿给州政府作证了,州检察官就会提醒他"拒绝作证的代价是藐视法庭罪,获刑 4 年"。③

或许对某个囚犯来说,支持检察官工作的最大动力既非避免挨打,也非保证假释的承诺,而是不愿自己被起诉。正如某囚犯律师的书面证词所言,阿蒂卡调查的许多证人之所以为州政府作证,原因之一就是"未来会被起诉这种笼统的威胁"。④

囚犯大卫·海托尔最后就范正是因为这一点。调查员 1971 年 9 月 19 日第一次探访海托尔,当时他身体状况极差,6 天前的夺狱行动期间还是遭到了毒打。海托尔真诚地以为他们是来调查他所见到的不法行为的,于是向他们讲述了他声称在夺狱行动后几小时里,在医院亲眼看到的一件事——一名黑人囚犯被三名狱警杀害。⑤ 调查员不仅拒绝记录下这个信息,而且明确表明,这事别对任何人提起。⑥ 后来,海托尔在法庭宣誓后指天发誓说,"BCI 探员承诺,如果和他们

---

① William M. Kunstler, Ted L. Wilson, Edward Kowalczyk, and Barbara Handschu, Annexed Affirmations (affidavits), September 5, 1973, in: *People of the State of New York v. Dacajewiah, Indicted as John Hill*, Transcript, 49 A. D. 2d 1036 (1975), and *People of the State of New York v. Mariano Gonzalez*, 43 A. D. 2D 793 (N. Y. App. Div. 1973), Erie County courthouse.

② *Attica Now*, Attica Now Collective, April 1972, Lieutenant H. Steinbaugh Papers, 作者手中握有这份材料。

③ 同上。

④ Kunstler, Wilson, Kowalczyk, and Handschu, Annexed Affirmations (affidavits), *People of the State of New York v. Dacajewiah, Indicted as John Hill*, Transcript, 49 A. D. 2d 1036 (1975), and *People of the State of New York v. Mariano Gonzalez*, 43 A. D. 2D 793 (N. Y. App. Div. 1973), September 5, 1973.

⑤ David Hightower, Affidavit, Attica Investigation, State of New York Organized Crime Task Force, November 29, 1974. Ernest Goodman Papers, Accession number 1152, 10/14/94. Box 7, Walter Reuther Library.

⑥ 同上。

合作，我就能很快出狱；他们答应帮我治疗眼疾，[但]威胁说如果不配合他们，就起诉我涉嫌在院子里犯下了鸡奸罪"。①

无论是公开的威胁还是含蓄的威胁，无论是当即兑现的还是承诺未来的贿赂，都带来了奇迹。不管囚犯是否对有关事件有任何了解，还是认为州检察官看错了人，但他们最后还是会选择合作。正如囚犯权利律师所指出的，其中一个威利·洛克的人，曾被叫去与州方面首席调查员之一厄内斯特·米尔德面谈，"在18个月内，至少有5次面谈……一年多来，他一直坚称对海斯和施瓦茨这两名狱友的死因一无所知"。②可是，"面对持续不断的重压，再加上大棒加胡萝卜的策略"，洛克最终屈服，同意"成为检方证人，但心里还是不太踏实"。③

当1971年就这么慢慢过去时，罗伯特·费舍倒不担心西蒙内蒂究竟是如何立案起诉阿蒂卡囚犯的，而是把注意力集中于一个事实，即他觉得洛克菲勒的办公室没有给他的调查工作提供足够的资金。州政府的资金也拨给了麦凯委员会，这让他很恼火，他觉得他的调查员工作比其他人的艰苦。洛克菲勒的律师迈克尔·怀特曼也同意这一点，他说费舍要求的资金"应由预算与顾问办公室来审核"，1972年7月5日，费舍最终通过罗伯特·道格拉斯听说，洛克菲勒已经批准其给予更多资金的请求，但只限于接下来的三个月。④ 最终，到那年的12月，费舍在为了他的预算问题反复斗争多次之后，终于为阿蒂卡调查组弄到了10到12个常设调查员。与此同时，囚犯们也正在设法以任何可能的方式应对调查。

---

① David Hightower, Affidavit, Attica Investigation, State of New York Organized Crime Task Force, November 29, 1974. Ernest Goodman Papers, Accession number 1152, 10/14/94. Box 7, Walter Reuther Library.
② Wade Hearing Vol. XXIII, *People of the State of New York v. Shango Bahati Kakawana* (*Indicted as Bernard Stroble*), 407 F. Supp. 411 (1976), 5424-29, 5434-50 quoted in: Rubenstein, "Attica, 1971–1975."
③ 同上。
④ Palmer, Memorandum to Dunham and Whiteman, June 22, 1972, 引自: Meyer, *Final Report of the Special Attica Investigation*, October 27, 1975, New York State Archives, 98。

33. 寻求帮助

50 岁的乔治·琼斯对叛乱之后自己在阿蒂卡所受的待遇感到非常郁闷，1971 年 11 月 19 日凌晨 4:45，他请一名狱警将他列入第二天想求医的名单。凌晨 6 点还没到，他"就被发现在牢房里用床单上吊死了"。[①]

相比之下，阿蒂卡的绝大多数人则试图通过一些微妙的小动作来抗议自己所受的苦难。他们拒绝吃饭、洗澡、服药、理发。有个囚犯 10 月 13、14 日两天拒绝吃饭、服药，9 月 18 日他就这么干过。10 月 16 日，他再次拒绝吃饭。接着，10 月 17 日，又有一名囚犯"拒绝吃中饭，还说要连着 30 天不吃饭"，而另一些囚犯则拒绝洗澡。到那个月的 20 日，又有更多的囚犯拒绝吃晚饭、服药、洗澡。这种无声的、主要是个人为之的抗议活动一直持续到 12 月。[②]

阿蒂卡的其他囚犯则采取更公开的反击，试图寻求法律系统的帮助。比如，许多囚犯试图起诉州政府要求赔偿损失。[③] 到 1971 年 12 月 14 日，有 506 名阿蒂卡囚犯提起了"意图提出索赔的告知"。[④] 还有一些人对威廉·海勒斯坦和赫尔曼·施瓦茨等律师施加压力，要求他们在约翰·T.柯汀法官拒绝签署不准在没有法律顾问的情况下接受审讯并且不准对囚犯进行人身虐待永久性禁令之后，继续为他们的利益而战。

在代表阿蒂卡狱友起诉洛克菲勒以求拿到法官的这项禁令时，这些律师准备继续向柯汀施压。首先,他们不断向柯汀提交额外的材料,表明囚犯的权利正在受到侵犯,希望他能再发布至少一份临时性禁令。最终,柯汀在 9 月 30 日、10 月 4 日和 10 月 5 天举行了听证会,以审议他们的新证据。在会上,他听取了文森特·曼库斯、以高曼委员会委员身份与会的克拉伦斯·琼斯、阿瑟·伊夫以及包括弗兰克·洛特、罗杰·查彭与赫伯特·布莱登在内的 6 名囚犯的证词。但令囚犯失望的是,柯汀仍在 10 月 6 日得出结论,"鉴于正在采取措施保护狱友的宪法权利和个人财物,且没有证据表明对他们的人身虐待还在延续",他不能发布此禁令。⑤

因此,囚犯的律师向第二巡回法庭提起上诉。他们还试图以囚犯受宪法第六修正案保障的权利正遭受侵犯的问题直接向最高法院提起诉讼。他们要求法官瑟古德·马歇尔介入此案,而法官希望整个法院都来旁听。然而,最高法院在 1971 年 10 月 12 日拒绝签发暂缓令。⑥

阿蒂卡的囚犯及其律师并没有放弃。又有 5 名囚犯请求柯汀法官发布禁令,"犹太人"杰瑞·罗森伯格这次也在其中,他们控诉他们的公民权利正受到侵犯,因为他们至今仍被隔离关押,而且他们在费

---

① "Attica Con Hangs Self in Cell," *Courier Express*(Buffalo, New York), November 20, 1971, Investigation and interview files, 1971-1972, New York (State), Special Commission on Attica, 15855-90, New York State Archives, Albany, New York.
② 这是从阿蒂卡监狱的惩教人员斯坦鲍格中尉保管的记录本上获取的信息。上面是关于狱友的理发、裤子、刮脸、肥皂、衬衫、洗澡、娱乐、用餐的情况以及谁拒绝做这些事的个人记录。收入"斯坦鲍格中尉文档",作者手中握有这份材料。
③ "Inmates to Seek Injury, Property Redress," *Courier Express*(Buffalo, New York), December 9, 1971.
④ "506 Convicts Sue the State," *Courier Express*(Buffalo, New York), December 15, 1971.
⑤ *Inmates of the Attica Correctional Facility et al. v. Nelson Rockefeller, Governor, State of New York, et al.*, United States Court of Appeals, Second Circuit, 453 F. 2d 12, Argued November 5, 1971, decided December 1, 1971.
⑥ 92. S. Ct. 35 Supreme Court of the United States. 7 Males of Attica Correctional Facility v. Governor Nelson Rockefeller, et al. Application No. A-385. October 12, 1971.

舍的调查中并未受到法律保护,也"没有收到任何指控他们的通知"。① 这次,柯汀法官在 1971 年 11 月 12 日发布了一道命令,强制阿蒂卡的官员对这些指控做出回应。

他们只好照办。阿蒂卡的副典狱长列昂·文森特在柯汀的法庭上作证,说"监狱里的 38 名罪犯之所以被隔离关押、不予特别照顾",是因为他们"对监狱造成了威胁"。② 但他说,没有人的公民权利被剥夺,因为这些人"平均每周去院子放一次风,在被带回牢房之前有时间绕着院子走上三圈"。③ 在听取了他的证词之后,柯汀再次决定花些时间对这些人的命运最终做出定夺。④

从囚犯及其支持者的角度来看,柯汀让他们失望了。在他们看来,事情一直是这样运作的。正如他们解释的那样:"这种拖延、上诉和程序性讨价还价的曲折过程",恰恰与"助长了导致 1971 年 9 月起义的完全不信任和挫败感的气氛"属于同一类型的法律应对。⑤

然而,这些囚犯希望被解除单独关押的请求最终再一次被置之不理。

不过,囚犯为争取法官在阿蒂卡问题上站在他们这一边而做的各种法律上的努力几乎没有白费。1971 年 12 月 1 日,第二巡回上诉法庭一个由三名法官组成的小组对柯汀在 9 月 14 日最初拒绝发布禁令一事做出了最终裁决。尽管其上级法院"拒绝批准一项初步禁令,

---

① "Attica Ruling Is Reversed," *Courier Express* (Buffalo, New York), November 13, 1971, Investigation and interview files, 1971 – 1972, New York (State), Special Commission on Attica, 15855-90, New York State Archives, Albany, New York.
② "Attica Aide Explains Why 38 Inmates Are in Isolation," *Courier Express* (Buffalo, New York), December 2, 1971, Investigation and interview files, 1971-1972, New York (State), Special Commission on Attica, 15855-90, New York State Archives, Albany, New York.
③ 同上。
④ 同上。
⑤ *Attica News*, Attica Now Collective, April 1972, Lieutenant H. Steinbaugh Papers, 作者手中握有这份材料。

禁止州当局就最近发生的监狱暴动对所有阿蒂卡囚犯进行讯问,除非狱友已经咨询过律师",但它确实在保护囚犯免受人身虐待的问题上推翻了柯汀的裁决。①

这项裁决的起草者沃尔特·R. 曼斯菲尔德法官毫不含糊地表示,不仅囚犯已证明他们遭受了难以想象的虐待,而且这样的野蛮行为必须立即停止。曼斯菲尔德写道,他的法庭所了解到的虐待"远远超过了我们的社会对关押无防卫能力囚犯的执法人员的容忍程度",虽然这些人被监禁,但他们"仍然有权得到第八修正案的保护,不受残忍的不寻常的惩罚"。② 上诉法庭的裁决被解读为对柯汀原先在这个问题上的裁决的一种特别的惩处。法庭认为,因为"囚犯要受其看管者的摆布,所以应该给予初步禁令的救济,以免他们遭受进一步的人身虐待、刑罚、殴打或类似行为"。③

在这个问题上的裁决被推翻,柯汀想必已经如释重负了。确实,当时有人猜测柯汀如常写下了他的决定,即存在虐待行为,但就是不批准禁令,这样一来就很容易被上级法院推翻。正如律师威廉·海勒斯坦所见:"他给我们指出了上诉的路。"④ 事实上,面对阿蒂卡问题,柯汀确实左右为难。就在柯汀被上诉法院推翻裁决的同一个星期,他收到了一封来自某个自称"支持州监狱员工的妇女"团体的来信,信中说,他们会要求他"对任何因你的禁令或决定而导致的阿蒂卡监狱或其他任何监狱的雇员或狱友的伤亡负直接责任"。⑤

---

① *Inmates of the Attica Correctional Facility et al. v. Nelson Rockefeller, Governor, State of New York, et al.*, United States Court of Appeals, Second Circuit, 453 F. 2d 12, argued November 5, 1971, decided December 1, 1971.
② 同上。
③ 同上。
④ 威廉·海勒斯坦,与作者的电话交谈,2011 年 11 月 8 日。
⑤ "Attica Women Tell Judge Isolation Must Continue," *Courier Express* (Buffalo, New York), December 6, 1971, Investigation and interview files, 1971-1972, New York (State), Special Commission on Attica, 15855-90, New York State Archives, Albany, New York.

可是，一旦他的裁决被第二巡回上诉法院驳回，他便别无选择，只能签发一项禁令——不管狱警的妻子如何威胁他——1971年12月14日，他这么做了。他是这么规定的："被告、其代理人和雇员，包括州警和惩教署的人员，应立即停止和禁止对阿蒂卡监狱的狱友进行虐待、刑罚、殴打或其他形式的残暴行为，也不得威胁采取、授权、批准或允许此类行为；并更行规定允许原告以集体诉讼的方式要求维持对反施暴的禁令救济。"①

然而，虐待行为仍在继续。柯汀向曼库斯发出指令才两个星期，全国律师协会的律师又不得不再次找到柯汀法官，要求他判阿蒂卡的狱警藐视他12月14日的禁令。② 他们还想要联邦监督员来。当着大法官埃德蒙·麦克斯韦尔的面在阿蒂卡监狱内举行的听证会上，宣布了许多藐视法庭的证据，包括某次理查德·克拉克试图在电梯里给其他囚犯大声朗读这道禁制令的事（"一名守卫用带有种族歧视的绰号咒骂他，命令他面对电梯后壁站好……［当］克拉克拒绝［他］之后被关了一整天24小时的禁闭"）。③ 另一次，一名囚犯"再三遭到带有种族歧视的辱骂、威胁和殴打"。此外，"黑大个"弗兰克·史密斯"遭到辱骂，受到死亡威胁，说要折磨他，而且经常受到不止一个守卫的骚扰"。④ 麦克斯韦尔对他们的艰难处境似乎较为同情。当包括理查德·克拉克在内的囚犯告诉法官，四名狱警在见到自己时故意"站在厚厚的铁门附近并用铁栏杆堵住房间的窗户"恐吓他们

---

① Inmates of the Attica Correctional Facility, Mariano Gonzales, et al. v. Nelson Rockefeller, Governor, State of New York, et al., Western District Court, Buffalo, New York, December 14, 1971.
② Jim McAvey, "Federal Monitors for Attica Asked," *Courier Express* (Buffalo, New York), December 31, 1971, Investigation and interview files, 1971–1972, New York (State), Special Commission on Attica, 15855–90, New York State Archives, Albany, New York.
③ McAvey, "Federal Monitors for Attica Asked."
④ 同上。

时，这些狱警被"麦克斯韦尔指示离开"。①

尽管约翰·柯汀心存怀疑，并认为这些藐视法庭的法律主张很"粗略"，但他还是于 12 月 23 日修改了禁令，从而更具体地规定禁止监狱工作人员对囚犯"实施人身虐待、刑罚、殴打或其他形式的残暴行为，包括辱骂和带有种族歧视的诋毁，也不得威胁采取、授权或允许此类行为"。② 至于狱警是否真的藐视他的禁令，柯汀说他还需要更多的证据来发布这样的指示。③

1971 年秋冬，各类法学家对阿蒂卡囚犯的模棱两可的态度，使得囚犯很容易受到 BCI 正在进行的调查和西蒙内蒂的部门谋求的起诉的影响。因为法院未能叫停日复一日长达数月的各色审讯手段，据一名囚犯的辩护人所说，"这些手段不仅包括公开恐吓、肉体折磨、威胁起诉和背弃提前假释的承诺，还包括一些不正当的警方手段，比如在让囚犯辨认照片上的人之前给出人名"，到 1971 年底，州调查员已经掌握了大量证据，可以提交给大陪审团了，然而其中大部分是虚假的或通过胁迫、收买得来的。④ 在调查启动仅 13 个月后，州政府便准备对 60 多名囚犯提起刑事诉讼。

---

① Jim McAvey, "Guards' Treatment Rough, 2 Attica Convicts Tell Court," *Courier Express* (Buffalo, New York), December 14, 1971.
② David L. Norman, Assistant Attorney General, Civil Rights Division, United States Department of Justice Memorandum to Acting Director, Federal Bureau of Investigation, October 31, 1972. 随附美国司法部长办公室收到的"柯汀法官令"。John T. Curtin, Order, *Inmates of the Attica Correctional Facility, Mariano Gonzalez, et al. v. Nelson Rockefeller, et al.*, CIV 1971-410, August 1, 1972, Western District Court, Buffalo, New York。
③ McAvey, "Federal Monitors for Attica Asked."
④ 引自：Annette T. Rubenstein, "Attica, 1971-1975," Pamphlet, Charter Group for a Pledge of Conscience, New York City, New York, December 1975。

34. 遍地起诉书

夺回监狱后不到三个月就召集了一个阿蒂卡大陪审团，西蒙内蒂的办公室急于向其提交搜集到的证据。大陪审团曾设于华沙镇，它与阿蒂卡在同一个县，不少狱警就住在那里。州政府官员以"法律没有规定在州内哪里设立大陪审团"为由，为选址于这个"距阿蒂卡村东南 10 英里"的地方辩护。①来自西塞内卡的最高法院法官卡门·F. 鲍尔获得提名，主持怀俄明县的这场州最高法院的特殊庭审。②

一听说这个消息，不到 6 小时，全国律师协会为囚犯辩护的律师就要求更改地点。1971 年深秋时，全国律师协会在该地区势力很大，它强烈认为阿蒂卡的狱友在华沙是不会有一个公正的听证会的，因为陪审团肯定都是白人，许多成员无疑会认识某些狱警。鲍尔法官驳回了这一请求。③他还拒绝让代表囚犯的全国律师协会律师向未来的陪审员询问如他们对叛乱的看法，或他们与监狱的关系这样的重要问题。因此，当大陪审团 1971 年 12 月 8 日首次召集会议时，它不仅是"一个由 13 名男性和 10 名女性组成的清一色白人的陪审团"，而且 23 人中有 9 人"承认有朋友在阿蒂卡做过守卫"，9 人中有"两人的朋友被劫为人质，其中一人已遇害"。④更有甚者，陪审团主席雷蒙德·贝克是"其中一名遇害人质的密友"，还经营着一家也会雇用狱警的阿蒂卡校车公司。⑤

在阿蒂卡发生的所有罪行中，检察官对指控任何与威廉·奎恩之死有关的囚犯最为上心,这名狱警在叛乱当天早晨被关在时代广场时身亡。他们还决心起诉在 D 楼杀害囚犯巴瑞·施瓦茨、肯尼斯·海斯和迈克尔·普利维特拉的人;并想以绑架罪起诉每个参与劫持狱警为人质的囚犯。最后,州政府官员还想对囚犯提起其他多项指控,罪名从性侵到挥舞自制武器什么都有。

为了起诉这些人,西蒙内蒂所依据的是前几个月 BCI 和他自己的调查员审讯囚犯获得的证词。为了确保他们能配合,西蒙内蒂给怀俄明县监事会主席写信,坚称"我们应该尽可能简单地让这些狱友在陪审团面前作证,然后离开法庭而不被公众或媒体察觉"。⑥ 结果,那些同意站在州政府一边作证的囚犯被戴上头罩领到了陪审团面前,以致公众根本不清楚他们是谁,一旦作完证,他们立即被转移到其他监狱,就像囚犯说的,"据说是为了保护他们"。⑦

大多数同意作证的人并不想出尔反尔,他们或者认为一旦作证,就能获得提早释放的回报,或者担心如果不去作证后果会不好。正如

---

① David Prizinsky, "Justice Ball to Preside at Enquiry of Attica Riot," *Courier Express* (Buffalo, New York), November 4, 1971, Investigation and interview files, 1971-1972, New York (State), Special Commission on Attica, 15855-90, Box 85, New York State Archives, Albany, New York.
② 在纽约州,"最高法院"只是一个进行民事和刑事审判的普通管辖法院。
③ Richard J. Roth, "Scope of Grand jury Probe Hinted During Impaneling," *Courier Express* (Buffalo, New York), November 30, 1971, investigation and interview files, 1971-1974, New York (State), Special Commission on Attica, 15855-90, Box 85, New York State Archives, Albany, New York.
④ 同上。
⑤ Carolyn Micklem, "Updates on Attica Defense," undated, New York State Coalition for Criminal Justice Records, 1971-1986, Series 9, Issues File, Box 1; Attica Aftermath, 1971-1974, Folder 1, M. E. Grenander Department of Special Collections and Archives, State University of New York, Albany, New York; Annette T. Rubenstein, "Attica, 1971-1975," Pamphlet, Charter Group for a Pledge of Conscience, New York City, December 1975. Also see this point made in: Malcolm Bell, *The Turkey Shoot*, 106.
⑥ Attorney General Simonetti, Letter to Mr. Elwood Kelly, Chairman, Wyoming County Board of Supervisors, December 16, 1971, Erie County courthouse.
⑦ 同上;Attica News, Attica Now Collective, April 1972, Lieutenant H. Steinbaugh Papers,作者手中握有这份材料。

一名囚犯所言:"我知道自己说的话不是真的……我知道我是在撒谎",可一旦同意作证,就没人会去烦他了。① 另一名证人说,在 D 院经历过州警的暴行之后,到了"检察官或者不管是谁,还有 BCI 来见我的时候,让我作证是我妈妈干的我也会照办"。②

对于向大陪审团撒谎,有些囚犯确实思量再三,最终根本不打算出庭作证了。当"筋斗王"克劳利即将被传唤到证人席上时,他的内心充满了罪恶感;一到法庭,他就要求见律师芭芭拉·汉德舒,希望她能帮他不去作证。然而,州警非但不允许他和他的律师说话,甚至还拔出枪指着他,"那把枪很大,他看看我,又看了看他的搭档,说'嗨,看看那个黑鬼是不是想跳窗?你说你想见谁来着?'"③ 担心小命不保的克劳利只得同他们合作。果然,后来有人告诉他,"在我进去之前,他们[假释委员会成员]不愿做出对我有利的裁决,但……[作证之后]我成了备受推荐的人选"。④

另一名囚犯基利·纽波特后来提交了一份书面证词,说他"去大陪审团作证是遭人哄骗",他也改变了主意,并试图联系他的律师,亦是芭芭拉·汉德舒,看看她能否阻止大陪审团传唤他到庭,去为他认为子虚乌有的事作证。⑤ 但没人搭理他。他再三投诉他的律师不在场。官员们回答他不需要律师,他说的那些话对他没伤害,如果他"按他们说的办",作为回报,他会被转到中等安全级别的纳帕诺

---

① 引自:Rubenstein,"Attica, 1971-1975"。
② Wade Hearing, People of the State of New York v. Shango Bahati Kakawana (Indicted as Bernard Stroble), 407 F. Supp. 411 (1976), 596, 引自:Rubenstein,"Attica, 1971-1975"。
③ Charles "Flip" Crowley, Testimony, Wade Hearing, People of the State of New York v. Shango Bahati Kakawana (Indicted as Bernard Stroble), 407 F. Supp. 411 (1976), January 22, 1975, 628-31, in:Rubenstein,"Attica, 1971-1975."
④ 引自:Crowley, Testimony, Wade Hearing, People of the State of New York v. Shango Bahati Kakawana (Indicted as Bernard Stroble), 407 F. Supp. 411 (1976), January 22, 1975, 628-31, in:Rubenstein,"Attica, 1971-1975"。
⑤ Jiri Newport, Affidavit, *People of the State of New York v. Mariano Gonzalez*, Supreme Court of New York, Appellate Division, Fourth Department, 43 A. D. 2D 793 (N. Y. App. Div. 1973), January 24, 1973, Erie County courthouse.

克监狱,在那儿服刑会"轻松得多"。① 10天后,他还是没听到汉德舒的回音。纽波特"越来越焦躁,越来越害怕",后来,"刑事调查局有个人"告诉他,不管是芭芭拉·汉德舒还是其他律师,都不会来帮他,而且由于纽波特现在"如惊弓之鸟,所以就信了他们的说法",于8月27日在大陪审团面前作了证。② 结果发现,纽波特让一名狱警寄给他的律师的信直到他作完证第二天才寄出。③

甚至连观察员委员会的前成员也被拉进了大陪审团的诉讼程序中。正如阿瑟·伊夫给委员会的几位成员的信中所说,"情况紧急,因为委员会的有些会员已被怀俄明县的大陪审团就阿蒂卡的有关起诉传唤了"。④ 让他和全州各地支持囚犯的组织及律师最为不安的是,提交给"大陪审团的证词似乎是精挑细选出来的",而且没有传唤"在调查初期向调查员提供前后矛盾的证词的人"去作证,因此大陪审团甚至不知道存在这种自相矛盾。⑤

州检察官在试图对被控谋杀的囚犯提起诉讼时特别小心,不让任何自相矛盾的证词出现在大陪审团面前。关于巴瑞·施瓦茨被杀一案,州调查员花了无数个小时来调教4名证人——达拉斯·西蒙、沃伦·克罗南、约翰·弗劳尔斯和威利·洛克,教他们说他们看见叛乱者的保安队队员之一"香戈"(伯纳德·斯特罗布尔)犯下了这个罪行。⑥ 考虑

---

① Jiri Newport, Affidavit, *People of the State of New York v. Mariano Gonzalez*, Supreme Court of New York, Appellate Division, Fourth Department, 43 A. D. 2D 793 (N. Y. App. Div. 1973), January 24, 1973, Erie County courthouse.
② 同上。
③ 同上。
④ Arthur O. Eve, President, and David Rothenberg, Secretary, Memorandum to Attica Observer Committee Members, April 11, 1972, Franklin Florence Papers, Rare Books, Special Collections, and Preservation, University of Rochester Library, Rochester, New York.
⑤ 引自:Rubenstein, "Attica, 1971-1975"。
⑥ Dallas Simon, Statement, Interview by Investigator Ernest Milde, Attica Investigative Office, Buffalo, New York, February 19, 1975, Erie County courthouse; Warren Cronan, Interview, Attica Investigation, February 22, 1971. 来自克罗南随附的手写陈述。

到和任何一个孤立的社区一样，监狱的囚犯中间也会存在彼此忌恨的现象，所以州调查员并不总是需要采取强制手段来逼一个囚犯告发另一个囚犯。当约翰·弗劳尔斯和囚犯艾德·科瓦尔齐克坐着候场，准备去大陪审团面前作证时，他对艾德说他将去指控"香戈"，恨不得马上就去，仅仅因为当施瓦茨被带离 D 院并关进牢房时，"他们争了一架，他很生香戈的气"。①

陪审员从不知道，在他们面前作证的一些证人压根儿就不在犯罪现场附近，也没人告诉他们，州政府的许多证人对各自所见的犯罪实施过程有好多个版本。到了 1972 年 12 月，也就是距初次召集一年不到一点，阿蒂卡大陪审团已经准备提交两套主要起诉书中的第一套。② 从那时起，阿蒂卡调查的资金充裕起来。西蒙内蒂还以为他得拼尽全力为独立调查员争取资金，结果起诉书下达后，提供给他的调查组的资金呈指数级增长。③ 记录显示，从 1972 年 4 月至 1973 年 3 月，他获得了 191 万元的州政府经费；从 1973 年 4 月至 1974 年 3 月，他的办公室共花了 206.5 万元；1974 年 4 月至 1975 年 3 月，又花了 454.6 万元。④ 到 1974 年，西蒙内蒂手下将有一支全职且有全额经费的工作人员，包括 20 名特别任命的检察官、28 名特别调查员以及 27 名文员、速记员、财务。⑤

最终，坐镇怀俄明县的大陪审团提出了 42 项重罪指控，前 30 项

---

① Joe Heath, Letter to Bernard "Shango" Stroble, November 24, 1973, Ernest Goodman Papers, Accession number 1152, Box 7, Walter Reuther Library.
② William M. Kunstler, Annexed Affidavit, June 14, 1974, and Patrick Baker, Annexed Affirmation (affidavit), June 7, 1974, *People of the State of New York v. Dacajewiah, Indicted as John Hill*, Erie County courthouse.
③ 引自：Bernard S. Meyer, Final Report of the Special Attica Investigation, October 27, 1975, New York State Archives, 79。
④ Background Paper for Statement Calling for Dropping of Indictments, New York State Coalition for Criminal Justice Records, 1971–1986, Series 9: Issues File, Box 1: Attica Aftermath, 1971–1974, Folder 1, M. E. Grenander Department of Special Collections and Archives, State University of New York, Albany, New York.
⑤ 同上。

是1972年12月提出的，之后又提出了12项，涉及63名囚犯，共犯下了1289项罪行。①《国家》杂志的一名记者指出："尽管有10名人质及29名囚犯死于州政府的枪下，但大陪审团仍旧没有找到充足的理由起诉哪怕一名州警或狱警。"②

州方一系列起诉书以谋杀狱警或谋杀狱警未遂开始（起诉书#1是关于谋杀威廉·奎恩；下一份是对人质弗兰克·克莱因和罗恩·科兹洛夫斯基谋杀未遂，他俩在身边的囚犯中枪倒地时被割伤了脖子）；还有对杀害囚犯海斯、施瓦茨和普利维特拉的其他谋杀指控。接着是一连串的指控：绑架、袭击、非法监禁、持有武器、鸡奸和性侵等，不一而足。如果州政府能定罪的话，那这些指控过半数会被判无期徒刑。而州政府也确实决心这样定罪，于是现在开始加紧准备审判。

有意思的是，其他高层方面也开始动员起来，搜集可能有助于使这些指控确凿的信息。根据1972年12月20日，FBI布法罗办公室收到的FBI华盛顿特区代理局长W.马可·费尔特（后来承认是"水门事件"泄密的深喉）的备忘录，说他刚刚接到一个请求，即"对姓名已被披露的被起诉人公开其犯罪背景"。没人料到FBI竟然也插手了这些案件；费尔特强调了自行决断力，并"告诫"布法罗办公室"这方面信息必须以最谨慎的方式获得"。③ 在被追问是谁提出这样的要求时，迫于压力的费尔特只得说是副总统斯皮罗·阿格纽，后者"从犯罪史的角度出发，对哪种类型的人会涉案颇感兴趣"。④

---

① Document in: New York State Coalition for Criminal Justice Records, 1971–1986, Series 9: Issues File, Box 1: Attica Aftermath, 1971–1974, Folder 1, M. E. Grenander Department of Special Collections and Archives, State University of New York, Albany, New York; Rubenstein, "Attica, 1971–1975."
② David J. Rothman, "You Can't Reform the Bastille," *The Nation*, March 19, 1973.
③ W. Mark Felt, Acting Director, FBI, Memorandum to SAC, Buffalo, Subject: "Indictments," December 20, 1972, FOIA request #1014547-001 of the FBI, September 28, 2009.
④ 同上。

1972 年 12 月至 1973 年 2 月，在该州铺天盖地的起诉书中被点名但已经获释——无论是被假释还是服满刑期——的所有阿蒂卡囚犯都被集中起来，大多在圣诞节期间被关进了全州的多个监狱，等待被传讯。①

的确，西蒙内蒂的办公室加班加点地起诉了数量惊人的囚犯，这么做显然是为了向美国公众表明，阿蒂卡出事一切都得怪这些人。但州政府官员低估了这些囚犯捍卫自己、想让公众听见他们声音的决心。事实上，从 1971 年 11 月召集阿蒂卡大陪审团的那一刻起，一场大规模的为囚犯辩护的工作也开始了。虽然它的资金远远不及州政府为阿蒂卡调查提供的，但其决心已定。

---

① *Attica: Chronology of Events, 1971–1974*, Attica Brothers Legal Defense, Buffalo, New York, Joseph A. Labadie Collection, Special Collections Library, University of Michigan, Ann Arbor, Michigan.

第七部　审判中的正义

厄内斯特·古德曼

底特律的律师厄内斯特·古德曼知道1971年的阿蒂卡囚犯起义，但他忙于为自己手上的民权和公民自由案件的辩护，没有想过为纽约州北部被起诉的62名囚犯中的任何一个提供帮助。

多年来，古德曼一直带头付出法律上的努力，确保从密西西比到密尔沃基的抗议者得到公正的审判。不过，古德曼并不是媒体所说的那种"嬉皮士"律师。他比如今涌入法律界以实现社会正义的许多人年纪都要大。1906年，他出生于密歇根的小镇赫姆洛克，5岁时搬到了大城市。对这个犹太孩子来说，生活很艰难。他被限制在这座汽车城的犹太人聚居区，在隔板房里长大，家里经常有臭虫，而且供暖也不足。尽管如此，古德曼一家仍旧昂首挺胸地活着，开了一家犹太洁食店，定期去犹太教堂，希望孩子能有更好的未来。1928年，厄内斯特·古德曼获得了韦恩州立大学的法学学位，这令他的父母倍感自豪。从那年起，他的使命就是凭借法律系统为社会正义而战。

1937年，在古德曼的帮助下，全国律师协会成立，这是美国第一个不分种族的律师协会。数十年来，他参与过美国最重要的一些民权案件。1930年代，他为"斯科茨博罗男孩"案[①]辩护。1940年代，他为全国律师协会在纽伦堡起诉纳粹分子的努力提供支持。1950年代，他曾为"好莱坞十君子"[②]、罗森伯格夫妇[③]以及像保罗·罗伯逊[④]这样上了黑名单的艺术家辩护。1951年，古德曼与非裔美国律师小乔治·克罗凯特组建了美国第一家综合性律师事务所。到 1960 年代，他投身取消学校种族隔离的案件，并帮助全国律师协会在南方地区设立办事处，以便为那里的民权活动分子提供法律援助。

1974 年，厄内斯特·古德曼正打算放慢自己的脚步，并希望同为律师的几个儿子能接替他继续战斗。然而，当他被要求去为一名阿蒂卡囚犯辩护时，他无法开口拒绝。在古德曼看来，阿蒂卡的事就像斯科茨博罗的事一样，是这个州企图陷害非裔美国公民的一个恶劣的例子。

---

① 9 名黑人青少年被诬陷于 1931 年在阿拉巴马州斯科茨博罗附近的火车上强奸了两名白人妇女。对此案的审判和再审在国际上引起轩然大波，并产生了两个具有里程碑意义的美国最高法院判决，尽管被告被迫花费数年时间与法院较量，忍受阿拉巴马州监狱系统的恶劣条件。——译者
② 1947 年 10 月，好莱坞电影业的 10 名成员公开谴责美国众议院非美活动委员会（HUAC）在调查所谓共产主义对美国电影业的影响时所采用的伎俩。这些著名编剧和导演，后被称为好莱坞十君子，被判入狱，并被禁止在好莱坞各大制片厂工作。在 1940 年代末、1950 年代初席卷美国的颇具争议的反共镇压行动中，他们的挑衅立场也让他们站在了全国性争论的中心。好莱坞黑名单在 1960 年代结束。——译者
③ 1953 年 6 月 19 日，朱利叶斯和艾瑟尔·罗森伯格被判密谋将美国核机密传递给苏联人，在纽约奥西宁的辛辛监狱被处决。两人却拒绝承认自己有任何过错，在电椅旁仍宣称自己清白。罗森伯格夫妇是第一批在和平时期因间谍罪被定罪和处决的美国公民，该案至今仍有争议。——译者
④ 美国著名男低音歌唱家、舞台剧和电影演员，以其文化成就和政治激进主义表现而闻名。他在罗格斯大学和哥伦比亚大学接受教育，曾是一名明星运动员。1934 年，他还在伦敦东方和非洲研究院学习斯瓦希里语和语言学。他的政治活动始于他在英国遇到的失业工人和反帝运动学生，随后是支持西班牙内战中的共和事业和反法西斯。在美国，他积极参与民权运动和其他社会正义运动，对苏联及共产主义的同情和对美国政府及其外交政策的批评，使他在麦卡锡时代被列入黑名单。——译者

35. 动员与操纵

1972年12月，针对阿蒂卡囚犯的起诉书一经公布，事情就变得明朗了，阿蒂卡特别检察官安东尼·西蒙内蒂迫不及待地想让这些人尽快受审。囚犯的支持者也知道这一点，于是加紧努力，好为他们提供有力的辩护。早在1972年春，当检察官将证据提交给大陪审团时，前阿蒂卡观察员阿瑟·伊夫便忧心忡忡地对观察员委员会的其他人指出，他们现在最优先要办的两件事就是为审判做准备，筹集资金保释被告并为其提供法律辩护。由于还没有筹集到这些钱来帮助目前面临1289项刑事指控的62人——他们被统称为阿蒂卡兄弟会，所以这个任务可谓十分艰巨。

早在1971年9月，一群出自美国公民自由联盟、法律援助协会、全国律师协会等组织的律师来到了阿蒂卡，创建了一个"阿蒂卡辩护委员会"（ADC）。好消息是，到1972年12月，该地区仍有一支由此委员会的年轻男女组成的核心队伍，决心确保阿蒂卡的被告有人代理。

尽管这个团体很敬业，但到了1972年，它的学生志愿者人数比拿到执业资格的律师还要多。同样重要的一点是，没有哪个负责人可以担负起协调如此大规模的辩护工作的重担。阿蒂卡辩护委员会怀疑州的这些案子不会太棘手，因为已经用了太多的胁迫来确保如此大量的起诉。事实上，即使在确定了审判日期之后，州检察官最终还是撤销了差不多 12 项指控，因为他们的证据太站不住脚了。尽管如此，一个紧密协调的辩护工作还是需要迅速组织起来。

这么做的第一个主要步骤是把尽可能多的律师引到纽约州北部来。1973 年的全国律师协会年度大会将是发出呼吁的理想场所。① 全国律师协会向来都是全国主要民权运动的核心角色，包括在 1964 年夏天做重要工作时，当时它向南方派了 67 名律师和无数法学院学生，为"自由骑士"② 和其他民权运动提供法律援助。1973 年的大会上，全国律师协会有两大事业需要解决：翁迪德尼和阿蒂卡。指派律师的事很简单：在一幅巨大的美国地图中间画一条线，鼓励"线这边的人都去阿蒂卡，那边的都去翁迪德尼"。③ 确保阿蒂卡和翁迪德尼的每一名被告都有律师之后，全国律师协会认为，州政府就没法让被告互相指证，以帮助州顺利定罪。1973 年夏，全国律师协会开始了另一个夏季项目，律师和法律专业学生共数十人搬进了纽约北部的公屋——其中最拥挤的一处坐落在维克托利镇，附近就是奥本监狱，大多数被起诉人就关押在那里——并开始共同致力于更广泛的辩护工作。到 1973 年秋，律师们从芝加哥、底特律、旧金山、波士顿和纽约等城市陆续赶来。这一律师与法律专业学生的网络很快就会提出无数的审前动议，并开始调查该州对"阿蒂卡兄弟会"的指控的艰巨任务。

在协调这些工作前，阿蒂卡辩护委员会还需要一名官方主管。

---

① Bill Goodman, Interview, *Speaking Freely: Bill Goodman*, National Lawyers Guild, June 3, 2013.
② "自由骑士"是一些白人和非裔美国人民权活动家团体参加的自由搭车活动，他们在 1961 年搭乘巴士穿越美国南部，抗议巴士汽车站实行种族隔离分开乘坐。——译者
③ 1973 年 2 月 27 日，200 名奥格拉拉科塔（苏族）活动家和美国印第安运动（AIM）成员在南达科他的翁迪德尼发起抗议，要求美国政府兑现 19 世纪和 20 世纪初的条约。他们与执法部门僵持了 71 天。最终，抗议以多次开火，造成一些抗议者遇难、多人被捕结束。On the NLG Attica strategy, 参见：Goodman, Interview, *Speaking Freely*: *Bill Goodman*, National Lawyers Guild, June 3, 2013.

1973 年初即已投身这场战斗的丹·波乔达联系了他在加州的朋友唐·杰利内克，看他是否对这份工作感兴趣。

唐·杰利内克住在湾区；同意担任阿蒂卡辩护委员会的法律协调员，就意味着在不确定的未来要横穿大半个国家搬来这里。但"阿蒂卡兄弟会"这群人确实急需强大的法律援助。于是，1973 年 3 月 7 日，杰利内克搬入了维克托利的公屋，其实就是一座改造过的大谷仓。他很快便意识到自己所面临的挑战：管理 20 到 30 人，一起生活和工作，大家对如何进行辩护见解各异。

有件事，每个人都同意：阿蒂卡的法律辩护工作必须有一个更正式、更有效的组织结构。为此，1973 年 9 月 21 日，"阿蒂卡兄弟法律辩护团"（ABLD）应运而生。由于意识到起作用的战略敏感性与政治观点有很多，阿蒂卡兄弟法律辩护团明确承诺，既要做好"法律工作和政治工作"，双管齐下地帮助被起诉人，还要"共享辩护资金"，以便让所有的律师都能在这个团体的保护下工作。[1]

阿蒂卡兄弟法律辩护团未来的成功，取决于能否将囚犯律师及当地的社团组织，如罗切斯特的"战斗"组织和"筑造"（BUILD）组织都包括进来。"战斗"的领导层很恼火，因为他们尽管已将阿蒂卡的许多囚犯保释了出来，但他们中的一些人仍批评该组织不够激进。[2] 照唐·杰利内克的说法，"战斗"和"筑造"两组织的领导人，其中包括前阿蒂卡观察员斯科特牧师，都希望得到更多的尊重，这样出手相助才会觉得舒服。[3] 通过在纽约设立"政治事务办公室"和"法律事务办公室"，并在伯克利、罗切斯特、底特律、芝加哥与锡拉丘兹等地设立官方办事处，阿蒂卡兄弟法律辩护团能赢得更主流的组织的支持，同时也能让激进分子开心。

---

[1] Donald Jelinek, *Attica Justice: The Cruel 30-Year Legacy of the Nation's Bloodiest Prison Rebellion, Which Transformed the American Prison System* (Jelinek Publishers, 2011), 240.
[2] 同上，237。
[3] 同上，235。

如果阿蒂卡兄弟法律辩护团要在法庭上和纽约州政府较量，它真正需要的是现金。四大律师协会为阿蒂卡的辩护工作提供资金，它们分别是：纽约市律师协会，纽约县律师协会，纽约州出庭律师协会，纽约州律师协会。[1] 但这笔资金根本不能与州提供的资金数量同日而语。阿蒂卡兄弟法律辩护团的律师甚至无法获得合法分配给公设辩护人的资金，因为主理所有阿蒂卡案件的法官卡门·鲍尔决定等到审判结束后再向州内律师支付法律费用，但对州外律师分文不给。[2] 在鲍尔看来，那些律师"都是自愿前来，并没有指望该州偿付任何费用"。[3] 因此，尽管州政府已拨款 75 万元用于辩护工作（相比之下，拨款 450 万元用于起诉），但截至 1974 年 5 月，即有组织的辩护工作开展了一年，这笔钱仍然分文未发。[4] 考虑到阿蒂卡兄弟法律辩护团要支付 18 名辩护律师的法律援助费用，并为至少 28 名调查员提供资金，且所有人都在夜以继日地工作，这可以说是一个沉重的打击。[5]

没有钱支付工资，再加上州政府一贯拒绝迅速移交材料，即便按照法律应该这么做也不行，所以阿蒂卡兄弟法律辩护团只能很大程度

---

[1] Fred Ferretti, "4 Bar Groups Give Legal Aid to Inmates at Attica," *New York Times*, October 26, 1971.

[2] Annette T. Rubenstein, "Attica, 1971–1975," Pamphlet, Charter Group for a Pledge of Conscience, New York City, December 1975, 36.

[3] Leonard J. Klaif and Dennis Cunningham, Petition to Judge Carmen F. Ball, Subject: "In the Matter of the Application for payment of legal fees and expenses incurred on behalf of the Attica brothers Legal Defense between December 1972 and July 1974," *Additional Special and Trial Term of the Supreme Court*, State of New York, County of Erie, Filed October 24, 1974, request denied October 24, 1974, New York State Coalition for Criminal Justice Records, 1971–1986, Series 9: Issues File, Box 1: Attica Aftermath, 1971–1975, M. E. Grenander Department of Special Collections and Archives, State University of New York, Albany, New York.

[4] Background Paper for Statement Calling for Dropping of Indictments, New York State Coalition for Criminal Justice Records, 1971–1986, State University of New York, Albany, New York.

[5] In: New York State Coalition for Criminal Justice Records, 1971–1986, Series 9: Issues File, Box 1: Attica Aftermath, 1971–1974, M. E. Grenander Department of Special Collections an Archives, State University of New York, Albany, New York.

上依靠志愿者自己来追查所需的一切。对于阿蒂卡兄弟法律辩护团需要依靠其作证的许多阿蒂卡囚犯，检察官办公室在提供他们的资料时也是拖拖拉拉；因此，阿蒂卡兄弟法律辩护团的志愿者"仅仅是辨认、分类、整理这些阿蒂卡狱友的照片就在办公室里花了 800 多个小时"。①

筹款很快就成了阿蒂卡兄弟法律辩护团的另一项全职工作。② 资金的主要来源之一是阿蒂卡兄弟会，多亏了"战斗"等组织已设法将他们保释，因而可以前往校园和社区中心四处宣讲他们的辩护工作。一些在叛乱期间不怎么显眼的人如今在筹款活动中发挥了积极作用。其中一人便是阿蒂卡兄弟会的阿基尔·艾琼迪，他作为嘉宾参加了一场活动，像阿米里·巴拉卡③和阿芬尼·沙库尔④这样的知名活动家也在活动现场讲了话。⑤ 同样，1972 年 9 月 12 日，"黑大个"弗兰克·史密斯也在东密歇根大学的校园里吸引了大量人群。⑥ 1972 年 8 月，黑大个获得假释，后又遭起诉并被保释，回到布鲁克林他结了婚，之后他来到布法罗，决心为阿蒂卡囚犯的辩护工作贡献自己的力量。他在全国各地的演讲，为阿蒂卡兄弟会赢得了大量支持者。⑦ 即便其中一名被起诉的囚犯没法亲自出席某场活动，从东海岸到西海岸的各个组织也会想方设法为他们举行筹款或守夜活动。⑧

---

① Rubenstein, "Attica, 1971-1975," 39.
② "Proposed Budget—1974. Attica Brothers Legal Defense," in the papers of Elizabeth M. Fink, Brooklyn, New York.
③ 为黑人权利而斗争的革命诗人。——译者
④ 巴故嘻哈巨星 Tupac 的母亲，是 1960 年代末、1970 年代初的黑豹党活跃分子，2016 年去世。——译者
⑤ "Testimonial to a Revolutionary Activist," Flyer, Committee to Support Attica Brother Akil Al-Jundi, in the papers of Elizabeth M. Fink, Brooklyn, New York.
⑥ Flyer, American Radicalism Collection, Special Collections, Michigan State University, East Lansing, Michigan.
⑦ Flyer, Joseph A. Labadie Collection, Special Collections Library, University of Michigan, Ann Arbor, Michigan.
⑧ Flyer, American Radicalism Collection, Special Collections, Michigan State University, East Lansing, Michigan.

阿蒂卡兄弟会的人，比如阿基尔·艾琼迪，也接触了不同的团体，就如何通过自己的活动来为辩护筹集资金给出了建议，比如以"发传单、印小册子、卖小册子、做徽章、烤蛋糕卖"等方式来筹集款项，并"起草请愿书，寄给法院、纽约州州长、美国总统、州参议员、全国参议员、男女国会议员和联合国，帮助我们打赢官司"。①

甚至连那些仍被关押但没面临起诉的囚犯，也在设法协助阿蒂卡兄弟会的辩护工作。有个囚犯写信给"抵抗"（RESIST）组织，表达了对许多现在"面临严重指控"的人的关切，并请求该组织在其新闻通讯上登出阿蒂卡兄弟法律辩护团的筹款地址，"每期都登，直到审判结束"，还希望该组织能"向阿蒂卡兄弟会辩护基金捐款1 000元"。②多亏有了这样的提议，许多出版物最终都为阿蒂卡兄弟法律辩护团的筹款工作出了力。比如，"锡拉丘兹-阿蒂卡联盟"发表了一篇名为《阿蒂卡就是我们所有人》的长文，文中满是兄弟会的信息，并承诺"这本小册子的所有销售所得都将捐给阿蒂卡兄弟会辩护基金"。③

作为一个组织，阿蒂卡兄弟法律辩护团定期向任何它认为可能会给阿蒂卡兄弟会捐款的人宣传。阿蒂卡兄弟法律辩护团的法律协调员④唐·杰利内克在1973年11月的一封信中写道："急需帮助。要上马这样的辩护工作需要数十万元。请尽您所能为我们捐款。你的资助至关重要。阿蒂卡需要您的支持。"⑤ 在另一封信中，阿蒂卡兄弟

---

① Herbie Scott Dean aka Akil Al-Jundi, "An Autobiographical Synopsis," September 11, 1973, in the papers of Elizabeth M. Fink, Brooklyn, New York.
② Salvador Agron, Attica Correctional Facility, Letter to Andrew Himes, April 24, 1973, Resist Collection, Watkinson Library, Trinity College, Hartford, Connecticut.
③ Syracuse Attica Coalition, "Attica Is All of Us," Syracuse, New York, 1973, Rare Books Collection, Department of Special Collections, Stanford University, Stanford, California.
④ 其主要职能是与律师、法律事务员、律师助理和法律服务团队的其他成员合作。——译者
⑤ Donald Jelinek, Attica Legal Defense and Legal Coordinator, Fundraising Letter, November 22, 1973, American Radicalism Collection, Special Collections, Michigan State University, East Lansing, Michigan.

法律辩护团也极为明确地要求"4 575 元启动资金,以开始为被控在1971年9月制造阿蒂卡叛乱的人进行辩护"。①

一些社区和宗教组织也为阿蒂卡兄弟法律辩护团做了宣传。"关注刑事司法中的人道特别小组"向无数立法者恳求为阿蒂卡辩护工作提供更多资金。一些人表示支持,但另一些人则强烈表示他们不会为"帮助阿蒂卡罪犯辩护花一个子儿"。② 1974 年 1 月,当纽约州选出新州长马尔科姆·威尔逊时,美国浸信会门罗协会也大胆要求他"利用这个办公室的便利筹集充足资金,以为阿蒂卡被告辩护之用",但州长办公室不愿卷入政治色彩如此浓郁的事情当中。③

媒体名人和其他富人比民选官员更愿意让阿蒂卡兄弟会成为最受欢迎的事业。在西区大道 610 号的一间公寓举行的筹款晚会上,与会者被告知著名的黑豹党成员安吉拉·戴维斯将出席。④ 另一些有关阿蒂卡的盛会在阔气的纽约公寓和长岛的阿玛甘塞特豪宅中举行。其中之一是 1972 年 8 月 20 日在作家、媒体名人乔治·普利普顿家举办的,有 75 位客人出席,著名持不同政见律师维克托·拉宾诺维茨的

---

① Louis M. Rabinowitz, Foundation, Fundraising Letter, March 27, 1973, in the papers of Elizabeth M. Fink, Brooklyn, New York.
② 代表 23 区的卡罗尔·贝拉米写信给艾琳·杰克逊称:"我向你保证,我同意你信中的看法,并支持提议的补充预算项目。"Carol Bellamy Letter to Irene Jackson, May 13, 1974, New York State Coalition for Criminal Justice Records, 1971–1986, Series 9: Issues File, Box 1: Attica Aftermath, 1971–1974, Folder 1, M. E. Grenander Department of Special Collections and Archives, State University of New York, Albany, New York; Edwyn E. Mason, 48th District representative, Letter to Irene Jackson, May 8, 1974, New York State Coalition for Criminal Justice Records, 1971–1986, Series 9: Issues File, Box 1: Attica Aftermath, 1971 – 1974, Folder 1, M. E. Grenander Department of Special Collections and Archives, State University of New York, Albany, New York.
③ In: New York State Coalition for Criminal Justice Records, 1971–1986, Series 9: Issues File, Box 1: Attica Aftermath, 1971–1974, Folder 1, M. E. Grenander Department of Special Collections and Archives, State University of New York, Albany, New York.
④ "Ex-Attica Inmate Indicted in Slaying of Guard in Riot," *New York Times*, December 17, 1972.

妻子是组织者。①

到 1973 年年中，随着公众的关注度日益上升，全国各地的捐款源源不断地流入，阿蒂卡兄弟法律辩护团得以开始其浩大纷繁的辩护工作。当时约有员工 56 人，在钱方便时，他们加班加点地工作每周收入约 50 元。② 除了住在维克托利的房子里，阿蒂卡的律师和志愿者还占据了布法罗至少 5 座公屋。其中一座由设在芝加哥的阿蒂卡兄弟法律辩护团律师所建，被称为"林伍德之家"。它有六间大卧室，外加三楼的一大块空间，每个人都叫它宿舍，因为这里睡得下 9 到 10 人。当他们没日没夜地为阿蒂卡辩护工作忙碌时，至少有两条狗在公屋附近巡视。同一条街上的另一座公屋里，也住着阿蒂卡兄弟法律辩护团的志愿者，被亲切地称为"小林伍德之家"。在奥本街上，还有一座住满阿蒂卡辩护律师和志愿者的公屋，里面的人主要致力于为审判争取公正的陪审团。位于水手街上的公屋里住着"黑大个"和许多辩护工作志愿者，阿什兰街上的公屋还住着一些法律志愿者，也是昼夜不停地工作。

阿蒂卡兄弟会这 62 人的审判日期随时会定下来，所以有许多工作需要这些人快速完成。阿蒂卡兄弟法律辩护团首先得寻找和约谈证人，了解囚犯被控犯下的罪行或执法人员所犯的罪行，因为他们希望陪审团成员也能对后者予以关注。阿蒂卡兄弟法律辩护团还需要在尽可能短的时间内提交尽可能多的动议，既要迫使检方交出他们发现的关键证据，也要让检方疲于案头工作。他们想让纽约州被迫为方方面面的事辩护，从其在立案时对证人采取的胁迫性策略，到它对某个阿蒂卡囚犯提出的具体指控，再到它指望用来给这些人定罪的待选陪审员库。到 1974 年夏，在近一年的忘我工作，提交了无数发现证据的动议、撤销案件的动议、变更地点的动议、将仍被囚禁于 Z 楼的阿蒂

---

① Enid Nemy, "Party on LI Assists Attica Defense," *New York Times*, August 21, 1972.
② Michael Deutsch, 与作者的交谈, Chicago, Illinois, June 27, 2005.

卡兄弟会成员放出来跟普通囚犯关在一起的动议之后,阿蒂卡兄弟法律辩护团终于达到了目的,成功地使检方在案头工作中忙得不可开交。那堆文件实在太大了,西蒙内蒂的办公室不得不用手推车将这些文件带去法庭。①

阿蒂卡兄弟法律辩护团对其中两项动议的命运特别在意,一个是变更阿蒂卡案件审理地点的,一个是迫使州政府交出其准备使用的一切证据的。改变审理地点的动议取得了部分成功。尽管法官拒绝考虑将审理地点从监狱转移至纽约市,就像阿蒂卡兄弟法律辩护团所希望的那样,但还是同意改到伊利县的布法罗。至少,布法罗是个大城市,种族多元性更明显,而且还有一所规模不小的大学。阿蒂卡兄弟法律辩护团要求对方交出所发现的证据的动议是辩方的一个更明显的胜利。这项动议1973年7月10日在法庭上辩论了5个多小时,正如唐·杰利内克所言,它之所以特别重要,是因为如果"得到法庭批准",检方就会被要求"交出海量的信息、事实、文件以及有形的证据,供审理之用"。②

改变审理地点的动议在哈里·戈德曼法官面前进行了辩论,他是现已解散的高曼委员会成员;交出所发现的证据的动议则由詹姆斯·O.摩尔法官来处理,而阿蒂卡兄弟法律辩护团对他一无所知。不过,令人欣慰的是,尽管阿蒂卡案件的辩方并没有获得检方所掌握的所有证据,但拿到手的仍然数量可观。更妙的是,摩尔法官下令检方必须对所有这些材料进行复制,并分别提供给每位律师,且费用自付。由于州政府在42份起诉书中指控62名囚犯犯下了近1 300项罪行,而现在至少有70名律师为这些人工作,所以州检察官如今不得不替辩方制作"数百份所有材料的拷贝",这让他们感到焦头烂额。③

尽管在某些关键的动议上取得了一些成功,但阿蒂卡兄弟法律辩

---

① Jelinek, *Attica Justice*, 211.
② 同上,223。
③ 同上,255。

护团也经历了一些严重的挫折。比如，它要求解散大陪审团，以便不会再有其他阿蒂卡囚犯被起诉的动议就失败了。① 而且，它撤销案件的动议最初也没一个成功。在一份撤销十几项起诉的动议中，辩护律师辩称其当事人"获得快速审理的权利被剥夺了"，更严重的是，"大陪审团曾使用非法胁迫而来的证词"指控他们的当事人，因此，"大陪审团面前的证据不足以使控告成立"。② 但这些论辩都没有动摇法官的立场。

阿蒂卡兄弟会的人，比如"黑大个"，把阿蒂卡兄弟法律辩护团有关撤销案件的各种动议的失败，简单地认定为法官和特别检察官西蒙内蒂"及其政治上的主子，尤其是前纽约州州长纳尔逊·洛克菲勒狼狈为奸"。③ 阿蒂卡兄弟会的其他许多人也有这样的怀疑，特别是那些自被起诉以来一直被关在奥本监狱隔离区的人。虽然这些人中有几个通过假释或保释离开了隔离区，如"黑大个"和查彭，但大多数人仍被关在里面。截至1974年，在奥本监狱被隔离禁闭的80多名阿蒂卡囚犯已在那里待了至少9个月，要求将他们放出隔离区，与被起诉或没被起诉的普通犯人关在一起的动议，无一获得批准。奥本监狱的典狱长不过是让法官知道，至少有22名前阿蒂卡狱警（其中三人曾是D院的人质）如今在奥本工作，而奥本自己的42名狱警被派去协助阿蒂卡监狱恢复秩序，从而使法官相信将前阿蒂卡叛乱分子

---

① Notice of Petition, *Attica Brothers v. Additional Special November 1971 Grand Jury*, 45 A. D. 2d 13（N. Y. App. Div. 1974）, seeking "judgment quashing the Grand Jury Panel under CPLR Article 78," Erie County courthouse.
② "Memorandum of Law in support of Attica Brothers notice of motion to dismiss the indictments," *People of the State of New York v. Armstrong et al.*, New York Supreme Court, Special and Trial Term, Erie County, 76 Misc. 2d 582（N. Y. Misc. 1973）, November 16, 1973.
③ Writ of Prohibition, *Big Black, also known as Frank Smith v. Carmen F. Ball*, Supreme Court of State of New York, Appellate Division, Fourth Department, 51 A. D. 2d 684（1976）, October 14, 1975.

从隔离区放出来，会使监狱工作人员的安全无法保障。[1]

好消息是，每个来到纽约州北部为阿蒂卡兄弟法律辩护团的辩护工作出力的人都决心继续战斗，让所有的阿蒂卡狱友都摆脱隔离禁闭，让所有被起诉的人都无罪释放。然而，对于后一场仗究竟该怎么打，仍然存在很大的意见分歧。

---

[1] Walter Dunbar and Robert Henderson, Deposition, January 21, 1974, Erie County Courthouse, Erie County, Buffalo, New York, 100-101.

36. 分裂的观点

为阿蒂卡囚犯辩护的律师，1971年9月13日在布法罗召开了第一次会议，会上明显气氛紧张，既有代际上的分歧，也有政治、文化和战略上的分歧。那天晚上，像赫尔曼·施瓦茨和威廉·海勒斯坦这样的自由派律师，与更年轻、更激进的法学院学生及律师就如何更好地帮助囚犯展开了激烈的争论。海勒斯坦回忆道，他只是想"弄清楚我们可以合法地做些什么"来帮助里面的人，但这个团体内部存在很多冲突，因为其他人觉得除了法律工作之外，还需要围绕阿蒂卡的人身上发生的事从政治上进行组织。① 施瓦茨是这么解释自己立场的，他说"我们对政治的兴趣，并不如对公民权利和公民自由的兴趣大"。②

但在接下来的几年里，围绕阿蒂卡的法律与政治层面的工作确实协调一致，所有与阿蒂卡有关的律师都在努力工作，竭尽全力代表阿蒂卡与奥本高墙后的那些人。当社会活动家与主流律师1973年在阿蒂卡兄弟法律辩护团的主持下携手共进时，把派系主义减到最小程度是一个关键的动力。同意雇请一个人来协调辩护事宜，反映了他们对此所持的乐观态度。尽管如此，唐·杰利内克之类更主流的律师与更激进的律师及年轻活跃的法学院学生之间的紧张关系，时时都在威胁着阿蒂卡兄弟法律辩护团的凝聚力。

总的来说，一直留在布法罗的更年轻激进的新鲜血液——1971

年抵抗海勒斯坦和施瓦茨这些律师的人的一股力量——既搜集证据帮助阿蒂卡兄弟会，也让媒体的注意力停留在他们的命运上。这些男男女女，一向对更为"功成名就"的律师持怀疑态度，担心他们没有从阿蒂卡事件吸取政治上的大教训。

这正是像前阿蒂卡观察员威廉·昆斯特勒等律师同意担任阿蒂卡兄弟法律辩护团的辩护律师时的想法，另一位自认激进的律师、芝加哥人民法律事务所的丹尼斯·坎宁汉也这么认为。当时的法律系学生伊丽莎白·芬克记得，为兄弟会辩护并不仅仅是为证明他们没有犯罪，还在于发起攻势，对州政府及其不法行为展开调查，因为"政治属于法庭"。[3] 至于即将对阿蒂卡兄弟会进行的审判，关键是要尽可能多地让公众了解这些人是被州政府草率定罪的，比如，确保在"举行审判的布法罗有数百号人在街头游行示威"。[4]

由于来阿蒂卡协助被告的人并不都同意这个观点，所以始终存在着两个辩护阵营。一方坚持认为，律师应就阿蒂卡兄弟的清白提出有效和直截了当的法律论点，仅此而已；另一方则认为，还应注意到该州政府在法庭内外所做出的应受谴责之举上，在这种情况下，甚至囚犯的犯罪行为也可以做无罪辩护，因为那是州政府的大举镇压所致。[5]

毫无疑问，唐·杰利内克属于前者。在他看来，关注阿蒂卡的政治层面很大程度上是哗众取宠，会分散人们的注意力，使得没人再去

---

① 威廉·海勒斯坦，与作者的电话交谈，2011 年 11 月 8 日。
② 赫尔曼·施瓦茨，与作者的交谈，2004 年 7 月 28 日。
③ Dennis Cunningham, Michael Deutsch, and Elizabeth Fink, "Remembering Attica Forty Years Later," *Prison Legal News* (September 2011).
④ 同上。
⑤ Donald Jelinek, *Attica Justice: The Cruel 30-Year Legacy of the Nation's Bloodiest Prison Rebellion, Which Transformed the American Prison System* (Jelinek Publishers, 2011), 171。欲了解为这一历史时期的案件辩护的强大优势，特别是那些黑人激进分子受审的案件，请参见：Sherie M. Randolph, *Florynce "Flo" Kennedy: The Life of a Black Feminist Radical* (Chapel Hill: UNC Press, 2015)。

关注提交动议以及进行法律研究的繁重工作，这些工作将带来法庭上无懈可击的辩论。更糟糕的是，他担心，这样的策略最终可能会疏远那些本来可能判阿蒂卡兄弟会无罪的陪审员。全国律师协会的律师厄内斯特·古德曼倾向于同意这个观点，同时他对阿蒂卡辩护人员"意见分歧很大"也颇为担心。然而，他觉得重要的是不要去划线站队，而是要真正思考如何处理这些案子、律师的角色、律师之间的关系、阿蒂卡兄弟会和法律工作者之间的关系，以及如何正确处理"政治"案件。①

即便阿蒂卡兄弟会这62人自己有时也在战略问题上有很大的分歧。到1973年，当阿蒂卡兄弟法律辩护团在处理大部分庭审前的工作时，囚犯队伍中间的阵营也变得泾渭分明。

比如，"黑大个"与丹尼斯·坎宁汉之类的激进律师关系更近，他强烈主张让审判尽可能更政治化。他认为，阿蒂卡的主要辩护工作不应"在法庭上展开"，而应体现在"社区和街道"，因为法律"并不会一视同仁地满足任何人的需求"，所以，公平公正无从保障，法庭上的胜利就更别提了。② 这样的体系需要外部的压力来对其不公正做出意味深长的回应。③ "黑大个"对杰利内克这样的人所采取的更为合法的策略深感失望，于是组建了自己的辩护团队"阿蒂卡集合体"（ANC）。该团体并没有正式脱离阿蒂卡兄弟法律辩护团，但注意力主要集中在政治层面。最终，该团体将包括丹尼斯·坎宁汉、人民法律事务所的另一名律师迈克尔·德伊奇以及两位新晋法学博士伊丽莎白·芬克和乔·希斯。阿蒂卡集合体出版了一份时事通讯，名为

---

① Ernie Goodman et al., "Anatomy of a Defense," unpublished book, Preliminary Inventory of the National Lawyers Guild Records, 1936–1999, Ernest Goodman Files, Box 67, Series 10, Bancroft Library, University of California, Berkeley.

② Frank "Big Black" Smith and Bernard "Shango" Stroble, "Different views on Defense," two letters written to the NLG to explain divergent views, February 24, 1975, Sidney Rosen Papers, 1921–1980, Box 1, Folder 8, Walter Reuther Library.

③ 同上。

《阿蒂卡新闻》，可以在布法罗黑人区中心的一家沿街店铺里看到；这份单页报纸主要使命之一是向全国各地宣传阿蒂卡兄弟会的案件情况。①

不过，阿蒂卡兄弟会的"香戈"巴哈提·卡卡瓦纳（州政府称之为伯纳德·斯特罗布尔）并不像他的同案被告"黑大个"那样看问题。"香戈"因谋杀巴瑞·施瓦茨和肯尼斯·海斯被起诉。起初，他也对州政府充满了怀疑，觉得自己在纽约的法庭上毫无胜算。然而，随着审判日期的临近，他发现自己更倾向于传统的辩护策略，并打算依靠底特律的厄内斯特·古德曼来使自己免于灾难性的判决。在"香戈"看来，不先取得法律上的胜利，就不可能提出有效的政治观点。而且，他认为，通过法律途径在法庭上为自己的清白而战，其本身就具有政治性，因为这是他和其他的阿蒂卡兄弟挑战压迫的具体方式。他与"黑大个"公开交换意见时解释说："只要他们能让我知道还有其他争取解放的方法，我也可以接受阿蒂卡集合体的立场。"②他坚持认为，所有的斗争都得通过法律，必须"在法庭上或任何存在压迫的地方"进行。③

阿蒂卡兄弟会对他们自己应该在辩护工作中扮演何种角色这一问题上也有很大的分歧。有些人，比如威利·史密斯、弗农·拉弗兰克、约翰·希尔、查尔斯·珀纳萨里斯，心安理得地让外界的律师包办所有的辩护工作，完全听从他们的判断。但其他人强烈认为，他们必须在辩护中发挥积极作用，尽管他们同意让律师代表他们，但也坚

---

① Frank "Big Black" Smith and Bernard "Shango" Stroble, "Different views on Defense," two letters written to the NLG to explain divergent views, February 24, 1975, Sidney Rosen Papers, 1921–1980, Box 1, Folder 8, Walter Reuther Library. 其中一期《阿蒂卡新闻》是在夺狱行动之后7个月出版的，它向公众介绍了法律行动、在押犯的医疗状况等信息。Attica News, Attica Now Collective, April 1972, Lieutenant H. Steinbaugh Papers, 作者手中握有这份材料。
② Frank "Big Black" Smith and Bernard "Shango" Stroble, "Different views on Defense," February 24, 1975.
③ 同上。

称必须和律师平等合作，共同做出战略决策。"黑大个"、"香戈"、乔莫·乔卡·奥莫瓦莱就是这么想的，所以他们和律师一起为自己辩护。从法律上讲，他们完全有权代表自己，虽然像古德曼等传统的全国律师公会律师认为，与代表自己的委托人一起工作会使出庭显得尴尬、冗长，有时会把人弄糊涂，但是像迈克尔·德伊奇这样更为激进的律师则认为，让阿蒂卡兄弟为自己发声至关重要。他说，这样一来，"我们就不用教他们精心组织言辞，他们完全可以用自己的话说"。①

不管阿蒂卡兄弟在为自己辩护时处于何种法律地位，反正他们中的许多人都与律师建立了密切的关系，有的还发展出了男女之情，这在等待审判的阿蒂卡兄弟之间产生了全新的紧张关系。到 1974 年，律师伊丽莎白·（莉兹）·盖恩斯和乔莫，法律调查员琳达·博鲁斯和"香戈"，律师芭芭拉·汉德舒和"达卢人"马里亚诺·冈萨雷斯之间，都产生了实质性的恋爱关系。而所有这些人仍被关押着，等待审判。

芭芭拉·汉德舒和"达卢人"之间的关系最先在阿蒂卡兄弟之间引起了猜疑和紧张气氛。一次，有人无意中听到两名被告在诋毁"达卢人"，暗示他在利用汉德舒保全自己，对其他人的死活其实并不关心，冲突由此而起。作为回应，"达卢人"的一名辩护人写信给其他一些正在等待审判的人称："我个人认为，'达卢人'做事不会只顾自己，把自己的利益凌驾于兄弟们的利益之上"，但该团体中的其他人却觉得和自己的律师谈恋爱肯定有其他目的。② 比如，阿蒂卡兄弟会的理查德·克拉克就公开对汉德舒表现出敌意，正如汉德舒对

---

① Michael Deutsch，与作者的交谈，2005 年 6 月 27 日。
② 参见芭给威廉姆斯兄弟的信以及芭芭兄弟给乔莫兄弟的信。这些信件时副警佐斯科特·佩德尔蒂在 Z 楼内截获的，他叫来了狱警 E. 施密特，并于 1972 年 5 月 19 日将信件交了上去。信件装在信封里，夹在报纸中，"显然不是从规定的渠道带进监狱的"。CO Scott Pedalty, Memorandum to CO E. Schmidt and Sgt. Conners, Memorandum to E. Montanye, superintendent, both in the papers of Elizabeth M. Fink, Brooklyn, New York。

"达卢人"所说,他以言语"毫无道理地攻击了"她,说她在该担心"阿蒂卡真正的斗争"的时候却顾着促进妇女权利。① 无论汉德舒和"达卢人"之间的关系是遭人忌妒也好,怀疑也好,她长时间工作,代表其他阿蒂卡兄弟提交了无数的动议,都表明她是在全身心投入,想要使所有人都能无罪释放。

到 1974 年,几乎所有的阿蒂卡律师都开始在个人层面上深切关心阿蒂卡兄弟会。但这些人对律师们的感受却是更多样的,而且充满了疑虑。"黑大个"和他的律师们,尤其是和伊丽莎白·芬克,建立了终身的友谊,乔莫最终娶了莉兹·盖恩斯,但"达卢人"似乎对自己和芭芭拉·汉德舒的关系更多是矛盾犹疑。尽管芭芭拉一再向"达卢人"表达自己对他的感情,在信中写道"我想你,也许超过了你的想象。爱你,芭",而他的回复却更公事公办,更实际。② 他给她的一封信是这样开头的:"万能的芭:随着宇宙中辩证认识的发展,我以爱、力量和团结的拳头向你致意!"在另一封信里,他基本上都是在关心她为办他的某事是否已经办成(即把他写的关于波多黎各囚犯的信交给《纽约时报》),而且要她千万别让其他人知道他们之间的恋情。"达卢人"始终对他的阿蒂卡兄弟说汉德舒只是一个"战友","促成了我和纽约市以及 Y. L. P. [青年贵族党] 的交往",说汉德舒寄给他的书都是"给大家看的",而且他在给她的信上落款是:"继续战斗:'达卢人'兄弟。"③

阿蒂卡兄弟会中间的猜忌和紧张还有另一个原因,即有的人已经设法取保候审,可以在全国各地到处演讲,为自己辩护,而其他人则仍被关押,先是在奥本被隔离监禁,接着又被移至伊利县法院的拘留所,1974 年,他们全都被迁到了那里。比如,"香戈"没有获得保

---

① Barbara Handschu, Letter to Mariano "Dalou" Gonzalez, undated, in the papers of Elizabeth M. Fink, Brooklyn, New York.
② 同上。
③ Mariano "Dalou" Gonzalez, Letter to Barbara Handschu, May 8, 1972, in the papers of Elizabeth M. Fink, Brooklyn, New York.

释,只能月复一月地在小牢房里煎熬,等待审判。而其他被告,比如理查德·克拉克和罗杰·查彭,却变得小有名气,日子似乎过得不错,这让他气不打一处来。更糟的是,他觉得这些取保候审的兄弟都是在利用他们遭受的创伤来出名。在他看来,"兄弟们的死正被每个人用来钻营谋利",外面有些人已经开始"背后捅刀子,撒谎,夸大其辞,歪曲事实,把自己包装得高大上/搞政治,等等",这么做仅仅是为了"赢得外人的注意和好感"。①

这种遭人背叛之感在 1974 年的审判即将开始时变得更加强烈,人们在此时发现一些取保候审的兄弟,如赫伯特·布莱登和罗杰·查彭,窃取阿蒂卡兄弟法律辩护团的辩护基金,供自己吸毒之用。②"香戈"指责说正是因为他们,"黑大个"才会分裂出去,创立了阿蒂卡集体,因为"黑大个"现在担心阿蒂卡兄弟法律辩护团无法保护好他和其他人需要的辩护基金。在"香戈"看来,"媒体所谓的阿蒂卡叛乱'领导人'理查德·克拉克、罗杰·查彭、赫伯特·布莱登等人的贪欲和色欲把银行账户化为了灰烬,而阿蒂卡集合体已经从这灰烬中"冉冉升起。1974 年,阿蒂卡兄弟会的乔莫也组建了自己的辩护阵营,名为"释放乔莫阿蒂卡团结会"。③

审判进行期间,阿蒂卡兄弟法律辩护团内部共有四大阵营在运作,即"黑大个"的"阿蒂卡集合体",乔莫的"释放乔莫阿蒂卡团结会","阿蒂卡兄弟会香戈之友",以及那些并不属于上述团体的人,后者由其他律师代理,人很多,都是自愿前来提供辩护服务的。④ 尽管存在这些分歧,但阿蒂卡兄弟法律辩护团仍是一个非常卓有成效的组织。

---

① Bernard "Shango" Stroble, Letter to Ernie Goodman, undated, Ernest Goodman Papers, Accession number 1152, Box 6, Walter Reuther Library.
② Frank "Big Black" Smith and Bernard "Shango" Stroble, "Different views on Defense," February 24, 1975.
③ 同上。
④ Jelinek, *Attica Justice*, 304.

1974年1月，备受尊敬的黑人律师W.海伍德·伯恩斯取代了唐·杰利内克，成为阿蒂卡兄弟法律辩护团新的法律协调员，而杰利内克似乎是因为惹恼了阿蒂卡集合体麾下的律师及志愿者。

伯恩斯的背景并没有杰利内克那么具有革命性。他毕业于哈佛，在耶鲁获得法学学位，之后在联邦法官康斯坦斯·贝克·莫特利手下担任一等书记员，还当过马丁·路德·金的"穷人运动"的总法律顾问。此外，伯恩斯还是全国黑人律师大会的创始人之一。不过，伯恩斯比杰利内克更能接受让阿蒂卡兄弟会的人帮忙制定他们自己的辩护策略；因此，激进派律师都更喜欢他。作为这种新的合作精神的标志，在伯恩斯接掌阿蒂卡兄弟法律辩护团时，"黑大个"成为该组织的执行总监。幸而形成了这一新的领导结构，再加上唐·杰利内克在1973年全年的辛勤工作，审判前的关键工作均已完成（尤其是监督雪崩似的动议的提交，这将使之后的辩护工作更容易，也更富成效），不同的辩护团队现在可以按照自己的意愿继续审判的准备工作，但仍然在阿蒂卡兄弟法律辩护团的主持下进行。阿蒂卡兄弟会的每个人都可以指望阿蒂卡兄弟法律辩护团成员的非凡而庞大的人脉关系，他们既有合作，又可单独开展工作，以确保每个人届时都能做好面对州检察官的准备。

37. 夯实地基

在1974年秋审判开始之前，阿蒂卡兄弟法律辩护团还有三大任务亟待完成。第一，需要确定是否会对每个被告都进行一场审判。检方四处放风，说不排除达成某些交易；考虑到有近1 300份起诉书、85组不同的指控，而且这"应该是美国历史上最大规模的刑事辩护工程"，任何撤销控告的提议都是受欢迎的。①其二，如果要进行审判，阿蒂卡兄弟法律辩护团需要提前完成所有基础工作，以确保待选陪审员库将尽可能地代表和反映阿蒂卡兄弟会的利益。鉴于伊利县监狱工作人员高度集中，这是一项艰巨的任务。最后，阿蒂卡兄弟法律辩护团需要确保其所有的律师都能利用每一个可能为阿蒂卡兄弟会提供无罪开释的证据的机会。依照纽约州所谓的"罗萨里奥规则"②，他们可以要求州政府提供其掌握的证据，还可以要求在实际审判前为其委托人召开韦德听证会③。阿蒂卡兄弟特别希望能举行审前听证会，因为在听证会上，州政府的程序无论是否光明正大，都必须披露它是如何确定被告身份的。④

是否所有的阿蒂卡兄弟都会出庭受审，1974年初，阿蒂卡特别检察官安东尼·西蒙内蒂和唐纳德·杰利内克之间曾就此认真讨论过。即便杰利内克已不再担任阿蒂卡兄弟法律辩护团的协调员，但他决定继续参与此事。杰利内克与阿蒂卡特别检察官讨论了认罪协议甚至撤销指控的可能性。杰利内克曾希望他和西蒙内蒂的谈话能引出他后来所说的"所有认罪交易之源"。⑤但让杰利内克沮丧的是,西蒙内蒂不断地向他传达各种消息,告诉他对阿蒂卡兄弟而言哪些是可能的。⑥

这样的讨论始于 1974 年 2 月,牵涉其中的有维克托·拉比诺维茨、前阿蒂卡观察员汤姆·威克、海伍德·伯恩斯以及杰利内克和西蒙内蒂。起先,西蒙内蒂暗示可以达成一项协议,因其在阿蒂卡的行为而受到起诉的人一个都不用服刑(包括州警,如果今后有谁会被起诉的话)。⑦ 不过,到了 1974 年 3 月 4 日,西蒙内蒂却在囚犯被告的刑期问题上出尔反尔;他建议每个囚犯的认罪协议改由法官定夺。杰利内克直截了当地拒绝了这个提议,而且态度强硬地说:"你知道,撤案是你们避免自己人被起诉的唯一途径",这话的意思是西蒙内蒂将永远不必去起诉州警。⑧ 西蒙内蒂权衡了他的选项,最终宣布任何囚犯如对认罪协议感兴趣,必须在 1974 年 4 月 29 日之前告知。杰利内克决定让阿蒂卡兄弟会以无记名投票的方式自己做决定。⑨ 他对这样的交易是否值得推荐持怀疑态度,因为现在还不清楚条款是什

---

① Donald Jelinek, *Attica Justice: The Cruel 30-Year Legacy of the Nation's Bloodiest Prison Rebellion, Which Transformed the American Prison System*(Jelinek Publishers, 2011), 206.
② 在"人民诉罗萨里奥"一案中,纽约上诉法院提出了众所周知的"罗萨里奥规则",它规定,在刑事诉讼中,控方必须向辩方披露控方证人的所有事先记录在案的陈述,只要这些对证人的证词是重要的。这样的陈述通常被称为"罗萨里奥材料",可能包括证人先前的证词、书面陈述、笔记、报告。其目的是确保辩方能在交叉询问时充分测试控方证人的可信度。不披露这些陈述,则是对被告权利的侵犯,可能导致定罪被自动撤销。该规则 1980 年被写入《纽约刑事诉讼法》。——译者
③ 韦德听证会是指一种适用于刑法的审讯听证程序,其目的是确定目击证人对被告人犯罪行为的认定是否正确。目击证人可能因光线、角度、记忆力等问题被证明其证词不可靠,警方所用的程序可能不当地暗示某人犯下了有关罪行。——译者
④ Donald Jelinek, *Attica Justice: The Cruel 30-Year Legacy of the Nation's Bloodiest Prison Rebellion, Which Transformed the American Prison System*(Jelinek Publishers, 2011), 254。
⑤ 同上, 271。
⑥ 同上。
⑦ 同上, 275。
⑧ 同上, 286。
⑨ 同上, 288。

么,也不相信西蒙内蒂真的有权达成他所暗示的交易,但他觉得应该由被告自行决定。① 不过,杰利内克对于促成这一当前交易的谈判,此前并未向阿蒂卡兄弟会征询过意见;这让他们产生了怀疑。"黑大个"宣布,如果有人想接受认罪协议,没问题,但不该采用无记名投票的方式。事情就这么不了了之了。审判日期现在已经确定。

因此,1974 年 5 月初,阿蒂卡兄弟法律辩护团的各个团队都在努力工作,以确保阿蒂卡兄弟会的陪审员在听取他们的案子时偏见能尽可能地少。这方面工作的主要领导人是 24 岁的全国律师公会成员贝丝·波诺拉。② 波诺拉受到了一项对 1 966 个陪审团的全面研究的启发,该研究表明,可以用科学的方法来确保陪审团在依靠通常的投票方式来操作时不心存偏见。她很想知道阿蒂卡兄弟法律辩护团是否能用这种方式来帮助阿蒂卡兄弟。

众所周知,即便在遴选陪审团(对可能选为陪审员的人的意见和潜在偏见进行询问的过程)期间谨慎行事,陪审员通常还是会撒谎,"好让自己为一方或另一方所接受或排斥"。③ 陪审员的偏见对审判结果有很大影响。波诺拉并不是唯一一个认为有可能通过研究反过来影响陪审团的构成的人。1971 年,哥伦比亚大学的社会学家杰伊·舒尔曼发表了一篇文章,提出了可以找到更具开放性思维的陪审员的种种具体方法。宾夕法尼亚州 1971 年有一场特殊的审判(哈里斯堡 8 人组——几名修女和牧师,一名巴基斯坦记者,均为反战人士——因"阴谋绑架国家安全顾问亨利·基辛格,并炸毁华盛顿特区政府大楼地下的蒸汽管道案"而受审),辩护律师利用了所谓的科

---

① Donald Jelinek, *Attica Justice: The Cruel 30-Year Legacy of the Nation's Bloodiest Prison Rebellion*, *Which Transformed the American Prison System*(Jelinek Publishers, 2011), 289。
② 同上, 218。
③ National Jury Project, *The Jury System: New Methods for Reducing Prejudice. A Manual for Lawyers*, *Legal Workers*, *and Social Scientists*(Cambridge, Mass.: The Project, 1975), 32.

学方法挑选陪审团，取得了极好的效果。[1] 辩护团队与社会科学家密切合作，分析陪审员将来自哪个社区，并"了解陪审员的概况供遴选陪审团之用"。[2] 结果，由此选出的陪审团支持撤销对8名被告的所有指控，全国各地的进步律师都注意到了这一现象，贝丝·波诺拉尤其如此。随着阿蒂卡审判日益临近，她的"工作就是与社会科学家、律师、许多志愿者和社区成员合作，将陪审团制度放到显微镜下观察"[3]

多亏了波诺拉及其团队所作的调查，阿蒂卡兄弟法律辩护团几乎立刻拿到了法庭命令去查看陪审团专员的记录，这些记录表明遴选陪审员的程序明显存在歧视。比如，"该办公室采用的资格审查程序中包括有关黑人公民种族的手写标记"。[4] 在提交了一连串的动议后，阿蒂卡兄弟法律辩护团新近成立的"公平陪审团项目"（通常称为陪审团项目）能够重建整个伊利县的待选陪审员库："约11.5万名有望成为陪审员的人遭淘汰，一个新制度由此产生。"[5]

不消说，这是一个重大胜利。然而，阿蒂卡兄弟法律辩护团里很少有人天真地以为下一个待选陪审员库会更好。毕竟，它仍然是由伊利县的居民组成的，他们中的许多人并不相信非裔美国人或囚犯。于是，波诺拉及其团队开始了舒尔曼的研究所建议的那个艰难过程，从对潜在陪审员的调查中收集数据，以用于"选出尽可能有利的陪审团"。[6] 对潜在陪审员的观点的人口统计学特征进行了如此细致和深入的研究，得出了一些可预测的、令人担忧的信息，当然也带来了一些惊喜。一方面，在潜在陪审员人选的任何样本中，"约23%的受访

---

[1] Beth Bonora, "We'd Only Just Begun: The Origins of Trial Consulting," *Newsletter* (San Francisco: Bonora Roundtree, 2012).
[2] 同上。
[3] 同上。
[4] 同上。
[5] 同上。
[6] National Jury Project, *The Jury System*, 31.

者认为他们无法接受法庭关于无罪推定的指令","差不多42%的受访者在回答有关黑人的问题时,都会自然而然地说出某种形式的有损种族的主义陈词滥调","伊利县31%的选民认为'激进分子'和'黑人好战分子'单凭他们的信仰就该被关进大牢,不管是否有违法行为"。① 出人意料的是,他们同时也发现"《纽约时报》在布法罗的读者并不见得是本次辩护的良好人选"。②

这些遴选陪审员的科学工具检察官经常使用。正如舒尔曼的遴选陪审团成功指南所说,类似的研究早已"被联邦检察官、州检察官以及各种商业调查机构采用"。③ 这样的工作对阿蒂卡的辩护工作来说要困难得多,因为他们的资源远远少于上述任何一个团体。

要花大量的时间和金钱创建一个足够大的社区网络,才能了解一个潜在的陪审员会如何看待囚犯被告。比如,如果一个潜在的阿蒂卡陪审员是"妇女选民联盟"的成员,那阿蒂卡兄弟法律辩护团的陪审团项目就需要在那个社区建一个网络,以此来调查,看是否有人认识这名陪审员,或与之有共同的熟人。然后将拜访他们的这些社会关系,以确定这位潜在的陪审员是否有黑人朋友,是否说过种族歧视的话,等等。④ 阿蒂卡兄弟法律辩护团的法律志愿者不畏艰难地建立了这些网络,并对伊利县潜在陪审员的人口特征进行打分。他们尽可能和县里的人交谈,在"教堂、购物中心和体育场外"与之会面,调查他们的组织关系、宗教倾向、传统、习惯和观点。⑤ 随着时间的推移,阿蒂卡兄弟法律辩护团的陪审团项目成功地从有140万居民的布法罗城区抽取了700人的样本,同时将成本控制在"400元左右,这

---

① Memorandum, "Why the Community is Involved in the Attica Jury selection," Ernest Goodman Papers, Accession number 1152, Box 7, Walter Reuther Library.
② Jelinek, *Attica Justice*, 307.
③ National Jury Project, *The Jury System*, 36.
④ 同上,37。
⑤ 同上,47。

是基础研究费用"。①

陪审团项目的系统研究对阿蒂卡兄弟法律辩护团的其他大型调研项目起到了补充的作用。辩护团的许多人坚信,为使辩护工作取得成功,他们需要尽可能多地了解夺狱行动当天及随后几天、几周内,州警在监狱里究竟做了什么,是谁在这段时间里下命令并监督州警的行动。实际上,他们希望能在阿蒂卡兄弟受审期间"将州政府放到审判席上",而且有朝一日,能在民事案件中用这些证据来指控州政府。州警施暴的这类证据还能将法庭外的人调动起来,支持阿蒂卡兄弟。② 因此,当陪审团项目调查布法罗居民,以便利陪审员的遴选时,辩护团的其他年轻人也开始持续发力,采访在夺狱行动当天及之后几天待在 D 院里的任何人。

最全面的采访工作自然包括对国民警卫队队员的,他们并未参与夺狱行动,但之后很快进去处理大屠杀的善后事宜。辩护团设法弄到了一份当天被召至阿蒂卡的国民警卫队队员名单,大约 500 人;并决定派两个人"在不事先通知的情况下,前往一名队员的家中,要求跟他谈谈……[希望]将我们已知的、未被其他任何人调查过的州政府罪行记录在案"。③ 除了找到曾在 D 院的普通队员的住址,辩护团的调查人员还想和国民警卫队的队医谈话,队医或许能够提供夺狱行动在医疗方面的一手资料。④

法律辩护团从他们进行的采访中了解到很多信息,包括对州警残酷对待囚犯的详细描述。然而,令他们失望的是,这些证人很难辨认出造成如此痛苦经历的人。队员通常并不知道那些州警的名字。考虑到已经过去了三年,州警在袭击当天故意摘掉了徽章,队员很难记得

---

① National Jury Project, *The Jury System*, 48.
② John Stainthorp, Attica Brothers Legal Defense, "National Guard and Medical Workers," January 8, 1975, 1.
③ 同上。
④ "National Guard and Medical Workers: Report on Interviews," 打印本, 日期不详, in the papers of Elizabeth M. Fink, Brooklyn, New York.

那些人的长相，毕竟，夺狱当天"数百名身穿制服的人跑来跑去，有狱警、州警、治安官，等等"。① 尽管如此，该项目被认为取得了巨大的成功。法律辩护团的工作人员将访谈记录汇编成册，编了号，并根据披露的40来处要点创建了索引。② 辩护团还设法收集到了重要信息，包括国民警卫队队员收到了怎样的简报和指令、指挥职责、医疗服务的情况、他们看到的夹道鞭打和殴打、州政府官员如何命令他们不要讨论这些事。③ 到准备进行审前听证会，即法律允许的韦德听证会时，辩护团的律师已做好了充分准备。他们已通过无数次动议让州政府交出了海量的材料，并建了一个复杂的系统来对其进行整理和分析。④

尽管辩护团的律师对州方面决定审理哪些案子以及何时审理一无所知，但他们已经在卡门·鲍尔法官的法庭上花费了大量时间。实际上，每一次行政诉讼，尤其是对阿蒂卡兄弟的传讯，法庭上总是挤满了阿蒂卡兄弟法律辩护团的支持者，他们经常吵吵嚷嚷，在法庭内外都常受到大批执法人员的监视，以致双方之间关系紧张。比如，传讯"黑大个"的时候，他对法官似乎对他说的话没什么兴趣感到沮丧，以至于鲁莽地"撕毁了他的起诉书"，并指责鲍尔是个"彻头彻尾的三K党徒"。⑤ 在这样的审理过程中，法庭变得气氛紧张，有个旁听的年轻女士在她保存的一本日记里写道："他们已经把水杯从玻璃的（易碎，易成为武器）换成了塑料的（几乎都是红色）。今天楼上起码有50个条子。楼下用了金属探测器，还搜身。每个警察都带了警棍。到处乱转。腆着大肚子。开着玩笑，神经紧张，都戒备着。"⑥

---

① Stainthorp, Attica Brothers Legal Defense, "National Guard and Medical Workers," January 8, 1975, 16.
② "National Guard and Medical Workers: Report on Interviews," 打印本，日期不详。
③ 同上。
④ Jelinek, *Attica Justice*, 241.
⑤ Flo Hoder, Personal Trial Notes, Oakland, California, sent to author by Ms. Hoder.
⑥ 同上。

在各种审前会议上，争议不断的传讯和开庭日期让气氛越变越紧张。阿蒂卡兄弟已经等了很长时间，就等州政府决定他们是否要受审。如今，在这些会上，情况已明朗，他们不会得到所需的一切资源来准备扎实的辩护，尤其是如果他们代表自己来辩护的话。在鲍尔法官面前举行的一场火药味尤其浓的审前会议上，"黑大个"试图说服法官他需要钱来雇一名调查员，并提醒法官如果州政府想要给他定罪的话，他根本没有足够的资源来为自己的辩护做准备。就像他说的："唯一完成了所有工作，或者有权得到足够的钱做所有工作的，就是州政府自己。那我该怎么准备呢？"① 鲍尔冷冷地回答："这样吧，弗兰克，所有这些问题你都可以以你认为合适的方式记录在案，它们将在适当的时候被审核。"② 令法官惊讶的是，"黑大个"不肯罢休。"这可不是开玩笑，法官。你来告诉我我怎么能在60天内准备好州政府花三年时间准备的东西，法官；我的意思是这是宪法赋予我的权利，这是要违反宪法吗？你说呢？"③ 但"黑大个"还是一无所获。

在审判真正开始前，阿蒂卡兄弟会找到了另一个方法来助力他们的每个案子，这多亏了两个具有里程碑意义的案子，一个是美国最高法院裁决的纽约州人民诉罗萨里奥案（1961年），一个是布莱迪诉马里兰州案（1963年）。这些裁决意味着，阿蒂卡的被告就允许质疑检察官先前所作的决定，即某些材料不可用于脱罪，以防事实果真如此。④ 他们有权获得的"罗萨里奥材料"，包括将在审判中作证的州证人的任何陈述、可能概括了证人陈述的执法部门表格、经证人签名的任何陈述，以及作证警官所准备的各种文书。此外，控方有义务在

---

① Pretrial conference before Carmen Ball on indictments 5 and 15, June 19, 1974, in: *The People of the State of New York v. Frank Smith, aka "Big Black."*
② 同上。
③ 同上。
④ *The People of the State of New York v. Luis Manuel Rosario*, Court of Appeals of the State of New York, 9 N.Y.2d 286 (1961), argued January 19, 1961, decided March 23, 1961; *Brady v. Maryland*, United States Supreme Court, 373 U.S.83 (1963), argued March 18–19, 1963, decided May 13, 1963.

被告的审判开始之前交出所有这些材料。而且,在布莱迪一案的裁决中,"鉴于检察官有权获得警察及其他来源的信息",阿蒂卡兄弟也有权获得控方可能掌握的"任何可以脱罪的证据"。① 他们还有权获得任何证据证明警方线人是故意撒谎,或证明警方的平民证人可能提供虚假陈述或有偿充当州方面的线人。②

然而,尽管"所有这些权利在法律上都是绝对的",但法律辩护团的律师仍然不能指望得到任何这些材料。西蒙内蒂甚至没有给他们一份他的手下可能传唤的证人名单,直到"最后威胁要告他藐视法庭程序",他才交了出来,而且根据辩护团的说法,州政府官员又耗了整整一年时间,才"遵守法庭一再下达的命令,交出了有可能作证的人的名单,以及辩方显然有权获得的其他文件"。③ 即便材料交了出来,辩护团还是指控检方"故意提供不准确的"狱友身份证号码,以阻碍辩方"找到证人"。④ 州政府在移交材料方面太过拖拉,推三阻四,丹尼斯·坎宁汉只得在1974年3月8日直接写信给安东尼·西蒙内蒂,"提醒[他]你方至今仍未遵守摩尔法官的证据开示令,其中之一便是第10条关于向辩方披露线人的指示"。⑤

在组织强有力的辩护手段方面,阿蒂卡被告所拥有的最重要的法律武器便是韦德听证会。在这些审前听证会上,州政府被要求表明其用来确定被告(如列队辨认、约谈证人)的程序是合适、合法的。⑥ 如果调查员的程序被认定为"不合宪法地特意暗示",则证据就会被

---

① Annette T. Rubenstein, "Attica, 1971-1975," Pamphlet, Charter Group for a Pledge of Conscience, New York City, December 1975, 37.
② 同上。
③ 同上。
④ 同上, 38。
⑤ Dennis Cunningham, ABLD, Letter to Anthony Simonetti, CC: Hon. James O. Moore, March 8, 1974, in the papers of Elizabeth M. Fink, Brooklyn, New York.
⑥ *United States v. Wade*, United States Supreme Court, 388 U.S. 218 (1967), argued February 16, 1967, decided June 12, 1967.

剔除。① 这样一来，辩方就能得到两个好处：为了证明其工作是光明正大的，州政府不得不交出那些指认被告的证人的名字，由此便向辩护团的律师提供了联系他们渴望已久的证人的途径，之前，这些证人是完全匿名的。

---

① *United States v. Wade*, United States Supreme Court, 388 U. S. 218（1967），argued February 16, 1967, decided June 12, 1967.

38. 试 水

尽管阿蒂卡兄弟法律辩护团为阿蒂卡被告的受审做了精心的准备，但在第一个真正轰动的案件，即 1973 年 12 月理查德·比莱罗的案件中，它只被允许扮演了一个非常小的角色。这个案子甚至没有开庭审理，因为比莱罗对绑架、胁迫和非法监禁的指控公开认罪了。然而，这是一个法庭程序，它似乎在向全国人民表明西蒙内蒂的团队正在以超级轻松的方式了结囚犯有罪的案件。

比莱罗不想和阿蒂卡兄弟法律辩护团的辩护工作扯上任何关系。他是个与黑手党有来往的阿蒂卡白人囚犯，因在酒吧杀人而获刑 40 年，正在服刑，他认为那些人都是"玩弄政治的律师"，"对任何人都不感兴趣"。正如他在被提审时所说，他只想要个"好的刑案律师"。[①]辩护团觉得，比莱罗之所以拒绝将自己的命运和其他阿蒂卡兄弟绑在一起，是因为害怕被意大利黑手党报复。可是，如果不和阿蒂卡兄弟站在一起，比列罗又担心双方成对立之势。[②]因此，比莱罗生怕自己选错了辩护策略，选错了共同进退的囚犯，于是在 1973 年 12 月 29 日的传讯中，乞求卡门·鲍尔法官"下达法庭保护令"。[③]

最终，比莱罗决定冒险一试，独自面对鲍尔法官。虽然他站在法庭上的时候，摆出了一副可怜兮兮样，但很显然，比莱罗并不羞于为自己辩护。在和阿蒂卡的其他被告一起待在候审室里几个小时等候传讯后，他终于出现在了鲍尔的面前，激动之情溢于言表。"今天早晨，我外表看上去很糟糕，还戴着手铐脚镣，"他对法官说，"从上午 7:15 起，我们就戴上了手铐。法官大人，现在已经是下午 1:25 了"。但还是没有人给他去掉手铐脚镣，于是他说得更激动了："我们都得坐在屋子里，比动物还不如，动物园里最凶猛的动物也不会锁链缠身……我们比被判有罪的人还要惨……[州政府]是不是不打算在审判前给我们无罪推定？"④ 除了指出阿蒂卡被告所受的恶劣待遇之外，比莱罗还想让法官知道，他们中的任何人都没有多少资源来准备哪怕是一点点有效的辩护。他"每个月只准打一次电话"，但为了找到证人并准备应诉，他需要"一天有时能打三四个电话"。⑤

最后，比莱罗的辩护是，他不可能犯下他被指控的那些罪行，因为整个叛乱期间，他都在被关禁闭。他说，"我甚至不该站在这个法庭上"，因为"我被关在禁闭室里，没钥匙开门。他们把人质圈在一起或者还干了什么别的事的地方是在前门，那里离关我的地方还隔了 28 间牢房。而我居然被控劫持人质，这完全说不通啊"。⑥ 他天真地给州检察官麦克斯韦尔·斯彭特写信，求他找出确凿的证据："我请求你对我说的话亲自调查……[到时]我就能证明我当时是在关禁闭，证明我是无辜的。"⑦ 但他很快就明白了，没人会去给他找什么"证据"，想给他定罪的也不是那个检察官。没有证据，他便决定认

---

① See coverage of Bilello in court in *Buffalo Evening News*, June 13, 1973. Letter. Richard Bilello to Frank (Big Black) Smith. Printed in: *Attica News*. September 12, 1974. Vol. 2. No. 10.
② 同上。
③ Flo Hoder, Personal Trial Notes, sent to author by Ms. Hoder.
④ Indictment #5, Bilello Arraignment, People of the State of New York v. Richard *Bilello*, Court of Appeals of the State of New York, 31 N.Y. 2d 922 (1972), December 29, 1972.
⑤ 同上。
⑥ *People of the State of New York v. Richard Bilello*, Transcript, January 30, 1973, 25.
⑦ Richard Bilello, Letter to Maxwell Spoont, Special Attorney General, January 8, 1974, FOIA request #110818 of the New York State Attorney General's Office, FOIA p. 001040.

罪，只为能让这样的折磨快快过去。①

西蒙内蒂的办公室高兴坏了。如果事情都是这样操作的话，前景就会一片光明。州政府可能不会每次都遇到直接认罪的被告，但这显然能让囚犯承认在阿蒂卡的犯罪行为，这也正是洛克菲勒启动阿蒂卡调查的时候希望发生的事。

对比莱罗而言，前景并不那么光明。1974年9月29日，44岁的比莱罗在前往克林顿监狱进行法律咨询的途中，胸部和背部被另一名囚犯——唐纳德·弗兰科斯连刺多下。② 尽管连FBI都知道这是一起暴徒袭击，可州政府官员仍然试图表明他的死应该是阿蒂卡叛乱分子干的，并带有暗示地说："无法确定他被捅死是否与三年前的阿蒂卡叛乱有关。"③

比莱罗的认罪让西蒙内蒂的胆子更大了，他的办公室立即着手将一个阿蒂卡案件送交审理，由于该案有淫秽性质，可能会很容易赢，同时也能削弱公众对囚犯被告明显存在的同情。正如辩护团的律师迈克尔·德伊奇所见，选择先审此案而非其他案件，说明州政府"真的非常非常想误导媒体"。④ 非裔美国囚犯威廉·史密斯被控一级鸡奸和性侵一名年轻白人囚犯。由于"强迫詹姆斯·施莱奇发生性接触"以及"强迫与詹姆斯·施莱奇发生非正常性交行为"，而且该案由经验丰富的检察官布莱恩·马龙经手，27岁的史密斯可能面临32年的刑期。⑤ 史密斯的辩护律师来自罗切斯特，擅长强奸案和鸡奸案。但他与辩护团的关系并不特别近，也未参与辩护团的任何审前工作，比如，他没有运用他们的任何陪审团项目研究。更糟的是，辩护团的许多成员对这位律师并不看好；在他们看来，史密斯的律师完全

---

① *People of the State of New York v. Richard Bilello*, Transcript, January 30, 1973, 7.
② "Inmate from Attica Slain at Dannemora," *New York Times*, October 30, 1974, 21.
③ 同上。
④ 迈克尔·德伊奇，与作者的交谈，2005年6月27日。
⑤ Documents in: Erie County courthouse.

不称职（比如，在显然应该反对时，没有明确地提出反对）。尽管如此，州政府指控威廉·史密斯的证据太少了，他们仍然抱有希望。

9月26日，史密斯案的陪审团遴选工作已经开始，如果不使用陪审团项目，最终只会有一名黑人陪审员。不过，检方的情况一点也不顺利。比如，在审判的第一个整周里，刑事调查局的调查员被叫到证人席，要求其出示与本案中的州证人面谈时所作的笔录，但他们声称无法提供，因为"监狱里安装了碎纸机，和每名囚犯面谈后立即粉碎笔记"。① 之后，刑事调查局的另一名调查员作证说，他在这一行干了17年，这是头一次"接到命令在和囚犯面谈时不要做笔录"，他承认这是因为纽约州警想要"避开法律规定，即在审判前，所有这些笔记都要作为罗萨里奥材料交给辩方"。② 法官听到这样的证词一点也不高兴，陪审员也为之烦恼。

辩护团认为，仅凭这个信息就应该使得史密斯的案子最终被驳回，因为州政府所依赖的证据是在违反明摆着的法律法规的情况下收集的，控方的这个技术性错误毁了州诉威廉·史密斯的案子。辩护团的律师伊丽莎白·芬克后来回忆道，简而言之，"布莱恩·马龙犯了个愚蠢的大错。在那个时候的性侵案中，你需要有确凿的证据。有一份施莱奇［受害者］的陈述说他们在证据面前承认了自己的罪行。但他们并不了解证据规则，即这样的陈述是没法作为确证的"。③ 最终，弗兰克·F. 贝杰法官认为"证据太不足信，不值得交由陪审团考虑"，并尖锐地告诉陪审团，"州未能为据称的受害人的证词提供必要的确凿证据"，1974年10月9日，他正式驳回了对史密斯的鸡奸指控和性侵指控，从而将他无罪释放。④ 消息一传出，成群结队的

---

① Annette T. Rubenstein, "Attica, 1971-1975," Pamphlet, Charter Group for a Pledge of Conscience, New York City, December 1975, 39.
② 同上。
③ 伊丽莎白·芬克，与作者的交谈，2007年6月26日。
④ "Metropolitan Briefs: Attica Defendant Wins Acquittal," *New York Times*, October 10, 1974, 51.

年轻人聚集在法庭外,热情地高呼"释放阿蒂卡兄弟"。①

尽管辩护团有充分的理由庆祝与州政府的首轮交锋的胜利,但受害者詹姆斯·施莱奇被州调查员利用的背后故事令人心酸。毫无疑问,詹姆斯·施莱奇及其双胞胎兄弟约翰·施莱奇在阿蒂卡叛乱的最初几个小时混乱中遭到了强奸。也就是在那天,他们径直找到 D 院的负责人,求他们找到作恶之人,他们自己也准备这么做。即便在六个星期后,当 1971 年 10 月 27 日医生对兄弟俩进行检查的时候,他们明显还有"阿蒂卡骚乱的第一天被强迫进行肛交"留下的创伤。②不过,同样清楚的是,这一罪行的受害者并不知道究竟是谁伤害了他们,尽管明白这一点,州政府还是继续推进这个案子,不仅把兄弟俩,而且最终也把威廉·史密斯拖进了一场长达数年的司法折磨。

詹姆斯的兄弟约翰向大陪审团讲述了 1971 年 9 月 13 日上午发生在他们兄弟俩身上的事,其证词非常详尽,听得令人揪心。③ 他看到他的兄弟被一群人拖到了洗手间,随后他也被人用刀抵着,带到了同一个偏僻的地方,在那里他们俩被"五六个人"强奸了"30 到 40 分钟"。④ 约翰·施莱奇希望大陪审团知道他和他兄弟在阿蒂卡叛乱期间遭受了可怕的袭击,但在面对大陪审团之前,他就已经向刑事调查局明确表示过,无论是当时还是之后,他们都无法指认出那些袭击者。当有人给他们看威廉·史密斯的照片时,他们俩谁也没有指认史

---

① "Metropolitan Briefs: Attica Defendant Wins Acquittal," *New York Times*, October 10, 1974, 51.
② Memo: Department of Correctional Services, Elmira Correctional Facility. From: John Wilmont, Acting Superintendent to Vincent Mancusi. Re: Statement by Dr. Eugene Pittman, M. D. regarding John Schleich and James Schleich, November 8, 1971, investigation and interview files, 1971–1972, New York (State), Special Commission on Attica, 15855-90, New York State Archives, Albany, New York.
③ John Schleich, Testimony, *In the Matter of the Additional*, *Special and Trial Term of the Supreme Court of the State of New York*, *Designated Pursuant to the Order of the Appellate Division*, *Fourth Department*. County of Wyoming, March 21, 1972, 12.
④ 同上。

密斯是强奸者之一。

尽管如此，约翰·施莱奇还是同意在大陪审团面前作证，因为他确实希望这样能说清楚州警在夺回监狱那天所犯下的暴行。他告诉陪审员，当一个州警抓住他，粗暴地扯下了他的圣克里斯托弗纪念章①，然后抢走了他的"手表，用棒球棍或之类的东西把表砸了"时，他既丧气又害怕。② 约翰还想让大陪审团知道，州政府首选阿蒂卡这样的地方来关他和他兄弟，这事是多么可怕。正如他对陪审团所说，他19岁时仅仅因为"未经获准使用机动车"违反了假释规定，就被关进了这座最高安全级别的监狱；他的兄弟则因为假释期间在一辆敞篷车的顶上开了个洞而没能在必须在家的时间赶回家。约翰绝望地对大陪审团说："我想知道，在这些监狱里发生的事能否得到解决？……有太多的孩子碰巧……现在，你们应该能对此做些什么……这难道是19岁的孩子应该待的地方吗？"③ 陪审员并没有试着对约翰·施莱奇的问题做出回应，而是选择起诉威廉·史密斯。

不用说，输了这个案子对西蒙内蒂的办公室是个沉重的打击。

即便如此，助理检察长西蒙内蒂还是觉得有希望。他的团队相当确信自己可以在下一场审判中说服陪审员相信弗农·拉弗兰克曾用气枪制服人质。拉弗兰克又是一个不想与阿蒂卡兄弟法律辩护团密切合作来进行辩护的阿蒂卡囚犯，这并非巧合。1972年12月18日传讯的时候，拉弗兰克提出无罪抗辩。1973年6月16日，他聘请了唐纳德·杰利内克，以便他可以提出一些动议，但在对他的审判开始时，

---

① 一种护身符，有吊坠、勋章等多种形式，圣里斯托弗是旅行者的守护神。有的人把某地视为自己这一生的目的地，并希望在旅程中有圣洁的同伴，这种护身符就是献给这样的人的。——译者
② John Schleich, Testimony, *In the Matter of the Additional, Special and Trial Term of the Supreme Court of the State of New York, Designated Pursuant to the Order of the Appellate Division, Fourth Department*. County of Wyoming, March 21, 1972, 22。
③ 同上，24。

拉弗兰克其间又经过了另外两名律师。① 由于担心拉弗兰克的辩护有问题，再加上知道州检察官非常渴望扳回威廉·史密斯案子上的失分，于是辩护团尽力保持对此案的参与。②

1974年12月19日，州检察官再次遭到了挫败。一个由9名女性和3名男性组成的陪审团仅商议了半小时，便一致做出无罪裁决。简言之，州政府的证人根本没有说服他们。正如辩护团的一份新闻通报所言，"州政府的三名证人都数次变换说辞，而他们早先所写的陈述居然'弄丢了'。此外，一名前囚犯作证说，他看见州政府的主要证人在袭击事件发生后，将弗农拉出囚犯的队列并打倒在地"。③ 后来，好几名陪审员告诉媒体，"他们认为州政府起诉弗农的证词是捏造的"。④

面对两场大捷，辩护团律师的反应只是集中精力面对即将到来的一系列更具挑战性的案子上。这样的胜利对筹款也是个利好消息，它吸来了好几个名人为他们捐款，其中包括政治名人贝拉·艾布扎格、朱利安·邦德、诺姆·乔姆斯基、丹尼尔·埃尔斯伯格、杰西卡·米特福德以及查尔斯·兰格。⑤

下一个案子将是阿蒂卡兄弟法律辩护团迄今最具挑战性的意义重大的案子，也是州政府最想赢的一场官司。1975年1月，州政府将审判涉嫌杀害阿蒂卡狱警威廉·奎恩的凶手。

---

① Indictment no. 35, *The People of the State of New York v. Vernon LaFranque*, State of New York Supreme Court: County of Erie, November 14, 1974, Erie County courthouse.
② 同上。
③ Newsletter, Joseph A. Labadie Collection, Special Collections Library, University of Michigan, Ann Arbor, Michigan.
④ "Attica Trial Ends in Victory: Brother Acquitted: Jurors Denounce Prosecution, Evidence Called Fabrication," *Workers' Power* 112 (January 16-29), 1975.
⑤ Newsletter, Joseph A. Labadie Collection, Special Collections Library, University of Michigan, Ann Arbor, Michigan.

39. 破釜沉舟

到 1974 年，安东尼·西蒙内蒂有充分的理由认为，他手下的检察官可以说服陪审团给约翰·希尔和查尔斯·佩纳萨里斯定罪，这两名年轻的囚犯被他的办公室指控犯有对狱警威廉·奎恩的谋杀及二级攻击罪。州政府希望，指控这两名阿蒂卡兄弟的这个案子将是个大好机会，能证明其为何至今还将精力完全集中在与暴乱有关的囚犯行为上。他们无缘无故地残忍杀害了一个年轻人，检察官将让大家看到，他的家人仍沉浸在这一恐怖行为造成的难以想象的创伤中。

对奎恩的家人来说，日子还得过下去，1971 年 9 月时还在南希·奎恩腹中的孩子，如今已开始蹒跚学步，名叫艾米，她的大女儿狄安娜现在 8 岁了。但时间并未治愈这个家庭的创伤。在阿蒂卡小镇，没有丈夫的日子可不太容易过。南希突然没了收入，只得求助他人。每次她不得不去当地银行，问是否可以从那些好心人设立的微薄的阿蒂卡寡妇基金里支一点钱，或者不得不求别人家设法帮帮她们母女三人的时候，她都深感丢脸。更何况，一个阿蒂卡寡妇的生活引起了全国各地人的好奇心。她总是不得不把话筒摘下来，免得记者一刻不停打来电话，随着她丈夫遇害案的审判日益临近，记者开始出其不意地出现在她家周围。她自己对审判的感受也很复杂。一方面，审判意味着她将不得不重温丈夫之死的噩梦。然而，如果州方面确实知道是谁杀了她丈夫，如果能把那些人关起来，那至少她会觉得有些事情到此为止了，生活可以重新开始了。

但坐在法庭上等待审判开始的两个人看上去都像是没成年。约翰·希尔，又名达卡杰瓦赫，阿蒂卡暴乱开始时他才19岁。如今，22岁的他看上去仍像个皮包骨的孩子，和奎恩的家人或潜在的陪审员所熟悉的阿蒂卡村同龄的年轻人不太像。希尔有莫霍克印第安人的血统，他留着长发，很像媒体所说的"嬉皮士"。

约翰·希尔此刻作为被告出现在此次审判中，这件事本身就很讽刺。叛乱开始时，希尔来阿蒂卡还不到两个月。怎么看，他都不像是个老练的罪犯。小时候他抢劫过一家小店，结果被送进了埃尔米拉的少年感化院。他之所以最后来到了这座最高安全等级的监狱，唯一的原因是，他年满19岁了，而感化院的苦差事还得几个月才完。他以为他会在1971年10月获得假释。①

当希尔于1971年8月来到阿蒂卡时，被安置在了A楼，但他很快就设法去了金属加工车间，希望能在获释之前学到点真手艺。政治上他并不特别活跃，不过他确实注意到在阿蒂卡有许多非常有政治色彩的人——"很多街头活动人士。黑豹党。'黑人解放运动'"。②希尔在阿蒂卡待了没多久，便发现自己对歧视之类的现象有了更多的思考。他想不通，这里为什么有这么多白人狱警如此敌视非白人囚犯。他看得出，他们的种族主义倾向一点都不含蓄，而是"很粗暴，当着你的面来"。③有一天，他看到"两个人因为排队时讲话就被打了"，这让他震惊不已。④当9月9日早上监狱炸开了锅时，他一点都不吃惊。这个地方"对警卫都恨透了，他们想打就打，想铐谁就

---

① Donald Jelinek, *Attica Justice: The Cruel 30-Year Legacy of the Nation's Bloodiest Prison Rebellion, Which Transformed the American Prison System*（Jelinek Publishers, 2011），305；"达卡杰瓦赫"约翰·希尔，与作者的电话交谈，2005年5月31日。
② 希尔，与作者的交谈，2005年5月31日。
③ 同上。
④ 同上。

铐谁，随随便便就把人单独禁闭"。① 那天早上，希尔就在 A 楼的通道里，那里是骚乱的正中心，他承认当威廉·奎恩遭到毒打时，他自己正是涌过"时代广场"的一大群囚犯之一。然而，从被起诉的那天起，他就一直坚称他没有停下来殴打任何警卫，更别说把人打到伤重而死。②

约翰·希尔的同案被告到阿蒂卡时也同样年轻。他叫查尔斯·乔·佩纳萨里斯，有卡托巴印第安人的血统。和希尔一样，22 岁的他也瘦瘦的，体重 125 磅，还留着长发，他先是作为未成年人犯了罪，随后又违反假释规定，这才被丢进了阿蒂卡。阿蒂卡叛乱开始时，19 岁的佩纳萨里斯来阿蒂卡才两个礼拜而已。③ 大家都叫他查利·乔，16 岁时，他试图逃离他在锡拉丘兹的家，便从邻居的车库里偷了辆自行车，就此开始了铁窗生涯。因为那次犯罪，查利·乔在埃尔米拉监狱坐了两年牢。快 19 岁时，他终于获得假释，于是决定去加州，和一帮朋友住在沙漠里，开始新的生活。④ 然而，他没告诉假释官自己要离开这个州，所以后来"搭了加州警察的顺风车"，被送回了纽约羁押，并被关进了阿蒂卡，与此同时等待假释委员会决定他的命运。⑤

可是，不管他们有多年轻，希尔和佩纳萨里斯都需要强有力的辩护人来面对对他们的指控。过去几年里，辩护团的好些律师确保他们收到的是适当的传讯，并代表他们提出了多项动议，但在很长一段时间里，大家都不清楚谁将在庭上代表他们。最终，约翰·希尔将由威廉·昆斯特勒及其妻子玛吉·拉特纳来辩护。希尔没想到自己运气这

---

① 希尔，与作者的交谈，2005 年 5 月 31 日。
② 同上。
③ Jelinek, *Attica Justice*, 305.
④ Michael Kaufman, "Reporter's Notebook: Attica Trial Something of an Anti-climax," *New York Times*, March 30, 1975.
⑤ 同上。

么好,"既惊讶又感激"。① 当查利·乔得知为他辩护的是美国前司法部长拉姆齐·克拉克、前阿蒂卡观察员赫尔曼·施瓦茨以及乔·希斯时,亦是感激不尽。乔·希斯是阿蒂卡兄弟法律辩护团的新晋律师,曾是越战老兵反战组织的活跃分子。

得知辩方拥有强大的律师团队后,西蒙内蒂的办公室陷入了恐慌,尤其是路易斯·艾达拉,他已被安排为州政府的这个案子辩护。毫无疑问,他们需要做到最好才行。昆斯特勒因为为"芝加哥七人组"②辩护已在全国声名大噪,而他在其他高曝光的案件中的工作也表明,在代表他的委托人时,他是理直气壮、毫不妥协的。拉姆齐·克拉克也同样有名,但他在法庭上的形象截然不同。他的风格更优雅,甚至有些高高在上。他也是个安静的人。每次询问证人时,他总是站得离证人席很近,一边踱步一边打手势,用一名记者的话说,"房间那头根本听不见"。③

这些辩护律师要面对的是一位"喜欢出风头"的检察官。④ 艾达拉留了"一撮两头翘起的老式胡子",争论起来声音很大,而且手舞足蹈、虚张声势。⑤ 大家都知道他喜欢让他询问的证人从证人包厢里出来,这样他们就可以通过"表演出他们在证词中描述的被告人的一举一动",使案子变得生动起来。⑥

不过,在这些律师中的任何一位能对着陪审团发言之前,辩护团

---

① 希尔,与作者的交谈,2005 年 5 月 31 日。
② 原为 8 人,都是政治激进分子,被控密谋煽动 1968 年芝加哥民主党全国代表大会上发生的骚乱,在为期 5 个月的审理中,检方强调被告的挑衅言辞和颠覆意图,辩方则将暴力事件归咎于官方的反应过度。因为作为证人出庭作证的艺术家和活动家,以及被告鲍比·希尔的行为(使他因藐视法庭罪被判入狱四年),此案引起了全国的关注。1970 年 2 月,7 人中 5 人被判有罪,但上诉法院在 1972 年推翻了这些判决。——译者
③ Kaufman,"Reporter's Notebook: Attica Trial Something of an Anti-climax."
④ 同上。
⑤ 同上。
⑥ 同上。

州检察官路易斯·艾达拉（左）及囚犯的辩护律师威廉·昆斯特勒（*Courtesy of the Democrat and Chronicle*）

坚持要举行一次彻底的韦德听证会。这起案件中，最关键的是让州政府解释清楚它是如何确定是希尔和佩纳萨里斯杀害了威廉·奎恩的，而且他们的律师也非常需要在举行这种听证会期间拿到州政府掌握的大量文件。为希尔和佩纳萨里斯举行的韦德听证会由法官古尔伯特·金主持，法庭上总是座无虚席。一名记者是这样描述的："旁听席上坐着两名被告的亲属……其他人是阿蒂卡兄弟法律辩护团的成员……有个人是印第安灵性向导，名叫疯熊，他在法庭上戴着羽毛头饰。"①

韦德听证会开了几个月才结束，但从辩方的角度来看，这时间花得很值。他们从中得到了大量信息，发现州政府对希尔和佩纳萨里斯的指控完全站不住脚。比如，很明显，州政府有个关键的证人是在受

---

① Mary Breasted, "Attica Hearings Are Under Way," *New York Times*, December 2. 1974.

到骚扰和辅导之后才同意作证的。同样重要的是，有个囚犯表示他有对被告有利的关键证词，可从来没人要他在大陪审团面前作证。① 他们还发现，另一名证人1973年2月12日接受了阿蒂卡调查员的面谈，并明确表示他不想上法庭，因为他没有任何信息可以帮到他们。但这没关系。据这名囚犯说，调查员叫他"坐下来，你个杂种，我让你走你才能走"，而且一直问他一些有诱导性的问题。② 这名证人说，随后他要求见律师，但被告知他"没这个权利"。③

另一名证人在1973年7月10日在其提交的书面证词中说，自从第一次和刑事调查局的调查员见面之后，他对调查员所用的审讯方法"倍感不安"，特别是他"不断加深的恐惧"，他因为身中7枪，还在"大量服药"，所以整个人"极度混乱"。④ 他受到了刑事调查局调查员的威逼和恐吓，让他承认见过他压根儿就没见过的事，但他怕得要死，生怕如果不配合的话，警察会杀了他。⑤

得知州政府对被告的指认往往是在所谓的目击证人受到严重胁迫的情况下进行的，甚至州里一些狱警的证词也是矛盾百出，辩方律师觉得他们有机会让案件被驳回。况且，在起诉希尔和佩纳萨里斯之前，大陪审团还没见过极有可能表明他们无罪的那些材料。金法官尽

---

① *People of the State of New York v. Dacajewiah*, Indicted as John Hill, Transcript, Supreme Court of the State of New York, Appellate Division, Fourth Department, 49 A. D. 2d 1036 (1975), March 7, 1975, 1987–1988.

② Ted L. Wilson, Affirmation (affidavit), "Supplemental Motion for Discovery and for a Protective Order," *People of the State of New York v. Dacajewiah*, Indicted as John Hill, 49 A. D. 2d 1036 (1975), and *People of the State of New York v. Mariano Gonzalez*, 43 A. D. 2D 793 (N. Y. App. Div. 1973), February 14, 1973, Erie County courthouse.

③ 同上。

④ Edward Kowalczyk, Affirmation (affidavit), "Supplemental Motion for Discovery and for a Protective Order," *People of the State of New York v. Dacajewiah*, Indicted as John Hill, 49 A. D. 2d 1036 (1975); *People of the State of New York v. Mariano Gonzalez*, 43 A. D. 2d 793 (N. Y. App. Div. 1973), July 11, 1973, Erie County courthouse.

⑤ Kowalczyk, also known as Angelo Martin, Affidavit, *People of the State of New York v. Shango Bahati Kakawana* (Indicted as Bernard Stroble), 407 F. Supp. 411 (1976), October 12, 1974, Ernest Goodman Papers.

管对韦德听证会上听到的情况一点都不高兴,但他坚持认为没有足够的理由彻底驳回这些案件。陪审团的遴选工作因此于 1975 年 1 月 5 日开始。

到 1975 年 1 月,布法罗市挤满了全国各地赶来的阿蒂卡兄弟会的年轻支持者。在解释为何如此大力地支持阿蒂卡兄弟会时,"反种族主义和政治压迫全国联盟"将阿蒂卡比作"其他一些村庄、村落",它们"代表着有良知的人,因这个世界的野蛮和令人无法忍受的耻辱而把自己的名字嵌在了历史之中。卢德洛,迪尔伯恩,加斯托尼亚,翁迪德尼和沙溪,南越的美莱村,朝鲜的信川,如今是阿蒂卡,这些地方在地理上毫不起眼,地图册上都找不着,但永远都不会被遗忘"。① 尽管支持者是从这个更大的背景来看待阿蒂卡,但他们还是要求对这些正在受审的人立即予以实际的平反。他们散发请愿书,要求"所有对阿蒂卡叛乱的进一步刑事诉讼必须立刻停止",还定期在布法罗和全国各地举行游行。② 一个名为"布法罗游行"的活动起源于一辆"离开匹兹堡的包车",每个乘客往返费用 10 元,活动高潮是"黑大个、海伍德·伯恩斯、安吉拉·戴维斯、威廉·昆斯特勒的演讲"。③ 这些游行,和早先在布法罗的尼亚加拉广场上的游行如出一辙,其间到处都能见到街头表演和巨大的标志牌,上面写着"马上撤诉!""停止栽赃陷害"和"释放阿蒂卡兄弟"。④ 在所有示威活动中,参与者都觉得希尔和佩纳萨里斯正面对着政治审判,与

---

① Michael Myerson, "Attica: 2 Years Later in Memoriam and Solidarity," undated draft, National Alliance Against Racism and Political Oppression, Box 39, Folder 17: Attica Draft for Brochure, Schomburg Center for Research in Black Culture, New York Public Library.
② 同上。
③ National Alliance Against Racism and Political Oppression, Box 39, Folder 21: Attica Correspondence, Schomburg Center for Research in Black Culture, New York Public Library.
④ Flyer, Joseph A. Labadie Collection, Special Collections Library, University of Michigan, Ann Arbor, Michigan.

"纽约黑豹党 21 人组,芝加哥 7 人组,佛罗里达州盖恩斯维尔的越战老兵反战组织,洛杉矶的丹尼尔·埃尔斯伯格,加州圣何塞的安吉拉·戴维斯,康涅狄格州纽黑文的鲍比·希尔"的情况一模一样。[1] 他们每天上街,明确表示他们拒绝接受"政府继续这样公开地以政治目的来利用法庭和监狱的企图",一如他们"拒绝接受政府捏造的不实之词"。[2]

阿蒂卡兄弟会的支持者在游行示威(*Courtesy of David Fenton/Getty Images*)

这种街头政治活动显然令法官吉尔伯特·金神经紧张。据记者的描述,金法官是个"圆脸,粉颊,皮肤粉红的秃头",毫无疑问,他的法庭上的 42 个旁听席和媒体席每天都会坐满,而且由于《纽约时报》、《纽约邮报》、一家通讯社、布法罗两家大报之一《新闻晚报》

---

[1] Annette T. Rubenstein, "Attica, 1971–1975," Pamphlet, Charter Group for a Pledge of Conscience, New York City, December 1975.
[2] 同上。

会报道审判过程，所以他的法庭极有可能会变成一个政治舞台。① 负责阿蒂卡案件的法官卡门·鲍尔早已采取关键措施，确保不会发生这种情况，他下令伊利县法院加强安保，甚至授权"雇用编外的安保人员"。② 任何在鲍尔审理阿蒂卡案件的过程中造成干扰的人，都会被"请出法庭"，有一名声援被告的年轻人拒绝放下其紧握的拳头，就得到了这样的结果。③ 有传言说，法庭旁听席上的座位已被移走，以免更多支持阿蒂卡兄弟的人入场，有一名几乎每天早上都会来排队的支持者，等到有人离开后终于进了法庭，照他的说法，"一排排座位之间的空档很大，看来这个说法是靠谱的"。④

伊利县法院的安保措施同样也让许多被征召至301室有可能担任陪审员的男男女女心中不安。这种级别的安保措施毫不隐讳地表明，阿蒂卡被告及其支持者都极度危险，这对辩方团队而言可不是什么好事。尽管如此，威廉·昆斯特勒总能在陪审员面前取得非凡的成功，所以他很自信，认为经过努力，他能让陪审团判约翰·希尔无罪。另外，部分原因是拉姆齐·克拉克认为这是个好主意，所以昆斯特勒也愿意在这个案子中和陪审团项目合作。

然而，出乎意料的是，他们想用科学方法来遴选陪审团的意愿却出现了事与愿违的结果。尽管对潜在的陪审员进行调查不仅合法——假设他们没有受到骚扰、恐吓、威胁，也没有人亲自上门接洽——而且就连检方也经常这么做，但有个潜在的陪审员告诉法官有人给他打电话，问一些与他观点有关的问题，这些问题会可能影响他在本案中的客观性。这一指控使得遴选陪审团一事被叫停了，陪审团项目的成

---

① Kaufman, "Reporter's Notebook: Attica Trial Something of an Anti-climax."
② Frederick M. Marshall, Administrative Judge, 8th Judicial District, Letter to Michael A. Amico, Erie County Sheriff, May 17, 1974, Erie County courthouse.
③ Carmen F. Ball, Affidavit, *People of the State of New York v. Dacajewiah*, *Indicted as John Hill*, 49 A. D. 2d 1036 (1975), October 22, 1974, Erie County courthouse.
④ Richard Meisler, "An Attica Trial," personal typewritten account of the Hill and Pernasalice trial, 1-2, 梅斯勒先生把它给了作者。

员被这一说法弄得目瞪口呆,极力否认这样的指控,认为对方的人冒充他们,以使他们无法选出有利于希尔和佩纳萨里斯的陪审团。当审判重新开始时,昆斯特勒在挑选其余的陪审员时决定不再与陪审团项目合作。① 金法官也认识到伊利县的待选陪审员库可能有多偏袒,于是允许辩方比检方多出 10 次要求陪审员回避的权利。但检方对此提起上诉,这些额外的权利也被取消了。② 1975 年 2 月 21 日,宣誓就职的陪审团里仅有两名非裔美国人。

审判于 2 月 24 日正式开始。两人将一起受审,但被告的律师会依照各自的方式来处理事情。昆斯特勒称呼他的委托人为"达克",以纪念后者选择的印第安名字"达卡杰瓦赫",并在整个审判过程中遵循一个大前提:陪审团必须尽可能多地听取关于该州在阿蒂卡的丑行的证据,而不是只关注他或其他人所说的导致威廉·奎恩死亡的混乱事件。这一点对于认识昆斯特勒的人来说并不奇怪,因为近年来他接手的每一件案子都极具政治性,每次他都会相应地进行辩护。然而,昆斯特勒打算将这个案子政治化的做法,却并不适合佩纳萨里斯的辩护团队里的一些人,比如赫尔曼·施瓦茨,这些年来他一直在和阿蒂卡的律师们争辩政治在法庭上是否应该有一席之地。施瓦茨认为昆斯特勒即将犯下一个"可怕的错误",因为已经有了一个"不友好的法官",这么做只会加深法官和"州北部陪审团"的偏见,从而对两名被告不利。他担心,不管陪审团怎么看希尔及其律师,他们也会这样看查利·乔。拉姆齐·克拉克也"认为不该使之成为一个政治案件",但他觉得怎么替委托人辩护,是昆斯特勒自己的事。心烦意乱的施瓦茨想从这个案子抽身而退,但法官没有同意。③

虽然注意到了施瓦茨的反对,但昆斯特勒仍按照计划向陪审团列

---

① Jelinek, *Attica Justice*, 308.
② "Appeals Court Lets 2 in Attica Trial Get Extra Challenges," *New York Times*, January 19, 1975, 49.
③ 赫尔曼·施瓦茨,与作者的交谈,2004 年 7 月 28 日。

举了州警的暴行、调查员的失职、州高级官员的骇人行为。昆斯特勒甚至想传唤纳尔逊·洛克菲勒本人,这样他就能从上往下而非从下往上地向陪审团讲述阿蒂卡的故事。拉姆齐·克拉克表示赞同,认为能让陪审团直接听取洛克菲勒的说法可能会对这两个案子都有利,尤其是州长一再声称奎恩是被人从二楼窗户扔出去摔死的。这至少可以表明,即便是州政府官员也无法直截了当地说出奎恩的死因。

金法官拒绝批准传唤州长,并要求将这一点记录在案:他不允许任何与州政府在阿蒂卡的行为有关的证据引入审判程序。金告诫辩方,州政府并未受审。然而,从昆斯特勒的观点来看,州政府就是在受审,这不是修辞手法,也不是强词夺理,事实就是如此。他希望在陪审团展示的一个关键论点是,威廉·奎恩尽管是在阿蒂卡起义的第一天因头部受重创而亡,但如果州政府在该对他提供治疗时没有那么漫不经心,他的死亡是完全可以避免的。州官员耗费了大量时间才把他从监狱转到医院,甚至连囚犯都乞求他们把他从床垫上抬走,送去医治。入院后,对他的护理也是马马虎虎敷衍了事,甚至从没把他转入重症监护室。①

审判之初,金在这件事上明显不会讨价还价,也不会同意昆斯特勒尝试其他任何策略。金刚刚决定驳回传唤洛克菲勒,昆斯特勒就要求他解决一个更为急迫的问题:昆斯特勒觉得被告和答应来为辩方作证的囚犯正受到法官在法庭周围布置的许多执法人员的恫吓与威胁,这使辩方的工作很难有效展开。昆斯特勒断言,这些手段"既不道德,也不合法",对辩方的影响是"灾难性的"。② 昆斯特勒甚至提出

---

① Michael T. Kaufman, "Prosecutor Rests in the Attica Case: Defense Wants State to Pay Its Witnesses' Expenses—Pathologist Testifies Not on Critical List," *New York Times*, March 18, 1975, 27.
② William Kunstler, Affirmation (affidavit), "Supplemental Motion for Discovery and for a Protective Order," *People of the State of New York v. Dacajewiah, Indicted as John Hill*, 49 A. D. 2d 1036 (1975); *People of the State of New York v. Mariano Gonzalez*, 43 A. D. 2d 793 (N. Y. App. Div. 1973), August 29, 1973, Erie County courthouse.

要金在所有辩方证人每天往返接法庭的路上为他们提供保护，但也被金否决了。

正如阿蒂卡兄弟法律辩护团的年轻律师伊丽莎白·芬克所见，这确实是在法庭上的一大损失。她在幕后协助辩方工作，最近还去伊利县监狱探望了查利·乔·佩纳萨里斯，很显然他遭到了毒打。他让她看他被一名看守打了下颚，然后窒息到不省人事。佩纳萨里斯的情况如此严重，芬克立即要求请外面的医生给他做检查，医生也确认他受到了严重的攻击。然而，狱医并不认可这名医生对佩纳萨里斯的伤情的描述。当他们把这件事呈告给金法官的时候，法官仍然不为所动。事实上，他反而指责受到攻击的查利·乔，说"你拒绝遵守现行的正常和公认的流程，才导致了这件事的发生……问题最终还是出在你身上"。①

金对他们缺乏同情，并没有让辩方太过惊讶。一年前发现可能存在的安全漏洞之后，阿蒂卡兄弟法律辩护团已经招了"间谍商店"的技术人员来检查，让这个"擅长电子监控手段方面的组织"看看他们担心的事是否真会发生。② 这些技术人员同意为阿蒂卡兄弟法律辩护团签署书名证明，表明其成员显然受到了外部力量的监视。最终，在1975年2月7日，州最高法院法官詹姆斯·摩尔同意下令对辩护团的电话可能遭窃听一事进行调查。他写道："政府对这些起诉书上的被告及其法律顾问之间的保密关系的任何侵犯，定会损害本案接下来的诉讼。"③ 与此同时，西蒙内蒂的办公室也提交了书面保证，断然否认自己与FBI在这些非法行为中有任何瓜葛，称"我方对任何

---

① *People of the State of New York v. Dacajewiah*, Indicted as John Hill, Transcript, vol. 16, Supreme Court of the State of New York, Appellate Division, Fourth Department, 49 A. D. 2d 1036 (1975), December 10, 1974, 151.

② Don Jelinek, ABLD, Letter to Judge James O. Moore, affidavit attached, undated, Erie County courthouse.

③ 引自：Stuart Cohen, ABLD, Letter to Judge James O. Moore, Subject: "Wiretap order," March 18, 1974, in the papers of Elizabeth M. Fink, Brooklyn, New York.

此类假定的电子监控之事或其信息一无所知：尤其是，我方对阿蒂卡法律辩护团所用的任何电话设备进行电子监控之事或其信息一无所知"。① 之后，也就不了了之了。总检察长办公室甚至都没"调查是否有没有法院签发过窃听许可"。② 昆斯特勒向金法官提交了一份动议，希望他能就此事举行取证听证会，但遭到了拒绝。③

意识到这一切对他和克拉克为约翰·希尔和查利·乔·佩纳萨里斯的辩护不是个好兆头，昆斯特勒便呼吁法官给他们更多的时间来准备辩护。"我们有一台打字机，法官大人，基本上有一名法律工作者做打字工作，但他在城里还有份兼职，只能在定好的时间段过来帮忙。我们的资源相当有限。"④ 金法官这一次又是断然拒绝。⑤ 昆斯特勒一次又一次想从这位法官那里得到有利于他的裁决，却都以失败告终，时间一久，两人间便发生了激烈的唇枪舌剑。法庭上有个旁听的年轻人是这么说的："审判似乎通常是由昆斯特勒和法官吉尔伯特·H. 金之间的冲突构成的……［特别是］哪些证据可作为呈堂证供……［昆斯特勒］再三质疑法官的正直、审判的公正。"⑥

与此同时，由于吉尔伯特·金法官与威廉·昆斯特勒之间的关系愈来愈紧张，州于1975年2月24日开始就其案件进行辩论。简而言

---

① Maxwell B. Spoont, Special Assistant Attorney General of the State of New York, "Affidavit in Opposition to Motion for Discovery Alleged Electronic Surveillance Material," *People of the State of New York v. William Bennett et al.*, Supreme Court, Additional Special and Trial Term, Erie County, 75 Misc. 2d 1040 (N. Y. Misc. 1973), November 13, 1973.
② Cohen Letter to Judge Moore, Subject: "Wiretap order," March 18, 1974, Erie County courthouse.
③ *People of the State of New York v. Dacajewiah*, Indicted as John Hill, Transcript, vol. 17, 49 A. D. 2d 1036 (1975), November 18, 1974.
④ Kunstler to judge on issue of resources: *People of the State of New York v. Dacajewiah*, Indicted as John Hill, Transcript, vol. 16, Supreme Court of the State of New York, Appellate Division, Fourth Department, 49 A. D. 2d 1036 (1975), March 17, 1975, 3310.
⑤ 同上。
⑥ Meisler, "An Attica Trial," 3.

之,西蒙内蒂的办公室"希望证明希尔先生用木器击打了奎恩警官两次,一次是在警官站着的时候,另一次是他倒在地上的时候,并意图"证明警官躺倒在地的时候,佩纳萨里斯先生还趁机打了他"。① 为此,路易斯·艾达拉摆出了总共18名证人的阵势,尽管他要依靠的只有5名甚至更少的囚犯和一名狱警的证词。② 可能还需要其他证人,包含另两名狱警,但由于他们中没有一人说自己真的看见"两名被告中的哪个打了奎恩",所以用不用得上还未可知。③

路易斯·艾达拉希望这些证人能使他的案子极为有力地证明,他们在过去四年中的某个时候都曾说过希尔和佩纳萨里斯就在奎恩的边上。首先,陪审团从囚犯证人威廉·里弗斯那儿听说,他看见"希尔打了奎恩的脑袋"两三下。④ 一个星期后,罗伯特·柯佩克来到陪审团面前,陪审团非常想听他再说一遍1972年2月他对州调查员说过的话:约翰·希尔确实对他说过自己那天早上在'时代广场'杀了一名狱警,"因为他用棍子打他,他就一下子失去了理智,不停地打他,打到血从他的眼睛、耳朵和嘴里流了出来"。⑤ 艾达拉觉得州政府最好的证人是爱德华·齐默。他从齐默最先在大陪审团面前作证的证词里,得知其亲眼看见希尔打了威廉·奎恩,还说看到了希尔所持的武器,该武器与奎恩尸检显示的致命伤相符。齐默当时作证说,他

---

① Mary Breasted, "Killing at Attica Laid to 'Others,'" *New York Times*, February 24, 1975.
② 这份证词构成了80页庭审笔录。参见: *People of the State of New York v. Dacajewiah, Indicted as John Hill*, Transcript, vol. 33, 49 A. D. 2d 1036 (1975), March 31, 1975, 4656。
③ Mary Breasted, "Attica Murder Trial Judge Bars Testimony on Police Prison Attack," *New York Times*, February 26, 1975.
④ William Rivers, Testimony, *People of the State of New York v. Dacajewiah, Indicted as John Hill*, Transcript, vol. 13, 49 A. D. 2d 1036 (1975), March 5, 1975, 1515。
⑤ Robert Kopec, Testimony, Exhibit: Kopec, Interview by Investigator Palascak, February 1, 1972, 2909, *People of the State of New York v. Dacajewiah, Indicted as John Hill*, Transcript, vol. 14, 49 A. D. 2d 1036 (1975), March 13, 1975. 昆斯特勒指的是这份证词。

看见"约翰［·希尔］拿了一根2×4的木料①打奎恩先生的上半身。没打脸。打在脸下面，大致在胸口……然后，我看见约翰又打了奎恩先生，这次是打在脸上，我记不得是哪一边了"。② 同样重要的是，当时齐默还说他在袭击现场见过佩纳萨里斯——他称之为"恰克"。他说："约翰、恰克、马里奥和我认识的几个黑人狱友，还有我不认识的一些人，都是在狱警已经倒地之后对他们又踢又打。"③ 接着，他说得更具体了，"我看见恰克拿了根警棍打奎恩先生，好像打了后肩和后脑勺。之后，他就一动不动了"。④

艾达拉满怀希望，只要陪审团能听听齐默之类的证人的证言，那他的案子就铁定会赢，尤其是因为他心里也清楚，他将从奎恩受到攻击时就在时代广场上的狱警那里得到的证词是有问题的。他们都愿意指认希尔和佩纳萨里斯就是攻击奎恩的主要行凶者，但他们的说法并不总是一致，艾达拉也不确定辩方会不会提请陪审团注意这个情况。

不过，艾达拉并不准备让他的整件案子完全依赖于陪审团是否相信他的哪位证人的说辞。他需要唤起陪审员的情绪，让他们明白对奎恩的攻击有多残忍。在将所有证言提交给陪审员之后，他又将门罗县病理学家约翰·埃兰德医生请来，做他最后的证人。⑤ 这件事颇具讽刺意味，路易斯·艾达拉如今希望从洛克菲勒政府中的高级官员极力诋毁的一个人的证词中获益。但把埃兰德医生叫来是符合情理的，毕竟他需要用图像证据来说话。埃兰德医生尽职尽责地坐上了证人席，拿来了州政府作展示之用的恐怖图片，讲述了威廉·奎恩胃部"大"

---

① 一种标准尺寸的美国建筑木料。——译者
② Edward Douglas Zimmer, Testimony, *In the Matter of the Additional, Special and Trial Term of the Supreme Court of the State of New York, Designated Pursuant to the Order of the Appellate Division, Fourth Department.* County of Wyoming, January 5, 1972, Erie County courthouse.
③ 同上。
④ 同上。
⑤ Michael T. Kaufman, "Jury Starts Deliberations in the Case of 2 Accused," *New York Times*, April 4, 1975.

出血以及肺部积液的情况。他的眼睛也出血了。最后，他死于"前额受到一两次重击"导致的颅骨骨折。① 艾达拉看得出陪审团确实有些动容，没想到奎恩被打得这么惨。他们看上去个个既难受又震惊。

然而，一旦轮到辩方交叉询问证人，检方便开始有麻烦了。昆斯特勒和克拉克几乎把艾达拉传唤出庭作证的每个人都驳得体无完肤。他们对囚犯证人威廉·里弗斯的询问，让大家明白了里弗斯以为如果自己合作，就可以被转到其他监狱，获得假释甚至释放。② 更要命的是，对检方最重要的囚犯证人爱德华·齐默的交叉询问表明，齐默在被传唤到大陪审团面前作证前，最初确实对调查员说过自己看见一个黑人在打奎恩，一直在踢他的脸。但当他们详细询问有关那个黑人的情况时，齐默记不起自己看到的任何清晰的细节了，他的解释是因为"事情已经过去三年了，不可能每件事都记得住"。③ 昆斯特勒挖苦地提请陪审员注意，说很有意思，就在最近，齐默对于奎恩被殴打那天谁做了什么连一个有用的细节都记不起来了，突然之间，在此刻的审判中，齐默却"记得清清楚楚"。④ 他毫不客气地接着说：齐默或许一开始确实看到有人在踢奎恩的脸，说不定还真是个黑人，但这不是检方希望他看到的。踢一脚不可能造成"检方声称致使他死亡的那些伤"，而州政府起诉的两个人也都不是黑人。因此，昆斯特勒说，不仅攻击者突然变了人，而且齐默看见攻击者猛击的地方也变了。⑤ 他向陪审团指出，更重要的是，"检方的这一对证人"齐默和里弗斯之所以很有用，是因为叛乱后他们被关在相邻的牢房里，在被州调查

---

① Kunstler to judge on issue of resources, *People of the State of New York v. Dacajewiah, Indicted as John Hill*, Transcript, vol. 16, 49 A. D. 2d 1036 (1975), March 17, 1975, 3186-87.

② Michael T. Kaufman, "Former Prisoner at Attica Testifies He Saw Inmate Strike Two Correction Officers with a Club," *New York Times*, March 5, 1975.

③ Kunstler to the Judge, *People of the State of New York v. Dacajewiah, Indicted as John Hill*, Transcript, vol. 17, 49 A. D. 2d 1036 (1975), March 17, 1975, 3426.

④ 同上。

⑤ 同上，3425。

员约谈后可以彼此交流,后来他们又一起被关进了伊利县监狱,在准备出庭时住的也是同一家汽车旅馆。照昆斯特勒的说法,"对他俩是打包交易",因为州政府需要两个人来支持彼此错漏百出的证言。①

让艾达拉害怕的是,昆斯特勒也对州政府的狱警证人开火了。狱警罗亚尔·摩根在本次审判中一上证人席就指认了希尔,然而叛乱的第二天,也就是对奎恩的袭击发生仅几个小时后,这位当时24岁的狱警便对州调查员明确表示自己被打得很惨,视线模糊,不知道是谁伤害了他的朋友。确实,当他遇到奎恩的时候,不仅他自己晕头转向、血流不止,奎恩更是伤得不轻。当时,摩根在"达卢人"马里亚诺·冈萨雷斯和另一名囚犯的帮助下,将奎恩弄到了垫子上,带往安全的地方。② 在对州调查员的最初陈述中,摩根不仅没提到是谁打了奎恩,而且当调查员明确地问他"在发生整个这件事的时候,你有没有听到过狱友或任何人说是谁袭击了奎恩警官?"他回答得斩钉截铁:"没,没听到。我只听说有个警官伤得很重,我就去帮他,这才发现躺在地上的是奎恩。"③ 然而,后来西蒙内蒂的办公室在准备审判资料时再次约谈了这名狱警,这一次,他"从三本身份照册子里挑出了希尔的照片"。④

昆斯特勒还提请陪审团注意戈登·凯尔西的证词,叛乱发生时,狱警凯尔西在"时代广场"上和威廉·奎恩在一起。夺回监狱后立马有调查员询问他,他也说无法确定攻击奎恩的人是谁。他在回答"你看到有人攻击奎恩先生了吗?"时,给出的答案是:确实见到其倒

---

① Kaufman, "Former Prisoner at Attica Testifies He Saw Inmate Strike Two Correction Officers with a Club".
② 罗亚尔·摩根,1971年9月15日的采访,玛丽·T.卡明斯基1974年1月9日誊录,存于伊丽莎白·M.芬克的文档,纽约布鲁克林。
③ 同上。
④ 罗亚尔·摩根,调查员T.J.苏利文采访,1972年2月1日,伊利县法院。

下了,"但至于是谁干的,我没法告诉你。我已经说过,他们人太多了"。① 他还说得挺详细:"他们手上都抄着家伙,都在大喊大叫,但说到是谁干的,我可说不准。"② 然而,几个月后,凯尔西的口风变了,告诉调查员他认为是个白人用一根 2×4 的木料打了奎恩。再后来,他认可检方的说法,即行凶者是约翰·希尔,就是那个浅棕色皮肤的年轻人打了奎恩。这样的胡说八道还不止于此。根据州政府自己的记录,凯尔塞后来"收回了对约翰·希尔的指认","因为希尔狱友没留寸头","他觉得打奎恩的那个狱友留的是寸头"。③ 然而,到了审判的时候,凯尔西再次愿意指认是希尔给了奎恩致命一击。正如昆斯特勒对陪审团说的:"他当然能确定,因为那是州政府告诉他的说法。"④

为了进一步让人怀疑检方诉希尔和佩纳萨里斯一案的可信度,辩方传唤了自己的狱警证人奥尔顿·托伯特出庭。托伯特的证词很重要,因为尽管在 1971 年接受刑事调查局的面谈时,他曾声称看见了奎恩被杀,但在辩方的施压下,他现在承认"他 1971 年自告奋勇对州警说的那些话都是谎话",因为他想被调到一个更近的监狱工作。⑤ 他招认"故事是他编的……是为了讨好上司,这样有可能调离阿蒂卡"。⑥ 阿蒂卡起义两个月后,托伯特先生确实被调到了他家乡埃尔米拉的监狱。⑦ 据报道此次审判的记者说,在证人席上全盘招供时,

---

① 戈登·凯尔西,调查员 N. E. 明克莱因采访,1971 年 9 月 12 日,Attica Investigation Files, Erie County courthouse。
② 同上。
③ Investigators James Lo Curto and F. E. Demler, Organized Crime Task Force Memorandum to Attorney General Anthony Simonetti, Subject: "Quinn Homicide Investigation," October 20, 1971, Erie County courthouse.
④ Kunstler to the Judge, *People of the State of New York v. Dacajewiah, Indicted as John Hill*, Transcript, vol. 17, 49 A. D. 2d 1036 (1975), March 17, 1975, 3401-3403.
⑤ Robert Hanley, "Guard Who Lied About Attica May Be Disciplined by the State," *New York Times*, March 21, 1975.
⑥ 同上。
⑦ 同上。

奥尔顿·托伯特"看上去很尴尬,很老实",尤其是当他承认1971年9月9日上午,他其实压根儿就没见过奎恩先生时。① 就连他曾声称看到奎恩是被"一把铁锹"打倒的,也"完全是捏造的"。②

辩方自己的囚犯证人对州政府的这个案子造成了更大的打击。一个名叫埃弗雷特·伯克特的囚犯(昆斯特勒指出,他来作证"既没人给他奖励,也没人给他承诺")被定位为一个"英雄人物",这名矮小魁梧的27岁囚犯留着"范戴克式的胡子",很可能会因为和辩方合作而受到州政府的某种形式的报复(或许撤销他的假释),但他仍然同意前来作证,理由只有一个:他知道约翰·希尔不可能杀威廉·奎恩,因为叛乱第一天希尔一早上都和伯克特在一起。伯克特说得很坚定:"在那段时间,他从没见被告殴打任何人。"③

辩方不仅通过伯克特辩称希尔不可能杀害威廉·奎恩,还想向陪审团表明,奎恩遭殴打一事其实有合法的证人,但没有人指认希尔和佩纳萨里斯是凶手。辩方证人查尔斯·雷蒙德·克拉茨利作证说,奎恩被打的时候,他就在现场,他"生动地描述了"一个人如何"给奎恩额头一击的"。尽管他没法确定那人是谁,但他毫不含糊地说,肯定不是此案中的这两名被告。媒体指出,比起检方的那么多证人,观者认为这名白人证人的话更可信。一名记者写道:这名目击证人,"与检方之前的囚犯证人形成了鲜明对比"。④ 和那些人不同的是,他来作证没有得到任何好处,即便现在他还在罗切斯特的餐馆里洗盘子,报酬微薄。⑤ 昆斯特勒特意让陪审团知道,他们只是给克拉茨利订了旅馆房间,给了他40块钱作为去法庭的交通费,其他什么也没

---

① Michael T. Kaufman, "Ex-Guard at Attica Admits He Falsely Blamed Inmate," *New York Times*, March 20, 1975.
② "State to Dismiss Guard Who Lied," *New York Times*, May 14, 1975.
③ Michael T. Kaufman, "Attica Defense Rests as Inmate Says He Saw Hill Hit No One," *New York Times*, March 26, 1975.
④ Michael T. Kaufman, "Witness Unable to Identify 2 at Attica," *New York Times*, March 21, 1975.
⑤ 同上。

给，他就来作证了。同样重要的是，他来是冒着遭受羞辱的风险的，因为他智商不高，而且最初是因为强奸罪坐的牢，但"他还是来了"。①

除了克拉茨利，辩方还传唤了另外两名证人，他们也指认杀害奎恩的凶手另有其人，不是希尔和佩纳萨里斯。昆斯特勒向陪审员指出，西蒙内蒂的办公室早就清楚这些人的存在，如果将这些人召来，他们会告诉陪审团一个截然不同的版本。昆斯特勒说，他们没传唤这些人，这是极不道德的。囚犯麦尔文·马歇尔的目击证词对州政府的案子来说是个麻烦，所以检方不允许他到庭作证。"他看见了奎恩先生，看见有人用一根木料或棒球棍敲了他的脑袋"，但"他看见的人是个黑人"。② 那马歇尔对自己的所见有多确定呢？昆斯特勒指出，他离得很近，看见奎恩被打得血流不止，他离得很近，所以还冲那个行凶者大喊"看在上帝的分上，别杀他"，那人闻言确实停了手。③ 第二名证人约瑟夫·南斯就说得更具体了，说不可能是希尔和佩纳萨里斯杀了奎恩。这名囚犯不仅坚称他看见是谁打了奎恩，而且他的提前假释申请还因此被拒，虽然他表现优秀，就因为他不愿意说是希尔杀了奎恩。正如昆斯特勒所说："他看见了干坏事的人，没看见他们要他看的人，所以南斯先生……一直没好果子吃。"昆斯特勒继续追击："他为什么要撒谎？他不认识约翰·希尔……这个人的动机又是什么？"④

昆斯特勒和克拉克都认为他们已经为他们的委托人做出了强有力的辩护。和昆斯特勒一样，克拉克也对证人进行了有条有理的质询，这些人证词的漏洞大到简直都能透过光来了。在同一场审判中为两个人辩护是极具挑战性的，但他们竟然轻易地就指出了州证人有多靠不

---

① William Kunstler, Summation, *People of the State of New York v. Dacajewiah, Indicted as John Hill*, Transcript, vol. 25, 49 A. D. 2d 1036 (1975), April 2, 1975, 5062.
② 同上，5055。
③ 同上。
④ 同上，5071。

住。两名律师都非常确信检方在起诉他们的当事人的过程中有不道德之处，所以急切地提出动议，趁辩论还没结束，要求驳回案件。说起这个动议，昆斯特勒热情高涨，有时甚而喊了起来，他说"自本案开始以来，这个法庭上每天都在上演的"简直就是"低劣的伪证"。①他不仅暗示狱警作了伪证，还晃着脑袋直截了当地说："法官大人，我认为你在这整个案子中所见的是州政府在证人身上精心布置好的细节，在我看来……这一举告就是彻头彻尾的欺诈，为的是给奎恩之死找个替罪羊。"②

克拉克提出的撤销指控的动议虽然没那么戏剧性，但也声称州政府拿不出可信的证据，既然缺乏证据，就应该立刻释放查利·乔·佩纳萨里斯。③克拉克还以惊讶的口吻公开表示："我不得不说，在律所工作迄今24年了，我从没见过任何一个检方对谋杀指控提交的证据竟是如此不够分量、如此不堪一击、如此无法令人信服，我恳请你现在就终止这种令人不安的行为，撤销对佩纳萨里斯先生的指控。"④克拉克提醒陪审团，只有一名男子声称目击了佩纳萨里斯对威廉·奎恩的暴力行为，也只有另一人声称在这个地方见过他，但两名证人都完全不可信。两名证人的话互相矛盾：爱德华·齐默作证说他看见佩纳萨里斯用棍子打了奎恩的肩部，这与约翰·埃兰德医生的陈述不符，医生说奎恩肩部没有受伤，即便真被打了那么一下，也不会要了奎恩的命。⑤克拉克称齐默的证词是整个审判过程中，"迄今为止最模糊、最矛盾、最说不通、最难以置信"的证词。另一个说自己在现场看见佩纳萨里斯的凶犯证人——汤姆·科林斯，不仅承认他直到

---

① Kunstler to the Judge, *People of the State of New York v. Dacajewiah, Indicted as John Hill,* Transcript, vol. 17, 49 A. D. 2d 1036 (1975), March 17, 1975, 3401.
② 同上，3393。
③ *People of the State of New York v. Dacajewiah, Indicted as John Hill,* Transcript, vol. 17, 49 A. D. 2d 1036 (1975), 3456.
④ 同上，3482。
⑤ 同上，3465。

9月10日或11日才见到佩纳萨里斯,而且还承认奎恩遭到致命的殴打时,自己根本就不在"时代广场"。① 结案陈词时,克拉克是这么归纳自己的论点的:"除了1971年9月9日在阿蒂卡的一名狱友外,没有可信的证据证明查利·乔·佩纳萨里斯犯有任何罪行。"② 他甚至接着对法官说:"我个人感到非常难过,如此明显的证据不足,纽约州政府竟还让这个年轻人在这种令人惊愕的焦虑中度过了三年。"③

辩方的这两项动议,法官吉尔伯特·金一个都没批准。④ 金没有解释为何如此裁决,却指责昆斯特勒利用这次审判来竭力把公众注意力引到州政府的不法行为上。他说:"正如我一再重申的,我们来这儿并不是为了审判阿蒂卡的监狱生活。"⑤ 在驳回克拉克的动议时,他倒没那么刻薄。尽管他不会驳回对佩纳萨里斯的指控,但他还是做了让步,说会保留重新审议这项动议的权利,或许会在今后考虑一项较轻的指控。⑥ 事实上,就在陪审团离场商议之前,金法官真的驳回了对佩纳萨里斯的谋杀指控,要求陪审团转而裁决他是否犯有二级攻击罪以及谋杀未遂罪。但克拉克对此并不满意。在他看来,较轻的指控完全忽视了一点,即没有证据表明佩纳萨里斯对奎恩造成了任何伤害。⑦

克拉克想在结案词中再次提及这一点。他抓住最后的机会对陪审团讲话,强调了州政府该案中的疑点,这些他在要求驳回此案的动议

---

① *People of the State of New York v. Dacajewiah*, *Indicted as John Hill*, Transcript, vol. 17, 49 A. D. 2d 1036 (1975), 3463. Clark also refers to vol. 6, pages 2109 and 2114, of the trial transcript。
② "Attica Verdict: Guilty," *Time*, April 14, 1975.
③ *People of the State of New York v. Dacajewiah*, *Indicted as John Hill*, Transcript, vol. 17, 49 A. D. 2d 1036 (1975), 3457.
④ 同上,3509。
⑤ 同上,3508。
⑥ 同上。
⑦ 同上,3481。

中已经指出过。① 1975 年 3 月 31 日，拉姆齐·克拉克带着陪审团过了一遍州政府起诉他委托人的证词，然后又系统地指出了证词中的具体缺陷：只有两名证人说他的委托人在场，其中只有一人声称看到其犯下了暴行。这两人谁都不可能看到他们说自己看到的。② 克拉克恳求陪审团现在就还他的委托人自由。

相比拉姆齐·克拉克低声下气、相对简短的结案陈词，威廉·昆斯特勒的陈词洋洋洒洒地持续了 7 个小时，历时两天。③ 昆斯特勒深感沮丧，他觉得在这场审判中他一次又一次地试图让大家听到能直接有利于他当事人的证词，但法官就是不让。他内心深信州政府在阿蒂卡的行为以及州长本人的证词，不仅与本次审判有关，而且能使陪审团认定约翰·希尔致威廉·奎恩死亡的说法有充分的合理怀疑。和克拉克一样，为了抑制这种挫败感，他煞费苦心地带着陪审团过了一遍他们所听到的证词，指出其中大量说不通的地方，以及陪审员为什么应该认为这些证词不可靠，其原因就是它们都受到了物质激励。他不无悲哀地说，检方请出的每个证人在当前这次庭审中的记忆力都大大好于三个半月前在韦德听证会上的记忆力。④ 昆斯特勒承认，一名狱警证人因为经历了阿蒂卡起义期间的一切而留下了创伤，并坦言："我觉得他很困惑。"⑤ 然而仅仅这一点就可以作为怀疑他证词的理由。

昆斯特勒还重申了他的论点，即整个庭审程序都是为了向陪审员暗示他的当事人是个危险人物，得给他定罪。他指出："陪审团由武装警卫护送"，更糟的是，法官发表了昆斯特勒认为的"会引起陪审

---

① Eighty transcript pages, *People of the State of New York v. Dacajewiah, Indicted as John Hill*, Transcript, vol. 33, 49 A. D. 2d 1036 (1975), March 31, 1975.
② 同上。
③ Jelinek, *Attica Justice*, 310.
④ William Kunstler, Summation, *People of the State of New York v. Dacajewiah, Indicted as John Hill*, Transcript, vol. 24, 49 A. D. 2d 1036 (1975), April 1, 1975, 4920.
⑤ 同上，4832。

团的偏见的公开言论,即……如果他们受到威胁或任何阻挠,应向法官报告……让陪审团以为他们可能有性命之忧或会受到这些人的恫吓威胁"。① 昆斯特勒坚持认为这样做很荒谬;约翰·希尔和查利·乔·佩纳萨里斯都是"最无助、最弱势的嫌犯",他认为正因为这个,检方才把罪名扣到了他们头上。② "你们正处在一个历史关头",他提请陪审员注意,恳请他们做正确的事,宣布他的当事人无罪。③

在纽约州,检方得以在刑事案件中最后发言。所以,声音会"时不时飙高"的路易斯·艾达拉,有机会在克拉克与昆斯特勒之后对陪审团陈词。④ 他坚称,证人是在宣誓后指认约翰·希尔和查利·佩纳萨里斯是杀害威廉·奎恩的凶手,辩方竟还说证人的话不可信,这简直令人难以置信。他的一名证人对袭击奎恩的人的体态特征给出了比较模糊的证词,而其最肯定的一点是此人有一对"斜眼"(昆斯特勒揪着这个细节不放,被艾达拉嘲讽),对此,检方要求陪审员想想这个描述是否真的很含糊。⑤ 他说:"请你们扪心自问,[那些囚犯中]有多少人是斜眼?"这下你会知道"有多少狱友可能犯了这个罪"。⑥ 他还强调,他已将5名声称见到奎恩遭到被告殴打的人请上了法庭。尽管有证据表明至少4个证人和检方做了交易,检方要他们提供具体的证据,但艾达拉仍旧咬定"没向证人做出过任何承诺"。⑦

尽管围绕这些证人的证词存在争议,但艾达拉最终还是选择在结案陈述时对他们的可信度不予置评。相反,他试图打情感牌来赢得这

---

① William Kunstler, Summation, *People of the State of New York v. Dacajewiah, Indicted as John Hill*, Transcript, vol. 24, 49 A. D. 2d 1036 (1975), April 1, 1975, 4869。
② Breasted, "Killing at Attica Laid to 'Others.'"
③ Kunstler, Summation, *People of the State of New York v. Dacajewiah, Indicted as John Hill*, Transcript, vol. 24, 49 A. D. 2d 1036 (1975), April 1, 1975, 4731。
④ Michael T. Kaufman, "Prosecution in Summation, Calls Killing of Officer in Attica Prison Revolt 'Cowardly,'" *New York Times*, April 3, 1975。
⑤ "Attica Verdict: Guilty," *Time*.
⑥ 同上。
⑦ 同上。

场官司，主要依靠图片来把陪审团的注意力引到 1971 年 9 月 9 日上午威廉·奎恩所受的痛苦上面。媒体是这么说的："艾达拉先生经常在讲话过程中向陪审团展示奎恩死后拍摄的照片以及奎恩先生头部的照片"，以提醒每个人他们为什么会在法庭上，提醒他们注意这起案件的严重性，而他现在正为此伸张正义。① 在总结时，艾达拉的手猛地指向约翰·希尔，并大喊这名囚犯"几乎砸烂了他的脑袋"。② 他厌恶地看向辩方的座位，说："我不知道昆斯特勒先生可曾为奎恩先生的妻子掉过一滴眼泪？"③

关于希尔与佩纳萨里斯有罪与否的辩论一结束，陪审团便拖着沉重的步伐走出了法庭，进行漫长的审议——总共 25 小时。当他们离开时，被告与辩方律师觉得很乐观，尤其是四名候补陪审员在离开前和被告"有力地握了握手"，其中一人是个 25 岁的邮政工人，他们还听见他说："我会判这两人无罪。"④ 随着时间的流逝，辩方更为振奋；长时间的商议通常"表明无罪的票数占上风"。⑤ 毫无疑问，陪审团看得出其中的猫腻，并做出了正确的决定。数年后，约翰·希尔回忆道："我是真的认为无罪释放的可能性很大……他们没证据。就连《新闻周刊》也这么说。"⑥

监狱外的人群仍在为被告举行集会和抗议活动，他们对判决结果不太有信心，而站在法院两侧的警察也同样没信心。其结果是空气中弥漫着紧张的气氛。那天一大清早，警察下令驱散法院外的人群，结果引发了冲突，数人因此被捕。⑦ 在结案辩论期间，又有约 400 人来

---

① Kaufman, "Prosecution in Summation, Calls Killing of Officer in Attica Prison Revolt 'Cowardly.'"
② 同上。
③ 同上。
④ Michael T. Kaufman, "Jury Starts Deliberations in the Case of 2 Accused," *New York Times*, April 4, 1975.
⑤ William Claiborne, "2 Guilty in '71 Attica Death," *Washington Post*, April 6, 1975.
⑥ 希尔，与作者的交谈，2005 年 5 月 31 日。
⑦ Kaufman, "Jury Starts Deliberations in the Case of 2 Accused."

到法庭外示威，5 人被捕。约翰·希尔在本案审理过程中没戴铐子，他在休庭期间抓起一个扩音器，"恳求示威者听从警方的提示"。① 由于觉得自己被判无罪的可能性很大，他很担心他的支持者和警方之间的冲突会使陪审员做出对他不利的决定。

1975 年 4 月 6 日，陪审团终于做出了裁决。② 旁听席上一片死寂。陪审团主席是位女士，"也是陪审团里两名黑人之一"，她郑重宣布约翰·希尔被判犯有谋杀罪，查利·乔·佩纳萨里斯被判犯有二

1975 年 4 月 5 日，查利·佩纳萨里斯（手放嘴边者，左）和约翰·希尔（右侧前景处头插羽毛者）及支持者在一起，第二天就要做出他们是否谋杀警卫威廉·奎恩的裁决（Courtesy of the Associated Press）

---

① William Claiborne, "'Vicious Attack' Cited by Attica Prosecutor," *Washington Post*, April 3, 1975.
② Michael T. Kaufman, "Attica Jury Convicts One of Murder, 2nd of Assault," *New York Times*, April 6, 1975.

级攻击未遂罪。① 被告目瞪口呆地盯着陪审团,约翰·希尔怀孕的妻子抽泣起来,"拥挤的法庭顿时一片群情沸腾"。② 当金法官"命令副治安官们将被告铐上带走……并关进监狱"时,人群爆发了。③ 法庭陷入了混乱,威廉·昆斯特勒跳起身来,要求知道为什么还没宣判就将他们还押,而真正的罪犯,比如"水门事件"中的约翰·米切尔都没有这样,人群大声呼喊着同意他的说法。这时,金法官在法庭上大喊肃静。花了好几个小时,才让法庭恢复秩序,但过了很久,阿蒂卡兄弟法律辩护团的支持者仍站在外面的草坪上,有些人眼含泪水,所有人都对许多仍有待审判的案子充满不祥的预感。

这一裁决"令人震惊",对许多仍在等待受审的人而言,似乎是个非常不好的预兆。④ 如果州政府指控约翰·希尔的案子弱成这样,充满了矛盾、贿赂、缺乏确凿的证据,但检方还能将他送进监狱,说不定还是终身监禁,那么,他们让阿蒂卡的其他被告在监狱里过完后半辈子又要得了多少证据吗?

事实上,陪审团对于约翰·希尔和查利·乔·佩纳萨里斯是否导致威廉·奎恩的死亡存在分歧。最先接受记者采访的陪审员是这么说的:"第一次投票时,对被告……是否打了威廉·奎恩这个问题,八男四女差不多'一半对一半'。"⑤ 这位陪审员自己也很矛盾。"我为希尔先生的家人难过,"他说,"也为奎恩先生的家人难过……这事我会记得很久。"⑥

无疑,对于陪审团,很重要的一点是他们从未觉得与被告之间有

---

① "Attica Verdict: Guilty," *Time*.
② Kaufman, "Attica Jury Convicts One of Murder, 2nd of Assault"; Claiborne, "2 Guilty in '71 Attica Death."
③ Claiborne, "2 Guilty in '71 Attica Death."
④ 同上。
⑤ Michael T. Kaufman, "Attica Juror Says Panel Fixed Guilt After 12 Hours of Study," *New York Times*, April 7, 1975.
⑥ 同上。

任何真正的关联。媒体对他俩也不怎么喜欢，尽管喜欢佩纳萨里斯还比喜欢希尔多一点。某报上的描述非常典型：查利·佩纳萨里斯"经常面带笑容，腰带上挂着个铃铛，一起身就会叮当作响，而他经常会站起来跟辩方律师耳语几句"，对约翰·希尔的描述则是他"坐在陪审团对面的椅子上很少挪动，而且经常双肘支在辩方的桌上，身体前倾，显得百无聊赖，他的脸上也几乎总是带着不满的神情"。① 不过，这也不是说媒体或陪审团特别偏爱查利·乔。事实上，佩纳萨里斯出庭经常迟到，好像在试探法庭的耐心。② 一天早上，他又来迟了，金法官愤怒地威胁要取消他的保释。阿蒂卡兄弟法律辩护团的前协调员唐·杰利内克也觉得这些被告在法庭上表现得不够尊重，在他看来，"对受害者也没表现出适当的敬意"。③ 杰利内克担心，单单他们这种"嬉皮士"风格就可能会让来自伊利县各个小镇的工人阶级陪审员望而却步。④

另一些人猜测，有些陪审员反感昆斯特勒的辩护风格。当然，艾达拉也喜欢大吼大叫，一旦他和昆斯特勒发生冲突，两人都会"同时冲着对方叫喊"。⑤ 但不知怎的，昆斯特勒的狂轰滥炸不像艾达拉那样受人待见，这无疑是因为他和艾达拉不一样，他被认为是"信马克思主义的律师"，还因为一旦他觉得希尔没受到公正对待，就会毫不怯懦地向金法官提出。比如，在庭审中，有一次昆斯特勒试图证明他的当事人是被挑选出来起诉的，结果这种讨论跑偏了，演变成他和金法官之间关于美国本质上究竟是个伟大的国家还是个极权主义国

---

① Kaufman, "Reporter's Notebook: Attica Trial Something of an Anti-climax."
② *People of the State of New York v. Dacajewiah*, *Indicted as John Hill*, Transcript, vol. 7, 49 A. D. 2d 1036 (1975), 3795.
③ Jelinek, *Attica Justice*, 308–9.
④ 同上。
⑤ Mary Breasted, "Attica Drama Unfolds in Back Rows and Halls as Well as on Stand," *New York Times*, March 4, 1975.

家的辩论。① 有个记者是这么说的:"爱出风头的昆斯特勒无法克制生吞活剥证人的冲动,而且还向州最高法院法官吉尔伯特·H. 金发难。"每次,昆斯特勒想提出动议或为其委托人辩护时,法官都会不同意,这说明金对他明显怀有敌意。不过,最终人们也许会说,陪审团的有罪裁决并不是根据摆在他们面前的证据来做出的,因此,没有哪个律师会赢得无罪裁决,就算比昆斯特勒更老实更温和的律师也不行。总得有人为威廉·奎恩的死付出代价。

辩方团队希望他们在宣判时仍有机会为当事人扭转局势。首先,他们要使陪审团的裁决无效,理由是他们的委托人是被挑出来起诉的,同样重要的是,辩方刚刚得知"一位在法庭执勤的副治安官在审理初期就告诉某电台的新闻记者,'有四五个陪审员'已经向他表示,他们甚至在还没当上陪审员的时候就已经准备判那些人有罪了"。② 尽管这项动议没有成功,但确实导致判决推迟,使被告有时间准备辩护词,说不定金会在这个阶段表现出一些怜悯之心。1975年5月8日,约翰·希尔在法官面前发言,但他刚开口,就陷入了再度入狱带来的沮丧和愤怒之中。他首先指责陪审团的种族主义行径,指责他们从未考虑过"被这个州杀害"的这几十人或者"19世纪被杀害的1400万印第安人"。③ 希尔接着说,"真正"的罪犯在越南,这些人还在肯特州立大学屠杀学生。然后,他为拉科塔的苏族人念了祷文。④ 在结束讲话前,希尔动情地说:"我只想告诉人们,我们会赢得胜利,我们会战胜一切困难。"说完,他拥抱了昆斯特勒。⑤

---

① *People of the State of New York v. Dacajewiah*, Indicted as John Hill, Transcript, vol. 29, 49 A. D. 2d 1036 (1975), December 10, 1974, 5689-91.
② Michael T. Kaufman, "Motions Delay Attica Killers' Sentencing," *New York Times*, May 8, 1975.
③ John "Dacajewiah" Hill, Statement before sentencing, *People of the State of New York v. Dacajewiah*, Indicted as John Hill, Transcript, vol. 32, 49 A. D. 2d 1036 (1975), May 8, 1975, 5979.
④ 同上,5983。
⑤ 同上,5988。

金法官明显对约翰·希尔不悦,判了他20年刑期。在宣布希尔的刑期时,金冷冷地看着他,说威廉·奎恩"有权继续活着,走向他该去的终点。他有权活着,继续尽为人夫为人父的职责",接着他说,是希尔剥夺了奎恩的权利,"让他不能再活下去"。① 随后,希尔被带出法庭,运往监狱,开始服刑。由于此后他将一直作为杀害奎恩的凶手服刑,金法官决定不让他回阿蒂卡,而是转至格林黑文监狱。②

下午对查利·乔·佩纳萨里斯的宣判进行得比希尔的好,但并没有克拉克所希望的那么好。克拉克一度在金面前据理力争,说应该判他的当事人缓刑,因为没有证据表明他袭击过奎恩。③ 他还辩称,如果法官宽大为怀,这年轻人的未来还不致毁掉。他对金说:"我喜欢这个年轻人,我相信他。我相信他有巨大的价值和潜力,我从他身上看到了一个充满可能性、必然性和自由意志的世界,尽管对他是残酷的。"④ 而且,他接着说:"我相信他能在秋天上锡拉丘兹大学读书。"⑤ 虽然法官不愿意完全放弃对佩纳萨里斯判刑,但还是给了他一个相对较轻的不固定刑期,不超过两年。⑥ 可他随后意识到,《刑法》里规定不固定刑期必须是3年。⑦

宣判后,庭审的满盘皆输给了阿蒂卡兄弟法律辩护团重重一击。即便赫尔曼·施瓦茨经常与辩护团及其律师意见相左,但他回忆说,"判决结果出来的那晚是我记忆中最凄惨的一晚。当时下着雪,我们去吃晚饭。那是唯一一次我看见拉姆齐冲我凶。我们都绷得太紧了。回到灯光昏暗的法庭。太可怕了。谋杀罪。在法庭上失声大哭"。迈

---

① *People of the State of New York v. Dacajewiah, Indicted as John Hill*, Transcript, vol. 32, 49 A. D. 2d 1036 (1975), May 8, 1975, 5990.
② 同上,5994。
③ 同上,5995。
④ 同上。
⑤ 同上,6001。
⑥ 同上,6006。
⑦ 同上,6013。

克尔·德伊奇还记得那一刻对阿蒂卡兄弟是个"可怕的打击",到那时为止,他们还以为可以好好辩护,免于州检察官的起诉。①

辩护团这边凄凄惨惨,西蒙内蒂的办公室则一片欢欣。到目前为止,在法庭上打得很艰难,两次大败,然后最近不得不悄悄地"因为证据不足"撤销对另外 13 名囚犯的指控。② 一名记者是这么说的,取得这场胜利后,"艾达拉和其他检察官并没有刻意掩饰他们的心满意足"。③ 现在既然他们已成功地以谋杀威廉·奎恩罪把约翰·希尔和查利·乔·佩纳萨里斯送进了监狱,他们将把注意力转向阿蒂卡兄弟伯纳德·斯特罗布尔即"香戈"的案子上。他们准备指控"香戈"冷血地残忍杀害了狱友巴瑞·施瓦茨,就像对希尔及佩纳萨里斯一样,他们的目的是让他付出代价。

---

① 德伊奇,与作者的交谈,2005 年 6 月 27 日。
② William Claiborne, "Former Inmate to Go on Trial in New Attica Case," *Washington Post*, April 7, 1975.
③ 同上。

40. 扳平比分

西蒙内蒂的办公室很高兴地得知，在打赢希尔和佩纳萨里斯的官司之后，将开审"香戈"谋杀同狱囚犯巴瑞·施瓦茨一案。他们为这个案子已经准备了好几年，在很大程度上依赖于刑事调查局调查员在阿蒂卡叛乱后立即收集的证人证词。此刻，他们已跃跃欲试。

1971年，是州警在D楼一个荒弃的平台上发现了巴瑞·施瓦茨、肯尼斯·海斯和迈克尔·普利维特拉的尸体。当时的场景让他们觉得恶心，但又如释重负，这三起惨不忍睹的谋杀都没法和州警或狱警扯上关系。因此，他们卖力地协助西蒙内蒂的办公室查明是谁犯下了如此令人发指的罪行。然而，这样的谋杀案不容易侦破。从关键层面来看，阿蒂卡调查员在这些案件中面对的问题与调查奎恩之死所面对的问题恰恰相反。奎恩是在一片混乱中遇袭的，现场有好几百人，拳脚横飞。而施瓦茨、海斯和普利维特拉遭到致命袭击的那天或那几天，还不清楚有谁在场。不过，正如奎恩案中的情况一样，检方还是先造假再说。到1972年12月，他们认定有几个人犯了这些谋杀案，而且对追查其中一人特别感兴趣：那就是伯纳德·斯特罗布尔，也叫"香戈"巴哈提·卡卡瓦纳。

"香戈"跟"黑大个"一样也是保安队的，作为保安队的负责人之一，监视D院好几天的州警对他特别痛恨。此外，"香戈"也不太可能得到陪审员的同情。他不像希尔和佩纳萨里斯，既不年轻，也不是因为未成年人犯罪或违反假释规定而进的监狱。他曾在1957和1958年两次被捕,都是因重罪攻击罪,几年后,又被指控在底特律朝两名警官开枪。① 这两位警察以"香戈"已经受罚过的交通违章行为为由将其拦下,他爽快地承认与他们发生了口角。不过,据"香戈"说,当他伸进口袋掏驾照和车辆的注册单时,警察反应过度,拔出了枪。他说,出于自卫,他也掏出了枪并朝他们射击。②

当时,"香戈"并没有被捕,因为他打了辆出租车逃到了芝加哥,再从那里去了纽约。但他刚到纽约就和一名持枪男子发生了口角,"争吵中竟在布朗克斯游泳馆的大厅把那人爆了头"。③ 此次开枪后,"香戈"终于被捕,而他本来还想在自己家放火,转移警察的注意力,好再次逃跑。最后,"香戈"被送到底特律受审,因在纽约犯过失杀人罪而被判处20到30年监禁。控辩双方达成的交易是,让他在纽约的阿蒂卡服刑一段时间,然后转去密歇根服刑。④

"香戈"这辈子都是个刺头,他自己也承认自己并不总是个好人,但当他因谋杀施瓦茨而受审时,他意志消沉,悔不当初。他在D院见到的十足暴行对他影响极大,使他比以前更加愤世嫉俗,同时在有些方面却更加谦卑。

在夺狱过程中,他被挑出来受到了特别残酷的对待。他记得,他想躲开"从四面八方倾泻而下的机身一样[原文如此]的子弹",但没成功,身中三枪。⑤ 第一颗子弹打进他的屁股,深入12英寸进到了背部,离脊椎只差毫厘。另两颗子弹炸开了他的双手。血从伤口往

---

① Sandy McClure, "Detroit's 'Meanest Man' Recalled by One of His Victims," *Detroit Free Press*, December 5, 1982.
② 琳达·博鲁斯,与作者的交谈,2005年6月15日。
③ McClure, "Detroit's 'Meanest Man' Recalled by One of His Victims."
④ 同上。
⑤ Shango (Bernard Stroble), draft chapter, "Shango: The Anatomy of a Defense," unpublished book, ed. Ernest Goodman et al., National Lawyers Guild Records, 1936-1999, Ernest Goodman Files, Box 67, Series 10, Bancroft Library, University of California, Berkeley.

外冒，他躺在地上一动不动，"只听见周围到处是尖叫声……无休无止的尖叫"。①

他觉得"疼痛感深不见底，撕心裂肺"。② 透过落在他眼睛里的雨滴，他"看见无数具血淋淋的尸体被抬走了"。③ 突然，一个州警冲着"香戈"大喊，"起来，黑鬼！"但他只有胳膊和上半身听使唤。州警命令他："到楼那儿去——快爬！""香戈"连这也做不到；他试图拖着身子爬向 A 楼，一路上他穿过"鲜血、玻璃、尘土和痰迹"，身上多了无数个口子，"直到他们叫我停下"。④

香戈被扔进了一间牢房，地板上已经沾满了"在他之前被殴打并强行关进来"的人的鲜血。⑤ 然后，折磨开始了。"其中一人把一张小纸片烧着了，朝我扔过来。被我挡开了"，另一个州警就说"别烧那黑鬼，来，让我把火灭了"，于是"朝我身上泼了杯液体。闻起来像是混了尿和痰"。⑥ 后来，又一名警官把一个烟屁股朝他弹过去，说："醒醒，黑鬼，我们来杀你了，准备好受死了吗，黑杂种？"然后举起枪，按着扳机，瞄准"香戈"。⑦"他享受着施虐的快感，按了一下扳机，说'枪里还有一颗子弹，黑鬼，快求我。像个黑鬼那样求我。快求啊'。"⑧

后来，尽管"香戈"和州政府挑出来当作叛乱头子的一些人一起送进 Z 楼单独关押，但他的身体总算开始康复。最终，大陪审团在 5 份不同的起诉书上裁决他有罪。到 1975 年，"香戈"因一级绑架罪

---

① Shango (Bernard Stroble), draft chapter, "Shango: The Anatomy of a Defense," unpublished book, ed. Ernest Goodman et al., National Lawyers Guild Records, 1936-1999, Ernest Goodman Files, Box 67, Series 10, Bancroft Library, University of California, Berkeley.
② 同上。
③ 同上。
④ 同上。
⑤ 同上。
⑥ 同上。
⑦ 同上。
⑧ 同上。

(34 项，一名人质算一项)、一级胁迫罪（对海斯和施瓦茨）、非法监禁罪（对海斯和施瓦茨）、对海斯犯下的重罪谋杀、对施瓦茨犯下的重罪谋杀和一级谋杀罪，面临终身监禁加 59 年刑期。由于州政府将所有的绑架指控都归在一起，所以他的第一场审判只针对他对巴瑞·施瓦茨的绑架罪，以及他在 D 楼犯下的谋杀重罪和杀死巴瑞·施瓦茨的谋杀罪。1973 年，"香戈"被起诉，送往布法罗受审。①

香戈不敢相信自己竟被指控谋杀。当巴瑞·施瓦茨、肯尼斯·海斯和迈克尔·普利维特拉惨遭杀害时，他确实是在 D 楼巡逻。他也认为他认识杀害他们的凶手，这些人将自己的沮丧和疑神疑鬼发泄到无助的狱友身上，他们（海斯和施瓦茨）不过是跟一个记者说了话，普利维特拉不过是情绪不稳定。②"香戈"竭力辩解，说他在叛乱期间没杀过任何人。但他几乎不相信陪审员会相信他。

尽管香戈起先决定自己替自己辩护，但过了几个月后，他开始越来越紧张，便决定联系阿蒂卡兄弟法律辩护团。③ 律师芭芭拉·汉德舒被派去处理他的案子。与此同时，阿蒂卡兄弟法律辩护团当时的负责人唐·杰利内克还去了趟"香戈"的家乡底特律，为其争取到了比他想象中还要好的法律服务。④

---

① Charles Bradley, Order, Subject: "Transfer Bernard Stroble, in State Prison in southern Michigan, to Erie County Holding Center at Buffalo for trial," February 5, 1976, Erie County courthouse.
② 州政府的起诉书称，香戈试图在周六杀死海斯，由于海斯周日还活着，乔莫·乔卡·奥莫瓦莱就让普利维特拉去杀了他。后来，他们辩称是"达卢人"马里亚诺·冈萨雷斯给了普利维特拉致命一刀。Francis X. Clines, "12 Inmates Named in Attica Charges," New York Times, December 19, 1972。
③ Attica Defense Committee, Letter to Bernard Stroble, undated, in the papers of Elizabeth M. Fink, Brooklyn, New York.
④ Ernest Goodman, Taped and transcribed account of Shango trial, undated, Ernest Goodman Papers, Accession number 1152, Box 5, Tape 1, Walter Reuther Library, 3. Intention of account was to, eventually, be in a book: "Shango: The Anatomy of a Defense." 这份手稿由加州伯克利的 Zipporah W. Collins 代理。最终，出版成本使得古德曼放弃了这个念头。参见：Ernest Goodman, Letter to Zipporah Collins, May 7, 1986, Ernest Goodman Papers, Accession number 1152, Walter Reuther Library.

杰利内克1973年的那趟底特律之行，是急于说服底特律的律师去纽约北部帮助阿蒂卡兄弟法律辩护团。他特别希望能说动比尔·古德曼，即著名民权律师厄尼·古德曼的儿子施以援手。① 杰利内克最初为比尔·古德曼考虑了一个当事人，但当这人的案子被驳回后，就让他来代理"香戈"一案。② 古德曼和杰利内克都认为，鉴于他被指控的罪行极其残忍，因而需要绝佳的辩护；因此，比尔·古德曼决定请父亲出山领衔此案的辩护。③

厄尼·古德曼却有些担心。作为外州的律师，他的调查或诉讼工作不太可能得到该州的任何资助。而且，古德曼不愿和年轻几十岁的阿蒂卡兄弟法律辩护团工作人员一起住公屋；所以他还得掏钱在布法罗住酒店，还得承担周末往返底特律的费用。④ 但经过一番考虑，厄尼·古德曼同意接这个案子。他的律所，即"古德曼/伊登/米伦达/古德曼与贝德罗西安事务所"也决定资助他。更棒的是，阿蒂卡兄弟法律辩护团新来的负责人海伍德·伯恩斯同意帮他，当他的协理律师。同样重要的是，当他终于见到"香戈"时，真的被"香戈"吸引住了。

古德曼所描述的"香戈"是一个"身材高大、体格健美的英俊男人，当时留着八字须和络腮胡，使他的外表格外端正"，"他的人格和姿态"都显得"有尊严"。⑤ "香戈"这个人本身也很有说服力。他们第一天见面时，"香戈"告诉古德曼，他已经不叫伯纳德·斯特罗布尔了，并坚持所有的诉状都要做出相应的改动。"香戈"还向古德曼明确表示，他将在自己的辩护中起核心作用，战略也由他自己来决定。古德曼后来说，他和"香戈"的"关系是我

---

① Ernest Goodman, Taped and transcribed account of Shango trial, undated, Ernest Goodman Papers, Accession number 1152, Box 6, Tape 1, 4, Walter Reuther Library.
② 同上，Tape 1, 5。
③ 同上，Tape 1, 6。
④ 同上，Tape 2, 17 和 Tape 3, 2。
⑤ 同上，Tape 1, 8。

与我代理过的委托人之间最非比寻常的一种"。① 厄尼·古德曼在接这个案子的时候并不知道"香戈"就在他的家乡长大,但这个事实后来证明很有用,因为"在他的辩护问题上,底特律的社区给予了相当多的支持"。②

"香戈"伯纳德·斯特罗布尔(右二)返回D院,与之同行的有厄尼·古德曼、海伍德·彭斯,以及调查员琳达·博鲁斯(迈克尔·雷曼摄,Courtesy of William Goodman)

作为辩护律师,古德曼的习惯从不询问当事人是否犯了让他们受审的罪行。他对"香戈"也是这样。③ 这是一种战略:古德曼认为自己知道得越少,就越容易"更着重从外部资源、客观证据、物证出

---

① Ernest Goodman, Taped and transcribed account of Shango trial, undated, Ernest Goodman Papers, Accession number 1152, Box 6, Tape 1, 8, Walter Reuther Library.
② Ernest Goodman, Chapter, "Shango: The Anatomy of a Defense."
③ Ernest Goodman, Taped and transcribed account of Shango trial, undated, Ernest Goodman Papers, Accession number 1152, Box 6, Tape 5, 2, Walter Reuther Library.

发来进行辩护"。① 但是，香戈不想让他是否无辜这样的问题横亘在他们之间。让古德曼知道他在叛乱期间没杀害任何人对他而言是至关重要的。他给古德曼写信，极力声称自己是无辜的："我只能求你相信我的清白。不是法律上的推定，而是事实，我决没有在阿蒂卡做下任何谋杀的事。"② 在另一封信里，他重申："我没犯谋杀罪，请相信我。"③ 在下一封信里，他解释了古德曼的信任对他为何如此重要。"我是个很好的人，厄尼，我内心深知这一点。……我很想证明自己，尤其想向所有认为我是个坏蛋的人证明自己……我这一生是犯过一些错误，我们谁没犯过。但我的绝大多数记录在案的错误使我看上去像个可怕的人。我想诚实地、正确地打理一下这个形象，证明它是错的……我想证明很多事情，但我最想证明的是我是一个正派人，好人。"④

随着时间的推移，厄尼·古德曼不仅相信他的清白，而且在他们共同面对的这场旷日持久的战斗中与他成了同事和朋友，这对"香戈"来说相当重要。一次紧张的会议结束后，他们讨论了审判策略，"香戈"觉得有必要向古德曼道歉，并表达对他的喜欢。"我真的希望你能理解，对你所做的工作没有丝毫个人的或不满意的感觉，"他写道，"相反，你一直是我的灵感、希望和力量之源，请理解这一点。若没有你，我相信这件事几乎没法处理。"⑤

虽然古德曼和"香戈"之间在辩护策略上有时候会争执不下，比如谁该来作证，该传唤哪些目击者，该透露多少，该保留多少，但在最重要的事情上他们都能达成共识。他们早前花了一段时间讨论了

---

① Ernest Goodman, Taped and transcribed account of Shango trial, undated, Ernest Goodman Papers, Accession number 1152, Box 6, Tape 5, 2, Walter Reuther Library.
② Bernard "Shango" Stroble, Letter to Ernest Goodman, November 15, 1974, Ernest Goodman Papers, Accession number 1152, Box 6, Walter Reuther Library.
③ 同上，未标日期。
④ 同上。
⑤ 同上，1974年11月4日。

替"香戈"辩护的多种可能性,但在希尔和佩纳萨里斯案惨败之后,两人一致认为,这次辩护将集中于法律细节,而不是案件的政治意涵。

尽管如此,古德曼的出庭团队还是投入了相当大的精力来处理法庭内外的公关工作。这个团队希望避免给人留下任何"旁听辩护的人喧闹无序"的印象,媒体会说这是"对司法程序毫不关心"。[1] 所以,对于"香戈"的审判,阿蒂卡兄弟法律辩护团刻意与各种已成名的社团合作,"让黑人中产阶级进法庭旁听"。[2] 法庭外,有位名叫戴文·霍吉斯的年轻女士负责发布新闻稿,同时监督和协调媒体。霍吉斯是乔治梅森大学英语系主任,对新闻传播很在行。[3] 她曾表示担心,说她既无人脉,亦无预算,无法与媒体建立良好的关系,但还是决心依靠每周 12 元的补助和大量油印资料来办成这件事。她设法每周给 50 家报纸发新闻稿。[4]

也许这个团队最好的公共发言人是"香戈"的母亲,大家都亲切地称她"斯特罗布尔妈妈"。她是底特律浸信会的牧师,在当地市中心建了一个社区中心,提供大量社会服务,尤其是儿童服务。无论是在底特律还是布法罗附近,她都不辞辛劳地为儿子发声,并且任何一场庭审都不错过;或许她也是"唯一一个受到各派系尊重和信任的人"。[5] 她承认她儿子不是个天使,这是她的原话,但她相信他说的没在阿蒂卡杀人的话,并下决心不管他有什么不堪的过往,都得受到公正的审判。

为此,"香戈"的出庭团队,尤其是布法罗大学的 5 名法律系学

---

[1] Devon Hodges, Chapter on Media and Publicity, "Shango: The Anatomy of a Defense."
[2] Donald Jelinek, *Attica Justice: The Cruel 30-Year Legacy of the Nation's Bloodiest Prison Rebellion, Which Transformed the American Prison System* (Jelinek Publishers, 2011), 321.
[3] 博鲁斯,与作者的交谈,2005 年 6 月 15 日。
[4] Hodges, Chapter on Media and Publicity, "Anatomy of a Defense."
[5] Goodman, Chapter, "Anatomy of a Defense."

生日以继夜地研究对他的每项指控的来龙去脉,以及如何才能最有效地进行反驳。① 还有好几千页证人陈述和证言等着这个团队来浏览,看看能否从中挑出有明显的矛盾之处或彼此不一致的目击者陈述。其中一名学生对这些证人解释说,好消息是,"我们有此人的原始犯罪记录,我们有他的大陪审团证词,还有韦德听证会的证词。我们还有州警对其中一些人的最初面谈记录"。②

同样重要的是,要确保州政府的证人没有受到任何形式的胁迫,因此辩方对首席调查员琳达·博鲁斯相当倚重。作为全国律师公会纽约市分会一员,博鲁斯在夺狱行动之后来到了阿蒂卡。她看到了州警眼中的恨意,怀疑州政府铁了心要让囚犯为此次叛乱付出比他们已经付出的还要多的代价。

当"香戈"最初联系阿蒂卡兄弟法律辩护团寻求帮助时,博鲁斯一直在关注此事,她是最先和他见面并谈论他所面临的指控的人之一。第一次见面的时候,博鲁斯没想到他如此英俊又如此多疑。在接下来的几个月里,博鲁斯最终赢得了他的信任,他们相爱了。厄尼·古德曼接手"香戈"的案子后,博鲁斯表示愿意尽其所能帮助证明他的清白。③

琳达做的调查越多,古德曼就越相信调查的价值。正如他所看到的,"我们得了解整个起义"才能做好辩护工作。④ 辩护不是"查明谁做了什么这么简单狭窄",而是要做得更全面,要使辩护的效率最大化。⑤ 首先,本案和希尔及佩纳萨里斯的案子一样,看来有实质性的证据表明州政府的证人受到了恫吓与胁迫。州政府的一个证人在描

---

① 这些学生是:约翰·斯图尔特、休·布兰特里、格伦·戴维斯、豪伊·萨森及罗威·雅各布斯。参见:Stuart, Chapter, "Shango: The Anatomy of a Defense."
② 同上。
③ 博鲁斯,与作者的交谈,2005年6月15日。
④ Ernest Goodman, Taped and transcribed account of Shango trial, undated, Ernest Goodman Papers, Accession number 1152, Box 6, Tape 2, 3, Walter Reuther Library.
⑤ 同上。

述自己的经历时说，这些最执着的调查员中就有米尔德和西蒙内蒂，他们上来"先是问我还有多长的刑期……狱友和警卫都在称赞我，说我乐于助人；说我理应得到奖赏；说他们保证可以让我马上获得假释……他们相信我可以帮到他们，这对我也有好处，等等"。① 这名囚犯承认这个提议让他心痒痒，尤其是在"我因为没帮他们"而被关进 Z 楼之后。② 当他被转到另一座监狱，即温德监狱的时候，那里的警卫说他上了"处决名单"，因为那里的囚犯认为他已经同调查员合作，所以他就更想说出他们想听的话了。他被告知，如果他帮助检察官，他们可以保护他。于是，他同意谈谈。但当他告诉他们他知道是谁杀了施瓦茨，凶手不是"香戈"时，一名调查员干脆告诉他"他们只对给斯特罗布尔、查彭、达卢人、乔莫、弗兰克·史密斯和布莱登定罪感兴趣"——正是那些被指控谋杀了施瓦茨、海斯和普利维特拉指控的人。③

为了尽可能多地掌握州政府恃强凌弱的证据，古德曼的团队也希望举行韦德听证会，希望会上能清晰无误地表明，"证人在法庭外非法指证"香戈的做法"具有毫无必要的暗示性，相当于在排斥正当程序"。④ 从 1975 年 1 月 6 日开始的 12 个星期，在对佩纳萨里斯和希尔的审判进行期间，为"香戈"及另外 4 名阿蒂卡兄弟——"黑大个"、赫伯特·布莱登、罗杰·查彭和乔莫——的韦德听证会也开始了。⑤ 伊利县的法庭上挤满了那么多被告、辩护律师以及检察官，法

---

① 写给"香戈"伯纳德·斯特罗布尔的信，未标日期，作者不详，但显然应该是起义期间在监狱里从事医务的狱友。Likely John Flowers, Ernest Goodman Papers, Accession number 1152, Box 7, Walter Reuther Library。
② 同上。
③ 同上。
④ Judge Joseph Mattina, Memorandum, Subject: "Indictments for 1. Alleged kidnapping of Hess and Schwartz, 2. Death of Hess, 3. Death of Schwartz," undated, Erie County courthouse.
⑤ Ernest Goodman, Taped and transcribed account of Shango trial, undated, Ernest Goodman Papers, Accession number 1152, Box 6, Tape 2, 15, Walter Reuther Library.

官约瑟夫·马蒂纳有很多事情要和他们争论。韦德听证会结束时，文字记录稿有 8 412 页。

听证会是在一间有近百年历史的法庭上举行的，屋内无空调，热得出奇，法庭工作人员和每天到场的被告之间的敌意一目了然。马蒂纳法官面前有关调查期间采用不当手段的材料铺天盖地。① 州政府的证人约翰·弗劳尔斯告诉法庭，厄内斯特·米尔德有时一天审问他 8 小时，每周 5 天，连续好几个月如此。② 弗劳尔斯说，每次见面，米尔德都会一再逼他指证"香戈"和另几名被告是凶手，并对他交代得很清楚，弗劳尔斯在作证时说，"如果我有任何对他们有利的信息，可能也会对我有利"。③ 弗劳尔斯告诉法庭，米尔德"告诉我，他们知道斯特罗布尔和'黑大个'，还有查彭和赫伯特兄弟、乔莫做下了这几桩谋杀案。如果我能提供消息证明这件事，这对我去假释委员会会很有帮助……可以表明我想帮助州政府"。④ 对于一个至少要到 1988 年才能出狱的人而言，这话太诱人了。⑤ 尽管如此，弗劳尔斯还是没有拖别人下水，所以他被无限期地关了禁闭。⑥ 弗劳尔斯的恐惧，因为无法区分州警的调查员和西蒙内蒂手下的调查员而日益加深。对他来说，他们"都一个样"，考虑到 1971 年夺回监狱那天所

---

① Ernest Goodman, Taped and transcribed account of Shango trial, undated, Ernest Goodman Papers, Accession number 1152, Box 6, Tape 4, 8–9, Walter Reuther Library.
② John Flowers, Testimony, Wade Hearing, *People of the State of New York v. Shango Bahati Kakawana (Indicted as Bernard Stroble)*, 407 F. Supp. 411 (1976), 2957. As referenced in: Hugh Brantley, Memorandum to attorneys and Pro Se defendants in indictments 38–42, 6, and Attica Brothers Trial Office. Subject: "Testimony of John Flowers and original BCI interview, statements, and Wade Hearing testimony February 19, 1975." Date: April 14, 1975. Document from: Defense prep notes, Haywood Burns Papers, Schomburg Center for Research in Black Culture, New York Public Library. 阿蒂卡的韦德听证会记录也可见于 Ernest Goodman Papers, Series IV, Subseries A: Trial Records, Boxes 24–32, Walter Reuther Library。
③ 同上，2971–72。
④ 同上，2972。
⑤ 同上。
⑥ 同上，2986。

经历的一切,他很害怕与纽约州警有关系的人会对他下狠手。① 在他最终同意为州政府作证后,他的假释也得到了批准。

州政府的许多目击证人都与弗劳尔斯有同样的经历。囚犯们一次又一次地承认,他们说了州政府想听的话,是"出于对监狱当局的恐惧"。② 辩护律师同样震惊,因为他们得知检方在处理照片指认过程中,即使不是完全疏忽大意,也是极其草率,而这是被允许的。厄尼·古德曼还记得,"一个受过指点的证人毫不迟疑地认出了[检方]递给他的照片,说这就是他在 9 月 9 日看过的被告[香戈]的照片,当时没胡子,剃了光头"。③ 检方的问题在于,当那位律师敷衍了事地把这张照片递给辩方以作为证据时,古德曼立即认出照片上的人根本不是"香戈",而是乔莫。古德曼沉思片刻说,对州政府而言,"所有黑人都长得一个样"。④

韦德听证会上呈交的进一步证据表明,州政府听过目击者的证言,其指证的显然是别人,而非他们要求其指证的被告,但他们从未把这些证人传唤到大陪审团面前。在韦德听证会上作证的至少 4 名囚犯证人都表示,他们坚信庭审所说的死亡并不是此刻被指控犯罪的人干的,凶手另有其人:托马斯·希克斯。希克斯是个极为聪明的囚犯,1971 年给阿蒂卡的教师留下了深刻的印象,乔·克里斯蒂安中尉声称正是此人在他试图营救人质时袭击了他,并坚称,就因为看到有人袭击他,他的州警同伴才朝这片地方开了好多枪。⑤

事实上,一名现在愿意指证"香戈"杀害了施瓦茨的证人,不

---

① John Flowers, Testimony, Wade Hearing, *People of the State of New York v. Shango Bahati Kakawana*(*Indicted as Bernard Stroble*), 407 F. Supp. 411 (1976), 2955.
② Jelinek, *Attica Justice*, 323.
③ Annette T. Rubenstein, "Attica, 1971–1975," Pamphlet, Charter Group for a Pledge of Conscience, New York City, December 1975, 21.
④ 同上。
⑤ Annette T. Rubenstein, "Attica, 1971–1975," Pamphlet, Charter Group for a Pledge of Conscience, New York City, December 1975, 32.

仅一开始对州调查员厄内斯特·米尔德说过他没见"香戈"身上有血,而且后来还在韦德听证会上作证说他看见汤米·希克斯身上都是血。① 同样,另一个即将出庭指证"香戈"的囚犯承认,起先他告诉州调查员,他看见"希克斯右手拿刀,两只白手抓住了希克斯的手,从床的方向过来",然后看见"希克斯来到牢房门口,在自己的衬衫或裤子上蹭了蹭一把刀子或什么利器"。② 第三名囚犯也说他看见了希克斯而非"香戈",拿着把剪刀,身上有血,但他现在也准备当州政府的证人来指证"香戈"。③

韦德听证会结束时,辩护律师对他们所听到的一切感到恶心。在他们看来,除了"肮脏",没有别的话好形容弗朗西斯·克莱恩,他是西蒙内蒂办公室负责此案的两名检察官之一。④ 古德曼确信他"证

---

① 可能开脱罪责的证词细节详见:"Memorandum of law in support of Motion to Dismiss," Statement of Facts, *People of the State of New York v. Shango Bahati Kakawana, Indicted as Bernard Stroble*, State of New York Additional and Special Trial Term, State of New York Supreme Court: County of Erie, March 27, 1975, Ernest Goodman Papers, Accession number 1152, Box 7, Walter Reuther Library. Also see: Leon Holt, Testimony, *In the Matter of the Additional, Special and Trial Term of the Supreme Court of the State of New York, Designated Pursuant to the Order of the Appellate Division, Fourth Department*. County of Wyoming, December 12, 1972; and Jake Milde, Testimony, *In the Matter of the Additional, Special and Trial Term of the Supreme Court of the State of New York, Designated Pursuant to the Order of the Appellate Division, Fourth Department*. County of Wyoming, May 11, 1972. 两份文件在伊利县法院。关于阿蒂卡的韦德听证会记录收入 Ernest Goodman Papers, Series IV, Subseries A: Trial Records, Boxes 24–32, Walter Reuther Library。

② 可能开脱罪责的证词细节详见:"Memorandum of law in support of Motion to Dismiss," Statement of Facts, *People of the State of New York v. Shango Bahati Kakawana, Indicted as Bernard Stroble*, March 27, 1975. 亦可参见:Holt, Testimony, *In the Matter of the Additional, Special and Trial Term of the Supreme Court of the State of New York, Designated Pursuant to the Order of the Appellate Division, Fourth Department*, December 12, 1972, and Milde, Testimony, *In the Matter of the Additional, Special and Trial Term of the Supreme Court of the State of New York, Designated Pursuant to the Order of the Appellate Division, Fourth Department*, May 11, 1972. 参见韦德听证会记录集,古德曼从沃尔特·鲁瑟图书馆的厄尼·古德曼文档中了解许多不一致的州证人证词。

③ 同上。

④ Ernest Goodman, Taped and transcribed account of Shango trial, undated, Ernest Goodman Papers, Accession number 1152, Box 6, Tape 4, 11, Walter Reuther Library.

明了控方知道应对此罪行负责的是其他人",而且"很显然,克莱恩在当中起了作用",因为决定应该带哪些证人来见大陪审团的就是他。①

从他的角度看,州政府的证人是被培训过的,受了操控和贿赂来指证他的委托人,这点再清楚不过了。在古德曼看来,就连克莱恩本人在1974年12月18日作证时也承认,他确实"写信谈及了作证的狱友"。当被明确问及这些信件的目的是否为了让假释委员会照顾某些囚犯证人时,检察官克莱恩的回答是:"好吧,我认为这是不言而喻的。"② 古德曼希望马蒂纳法官能密切留意此事,并在韦德听证会结束时裁定指认香戈的程序不当。

但马蒂纳法官似乎对那些证言充耳不闻,又或许是不相信那些讲述恐惧和受到胁迫的事的囚犯吧。他的结论是"在调查狱友海斯和施瓦茨死亡事件时所做的身份鉴定无误……州官员使用的身份查验程序是适当的"。③

审判现在是不可避免了。古德曼的团队将不得不把"香戈"的命运交到陪审团手中,并希望陪审团能看清楚这件案子从一开始就受到了操纵。尽管古德曼没法把"本案中的主要〔原文如此〕恶棍"克莱恩送上审判席,但他仍然希望陪审团能对检方仅仅为了打赢官司就无所不用其极的卑劣伎俩有个批判性的看法。④ 他会反复提醒陪审员注意"调查的性质、州政府对那些人施加的压力,毕竟,州政府

---

① Ernest Goodman, Taped and transcribed account of Shango trial, undated, Ernest Goodman Papers, Accession number 1152, Box 5, Tape 4, 11, Walter Reuther Library.
② Wade Hearing, *People of the State of New York v. Shango Bahati Kakawana* (Indicted as Bernard Stroble), Transcript, 407 F. Supp. 411 (1976), December 18, 1974, Ernest Goodman Papers, Accession number 1152, Box 5, Walter Reuther Library, 2492-93.
③ Judge Mattina, Memorandum, Subject: "Indictments for 1. Alleged kidnapping of Hess and Schwartz, 2. Death of Hess, 3. Death of Schwartz," Erie County courthouse.
④ Ernest Goodman, Taped and transcribed account of Shango trial, undated, Ernest Goodman Papers, Accession number 1152, Box 5, Tape 4, 12, Walter Reuther Library.

对他们有绝对的控制权"。①

只有在陪审团不对囚犯整体,特别是对"香戈"存在偏见的情况下,这样的论点才会起到效果。古德曼心里忐忑不安,因为韦德听证会后,马蒂纳法官似乎越来越难为辩方。阿蒂卡兄弟法律辩护团的陪审团项目的贝丝·波诺拉还记得,"法官行为的变化引起了辩方团队的严重忧虑。就在一个星期前,我们还兴高采烈地讨论过放弃陪审团裁决,让马蒂纳一个人来审会不会是最好的策略",因为至少一开始,法官"对厄尼和香戈都表示了尊重和同情。可现在,他变了脸,变得冷冰冰,一脸铁青,哪怕对一个最小的请求,他都会光火"。②"香戈"的辩护团队发现,法官的举止至关重要:"审判的基调在许多细枝末节的地方是法官决定的。他对当事人的态度会使陪审团顺着他的思路思考,并纳入自己对证据中的评估。"③

贝丝·波诺拉和她的同事埃里克·斯旺森决心为"香戈"争取陪审团,希望陪审团不会受一个没有同情心的法官的影响而心存偏见、容易动摇。厄尼·古德曼很想和阿蒂卡兄弟法律辩护团的陪审团项目合作,他看得出该项目承担了搜集数据和搭建社区网络的艰巨任务。"香戈"案陪审团遴选开始的前一周特别紧张忙碌。当辩方律师忙着为他们提交的驳回起诉的动议辩护时,陪审团项目正努力收集足够的信息,以确保辩方能挑到最好的陪审员。波诺拉记得:"我们给社区网络写信,提醒他们案子要开审了。还开了个会,讨论早先的阿蒂卡谋杀案审判[希尔和佩纳萨里斯的审判]中哪位心理学家比较可靠。之后,又和我们想用的人一起开了个会。伊利县待选陪审员库的当前构成数据也收集到了。"④ 他们的发现促使波诺拉建议厄尼·

---

① Ernest Goodman, Taped and transcribed account of Shango trial, undated, Ernest Goodman Papers, Accession number 1152, Box 6, Tape 4, 12, Walter Reuther Library. Tape 5, 8。
② Beth Bonora and Eric Swanson, Chapter, "Shango: The Anatomy of a Defense."
③ 同上。
④ 同上。

古德曼立即"提交动议,质疑现有人选库中缺乏代表年轻人和女性的人"。①

他提了之后,没想到马蒂纳法官竟然批准了。但是仍有许多工作要做。② 因为厄尼·古德曼是"香戈"团队中经验最丰富的律师,计划由他来审核陪审员,并对潜在人选进行问询,然后由海伍德·伯恩斯或"香戈"跟进。选出一个符合需要的陪审团的关键是依靠陪审团项目提供的可靠研究;陪审团项目可以对潜在陪审员给出的任何答案进行分析,以了解其态度。该分析对潜在的陪审员做出的评级,将有助于辩方确定是否要对其进行更进一步更仔细的问询。③ 为陪审团项目收集信息的工作似乎永无止境。此外,一旦辩方团队中的任何人开始问询某个陪审员,陪审团项目就会立即联系其社区网络,寻找更多的信息,以协助判断此人是不是辩方的合适人选。

即便有了一个相对不错的待选陪审员库,要挑出一个有同情心的陪审团也不是件容易事。古德曼记得,看见第一个由50人组成的陪审团让辩方"哀声四起":他们是"中产阶级、中年人,老年人,白人,主要是男性,年轻人极少,还有一个(也许两个)黑人"。④ 他们还发现,许多有望成为陪审员的人都与执法部门大有渊源,一个是"阿蒂卡检察官的邻居,甚至要求搭检察官的车去法庭"。⑤

一些可能成为陪审员的人甚至都懒得掩饰对黑人的蔑视和种族主义观点,然而,在古德曼看来,法官却试图不让辩方在审核陪审员的问询中调查他们的种族主义倾向。古德曼最终失去耐心,找法官说理去了。"今天对我们大家来说都不好过,"他是这么开始的,"听了陪

---

① Beth Bonora and Eric Swanson, Chapter, "Shango: The Anatomy of a Defense."
② 同上。
③ 同上。
④ Ernest Goodman, Taped and transcribed account of Shango trial, undated, Ernest Goodman Papers, Accession number 1152, Box 5, Tape 7, 2, Walter Reuther Library.
⑤ Bonora and Swanson, Chapter, "Shango: The Anatomy of a Defense."

审团的话，我觉得自己快要窒息了……辩方有权利也有义务去了解被告的种族是否会影响陪审员……［但］你差不多是在指导陪审团的每个人如何回答我们的问题，这让我们没法了解他们对这个难以把握的问题的真实感受。"①

对古德曼的团队来说，第二个陪审团似乎"一样糟糕"，但谢天谢地，第三个总算好些了。② 这个陪审团的人看上去没那么多偏见，尽管律师们并没有被允许就他们的种族观点来进行调查。此时，辩方团队已经很在行了，知道如何最有效地使用陪审团项目提供的"海量数据"，这有助于他们选出一个更好的陪审团，尽管审核陪审员的程序受限。③

"香戈"的团队对陪审团项目提供的信息进行了认真筛查，在遴选过程行将结束时，他们感觉相当不错。对古德曼而言，陪审团项目简直是天赐之物。他没想到阿蒂卡兄弟法律辩护团的律师能如此有效地利用其社区网络获得反馈，他"很快就会知道某个陪审员显然是我们要的还是剔除的"。④

阿蒂卡兄弟法律辩护团会一直在"对所有可能成为陪审员的人进行电话访谈，以确定他们在这件事上是否有偏见"，这让西蒙内蒂的办公室感到不安，尤其是他们不得不承认这样的访谈"本质上是合法的"。⑤

然而，就在最后几名陪审员选出之前，控辩双方都遭到了当头一棒。阿蒂卡兄弟法律辩护团的一名法务志愿者玛丽·乔·库克坦承自己其实是 FBI 的线人。这位 26 岁的白人女性先是对芭芭拉·汉德舒

---

① Bonora and Swanson, Chapter, "Shango: The Anatomy of a Defense."
② Ernest Goodman, Taped and transcribed account of Shango trial, undated, Ernest Goodman Papers, Accession number 1152, Box 6, Tape 7, 4, Walter Reuther Library.
③ Jelinek, *Attica Justice*, 320.
④ Ernest Goodman, Taped and transcribed account of Shango trial, undated, Ernest Goodman Papers, Accession number 1152, Box 6, Tape 7, 6, Walter Reuther Library.
⑤ Memo admitted into evidence: 4.28.75, in Erie County courthouse.

手下的律师坦白了这件事，后者劝她去向媒体爆料。他们知道，她的坦白将对他们即将辩护的大量案件产生重大影响，包括"香戈"的案子以及他们刚刚败诉的案子。[1] 约翰·希尔的律师威廉·昆斯特勒立即召开了自己的新闻发布会，坚称鉴于此事的披露，他的当事人和查利·乔·佩纳萨里斯案件的判决都应被推翻。[2] 这一请求被否决了。

马蒂纳法官同意在陪审员的最终遴选过程中暂停对"香戈"的审判，就线人一事举行为期一周的听证会。[3] 证词显示，玛丽·乔·库克从1973年6月到1974年11月一直受雇于FBI。她的男朋友一直在向FBI通风报信，同时向纽约州警一个叫杰克·斯坦梅茨的人汇报。由于库克特别需要钱，所以当被问及是否想做线人时，她很兴奋。[4] 结果，FBI要求她打入一个非常具体的组织：越战老兵反战/冬季士兵组织（VVAW）[5]。[6] 她的代号是"乔·勒罗伊"，汇报工作的

---

[1] Ernest Goodman, Taped and transcribed account of Shango trial, undated, Ernest Goodman Papers, Accession number 1152, Box 6, Tape 10, 10, Walter Reuther Library.

[2] 昆斯特勒和克拉克从一名陪审员声称陪审团项目的人亲自联系他（这是非法行为）时就开始担心，怕辩方的人打电话给这个人，其实是想阻止他们使用陪审团项目。知道玛丽·乔·库克一直在替FBI和阿蒂卡兄弟法律辩护团工作，所以大家都觉得是她打了这个电话。这件事的影响非常大，因为在许多陪审员有严重的疑虑时，是最后两名被选为陪审员的11号和12号导致陪审团投票赞成定罪。作者与乔·海斯的交谈，2015年11月15日。亦可参见：Bonora and Swanson, Chapter, "Anatomy of a Defense"。

[3] Ernest Goodman, Taped and transcribed account of Shango trial, undated, Ernest Goodman Papers, Accession number 1152, Box 6, Tape 7, 11, Walter Reuther Library.

[4] Mary Jo Cook, Testimony, *People of the State of New York v. Shango Bahati Kakawana* (*Indicted as Bernard Stroble*), Transcript, 407 F. Supp. 411 (1976), April 21, 1975, Erie County courthouse; also FOIA request #110818, FOIA pp. 001224-001419.

[5] 1967年成立的全国性组织，在反战运动中非常突出。——译者

[6] Mary Jo Cook, Testimony, *People of the State of New York v. Shango Bahati Kakawana* (*Indicted as Bernard Stroble*), Transcript, 407 F. Supp. 411 (1976), April 21, 1975, Erie County courthouse; also FOIA request #110818, FOIA pp. 001224-001419., 22-23。

每月报酬是 50 至 80 元不等。① 据库克说，这些报告她是"去公园或墓园之类非常宁静的地方"交给她的上线盖瑞·莱什先生。② 她坚信盖瑞·莱什不是普通的 FBI 探员。在 1971 年司法部要求 FBI 进行的正式调查中，他已经"与每个目击者、数百名证人、州警和其他人交谈过"。③ 尽管玛丽·乔·库克被正式要求监视 VVAW，但到 1973 年 9 月，她也已然成为阿蒂卡兄弟法律辩护团办公室的常驻工作人员了。

库克对第一次参加阿蒂卡的辩护会议记忆犹新。当时是在康涅狄格街上的一家店里，他们给大家播放了辛达·费尔斯通最近拍摄的一部关于阿蒂卡兄弟的纪录片，"黑大个"、约翰·希尔和查利·乔·佩纳萨里斯都在里面。④ 从那时起，她开始为陪审团项目做志愿者。她作证说，她把她能拿到的一切都交给了莱什，"甚至电话号码，任何无关紧要的信息都给了……我觉得重要的人，不管重要性如何，我都会向他提供详细情况"。⑤ 出于对这些信息的去向的好奇，她还真的问了莱什。他说，"大都留在了布法罗"，但相关摘要会"发给华盛顿"，这她已经知道了，在作证她说过，"我接到过两次华盛顿打来的电话问及我知道的信息"。⑥

据库克说，她确实了解到很多 FBI 特别想知道的情况。比如，在第一次阿蒂卡审判中，就是威利·史密斯被控强奸约翰·施莱奇那次，她从其他志愿者那儿听说"他和他的律师不合……这律师和阿蒂卡兄弟法律辩护团合作不畅"，以及其他信息。⑦ 此外，玛丽·乔说，她"去年夏天收到了为斯特罗布尔先生辩护的信息"，于是她被

---

① Mary Jo Cook, Testimony, *People of the State of New York v. Shango Bahati Kakawana* (Indicted as Bernard Stroble), Transcript, 407 F. Supp. 411 (1976), April 21, 1975, Erie County courthouse; also FOIA request #110518, FOIA pp. 001224–001419., 26。
② 同上，32。
③ 同上，39–40。
④ 同上，37–38。
⑤ 同上，42，46。
⑥ 同上，66。
⑦ 同上，101–2。

叫到马蒂纳法官的办公室，详细描述她所了解到的情况。① 也许她和 FBI 之间的关系本来会一直持续下去，但她为阿蒂卡兄弟法律辩护团工作的时间越长，就越同情被告，于是良心开始不安。

库克说，真正让她烦恼的是州调查员在起诉阿蒂卡被告时使用的伎俩。她说，比如，他们之所以先起诉威利·史密斯，唯一原因就是想让公众对今后所有的阿蒂卡被告都产生抵触情绪，认为这些人都是变态。② 阿蒂卡兄弟遭受了如此多的人身虐待，这样的事实也触动了库克。她真的很快就盯着阿蒂卡夺狱期间和之后到底有没有发生过暴行的问题不放，还去了 FBI 找她的负责人，问他们到底发生了什么。在证人席上，她回忆起一次和莱什及另一个叫艾德的"老派爱尔兰天主教徒"探员的会面，他们一直向她保证那儿没有发生暴行。"我再三告诉他们，我知道阿蒂卡发生了暴行。他们则始终断然否认"。③

然而，任何否认都无法驳倒她从阿蒂卡被告那儿了解到的东西，随着时间的推移，他们对所受折磨的描述令她夜不能寐。在库克忙活陪审团项目期间，她已经心力交瘁。尽管她没对 FBI 的人承认，但她确实是自愿加入的，因为她内心里认为这是件"好事"。④ 后来，她的负疚感迫使她承认自己是个线人。⑤ 据库克说，她绝不是 FBI 在阿蒂卡兄弟法律辩护团的唯一线人，还有一个叫凯文·瑞恩的也是，所以她想听从内心，把这事告诉辩护团。⑥

尽管从庭审中可以看出，玛丽·乔·库克确实知晓辩方策略，她也坚称把自己知道的情况都交代了，但要证明这一点还是很困难的，

---

① Tom Goldstein, "Court Told of Spying on Attica Defense," *New York Times*, April 22, 1975.
② Cook, Testimony, *People of the State of New York v. Shango Bahati Kakawana* (Indicted as Bernard Stroble), Transcript, 407 F. Supp. 411 (1976), April 21, 1975, Erie County courthouse, 159; also FOIA request #110818, FOIA pp. 001224-001419.
③ 同上，39。
④ 同上，40。
⑤ 同上，159 60。
⑥ 同上，62，193。

而马蒂纳法官要的就是证据。库克说自己"确实把它从辩方搞到的信息都汇报上去了",其中至关重要的包括"陪审团项目、法律辩护策略、庭上策略、律师与当事人之间的沟通、被告的立场和个人问题的具体信息、阿蒂卡兄弟法律辩护团辩护工作的内部结构及其协调方式"。① 然而,马蒂纳要的是确凿证据。尽管她带了"一只大皮箱"出庭,里面塞满了各种报告,但这还不够多。② 她向法官解释说,她本来会有更多的文件,但她的住处和阿蒂卡兄弟法律辩护团律师芭芭拉·汉德舒的办公室都发生了可疑的火灾,所有没带在身边的资料都毁了。③

在马蒂纳看来,尽管库克没有足够的证据证明她把辩方的机密透露给了FBI,但有意思的是,FBI里无人否认库克是个线人。库克的上线盖瑞·莱什证实,他在1971年受特别委派负责"安全事务"和VVAW,库克向他汇报,而且他也认识州警杰克·斯坦梅茨。但莱什坚称"他从未要求库克小姐监视阿蒂卡的辩方阵营"。④ 甚至另一名FBI探员也承认"他也被安排负责监控阿蒂卡的辩护工作",也收到过有关辩护团的情报,还曾与西蒙内蒂办公室的检察官联系,但当他坚称"他没拿这些信息'做任何事'"时,法官居然信了。⑤ 西蒙内蒂的检察官詹姆斯·格雷伯和查尔斯·布拉德利证实,他们曾与FBI的人谈过阿蒂卡兄弟法律辩护团,但两人都否认使用过FBI提供

---

① Cook, Testimony, *People of the State of New York v. Shango Bahati Kakawana* (Indicted as Bernard Stroble), Transcript, 407 F. Supp. 411 (1976), April 21, 1975, Erie County courthouse, 159; also FOIA request #110818, FOIA pp. 001224-001419, 100.
② Goldstein, "Court Told of Spying on Attica Defense."
③ Cook, Testimony, *People of the State of New York v. Shango Bahati Kakawana* (Indicted as Bernard Stroble), Transcript, 407 F. Supp. 411 (1976), April 21, 1975, Erie County courthouse, 177; also FOIA request #110818, FOIA pp. 001224-001419.
④ 同上,412;亦可参见:Goldstein, "Court Told of Spying on Attica Defense"。
⑤ Tom Goldstein, "Attica Prosecutor's Appearance on FBI Issue Put Off by Court," *New York Times*, April 29, 1975.

的有关辩护团的信息。马蒂纳法官看来又信了。①

针对辩护团的震惊反应,马蒂纳法官出具了一份 12 页的决议书,结论是"没有证据表明政府干预了阿蒂卡的法律辩护团队工作","库克小姐的'指控'不能得到'其证词的支持,我只能认为其描述笼统且太过模糊'"。② 当《纽约时报》专栏作家、前阿蒂卡观察员汤姆·威克得知"FBI 在辩方人员中安插了一名有偿线人"时,便觉得很明显,刚刚结束的如希尔和佩纳萨里斯案的审判"进行得不公正"。③ 但马蒂纳法官不这么认为。对"香戈"的审判将继续进行。

陪审团的遴选工作恢复了。陪审团项目负责人贝丝·波诺拉现在担心即便是辩方团队所依赖的研究,也有可能会受到污染。她写道:"'有可能'库克'搞乱了统计研究,挑选陪审团的信息是错误的'。但他们别无选择,只能继续前进。④ 陪审团的遴选于 5 月 15 日结束。5 天后就是开场陈述。⑤

检察官弗兰克·克莱恩和丹尼尔·莫伊尼汉满怀信心地走向陪审团。他们坚持认为伯纳德·斯特罗布尔"用利器刺死了巴瑞·施瓦茨"。此外,他还被控绑架巴瑞·施瓦茨,这才使得谋杀得以实施。⑥

州方的首位证人囚犯乔治·科克不太令人信服,作证时,他的话变来变去,有一次他竟然失声痛哭,说"我的生活一团糟,好些年

---

① Cook, Testimony, *People of the State of New York v. Shango Bahati Kakawana* (*Indicted as Bernard Stroble*), Transcript, 407 F. Supp. 411 (1976), April 21, 1975, Erie County courthouse, 818; also FOIA request #110818, FOIA pp. 001224 – 001419; also: Goldstein, "Court Told of Spying on Attica Defense."
② Tom Goldstein, "Judge Rules FBI Did Not Interfere in Attica Defense," *New York Times*, May 7, 1975.
③ Tom Wicker, "A Middle Course," *New York Times*, April 29, 1975.
④ Bonora and Swanson, Chapter, "Shango: The Anatomy of a Defense."
⑤ Ernest Goodman, Taped and transcribed account of Shango trial, undated, Ernest Goodman Papers, Accession number 1152, Box 6, Tape 8, 12, Walter Reuther Library.
⑥ Indictment #38: Blyden, Champen, Smith, Thompson, Stroble, *People of the State of New York v. Shango Bahati Kakawana* (*Indicted as Bernard Stroble*), Transcript, 407 F. Supp. 411 (1976), August 31, 1973.

都是这样,我就盼着能把整件事忘得一干二净".① 看着检方费力地让科克指认"香戈",辩方律师古德曼松了口气。在他看来,"陪审团会意识到这个证人根本不可信".②

不过,州政府重整旗鼓,又将约翰·弗劳尔斯叫到了证人席上。尽管弗劳尔斯也很难把他看到听到的事说得连贯,但他确实向陪审团说出了一些对检方至关重要的东西,他说"香戈"告诉他,巴瑞·施瓦茨将因叛变罪被处死。弗劳尔斯当时是医务人员,被叫到施瓦茨的牢房里为其缝合伤口,这些伤口是他在被转移到 D 楼后,被扔来的玻璃砸到留下的。他声称,"香戈"就在此时告诉他施瓦茨将被处死。

囚犯证人杰克·弗洛伦斯也说是"香戈"杀了施瓦茨,说自己当时就在现场,并给出了上面说到的动机,即杀施瓦茨因为他是个叛徒。弗洛伦斯早前在大陪审团面前做过证,说他看见施瓦茨和海斯光着身子被伯纳德·斯特罗布尔和另外几个人以及他们正在指控的那些人带到 D 楼,还被骂是"叛徒"。检方让他把同样的故事对这个陪审团再说一遍。③

最后,检方还需要一名施瓦茨被杀案的目击证人。不过,在让这个愿意作证的证人上场前,州政府首先决定在现场做一番铺垫,即向陪审团说明这起谋杀案有多残忍。为此,他们把一个叫威利·洛克的囚犯叫到了证人席。洛克声称自己亲眼看到了施瓦茨被处死后的惨状,并详细地告诉陪审团他是如何看见"两个满身是血的家伙躺在

---

① Tom Goldstein, "Wide Impact Seen in Attica Verdict: Some View Acquittal as Sign of Collapse of Prosecution in Four Other Cases," *New York Times*, July 13, 1975, 20.

② Ernest Goodman, Taped and transcribed account of Shango trial, undated, Ernest Goodman Papers, Accession number 1152, Box 6, Tape 9, 10, Walter Reuther Library.

③ *In the Matter of the Additional, Special and Trial Term of the Supreme Court of the State of New York, Designated Pursuant to the Order of the Appellate Division, Fourth Department.* County of Wyoming, Appellate Division, Fourth Department, February 2, 1972, Haywood Burns Papers, Box 4239, Schomburg Center, New York Public Library, 70.

床上的"。① 不过，这只是个前奏，重头戏是詹姆斯·霍尔特。仅有两名证人愿意告诉陪审员他们亲眼看见"香戈"捅死了施瓦茨，施瓦茨"尖叫一声倒在了地上"，霍尔特就是其中之一。②

但霍尔特的证词并不像州政府希望的那么有力。事实上，就连检方都觉得很难相信这个人的证词。1975 年的一份内部备忘录显示，几年来州调查员对詹姆斯·霍尔特进行了无数次谈话，首席检察官克莱恩坦言就连他都怀疑霍尔特的可信度。他对同事说："霍尔特说了捅死人这件事，宣称他是星期六晚上在 42 群看见的。现在又对我们说，他之前对这些事情的陈述都是听来的，并不是他在 42 群的泔水房里亲眼看到的。"③ 就连霍尔特关于导致这些谋杀的事件，即周五晚上院子里发生的事的证词，在克莱恩看来也是粗略的；"他现在对其中一些细节的回忆和其他细节对不上号。"④

更糟的是，"香戈"案的检察官知道詹姆斯·霍尔特绝不是他们唯一的污点证人。比如，他们也清楚约翰·弗劳尔斯在其他时候也对他们说过截然不同的故事。比如，1972 年初，弗劳尔斯在接受一名有组织犯罪特别小组的调查员面谈时，声称见过斯特罗布尔"裤子里别了几把刀"。⑤ 但两个月后，第二次面谈时，他根本没提到见过"香戈"。⑥ 1972 年 6

---

① Willie Locke, Testimony, *People of the State of New York v. Shango Bahati Kakawana* (*Indicted as Bernard Stroble*), Transcript, 407 F. Supp. 411 (1976), June 13, 1975, 2836, 2847.
② 詹姆斯·霍尔特的各种陈述摘要，辩方从"罗萨里奥材料"和韦德听证会材料中获得，Haywood Burns Papers, Box 4239, Schomburg Center for Research in Black Culture, New York Public Library。
③ Assistant Attorney General Frank Cryan, Department of Law: Attica Investigation Memorandum to Hess and Schwartz File, Subject: "Interview of James Holt," January 9, 1975, Erie County courthouse.
④ 同上。
⑤ T. J. Sullivan, Organized Crime Task Force Memorandum to Robert Fischer, Subject: "Interview of John Flowers on February 18, 1972," February 22, 1972, Erie County courthouse.
⑥ James Stephens and Frank Keenan, Organized Crime Task Force Memorandum to Robert Fischer, Subject: "Interview with John Flowers on November 1, 1971," November 4, 1971. 然后就没提到斯特罗布尔了。

月在大陪审团面前作证时,他却在此案中说香戈"有个看起来像是囤了刀子或螺丝刀的军火库,你可以看到刀柄从皮带那儿露出来"。①

但结果发现,检方的主要证人既非霍尔特,亦非弗劳尔斯。克莱恩和莫伊尼汉反倒指望一个叫吉米·罗斯的囚犯来证明他们的观点。罗斯作证说,他看见斯特罗布尔穿了件"黑色雨衣",手上抄了把"海盗剑",带着四五个人,"把手放在那人的脑袋上……然后割开了那人的喉咙"。② 陪审员认为这个证人非常可信。他显然因为亲眼看见了这桩恐怖的杀人案而深受创伤。有一次,法官还"递给罗斯先生一把纸巾",在他说这故事的时候,"陪审团的五男七女听着他作证,脸上露出极度不适的表情,双眼则盯着这个瘦弱的声音像蚊子哼哼的证人"。③

但是,无论控方认为自己凭借声称目击了巴瑞·施瓦茨被谋杀的证人(如吉米·罗斯)获得了多少胜算,一旦厄尼·古德曼(有时是和他儿子比尔、海伍德·伯恩斯及"香戈"本人一起)开始交叉询问,并最终搬出自己的证人时,控方的胜算就落空了。

在对州政府的第一位证人乔治·科克进行交叉询问时,厄尼·古德曼给了检察官克莱恩和莫伊尼汉第一次打击。不仅很明显他的证词没什么意义,因为即使在作证时他也变来变去,而且正如古德曼指出的,州政府也知道这是个极不靠谱的证人。首先,检察官知道这人有精神疾病,情绪很不稳定,即便州政府答应只要他出面指证"香戈"就给他假释,也没法指望他。他一获释,就跑路去了加州。等钱全花完了,他实在没辙,就"给州警打电话,要他们出钱让他回来"。④

---

① Flowers, Testimony, *In the Matter of the Additional*, *Special and Trial Term of the Supreme Court of the State of New York*, *Designated Pursuant to the Order of the Appellate Division*, *Fourth Department*. County of Wyoming, June 11, 1972, 12.
② Jimmy James Ross, Testimony, *People of the State of New York v. Shango Bahati Kakawana* (Indicted as Bernard Stroble), Transcript, 407 F. Supp. 411 (1976), July 26, 1973, 35, 39.
③ Mary Breasted, "Attica Witness Tells of Slaying," *New York Times*, June 10, 1975.
④ Rubenstein, "Attica, 1971-1975," 51, 48.

随后，古德曼花了点时间来把州政府的第二名证人约翰·弗劳尔斯也驳得体无完肤。西蒙内蒂办公室没人知道，此人在为州政府作证之前就已经给过"香戈"的辩方调查员琳达·博鲁斯一份声明，该声明"在他这次庭审变得极为重要，是一大亮点"。① 弗劳尔斯自己在这份黄色纸的法律文件上写道这是"他用自己的话亲笔写下的声明"，它清楚地表明，为了确保自己能获得假释，他对州调查员讲了一些与所发生的事完全不同的情况。② 所以，在弗劳尔斯如弗兰克·克莱恩所希望的那样指证了"香戈"之后，古德曼亮出了这份他亲笔写下的反驳他这份证词的声明。根据这份声明，"香戈"事实上并没有告诉弗劳尔斯施瓦茨要在那里被处死。他其实说的是弗劳尔斯给施瓦茨的伤口处理得不错，并且还试图让事情平息下来。"香戈"的原话其实是："听着，我们不希望任何人靠近这些人，那些想伤害他们的人，我们正设法保护他们，我们不能让那些想对他们动手的人来这儿。所以，我们不希望任何人不凭通行证就进来，这就是为什么进来的每个人都得有通行证这事很重要。"③ 陪审团就目瞪口呆地看着对那天 D 楼发生的事的完全不同的描述。即便他们不确定该相信哪个说法，但有一件事是肯定的：弗劳尔斯"已被证明是个骗子"，而且正如古德曼所见，这本身"确实是对检方案件的毁灭性打击"。④

在古德曼的交叉询问下，州政府的其他证人情况也不妙。比如，威利·洛克的血淋淋的版本，又是割喉，又是看见受害者浑身是血地躺在床上，这明显让陪审员暗下决心，如果"香戈"犯下了这一骇人听闻的罪行，就得为此付出代价。然而，古德曼一丝不苟地让洛克看了他对调查员做的其他几份陈述，最重要的是 1973 年 7 月 19 日他

---

① Ernest Goodman, Taped and transcribed account of Shango trial, undated, Ernest Goodman Papers, Accession number 1152, Box 6, Tape 10, 1, Walter Reuther Library.
② 同上，Tape 10, 2-3。
③ 同上，Tape 10, 10。
④ 同上。

本人在大陪审团面前的证词。然后，古德曼直接问他："你可曾看见香戈身上有血？"一听这话，洛克垂下了脑袋，答道："没。"① 随后，古德曼对詹姆斯·霍尔特也如法炮制。② 很快，他就让霍尔特当着陪审团的面承认，不仅"他很难在事情过去后记得当时所见到听到的，会搞混"，而且他实际上告诉过州政府，杀害施瓦茨的不是香戈，而是另有其人。据霍尔特所说，他曾明确地告诉州调查员，汤米·希克斯"发疯似的一直捅"施瓦茨，直到把他捅死。③

不过，古德曼最需要打击的是吉米·罗斯的可信度，因为他所讲述的"香戈"杀害施瓦茨一事是如此有鼻子有眼。古德曼不得不认真考虑该如何对付这个证人，因为罗斯看起来已经很惨了。不管发生了什么，古德曼都不想表现得是在欺负或贬低这个"又瘦又小，形容憔悴，脸色蜡黄，满脸麻子的白人"，"挺可怜的"。④ 因此，古德曼没把证人席上的罗斯耍得团团转，而是决定向陪审团表明，州调查员厄内斯特·米尔德是多么容易让罗斯说出他想要的话。正如古德曼所指出的，罗斯"试图避开他，不回答他的问题，不说他想让他说的话，[但] 米尔德还是拿话喂他，向他提议某些问题照着某些答案说……一次又一次地 [挤压] 得出越来越多的东西，与此同时也暗示此情此景意味着什么"。⑤ 最终，古德曼的交叉询问相当成功。正如陪审团现在所见，米尔德一直在诱导罗斯，直到罗斯愿意在宣誓后就这起谋杀案做出州政府想让他做出的陈述。⑥

---

① Willie Locke, Testimony, *People of the State of New York v. Shango Bahati Kakawana* (*Indicted as Bernard Stroble*), Transcript, 407 F. Supp. 411 (1976), 2875.
② 詹姆斯·霍尔特的各种陈述摘要，辩方从罗萨里奥材料和韦德听证会材料中获得，Haywood Burns Papers, Box 4239, Schomburg Center for Research in Black Culture, New York Public Library。
③ 同上。
④ Ernest Goodman, Taped and transcribed account of Shango trial, undated, Ernest Goodman Papers, Accession number 1152, Box 6, Tape 10, 14, 16, Walter Reuther Library.
⑤ 同上，Tape 12, 1。
⑥ 同上，Tape 12, 3。

然而对陪审员来说，问题仍然存在：如果"香戈"没杀施瓦茨，那是谁干的？古德曼相当清楚陪审团只有在这个问题上解了惑，才愿意为他的委托人做出无罪裁决。于是，他抓住了州政府的要害，传唤4名证人上庭，他们的所做的陈述和证词都在支持辩方的说法，即"检察长是刻意而非失误或疏忽，故意不向大陪审团提供能证明施瓦茨并非香戈所杀的证词"。① 更确切地说，古德曼提到了辩方在韦德听证会上了解到的情况：这些证人指认了另一个人，即汤米·希克斯才是凶手，而关键是，州政府之所以不想让希克斯是凶手，是因为他已在夺狱过程中被杀。②

作为这些论断的证据，古德曼指出，弗兰克·克莱恩并没有将指认希克斯为凶手的证人带到大陪审团或本陪审团面前。为什么？照古德曼看，那是因为其中至少有一个人"会直接反驳罗斯的证词所说的谋杀发生时斯特罗布尔在牢房里，这样一来就会将其完全排除在外，而在那份证词中，他［克莱恩］实际上有三个可以佐证的确证证人，这些人都倾向于证明凶手是希克斯而非斯特罗布尔"。③ 古德曼指出另一名囚犯报告说，他"听到汤米·希克斯说'我割了两个家伙的喉咙'，而且看见希克斯'浑身是血，手上，衣服上，胸口，脸上，右手上拿了把直柄剃刀，米色的，把子烧焦了'"。④ 第三名证人州政府也知道，他"不仅朝牢房里看，看见汤米·希克斯割了一个白人哥们儿的喉咙"，而且还指出州政府指控"香戈"的主要证人吉米·罗斯在谋杀发生时甚至不在场，早已离开了走廊。⑤

即便把州政府的证人杀得片甲不留，并显示出他们是受了检察机关的误导，古德曼还是无法对香戈的无罪释放有充足的信心。他目睹了希尔和佩纳萨里斯案审判中发生的一切，当时陪审团明明知道了州

---

① Rubenstein, "Attica, 1971–1975," 43.
② 同上。
③ 同上，44, 47。
④ 同上，43。
⑤ 同上，44。

政府的恶劣行径，即对证人又是施压又是贿赂，但两名被告还是没有从中获益。古德曼觉得只有一个办法可以打消陪审员心里关于香戈是否无罪的疑问：迫使陪审团仔细查看施瓦茨被杀的确切时间。①

古德曼花了很多时间仔细研究了约翰·埃兰德对巴瑞·施瓦茨的尸检报告。他不是病理学家，但仍被周二凌晨 5 点施瓦茨身上的尸僵所震惊，这无疑表明他"他被杀的时间很有可能距离尸检不超过 30 个小时"。② 这点很重要。"如果这是真的"，那就意味着施瓦茨是星期六之后死的，而检方说"香戈"是在星期六杀了施瓦茨。③ 古德曼开始琢磨：如果医学证据表明施瓦茨是星期六之后死的，这不仅意味着他的当事人是清白的，而且很有可能是州警在夺狱过程中杀害了施瓦茨和海斯。④ 州政府的证人没有一个说"香戈"是周六之后出现在谋杀现场附近的。

古德曼担心"香戈"不会同意埃兰德应该作为他们对付陪审团的最后一招；他也不确定自己能否说服埃兰德出庭作证。古德曼决定他、"香戈"和琳达·博鲁斯得坐下来好好商量商量，共同决定最后的战略是什么。于是，他去了监狱。"那是个非常难受、可怕的一天，"他回忆道，"心情压抑，周围闷热，外面天气这么好却得待在铁栅栏后，只能透过铁栅栏呼吸外面的空气……光凭这点就能摧毁任何人的意志。"⑤ 但他们还是坚持了下来，争论，调侃，回顾了一遍"手头一切可用的证据和可能的证人"。⑥

香戈问，不管他们决定采取哪种战略，是否足以让陪审团相信他

---

① Ernest Goodman, Taped and transcribed account of Shango trial, undated, Ernest Goodman Papers, Accession number 1152, Box 6, Tape 12, 17, Walter Reuther Library.
② 同上，Tape 5, 3。
③ 同上。
④ 同上，Tape 2, 7。
⑤ 同上，Tape 13, 4。
⑥ 同上，Tape 13, 5。

是清白的?① 古德曼没法保证。他只能说他觉得自己的"辩护方法更好,更有效,不那么危险",总比答应"香戈"让其自己出庭作证强吧。② 香戈想亲自出庭澄清自己,但他更迫切地希望"所有的罪名都能被判无罪……他想要不折不扣的陪审团裁决,他希望并相信自己有资格获得完全无罪的裁决"。③ 也许,埃兰德医生能成为一个出其不意的证人,让情况完全改观。

起初,约翰·埃兰德没兴趣为香戈案作证。过去 4 年里,他已经受了太多的伤害——大把的恐吓邮件,如此多的充满敌意的媒体报道——这让他不想再蹚这趟浑水。他写信给古德曼,称"我宁愿理智地与任何阿蒂卡的悲剧保持距离,无论事关起诉还是辩护"。④ 然而最终,古德曼还是说服他去向陪审团讲解他的尸检报告。去作证的那天早上,埃兰德和妻子"一个非常关心此事的有趣的……对他在做的事非常支持的人",在早餐期间与古德曼见了面,温习了一遍将要发生的事。⑤

那天,当埃兰德走进法庭的时候,州政府的惊讶都写在了脸上。让古德曼感到宽慰的是,埃兰德是个很棒的证人。他并没有表现出冷冰冰的才智和超然,而是"有话直说,说的是陪审员能理解的直观的话,完全不像专业人士或专家证人那样作证"。⑥ 这很不错,因为古德曼需要他解释一些与巴瑞·施瓦茨的死亡时间和尸僵在身体上的表现方式有关的复杂科学原理。埃兰德医生讲解得很清楚,毫无磕磕绊绊,

---

① Goodman, Chapter, "Anatomy of a Defense." 143.
② 同上。
③ 同上。
④ John Edland, Letter to Ernest Goodman, August 20, 1974, Ernest Goodman Papers, Accession number 1152, Box 7, Walter Reuther Library.
⑤ Ernest Goodman, Taped and transcribed account of Shango trial, undated, Ernest Goodman Papers, Accession number 1152, Box 6, Tape 13, 6, Walter Reuther Library.
⑥ 同上。

他说根据他解剖死者时的尸僵情况,"施瓦茨是周日死亡的"。①

弗兰克·克莱恩勃然大怒。他跳将起来,开始对埃兰德发问,问的都是讽刺和无礼的问题。有一刻,克莱恩手上拿了本厚厚的医学书,试图暗示许多医学专家完全不同意他的尸僵分析推断出的施瓦茨死亡时间。克莱恩越质疑埃兰德,就越是咄咄逼人。然而,他的这番轰炸似乎适得其反。据古德曼回忆,在忍受了克莱恩一个特别咄咄逼人的问题之后,埃兰德医生最终失去了耐心,以"一种戏剧化的,有力的,充满激情的方式""把我们所有人都吓了一跳,包括陪审员"。② 就好像埃兰德心中一座堵塞已久的大坝终于泄洪了。他说起自己是如何"被孤立和折磨,承受了极大的压力",即便他的发现已被第三方核实,而且他在职业生涯中已经替不下 5 000 具尸体做过尸检,也无济于事。③ 在他从证人席下去之前,陪审员已看出了他内心有多痛苦。他言语恳切,声音一度哽咽,说自己已经做了"所能做的极致",尽管他欢迎其他人对他的调查提出异议,但仍"对自己的结论充满信心"。④

埃兰德离开证人席时,法庭上鸦雀无声。"他的语气,他的表情……他的语调,他直视克莱恩眼睛的方式……他的整个外表向陪审团展示了这个人生活在多大的压力之下,而这仅仅是因为他说出了他所看到的东西,除了陈述真相之外没有其他动机",这给了厄尼·古德曼很大的冲击。⑤

也许古德曼本来可以在这一刻搁置他的案子。他后来承认,"对

---

① Ernest Goodman, Taped and transcribed account of Shango trial, undated, Ernest Goodman Papers, Accession number 1152, Box 6, Tape 13, 7, Walter Reuther Library.
② 同上, Tape 13, 9。
③ 同上。
④ 同上, Tape 13, 8-9。
⑤ Goodman, Chapter, "Shango: The Anatomy of a Defense."

我来说，这是整个案件中最精彩、最具戏剧性的时刻"。① 不过，埃兰德之后，他还有两名辩方证人上庭作证：第一个叫阿尔伯特·维克托利，已获释，他将作证"香戈"在整个叛乱过程中所起的积极作用，尤其是一直努力缓和院子里白人和黑人囚犯之间随时可能爆发的紧张关系。接下来是前阿蒂卡观察员詹姆斯·英格拉姆，他的证词说"香戈"在院子里是个很理性的人，当时囚犯普遍都很恐惧以致先把施瓦茨拘押了起来。② 到了该结案陈词的时候了。

1975年6月25日，辩方做了总结。古德曼对着陪审团梳理了州政府证人的证词中大量前后不一之处，并提醒陪审团许多证人的所见所闻与州政府声称发生的事截然不同。古德曼认为此案早该驳回了；早在韦德听证会上，他就很清楚有许多证据遭到了压制，多到在他看来现在该"强制无罪开释"了。③ 他觉得不可思议的是，州政府在阿蒂卡诸案中的所有证人"都在合作之后得到了假释"。④ 他说，更难以置信的是，州政府起诉"香戈"的这整件案子只依赖一个人，即吉米·罗斯的证词，陪审团看得出这个人"因为软弱、可怜而被检方用来立案，这是他们无法通过任何其他证人做到的"。⑤ 当古德曼为陪审团做了长时间的复盘后回去坐下时，很显然，他对自己尽力所做的感到满意。在古德曼看来，尽管法官没有驳回该案，但也对香戈相当公平了。比如，他对克莱恩言明不得在陪审团面前提及"香戈"的前科，而且"香戈"每天走进法庭时，法官已确保"其由警官带进来，不得让旁人看到手铐，从法官的办公室进入法庭且不戴

---

① Ernest Goodman, Taped and transcribed account of Shango trial, undated, Ernest Goodman Papers, Accession number 1152, Box 6, Tape 13, 10, Walter Reuther Library.
② 同上。
③ Rubenstein, "Attica, 1971–1975," 32.
④ 同上，31。
⑤ Ernest Goodman, Taped and transcribed account of Shango trial, undated, Ernest Goodman Papers, Accession number 1152, Box 6, Tape 12, 5–6, Walter Reuther Library.

手铐"。① 那天上午，古德曼带着陪审团过了一遍他对谋杀指控的辩护，下午，海伍德·伯恩斯总结了辩方对绑架与谋杀重罪指控的论点。

接下来轮到检方出场了。克莱恩的总结持续了两个多小时。② 当他站起身做结案陈词时，似乎毫无气馁。他把陪审团的注意力引向巴瑞·施瓦茨被杀一案的恶性上，不仅称谋杀发生时香戈在场，而且有好几名证人相信他犯下了这桩罪行。他强调，吉米·罗斯也许情绪不稳，但他知道自己看到了什么。

当弗兰克·克莱恩坐下的时候，连古德曼也不得不承认，总的来说，检方总得还不错。检方的证人很弱，但他仍旧挺身而出试图在陪审员面前自圆其说。正如他所言，克莱恩"处理了我们论辩中提出的许多问题，而且大致处理得还算公正"。③ 问题是，克莱恩这人不太讨喜。④ 古德曼说，"克莱恩所缺乏的，整个审判过程所缺乏的，就是他这个人没有同情心。从他身上察觉不出人性……从他最后的辩论中能明显地看出这一点。"⑤

次日清晨，也就是 1975 年 6 月 26 日，从上午 10: 10 到 11: 28，马蒂纳法官把他的详细指控给了陪审团，接下来留给陪审团去审度了。结果发现，他们只会对香戈是否犯有一级谋杀罪进行投票。在最后一刻，法官对古德曼早前的一项动议做出了肯定的答复，就是撤销

---

① Ernest Goodman, Taped and transcribed account of Shango trial, undated, Ernest Goodman Papers, Accession number 1152, Box 5, Tape 8, 7, Walter Reuther Library.
② Case Docket, *People of the State of New York v. Bernard " Shango" Stroble*, Erie County courthouse.
③ Ernest Goodman, Taped and transcribed account of Shango trial, undated, Ernest Goodman Papers, Accession number 1152, Box 6, Tape 13, 15, Walter Reuther Library.
④ 同上。
⑤ 同上。

对其当事人的绑架指控，谋杀重罪指控也就因此撤销了。① 由于许多等待审判的人都是根据同一起诉书起诉的，所以这个决定将对今后的案子产生严重影响，因为如果本案中未涉及绑架，则州政府希望受审的其他案子也不可能涉及绑架。事实上，有了这个决定，法官已将支撑州政府那些尚未审判的大案子的法律依据从这起案件中剥离出来。尽管如此，香戈还是很难脱身。州政府指控他谋杀巴瑞·施瓦茨，这项指控可能会判他终生监禁。

不过，陪审团不会很快做出决定。商议了几小时后，他们要求向他们宣读庭审时的一些证词，然后又过了一个小时，他们休会吃晚饭。饭后，陪审员们又回去继续商讨，觉得还有许多地方需要讨论。晚上 8:15，有人出来要求明晰法官的指控。晚上 8:30，他们又讨论去了。晚上 8:55，陪审团投票了。②

6月26日晚，当陪审团从审议室里出来时，偌大的法庭一片寂静。古德曼和辩方团队的其他人已是精疲力尽，他只能把头埋在胸前听天由命地等候陪审团的裁决。首席陪审员缓缓起身，以一种严肃、不带感情的语气宣布，陪审团认定伯纳德·斯特罗布尔无罪。话音刚落，法庭上便乱成一团。听到裁决结果，坐在儿子后面的斯特罗布尔老妈直接晕倒在座位上子里，"香戈"立刻跳起来去扶她。③ 古德曼泪流满面。④

---

① Ernest Goodman, Taped and transcribed account of Shango trial, undated, Ernest Goodman Papers, Accession number 1152, Box 6, Tape 12, 6, Walter Reuther Library. 当某人犯下重罪，并且在此过程中造成他人死亡时，可以适用重罪谋杀罪的指控。死亡不一定是故意所为，也可以是意外所致，但被告对这种死亡负有责任。
② Case Docket, *People of the State of New York v. Bernard "Shango" Stroble*, Erie County courthouse.
③ Ernest Goodman, Taped and transcribed account of Shango trial, undated, Ernest Goodman Papers, Accession number 1152, Box 6, Tape 13, 18, Walter Reuther Library.
④ 同上，Tape 13, 19。

当厄尼·古德曼、海伍德·伯恩斯和"香戈"辩护团队的其他人走出法庭,走进漆黑的夏夜时,他们遇到了几十名阿蒂卡兄弟法律辩护团的支持者,这些人在他们走下台阶时鼓掌欢迎。古德曼再次情难自已。"这种感觉太不寻常了,"他回忆道,"这次辩护是大家联手压倒了州政府,虽然在许多案子上既没有资金,又缺乏专业知识",但它能够"给法庭带去某种正义"。① 每个聚集在此的人都觉得自己是这场胜利不可或缺的一分子。法院周围响起了一个响亮的口号:"阿蒂卡,反击!"随后,"阿蒂卡"三个字在街上传扬,声音略显压抑,"反击"则在许多阿蒂卡兄弟仍等待审判的伊利县监狱里酝酿,充满了力量。②

---

① Ernest Goodman, Taped and transcribed account of Shango trial, undated, Ernest Goodman Papers, Accession number 1152, Box 6, Tape 13, 20, Walter Reuther Library.
② 同上。

41. 前路漫漫

在"香戈"伯纳德·斯特罗布尔案的审判中惨败后，阿蒂卡特别检察官安东尼·西蒙内蒂和他那帮检察官对于州政府在接下来审判的案子上能不能赢已没什么信心了。在每一个已经进入庭审的案子上，包括像希尔和佩纳萨里斯这种他们处心积虑想定罪的案子，阿蒂卡兄弟法律辩护团都不遗余力地做好了功课，并设法在舆论法庭上争取到了实质性的支持。譬如，辩护团在近期伊利县的市集上广发五颜六色的传单，询问这个县是不是一个公平公正的地方，还要求居民坐到阿蒂卡案的陪审员席上时，将自己最好的一面表现出来。多亏了辩护团，布法罗凡是有可能成为陪审员的人，就算没见过这些传单，至少也听说过。

然而，西蒙内蒂和负责监督所有阿蒂卡案件的法官卡门·波尔决定尽快了结余下的案子。事实上，两人都正在面临着一些媒体的指摘，尽管早在 1972 年 12 月就有 62 名囚犯被指控在阿蒂卡犯下罪行（其中一些人，如香戈，名字同时在多份起诉书中出现），但截至 1975 年，检察官只将 5 起案件提交给法庭审判。西蒙内蒂的检察官团队从一开始就面临着一个关键的挑战，那就是他们不得不耗费大量的时间来应付辩护团出于战略目的提交的雪片般的动议。更重要的是，辩护团的许多动议有时还得到了批准，这也让检察官们颇感挫折，尤其是当他们被要求撤销对某个被告的指控时。正如 1975 年 11

月的《纽约时报》所言,对 27 名被告的指控最终因缺乏证据或其他法律原因被驳回。① 6 名被告在等待审判期间去世。②

然而州政府还有许多阿蒂卡被告有待审判,鲍尔法官承诺将尽快排上日程。③ 这些有待审理的案件之一是指控好几名阿蒂卡兄弟,包括唐纳德·诺布尔,罪名是 1971 年 9 月 13 日在栈桥上"用利器割"阿蒂卡狱警迈克尔·史密斯,企图谋杀他。④ 迈克尔·史密斯本人曾告诉检察官,说唐纳德·诺布尔其实是想救他,免得他那天在栈桥上被枪打死,说史密斯身上最严重的伤实际上并非囚犯的自制武器所致,而是在夺狱行动那天身中数弹造成的,但这些澄清并未能妨碍检察官们起诉这些被告的欲望。

然而,他们最想开审的案件是起诉所谓的领导层的,即第 5 号起诉书,它以多项罪名指控 16 名阿蒂卡兄弟,这些人在夺回监狱那天背上被用粉笔打了个"×"之后,遭单独关押至今。其中就包括"黑大个"史密斯、赫布尔·布莱登、罗杰·查彭和"香戈"。弗兰克·克莱恩和丹尼尔·莫伊尼汉将再次代表州政府出战。鲍尔法官预计这次对阿蒂卡的高层叛乱分子的审判会持续"近一年时间",会成为一场"政治审判",而且"得花很长时间来审理,一举一动很可能极具爆炸性"。⑤

尽管检察官都希望继续对领导层的起诉,因为这个案子牵扯最广且会占用太多精力,但首先要考虑的是对阿蒂卡囚犯乔莫·乔卡·奥莫瓦莱(出生于克里夫兰,原名麦金利·戴维斯)的审判,他被控

---

① "Charges Dropped in Attica Deaths," *New York Times*, November 14, 1975.
② 相关情况依据的是 1974 年 11 月 8 日鲍尔法官的说法,参见:Carmen F. Ball, Letter to Honorable Richard J. Bartlett, Subject: "Status report of cases involved with Attica uprising," November 8, 1974, Erie County courthouse。
③ Tom Goldstein, "Felony Charges Are Dismissed Against 13 in Revolt at Attica," *New York Times*, November 28, 1975, 41.
④ Attica Indictment sheet, December 15, 1972, Erie County courthouse.
⑤ Judge Carmen Ball, "Status of Outstanding Cases," Typed Report, January 10, 1975, Erie County courthouse.

杀害狱友肯尼斯·海斯。①

乔莫是北卡罗来纳州一个佃农的儿子，12岁时全家搬到了弗吉尼亚州。他父亲后来成了弗吉尼亚第一批经营加油站的非裔美国人之一，但乔莫对这一行毫无兴趣。在父亲的店里晃了几年之后，他去弗吉尼亚海滩找工作，在那里和一个朋友因为在不知情的情况下运输了私酒而被捕。他们的老板付钱叫他们开车穿过州界，给一名客户送"货"，但没明说他们是在跨州从事酒类业务。乔莫的白人朋友可以去当兵，免于牢狱之灾，乔莫却被判在弗吉尼亚州一座地狱般的州立监狱里服刑5年。当他最终获得假释时，整个人都变了，倦怠，愤世嫉俗，对生活深感失望。乔莫的母亲看出了儿子人生观的变化，想让他从头来过，于是送他去和他在布朗克斯北部的一个舅舅同住。

然而，此时的乔莫觉得和那些与他有同样经历的人一起更舒服，渐渐地，他成日跟那些游走在法律边缘的人厮混，自己也做些偷鸡摸狗的事聊以度日。为了不致再次入狱，他把名字改成了埃里克·汤普森。不久，他就因抢劫一家汽车配件店而被抓，再度入狱，这次是辛辛监狱。在这座监狱，他经历了又一次转变：凡是图书馆里能拿到的书，每一本他都废寝忘食地阅读，还遇到了许多有知识的人。多亏了这番教育，他不仅开始重新思考自己的人生方向，而且还开始以更具批判性的角度思考这个国家。对他而言，至关重要的一刻是看到了处死间谍艾瑟尔·罗森伯格的电椅，他发誓，水泥地上仍能看见这位女间谍的尿渍。这幅画面，在他试图弄清楚这个以言论自由和包容度为傲的社会，却为何又能心安理得地以电刑处死一位母亲时，一直萦绕在他脑海里。

此时已改名为埃里克·汤普森的乔莫越来越不懂自己所处的世界，还发现自己日渐为伊斯兰教义所吸引。改宗之后，他的名字就变

---

① Ball Letter to Bartlett, Subject: "Status report of cases involved with Attica uprising," November 8, 1974.

成了乔莫·乔卡·奥莫瓦莱。他喜欢乔莫这个名字,因为它很有力量,意思是燃烧的长矛、蛇或龙。成了穆斯林后,乔莫还加入了黑豹自卫党①,因为他发现该组织的意识形态能赋予他力量。每个政治团体在辛辛监狱都有追随者:黑豹党、"新非洲共和国"、"百分之五的人"等等,它们日益增长的吸引力极大地惊动了惩教人员。为了消弭这种日益显露的威胁,辛辛的管理人员决定将明显的好战分子集中起来,一股脑送往奥本监狱。作为黑豹党的防卫部长,乔莫在这次转移之列。而且由于是1970年奥本起义期间的积极分子,他又被转去了阿蒂卡。

乔莫来到阿蒂卡的时候,想不明白那里的条件为何会这么差。他简直不敢相信,那里的人如此渴望走出牢房,哪怕外面雨雪纷飞也要站一会儿,只为呼吸新鲜空气。乔莫也被阿蒂卡警卫的冷漠吓了一跳。阿蒂卡的惩教人员几乎不和囚犯说话,而是宁愿用警棍来表达自己的意愿。在他看来,阿蒂卡的狱警都把底下的囚犯当牲口看,那些人既不需要避开恶劣的天气,也不需要带着友情的交流。然而,他意识到狱警对待囚犯的这种态度也有好处。因为他们没把那些人当作有感情、会思考的人类,自然像他这样的囚犯想在院子里举行政治会议时,他们根本也不理会。

1971年阿蒂卡叛乱开始时,乔莫正在理发店干活。尽管警卫知道他是个激进分子,但骚乱之初一片混乱时,"他保护了[狱警]海勒和文职人员"。然而,当夺回阿蒂卡的行动开始后,乔莫多次遭遇枪击。他的左上臂被霰弹枪的子弹击中,他后来说,子弹"在我的左胳膊里炸开了"。乔莫的脖子和背部中了六弹。然后,他又和几十个人一起被迫从州警和狱警中间穿过,雨点般的殴打落在了他们身上。乔莫的伤口裂开,肺部塌陷。那天晚上,他哀求监狱管理人员送他去真正的医院。但遭到了拒绝。他只能待在原地,站在四五英寸深的积水里,没有足够暖和的衣物,没有像样的食物,甚至连块床垫都没有。他曾设法让伤口

---

① 黑豹党的原名。——译者

保持干净,以免感染,并通过在牢房里做密集的呼吸练习来恢复自己的肺部。牢房里太冷了,乔莫冻得瑟瑟发抖,伤口也一直在流血。最终,在他出血过多,看上去快不行了的时候,正好琼斯和佩珀委员会的调查员在监狱里四处走动,监狱官员才总算把他送到布法罗的一家医院输血。他的伤势如此严重,连那里的医生都吓了一跳。

即使在医院里,执法部门对他的野蛮威胁和严重骚扰没有断过。乔莫说,那天晚上,"有个人走了进来,举止很奇怪。好不容易才把血袋挂到输液的杆子上",突然,乔莫感觉一股冰凉的液体进入了手臂。他开始呼吸急促,那陌生人给他输的不知道什么东西让他产生了可怕的反应;医护人员不得不给他用了药才让他平静下来。[1] 乔莫和同屋的病友都很担心那晚进来的人。"没人知道那人是谁。肯定不是医生,"他后来这么说。[2] 另一次,乔莫蜷缩在床上,一名州警进了他的病房,冷冷地盯着他,然后对护士说:"这杂种还没死?"还有一次,另一名州警站在乔莫的床边,玩俄罗斯轮盘赌打发时间。"他把子弹装进去再拿出来,威胁说要对我开枪,"回忆起这些,乔莫仍然不寒而栗,"他会拿枪指着我的头扣一下扳机,然后它就不响了。"[3] 乔莫一出院,被关进了 Z 楼。

到了那里,对他的骚扰仍然在继续,只是形式不同。当阿蒂卡狭窄的人厅里挤满来自纽约州警刑事调查局和西蒙内蒂办公室的调查员时,乔莫明白,自己在参加叛乱遭遇多次枪击还不够,还得付出别的代价。果然,当检察官在大陪审团面前对他提起诉讼时,对他的起诉书比对其他任何囚犯的都多。

最终,乔莫发现自己面临 34 项绑架罪、4 项胁迫和劫持人质非法囚禁罪的指控。他还被控绑架并杀害了肯尼斯·海斯。[4] 后一件案

---

[1] 乔莫·戴维斯,与作者的交谈,2006 年 2 月 17 日。
[2] 同上。
[3] 同上。
[4] Indictment no. 5, "Answer in Opposition to defendant's motion for a separate trial," undated, *People of the State of New York v. Eric Jomo Thompson*, Erie County courthouse.

子更耸人听闻,所以首先审理。至少乔莫的谋杀案审判是在"香戈"案之后进行的,事实证明,这对他十分有利。由于马蒂纳法官在"香戈"的审判中认定,起义期间 D 院没有发生"传统意义上的、法律意义上的或实际意义上的"绑架行为,鲍尔法官被迫禁止检方在乔莫一案重提同一问题。① 事实上,检察官不仅只能驳回对乔莫即将到来的审判中的谋杀重罪指控,因为这种指控只有在发生绑架的情况下才能成立,而且被迫在他们即将进行的审判中放弃对赫布尔·布莱登、弗兰克·史密斯和罗杰·查彭的指控。②

然而,乔莫仍然被控对肯尼斯·海斯犯下一级谋杀罪。尽管对他的审判在夺回阿蒂卡好几年后才开始,但乔莫仍然因为那天和之后所遭受的一切而饱受肉体和心灵上的折磨,而且很担心自己是否有能力进行有效的辩护。除了过去的画面经常在脑海中闪回并且做噩梦外,他也非常痛苦。与此同时,他对旁人越来越害怕和疑心重重,包括辩护团里那些想要帮助他的人。正是这种对他人的严重戒备,才促使他创建了自己的辩护委员会,即"阿蒂卡释放乔莫联合委员会"。

他的辩护工作并没有完全脱离辩护团的。过去几年里,在等待审判的时候,他已经开始对辩护团中至少一名律师抱有信任,对莉兹·盖恩斯更是如此。莉兹在和一些同为黑豹党成员的阿蒂卡兄弟一起工作时听说过乔莫。每当她问这些黑豹党成员囚犯问题时,他们总是告诉她要先和乔莫谈谈。尽管这有时候让她很恼火,但这群人在纽约监狱体系中的组织紧密以及对乔莫的崇敬程度给她留下了深刻印象。当辩护团让她去和乔莫面谈时,她便来了兴趣。

初见乔莫的那天,他被列在莉兹本来准备面谈的 6 名囚犯的名单

---

① Carmen Ball, Memorandum to Blyden, Champen, and Smith, Subject: "Defendants Motion to Dismiss Indictments 38 and 41," November 13, 1975, Erie County courthouse.
② 同上。

中，但当她进入乔莫的牢房时，她惊呆了，待得比原定时间要长。从他们开始交谈的那一刻起，她便被他的政治知识和分析能力所折服，在她看来，他还是个帅得不行的男人。她马上就看出"他是个了不起的战略家"，的确，她和许多狱友交谈过，但没有谁能对政治有乔莫这样的理解，不仅是对阿蒂卡的斗争，还有对美国更普遍的反种族主义斗争。① 事实上，她被这个男人打动了，走出他牢房的时候，她意识到她刚才第一次遇到了自己的"真爱"，当晚，她给母亲打了电话，说"这就是我要嫁的人"。②

结果，乔莫也同样被莉兹俘获了。她不仅聪明伶俐，会坚持自己的观点，热情洋溢，而且会直抒己见，这让乔莫心动不已。在接下来的几个月，他们一次又一次地见面讨论他的案子，他们的恋情也逐渐升温。不过，他们走得越近，辩护团里的人就越是皱眉头。久而久之，一方面，乔莫和莉兹之间的关系开始紧张起来，另一方面，阿蒂卡的一些被告认为他们俩把自己独立于大伙儿之外。一如"达卢人"和芭芭拉·汉德舒的恋情在一些候审的狱友之间造成的裂痕，乔莫和莉兹的恋情也是如此。"不管什么时候，一个团队里有了个夫妻档是很麻烦的。"莉兹·盖恩斯回忆道。但在乔莫看来，真正的争议在于莉兹是个白人这一事实。③ 他觉得迫不得已要为自己和莉兹的恋情以及莉兹是个白人的事实进行辩护。他写道："一个白人女性在艰难时刻站在一个黑人男性身边，永远不会使后者的黑色变淡，这只是表明这名女性承诺要站在他一边并意识到他们生活中是在为同一个东西抗争……所以，不要以为我为了一个白人女性而做了黑人斗争事业的逃兵，置自己人于不顾或者攻击他们。"④

---

① 伊丽莎白·盖恩斯，与作者的交谈，2006 年 4 月 8 日。
② 同上。
③ 同上。
④ Jomo Davis, Letter to Rafiki, August 6, 1974, Erie County jail, in: "Awakening of a Dragon," 一本小册子，概述了乔莫的政治哲学，发表了他的一些信件，并概述了他对法律辩护的想法, in the papers of Elizabeth M. Fink, Brooklyn, New York.

乔莫和阿蒂卡兄弟会的其他人以及辩护团之间的紧张关系还有另一个原因，那就是他相信可以用不同的方式为自己辩护。莉兹·盖恩斯同意他的看法，也认为辩护团的许多白人律师"总觉得阿蒂卡兄弟太蠢，没法就自己的辩护工作发表见解"。① 乔莫想使自己的案子变得政治化，并使之成为黑豹党更大的政治斗争的一部分，但她和乔莫都不认为这些律师会把乔莫的这番愿望当回事。在乔莫看来，像"香戈"这样的阿蒂卡兄弟已经弃绝政治，"让律师去处理吧，就像黑手党那样"。② "黑大个"也曾表示想让辩护更政治化一点，但乔莫不太喜欢"黑大个"，认为他根本不懂政治，说"黑大个"的阿蒂卡集合体"没有平台。他们总是一味退让。我从不觉得他们很强"。③

最让乔莫恼火的是他觉得阿蒂卡兄弟的其他人，包括"黑大个"，总是想以牺牲那些不那么为公众所知的兄弟和那些仍被关在里面的兄弟来凸显自己。在1974年7月写自伊利县监狱的一封信中，他向他所称的"阿蒂卡的反动黑鬼"喊话，斥责他们在外面"说漂亮话"，而他和其他兄弟却被抛在身后那座"活地狱般的监狱"里。④ 在他看来，那些在外面的兄弟是辩护团的宠儿，这足以令他不想和这个组织有任何关系。最终，他接受了一些法律帮助，同意只要莉兹·盖恩斯也在场，他就让一个名叫文森特·多伊尔的律师代表他，但他仍对辩护团不放心，坚称他有权告诉自己的律师"如何在我的辩护中注入政治因素"。⑤

尽管乔莫组建了自己的辩护团队，以筹集资金，并主要出于政治原因唤起公众对其个人案件的认识，但他再怎么还是个

---

① 盖恩斯，与作者的交谈，2006年4月8日。
② Jomo Davis, Letter to the "Reactionary Niggers of Attica," July 1, 1974, Erie County Jail, in: "Awakening of a Dragon."
③ 同上。
④ 同上。
⑤ 同上。

实用主义者。① 他知道阿蒂卡兄弟法律辩护团能吸引媒体和公众，既有资源，又有耳目。他不想完全与之疏远，所以坚称他这么做其实是想"和辩护团、其他辩护委员会、监狱团体、政治组织等形成一个基本的工作联盟"。② 对于辩护团的其他律师——比如"黑大个"的辩护律师迈克尔·德伊奇——而言，乔莫的立场尽管可以理解，但挺好笑。在他看来，一旦到了要为乔莫的审判做准备时，占据中心位置的仍是全方位的法律争论和有技巧的操纵引导，而不是传递什么政治信息。

文森特·多伊尔的主要辩护策略确实是讲法律而不是讲政治。他认为，乔莫很明显是州政府特意挑出来起诉的。尽管有大量证据表明，1971年9月在阿蒂卡发生的许多罪行都是执法人员犯下的，除了D楼的三名囚犯和狱警威廉·奎恩之死外，他们该为所有的死亡负责，但纽约州单单对囚犯提起诉讼，可见是有选择性的。在多伊尔看来，乔莫明显就是被有选择地选出来起诉的人之一。甚至媒体现在也在写文章说，州政府似乎一心一意要把囚犯送去受审。乔莫的案子开庭之前，多伊尔成功地提交了一份"克莱顿动议"③，以确定州政府是不是特意将他挑出来起诉的。它将在听证会上，由法官安·T. 米克尔决定。④

这场听证会对乔莫来说是个真正的转折点。他终于能让他在州警

---

① Attica Bond to Free Jomo: For the defense of Attica Brother Jomo Omowale Eric Thompson a/k/a Cleveland Davis, Box 620, Ellicott Station, Buffalo, New York, October 31, 1974, in: "Awakening of a Dragon."
② Davis, Letter to the "Reactionary Niggers of Attica," Free Jomo Publicity Booklet, July 1, 1974, Erie County jail.
③ 提出克莱顿动议是为了让手头的案件被驳回，以确保正义得到伸张。当被告方能证明某些"令人信服的因素、考虑或情况"从而使他们免受与被定罪有关的部分或全部的处罚，该动议才可被批准。——译者
④ "Motion to dismiss indictment Nos. 38-1973, 39-1972, 41-1973 on grounds of selective enforcement," *People of the State of New York v. Eric Thompson (aka Jomo Davis)*, New York Supreme Court: Erie County, September 1975.

手上所受的虐待，以及同一帮执法人员在他身上留下的累累枪伤，都被法庭记录在案，并且能向法官展示自己身上的伤疤，那次创伤所造成的痛苦依然折磨着他。检察官查尔斯·布拉德利还记得听证会上那令人震惊的一幕，突然间，"帅气"且"身材高大魁梧的"乔莫开始描述自己的伤疤，然后请求法官允许自己展示给她看。① 法官同意后，他看向莉兹·盖恩斯，请她帮忙，于是盖恩斯走上前，当庭掀起乔莫的衬衫。②

听证会接近尾声时，米克尔法官显然已被乔莫的故事打动了，但检方很不高兴。就连乔莫也觉得法官可能会更向着他而非检方。有时候，当他特别活跃时，甚至还会"像黑豹党人那样骂骂咧咧、说话"，他说，地区检察官想让他闭嘴，但法官基本上都会宣布乔莫想怎么说就可以怎么说。乔莫的律师文森特·多伊尔和辩护团由此看出，法官愿意让乔莫讲话远非出于其个人好恶，而是别有深意。多年来，州政府一直在欺负阿蒂卡的被告，也许最终玩过头了，栽在了布法罗这位法官手上。

在米克尔法官的敦促下，文森特·多伊尔开始和西蒙内蒂的办公室进行和解谈判。过去三年来，州检察官试图让许多阿蒂卡兄弟接受认罪协商，其中包括在重要的10号起诉书中被起诉的好几个人，后来发现，这些人的案子将被完全驳回，因为州政府缺乏足够的证据继续起诉。尽管多伊尔盼着乔莫考虑一下和解，但他知道要说服他的当事人没这么容易。乔莫从一开始就对任何提及认罪协议的话持敌对态度。他的理由是，如果他没犯罪，那他就不应该说为了避免更长的刑期而认罪。另外，乔莫对每个接受认罪协议的兄弟都很决绝，不再和他们说话。③

西蒙内蒂的提议意义重大：如果乔莫愿意承认犯有胁迫罪，他将

---

① 查尔斯·布拉德利，与作者的交谈，沉睡谷，纽约，2004年7月15日。
② 同上。
③ 乔莫·戴维斯，与作者的交谈，2006年2月17日。

撤销对乔莫的谋杀指控。乔莫会因此被判有期徒刑4年，包含已服的刑期。① 他甚而可以采用一种"艾尔福德认罪"策略，据此一面认罪，一面公开宣称自己无罪。简而言之，乔莫可以摆脱这场法律上的噩梦，不用承认任何不当行为。② 乔莫和多伊尔内心都觉得州政府愿意提出这个建议，与米克尔法官的愿望无关，而是出于这样一个事实，即乔莫一直坚称他非常清楚1971年9月13日，当他浑身是血躺在地上的时候，到底是谁对他开的枪。他对检方明确表示，他愿意并且已决心为此作证；事实上，在乔莫的"克莱顿动议"听证会上，大量证词都已确证了他的说法，这意味着州检察官有很大的动机达成和解。③ 甚至在米克尔法官催促他们达成协议，"先于法庭的任何裁决做出"之前，西蒙内蒂的办公室就已提议"撤销指控……以被告认下一桩轻罪作为交换"。④

经过慎重考虑，1975年10月9日，乔莫认下了胁迫罪，这是一种D级重罪，最高可判刑7年，但他不会为此服刑。⑤ 重要的是，无论是对乔莫还是辩护团的其他辩护工作来说，"他并没有给出特定或随便某个事件，也没有提及日期或受害者，只是在法庭上公开表示，尽管自己是无辜的，但还是愿意认罪，这么做完全是为了结束这场三年前提起的检控"。⑥ 但在州政府看来，又一桩指控阿蒂卡兄弟的案子以烂尾收场。然而，就像"香戈"的案子一样，挫败州政府的起诉努力并没有使乔莫立刻获得自由。尽管在本案中达成了认罪协议，

---

① Jelinek, *Attica Justice*, 325.
② 同上。
③ Edward M. Wayland, Counsel for Cleveland Jomo Davis, Letter to Helen F. Fahey, Chair, Virginia Parole Board, December 29, 2004, Cleveland Jomo Davis Personal Papers.
④ 同上。
⑤ Tom Goldstein, "An Attica Inquiry Yields an Indictment," *New York Times*, October 10, 1975.
⑥ Wayland Letter to Fahey, December 29, 2004, Regarding: "Supplemental Information regarding charges stemming from 1971 Attica uprising."

但乔莫仍然得返回阿蒂卡服完原来的刑期。不过,他和监狱当局的关系发生了深刻的变化。乔莫觉得他们没有那么反复无常了,也没那么急切地想摆布他。比如,当他母亲去世时,乔莫请求允许他参加在北卡罗来纳举行的葬礼。令他惊讶的是,竟然得到了批准。他还记得,"他们花钱请了两名警官跟我一块儿去……殡仪馆人很多,警官把我的手铐摘了……我本来可以跑的,但我没有"。①

毫无疑问,到 1975 年底,阿蒂卡监狱当局、纽约州警以及州检察官办公室的立场,相比他们在 1972 年 12 月第一次宣布对囚犯提起诉讼时的立场,已经大不相同了:州政府的案子正在土崩瓦解,被新闻界诽谤的囚犯如今被描写成州政府欺凌的受害者。最重要的是,1975 年 4 月 8 日,《纽约时报》披露了一则震惊整个纽约州总检察长办公室的消息。阿蒂卡调查内部有人要检举揭发。

马尔科姆·贝尔是西蒙内蒂办公室的主要检察官之一,如今他声称他的同事和上司蓄意地、有计划地阻止对在阿蒂卡犯下罪行的州警和狱警进行起诉。事实上,他宣称,西蒙内蒂、弗兰克·克莱恩和其他人其实是为了彻底掩盖这些罪行。

早在 1974 年"香戈"审判开始时,贝尔就对自己的检察官同事提出了这些令人震惊的指控。但无论是法官还是州政府官员,都不愿对他的指控采取行动,因此,州政府才继续推进他们的案子。② 等到乔莫提出证据表明自己是被有意挑选出来起诉时,这些支持他说法的揭露才终于引起了一些注意。当乔莫接受"艾尔福德认罪"时,西蒙内蒂办公室的每个人都觉得他们会突然受到详细的审查。他们猜对了。

---

① 乔莫·戴维斯,与作者的交谈,2006 年 2 月 17 日。
② Ernest Goodman, Taped and transcribed account of Shango trial, undated, Ernest Goodman Papers, Accession number 1152, Box 6, Tape 10, 10, Walter Reuther Library.

第八部　揭　发

马尔科姆·贝尔

马尔科姆·贝尔是怀着传统的抱负进入律师这一行的。1950年代他从哈佛法学院毕业时，觉得政治太过不可知，但对国家的发展方式则持乐观态度。事实上，1960年代，当他看到越来越多的批评美国的抗议活动在校园里和城市街道上爆发时，感到很恼火。贝尔曾在部队服役过两年，先是在阿拉巴马州的麦克莱伦堡，后来在德国的威斯巴登，是个爱国者。1968年，贝尔投了理查德·尼克松的票，并毫无歉意地支持美国出兵越南。

1971年，贝尔离了婚，住在康涅狄格州的达里恩。他曾在华尔街一家极负盛名的律所上班，处理公司诉讼，目前他在上城的另一家律所从事类似的工作。不过，他这人静不下米。他喜欢法律，因为法律自有公道。但公司诉讼的活儿并不总是体面荣耀的，坦白说，他觉得很单调乏味。贝尔不是什么激进分子，但他最初被法律吸引的原因之一是可以做些好事。然而，他渐渐相信，他正在处理的民事案件跟这个大计划几乎没什么关系。

1973年，贝尔琢磨起了要不要试试刑法。至少刑法更有意思。那年8月，他在一本法律杂志上看到一则有趣的广告，这则广告将改变他的生活。阿蒂卡调查在招"检察官"，只是说得很隐晦。他交了申请，很快就进了下曼哈顿的阿蒂卡调查办公室，坐到了安东尼·西蒙内蒂的对面。令他吃惊的是，他得知这次竟然有机会参与纽约州有史以来规模最大的刑事诉讼之一。虽然这份工作的年薪只有可怜巴巴的 28 500 元，但他还是兴高采烈地接受了。贝尔后来成了安东尼·西蒙内蒂的首席助手，负责收集执法部门在阿蒂卡监狱的夺回行动及重新安置期间所犯一切罪行的证据，并呈交阿蒂卡案的大陪审团。然而，在他从事阿蒂卡调查工作一年后，便开始怀疑他的上司是否真的会对起诉执法人员感兴趣，就像其起诉囚犯时那样。到 1975 年，贝尔无奈地发现自己成了纽约最具新闻价值的揭发丑闻之一的核心人物。

42. 加入团队

从马尔科姆·贝尔在纽约州阿蒂卡调查组工作的头几天起,他就觉得奇怪,"警官杀死的人是囚犯的 10 倍",可他们还要投入如此多的精力去起诉阿蒂卡的囚犯。① 不过,早在雇用贝尔之前,就已经决定在调查警察犯罪之前,先调查囚犯的罪行。② 1972 年,副检察长罗伯特·费舍写信给上司路易斯·莱夫科维茨,说相比狱警约翰·蒙特利昂和约翰·达坎杰罗的杀人行为,囚犯杀死狱警奎恩以及自己的狱友施瓦茨和海斯的行为"更像是谋杀"。③ 而且,他早前就对司法部的一名律师说过,起义后,执法人员在安置囚犯时对他们犯下的任何罪行"都是次要的"。④

对这个观点是有过抵制的。1971 年 10 月,高曼委员会不安地注意到阿蒂卡的调查只针对囚犯而不管执法人员。⑤ 甚至一些目睹过州警暴行的人,比如国民警卫队的外科医生约翰·库德莫尔医生也开始公开发表观点,称州政府对州警罪行的熟视无睹实在令人愤慨,也是不可接受的。⑥ 州调查员甚至直到阿蒂卡监狱夺回过去了整整两年半之后,才向库德莫尔询问他所看到的士兵做下的可怕行径,而库德莫尔不无厌恶地对媒体指出,过了这么长时间,就连对你自己的孩子都会难以辨认。⑦

正如马尔科姆·贝尔所看到的那样,他的上司如此卖力地调查和起诉囚犯,这本身并没有什么错。贝尔认为,如果囚犯在阿蒂卡犯了罪，那他们就应该承担罪责。不过，当他的同事似乎即使"对被告不利的证据不足"是如此明显，也仍要追查囚犯的案子时，他也开始感到不安。⑧ 他特别感到困扰的是，州政府赖以指控囚犯的目击证人，显然隔段时间就会换套说辞。而在他看来，这些证人对过去事件的记忆连模糊都算不上。他还注意到他的那些同事都不以引导和胁迫证人指证囚犯为耻，这让他有种深深的不快。⑨

贝尔的上司西蒙内蒂及他的检察官同僚也对他们在调查中收集证据的方式感到不安，至少是早期的收集方式，当时的调查员来自纽约州警自己的刑事犯罪调查局，但他们都觉得他们早已回到正轨。而且，在手头的案子上他们自觉并未做出任何不当之举。

早先，贝尔也很高兴看到这种情况。事实上，西蒙内蒂雇他来调查所谓的枪击案，也就是夺狱期间，一名执法人员在没有法律依据的情况下向囚犯或人质开枪，他觉得是个好迹象。西蒙内蒂可能从起诉阿蒂卡的囚犯开始，但显然他也在准备起诉州警和狱警。

甚至在雇用贝尔之前，西蒙内蒂就已于1972年在阿蒂卡大陪审团面前对一名纽约州警提起诉讼。他将这个案子交给了团队里唯一一

① Malcolm Bell, updated edition (in draft) of *The Turkey Shoot*, Chapter 6, 2. In possession of Malcolm Bell.
② Emerson Moran, aide to Fischer, Notes, State of New York Department of Law, in: Bernard S. Meyer, *Final Report of the Special Attica Investigation*, October 27, 1975, New York State Archives, 124.
③ Robert Fischer, Letter to Louis Lefkowitz, June 14, 1972, 引自: Meyer, *Final Report of the Special Attica Investigation*, October 27, 1975, New York State Archives, 125.
④ Meyer, *Final Report of the Special Attica Investigation*, October 27, 1975, New York State Archives, 128.
⑤ 同上，6。亦可参见: Goldman Panel to Protect Prisoners' Constitutional Rights, Report, New York State Archives。
⑥ Michael T. Kaufman, "Guard Cites Delay of His Attica Testimony," *New York Times*, April 10, 1975.
⑦ 同上。
⑧ Bell, updated edition of *The Turkey Shoot* (in draft), Chapter 6, 11.
⑨ 同上。

名非裔检察官艾德·海莫克，此人曾是纽约县助理地区检察官，备受尊敬的曼哈顿戒毒项目的负责人，但随后并没有起诉。①

尽管海莫克不再在该办公室工作，贝尔也没法询问他案子出了什么问题，但贝尔看得出他可能因何失败。② 首先，即使到贝尔加入团队时，任何涉及州警或狱警的案件都没有做多少基础工作。没人将指证执法人员的证据拼合起来从而得出一个无懈可击的案件。当贝尔被指派处理枪击案时，除了"关于在栈桥上枪杀两名人质的未定论的备忘录"以及"关于人质圈中死亡事件的一些零星备忘录外，并没有连贯的故事"等着他。③

不过，这样也并非全无益处。贝尔可以以尽可能开放的思路来处理枪击案，他发誓"要竭尽所能寻找警察无罪的证据，若是有罪的证据也同样尽力寻找"。④ 然而，贝尔越仔细查看这些证据，越将州警和狱警为解释他们的行为所作的陈述与其他证据（如D院的照片）进行比对，这些陈述也就越明显地说不通。比如，从A楼和C楼开枪的州警坚称他们只瞄准试图袭击人质的囚犯，然而，就连一个新手调查员也能从照片上看出"在狱友奔跑的方向上没有人质，甚而连人影都没有"。⑤ 无数的囚犯证人也明确表示，如果他们能动的话，就会马上逃离州警的火力，绝不会朝着子弹跑去。

不仅是证据不支持州警的陈述，连"常识"也解释不了。⑥ 一名纽约州警正式承认向囚犯开枪的中士在解释这么做的理由时，提供了三个截然不同的版本。今天说囚犯正要朝他扔东西，但又说不出是什么东西。明天说没法搞清楚囚犯手里拿了什么，因为空气中有太多的

---

① Bell, updated edition of *The Turkey Shoot* (in draft), Chapter 6, 2.
② Meyer, *Final Report of the Special Attica Investigation*, October 27, 1975, New York State Archives, 81.
③ Bell, updated edition of *The Turkey Shoot* (in draft), Chapter 6, 2.
④ 同上，Chapter 1, 5。
⑤ Bell, *The Turkey Shoot*, 50.
⑥ 同上。

催泪瓦斯,而他一直戴着防毒面具。过两天又说他很肯定囚犯挥舞的是燃烧瓶。①

一些陈述试图解释夺狱期间有个州警是如何在 D 院被击中腿部的——且只有这一个州警中弹——这也让贝尔困惑不已。据这名州警,即州警约瑟夫·克里斯蒂安中尉的说法,他是试图去 D 院的人质圈解救人质时中枪的。

克里斯蒂安带了两把手枪和一把霰弹枪,说他在朝人质圈跑过去的时候,有个囚犯向他跑来,手里抄了根棍子,然后用这玩意儿打他戴着头盔的脑袋。于是,为了救克里斯蒂安的命,B 栈桥上的州警称他们用霰弹枪朝这名囚犯开了火,其间不仅伤及克里斯蒂安的大腿,还让好几个自己人,即人质圈里的人质中枪身亡。以这种情形来看,人质之死尽管悲惨而可怕,但完全是意外,是不可避免的,法理上也是正当的。

考虑到人质圈里有那么多的人质被州警的火力击中,那州警的说法就是真实的,这点对贝尔来说至关重要。然而,他还是心里烦乱。乔·克里斯蒂安本人的陈述得到了袭击期间拍摄的一张照片的佐证,他清楚地表示,他中枪时,正好在人质面前,并不像其他州警一口咬定的是在边上。这可能意味着,当时州警是在随意开枪,而且火力很足。② 同样令人不解的是,8 名人质中至少有 3 人并没有被 B 栈桥上的霰弹枪击中身亡,他们是被步枪打死的,但没有一名步枪手承认朝

---

① Investigators M. J. McCarron and J. Stephen, State of New York Organized Crime Task Force Memorandum to Assistant Attorney General Simonetti, Subject: "Sgt. Anthony J. Marchione," February 16, 1974, in the papers of Elizabeth M. Fink, Brooklyn, New York。亦可参见:马尔乔内的陈述,日期为1971年9月15日,阿蒂卡调查员詹姆斯·斯蒂芬对马尔乔内所做的采访。James Stephen, Testimony, *Proceedings before the Supplemental Grand Jury of the Additional, Special, and Trial Term, convened pursuant to the order of Governor Nelson A. Rockefeller*, Special and Trial Term of the Supreme Court of the State of New York, Appellate Division, Fourth Department, Wyoming County Courthouse, Warsaw, New York, November 7, 1973。

② Bell, *The Turkey Shoot*, 143.

院子里的那个区域开过枪。

在几乎所有的枪击案中,贝尔并没有去调查枪击本身是否导致了死亡;而是想确定枪击本身是否合理。比如,以山姆·麦尔维尔被射杀为例,这名白人囚犯曾因往多座建筑物扔炸弹抗议越战而入狱,他写过揭露阿蒂卡以洗衣房牟利的文章,并且曾是负责谈判的领导人。执法人员对他在夺狱期间殒命于 D 院一事公开表达过激动之情,而贝尔发现他被射杀的种种细节令人不安。首先,根据一些目击证人的描述,麦尔维尔是在要投降时被开枪打死的。之后,枪杀麦尔维尔的州警成了刑事调查局的调查员,声称自己开枪纯粹是出于自卫:他说麦尔维尔正准备向他投掷燃烧瓶。然而贝尔从收集到的证据来看,麦尔维尔附近并无任何这类武器。

贝尔还一次次地发现,州警声称他们为了自卫才射杀囚犯,这完全是捏造的。当他仔细检视一个名叫詹姆斯·罗宾逊的囚犯被杀一案时,这一点尤为明显。罗宾逊最初是被一颗 0.270 口径的子弹击中的,但他并没有马上死亡。另一名州警撞见躺在地上血流不止的罗宾逊,用霰弹枪把他打成了筛子。由于这名州警是这么近距离射击,子弹全都射入了罗宾逊脖子的一侧,并以喷雾状从另一侧射出。为了证明这起枪击是正当的,这名州警煞费苦心地宣称罗宾逊当时拿刀朝他扑来。死者的一张血淋淋的照片显示,他身边的一把弯刀便可作为证据。然而,贝尔很快便注意到两个可恶的事实:首先,照片是在罗宾逊被枪击前几秒和被枪击后几秒拍下的,照片显示,他躺在地上同一个位置,根本不可能在被 0.270 口径的子弹击中后从地上跳起来,冲向那名州警,然后再在两张照片的拍摄间隙分毫不差地躺回同样的位置。[①] 同样令人不安的是,州警拍摄的第一张照片上,罗宾逊身边根本没有刀,而第二张照片中——他的再次出现表明他没挪地方——却多了一把。[②] 显然,是

---

① 马尔科姆·贝尔致作者的信函,2015 年 12 月 5 日。
② Bell, *The Turkey Shoot*, 112.

有人为拍第二张照片而放在他身边的。

两名囚犯的死亡尤其在贝尔脑海里挥之不去：肯尼·马洛伊和雷蒙·里维拉。马洛伊的头部和身体中了 12 枪，而且是近距离。里维拉一直畏缩在囚犯们在人行道下挖的一个洞里，却同样被 10 颗弹丸

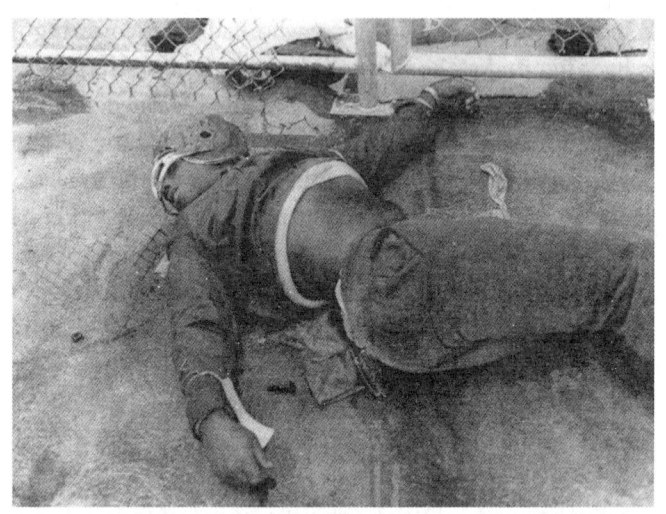

狱友詹姆斯·罗宾逊躺在被害现场。第二张照片上，他手里被放了把武器（*From the Elizabeth Fink Papers*）

打成了蜂窝。① 将这些不同说法拼凑在一起之后，贝尔得出结论，一听到直升机的轰鸣和枪声，里维拉便钻进了这个洞里躲避。里维拉没有枪，也没有其他任何可以被视为对执法人员构成威胁的武器。尽管如此，一名州警把霰弹枪搁在洞边，朝里维拉的大腿射出了一梭子弹，后者很快便流血而死。② 为了证明开枪有理，这名州警还声称他是在自卫。然而，他自己在陈述中的添油加醋，很快让其说法的真实性化为乌有。他说他没用自己的武器，他手上的那把霰弹枪是偶然从一个囚犯那里拿来的。他想表明，他其实是个英雄，因为他阻止了囚犯用这把枪杀害人质。但西蒙内蒂办公室的人都知道，D院的囚犯没有枪支。

除了州警对自身行为的描述中存在偏差和彻头彻尾的谎言之外，贝尔随着调查的深入，还惊讶地发现纽约州警的高层似乎在刻意阻挠他的调查，要么不合作，要么隐瞒证据。西蒙内蒂也确实警告过贝尔，"州警拒绝合作……不把证据拿出来……总之阻碍我们对所发生的事了解和证明"，现在他也亲眼见识了。③ 早在1971年10月，美国司法部就对阿蒂卡夺狱和安置期间可能发生的侵犯公民权利的事件展开过简短的调查，不仅该调查最终毫无进展，而且州警缺乏坦诚甚至不愿提供士兵夺狱之后立即提供的陈述，令调查员的工作受阻。④ 比如，当FBI的探员叫亨利·威廉姆斯交出他所做的士兵陈述时，他却故意拖延，而当初正是他这位纽约州警上尉帮助约翰·莫纳汉少校精心策划了袭击，他还是负责在那里收集初步证据的A部队刑事调查局小组的负责人。他说，他需要对他们的这个请求"做些

---

① Investigators McCarron, Dolan, and Peo, State of New York Organized Crime Task Force Memorandum to Anthony Simonetti, Subject: "List of Deceased hostages and inmates, indicating location of wounds and caliber of weapon," December 20, 1971, in the papers of Elizabeth M. Fink, Brooklyn, New York.
② Bell, Testimony, *Attica Task Force Hearing*, July 30, 2002, 44-45.
③ Bell, *The Turkey Shoot*, 61.
④ FBI Memorandum, October 23, 1971, File: Buffalo 44-592, FOIA request #110818 of the New York State Attorney General's Office, FOIA p. 000157. 24.

调查",到最后其实从没把这些陈述全部交给司法部。①

实情是,由于刑事调查局调查员在夺狱之后证据收集过程中捣鬼,所以无论西蒙内蒂的办公室还是 FBI,都无法确定哪些证据确实存在。比如,州警的调查员甚至没向任何幸存下来的囚犯询问"当他们周围的警察开枪时……他们看见了什么",而且他们对 D 院和栈桥的犯罪现场的处理也是粗劣的。② 汉克·威廉姆斯上尉曾请求尼亚加拉县治安官立即派人"弄走死伤的囚犯和人质",早在 13 日上午 10:30,他就让这些人开始"清理行动","从院子、库房、通道和其他未被占领的建筑里清除有可能会成为重要证据的东西"。③ 早在独立调查员抵达现场之前,清理行动便已经完成了。④

然而,贝尔及其在阿蒂卡调查组的律师同事怀疑州警可能早已收集了大量证据,只是拒绝交出。可悲的是,他们设法使纽约州警交给他们的每一份证据看起来都在某种程度上被篡改了。譬如,刑事调查局调查员从参与夺狱行动的纽约州警那里拿到的一批陈述,读起来不像是客观的枪击报告,更像是对杀戮的辩解,里面充斥着囚犯冲过来想杀了他们的故事。

贝尔很快便意识到这些应该不是 9 月 13 日做的第一批陈述。有传言说,"第一批手写陈述"是"写在黄色纸张上的";或许纽约州警是把他们在 9 月 15 日得到的第二批"相对空洞、无关痛痒"的陈述交给了贝尔。⑤ 在贝尔看来,这只能意味着一件事:有人决定那些

---

① FBI Memorandum, October 23, 1971, File: Buffalo 44-592, FOIA request #110818 of the New York State Attorney General's Office, FOIA p. 000157. 24.

② Bell, updated edition of *The Turkey Shoot* (in draft), Chapter 6, 5-6.

③ "Attica Assignment Mutual Aid Request form," Summary of total assignments of Niagara County Sheriff's office from September 9-13, 1971, September 14, 1971, FOIA request #110818 of the New York State Attorney General's Office, FOIA p. 000152.

④ 同上。

⑤ Malcolm Bell, Preliminary Report on the Attica Investigation, January 29, 1975, p. 31. 这份揭发报告是贝尔所写,只拷贝了几份给了他的上司、鲍尔法官和休·凯瑞州长。这份文件从未向公众开放。文件存于伊利县法院书记员办公室,作者手中握有副本。

州警需要修改陈述,对为何打掉那么多子弹、造成那么多人死伤做出更清楚有理的辩解。没人对9月14日纽约州警的行为担责,这不免让贝尔怀疑州警的高层是否在那天花时间盘问了手下人,让他们重写了一份陈述。

不过,这不是说那些离奇的陈述对贝尔来说毫无用处。从几个例子来看,那些陈述确实提供了证据,证明哪些囚犯是被哪些州警射杀的,更重要的是,哪些州警是在没有正当理由的情况下开枪的,而这很可能是犯罪行为。这会是一个颇有价值的开端。如果贝尔能仔细梳理这些陈述,他可能会发现一些真正的线索去跟进。比如,如果一名州警承认射杀了一名囚犯,那贝尔可以证明他的理由是造假得来,然后他可能有一些确凿的案件提交给大陪审团。

不过,另一样重要的文书工作仍然缺失。派到阿蒂卡的每支部队都"对进入阿蒂卡的人员和装备"进行了登记,却决然没有记录"武器的序列号和配发给了谁"。① 然后,1971年10月至12月,刑事调查局面谈了全州各地100多名州警枪手、15名国民警卫队队员以及一群怀俄明县副治安官,但在他们提供的陈述中没有将单件武器与枪手个人对应起来。② 更糟的是,一名刑事调查局调查员声称,他被特地告知不要"对他面谈过的枪手进行武器责任调查"。③ 另一人则声称"他受威廉姆斯上尉指派","对州警的枪手进行一般性面谈……威廉姆斯上尉或其他任何人都未曾指示他在讯问期间进行武器责任调查。他没收到指示获取序列号或以其他方式识别他审问的枪手

---

① Nick Savino, State of New York Attica Investigation Memorandum to Anthony Simonetti, Subject: "Weapons Accountability," July 10, 1974, in the papers of Elizabeth M. Fink, Brooklyn, New York.
② 尽管如此,某些关联是显而易见的。比如,调查员确实知道是哪个州警向囚犯肯尼·马洛伊开了枪,是谁射了囚犯威利·韦斯特一颗点38的子弹,等等。马尔科姆·贝尔致作者的信函,2015年12月5日。
③ 引自:Meyer, *Final Report of the Special Attica Investigation*, October 27, 1975, New York State Archives, 9-10. 据马尔科姆·贝尔统计,共有111名枪手,包括狱警和公园警察。

所用的枪支"。① 不过，还有另一名州警确实在 9 月 9 日晚上开始列一份清单，关于他将哪些武器发放给了哪些州警，但次日清晨发现他所列的一些武器又给了其他州警，所以就把那份清单销毁了。②

此外，在夺狱期间开枪的州警没有人被要求填写"武器开火"表，而这应该是标准程序，他们也没做过任何弹药责任文书工作。③ 贝尔深知，武器弹药问责是"警方程序的基础"，比如捡起弹壳并标记位置，把尸体留在其倒下的地方以便进行关键的测量。④ 这些工作都没做过。

贝尔调查时觉得头疼的是，他需要大量依赖纽约州警自己在夺狱期间拍摄的照片和胶片，但那些证据也被篡改了。⑤ 在整个叛乱期间和 9 月 13 日这一天里，有架摄像机一直在拍摄，记录下了"大作的枪声"，但绝对没有任何人正在开枪的片段。更糟心的是，贝尔发现"州警在把录像带交给调查组之前，将袭击时间从大约 6 分钟缩短至 4 分钟左右"。⑥ 为州警拍摄录像的其中一人将视觉证据的问题归结为技术上的困难："进攻的最初几秒，我是用诺列科摄像机拍的，但由于噪声太大并且要拍动态场面，我关掉了。"⑦ 后来，重新安置开始，在囚犯报告发生了如此多的虐待和折磨事件的确切时间里，据称胶片

---

① Meyer, *Final Report of the Special Attica Investigation*, October 27, 1975, New York State Archives, 9-10.
② 士兵弗兰克·拉维耶提供的信息，见：Savino, State of New York Attica Investigation Memorandum to Simonetti, Subject："Weapons Accountability," July 10, 1974。
③ Bell, *The Turkey Shoot*, 179.
④ 同上，58。
⑤ 同上，59。
⑥ Malcolm Bell, *Affidavit*, *People of the State of New York v. John Hill*, Additional Special and Trial Term of the Supreme Court of the State of New York：County of Erie, Filed June 28, 1978.
⑦ Sergeant P. S. Chamot, New York State Police Memorandum to Major S. A. Chieco, Director of Training, Subject："Attica Disturbance—participation in September 9 through 13, 1971," State Police Academy, October 5, 1971, in the papers of Elizabeth M. Fink, Brooklyn, New York.

用完了。① 任何可能指控一名州警有罪的视觉证据都被抹掉了，抑或一开始就没录下来。②

贝尔从纽约州警收集的照片中发现了相似的问题。他发现了"被指派拍摄袭击事件的州警声称，在操作他们的相机或冲印照片的过程中出了一系列匪夷所思的故障"。③ 一名待在 C 楼屋顶上的纽约州警摄影师拍摄了一整套 35 毫米幻灯片，后来交给了贝尔。然而，当贝尔的调查员伦尼·布朗仔细查看这些照片时，清楚地发现"编了号的柯达胶卷在拍摄的整个照片序列中明显有两处间断"。值得注意的是，第一处间断大约是一个州警"在时代广场附近用霰弹枪射穿詹姆斯·罗宾逊脖子的时候"，第二处间断是州警们对着肯尼·马洛伊射光了枪里所有子弹的时候。④ 对于佚失的照片解释得七拐八绕，说"所有的胶卷先是从阿蒂卡寄往纽约州警在 A 部队总部的冲印室……彩色胶卷盒之后……寄到了纽约州警在 E 部队总部的调色室"，而"E 部队并没有……按照巴塔维亚的方式对照片进行编号"。⑤

贝尔越是探究，情况就越明显——编号方式上的简单差异或冲印室技术人员的错误都无法解释摆在他面前的东西。关键照片必须在州警将一堆照片交给阿蒂卡调查组之前拿掉。比如，阿蒂卡观察员、备受尊敬的州参议员约翰·邓恩曾告诉狱方，说他看见囚犯"黑大个"弗兰克·史密斯赤身露体地躺在 A 院的桌子上，遭到州警和狱警的

---

① Technical Sgt. F. D. Smith, New York State Police Memorandum to Major S. A. Chieco, Director of Training, Subject: "Special Assignment—Attica Correctional Institute September 9 through 14 1971," State Police Academy, October 6, 1973, in the papers of Elizabeth M. Fink, Brooklyn, New York.
② Bell, *The Turkey Shoot*, 259.
③ Malcolm Bell, Affidavit, *People of the State of New York v. John Hill*, filed June 28, 1978.
④ 同上。
⑤ Special Agents Lee Mason and Carl Underhill, FBI Memorandum, October 27, 1971, Attica, New York, Buffalo File 44-592, FOIA request #110818 of the New York State Attorney General's Office, FOIA p. 000093.

报复，但纽约州警交给他的办公室的照片里却没有这样的。贝尔的调查员伦尼·布朗最终弄到了此事发生时的照片，不是州警给的，而是门罗县治安官办公室的员工所拍，故事的每个细节都被清晰地记录在底片上：黑大个"仰面躺在 A 院的桌子上，胸口放了一只橄榄球"，画面中的州警正在冲他喊叫。①

尽管照片佚失本身已令人不安，但州警主动篡改照片证据的事实让贝尔觉得更恶劣。如果他不是碰巧看到了被杀的囚犯詹姆斯·罗宾逊手中并未握有弯刀的那张照片，他永远不会知道州警给他的后一张照片上的武器是被人放在死者手里的。②

贝尔怒不可遏，但毫不气馁，继续推进他的调查。他要做的第一件事是询问安东尼·西蒙内蒂：怎么才能让州警交出更多的证据，检察官如何处理迄今为止发现的证据被篡改的问题。贝尔记得，西蒙内蒂早在 1973 年秋就跟他探讨过，他们是否可以追查那些密谋妨碍他们调查的警官；现在看来，这么做可能是审慎之举。③

贝尔在考虑怎么做的时候，想出了一个计划，让州警为自己的大开杀戒负责。一名州警开枪的唯一正当理由是，是否确然有必要为之以拯救自己或他人免受严重的身体伤害。如果在并没有迫在眉睫的危险之时一个州警朝另一个人的方向开枪，如果贝尔能证明"这种可判为正当的行为并没有发生"，那他或许可以以不计后果危害生命罪起诉该州警，这是一级罪指控，D 级重罪。④ 为了确定州警或人质是否真的遭到威胁，贝尔就必须检查照片、视频和大量非枪手的州警的口头陈述。尽管并非袭击期间目击枪击事件的正式证人，但其他一些非常可信和公正无私的人，比如在叛乱期间被带进 D 院照料伤者的沃伦·汉森医生，也同样认为 1971 年 9 月 13 日早晨州警夸大了对他

---

① Bell, Affidavit, *People of the State of New York v. John Hill*, filed June 28, 1978.
② Bell, *The Turkey Shoot*, 59.
③ 同上，61。
④ 同上，72。

们生命和人质生命的威胁。汉森在了解院子里囚犯与人质之间动态的基础上，看到了袭击时的影像资料，所以在他看来，"对大多数人质而言，没人试图杀了他们……枪声响起时，'刽子手'就趴下了，保命要紧"。①

在贝尔仍致力于追查杀害囚犯和人质的凶手时，他也同样渴望提起轻罪起诉。正如他所说，即使"大多数承认开枪的枪手可能被指控的最重的罪就是不计后果危害生命"，至少也是有意义的。②

考虑到大陪审团此时就在怀俄明县坐镇，贝尔怀疑，即便以不计后果危害生命罪起诉也很难办到。毕竟，海莫克曾想方设法确保对州警的起诉，据他所知至少其中有一件案子是这样的，而陪审团做出不予起诉的裁决，实在是荒唐可笑。③ 贝尔很惊讶："陪审团仔细考虑过该证据后，竟还能不起诉这名州警？"④ 他所能想到的就是，这个特定的大陪审团与执法部门走得太近，不会考虑起诉任何警官。

正因如此，贝尔在1974年初得知西蒙内蒂将要求鲍尔法官召集第二个大陪审团时，内心很高兴。⑤ 虽然目前仍不能保证对州警的起诉，但至少他们能在这个补充大陪审团里选择新的陪审员，这可能会让接下来的情况大有不同。⑥

纽约州将召集第二个大陪审团来评估在阿蒂卡犯下的罪行，这个消息令阿蒂卡的被告惊恐不已，他们以为又要来陷害他们了。阿蒂卡兄弟法律辩护团对此也忧心忡忡。原来的大陪审团提起的诉讼耗费了

---

① 沃伦·汉森医生，第941号受访者，约翰·斯特恩斯洛普和乔·希斯采访，Investigative Report Sheet, November 3, 1974, Ernest Goodman Papers, Accession number 1152, Box 7, Walter Reuther Library。在夺回监狱后，许多人会用"刽子手"一词来称呼在栈桥上围住人质的囚犯。在夺狱过程中，大多数囚犯把围住人质作为职责，为的是不让州政府派军队武力夺回监狱。
② Bell, Affidavit, *People of the State of New York v. John Hill*, filed June 28, 1978, 7.
③ 当大陪审团投票决定不起诉某人时，就会发出"［因无证据或证据不足］不予起诉书"。
④ Bell, *The Turkey Shoot*, 64.
⑤ 同上，73。
⑥ 同上，107。

太多的工作，太多的资源，现在又成立新的大陪审团来处理，这个想法令人震惊。

被这消息弄得坐立不安的唯一团体就是纽约州警。他们很清楚，这意味着他们很快就会进入阿蒂卡调查组的视野，他们感到措手不及，没觉得有点被出卖了。从 D 院空气中的催泪瓦斯被清理干净的那一刻起，纽约州最高级别的官员就盛赞过州警在阿蒂卡的行动。洛克菲勒州长本人也称赞了他们的专业精神和辛苦工作，拉塞尔·奥斯瓦尔德专员也是这个态度，尽管他受过这些州警的许多批评。奥斯瓦尔德在为纽约州警杂志《士兵》的 1972 年 1 月刊所写的一封公开信中，向他们呼吁："我敢说你们和我一样痛苦地意识到，由于在阿蒂卡发生的事件，我们这两个机构都受到了批评。然而，我相信，等到所有事实都为人所知后，我们两方就会对我们各自的工作人员所做的工作感到自豪。"①

即使是在 1973 年 4 月奥斯瓦尔德离开惩教署专员职位时，纽约州警仍受到高层的支持。克林顿监狱所在的纽约第 43 参议员选区的罗纳德·B. 斯塔福德参议员，对召集第二个陪审团的消息做出了"震惊与愤怒"的回应，认为这可能是为了"起诉执法人员"。② 他感到厌恶的是，"在激进团体和个人多年的巨大压力下，我们决定投降并利用我们的执法人员作为这场悲剧的替罪羊"。③ 纽约州警的警察慈善协会④（PBA）也站出来，要求州政府向州警提供法律资金，以应对可能的起诉，声称其已"花费了 20 万元的联合基金，为其成

---

① 引自："Troopers Praised for Attica Action," *New York Times*, January 7, 1972。
② Press Release: "Stafford Assails Attica Indictment," FOIA request #110797 of the New York State Attorney General's Office, FOIA p. 000184.
③ 同上。
④ 警察慈善协会的宗旨是"促进私人执法人员、特警、安保人员、安全官员以及安全承包行业内的标准化和专业精神，从而参与联邦和州的有影响议题的立法和政策制定。——译者

员提供法律援助"。① 它还暗示，可能需要更多的资金来解决"州警及其家庭所承受的精神痛苦"，这种痛苦"相当之大"，这话是警察慈善协会主席帕特里克·J.卡罗尔说的。②

马尔科姆·贝尔并未因此打退堂鼓，他开始以不计后果危害生命罪甚至谋杀罪立案。1974年2月和3月，他与西蒙内蒂及其他人开了枪击案会议，会议的主要任务是找出阿蒂卡发生的128起造成伤亡的枪击事件中，有多少是没有正当理由的。贝尔估算至少还有55枪"可被视为犯罪"。③ 西蒙内蒂表示同意，认为已有足够的证据可向大陪审团提交至少32起指控州警和狱警的案子，涉及一系列罪行，包括"几起谋杀未遂，几起伪证罪，绝大多数都是不计后果危害生命罪"。④ 到1974年4月，贝尔已经设法确定了大约70名可能会被大陪审团起诉的州警和狱警，而且在他看来，还有更多的案子可以追查。⑤

1974年5月8日，马尔科姆·贝尔开始与他的检察官同僚查尔斯·布拉德利一起向新成立的阿蒂卡大陪审团提交案件。⑥ 尽管贝尔觉得自己有机会让该陪审团起诉执法人员，但这个刚成立的陪审团与那帮人仍有非常紧密的关系。两名被选中的陪审员是其中一名人质唐纳德·阿米特的阿姨（另一名人质帕皮·沃尔德还真被作为陪审员人选考量过，尽管后来被剔除了）。此外，州警的主要律师伯纳德·马龙肯定过任何被传唤去该州作证的州警证人，都将要"尽可能少地帮助检方"，有时也允许他们公然阻挠。尽管如此，陪审员们似乎

---

① Francis X. Clines, "Attica Troopers Seek State Aid to Pay for Their Legal Counsel," *New York Times*, April 26, 1975.
② 同上。
③ Bell, *The Turkey Shoot*, 92.
④ 同上。
⑤ 同上，93。
⑥ 查尔斯·布拉德利是此后不久就对州政府诉"香戈"这一命运多舛的案件表达异议的检察官之一。

都对贝尔为什么认为州警和狱警在阿蒂卡犯下了许多可以证实的罪行很感兴趣。在他们听到的都是囚犯在夺狱那天所受的苦时,其中许多人最终露出了灰心失望的神情。① 让他们脸色看起来格外苍白的是,听说一名州警朝一名囚犯的大腿射了 4 颗弹丸,那人在地上扭动时,另一名州警"被他痛苦的尖叫激怒了,用霰弹枪朝他开了一枪,打穿了他的脚踝"。②

陪审员似乎对前阿蒂卡人质迈克尔·史密斯出庭作证感到吃惊。史密斯举例说明了夺狱那天开了那么多枪所造成的代价。当夺狱开始他被带上栈桥时,他还是个年轻的狱警,然后发现自己身上中了好几枪。多年来,官方一直咬定迈克尔身上的重伤——包括在他腹部爆开的子弹——都是偶然;说他是被一颗子弹的碎片击中的,而那颗子弹本来是要射向栈桥上的一名囚犯的。检察官贝尔向陪审团展示了发生的更可怕的事:迈克尔·史密斯身上伤口的样子,4 个弹孔连成一条直线,表明他是被自动武器射中的,而且很可能是刻意为之。③ 那天只有狱警操着可能造成这种伤口的武器,而且没有一个狱警会把迈克尔误认为栈桥上的囚犯。④ 在贝尔想来,向迈克尔·史密斯开枪的狱警无疑是在犯罪。

不过,他必须谨慎处理所有这些案子,尤其是如果受害者是个囚犯,陪审员似乎对他们并不太在乎。他知道该陪审团对执法人员都有内在的同情心,如果他用力过猛,他们会在投票表决起不起诉时畏缩不前。一个关键问题是,州警和狱警的自卫之说还挺有说服力。比如,1974 年 6 月 13 日,有个州警作证说任何囚犯被揍都是因为负隅顽抗,他个人就亲眼见过囚犯"拒绝合作"。⑤ 因此,贝尔不得不向

---

① Bell, *The Turkey Shoot*, 142.
② 同上。
③ 同上,119。
④ 同上。
⑤ Edward Vincent Qualey, Testimony, *Proceedings before the Supplemental Grand Jury of the Additional, Special, and Trial Term, convened pursuant to the order of Governor Nelson A. Rockefeller*, Special and Trial Term of the Supreme Court of the State of New York, Appellate Division, Fourth Department, Wyoming County Courthouse, Warsaw, New York, June 13, 1974, Erie County courthouse.

陪审团展示一旦枪击开始，阿蒂卡的囚犯事实上是多么无力抵抗。最有效的是，他向那些声称自卫的州警施压，要他们描述那天看到的他们周围囚犯的状况。一名州警在宣誓后明确表示，事实上，枪声大作导致"许多人在尖叫"，而有个人，是个囚犯，"大腿上中了好几枪"，正在"尖叫不止"。① 贝尔看得出这份证词对陪审团的冲击力。

在向大陪审团密集地提交了三个月证据之后，西蒙内蒂把贝尔叫到自己的办公室，说他已经要求鲍尔法官休庭三周。贝尔先是觉得没问题，后来才意识到这个空当可不短；西蒙内蒂只中止了他一直在提交的案子，实际上是"取消了大约 15 个枪击案证人出庭作证"，而贝尔正准备把他们传唤到陪审团面前。② 贝尔惊呆了，请求允许他继续跟进，但没有奏效。尽管西蒙内蒂一向显得宽宏大量，任由他将枪手案件提交给大陪审团，但现在贝尔的艰难尝试已经被叫停了，尽管还有许多证据有待提交，在他看来，这种叫停拖延了他的工作，有违预期目标。③

然而，一想到这一点，贝尔就意识到，最近几周，他看见上司对他追查执法人员的努力越来越感到不安。在某种程度上，他想到了这个，他只是把这种不安归因于"检察官和警方是天生的盟友"，因此，这种尴尬也在情理之中。④ 但是，对起诉州警犯法的前景感到不安，与积极阻止他这么做是完全不同的，这就是贝尔意识到发生的事。尽管西蒙内蒂没对这一突然转变给出真正的解释，贝尔怀疑这条指挥链的尽头是前州长洛克菲勒。

1974 年 8 月 20 日，刚刚宣誓就职的杰拉德·福特总统提名纳尔

---

① Edward Vincent Qualey, Testimony, *Proceedings before the Supplemental Grand Jury of the Additional, Special, and Trial Term, convened pursuant to the order of Governor Nelson A. Rockefeller*, Special and Trial Term of the Supreme Court of the State of New York, Appellate Division, Fourth Department, Wyoming County Courthouse, Warsaw, New York, June 13, 1974, Erie County courthouse.
② Bell, *The Turkey Shoot*, 152.
③ 同上，147。
④ 同上，88-89。

逊·洛克菲勒为美国副总统。洛克菲勒已经多次尝试进入白宫。他曾在 1960 年、1964 年和 1968 年竞选总统,有些人认为他辞去纽约州长一职,就是为了 1976 年再次竞选。① 如果阿蒂卡事件妨碍了洛克菲勒登上副总统宝座,他肯定会不高兴,而如果他下令采取行动的州警突然被控犯有谋杀和其他重罪,他十有八九笑不起来了。就职确认听证会即将开始,而阿蒂卡调查组的工作有效的话,很可能使他的提名难以通过。

关于阿蒂卡的话题确实在听证会正式记录中出现过许多次。无数证人——极具代表性的贝拉·阿布祖格,纽约州议员兼观察员阿瑟·伊夫、美国工党的林登·拉鲁什,以及自由游说组织的柯蒂斯·道尔——都就纽约州前州长在阿蒂卡事件中扮演的角色出庭作证。② 就连阿蒂卡的一些囚犯也来发言。③

这些证词都很不客气。阿蒂卡兄弟法律辩护团的协调员海伍德·伯恩斯,以及黑豹党前领导人、现任全国反种族歧视和政治压迫联盟的联合主席安吉拉·戴维斯,都来参加听证会,强烈反对让洛克菲勒通过提名确认。此外,他们还提请大家注意这位前州长"道德上的双重性",一方面支持对尼克松的赦免,一方面拒绝考虑对阿蒂卡兄弟的大赦。伯恩斯指出:"对阿蒂卡兄弟的全面和无条件大赦的理由,和赦免理查德·尼克松的理由一样充分。"④ 最近,福特总统赦免了遭弹劾的前总统理查德·尼克松的罪行,洛克菲勒确实对此表示

---

① "A 16-Year Political Career with White House in Mind," *New York Times*, December 20, 1974.
② Nelson A. Rockefeller Vice Presidential Confirmation Hearings, Senate, 93rd Cong., 2nd sess., *Congressional Record* 120 (September 23-26, 1974), 295-349, 533-545, 631-673.
③ 同上,546-584。
④ Haywood Burns, Legal Coordinator, Attica Brothers Legal Defense, Statement, ibid., 424.

了赞扬,甚至说赦免尼克松乃是"良知、同情和勇气之举"。① 戴维斯指出,尽管如此,他并没有把阿蒂卡1 000多人的生命看作是有价值的,"他们中的绝大多数是黑人和波多黎各人"。② 她认为,洛克菲勒"支持对理查德·尼克松的赦免,同时又对阿蒂卡大屠杀负有责任",这表明"他对法律之下的人人平等视若敝屣,他冷酷无情,十分愿意采取最致命、最残酷的办法来解决人类苦难所带来的绝望的社会危机"。③

也许贝尔怀疑自己的案子因为洛克菲勒的政治野心而被搁置一边,这有点言过其实了。事实上,这位前州长在这些听证会上还有许多障碍要克服,包括曾向亨利·基辛格等政府官员送过大礼,利用自己的财力来削弱政敌,并对自己的联邦所得税进行了可疑的减免。尽管如此,通过拦截贝尔的听证会,避免了对州警的起诉,也就不会引起媒体的骚动。1974年12月19日,这位纽约州前州长通过了职位确认④。贝尔极度怀疑洛克菲勒的支持者,包括接替他出任州长的共和党人马尔科姆·威尔逊,不希望阿蒂卡事件现在再次成为新闻头条,贝尔怀疑有人把这个想法清清楚楚地告诉了他的上司。

---

① Angela Davis, Co-Chairperson of the National Alliance Against Racist and Political Oppression, Statement, ibid., 349.
② 同上。
③ 同上。
④ 尼克松总统遭弹劾下台,副总统福特随即继任,并提名洛克菲勒任副总统,后者通过了国会的职位确认听证会,成为未经选举而产生的副总统。——译者

43. 保护警方

尽管州政府官员后来会反驳贝尔对阿蒂卡调查团队所做决定的描述,但一些大事已经发生了变化。1974 年 8 月,当贝尔试图寻求对州警以重罪起诉被中止时,西蒙内蒂以一种让贝尔看到一些希望的方式解释了自己的决定,说是他的案子之所以推迟,是为了进行更深入的调查。照西蒙内蒂的说法,他们现在正试图以纽约州警的高层妨碍调查为由对其进行起诉。①

他们的计划一直是先追查重要的枪杀罪行,再去追究纽约州警的高层,这些人通过篡改、隐瞒关键证据使调查枪击案的工作变得如此困难。事实上,幻灯片托盘里的关键片子已被拿掉,子弹也不知所终,整条胶片和无线电记录都已不复存在,这表明州警枪手的所作所为是得到了高层的授意。这也解释了为什么州警在夺回监狱之后会突然造访殡仪馆。上级只得派遣这些州警——检察官称之为"蒙面夜骑"②——去找殡仪馆,依靠后者来反驳埃兰德关于这些人死因的说法。至少有一名殡仪承办人迫于压力签下了一份书面声明,大意是约翰·蒙特利昂身上没有枪孔,即便他明显死于枪击。③

起先,贝尔觉得西蒙内蒂确实想追查纽约州警中的大鱼。贝尔估计,在他们可能对执法人员枪手提起指控的 30 起或更多谋杀或过失杀人的案件中,只有 5 到 7 起可能做到,这得多亏"州警销毁了证据(如照片、死亡现场)以及他们未能收集到证据"。④

正如贝尔所理解的那样,西蒙内蒂正计划向大陪审团提交证据,指控几名有权收集证据的高级官员,西蒙内蒂的办公室认为正是这些官员"故意妨碍了案件的进行"。⑤这件案子中,西蒙内蒂的主要目标包括乔治·应凡特中校,刑事调查局的一名资深人员,夺狱行动之后他就在阿蒂卡,当时警察正在院子里收集证据;约翰·莫纳汉少校,A部队的一名指挥官,夺狱行动的负责人;以及亨利·威廉姆斯,A部队刑事调查局的一名上尉,在执行夺狱行动过程中发挥了重要作用,他还收集州警的陈述,并在夺狱行动结束后收集证据。⑥ 他们的意图是告诉大家威廉姆斯上尉没有下令登记步枪的序列号或收集消耗的子弹,而是命令手下将证据埋在监狱后面,并指示他手下的"刑事调查局面谈人员不要再询问有关进攻以及夺狱之后的暴行方面的问题"。⑦ 马尔科姆·贝尔相信威廉姆斯在许多方面也都有份,像是防止阿蒂卡调查组的人在看到牵涉指控的照片或者在州警无线电通信记录中找到有麻烦的信息,派"蒙面夜骑"前往当地殡仪馆,使人难以指认究竟哪个或哪些州警要对囚犯肯尼·马洛伊之死负责。⑧

州政府也觉得有许多可怕的证据对应凡特中校不利。照西蒙内蒂

---

① Bernard S. Meyer, *Final Report of the Special Attica Investigation*, October 27, 1975, New York State Archives, as quoted in: Malcolm Bell, Affidavit, *In the Matter of the Application of Hugh L. Carey, Governor of the State of New York, for a judicial determination as to the publication of Volumes 2 and 3 of the Final Report of Bernard S. Meyer, Special Deputy Attorney General, evaluating the conduct of the investigation by the Special Prosecutor into the retaking of Attica Correctional Facility on September 13, 1971, and related events subsequent thereto*, State of New York Supreme Court: County of Wyoming, Index No. 15062, filed October 25, 2013, decided April 24, 2014.
② night riders,美国南部的白人恐怖组织。——译者
③ Malcolm Bell, *The Turkey Shoot*, 185.
④ Malcolm Bell, Affidavit, *In the Matter of the Application of Hugh L. Carey, for a judicial determination as to the publication of Volumes 2 and 3 of the Final Report of Bernard S. Meyer*, Index No. 15062, filed October 25, 2013, decided April 24, 2014.
⑤ Bell, *The Turkey Shoot*, 175.
⑥ Malcolm Bell, *Preliminary Report on the Attica Investigation*, 27.
⑦ Bell, *The Turkey Shoot*, 218.
⑧ Bell, *Preliminary Report on the Attica Investigation*, 49.

纽约州警的亨利·威廉姆斯上尉在监狱外（*Courtesy of the Democrat and Chronicle*）

办公室所说，如果威廉姆斯是在阿蒂卡动手掩盖罪证的人，那么应凡特这个 9 月 13 日在阿蒂卡的最高级别刑事调查局官员简直就是"构造师"。① 正如他们所见，乔治·应凡特不仅知道威廉姆斯这样的人是如何阻挠对州警在阿蒂卡的行为进行正常调查的，而且他自己也参与了掩盖罪行。比如，贝尔怀疑，负责监督"刑事调查局的调查以确定谁用了什么武器"的应凡特已经竭尽全力保护了至少一名涉嫌杀害肯尼·马洛伊的州警。② 那个州警声称他是从 D 院的一个囚犯那里拿到了一把枪，用它射杀了马洛伊，但这个说法后来变了。据西蒙

---

① Bell, *Preliminary Report on the Attica Investigation*, 41.
② Assistant Attorney General James Grable, State of New York Organized Crime Task Force Memorandum to Assistant Attorney General Anthony G. Simonetti, Subject: "Report of Weapons Accountability Investigation—State Police. 270 rifles at Attica," Buffalo Office, April 8, 1974, in the papers of Elizabeth M. Fink, Brooklyn, New York.

内蒂办公室说,应凡特不仅知道这一点,而且他亲自参与了编造说法。① 在贝尔看来,应凡特"肯定知道所有不一致的地方",而作为指挥官,他本应确保让所有的死亡案件都得到彻查。

阿蒂卡调查组觉得它有证据证明应凡特反倒是想把这个囚犯的死亡问题打发掉。当很明显枪手的最初说法站不住脚时,那名州警声称"是旁边的一名州警递了一把霰弹枪给他",他承认就是用这把枪射杀了马洛伊,还对囚犯拉蒙·里维拉藏身的洞里开了好几枪。② 依据1971年9月27日的一份内部报告,这名州警对"13日时代广场上的事件给出了6个不同版本",而应凡特,也就是他的主要上司,从未向西蒙内蒂的办公室提供过这个证据,即他手下的一名州警也许在D院犯下了某桩罪行。③ 后来,每当有检察官直接问应凡特这些死亡事件时,"他的答复似乎都是在逃避、狡辩,几乎不给出任何信息"。④

西蒙内蒂的团队挖得越深,应凡特对调查的阻挠在他们看来就越像是在彻底掩盖他的州警的罪行。首先,他鼓励那名他知道杀了囚犯的州警辞职,不让人找到,他是费了很大功夫才让这名州警做到的。⑤ 这人确实于1971年9月15日提交了辞呈,而纽约州警的负责人,总警司威廉·吉尔万也在1971年9月20日的内部备忘录中承认了这一点。但1971年9月28日发出的一份备忘录显示,这名州警随后退缩了,不得不对他再施加压力,迫使他离职。西蒙内蒂的办公室清楚的是,早在这之前,当然也在这之后的任何时候,应凡特甚至吉

---

① Investigator James Lo Curto, State of New York Attica Investigation Memorandum to Anthony G. Simonetti, Subject: "Rivera-Malloy Cover-up," July 10, 1974.

② 同上。

③ 同上。

④ Investigator Nick Savino, State of New York Attica Investigation Memorandum to Anthony Simonetti, Subject: "Weapons Accountability," July 22, 1974, in the papers of Elizabeth M. Fink, Brooklyn, New York.

⑤ Locurto, State of New York Attica Investigation Memorandum to Simonetti, Subject: "Rivera-Malloy Cover-up," July 10, 1974. 数年后,这个士兵仍在申诉,他认为自己是非自愿辞职。Matter of *Barbolini v. Connelie* 68 A. D. 2d 949 (1979)。

尔万本人本应将这名州警的名字报给调查员。① 应凡特可能至少犯下了伪证罪，如果属实的话，他应该对此负责。②

西蒙内蒂的办公室设法弄到了一些内部备忘录，这些备忘录显示出相当多的高级官员掌握了肯尼·马洛伊被杀的重要信息，但隐瞒了下来。例如，1971年10月6日，纽约州警的督察A. L. 巴尔多希给应凡特发了一份关于马洛伊被杀一事的报告；两天后，应凡特写了份报告给州警的最高领导吉尔万，后者在夺回阿蒂卡时显然不在。③ 这两份文件都表明他们真的做了很多工作，以确保马洛伊事件能烟消云散。

即便有了这些备忘录，以及其他一些不利于纽约州警高层的证据，贝尔仍然觉得在他调查这些"受到阻挠"的案件时西蒙内蒂正在拖他后腿。更糟的是，贝尔怀疑西蒙内蒂正利用大陪审团的程序，通过给负责人豁免权来帮他们摆脱困境。

按照纽约州法律，大陪审团的目击证人的证词可自动获得豁免权，免于起诉。因此，对阿蒂卡的检察官来说，标准程序就是要求任何开过枪或知道谁开过枪的执法人员签署一份放弃豁免权的声明，再去阿蒂卡大陪审团的面前作证。出于显见的原因，很少有州警自愿签署，但是如果没有弃权书就让某人出庭作证，对检察官而言总是很危险的。当然，证人可以说些毫无用处的东西，但仍能被免于起诉。所以，检察官就试图与这些证人讨价还价——如果你给我们一些有用的东西，我们愿意让你出庭作证而不用签弃权书。④ 纽约州警的某些高层确实自愿签署了弃权声明，比如下到C楼栈桥指挥袭击的军官安东尼·马洛维奇上尉；比如带领部队进入D院解救人质约翰·麦卡锡

---

① Locurto, State of New York Attica Investigation Memorandum to Simonetti, Subject: "Rivera-Malloy Cover-up," July 10, 1974.
② 同上。
③ FBI Memorandum, October 23, 1971, File: Buffalo 44-592, FOIA request #110818, of the New York State Attorney General's Office, FOIA p. 000157.
④ Bell, *The Turkey Shoot*, 205.

上尉；还有纽约州警的负责人总警司吉尔万。①

其他人，比如协助制定计划并发起夺狱行动的 A 部队的约翰·莫纳汉少校，则不愿签署。这让西蒙内蒂的团队受挫了，因为莫纳汉所知道的东西，很可能对他们希望针对某个执法人员在 1971 年 9 月 13 日的所作所为立案至关重要。但马尔科姆·贝尔想出了另一个办法。为了不让莫纳汉逃脱未来被起诉，贝尔没有叫他上证人席，而是将他早先在麦凯委员会的证词作为证据，他当时说了很多，检察官认为可以拿来用在阻挠调查的案子上。② 然而令贝尔失望的是，西蒙内蒂出人意料地让莫纳汉站上了证人席——这等于默认给他豁免权——尽管"他并没有同意一旦取得豁免，就会吐露有价值的信息"。③

据贝尔估计，约翰·莫纳汉"至少事实上是州警掩盖罪证的行为的核心人物，他为了让州警逃避刑事指控而可能做下的任何事情，现在与之完全脱了干系"。④ 他立即写信给西蒙内蒂，提醒他"现有证据表明正是莫纳汉决定，不从射杀大约 100 人的州警那里获取步枪和霰弹枪的序列号，并一度与应凡特中校分享过询问枪杀囚犯肯尼·马洛伊的那名州警得到的信息"。⑤ 西蒙内蒂并不认同这个论点。当贝尔还在为西蒙内蒂豁免莫纳汉的决定感到心烦意乱的时候，他的上司接着又决定对汉克·威廉姆斯上尉一并豁免，尽管西蒙内蒂之前似乎很有信心威廉姆斯会同意签署放弃豁免的声明。⑥ 这尤其让贝尔苦恼，因为他以为他们已经向大陪审团提交了足够的证据，直接表明在州政府的调查受到纽约州警积极阻碍的大多数案子中威廉姆斯都脱不

---

① Bell, *The Turkey Shoot*, 205.
② 同上，206。
③ Bell, *Preliminary Report on the Attica Investigation*, 140; Bell, *The Turkey Shoot*, 207.
④ Bell, *Preliminary Report on the Attica Investigation*, 40.
⑤ 引自：Malcolm H. Bell, State of New York Memorandum to Attorney General Anthony Simonetti, October 17, 1974, in Bell, *Preliminary Report on the Attica Investigation*, 45.
⑥ Bell, *The Turkey Shoot*, 217.

了干系。①

在处理阻挠调查的关键案子是如何被允许内爆的过程中，贝尔最终相信，对执法人员郑重其事地起诉，实际上从 1974 年 8 月西蒙内蒂让他放下枪击案，转向阻挠调查的案件的那一刻起，已被安排好了一个失败的结局。西蒙内蒂本应强烈反对这种对他的战略选择的评估，但当贝尔仔细分析过他在阻挠调查的案子上所做的工作，便越来越相信自己被上司送到大陪审团面前处理那些需要更多时间、更多耐心来对付的案子。有一次，他记得他毫无准备地被派了过去，"甚至连第一个证人的名字都不知道怎么念"。②

贝尔也开始有所察觉，西蒙内蒂对他以前敬而远之的各种政治家的态度突然变得亲密起来。当被问及这一点时，西蒙内蒂否认自己的举止有何不同。比如，尽管西蒙内蒂被要求在洛克菲勒的就职确认程序期间配合 FBI 对其进行背景调查，但他坚称这并没有减弱他对起诉在阿蒂卡犯下的罪行方面的热情。然而，贝尔发现自己突然不受邀参加会议了，比如跟 FBI 开会，这一点至关重要，他推测他的上司已开始视他为眼中钉。照同案检察官查尔斯·布拉德利的说法，西蒙内蒂确实不再信任贝尔。他甚至让布拉德利监视贝尔在法庭上的一举一动。③

尽管如此，就算上司现在使纽约州警的主要官员免于起诉，贝尔还是尽力向他施压，让他转而起诉纽约州警中的其他人，因为仍有他们不当行为的确凿证据。甚至在西蒙内蒂让威廉姆斯上尉上证人席之前，贝尔就给他写了一封正式信函，表达了对当前调查方向的担忧。贝尔是这么说的："你也知道，我最担心的是我们对州警可能掩盖事实所作的调查其本身可能会变成事实上的掩盖。"④ 当西蒙内蒂选择

---

① Bell, *Preliminary Report on the Attica Investigation*, 49.
② Bell, *The Turkey Shoot*, 158.
③ 同上，164；查尔斯·布拉德利，与作者的交谈，2004 年 7 月 15 日。
④ 引自：Bell, State of New York Memorandum to Simonetti, October 15, 1974, in Bell, *Preliminary Report on the Attica Investigation*, 46.

不回贝尔的信,反而继续按自己的计划在不保证获得任何对检方案件有用的信息的情况下豁免威廉姆斯之时,贝尔对调查正从内部遭到破坏的怀疑愈发强烈。①

最终,贝尔开始担心西蒙内蒂本人其实也是掩盖行为的一部分。除了西蒙内蒂中止贝尔对大陪审团进行的枪击案陈述,然后对莫纳汉和威廉姆斯予以豁免之外,贝尔怀疑他的上司还保护了一名州警,后者"从C楼楼顶上看到了整个夺狱过程,并发誓从他所在位置没有看到枪击"。② 贝尔曾努力准备以伪证罪起诉此人,在纸上写下他打算提交给陪审团的有力证据,还给西蒙内蒂看了。但西蒙内蒂读了之后,不允许贝尔把它拿给陪审团。③ 在贝尔看来,西蒙内蒂是在积极阻挠,不让法律规定的平等正义兑现。

然而,贝尔一度在这个问题上百思不得其解。毕竟,在 1974 年 8 月之后,情况开始恶化之前,他设法向大陪审团提交了 9 000 多份打印的证词记录。当然,西蒙内蒂本人也确实建议过追查纽约州警的领导层。贝尔想不通刚刚发生的一切是怎么造成的。但随后他很快就明白了,他是不会再见到大陪审团了,它将被解散。1974 年 11 月 7 日,正当洛克菲勒还未通过华盛顿的就职确认时,陪审员被告知等到他们被再次召集时,他们最多仅有两周的工作时间。④ 贝尔闻言如五雷轰顶。不仅大陪审团仍需要考虑枪击案的起诉书,而且还需要听取关于夺狱后的安置期间执法人员对囚犯施暴的案件。为了提醒西蒙内蒂在大陪审团工作尚未完成的情况下将其解散是个多么可怕的主意,贝尔在 1975 年 11 月 13 日又给自己的上司写了封长达 10 页的信。⑤

---

① 引自:Bell, State of New York Memorandum to Simonetti, October 17, 1974, in Bell, *Preliminary Report on the Attica Investigation*, 46.
② Bell, *Preliminary Report on the Attica Investigation*, 44.
③ 同上。
④ Bell, *The Turkey Shoot*, 236.
⑤ 同上,237。

西蒙内蒂决定对马尔科姆·贝尔不予理会。他对贝尔最近的那封信没有做出回应，这终于让贝尔意识到自己已经变得多么孤立无援，执法人员现在被起诉的可能性有多大——尽管不仅是他，还有其他许多人都相信有确凿证据，也于事无补。①

---

① Bell, *Preliminary Report on the Attica Investigation*, 4, 5.

44. 证据确凿

近 45 年后,仔细查看阿蒂卡调查组自己的种种记录,如内部备忘录、报告以及从弹道到阿蒂卡夺狱行动开始后囚犯、人质和州警所处的方位,可以发现西蒙内蒂的办公室确实掌握了大量不利于某些执法人员的证据,但这些人并没有因此受到起诉。

关于可能妨碍调查的案件,西蒙内蒂办公室的人不仅怀疑纽约州警的高层参与了隐匿证据,而且认为有证据可以证明这一点。比如,阿蒂卡调查组相信,从它所做的面谈及夺回监狱后士兵的陈述来看,有充足的证据表明威廉姆斯上尉积极"协助安排了刑事调查局的人在 1971 年 9 月 13 日对州警枪手的面谈",而且他这么做的时候,那些接受陈述的人"并未得到威廉姆斯上尉或其他任何人的指示,在审问期间进行武器责任调查,也未指示他们获取序列号或以其他方式识别被审问的枪手开火所用的武器"。[①]阿蒂卡调查员还从内部备忘录和纽约州警的其他文件中发现了证据,看出是威廉姆斯的上司英凡特中校和其他监督刑事调查局调查的人决定没人可以认定"是谁开了哪支枪"。[②]进一步的证据表明,莫纳汉少校在这件事上也有份:他对一名下属明确表示没必要提交枪支开火报告。[③]就连纽约州警的总督察约翰·米勒,"一位最终在阿蒂卡事情上负责人工成本的[纽约州警]高级官员"也"决定毋需遵守这样的规定"。[④]

西蒙内蒂的办公室甚至觉得,它已经确认了那些在阿蒂卡掩盖证据的下级士兵。⑤ 比如，来自纽约州警的刑事调查局调查员曾"负责鉴证科与图片室"，他承认"这些胶卷经过了剪切，再设法接回去，时间顺序没错，但缺了序号"。⑥ 他们也知道到底是谁"删去了州警的幻灯片……在交给调查员之前从幻灯片托盘里拿掉了"。⑦

同样重要的是，西蒙内蒂手下的检察官也相当确定，他们知道哪些州警在无正当理由的情况下开了火，因此根据法律适用不计后果危害生命罪。士兵自己也承认他们射击次数非常之多，而且依然明显，他们没有任何合法理由开哪怕一枪。一名叫 J. R. 米特斯泰德的州警用 12 毫米口径的霰弹枪至少开了 9 枪，并承认在 B 栈桥上至少击中 3 人。⑧ 另一名州警，S. D. 沙奇在 D 院和"时代广场"附近开枪至少也打中 3 人。⑨ 事实上，西蒙内蒂的团队知道总共射了 364 梭子弹，但士兵对射击理由的辩解并未得到证实。

---

① 以上均来自：James Grable, State of New York Organized Crime Task Force Memorandum to Simonetti, Subject: "Report of Weapons Accountability Investigation—State Police. 270 rifles at Attica," April 8, 1974. 有关威廉姆斯关于问责制以及英凡特对武器责任和刑事调查局调查所起作用的观点的更多信息，参见：Savino, Attica Investigation Memorandum to Simonetti, Subject: "Weapons Accountability," July 22, 1974。
② Grable, State of New York Organized Crime Task Force Memorandum to Simonetti, Subject: "Report of Weapons Accountability Investigation—State Police. 270 rifles at Attica," April 8, 1974.
③ 以上均同上。
④ Grable, State of New York Organized Crime Task Force Memorandum to Simonetti, Subject: "Report of Weapons Accountability Investigation—State Police. 270 rifles at Attica," April 8, 1974；亦可参见约翰·C. 米勒 1972 年 8 月 10 日在大陪审团面前的证词，收于：Savino, State of New York Attica Investigation Memorandum to Simonetti, Subject: "Weapons Accountability," July 12, 1974。
⑤ Malcolm Bell, *Preliminary Report on the Attica Investigation*.
⑥ Leonard Polakiewicz, New York State Special Commission on Attica Memorandum to Arthur Liman, Subject: "State Police, Troop E, photographs," March 10, 1971, Investigation and interview files, 1971-1972, New York (State), Special Commission on Attica, 15855-90, Box 92, New York State Archives, Albany, New York.
⑦ Malcolm Bell, *The Turkey Shoot*, 198.
⑧ Grid of personnel and shots fired, FOIA request #110818 of the New York State Attorney General's Office, FOIA pp. 000813-000818.
⑨ 同上。

狱警的行为同样有可能涉嫌犯罪。比如，狱警尼古拉斯·德桑蒂斯的点45口径汤普森打出了超过12梭子弹。即便这就像他所说的是真的，所有这些子弹——在D通道、D院各打了6梭——都没打中，在州政府看来，此次开火可能仍被视为鲁莽之举。① 狱警霍华德·霍尔特的点351口径步枪打出了18梭子弹，全都射到了囚犯站着的D栈桥上。② 夺回监狱那天，狱警向阿蒂卡的院子和栈桥打出了70多梭子弹，虽然州检察官无法知道子弹射中了谁，但能够确定绝大多数子弹是谁打出去的。③

最要命的是，西蒙内蒂的办公室相信它很清楚到底是哪个州警或狱警在夺狱那大杀了哪个囚犯。内部备忘录显示，调查员有证据证明州警詹姆斯·米特斯泰德在"2到5英尺外"射中了詹姆斯·罗宾逊的脖子，"打爆了，致使其当场死亡"。④ 西蒙内蒂的办公室还表示它知道是谁杀死了囚犯伯纳德·戴维斯。戴维斯身上不止23处枪伤，一份内部备忘录确认枪手是P. E. 斯特林汉姆。⑤ 依据其他文件，狱警斯特林汉姆有可能还杀了另一名囚犯米尔顿·梅尼维德。⑥ 一名阿

---

① Grid of personnel and shots fired, FOIA request #110818 of the New York State Attorney General's Office, FOIA pp. 000813-000818.

② 同上。

③ 同上。

④ Bell, *Preliminary Report*, 17.

⑤ Decision and Order, Appendix 2, Category V Death Claims, *Akil Al-Jundi et al. v. Vincent Mancusi et al.*, No. CIV-75-132, 113 F. Supp. 2d 441 (2000), August 28, 2000, 3. Also see: "Analysis of Correction Officers Rounds Extended," October 18, 1971, FOIA request #110818 of the New York State Attorney General's Office. Also see: Grid of personnel and shots fired, FOIA #110818, FOIA pp. 000813-000818.

⑥ 关于保罗·斯特林汉姆的证词，参见：Attica Investigator James Stephen, Testimony, *In the Matter of the Additional, Special and Trial Term of the Supreme Court of the State of New York, Designated Pursuant to the Order of the Appellate Division, Fourth Department*. County of Wyoming, October 24, 1972, Erie County courthouse, 4-6; On the killings: "Five Deadly Days," reprinted from the Democrat and Chronicle (Rochester, New York), Tom Wicker Papers; Decision and Order, Appendix 2, Category V Death Claims, *Akil Al-Jundi et al. v. Vincent Mancusi et al.*, No. CIV-75-132, 113 F. Supp. 2d 441 (2000), August 28, 2000, 6。

蒂卡调查员作证说，保罗·E.斯特林汉姆"自带12毫米口径的霰弹枪，装了5发猎鹿弹"，他认出了"P-5号照片，米尔顿·梅尼维德就躺在'时代广场'右侧的栈桥上。这人就是他开枪打死的"。①

州调查员事实上有一大串名单，都是他们有证据证明杀害或重伤了囚犯的州警和狱警。一个名为马尔科姆·赫格曼的州警就"认出了1C5号照片上的狱友梅尔文·怀尔，就是他打中的"。② 他们似乎还知道是谁的枪打中了米尔顿·琼斯，士兵格利高里·威尔德里奇乱射一气，还打中了好几名囚犯，后来这些囚犯都死了。③

检察官还了解到大量有关汤米·希克斯被杀的信息。从他的尸检报告和内部调查备忘录来看，希克斯被"点270步枪子弹和大号铅弹打中5枪，身上千疮百孔"，调查员相信他们有足够的证据证明点270步枪是"州警米尔福德·克莱森的"，州警迈克尔·格罗根也有可能是本案凶手。④ 值得注意的是，调查员还将州警克莱森与囚犯洛

---

① 关于保罗·斯特林汉姆的证词，参见：Attica Investigator James Stephen, Testimony, *In the Matter of the Additional, Special and Trial Term of the Supreme Court of the State of New York, Designated Pursuant to the Order of the Appellate Division, Fourth Department.* County of Wyoming, October 24, 1972, Erie County courthouse, 4–6; On the killings: "Five Deadly Days," reprinted from the Democrat and Chronicle (Rochester, New York), Tom Wicker Papers; Decision and Order, Appendix 2, Category V Death Claims, *Akil Al-Jundi et al. v. Vincent Mancusi et al.*, No. CIV-75-132, 113 F. Supp. 2d 441 (2000), August 28, 2000, 6。

② 关于与麦尔文·威尔有关的弹道分析，参见：Decision and Order, Appendix 2, Category V Death Claims, *Akil Al-Jundi et al. v. Vincent Mancusi et al.*, No. CIV-75-132, 113 F. Supp. 2d 441 (2000), August 28, 2000, 3. 关于马尔科姆·赫格曼的证词，参见：Stephen, Testimony, *In the Matter of the Additional, Special and Trial Term of the Supreme Court of the State of New York, Designated Pursuant to the Order of the Appellate Division, Fourth Department.* County of Wyoming, October 25, 1972, 7。

③ 威尔德里奇其实被起诉了，但随着大陪审团的解散，指控被撤销。"Possible Hostile Inmate Threats" memorandum, FOIA request #110818 of the New York State Attorney General's Office, FOIA pp. 000813-000818. Also see: Investigator Michael McCarron, State of New York Attica Investigation Memorandum to Anthony G. Simonetti, May 10, 1974, in the papers of Elizabeth M. Fink, Brooklyn, New York。

④ 以上均来自：McCarron, State of New York Attica Investigation Memorandum to Simonetti, May 10, 1974.

伦佐·麦克尼尔及"出租车"威廉·艾伦遭枪击关联了起来。①

纽约的阿蒂卡检察官所握有的证据,远比没写执法人员名字的起诉书上暗示的要多,甚至比一些最引人注目的囚犯被杀的证据还要多。比如,戴金框眼镜的 21 岁囚犯 L. D. 巴克利在 D 院激情四射的演讲,早前已向全国进行了电视转播,尽管没人因杀害他而被起诉,检察官的备忘录显示他们有一些重要线索。首先是狱警罗纳德·霍兰德的证词与陈述,他报告说他向"D 院的一名戴金框眼镜穿卫衣的狱友"打出了一整梭子弹,调查员发现那人"是狱友艾利奥特·巴克利"。②

究竟是谁射杀了巴克利,是霍兰德,还是他那个吹嘘是自己干的并声称将其眼镜搁在壁炉架上当战利品的同事,反正州政府的记录中没写明。③ 然而,有一点是清楚的,一些狱警知道是谁杀了这位备受关注的囚犯,州政府也有不少有用的线索可以查明是谁干的。

西蒙内蒂的办公室也没有将另一名执法人员、刑事调查局调查员文森特·托比亚交给大陪审团,此人实际上签了两份声明,承认向一名男子开枪,声称那人提着一篮子燃烧瓶威胁他。西蒙内蒂的调查员认为,那个被射杀的人是山姆·麦尔维尔,阿蒂卡著名的白人激进分子,也被称为"疯狂炸弹手"。④ 麦凯委员会 1972 年的报告显示,射杀麦尔维尔的人确实承认是自己干的。报告上说:"他是被执法人员

---

① Shooter File #4058, FOIA request #110818 of the New York State Attorney General's Office, FOIA p. 001547.
② "Circle Case." Notes of August 9, 1974. Papers of Elizabeth M. Fink, Brooklyn, New York. Also see:"Possible Hostile Inmate Threats" memorandum, FOIA request # 110818, FOIA pp. 00813-00821.
③ 我和几位前狱警以及与他们有关系的人交谈过,发现他们都知道谁应对 L. D. 巴克利的死负责,那人是个狱警,但不是霍兰德。尽管他们说了那人的名字,而且大家都认为是那人杀了巴克利,他还为此自豪,将他眼镜当作纪念品,但他们只是道听途说他杀了巴克利,此外并无证据。
④ Vincent Tobia, Statements, 来自作者与约书亚·麦尔维尔的交谈与后续的邮件往来,2015 年 3 月。

枪杀的，后者承认对他开了枪，并声称他认为自己开枪是正当的。"①照片证据并不支持托比亚的说法。只有陪审团才能判定他是不是凶手，但为囚犯辩护的律师始终坚定地认为，麦尔维尔是"在举起双手投降后被无情地谋杀的"。在之后的一场民事审判中，据他们说，托比亚"作证时颇为自豪，说就是他杀了这个有名的犯人"。②

死状最惨的囚犯之一是肯尼·马洛伊，是被恶意地近距离枪杀的。他的颅骨上布满了子弹，眼窝都被自己的碎骨撕碎了。这起枪击事情确实太可怕了，以至于调查员认为应对此负责的两名州警之一后来说"自己总做噩梦，梦见脑浆"。③根据一份内部调查报告，这名士兵名叫埃尔多·巴波里尼，他用自己的史密斯-威森公司制造的点357马格南手枪射杀了马洛伊。④阿蒂卡调查组认为巴波里尼还杀了拉蒙·里维拉，他"直接朝里维拉吓得躺在那里的通道开了枪"。⑤

从调查的最初几天起，西蒙内蒂的办公室就一直密切关注巴波里尼，但纽约州警的所有高层都一直在确保没人向调查员透露任何信息。关键是，纽约州警的最高层，包括英凡特中校，都知道巴波里尼那天的行为，正如贝尔所见，他们串通一气掩盖了起来。根据纽约州警的一份内部备忘录，州警巴波里尼在1971年9月17日被要求辞职，纽约州一名参议员后来就此事联系过阿蒂卡调查组，照他说，巴波里尼的上司明确告诉他，"如果他辞职，就不会被起诉"。⑥

在1971年余下的日子里，州警对巴波里尼的去留进行了大量的

---

① *McKay Report*, 398.
② Dennis Cunningham, Michael Deutsch, and Elizabeth Fink, "Remembering Attica Forty Years Later," *Prison Legal News*（September 2011）.
③ Bell, *Preliminary Report on the Attica Investigation*, 33.
④ 从弹道报告来看，该枪的序列号是K890342。
⑤ 关于巴波利尼武器的弹道分析结果，参见："Evidence Receipt—Scientific Laboratory. New York State Police. Re A. R. Barbolini. Shield #2781," FOIA request #110818 of the New York State Attorney General's Office, FOIA p. 000993. 关于谁射杀了里维拉，参见：Bell, *Preliminary Report on the Attica Investigation*, 17.
⑥ Bell, *Preliminary Report on the Attica Investigation*, 123.

内部讨论；高层明显担心他的行为会再次给他们惹麻烦。[1] 10月，汉克·威廉姆斯上尉打电话给纽约州警的一名上尉，提醒他"费舍的两名手下为调查事宜，去了前州警巴波里尼的家"。[2] 但由于"巴波里尼拒绝与两名调查员面谈"，而且高层装聋作哑，假装不知情，阿蒂卡调查组对这名州警的调查只能艰难地进行。[3] 与此同时，1968年5月6日当上州警的巴波里尼很喜欢这份工作，一直想重返岗位。但是，他的上司显然不是这么想的，他们在1972年1月拒绝了他的请求。[4] 巴波里尼再次写信，不仅要求恢复他的工作，还想要回他那把史密斯-威森公司制造的点357马格南手枪。纽约州警总督察约翰·米勒亲自回了信，言简意赅地回了句"不行"。[5] 那把甚至没有合法注册的枪，是个对纽约州警不利的潜在证据。[6]

讽刺的是，如果纽约州警的高层早期没有在巴波里尼身上花了那

---

[1] Captain A. P. O'Neill, Memorandum to Director of Personnel, Division Headquarters, Subject: "Barbolini, Aldo R. Cease Active Duty," September 17, 1971, Filed, September 22, 1971; "Resignation requested or accepted," FOIA request #110818 of the New York State Attorney General's Office, FOIA p. 001420; Headquarters, SP, Memorandum to Major R. M. Kisor, Troop commander, Troop F, Subject: "Effective 10: 30 a. m., September 17, 1971, this member respectfully submits his resignation from the Division of State Police," September 17, 1971, FOIA request #110818 of the New York State Attorney General's Office, FOIA p. 000958.

[2] Captain A. T. Malovitch, New York State Police Memorandum to J. W. Monahan, Subject: "Information Regarding Interview of Former Trooper A. R. Barbolini," October 26, 1971, FOIA request #110818 of the New York State Attorney General's Office, FOIA p. 000966.

[3] 同上。

[4] Chronology of Barbolini correspondence and actions vis-à-vis the New York State Police, Untitled memo, undated, FOIA request #110818 of the New York State Attorney General's Office, FOIA p. 000965. 亦可参见：John C. Miller, Deputy Superintendent, Letter to Aldo Barbolini, January 17, 1972, FOIA request #110818, FOIA p. 000990.

[5] From FOIA request #110818 of the New York State Attorney General's Office, FOIA p. 000979.

[6] Investigator R. W. Horn, Forensics Section, New York State Police Memorandum to First Deputy Superintendent W. C. Miller, Subject: "Correspondence Aldo R. Barbolini," July 7, 1972, FOIA request #110818 of the New York State Attorney General's Office, FOIA p. 000981.

么多精力,如果乔治·英凡特中校没有亲自参与对这名州警在 D 院行动的内部调查,检方可能永远都不会知道这个人。说不定他们还会想不明白,为什么要对这么一个州警的行为大动干戈。①

然而,每当西蒙内蒂办公室的任何人问起这个问题,纽约州警就会回答,"调查巴波里尼"不过是个"行政事务"。② 没人相信这个说法,尤其是因为这名州警以及他在 D 院的行为已成了 1971 年 9 月 24 日,在州长洛克菲勒家的桌球室举行的一场私人会议上讨论的主题。州政府官员为了解阿蒂卡事件的来龙去脉共召开了三次会议,这是第一次。③

西蒙内蒂的办公室怀疑,另一名州警也应该对肯尼·马洛伊的惨死负责。从州检察官的一份内部备忘录来看,那名警官是盖瑞·范艾伦。④

西蒙内蒂的办公室不仅相信自己握有是谁杀害了囚犯的重要证据,还相信在 9 月 13 日开枪打死人质的人的证据他们也有。以那些在 D 院人质圈里被枪杀的狱警和文职人员为例。关于州警为何要朝那个区域射出如此多的弹丸和子弹,州调查员得到的说法是,因为他们一直想救正被囚犯攻击的同伴、州警约瑟夫·克里斯蒂安的命。⑤从一开始,像马尔科姆·贝尔这样的阿蒂卡调查员就发现了这个说法

---

① James Locurto, State of New York Attica Investigation Memorandum to Anthony Simonetti, Subject: "Rivera-Malloy Cover-up," July 30, 1974, in the papers of Elizabeth M. Fink, Brooklyn, New York.
② 同上。
③ Nelson Rockefeller, Deposition, Meyer Commission, August 8, 1975, 8704, FOIA request #110818, FOIA p. 000445.
④ Bell, *Preliminary Report on the Attica Investigation*, 17.
⑤ 关于哪些州警在人质圈附近向囚犯开枪以保护克里斯蒂安,参见:Attica Investigator Leonard Brown, Testimony regarding testimony of Arthur Kruk, *In the Matter of the Additional, Special and Trial Term of the Supreme Court of the State of New York, Designated Pursuant to the Order of the Appellate Division, Fourth Department*。County of Wyoming, August 10, 1972, Erie County courthouse, 2-7。要注意的是,后来对两名州警的调查采访揭示,他们立即设法控制了试图用枪托击倒克里斯蒂安中尉的囚犯,据说是汤米·希克斯。如果确是这么回事,那朝人质圈扫射杀死这么多人质就完全没有必要了。参见:Bell, Testimony, *Attica Task Force Hearing*, July 30, 2002, 27-28。

中的问题,特别是扫射开始时,克里斯蒂安中尉到底在哪里,和声称他在哪里。但即便存在一些不一致,真正的问题在于,向该区域射出如此数量的子弹是否真的是肆无忌惮,这种导致人质死亡还有可能让克里斯蒂安送命的开火是否真的合理。

西蒙内蒂的手下煞费苦心地拼凑出了人质圈里每名人质的确切位置,以及是从栈桥和人质圈附近院子的什么地方开枪的,还有哪些士兵被具体分配到了哪些位置。营救克里斯蒂安的小队包括25名正规士兵和2名狱警,调查员在很大程度上发现了这些人中的哪些人在哪里、对谁开了枪。[1] 肯尼斯·克朗斯中尉在人质圈内或附近射了一梭00号铅弹,米尔福德·克莱森、托马斯·格里菲斯和迈克尔·格罗根也是如此。[2] 他们的火力如此密集,至少"向人质圈方向开了14枪,共126枚弹丸",调查员惊讶地发现竟有人质逃过了这样的屠杀。[3]

其中有相当多次的开枪"在州警的陈述中完全找不到解释",但根据他们掌握的关于从院子里其他地方向人质圈开枪的信息,有清楚的迹象表明除了克朗斯、克莱森、格里菲斯和格罗根之外,还有谁得为人质的死亡负责。[4] 根据记录,一个名叫A.克鲁格的士兵承认向人质圈后面的一名囚犯打出了两梭00号铅弹。[5] 另一个叫杰瑞·奥赫恩的州警承认他也向一名囚犯打出了一梭00号铅弹,说后者"要捅人质"。[6] 还有一名叫威廉·斯特普斯的士兵声称朝持刀冲向他的几名狱友打出了一梭00号铅弹。[7]

每一个细节都很重要。监狱雇员——也是州雇员——在密集的火

---

[1] Mercurio, Memorandum to Simonetti, Subject: "Position of Hostages in Circle Prior to Shooting (in the papers of Elizabeth Fink)," July 30, 1974.
[2] 同上。
[3] 同上。
[4] 同上。
[5] 同上。
[6] 同上。
[7] 同上。

力中丧生。人质爱德华·坎宁汉、埃尔默·哈迪、理查德·刘易斯和埃隆·沃纳都是被州警朝人质圈扫射的00号铅弹的弹丸击中,当场死亡。人质哈里森·瓦伦最终死在了斯特朗纪念医院。西蒙内蒂的团队很难将每名人质的死亡与某个州警的射击关联起来,尤其是因为弹丸和子弹不同,无法追溯到特定的武器。不过,他们有证据表明陪审员很可能裁定这些射击是不当行为,因此,重罪是逃不了了,就算不是过失杀人或者谋杀,也是不计后果危害生命罪。毫无疑问,这样的开火将人质置于极其危险的境地。① 正如一份备忘录所说,州警"克朗斯、格里菲斯和克莱森向人质圈区域的目标总共打出了54枚弹丸",重要的是,备忘录还指出三人开火的方位和方向"与在人质圈内和附近造成的伤亡原因一致"。② 州警克莱森承认,他从"B栈桥用霰弹枪朝一排冲向人质圈的武器黑人开了4枪",但阿蒂卡的检察官不仅得出结论"没有人冲过去",而且认定"克莱森的4枪(36至48枚弹丸)""有可能杀害或伤了不少人质和狱友"。③

调查员即便查的是普通子弹而非弹丸,也很难将D院某人的死亡与某个州警关联起来。尽管调查员确信人质卡尔·瓦隆是被一枚点

---

① 调查员怀疑,由于纽约州警对武器没有健全的问责制度,对于1971年9月13日哪位州警的大号铅弹或普通子弹杀死了人质存在一堆可能。一份报告声称,"可能应对人质圈内的杀戮负责的州警"包括"肯尼斯·克朗斯上尉、V. 托比亚调查员、R. 斯陶特中士、P. 泽林斯基中士、士兵:G. 威尔德里奇、D. 戈文、T. 格里菲斯、R. 米勒、M. 克莱森、L. 朗、W. 迪伦上尉、州警R. 帕采克、P. 拉沃奇"。State of New York Attica Investigation. Memorandum. To:Anthony Simonetti From:Inv. Michael McCarron. May 10, 1974, in the papers of Elizabeth M. Fink, Brooklyn, New York。
② 关于人质圈所在区域的各个枪手的信息,见:Internal Attica Investigation Memo, "Hostage Circle—Conclusions," 4. 亦可参见:Mercurio, Memorandum to Simonetti, Subject:"Position of Hostages in Circle Prior to Shooting," July 30, 1974. Both in the papers of Elizabeth Fink。
③ Accounting of shooters and rounds, Internal memo, FOIA request #110818 of the New York State Attorney General's Office, FOIA p. 000821; Quote regarding Clayson from: Bell, *Preliminary Report*, 22.

30口径枪的子弹打死的,而且也知道这颗子弹来自某人的私人武器,夺狱那天狱警大都带了私人武器来,但他们不知道这究竟是从谁的枪里射出的。① 好几名人质都死于州警所用的步枪,有的是在人质圈内遭射杀,如文职人员赫伯特·琼斯和狱警罗纳德·沃纳,也有的是在栈桥上被射杀的,如约翰·达坎杰罗。

了不起的是,西蒙内蒂的办公室在缺乏合作而且遭到层层阻挠的情况下,仍然找到了很多证据。比如,关于人质约翰·达坎杰罗被害一事,他们了解到射杀他的步枪的大致位置,因此,只要缩小范围,就能确定是谁在那个区域开了枪。② 最终,阿蒂卡检察官锁定了几个疑似使用点270枪的枪手:州警弗兰克·潘扎、州警理查德·亚诺拉、州警斯蒂芬·沙奇。一份内部备忘录指出,潘扎开的几枪可能击中了达坎杰罗,而另一份备忘录则推测,亚诺拉开枪的可能性更大。③ 后一份备忘录认为,除了达坎杰罗之外,亚诺拉可能还打中了两个囚犯,备忘录中包括一份声明,称"弹道检测——与达坎杰罗的一致"。④ 不过,另一份备忘录建议检察官应该认真"考虑沙奇开枪的可能性……有可能是他造成了达坎杰罗的致命伤"。⑤

讽刺的是,正是沙奇自己弯弯绕绕的陈述让检察官相信,导致达坎杰罗死亡的可能是他。在早期的一次面谈中,沙奇描述了他俯视栈桥,正好看见达坎杰罗所站的地方。后来他承认"朝达坎杰罗两侧

---

① Spoont, Confidential Memo to Shapiro Subject: "Attica Investigation," Albany, New York, November 1, 1971.
② Rockefeller Administration, Confidential Memo, "Events at Attica: September 8-13, 1971."
③ 以上均来自:McCarron, State of New York Attica Investigation Memorandum to Simonetti, May 10, 1974.
④ State of New York Organized Crime Task Force Memo, Subject: Richard Janora. February 6, 1974, in the papers of Elizabeth M. Fink, Brooklyn, New York.
⑤ Organized Crime Task Force Internal Memorandum, Distributed to Simonetti, Flierl, Bell, Fitzgerald, Grable, Perry, Schechter, Nitterauer, Dr. Baden, A. Hoppe, Subject: "S. D. Sharkey," February 6, 1974, in the papers of Elizabeth M. Fink, Brooklyn, New York.

的狱友开了枪"。① 当被问及这名人质在"他朝这些狱友开枪后是否还站着"时,他的回答是没有。② 沙奇在另一份声明中说他"从瞄准镜里看见了人质[达坎杰罗]",并"在约3分钟里打出了6梭子弹"。③ 州政府甚至知道是哪个士兵从C楼射杀了达坎杰罗,但他们没法证明是谁开的枪。④

  州检察官花了很长时间调查是谁重伤了人质迈克尔·史密斯。他们知道打中史密斯的子弹来自狱警的枪。这些子弹的弹道轨迹表明可能有两个嫌疑人,其中之一就是狱警丹尼尔·克罗尔。⑤ 检察官还知道只有两名狱警从A楼的楼顶朝A栈桥开枪。⑥ 他们锁定"开了4枪,3枪打在A栈桥上"的丹尼尔·克罗尔,作为射中其同事、狱警迈克尔·史密斯的嫌疑人。⑦ 值得注意的是,纽约州警最终移交给调查组的文件中,"狱警克罗尔的声明不见了",但从阿蒂卡检察官不得不仔细研究的许多其他文件来看,他们似乎相信了正是克罗尔射杀了史密斯,而事实上,克罗尔在夺狱那天带了两把枪,"一把点351的自动步枪","一把AR-15的自动步枪"。⑧

---

① James Stephen, Testimony, *In the Matter of the Additional, Special and Trial Term of the Supreme Court of the State of New York, Designated Pursuant to the Order of the Appellate Division, Fourth Department*. County of Wyoming, October 31, 1972, 17-18.
② 同上。
③ 关于对州警斯蒂芬·沙奇的采访,参见:同上,7,16。
④ Grable, State of New York Organized Crime Task Force Memorandum to Simonetti, Subject: "Report of Weapons Accountability Investigation—State Police. 270 rifles at Attica," April 8, 1974.
⑤ 以上均来自:McCarron, State of New York Attica Investigation Memorandum to Simonetti, May 10, 1974。
⑥ 关于州警、狱警、他们的武器、他们的位置的信息,通过纽约州检察长办公室"《信息自由法案》#110818号申请"获得,FOIA pp. 00081-000821; State of New York Attica Investigation. Memorandum. To: Anthony G. Simonetti From: Inv. Michael McCarron. May 10, 1974, in the papers of Elizabeth Fink。
⑦ Mercurio, Memorandum to Simonetti, Subject: "Position of Hostages in Circle Prior to Shooting (in the papers of Elizabeth Fink)," July 30, 1974.
⑧ Bell, *The Turkey Shoot*, 119; Grid of personnel and shots fired, FOIA #110818, FOIA pp. 000813-000818.

尽管阿蒂卡检察官对狱警丹尼尔·克罗尔在重伤人质迈克尔·史密斯一事中扮演了何种角色仍然存疑，但对于是谁杀了人质约翰·蒙特利昂，他们非常确定。① 一份内部备忘录是这么解释的："蒙特利昂是被一支点44的马格南步枪射杀的，这件序列号为10004的武器最终从狱警J.P.维加米尼那里找到，据验尸官说，他'回家拿了他的猎鹿步枪，然后回来从一栋囚楼三楼走廊的位置射杀了自己的同事'"。② 阿蒂卡调查组的大量文件表明，大家都清楚是谁杀了约翰·蒙特利昂，只有死者的家人还蒙在鼓里。③

马尔科姆·贝尔不确定自己对可能要指证维加米尼的这件案子是怎么想的，因为他觉得这起枪击事件其实有可能是个意外。毕竟，维加米尼本人从未否认是自己的子弹射中了约翰·蒙特利昂，但他声称，他是想朝囚犯搭建的路障开枪的。不过，贝尔也知道这起枪杀事件必须引起检察官的关注。甚至是对此案的粗略调查，也向贝尔揭示了维加米尼的叙述中的一些令人不安的细节。他坚称他一直想打的是那些站在他们手工搭建的路障旁的囚犯，但"约翰·蒙特利昂离路

---

① Investigators McCarron, Dolan, and Peo, Organized Crime Task Force Memorandum to Anthony Simonetti, December 20, 1971, in the papers of Elizabeth M. Fink, Brooklyn, New York.

② 参见：Dr. G. Richard Abbott, Testimony, *Attica Task Force Hearing*, May 9-10, 2002, 189-90。1971年9月18日，射杀蒙特利昂的狱警交给州官员一份有关枪击事件的声明，该声明被作为证据，并在后来代表监狱守卫家属的诉讼中作为证物（3-644）。参见：Quigley Order, *Lynda Jones v. State of New York*, 96 A.D.2d 105 (N.Y. App. Div. 1983), August 31, 1982。

③ 关于那些表明点44马格南手枪是维加米尼的文件，参见：Bell, *Preliminary Report on the Attica Investigation*, January 29, 1975, 18. Also see: "Analysis of Correction Officers Rounds Extended," October 18, 1971, FOIA request #110818 of the New York State Attorney General's Office. 关于蒙特利昂的死，参见：Rockefeller Administration, Confidential Memo, "Events at Attica: September 8-13, 1971," 49. 该办公室就1971年9月18日该武器开过火一事发表了一份声明，州调查员将其作为证据，并在后来代表监狱守卫的家庭的诉讼中作为证物（3-644）。参见：Quigley Order, *Lynda Jones v. State of New York*, 96 A.D.2d 105 (N.Y. App. Div. 1983), August 31, 1982, 54。

障有 70 英尺远",不知怎的,他还是被子弹击中了胸部,倒了下去。① 贝尔尖锐地指出,70 英尺不算是小误差,"其结果就是要杀了他"。②

不管怎样,这个案子是敲定了。即便西蒙内蒂的办公室不想以谋杀甚至过失杀人起诉维加米尼,但他枪开得显然很鲁莽,不计后果。为了预防任何这类指控,维加米尼的律师建议他的当事人"放弃豁免权后,再在补充大陪审团(Supplemental Grand Jury)面前作证",夺狱那天有许多不计后果的枪击事件,这样州政府就可以用他所提供的信息给其他人立案。③ 即使这样也没成。贝尔说,"那天晚上,安东尼[·西蒙内蒂]没让我把他传唤到陪审团面前"。④

到 1974 年秋,马尔科姆·贝尔已清楚地意识到,不管他的部门有什么针对阿蒂卡事件中执法人员的证据,都不会被允许出示。

---

① Bell, Testimony, *Attica Task Force Hearing*, July 30, 2002, 15.
② 同上。
③ Bell, *Preliminary Report on the Attica Investigation*, 18.
④ 同上;and Bell, *The Turkey Shoot*, 116, 355。

45. 公之于众

马尔科姆·贝尔深知其前任艾德·海莫克曾想方设法在第一届大陪审团面前起诉州警，但没有成功。在那里待了一段时间后，他发现同为检察官的弗兰克·克莱恩也尝试过起诉另一名州警，也以失败告终。不过，事实证明，还有人在设法起诉州警和狱警，在贝尔加入阿蒂卡调查组之前以及被边缘化之后都有，只是他不知道而已。阿蒂卡调查组一度试图以谋杀罪、一级过失杀人罪、二级过失杀人罪起诉狱警丹尼尔·克罗尔；以二级过失杀人罪、刑事疏忽杀人罪起诉狱警约翰·维加米尼；以一级袭击罪起诉州警弗兰克·潘扎。[①]他们还试图以伪证罪起诉约翰·莫纳汉少校，尽管他们已经使他免受了其他可能的刑事指控。然而，在每一个案件中，第一任阿蒂卡大陪审团都投票决定对这些州警和狱警"不予起诉"，这意味着他们拒绝起诉这些人。

不过，就算贝尔知道确实存在起诉执法人员的种种尝试，西蒙内蒂也肯定会把这些尝试拿来作为证据，说他并没有忽略或避免对执法人员不利的案子，但贝尔自己对阿蒂卡调查组掩盖事的怀疑可能会继续存在。

到西蒙内蒂的办公室一段时间后，上司便告诉贝尔第一届大陪审团过于同情执法人员，没法起诉他们，不管有什么证据都没辙。这倒是可能解释了艾德·海莫克之前在大陪审团面前的失望，贝尔也因此理解了他的同事弗兰克·克莱恩最近试图以谋杀罪、一级过失杀人罪和一级袭击罪起诉州警盖瑞·范艾伦未果时的心情。②事实上，这也就是为什么西蒙内蒂会如此努力地促成第二任阿蒂卡大陪审团的选任，以及为什么贝尔在得知自己将要向一个全新的陪审团提交案子时会如此释然。③

但当贝尔真正开始把西蒙内蒂对他的案子的所作所为视作企图保护执法人员时，他这才开始认为，他那些把案子呈给第一任阿蒂卡大陪审团的同事应该也是遇到了来自高层的阻力。他越是思考自己的处境，便越觉得甚至在被告知停止呈交案件之前，上司已经设置障碍让他难以传唤最有价值的证人，或在陪审团面前难以采取最佳策略。没错，有些同事被允许将执法人员的案件呈交给大陪审团，但贝尔想知道他们是否会真的被允许呈交他们手上最有力的案子。第一任大陪审团不愿意起诉州警和狱警是因为偏向这些人，还是检方呈交的案子太弱而无法得到支持？贝尔没法确定，但他怀疑检察官真的不想起诉，这可能被一个事实很好地证实了，照《新闻日报》记者爱德华·赫歇的说法，即阿蒂卡大陪审团实际上投票决定起诉检方所说的杀害约翰·达坎杰罗的一名州警，但随后阿蒂卡检方里有人选择不起诉。④

到1974年秋末，贝尔开始担心，他误打误撞地发现了一个保护阿蒂卡枪手的彻头彻尾的阴谋，这个阴谋在他自己的阿蒂卡调查中可

---

① Notice of No Bill, Exhibit C, *People of the State of New York v. Gregory Wildridge*, State of New York Supreme Court: County of Wyoming, December 19, 1975, Erie County courthouse.

② 同上。

③ 他的乐观态度也许是有道理的。比如，当西蒙内蒂叫他从手上的案件中撤下来时，贝尔后来从5名陪审员那里得知，只要"有适当的机会"，他们就会提出起诉。参见：Malcolm Bell, Affidavit, *In the Matter of the Application of Hugh L. Carey, for a judicial determination as to the publication of Volumes 2 and 3 of the Final Report of Bernard S. Meyer*, Index No. 15062, Filed October 25, 2013, decided April 24, 2014。

④ Edward Hershey, "Attica Trooper Indictment: Papers Never Filed," *Times Union* (Albany, New York), April 23, 1974; "Did Attica Indict a Trooper?," *Democrat and Chronicle* (Rochester, New York), April 24, 1974; FOIA request #110797 of the New York State Attorney General's Office, FOIA pp. 000487-000490.

谓登峰造极，牵涉到前州长纳尔逊·洛克菲勒的办公室。1974年12月4日，贝尔接到一个电话，他相信这可以让他验证安东尼·西蒙内蒂在阿蒂卡调查中是否会遵循法律面前人人平等。打电话的人"与州警高层关系密切"，他之所以联系贝尔，是因为他说他握有此次调查的关键信息。① 贝尔得知，该证据可能会极大地推进妨碍调查的案子——这些案子针对的是纽约州警的最高层阻碍阿蒂卡调查组开展工作一事——以及原先的枪击案。两天后，贝尔与这名线人在塔里镇希尔顿酒店见了面，并确认了信息的价值。这名男子指出，纽约州警夺狱期间的关键录影带仍然存在——尽管警方已宣誓说并不存在——因为所有的带子都例行拷贝了一份。

贝尔将这个好消息写进了给西蒙内蒂的备忘录。但贝尔觉得，西蒙内蒂似乎对这条线索感到不安，一点也不急于利用。还没怎么讨论，西蒙内蒂就要求知道贝尔线人的名字。贝尔说他不能透露，至少现在还不行；西蒙内蒂的回应是，贝尔即刻被停职。② 对贝尔来说，似乎很明显，西蒙内蒂担心这样的新证据会使他努力扑灭的烧向纽约州警高层官员的大火突然"失去控制"，而他不会让这样的事发生。③

被停职期间，贝尔仔细考虑了过去一年发生的一切，试图弄清楚如果还有可能的话，如何扭转局面。贝尔最终认为，如果仍有一线希望可以让纽约州起诉执法人员，那他就不得不越过西蒙内蒂，也许去找阿蒂卡的法官卡门·鲍尔，也许去见纽约州检察长路易斯·莱夫科维茨，甚至可能是即将上任的纽约州州长休·凯瑞。然而，当贝尔对这种可能性左思右想时，突然明白这么做对他可能有害无益。有太多的人在竭尽全力确保他所知道的不会被公开。他现在不会被一大帮表现得喜欢开枪的州警视为眼中钉吗？贝尔决定低调行事，从阿蒂卡调查组辞职，这样他就可以找到出路了。

---

① Malcolm Bell, *The Turkey Shoot*, 275.
② 同上，277。
③ 同上，276。

贝尔在朋友家给检察长莱夫科维茨写了一封辞职信，然后就开始翻阅自己手头掌握的许多阿蒂卡调查文件。与此同时，为安全起见，贝尔还谨慎地指示另一位朋友，如果他"某天遭遇车祸，非常合情合理地被卡车撞死了"，就将所有这些材料寄给《纽约时报》的汤姆·威克或华盛顿特区记者杰克·安德森。①

12月10日，周二，贝尔将辞职信寄给了莱夫科维茨，并准确地阐述了他希望接下来会怎么做："我的目标是确保大陪审团投票和报告所需的全部事实都摆在它面前，法律面前人人平等对狱友和警官也同样适用……我只想在补充大陪审团面前展示全部的调查，并参与之后举行的任何审判。不过，我很清楚，如今我的调查正被中止，而我力有不逮。"② 在寄出给莱夫科维茨的辞职信之后，贝尔还决定给卡门·鲍尔法官打个电话。贝尔觉得重要的是，鲍尔可别像西蒙内蒂将会要求他的那样解散大陪审团。

鲍尔法官似乎对听取贝尔的担忧完全不感兴趣，而纽约州最高级别的法律官员莱夫科维茨也并没有采取行动，反倒在12月23日爽快地接受了贝尔的辞呈。莱夫科维茨随后将贝尔4页纸的信拷贝了两份，寄给了卡门·鲍尔法官和当选的凯瑞州长。③

贝尔的辞职信在阿蒂卡调查组内引发了一场风暴，人们在发愁的同时也相互指责。检察官查尔斯·布拉德利"很惊讶"，贝尔"异想天开地"说西蒙内蒂在监看掩盖事实的行为而他"竟然没有精神崩溃"。④ 布拉德利发现唯一的可取之处就是"贝尔从一开始就是个局外人"，因此，也许没人会把他的指控放在心上。⑤ 贝尔没有从他以前的上司那儿听到任何消息，所以他就认为没人将他所说的有人在掩

---

① Malcolm Bell, *The Turkey Shoot*, 281.
② 同上，286。
③ Bernard S. Meyer, *Final Report of the Special Attica Investigation*, October 27, 1975, New York State Archives, 26.
④ 查尔斯·布拉德利，与作者的交谈，2004年7月15日。
⑤ 同上。

盖罪行的话当回事。向莱夫科维茨提交辞呈整整 10 天后,就在检察长给当选的州长寄了一份副本的当天,贝尔从检察长那儿收到一封回信,信中只说接受了他的辞呈,希望他今后事业有成。

如果莱夫科维茨或西蒙内蒂希望他们极为不满的雇员就这么一走了之,那他们准保会失望。马尔科姆·贝尔一边等待阿蒂卡调查出现可能峰回路转或者正式回应他的指控的迹象,一边想办法将自己了解的信息交给可能有所行动的人。1975 年 1 月,贝尔将他掌握的证据、他的州检察官同事认为他们掌握的关于阿蒂卡执法人员所犯罪行的证据、他上司的具体所作所为,写成了一份系统的报告,在他看来,他上司之所以这么做,就是为了确保没人为这些罪行担责。贝尔强调了他肯定的一点,即州警和狱警正受到保护,他还指出"大陪审团诉讼程序中针对执法人员可能犯下的罪行共有 8 000 页证词",纽约最高层的政治家应该仔细考虑这些证词。① 1 月 30 日,他将打印出来的这份 89 页的报告,另附 71 页支持其说法的文件,一并寄给了新任州长凯瑞。②

这一次,贝尔还是没得到回应。他的报告毫不留情;报告表达得很清楚,他希望对他的指控立刻着手调查,"以挽救调查工作,并完成对陪审图的适当陈述,尽可能地实现这些目标"。③ 贝尔向州长承诺,"除非调查材料已[被]销毁",否则他所声称的一切都是完全可以证明的,而西蒙内蒂一人所掌握的无数文件都可以成为"调查工作缺乏诚信的证据"。④

贝尔的报告向凯瑞州长提供了具体的例子,说明哪些州警犯下了哪些具体罪行。他指名道姓,明确表示他所在的办公室有大量证据,可以用来起诉许多州警和狱警对囚犯甚至州雇员——人质——所犯的

---

① Bell, *The Turkey Shoot*, 294.
② Robert Lenzner, "Probe of Attica Riot Takes New Turn," *Boston Globe*, April 20, 1975.
③ Malcolm Bell, *Preliminary Report on the Attica Investigation*, 4.
④ 同上, 5。

罪行，罪名从不计后果危害生命、袭击到过失杀人、谋杀，一应俱全。

唯恐州长搞不明白州警或狱警在阿蒂卡犯下的罪行为何未被起诉，贝尔特别点明纽约州警的高层在从中作梗。比如，他指出，尽管《洛杉矶时报》和《纽约时报》的记者在袭击期间和之后都设法听了纽约州警的无线电扫描器，详细记下了州警在夺狱期间最关键的几个小时里在场地上的言行，但"有许多内容并未出现在"纽约州警官方对这些录影带所作的记录之中，"稍后警方自己在巴塔维亚邮局把这些内容转录了下来"。① 那份官方记录显示"9:53 和 10:30 之间没有收到任何信息；10:12 和 11:30 之间没有发送任何信息"，而且据被要求制作这份转录文件的纽约州警所说，是领导了阿蒂卡夺狱行动的莫纳汉少校"在 9 月 13 日后的某个时候命令他汇编〔记录〕的"。②

同样，纽约州警的照片也遭到了蓄意破坏。贝尔在报告中解释了纽约州警的托马斯·康斯坦丁中尉是如何承认纽约州警的一名中士，或许是在另一名中尉的命令下，"在幻灯片托盘交给我们调查组之前"，将某些幻灯片拿掉，收进文献室保险箱。③ 如此妨碍司法公正，再加上州警"把 D 院的帐篷、桌子等全都埋到监狱后面，以免有人检查上面的弹孔"这样的事实，贝尔希望凯瑞州长能看出有人在试图掩盖事实，从而确保总检察长莱夫科维茨介入，使阿蒂卡的调查工作回到正轨，不受打扰地进行下去。④ 然而，与此同时，显然西蒙内蒂的办公室仍在小心翼翼地处理纽约州警的事。比如，即便康斯坦丁中尉很可能目睹了囚犯肯尼·马洛伊被杀，这是由于他"在马洛维

---

① Malcolm Bell, *Preliminary Report on the Attica Investigation*, 35.
② Malcolm Bell, Memorandum to Anthony Simonetti, Subject: "Moran 'L. A. Times' Radio Log dated 5/8/72," November 15, 1974, in Bell, *Preliminary Report on the Attica Investigation*, 132-33.
③ Bell, *Preliminary Report on the Attica Investigation*, 29, 107-8.
④ 同上，114。

奇上尉的进攻部队后面或和他们一起下到 C 栈桥,来到时代广场的时间点,正好是马洛伊被枪击时",照贝尔的说法,西蒙内蒂甚至没有逼他回答他是否他有没有份儿。①

贝尔的文件毫不含糊地声称存在掩盖罪行的行为,就这么直截了当、简单明了。如此多的人都在想方设法掩盖对在阿蒂卡犯下的罪行的真实表述,从政府最高层到州警和地方一级的狱警,莫不如此。贝尔指出,洛克菲勒办公室从一开始就试图抹黑验尸官约翰·埃兰德,诋毁他那份关于执法人员枪杀人质的调查结果。② 他还注意到,从调查的最初几天到 1974 年秋,洛克菲勒的律师迈克尔·怀特曼"就没有回应检察长西蒙内蒂向他提出的"关于 D 院的杀戮信息的某些要求。③

尽管他在这份写给凯瑞州长的长文中列出了详细生动的证据,但他还是没有得到任何回应。一个星期过去了,两个星期过去了,贝尔越来越焦虑,因为他"迫切希望有人能在第二任大陪审团解散之前做点什么"。④ 1975 年 2 月 11 日,贝尔给凯瑞办公室去了电话;一名秘书确认他的报告确实已经寄到,但"一直放在州长的办公桌上,没读过"。⑤ 贝尔简直不敢相信,过了不到一个星期,他"又去了一封信,要求州长'尽快'回复"。⑥

州长最终还是读了贝尔这份详细而具有爆炸性的材料,并立即拿给莱夫科维茨和西蒙内蒂看。这三人需要弄明白是否有什么好办法可以既解决贝尔的指控,却又不致打开潘多拉魔盒,即不去惹恼纽约州警的上层以及该州其他许多重要的政治人物。凯瑞为人精明,意识到

---

① Bell, *Preliminary Report on the Attica Investigation*, 125, 12.
② 同上,34。
③ 同上。
④ Diane Dumanoski, "Attica: Covering Up for the Cops," *Boston Phoenix*, May 13, 1975.
⑤ 同上。
⑥ 同上。

这份文件可能会把他刚成立的州政府班子置于公关噩梦的中心。

贝尔并不知道凯瑞内心的算盘,反正仍然没有等来回音,于是他就决定找一名律师来探讨下一步该怎么走。他找的是罗伯特·帕特森,一名资深律师,也是高曼委员会成员,高曼委员会是进入阿蒂卡查看囚犯在夺狱行动后的情况的小组之一。凯瑞州长的法律顾问叫帕特森和贝尔与莱夫科维茨及西蒙内蒂一起坐下来,看看他们是否能达成某种共识。① 然而,这个会面从未实现,而贝尔愈发觉得自己只剩下将掩盖罪行的事公之于众这一条路了。3月25日,在提交报告近两个月后,贝尔仍未得到凯瑞的任何回音,于是决定将这件事告诉《纽约时报》。他首先找到了汤姆·威克,他记得此人是阿蒂卡最早的观察员之一。威克说会和大都会版面的编辑谈一谈,派一名调查记者和他见面。第二天晚上,记者迈伦·法布尔出现在他家的门前,听贝尔讲述了阿蒂卡调查期间发生的一切。②

从贝尔开口的那一瞬起,法布尔就知道自己手上握着一个火药桶。令他一直沮丧的是,贝尔极有原则,不愿透露提交给大陪审团的任何证据,也不愿公开指名道姓,但他知道这些已经足够,就算没有这些具体细节也能登上全国乃至全世界的新闻头条。③ 就在那一刻,阿蒂卡已经成为新闻焦点,因为陪审团正好在审议约翰·希尔和查尔斯·佩纳萨里斯的案子。④

迈伦·法布尔的报道刊登在1975年4月8日的《纽约时报》上,写得毫无保留,毫不意外地引起了一场大风暴,尤其多亏了阿蒂卡兄弟法律辩护团的律师助了一臂之力。对他们而言,贝尔的指控有力地证实了他们一直怀疑在阿蒂卡调查发生的事中。

最终,处理《纽约时报》爆料的最直接后果的是凯瑞州长,而

---

① Bell, *The Turkey Shoot*, 303.
② 同上,308。
③ 同上,313。
④ 同上,314。

非检察长莱夫科维茨。州长意识到,贝尔这份冗长而材料充分的报告指出了纽约州政府自身的重大和令人发指的败笔,费用高昂,阿蒂卡调查组也令人诟病,而他自己就坐在这份报告的风口浪尖上,于是快马加鞭地行动了起来。州长开始在幕后拼命地想要保护他的办公室,免受一触即发的公关灾难的影响。首先,他要求莱夫科维茨立刻对指控作出公开回应。① 作为一名新任州长,他不能让已经为阿蒂卡调查支付了近4年费用的该州公民认为他对调查组腐败的证据不闻不问。《纽约时报》的那篇报道登出来10天后,检察长任命州最高法院前法官伯纳德·S.迈耶担任总检察长特别助理,"评估"纽约官方对夺回阿蒂卡监狱及此后几天乃至几周情况的调查。②

但是,这一决定并没有使媒体偃旗息鼓。媒体一听说谁被任命调查阿蒂卡的调查工作就分外高兴。《波士顿环球报》将信将疑地指出,迈耶缺乏"刑事工作经验"。③ 而此人不仅不熟悉刑法,而且正如《波士顿凤凰报》所说,"给迈耶完成调查的期限实在短得可笑"。④

给迈耶完成调查的时间确实非常紧:在1975年9月30日之前就得完成,也就是只有5个月,而阿蒂卡调查本身就已持续了近4年时间,向两任大陪审团提交了案件,并起诉了62名囚犯,这些案件仍的审判中。不过对马尔科姆·贝尔而言,希望虽小,但还是存在的。也许现在州政府所有见不得人的行为最终都会暴露在光天化日之下,也许阿蒂卡的受害者能得到一些正义。贝尔坚信现在还不算太晚。

---

① Myron Farber, "Chief Prosecutor on Attica Accused of Jury Cover-Up," *New York Times*. April 8, 1975, Morris Gleicher Papers, Accession number UP001536, Box 7, Folder 20, Walter Reuther Library.
② Hugh L. Carey, Governor, Press Release, State of New York, Executive Chamber, December 31, 1976, Press Releases, 1921-1948, 1954-1958, 1976-2006, New York (State), Governor, 13688-82, Box 2, Folder 394, New York State Archives, Albany, New York.
③ Lenzner, "Probe of Attica Riot Takes New Turn."
④ Dumanoski, "Attica: Covering Up for the Cops."

46. 对调查的调查

民主党出身的凯瑞州长选择伯纳德·S.迈耶来领导对贝尔的指控的官方调查，是一个高度政治化的决定。尽管迈耶也是民主党人，但值得注意的是，他是纽约州为数不多的前州长纳尔逊·洛克菲勒喜欢的人之一。在迈耶担任纽约州最高法院法官的任期结束时，时任州长洛克菲勒做出了"'非常'之举，发表声明对他盛赞了一番"，公开认可迈耶"在司法程序的杰出贡献"，并表示"最重要的是司法系统不会失去……一个有卓越才干兢兢业业为人民服务的人"。① 凯瑞州长的办公室似乎对他和洛克菲勒的关系毫不关心，并向迈耶保证他在调查期间将"有权审看大陪审团的会议记录，传唤证人和文件，并在宣誓后调查任何掌握相关信息的人"。②

迈耶也知道自己时间紧迫，仅有 5 个月的时间，于是立马开始着手处理。就在他被任命这个新职务的同一天，他从凯瑞的办公室以及贝尔的律师罗伯特·帕特森那里收到了一份贝尔所称的"初步报告"。③ 一周之内，迈耶还从安东尼·西蒙内蒂那里收到了"回应贝尔的报告与指控的第一份初步意见书"，到 6 月 2 日，他认定他的调查需要至少 33 万元的预算。④ 他坚称，如果没有全额资金的支持，几乎不可能"在 9 月 30 日的预定日期完成任务"。⑤

从迈耶的观点来看，他的工作不仅是要确定"是否存在'掩盖事实'的行为"，而且要了解"是否存在贪赃枉法"。⑥ 他还想确定，如果"发现费舍-西蒙内蒂的调查工作中的缺陷,要不要弄清为什么会出现这样的缺陷"。⑦这个要求很高。很难想象要对有关阿蒂卡调查的文件进行条分缕析的梳理。尽管迈耶后来承认,给他的时间不允许他追溯"现在已然存在了4年"调查工作的每一步,然而,他还是尽职尽责地这么做,不仅为了确保他能拿到所有相关文件,而且也请公众如果有任何与此案有关的重要信息都不吝提供。⑧迈耶和他的工作人员最终审查了"两任大陪审团听取的3.3万页证词",然后是"整理好的500个文件盒里装的1 000份文件,达数万页",以供进一步审核。最终,37名公众(迈克尔在给州长的报告中隐去了这些人的身份)所提供的信息反过来又产生了上万页打印文件。⑨

迈耶还与马尔科姆·贝尔见了无数次面。当贝尔看到这个男人在怎样的压力下迅速完成了他的调查,便担心这预示着无法通达真相,毕竟他"给这个委员会添了8名律师,却只增加了1名调查员"。⑩贝尔觉得不安的是,向他提出的问题似乎表明他们在"质疑西蒙内蒂是否精神稳定,甚至就此得出负面结论",而不是以调查来着眼于更广泛的系统性问题。⑪

8月,离截止期限还剩六个星期,迈耶委员会在纳尔逊·洛克菲

---

① 引自:Vincent R. Johnson,"Judge Bernard S. Meyer: first merit appointee to the New York Court of Appeals," *Albany Law Review* 75, no. 2 (December 2011)。
② "N. Y. to Re-examine Attica Investigation," *Boston Globe*, April 14, 1975.
③ Bernard S. Meyer, *Final Report of the Special Attica Investigation*, October 27, 1975, New York State Archives, 33.
④ 同上,29。
⑤ 同上。
⑥ 同上,27–28。
⑦ 同上。
⑧ 同上。
⑨ 时至今日,公众仍无法接触迈耶搜集的所有这些资料。参见:Heather Ann Thompson,"How Attica's Ugly Past Is Still Protected",*Time*,May 26, 2015。
⑩ Malcolm Bell, *The Turkey Shoot*, 331, 333.
⑪ 同上,335。

勒宣誓之后对他质询了5个小时。[1] 然而,迈耶至少愿意去质询西蒙内蒂的老板。这位下令夺回阿蒂卡的前州长尽最大努力提供了几乎没什么用的信息。当被问及事后是否觉得罗伯特·费舍应该利用州警调查自己的部队时,洛克菲勒回答,费舍"是个特别正直、经验丰富的人","只要觉得存在利益冲突……他就会用其他人"。[2] 甚而,这位前州长"不认为是州警在进行调查",他说:"我认为州警只是调查员。"[3] 在被问及纽约州警负责人威廉·吉尔万为何在阿蒂卡发生骚乱不在现场,夺狱期间也不在,为何这么重要的行动交给了级别低得多的约翰·莫纳汉少校时,洛克菲勒同样没说出什么有用的信息。他无法解释吉尔万为什么不在现场,而且坚持认为缺席也根本没有造成他的困扰。[4] 不过,洛克菲勒的证词中确实透露出了一些重要的东西:他承认他会定期和检察长就阿蒂卡的调查保持联系,甚而他"从检察长那儿得到了关于进展的非正式的绝密报告"。[5] 洛克菲勒的证词事实上粉碎了他对莱夫科维茨,并由此对费舍、西蒙内蒂及其负责调查州警和狱警所犯罪行的人没有影响力的错误观念。他在记录中承认,检察长"经常会来我家,我们一起翻来覆去地讨论,我在家里见过他很多次了。所以,我经常和他在一起,讨论许多问题"。[6] 他的这番话正好印证了贝尔的推测,即阿蒂卡调查组的高层与下令夺回监狱的那些人关系非同一般,无法进行适当的调查。

洛克菲勒在阿蒂卡的得力助手罗伯特·道格拉斯也试图给出些没用的信息,但从他的证人陈述也在透露真相。和洛克菲勒一样,道格

---

[1] Malcolm Bell, *The Turkey Shoot*, 338.
[2] Rockefeller, Deposition, Meyer Commission, August 8, 1975, 8660, FOIA request #110818, FOIA p. 000407.
[3] 同上,1975年8月8日,8671, FOIA request #110818, FOIA p. 000418。
[4] 同上,1975年8月8日,8668, FOIA request #110818, FOIA p. 000415。
[5] 同上,1975年8月8日,8808, FOIA request #110818, FOIA p. 000530。
[6] 同上,1975年8月8日,8811-8812, FOIA request #110818, FOIA pp. 000533-000534。

拉斯对吉尔万为何没有负责夺回阿蒂卡的行动避而不谈。当被问及"州长由 4 名高级官员代表……而进攻部队却无需州警总警司指挥……是否有些怪怪的",道格拉斯只是回答,他"没有这么看"。① 不过,正如对洛克菲勒的面谈一样,道格拉斯承认洛克菲勒的手下从一开始就深深卷入了阿蒂卡调查之中。尽管道格拉斯说他不记得听到任何有关夺狱那天据称枪杀了肯尼·马洛伊的枪手埃尔多·巴波里尼被允许悄悄地辞职而不是面对潜在的指控的消息,但他"听到了后来的很多事情"。② 然而,重要的是,州警那边没有人费心告诉调查组的检察官这人的情况,或他干了什么。道格拉斯倒是很坦诚地表示,从很早起,负责调查的高层官员就会"向州长通报"对州长治下州警的调查进展。道格拉斯甚至承认,罗伯特·费舍曾参加 1971 年 9 月 24 日在洛克菲勒家桌球室举行的情况汇报会,纽约州警的最高层也在,会上讨论了巴波里尼的问题。③ 让道格拉斯宣誓作证的迈耶委员会律师似乎对他披露的情况感到吃惊,便问道格拉斯:"[费舍]和应对采取过度暴力负责——假设发生过暴力——的一帮人会聚一堂是什么意思,他不是独立检察官吗?比如你肯定不会指望他参加辩方律师的会议。"道格拉斯回答:"我没叫他来参加会议。我猜是州长叫的。"④ 不管怎样,他认为那种情况下并不存在利益冲突,也不存在刑事调查局正在调查自己人的事实。⑤

贝尔对州长的管理层和调查员之间存在不正当关系的指控,得到了乔治·英凡特中校的证词的进一步支持。英凡特透露,他自己的律师曾"在与阿蒂卡有关的各调查机构打交道时,担任过洛克菲勒州

---

① Douglass, Deposition, Meyer Commission, September 4, 1974, 2933, FOIA request # 110818, FOIA p. 000280.
② 同上,FOIA p. 000284。
③ 同上,FOIA p. 000293。
④ 同上,FOIA p. 000298。
⑤ 同上,FOIA p. 000347。

长和议会各种人的助手"。① 更有甚者，英凡特承认，当州检察官安东尼·西蒙内蒂"在考虑给英凡特中校某种豁免权"时，曾联系过这位律师。② 当然，给纽约州警的某位曾被西蒙内蒂称为阿蒂卡掩盖行为的"构造师"的人以豁免权，无异于放弃可能对执法人员在那里的行为提起指控的任何案子。

截止期限过了一个多月后，1975 年 10 月 25 日，伯纳德·迈耶终于将一份 570 页的最终报告分成三卷交给了州长。③ 只有第一卷将向公众开放。④ 凯瑞州长和莱夫科维茨检察长明确表示，他们希望其他卷不要公开，并援引了法律，即"允许州长和检察长酌情披露他们下令得出的调查报告"。⑤

所谓的迈耶报告很详细，也很关键，而且措辞非常谨慎。最终，迈耶对阿蒂卡调查工作的评价很苛刻。报告不仅按常理评论了阿蒂卡调查的各种各样且往往触目惊心的缺陷，而且特别提到了安东尼·西蒙内蒂等人所做的决定。然而，对马尔科姆·贝尔以及阿蒂卡幸存下来的囚犯和人质来说，他们看到的是阿蒂卡调查对那些 1971 年 9 月 13 日以及接下来几周在 D 院造成如此伤害的人竟然那么宽容，因而觉得迈耶应该更严厉才对。比如，安东尼·西蒙内蒂对潜在的妨碍调

---

① George Infante, Testimony, Meyer Commission, August 25, 1975, Mineola, New York, 10, 751, FOIA request #110818 of the New York State Attorney General's Office, FOIA p. 000369.
② Infante, Testimony, Meyer Commission, August 25, 1975, 10, 760, FOIA request # 110818, FOIA p. 000378.
③ Bell, *The Turkey Shoot*, 339.
④ 到 2015 年，经过大量修订的第二、第三卷也获准公布。Until 2015 when highly redacted versions of volumes 2 and 3 were also ordered released. Nick Reisman, "Schneiderman's Office Releases Unsealed Attica Documents," *State of Politics*, May 21, 2015; Hugh L. Carey, Governor, Press Release, State of New York, Executive Chamber, December 22, 1975, New York State Coalition for Criminal Justice Records, 1971–1986, Series 9: Issues File, Box 1: Attica Aftermath, 1971–1974, Folder 12, M. E. Grenander Department of Special Collections and Archives, State University of New York, Albany, New York。
⑤ Carey, Press Release, State of New York, Executive Chamber, December 22, 1975.

查案所涉及的高层人物给予豁免权,迈耶认为这只是因为他们"缺乏良好的判断力";而且纽约州警从一开始就负责调查自己人,这暗示了"可能的利益冲突"。① 报告解释道,更多的警察之所以没被起诉,仅仅是因为"在夺狱行动后立刻收集的证据的不足",使得"留给调查工作的证据太少",以致确定执法人员是否负有刑事责任。②

至于贝尔对阿蒂卡调查组最高层领导掩盖罪行的指控,迈耶断然否认存在任何掩盖行为。报告承认,阿蒂卡调查的决策层在如何处置那些士兵的问题上,"存在一些严重的判断错误",但他断定,决策层并未串通一气包庇他们。③ 迈耶的报告实际上进一步指出,马尔科姆·贝尔"指控的掩盖罪行之举"是"没有充分根据的"(尽管道格拉斯和洛克菲勒在这个委员会作了证)。报告还指出,他所声称的掩盖行为,在"某些方面""更多是感情用事而非基于事实"。④ 报告最后说,安东尼·西蒙内蒂可能是个差劲的检察官,或者只是一时糊涂,但他仍然"对可能存在的执法人员犯罪的调查也许受到州警的蓄意阻挠的可能性进行了详细而有条理的调查"。⑤ 可以确定,"许多措施本应尽早付诸实践",但这不过是某种程度上做了错事而已。⑥

迈耶报告令马尔科姆·贝尔以及阿蒂卡的许多受害者和幸存者震惊不已,心如死水。

贝尔把阅读这份调查结果比作"遇到了抢劫,然后被调查员告知'钱没了,尸体还在,但并没有发生任何劫案'"。⑦ 于是,他在《纽约时报》上发表了一篇文章作为回应,认为迈耶是想左右逢源:尽管他不得不承认发生了许多掩盖事实的行为,但他选择视之为无心

---

① Meyer, *Final Report of the Special Attica Investigation*, October 27, 1975, New York State Archives, 1.
② 同上。
③ 同上,2。
④ 同上,5。
⑤ 同上,4。
⑥ 同上。
⑦ Bell, *The Turkey Shoot*, 345.

之举。因此,"他不必找出是谁指挥的"。①

尽管迈耶报告不愿支持贝尔的论点,即州警和狱警受到了保护,但它还是给出了一些具体建议,对仍在等待审判的囚犯起到了一些积极的作用。最重要的是,报告呼吁凯瑞州长任命"一名特别副检察长",其唯一的目的就是"对所有定罪、所有待决起诉以及与未来可能的起诉有关的证据进行审查,以便采纳或向州长提出建议,无论他认为在这种独特的情况下,应该采取何种恰当的行为"。② 报告还赞同通过继续寻求在那些涉及严重犯罪且有合理定罪可能性的案件中起诉执法人员,并可能向纽约州警提供证据以便其能够约束自己的雇员,"无论这样的证据是否足以构成刑事定罪",由此来"纠正州政府行动中的有失公正之处"。③ 至于许多"1971 年 9 月 13 日受重伤的"阿蒂卡囚犯,考虑到他们的正义,委员会建议他们"在修正案通过之后的一年内,提出犯罪受害者的赔偿要求"。④ 但是,报告没有提及是否撤销阿蒂卡囚犯仍然面临的许多与暴乱有关的刑事指控。在迈耶看来,"大赦并不是解决阿蒂卡相关问题的合适方法"。⑤

尽管贝尔对报告的结论倍感失望,但许多一向认为阿蒂卡调查是一场灾难的纽约人觉得这是个好消息。其中一人便是阿瑟·利曼,他曾在麦凯委员会对阿蒂卡进行大规模调查期间担任法律总顾问,长期以来一直对"指控和调查的残酷循环"持批评态度。⑥ 在他看来,

---

① Bell, *The Turkey Shoot*, 348.
② Meyer, *Final Report of the Special Attica Investigation*, October 27, 1975, New York State Archives, 6.
③ 同上,7。
④ 同上。
⑤ 同上,11。
⑥ Arthur Liman, Letter to Governor Hugh Carey, April 15, 1975, New York State Coalition for Criminal Justice Records, 1971–1986, Series 9: Issues File, Box 1: Attica Aftermath, 1971–1974, Folder 1, M. E. Grenander Department of Special Collections and Archives, State University of New York, Albany, New York.

"事情不一定要这样"。① 迈耶的报告公布后,利曼给休·凯瑞写了一封私信,指出尽管他所在的委员会警告过州官员"公正的司法管理需要不偏不倚的检控",但州的调查仍然进行得极不公正。② 利曼发现,令人难以置信的是,尽管麦凯委员会及其他阿蒂卡调查组的报告已经指出了,这里确实还存在对囚犯的"普遍的人身报复","医疗护理也不足",而在该州的调查中,"没有一份起诉书是针对州政府官员、狱警和警官的"。③ 根据迈耶的报告,利曼建议重新调查一次,这次"必须查明究竟是谁在确立和容许这样的先后顺序,认为狱友的冒犯要比执法人员的罪责更严重。即便时至今日,有意愿伸张正义的律师与调查员也应该可以凭能力和经验作出公正的裁决"。④

还有些纽约人反对进一步的调查。麦凯委员会主席迪恩·罗伯特·麦凯给州长去信,说"现在是时候停止没完没了的调查了,应该尽可能迅速而公正地翻过我国历史上这不愉快的一页"。⑤ 麦凯建议,所有进一步的起诉和调查应一并撤销,"除了可能剩下的一项谋杀指控",此案中,"达卢人"马里亚诺·冈萨雷斯被控在D楼杀害了囚犯米奇·普利维特拉,这也是海斯和施瓦茨被杀害的地方。⑥

迈耶报告公布后,公众也提出了其他解决方案。罗切斯特的一群

---

① Arthur Liman, Letter to Governor Hugh Carey, April 15, 1975, New York State Coalition for Criminal Justice Records, 1971-1986, Series 9: Issues File, Box 1: Attica Aftermath, 1971-1974, Folder 1, M. E. Grenander Department of Special Collections and Archives, State University of New York, Albany, New York.
② 同上。
③ 同上。
④ 同上。
⑤ Robert B. McKay, Press Release, January 14, 1976, New York State Coalition for Criminal Justice Records, 1971-1986, Series 9: Issues File, Box 1: Attica Aftermath, 1971-1974, Folder 12, M. E. Grenander Department of Special Collections and Archives, State University of New York, Albany, New York.
⑥ 同上。

神职人员提议"对所有已被判刑的宽大处理,撤销剩余的指控"。①这也正是为阿蒂卡兄弟辩护的人的想法。"黑大个"史密斯的"阿蒂卡集合体"是这么说的:"1971 年兄弟们要求赦免的呼声,到了 1976 年变得更为强烈了。"②

凯瑞州长承诺在决定如何进行调查之前,将亲自审查所有现有案件。就在凯瑞和莱夫科维茨公布迈耶报告第一卷的当天,他们宣布,依据迈耶报告的推荐,纽约县前首席助理地方检察官阿尔弗雷德·J. 斯科蒂将被任命为特别副检察长。对斯科蒂的任命是个大新闻:不仅有效地将西蒙内蒂从阿蒂卡调查中任何有影响力的位置上除名,而且为今后进行更为均衡的检察机关调查提供了可能。

当斯科蒂开始他的调查时,对囚犯的起诉如下:62 名被起诉的狱友有 8 名已经认罪,以期尽快结束这种煎熬,有人是立刻认罪的,有人是在案件开审后认罪的。只有两人是在受审后被定罪的,就是约翰·希尔和查尔斯·佩纳萨里斯;另有 3 人受审后被宣判无罪:被控强奸詹姆斯·施莱奇的威利·史密斯,被控用瓦斯枪控制人质的弗农·拉弗兰克,被控谋杀巴瑞·施瓦茨的"香戈"。与此同时,对 39 名被告的指控被完全撤销,有的是因为西蒙内蒂的办公室承认证据不足,无法进行审判,有的是因为被告无法得到快速审判。当斯科蒂开始调查时,还有针对 27 名囚犯和一名州警格利高里·威尔德里奇的案件悬而未决,后者在迈耶委员会调查时,突然被第二任大陪审团起诉。

---

① "Let Clemency End the Attica Tragedy," *Democrat and Chronicle* (Rochester, New York), April 10, 1976, New York State Coalition for Criminal Justice Records, 1971–1986, Series 9: Issues File, Box 1: Attica Aftermath, 1971–1974, Folder 12, M. E. Grenander Department of Special Collections and Archives, State University of New York, Albany, New York.

② Frank "Big Black" Smith, National Director, *Attica Now*, Fundraising Letter, Attica Brothers Trial Office, Winter 1976, Rosenberg Collection, Box 7, Folder 6, Walter Reuther Library.

对纽约州警而言，威尔德里奇的起诉书散发着政治气息。西蒙内蒂的办公室显然急于表明，一旦所有人都注意到这件事，起诉一名州警自然不在话下。西蒙内蒂要其办公室的一名检察官在该案即将被撤销前说服大陪审团，说威尔德里奇在阿蒂卡的行为"显示出对人类生命的极度漠视"。① 威尔德里奇因用霰弹枪向 D 院打出了 10 梭子弹，包括射入囚犯扎堆的帐篷，而被控不计后果危害生命。根据起诉书，威尔德里奇毫无感情地说他开了很多枪，就是为了"保证声音一直不停地响"。② 威尔德里奇 38 岁，是一名服役 14 年的老兵，明显得到了纽约州警同事的支持。在传讯他的时候，陪同他的是汉克·威廉姆斯上尉；纽约州警警方慈善协会的帕特里克·卡罗尔碰到媒体就说："起诉一个冒着生命危险去平息监狱骚乱的州警是对正义的亵渎"。③ 来自奥尔巴尼的"辛门、斯特劳布、皮戈尔斯与曼宁律所"的大牌律师都准备为威尔德里奇辩护，使之免于起诉。他们将给出的理由是，威尔德里奇在阿蒂卡一直承受着极大的压力，"持续不断地暴露在紧张的分分秒秒中"，"几乎未得到有效的睡眠或休息"，而且几天来"都在流传有关狱友暴行的说法"；可如今，纽约州却想要"因为他执行了命令而起诉他"。④ 更糟的是，这些律师还辩称，"在没有任何宪法警告的情况下，他们的当事人被他的上级命令陈述他在夺狱期间所做的事"，并一再以他自己"被胁迫写下的书面声明"，

---

① Gregory Wildridge Indictment, "Reckless Endangerment in the First Degree," *People of the State of New York v. Gregory Wildridge*, October 10, 1975, Erie County courthouse. Class D felony. Max sentence of seven years.
② 同上。
③ Tom Goldstein, "Trooper Accused of Reckless Use of Shotgun in Attica Uprising," *New York Times*, October 11, 1975.
④ 上述一切为协助："Motion to dismiss indictment pursuant to Sections 210.20 1 b and 210.30 of Criminal Procedure Law and for Inspection of All Grand Jury Minutes," Omnibus Motion Pursuant to Article 255 of the Criminal Procedure Law, *People of the State of New York v. Gregory Wildridge*, State of New York Supreme Court: County of Wyoming, December 19, 1975, Erie County courthouse, 4-5。

"不得已提供对自己不利的证据"。①

西蒙内蒂的办公室想必被贝尔的辞职信和他随后提交给州长的详细而带有谴责性的报告所震惊,因为威尔德里奇不仅在贝尔离职之后被起诉,而且阿蒂卡调查组也选择在那个时候对好几名低阶执法人员提起诉讼。据斯科蒂办公室所说,西蒙内蒂的办公室最终匆忙向第二任大陪审团提交了对4名州警和3名狱警不利的证据。② 比如,其中包括州警詹姆斯·米特斯泰德,检方坚称他在夺狱那天杀害了囚犯詹姆斯·罗宾逊,并重伤了其他几名囚犯。他可能面临二级谋杀、一级过失杀人、二级谋杀未遂和一级过失杀人未遂的指控。③ 同样,检察官还向大陪审团提交了证据,指控狱警尼古拉斯·德桑提斯犯有一级鲁莽危害生命罪。尽管据他自己承认,在夺狱当天,他用点45口径的汤普森冲锋枪向人挤人的D通道和D院发射了超过12梭子弹,但他未被起诉。④ 米特斯泰德也没有。

当阿尔弗雷德·斯科蒂涉足阿蒂卡调查组时,他清楚地发现,过了这么长时间后再在一个仓促组建的大陪审团面前对州警和狱警提起诉讼几乎不可能,更何况跟这一帮检察官共事。仔细研究了这些证据后,他倍感沮丧,因为他能看得出那些案件的"证据被提交给大陪审团后是肯定会被起诉的",但举例来说,其中一个案子,"由于州警已经在我得到任命前获得了检方免于起诉的豁免权,所以他现在

---

① 上述一切是为协助:"Motion to dismiss indictment pursuant to Sections 210. 20 1 b and 210. 30 of Criminal Procedure Law and for Inspection of All Grand Jury Minutes," Omnibus Motion Pursuant to Article 255 of the Criminal Procedure Law, *People of the State of New York v. Gregory Wildridge*, State of New York Supreme Court: County of Wyoming, December 19, 1975, Erie County courthouse, 6.
② "Attica Grand Juries Vote 'No Bill' on 7," *New York Times*, December 20, 1975, 30.
③ Notice of No Bills, Exhibit C, *People of the State of New York v. Gregory Wildridge*, State of New York Supreme Court: County of Wyoming, December 19, 1975, Erie County courthouse.
④ 同上。

也不能被依法起诉"。① 尽管如此,他承诺会继续"在那些涉及严重犯罪的案件中寻求对执法人员及其他人提出指控,合理的定罪可能性还是有的"。② 至少有两起针对执法人员的案件他觉得可以跟进,其中"一个涉及州警可能故意杀人,[另一个]关于某州警可能严重阻碍阿蒂卡调查组的工作"。③

然而,斯科蒂没有追究这些案件。相反,1976年2月26日,他建议撤销对格利高里·威尔德里奇这个唯一未决的对执法人员的起诉,并且不应再试图起诉州警和狱警。尽管斯科蒂声称"我们今天的建议不应被误解为……对执法人员暴行的宽宥",但事实上就是这么回事。④ 事实是迈耶报告之后,即便曾经对执法人员提起指控,如今却连这样的意愿都不存在了。⑤

一旦明显不会再对州警和狱警提起诉讼,斯科蒂对于仔细研究其余的指控囚犯的案件感到了比以往任何时候更大的压力,现在每个人都认为那些案件都很草率,根本赢不了。即使州方面设法找到了对囚犯被告不利的证据,其来历也极为可疑,就算没动过手脚,也会使案件变得不堪一击。在此情境下,受命评估现有和潜在的阿蒂卡案件不到3个月,斯科蒂就建议撤销对"所有未决起诉,除了一项['达卢人'马里亚诺·冈萨雷斯的]"。⑥ 斯科蒂甚至建议允许一名已经认罪但起诉还在的囚犯被告撤回其所认罪责,定为无罪。⑦ 1976年4

---

① Alfred Scotti, Special Attorney General, Statement Made in Court before the Honorable Judge Frank Bayger, February 26, 1976, 引自: Bell, *The Turkey Shoot*, 365。
② 同上。
③ 同上。
④ 同上。
⑤ Hugh Carey, Governor, Press Release, State of New York Executive Chamber, April 22, 1976.
⑥ Martin J. Mack, Affirmation (affidavit), *In the Matter of the Application of Hugh L. Carey, for a judicial determination as to the publication of Volumes 2 and 3 of the Final Report of Bernard S. Meyer*, Index No. 15062, Filed October 25, 2013, decided April 24, 2014.
⑦ Statement of Alfred Scotti, Special Attorney General, Statement Made in Court before the Honorable Judge Bayger, February 26, 1976, 引自: Bell, *The Turkey Shoot*, 365。

月22日，凯瑞州长自豪地宣布："根据斯科蒂先生的建议，州最高法院法官弗兰克·R.贝格（1月26日、2月26日）与卡门·F.鲍尔（2月26日）撤销了11份诉状，其中涉及对24名狱友和唯一一名州警的起诉。"①

阿蒂卡兄弟会及其所有的律师和支持者听到这个消息都松了一口气，但他们也很难不感到深深的痛苦。1976年2月27日，厄尼·古德曼在参加了一次撤销起诉的听证会后，给他的阿蒂卡委托人"香戈"写了一封很诚恳的信。

> 我去布法罗的时候预料到会撤诉。我本以为这是件高兴的事。可我错了。其实喜忧参半。忧，是因为斯科蒂认为迟来的正义证明了司法系统本质的公正，这种说法很虚伪。之所以会有迟来的"正义"，仅仅是因为那些不得不战斗或死去的人的抗争。这场斗争漫长而令人心碎。在这期间，许多人动摇了、软弱了、放弃了。有些人投降了。另一些人，比如你，则在我们揭露州政府残忍而昧着良心地竭力证明叛乱领导人是野蛮成性的施虐狂时坚守着，积聚力量进行反击，并获得了理解和支持。②

囚犯及其支持者对他们这么长时间以来所承受的痛苦感到愤怒，并对凯瑞州长在他们看来仍想方设法保护州警感到恶心。凯瑞坚称州政府过去一直想起诉的任何执法人员的姓名不会被泄露，唯有当各种州机构"举办纪律听证会时方可透露"。就连原本建议公布迈耶报告的全部各卷的斯科蒂，最终也"赞同迈耶法官的提议，即第二和第三卷不应公开"，毫无疑问，因为这些卷里有大陪审团的证词，其中

---

① Carey, Press Release, State of New York Executive Chamber, April 22, 1976.
② Ernest Goodman, Letter to Bernard "Shango" Stroble, February 27, 1976, Ernest Goodman Papers, Accession number 1152, Box 6, Walter Reuther Library.

可能提到了在阿蒂卡犯下罪行的州警和狱警的具体姓名。① 但同时，州政府认为在起义期间杀害了狱友米奇·普利维特拉的囚犯"达卢人"冈萨雷斯却不在此番考量之列。②

阿蒂卡的所有案件除了一件外，其余都被撤销，并且承诺不再对州警提起诉讼，因而也就不再需要阿蒂卡大陪审团了。1976 年 3 月 30 日，卡门·鲍尔法官解散了陪审团的两个小组。③

---

① Carey, Press Release, State of New York Executive Chamber, April 22, 1976.
② 同上。
③ "Attica Probe by New York Comes to End," *New York Times*, April 1, 1976.

47. 掩卷太息

然而，撤销余下的起诉，解散大陪审团，并未让休·凯瑞州长的头痛有所缓解。事实上，1976年4月的媒体发布会上宣布撤销起诉，因此阿蒂卡调查正式取消之后，许多公众仍然认为这事儿还没完。他收到了几百封信，呼吁他对所有因与阿蒂卡有关的罪行而被逮捕或定罪的囚犯给予行政上的宽大处理，因为他们被如此有选择性地起诉，同时也要阻止下一任州长以任何理由重启阿蒂卡调查。①

在与斯科蒂及其他人经过深思熟虑和大量磋商之后，凯瑞试图一劳永逸地结束了任何有关阿蒂卡的讨论。1976年新年前夕，凯瑞召开了一次媒体发布会，惊人地宣布他将赦免所有在阿蒂卡案件中认罪的囚犯，对在阿蒂卡案件中被判有罪的囚犯予以宽大处理，并放弃所有对任何州政府官员和阿蒂卡雇员在1971年9月可能的非法行为的调查，甚至连对他们的纪律处分也不予讨论。"阿蒂卡是一场难以估量的悲剧，"州长说，"它对无数人的生活都造成了不可磨灭的影响。太多的家庭陷入悲伤，太多人遭受贫困，太多人的生活在不确定中等待着漫长噩梦的结束……我们作为一个公正和人道的州，［现在］是时候坚定地结束我们历史上这一不幸的篇章了。"②

凯瑞解释了他为什么会走出如此大胆的一步。简言之，近年来对阿蒂卡调查的所有调查都使他相信，"这个州，由一些最高官员的所作所为看出，对其宪法责任完全麻木不仁，以致错得一塌糊涂"，而现在,"通过进一步的起诉来实现司法公正已不再可能"。③在他看来,州政府官员把调查搞得一团糟,以至于他们"实际上排除了"现在将任何可能在阿蒂卡犯下罪行的人绳之以法的"可能性"。④

但是,州长的声明并没有使阿蒂卡问题就此解决,反而再次将它带入了公众视野。令人惊讶的是,敌意最大的反应竟然来自那些躲过了检察官指控的人:纽约州警和纽约州狱警。警方慈善协会的帕特里克·卡罗尔在媒体上兴风作浪,说他听到州长赦免了阿蒂卡囚犯的消息是多么"惊骇",警方亲善协会和狱警工会都对凯瑞声明不再对阿蒂卡当值的狱警予以纪律处分提出了批评。卡罗尔代表警方亲善协会"称州长的声明是'一记耳光',因为这说明狱警和州警其实是违反了纪律"。⑤ 狱警工会的一名官员说,"这在我们的头上留下一片疑云"。⑥

阿蒂卡兄弟的回应更为复杂。起诉书的折磨已经结束,更妙的是,任何因被起诉而服刑的人都会被清除记录,每个人都松了一口气。但是,人们仍然对这么多年来这么多人生活在怕被起诉的恐惧而感到愤怒不已。还让他们愤怒的是,约翰·"达卡杰瓦尔"·希尔尽管也在州长的宽恕名单上,获得了减刑,但并未被立即释放。直到1994年10月23日希尔才可出狱;减刑只是确保1977年1月他有资

---

① New York State Coalition for Criminal Justice, Letter to Governor Hugh Carey, December 3, 1975; New York State Coalition for Criminal Justice, Letter to Governor Hugh Carey, February 13, 1976. Both in: New York State Coalition for Criminal Justice Records, 1971-1986, Series 1: Coalition Administration, 1975-1984, Box 1: Attica Clemency Legislation, M. E. Grenander Department of Special Collections and Archives, State University of New York, Albany, New York; Statement in: Joseph A. Labadie Collection, Special Collections Library, University of Michigan, Ann Arbor, Michigan.
② Governor Hugh Carey, Press Release, State of New York, Executive Chamber, December 21, 1976, New York State Archives.
③ 同上。
④ 同上。
⑤ Tom Goldstein, "Trooper and Guard Assail Carey on Clemency in Attica Revolt," *New York Times*, January 1, 1977.
⑥ 同上。

格获得假释。凯瑞州长不会这么快采取行动。①

希尔只是其中之一,他为自己的假释近得多松了口气。他觉得有了凯瑞的命令,本月内,他肯定就能被假释委员会释放。然而,1977年1月在面对假释委员会时,事情并未如他所料。委员会审议时,约翰·希尔和妻子艾丽西亚以及他们17个月大的儿子小约翰就坐在监狱的访客室里。委员会认为释放他可能会引起"社会广泛的负面反应",决定再等两年才重新考虑他的假释,而这是委员会在重新考虑他的假释申请前被允许搁置的最长时间间隔。② 听到这个裁决后,希尔沮丧地摇了摇头。③ 在他给媒体的声明中,他丧气地对记者说:"如果他们让假释委员会自主裁定,那我永远出不了监狱……狱警仍然想为所发生的一切报仇。"④

假释委员会不愿释放希尔,只会增加凯瑞的压力。出人意料的是,希尔最有力的支持者之一竟是阿蒂卡案前检察官马尔科姆·贝尔。贝尔提交了一份洋洋洒洒的书面证词支持希尔,并代表希尔发表了一份公开声明,称他"意识到阿蒂卡的起诉缺乏公平公正,这在约翰·希尔身上远比在[其他]被控犯有重罪的狱友身上更能淋漓尽致地反映出来"。⑤ 众多草根组织用印有"立即特赦达卡杰瓦尔"之类话的传单表达对希尔的支持,以此提醒公众"凯瑞可能声称自己'掩卷太息',但事实上他对达卡杰瓦尔关上了大门……我们必须对他施加更大的压力,要让他觉得批准赦免比继续掩盖真相"。⑥ 一

---

① Carey, Press Release, State of New York, Executive Chamber, December 21, 1976.
② Tom Goldstein, "New York State Still Faces Lawsuits Despite Carey's Attica Clemency Stand," *New York Times*, January 24, 1977.
③ 同上。
④ 同上。
⑤ Malcolm Bell, Affidavit, *People of the State of New York v. John Hill*, filed June 28, 1978, 41–42.
⑥ "Immediate Amnesty for Dacajewiah," Flyer, New York State Coalition for Criminal Justice Records, 1971–1986, Series 1: Coalition Administration, 1975–1984, Box 1: Attica Clemency Legislation, M. E. Grenander Department of Special Collections and Archives, State University of New York, Albany, New York.

个基于信仰成立的组织"良心保证宪章团"敦促人们"今天就给州长写信、打电话,要求他无条件赦免约翰·希尔"。①

面对此等压力,州长办公室一口咬定自己无能为力。② 这就要看希尔的律师——现在是威廉·昆斯特勒、玛格丽特·拉特纳和伊丽莎白·芬克——最终如何通过法庭让希尔先生获得自由了。③ 尽管凯瑞受到了希尔支持者的猛烈抨击,也忍受了代表纽约州警和狱警的组织负责人的指责,但他和纽约州政府仍然尽全力把此事摁下去。④ 伯纳德·迈耶当然以为他已经解决了掩盖真相的问题,阿尔弗雷德·斯科蒂已经结束了对阿蒂卡的调查,凯瑞州长通过赦免和宽大处理至少从官方层面上了结了阿蒂卡的事。然而,州政府没考虑到一个因素:数百名在阿蒂卡受伤、受虐待的人,以及几十个被谋杀者的家人,还没有机会等来上法庭的一天。他们不会让阿蒂卡的事就这样掩卷太息,除非他们的故事能被完完全全和真实地讲述出来。尽管从凯瑞试图结束所有与阿蒂卡有关的事情到将州被告送上法庭要花将近20年时间,囚犯也愿意等。

---

① Charter Group for a Pledge of Conscience, Flyer, New York, New York State Coalition for Criminal Justice Records, 1971–1986, Series 1: Coalition Administration, 1975–1984, Box 1: Attica Clemency Legislation, M. E. Grenander Department of Special Collections and Archives, State University of New York, Albany, New York.
② "Attica Figure's Bid for Parole Denied Despite Clemency," *New York Times*, January 19, 1977.
③ 同上。
④ Malcolm Bell, *The Turkey Shoot*, draft, Chapter 1, 3.

第九部 大卫与歌利亚

伊丽莎白·芬克

当休·凯瑞州长将阿蒂卡的事"掩卷太息",刑事审判也逐渐淡出头条时,律师伊丽莎白·芬克在阿蒂卡监狱起义的余波中生活并与之同进退了近 5 年。美国的活动家们亲切地称芬克为"红尿布娃娃"。她成长于纽约市最知性的、政治上左倾的中心地带,后就读于里德学院。1968 年夏,她毕业后兴之所至来了场公路旅行,去了芝加哥,由此点燃了她对社会正义的热情。

那年 8 月,在民主党全国代表大会期间,芬克发现自己置身于一场最令人陶醉的参与式民主实验中。那一刻是芬克的转折点,不仅因为震撼整个城市的示威活动深深触动了她,使她对反对越战的斗争充满了激情,而且因为自己亲眼看到的执法人员对老幼示威者实施的暴力深受震动。

伊丽莎白·芬克返回纽约后,进了一家很有名的激进报社,但不久之后,父亲去世,她便离开报社去打理他的生意。母亲一直希望她成为律师,在母亲的压力之下,她考入了法学院。获得法学博士学位后,芬克想着自己是否可以从事一些重要的政治工作,与那些利用法庭压制异见的政府官员和政客斗争。

阿蒂卡给了她这个机会。

1974 年 7 月 4 日,伊丽莎白·芬克来到了布法罗,在获得执业资格不满两个月后便作为阿蒂卡兄弟法律辩护团的关键人物开始了她的工作。7月5日,她第一次进入奥本监狱,见了等待审判的那些人。很快,芬克就成了被起诉的阿蒂卡兄弟和为他们工作的许多人之间的主要联络人之一。她和阿蒂卡的律师同事丹尼斯·坎宁汉、迈克尔·德伊奇和乔·希斯的关系尤为密切。这4个人与"黑大个"史密斯合作紧密,并和史密斯一样相信政治必须是任何辩护策略的核心。芬克也注意到了阿蒂卡兄弟法律辩护团的性别政治。尽管她很喜欢、钦佩她的男同事,但常常感到被他们边缘化。直到1980年代才有所改变。

在那个十年及接下来的十年间,伊丽莎白·芬克将发现自己负责的是迄今最引人注目的阿蒂卡案件。"黑大个"不打算让纽约州政府那样了结阿蒂卡的事,而是寄希望于她确保他和其他囚犯总有一天会走上联邦法庭。

48. 该结束时才结束

尽管凯瑞州长有权赦免那些因为在阿蒂卡所做的事而已被定罪的人,但事实上他并没有法律权力在任何人可能被定罪之前予以赦免。换句话说,虽然声称现在不会因为执法人员在阿蒂卡的所作所为而对他们采取法律行动,这可能是政治上的权宜之计,但他的声明几乎没有分量,不能"作为司法判决或法律决定"。①

从 1971 年起,阿蒂卡许多幸存的囚犯事实上一直试图通过民事诉讼,让纽约州政府对夺回监狱的恐怖行为负责。那年 12 月,其中 508 人确实也已向纽约索赔法院提交了打算提起诉讼的通知。②毫无疑问,还会有更多人这么做,但根据法律,仍被羁押的囚犯是不允许提起诉讼的,甚至那些被释放的人也只有 3 年的窗口期能提起诉讼。随后,1974 年,索赔法院规定,在所有刑事案件都被免除之前,不会受理阿蒂卡的民事诉讼,这也就意味着在 1977 年,随着凯瑞的赦免,与阿蒂卡有关的无数诉讼终于准备应诉了。③

据一家报纸报道,这些案件可以说是"有史以来对州政府提出的规模最大、最复杂的系列索赔之一"。④当然,现在可能会有更多的诉讼随之出现,尤其是自从迈耶报告表明州政府在处理阿蒂卡事件时犯了许多错误。正如媒体所指出的,现在在民事领域,"州政府难逃罪责"。⑤检察长路易斯·莱夫科维茨疲惫地指出,"又是动议,又是上诉,这种情况可能会持续数年"。⑥

确实拖了好几年，部分是因为囚犯很难让他们的案子得到受理。索赔法院最终对叛乱后最初几天由囚犯提起的 14 起诉讼做出裁决，但其中仅 9 起"对索赔人有利，5 起被驳回"。⑦ 同样重要的是，即便最终为囚犯赢得损害赔偿金的案子，也要耗费很长时间才得以走完程序，一些原告中途去世，没能见到赔偿金。这个流程如此漫长，以至于其中一名阿蒂卡原告于 1983 年 3 月给法院的书记员去信，提醒他们"阿蒂卡事件让他的寿命所剩无几"，如果他的索赔"不尽快受理，我的证人和我自己都将无法活着看到审判了"。⑧ 这名原告于次年去世，但终于在死后的 1989 年得到了 16.4 万元的赔偿。⑨

1989 年对阿蒂卡的许多囚犯来说是一个好年头，这多亏了一名法官的裁决，他愿意裁决州政府事实上"对'故意滥用武力所造成的'损害与伤害负有责任"。⑩ 然而，尽管确有 9 名囚犯，无论是死是活，最终获得了总计 150 万元的赔偿金，但正如一名法律学者所言，阿蒂卡幸存下来的众多其他囚犯却"所得甚少，或根本没有得到赔偿"。⑪

---

① Mark K. Benenson, lawyer of Herman Holt, statement during testimony of Herman Holt, November 3, 1978, *Hardie v. State of New York* and *Jones v. State of New York*, 1495, FOIA request #120209 of the New York State Attorney General's Office, FOIA p. 000072.
② "Claims Against State Mount," *New York Times*, December 15, 1971.
③ Stephen Light, "The Attica Litigation," *Crime, Law, and Social Change* 23, no. 3 (1995): 215–34.
④ Tom Goldstein, "New York Still Faces Lawsuits Despite Carey's Attica Clemency Stand," *New York Times*, January 24, 1977.
⑤ 引自：同上。
⑥ 同上。
⑦ Light, "The Attica Litigation," 215–34.
⑧ 同上。
⑨ 同上。
⑩ "Inmates, Relatives, Win in Attica Suit," Associated Press, News Clipping, American Radicalism Collection, Special Collections, Michigan State University, East Lansing, Michigan.
⑪ Light, "The Attica Litigation," 215–34.

不过，从法律上来看，阿蒂卡事件并未就此终结。事实上，对纽约而言最具威胁的案件，即便到了1980年代末，仍旧没有得到解决。它就是阿蒂卡狱友诉洛克菲勒案，最初是在1974年9月13日，即三年诉讼时效期满前的最后一刻，在曼哈顿的联邦地方法院提出的。这起代表阿蒂卡兄弟的集体性民权诉讼，源于第一个禁止侵犯囚犯权利的禁令，是律师们在夺回监狱的当晚向约翰·T. 柯汀法官求得的，这起集体诉讼认为阿蒂卡的主要负责官员，从洛克菲勒州长到纽约州警的约翰·莫纳汉，再到监狱的大小官员，都应承担1亿元的赔偿责任。他们"滥用武力和毫无节制的火力，'处心积虑地造成不必要和不可原谅的死亡、重伤、恐怖和痛苦'，侵犯了囚犯的权利"。①

当阿蒂卡兄弟和他们的律师为在刑事法庭上遭起诉的62名被告辩护时，这起民事案件却一会儿在曼哈顿的这个法官手上，一会儿又到了那个法官手上。第一名法官因在本案中与不同诉讼当事人多有瓜葛而自请回避；第二名法官在现在代表纳尔逊·洛克菲勒的那家律所工作。不过，他并没有自动回避并把该案交给了纽约市的另一名法官，而是建议将该案移交至该州北部，这对于阿蒂卡兄弟而言是个坏消息。

从好几个方面来看，这副牌对原告不利。首先，他们可能获得的任何法律援助都可能在纽约市，而且他们几乎没有资源来安排往返布法罗的行程。此外，囚犯为了能赶在最后期限前提交案件，一开始提交的是一份非常笼统的诉状，其中许多被告都用"某某"来指代，因为他们没有足够的时间来找出被告究竟姓甚名谁。幸好，曼哈顿全国律师公会的一名律师决定抽时间将麦凯委员会1972年的详细报告仔细读一读，并修订诉状，列出具体的被告，如枪手、警官、州官员、监狱管理人员。但接着又犯了个错误。

1974年，阿蒂卡狱友诉洛克菲勒案被提交时，任何在类似这样

---

① Light, "The Attica Litigation," 215-34.

的民事案件中被点名的人都必须由联邦法警局的代表为其送达法律文书。此处的关键是原告团体的某个人将不得不安排一名美国法警为每位潜在的被告提供文件送达,这可不像表面看来那么简单。在刑事辩护混乱的年代,许多个人根本没有享受过这样的程序。到1979年,仅有的5名被告成功在诉讼中获得了服务,他们是前州长纳尔逊·洛克菲勒、前惩教署专员拉塞尔·奥斯瓦尔德、纽约州警的约翰·莫纳汉少校、前阿蒂卡典狱长文森特·曼库斯以及前阿蒂卡助理副典狱长卡尔·普菲尔。许多关键人物,从纽约州警的乔治·英凡特中校、阿蒂卡副典狱长列昂·文森特都松了一口气,因为他们避开了可能致命的法律攻击。

当该案被转移至布法罗,进入纽约西区法院,囚犯的集体诉讼被指派给了约翰·T.埃尔夫文法官。从那天起,州政府的律师就试图让埃尔夫文驳回该案,但埃尔夫文拒绝了他们的动议,并明确表示案件会继续往下走。然而,他坚持要知道谁将代表原告。这是个好问题。名义上,阿蒂卡兄弟会的民事案件是由纽约市一名律师鲍勃·坎托来处理的,但事实上,案子悬在那里很久没人真正负责。(如果有人早已搞清了事情的状况,埃尔夫文可能无法对没有得到美国法警送达服务的被告予以驳回;律师本可以要求更长时间来为他们服务。)

阿蒂卡兄弟"黑大个"弗兰克·史密斯很清楚,如果哪个律师都没有时间来代表他们处理这起民事案件,那案子很快就会结束,结果不会令人满意。这时候,"黑大个"正在鲍勃·坎托的办公室里工作,他看得出仅靠这人一个人是很难处理这样一起这么大规模的案子的,尤其是这个案件还在远离曼哈顿的地方辩论。"黑大个"非常希望还有其他人——某人——能同意接这个案子,而他想到的就是伊丽莎白·芬克。芬克是个刑事律师,而非民事律师,但"黑大个"看到了她在阿蒂卡兄弟的法律辩护中所作的努力,当时就认为她正是他们最最需要的那种斗士,现在仍然这么觉得。"黑大个"和他的阿蒂卡兄弟阿基尔·艾琼迪找到芬克,想让她接手阿蒂卡的这起民事案件。她虽然受宠若惊,但起先还是拒绝了;她最近大病初愈,而且还在连轴转地为另一名委托人、"黑豹党"的多鲁巴·穆贾希德·本·瓦哈德(又名理查德·厄尔·莫尔)争取获释。当埃尔夫文法官宣布,如果原告到1981年2月21日仍未能找到律师的话,他将终止此案,此话一出,令阿蒂卡兄弟大为惊慌。

幸好,埃尔夫文法官办公室的一名办理无律师方事务的职员艾伦·雅克宁几个月来一直担心这种可能性,因为她一次次看见"黑大个"跑来向她确认案件还在、还会进行下去。她觉得他需要帮助。当埃尔夫文法官给原告一个最后期限,让他们确定律师人选时,雅克宁便问法官她是否能为这个案子找几名律师过来。雅克宁和埃尔夫文为此展开了激烈的讨论,他认为案子应该撤销,她则求恳法官多给她一点时间找律师。最终,他允许雅克宁去尝试一下。①

雅克宁的第一个电话是打给她认识的一名当地律师,但后者拒绝了。随后,她又求助于囚犯法律服务部,他们也拒绝了。有点绝望的雅克宁决定给她在最初的诉状上看到的每一位律师打电话;而他们每个人都拒绝接这个案子。任何一名称职的律师都能看出这是一个典型的大卫与歌利亚之战,它需要强大的资源、充沛的精力,还要在纽约州北部耗费大量时间。艾伦·雅克宁每次给一名律师打电话寻求帮助的时候,都会听说同样的话:给伊丽莎白·芬克打电话。于是,她就这么做了。

但芬克也拒绝了。她对雅克宁解释说现在手头还有其他案子,忙得不可开交,而且她是刑案律师而非民事诉讼律师。不过,两天后,雅克宁的电话响了。是伊丽莎白·芬克打来的,她已经和"黑大个"进行了详谈;他们决定一起处理这件案子。雅克宁认为"这是非常勇敢的事",这话说得还太温和。② 州政府的那些被告聘请了纽约最有人脉、资金最雄厚的律师,而囚犯想要证实自己的案子,唯一的途

---

① 埃伦·雅克宁,与作者的交谈,纽约,罗切斯特,2004年10月16日。
② 同上。

径就是让州政府交出他们发现的证据。考虑到这起案件归根结底是谋杀、折磨和虐待，所以芬克和"黑大个"毫不怀疑辩方会继续竭尽全力挡他们的路，并继续采取老一套的策略，坚称在阿蒂卡发生的一切该由囚犯而非州政府来承担。

尽管如此，芬克和"黑大个"还是去了埃尔夫文法官的法庭，准备为他们的第一个证据开示动议进行辩论。据雅克宁回忆，"其他律师都被镇住了"。① 不过，芬克还是不得不为原告在本案中需要进行的每一件事据理力争。辩护律师不仅坚持要求驳回该案，而且坚称对他们的集体诉讼是无效的。埃尔夫文法官似乎很喜欢看到被告和原告之间的猫鼠游戏，并一直乐此不疲。② 在1979年10月30日发布的一道命令中，他同意原告在法律上是一个集体——拥有足够相似的经验结成一体向州政府寻求赔偿。接着，差不多一年后的这一天，他对此又改变了主意，撤销了原告的集体资格；又过了5年，他才再次批准原告的动议，准许他们重新被视为一个集体。③ 令伊丽莎白·芬克沮丧的是，法官的这种拿不定主意将持续数年，在她看来，这就是反复无常，对权力的幼稚的炫耀。④

芬克与埃尔夫文及州政府的律师之间最大的争执在于她试图通过证据开示来获得州政府的文件。由于不愿放过任何一个细节，芬克提交了14份传票以及无数份获得文件的请求，这些文件询问了被告具

---

① 埃伦·雅克宁，与作者的交谈，纽约，罗切斯特，2004年10月16日。
② 约翰·H.埃尔夫文，与作者的交谈，纽约，布法罗，2004年8月9日。
③ Judge John T. Elfvin, Memorandum and Order, Granting Plaintiffs Motion for Class Certification, October 30, 1979, Vol. I, A-191; Judge John T. Elfvin, Memorandum and Order, Revoking Class Certification, October 27, 1980, Vol. I, A-244; Judge John T. Elfvin, Memorandum and Order, Granting Plaintiff's Motion for Recertification of Class, June 24, 1985, Vol. I, A-257, all in: Deferred Joint Appendix, *Herbert Blyden et al. v. Vincent Mancusi et al.*, 186 F. 3d 252, Docket No. 97-2912.
④ 参见：John T. Elfvin, Memorandum and Order Denying Defendant Estate of Nelson A. Rockefeller Motion to Decertify the Class, Deferred Joint Appendix, *Herbert Blyden et al. v. Vincent Mancusi et al.*, 186 F. 3d 252, Docket No. 97-2912, Vol. I, April 2, 1987, A-282.

体的问题，一旦得到回复，就可以在审判进行期间被作为事实采信。比如，她问："你是否承认9月13日有39人遇难？"作为回应，来自"米尔班克、特维德、哈德利与麦克克洛伊"这家精英律所的被告律师拒绝了她的请求，提交自己的动议，要求驳回她的诉讼。其中一些动议适得其反；比如，原告没有资源来提起诉讼这一点让芬克抓住了机会，辩称整个案件明显是关于权力不对等的，因此，更应该继续进行下去。即便在人后非常担心他们的资源不足，但她仍然向法官一再表示她能处理这个案件。芬克几乎是单枪匹马地承担了这个案件不断增长的成本，她动用了家庭存款，而且为了支付平均每月1 500元的电话账单、惊人的通勤费用，以及令人咋舌的打印、复制和归档文件的费用不得不四处借钱。

然而，不管芬克和"黑大个"如何坚持不懈地发出证据开示的传票，州政府的律师一再否认他们手头有值得一看的东西。1982年3

"黑大个"弗兰克·史密斯与伊丽莎白·芬克，1981年（*Courtesy of the Democrat and Chronicle*）

月，芬克终于获准在位于世贸中心的总检察长办公室会见州政府的律师，那里保存着阿蒂卡多年来的刑事诉讼卷宗。她和另两名自阿蒂卡兄弟法律辩护团时代起就认识的律师，即负责希尔与佩纳萨里斯案的乔·希斯和"黑大个"辩护团队的核心人物迈克尔·德伊奇一道日复一日地去那里翻捡证据，因为工作人员一天只允许他们看一个文件盒。所以，他们就会争取看到另一个文件盒。第二天，新的盒子被拿了出来，然后整个繁琐的过程又得重复一遍。于是，原告的律师又回去找法官。

1982年6月7日，他们带着法院的命令回到世贸中心，说他们有权查看州政府有关阿蒂卡的所有东西。米尔班克、特维德那家律所的律师和他们一起查看文件。据芬克说，三天后，辩方律师觉得厌烦，便走了。令他们松口气的是，现场没有辩方律师，办公室里只剩下一名愿意让他们想看什么就看什么的档案保管员，芬克几乎可以看到她需要看的任何文件，尽管州政府要求只允许她查看选定的文件。① 一旦她看到了阿蒂卡调查组之外没人见过的文件，包括迈耶报告的全部三卷以及该州多年来对囚犯和州警调查的无数文件，芬克觉得已经做好了诉讼的准备。②

---

① 伊丽莎白·芬克，与作者的交谈，纽约，布鲁克林，2014年2月23日。
② 同上。

49. 照亮邪恶

现在掌握了关键证据，可以证明指控狱方和警方以及纽约州前州长纳尔逊·洛克菲勒是对的，所以伊丽莎白·芬克及其团队迫切希望进入庭审程序。但令他们失望的是，埃尔夫文法官突然允许州政府的律师通过长时间的努力将洛克菲勒从被告名单中移除了。众所周知，埃尔夫文法官与本次审判中的洛克菲勒的律师是好朋友，事实上，是密友，他们过去常常一起骑马。[①]但是，原告律师认为法官可能不会公开袒护他。芬克提起上诉，但即使是原定审议该动议的上诉法庭小组也不得不回避，因为小组的三名法官全都和洛克菲勒关系密切。诚然，三任独立的法官小组才对上诉做出裁决，即便如此，到1989年底，原告的努力以失败告终，没能让洛克菲勒留在本案中。

所以芬克及其团队不得不继续推进。自1987年起，他们一直要求定下审判日期，但被告一次次地找到了推迟日期的理由。1989年12月，芬克再次提交文件，要求立即开庭审判；于是定在1990年6月5日开庭。但那年3月，该案中的其余被告效仿洛克菲勒的做法，也纷纷提交动议，要求将自己从该案中除名，辩称他们也有豁免权，故而不能被称为被告。埃尔夫文法官拒绝了这些请求，并确认原告基于第八修正案提出的要求将被允许用于指控拉塞尔·奥斯瓦尔德专员，"因为他未能为夺狱考虑医疗需求"；纽约州警约翰·莫纳汉少校"因其对参与夺狱的州警负有监督责任"；前阿蒂卡典狱长文森特·曼库斯、助理副典狱长卡尔·普菲尔以及专员拉塞尔·奥斯瓦尔德,"因他们没能阻止夺回监狱之后发生的种种报复行为"。②

有传言称民事诉讼即将再次开庭审理,于是再次将阿蒂卡置于全国的目光焦点之下。人们没有忽视的是,随着这场联邦审判即将在布法罗开审,"阿蒂卡囚犯遭到杀害、虐待、缺医少药的全部情况将第一次被公之于众"。③ 为了确保这件案子一直留在公众视野中,新成立的阿蒂卡司法委员会行动了起来。

1991 年是阿蒂卡叛乱 20 周年,这一事实大大有助于委员会让公众注意到此案。很快,周年活动和为委员会召开的筹款会在全国各地涌现出来,包括密歇根州安阿波市的"阿蒂卡监狱反抗和 20 年后的美国监狱","黑大个"弗兰克·史密斯和其他人到场做了演讲。④ 同样,9 月 13 日,在加州奥克兰的伯利恒路德教会举办了"精神不受监禁"的活动,以纪念"阿蒂卡反抗、乔治·杰克逊遇害、杰罗尼莫·普拉特被监禁 20 周年"。⑤ 东密歇根大学校园内也举行了"阿蒂卡反抗与美国监狱:阿蒂卡事件 20 年"活动;纽约市的迦南浸信会教堂举办了晚会,"纪念阿蒂卡起义 20 周年并支持各位兄弟及其家人向联邦法院提起诉讼"。⑥ 此外,来自纽约地区的律师也纷纷寄出了筹款信,要求"我们每人为这项事业贡献 1 000 元,可提供贷款来帮

---

① 伊丽莎白·芬克,与作者的交谈,2014 年 2 月 23 日。
② *Akil Al-Jundi et al. v. Vincent Mancusi et al.*, United States Court of Appeals, Second Circuit, 186 F. 3d 252, Docket No. 97-2912, argued July 16, 1998, decided August 3, 1999, 5.
③ Dennis Cunningham, Michael Deutsch, and Elizabeth Fink, "Remembering Attica Forty Years Later," *Prison Legal News* (September 2011).
④ In: American Radicalism Collection, Special Collections, Michigan State University, East Lansing, Michigan.
⑤ 乔治·杰克逊是一位囚犯作家,他在囚犯权利运动中激发了许多人的灵感,1971 年在圣昆汀监狱被狱警杀害;杰罗尼莫·普拉特是黑豹党的一名高级成员,1972 年被错判谋杀罪,1997 年定罪被撤销。From American Radicalism Collection, Special Collections, Michigan State University, East Lansing, Michigan。
⑥ In: American Radicalism Collection, Special Collections, Michigan State University, East Lansing, Michigan.

助本案达成有利的裁决或达成和解,也可捐款"。①

在阿蒂卡民事审判开庭前夕,作为原告方的阿蒂卡兄弟有一支令人眼前一亮的律师团队,由伊丽莎白·芬克、迈克尔·德伊奇、乔·希斯,以及从阿蒂卡刑事审判初期起便一直参与的另外两位律师丹尼·迈耶斯和丹尼斯·坎宁汉组成。辩方团队有理查德·穆特,他是第三代出庭律师,受教于哈佛,现在是曼库斯的辩护律师;欧文·C.马格兰是普菲尔的辩护律师;约翰·H.斯滕格是拉塞尔·奥斯瓦尔德的辩护律师(1991年3月,奥斯瓦尔德去世之后,代理其遗产);这三人还有另外5名辩护律师和无数律师助理做后援。

尽管辩方团队资金远为充足,但他们经常因为原告律师的辩词如此出色而大吃一惊。令辩方恼火的是,像伊丽莎白·芬克这样的律师在刑事案件上已积累了多年经验,这显然是个很大的优势。她的团队已经清楚地知晓谁目睹了在阿蒂卡发生的虐待行为,应该传唤谁出庭。同样重要的是,原告律师还掌握了阿蒂卡兄弟法律辩护团1971年对夺狱当天在阿蒂卡的国民警卫队队员和队医数以万计的采访记录。从这些旧采访中,他们知道可以让许多人出庭作证。确实,这些律师对阿蒂卡事件非常熟悉,这意味着他们有不少无私的证人,比如枪击事件发生后立即试图帮助伤者的医生,在夺狱之后目睹囚犯遭到折磨的国民警卫队队员,甚至还有高知名度的前阿蒂卡观察员。其中一些证人,如观察员约翰·邓恩报告了他当时亲眼所见的恐怖事件,而且这种情况仍在继续——这正是能证明原告论点的证据。②

而且,原告还有许多曾在阿蒂卡坐牢的囚犯,他们也能作证,证

---

① In: American Radicalism Collection, Special Collections, Michigan State University, East Lansing, Michigan.
② Elizabeth M. Fink, Affirmation (affidavit), Regarding Plaintiff's Petition for a Writ of Mandamus, Deferred Joint Appendix, *Akil Al-Jundi et al. v. Vincent Mancusi et al.*, United States Court of Appeals, Second Circuit, 186 F. 3d 252, Docket No. 97-2912, Vol. III, November 8, 1995, in the papers of Elizabeth M. Fink, Brooklyn, New York, A-2090-2109.

明曼库斯或奥斯瓦尔德等州官员冷眼旁观他们所遭受的创伤。尽管有数百名这样的证人可以出庭作证,最终原告的案子所依赖的证词也就几份,但他对虐待过程的令人痛心的描述足以证明1971年9月纽约州政府在阿蒂卡是多么残酷无情。证人名单上的D院人有理查德·克拉克、赫伯特·布莱登、阿基尔·艾琼迪、卡洛斯·罗切、杰瑞·罗森伯格,当然还有"黑大个"弗兰克·史密斯。①

不同寻常的是,这些证人的证词被全面地录下来,因为由于埃尔夫文法官早前在私生活中的一次轻率行为。在埃尔夫文和法庭书记员发生婚外情之后,她不再被允许在现场打字记录庭审过程,所以他们现在必须录音。在整个庭审过程中,有许多戏剧性的事情可录,埃尔夫文的工作人员艾伦·雅克宁说这"纯粹就是在法庭里设了个舞台"。② 录音带记录下了伊丽莎白·芬克慷慨激昂的陈述,据雅克宁说,"陪审团听得如痴如醉",此外还有埃尔夫文法官和许多律师之间的唇枪舌剑,至少,他似乎非常喜欢这些争吵。③

在场的陪审团实际上由一群来自纽约州北部的纯白人、纯工人阶级男女组成。这在很大程度上是因为在联邦案件中,法官会质询有望成为陪审员的人,而埃尔夫文法官不顾原告律师的强烈抗议,在审查陪审员资格时,拒绝将种族因素或陪审员潜在的种族偏见考虑进去。尽管如此,本案的证据还是让陪审团里的男男女女目瞪口呆。

有个目击证人是位医学专家,也是纽约国民警卫队军士长,名叫大卫·伯克,当时被派去处理阿蒂卡满地的伤员。他作证说,州警和阿蒂卡的狱警不让他往救护车上抬伤员,而且阿蒂卡的某些医生对待

---

① Elizabeth M. Fink, Affirmation (affidavit), Regarding Plaintiff's Petition for a Writ of Mandamus, Deferred Joint Appendix, *Akil Al-Jundi et al. v. Vincent Mancusi et al.*, United States Court of Appeals, Second Circuit, 186 F. 3d 252, Docket No. 97-2912, Vol. III, November 8, 1995, in the papers of Elizabeth M. Fink, Brooklyn, New York, A-2090-2109.
② 埃伦·雅克宁,与作者的交谈,2004年10月16日。
③ 同上。

囚犯很残忍。① 有个医生"对狱友说，你讲你受伤了，还是没受伤？我们来看看你到底受没受伤。然后他就对那些人又踢又打"，根本不管他"身上那么明显的伤口"。② 那天看到的"流血、枪伤、伤情，比大多数人在越南普通一天的战斗中看到的还要多"，令人恶心，伯克和他国民警卫队的同事约翰·库德莫尔医生曾试图阻止这样的虐待，可惜没用。③

其他无利害关系方也佐证了这名证人的证词。大卫·布林医生1971年时已在纽约州立大学当了3年住院医师，在曼库斯最终号召医生支援后，他就坐了救护车去阿蒂卡，"同去的有七八个人，包括几名外科住院医师和血库技术人员"。④ 布林证实，阿蒂卡自己的医生对院子里的伤员很残忍。他再次重复了几年前他最初讲过的一个故事，但当时没人有兴趣听：他看见塞尔登·威廉姆斯医生在一名讲西班牙语的囚犯身边，那名囚犯腿上受了严重的枪伤，疼得几乎歇斯底里甚至神志不清。⑤ 那名囚犯一直想坐起身，医生却不停地逼他躺回去。最后，这名受伤的囚犯"被一名狱警用钝器击中脑袋……这一下打得相当重"，而据这名证人说，威廉姆斯医生只是冷眼旁观。⑥ 布林当时在监狱人手不够的医院值班，目睹过"许多狱友被安保人员殴打，到底他们是守卫、狱警，还是国民警卫队队员，我也搞不清楚"，他说，"但一些囚犯在被强迫听从命令的过程中都被棍棒和其他东西打过。"⑦ 作为目击者，他内心非常不安，于是"联系了报社

---

① David Burke, Testimony, *Akil Al Jundi et al. v. The Estate of Nelson A. Rockefeller, Russell Oswald, John Monahan, Vincent Mancusi and Karl Pfeil*, United States District Court, Western District of New York, Buffalo, New York, No. CIV-75-132, November 1, 1991, 61.
② 同上，67。
③ 同上，70，79。
④ Dr. David Breen, Testimony, ibid., 4033-34.
⑤ 同上，4053。
⑥ 同上，4053。
⑦ 同上，4053。

的人，后者让［他］联系了联邦当局"，但联邦当局从未联系过他。①

布林刚到的时候，吃惊地发现院子里好几百名受伤的囚犯根本没有得到医疗帮助。② 许多人需要做手术，但监狱的医疗设施少得可怜，令人不安的是，对于那些必须接受原始的紧急手术的人，根本没有"术后监测或护理"。③ 没有这样的护理，囚犯们遭了大罪；他们会出现"呼吸道阻塞、尿路阻塞、疼痛、出血；以及术后可能出现的各种并发症，疼痛在其中根本不算什么"。④ 然而，这位当时还很年轻的住院医师注意到，尽管阿蒂卡的许多伤者明显痛苦不堪，但他根本没看见"那些人在服药"。⑤

第三名目击证人是国民警卫队队员丹·卡拉汉，他又补充了许多虐待事件的细节。卡拉汉作证说他看到一名受伤极重的浅黑色皮肤男子被一名高阶狱警打得很重："他们强迫他下跪，就在此时，这名狱警后退了几步，然后往前冲，照着那人的脸就是一脚……那人马上就坍了下去，脑袋也耷拉着，还在流血。⑥" 当天，卡拉汉还看见"一大群被脱去了衣服的狱友，仰躺着，双腿被拽起，膝盖上放着霰弹枪的弹壳"。⑦ 在这群人中，卡拉汉见到的一个景象特别令他难受，"一名狱友仰卧在一张类似乒乓球桌的台子上，双脚着地。他被剥光了衣服，胸前或脖子上放着一只橄榄球"；而这人在哭着喊着求他们发发慈悲。⑧

---

① Dr. David Breen, Testimony, ibid., 4079。
② 同上，4033-34。
③ 同上，4053。
④ 同上。
⑤ 同上。
⑥ Daniel Callahan, Testimony, Deferred Joint Appendix, *Akil Al-Jundi et al. v. Vincent Mancusi et al.*, United States Court of Appeals, Second Circuit, 186 F. 3d 252, Docket No. 97-2912, Vol. II, November 27, 1991, in the papers of Elizabeth M. Fink, Brooklyn, New York, A-861.
⑦ 同上，A-862。
⑧ 同上。

陪审团可以清楚地看出，桌上的那个人正是"黑大个"弗兰克·史密斯，就坐在法庭上，在他们边上，卡拉汉在讲述他的这场噩梦时，他显得畏畏缩缩。

陪审员还听到了前国民警卫队队员詹姆斯·奥代1972年就向州政府官员和司法部的联邦雇员讲过的可怕故事。① 奥代目睹了一名狱警将一个受伤的狱友从担架上掀到地上，然后要求那人"从时代广场走到C楼"。② 由于那人无法做到，该狱警便抄起一把十字起子，而"这个因犯……仰躺着，双膝向上，守卫把手伸到直肠所在的生殖器部位，捅了这人四五下，让他动起来"。③ 尽管奥代的亲眼所见并没有能在1972年的时候说服美国司法部相信在夺狱当天发生了侵犯公民权利的事，伊丽莎白·芬克非常希望奥代的叙述能说服陪审团。

即便陪审员可能会怀疑奥代的证词，另一名参加夺狱行动的州警杰拉德·史密斯的证词让他们怀疑奥代看到的还不算最恶劣的行为。州警史密斯指出，纽约州警故意移除了一切用来证明身份的信息，如徽章、铭牌等，这样"一旦出了事，当局就无法确定是哪支部队或者……某个人"。④ 纽约州警的威廉·迪伦上尉出庭作证，说他亲自告诉州警取下他们的身份标识，当然这事他也向上司，也就是被告约翰·莫纳汉汇报过。⑤ 杰拉德·史密斯也讲了虐待因犯的可怕故事：有个因犯一动不动地躺在路面上，一名州警"用枪指着这人的脑

---

① United States Department of Justice, FBI Memorandum, Subject: "Unknown victims, Attica, Summary punishment, Civil rights," Buffalo, New York, March 24, 1972, FOIA request #1014547-001 of the FBI, September 28, 2008.
② 同上。
③ 同上。
④ Gerard Smith, Testimony, *Akil Al-Jundi et al. v. The Estate of Nelson A. Rockefeller et al.*, No. CIV-75-132, November 14, 1991, 3920.
⑤ Captain William Dillon, Testimony, 同上, 6255。

袋……朝这位先生开了枪"。① 有些州警"穿过帐篷区和他们［囚犯］挖的隐身处……我看见一人把步枪插入洞内,扣动扳机,然后还检查了那片区域"。② 史密斯看见另一名州警把一个囚犯"从 C 栈桥扔进院子,15 英尺高,而那人已经受了伤";与此同时,其他囚犯"头上都挨了揍"。③

夺狱之后,狱方在栈桥上俯瞰院子(*From the Elizabeth Fink Papers*)

尽管这些无利害关系方的证人所讲的故事很恐怖,但那些亲身体验过虐待的人的证词对陪审团造成的冲击最大。阿蒂卡的一名囚犯当时窝在人质圈附近,由于没有像州警那样躺下来,他的"膝盖以上中了一枪"。④ 另一名身中两枪的囚犯作证说,他发现自己躺在地上,

---

① Gerard Smith, Testimony, *Akil Al-Jundi et al. v. The Estate of Nelson A. Rockefeller et al.*, No. CIV-75-132, November 14, 1991, 3897.
② 同上,3909。
③ 同上,3912。
④ George Colcloughey, Testimony, *Akil Al-Jundi et al. v. The Estate of Nelson A. Rockefeller et al.*, United States District Court, Western District of New York, Buffalo, New York, No. CIV-75-132, November 19, 1991, 4631.

周围全是尸体,"就像在运奴船上……人跟人叠在一起。我被推来搡去,就摔倒了,无法呼吸,有人压在我身上,我又压在别人身上,人都是一摞一摞的"。① 他因为喘不过气而惊慌失措,但"他们叫我们头低下来,所以我就努力低头,我喘不过气,我拼了命地爬,想把身上的人掀下去"。②

那天深夜,他发现自己在一间牢房里,光着身子,"许多人在喊,许多牢房开着门,他们想把人带出去……真的很喧闹。我听见了枪声。有段时间非常安静,然后灯亮了起来,接下来就是欢呼雀跃,然后有亮光照在脸上,你懂的,他们对着牢房里的我和每个人的脸照。他们从一间牢房走到另一间牢房,就干这事"。③ 警卫在找所谓的领头人,要把他们带到 Z 楼去。那名囚犯因为身上有两处枪伤,再加上破窗涌入的冷空气而休克了。④

对阿蒂卡兄弟和他们的律师来说,必须要在本案中说服陪审团不仅相信发生了不计后果的折磨、虐待、不予治疗,而且被告已对此心知肚明,并监督执行,甚而就是他们下的令。尽管最初名单上的许多被告都被宣告无罪,或是因为他们服役未满,或是法官允许对他们免责,但伊丽莎白·芬克相信关键的官员仍与虐待事件有关。毕竟,拉塞尔·奥斯瓦尔德专员负责整个惩教署,典狱长文森特·曼库斯及其助理卡尔·普菲尔从夺狱停火那一刻起就是监狱的负责人,向约翰·莫纳汉少校一直是纽约州警进攻监狱行动的负责人。原告得让陪审团知道,这些人对夺狱期间造成的如此多的痛苦和创伤起了重要作用,或者对未能阻止紧随其后发生的可怕虐待负有责任。

众多证人,即便不一定打算帮助原告,都对原告的案子提供了强有力的支持。前阿蒂卡观察员和纽约州参议员约翰·邓恩在出庭作证

---

① Jameel Abdul Raheem, Testimony, *Akil Al-Jundi et al. v. The Estate of Nelson A. Rockefeller et al.*, No. CIV-75-132, November 1, 1991, 2102.
② 同上,2103。
③ 同上,2109。
④ 同上。

期间,毫无疑问地证明了阿蒂卡监狱官员都对发生在他们眼皮底下的虐待事件一清二楚。1991 年,乔治·布什总统任命邓恩为美国司法部长助理,负责民权事务,因此他是个非常可信的证人。邓恩对陪审团说,在夺狱的那天早上,他在栈桥上巡视监狱时,俯瞰院子,发现"一群赤身裸体的人从一排用警棍打他们屁股的狱警中穿过向我这个方向跑来"。① 邓恩及其向导、惩教署的副专员沃尔特·邓巴都看见两长排狱警在"打人"。② 邓恩"惊呆了……吓坏了……对监狱发生这样的事感到尴尬",他告诉陪审团他对邓巴说"沃尔特,我看到了一些我不该看到的事,最好马上停手"。③

有关不予治疗的证词来自病理学家迈克尔·巴登,他负责检查约翰·埃兰德的囚犯尸检报告。从这些尸检报告来看,巴登能够评估出更好的治疗措施是否能挽救阿蒂卡的许多生命。④ 囚犯山姆·麦尔维尔的报告表明:麦尔维尔死于"一颗霰弹枪的子弹射入左胸上部,导致的肺衰竭"。⑤ 不过,巴登说得很清楚,"如果他被找到并确认身份,迅速予以诊断和治疗,这样的伤情是可以治愈的"。⑥

同样令人发指的是某些被告通过他们下达的命令对囚犯造成了具体的伤害,陪审团听取了州警士兵的证词,他们的证词清楚地支持了这样一种说法,即莫纳汉的确是 13 日作出夺狱决定的主要人物。⑦ 伊丽莎白·芬克根据这些说法,向陪审团辩称,"莫纳汉负有最大的

---

① John Dunne, Testimony, Deferred Joint Appendix, *Akil Al-Jundi et al. v. Vincent Mancusi et al.*, 186 F. 3d 252, Docket No. 97-2912, Vol. II, December 3, 1991, A-886.

② 同上, A-887。

③ 同上。

④ Michael Baden, Testimony, Deferred Joint Appendix, *Akil Al-Jundi et al. v. Vincent Mancusi et al.*, United States Court of Appeals, Second Circuit, 186 F. 3d 252, Docket No. 97-2912, Vol. II, December 10, 1991.

⑤ 同上, A-968。

⑥ 同上, A-969。

⑦ George Infante, Testimony, *Akil Al-Jundi et al. v. The Estate of Nelson A. Rockefeller et al.*, United States District Court, Western District of New York, Buffalo, New York, No. CIV-75-132, December 16, 1991, E-8968.

责任",不仅因为他是 A 部队的头头,而 A 部队是起义第一天起从巴塔维亚派来夺回监狱的主要州警部队,还因为纽约州警的其他人也都作了证,说"他是行动指挥……他是负责人"。① 即便乔治·英凡特中校在发号施令的级别上比莫纳汉高得多,还允许参与夺狱的士兵如"巴尔波里尼先生辞职,而不是以三项一级罪或二级谋杀罪起诉他,[这将]让他坐 25 年的牢",但伊丽莎白告诉陪审团,即便是此人,当时也是向莫纳汉汇报的。②

然而,照芬克、德伊奇和希斯的说法,莫纳汉并非唯一一个应当负责的官员。原告律师根据证人证词得知,重新安置期间以及进攻当晚,院子里发生了一些极为恶劣的虐待事件,而卡尔·普菲尔是当时在场的"级别最高的惩教人员"。③ 普菲尔承认,他看到手下的狱警"过分使用武力来打倒某人,或者他们在咒骂或大声叫嚷",但坚称他"告诉几名狱警不要这么明目张胆。做事专业一点"。④ 当被追问时,他不得不承认他让狱警和州警在无人监管的情况下自行其是,也没有继续了解他们是否听从了他的警告。普菲尔试图将他们的行为归咎于自己的副手,他告诉陪审团"我知道列昂·文森特就在下面,我觉得他才是负责人",但他自己的证词中又说文森特一直都和他待在行政楼而不是在院子里,这使他的声辩无从取信于人。⑤ 原告辩称普菲尔没有管好自己的手下,更糟的是,他还"决定在夺狱之后立即回家,但这时候暴力风险很高"。⑥ 这是一个关键的论点:对普菲

---

① George Infante, Testimony, *Akil Al-Jundi et al. v. The Estate of Nelson A. Rockefeller et al.*, United States District Court, Western District of New York, Buffalo, New York, No. CIV-75-132, December 16, 1991, E-8989。
② 同上,E-8991。
③ Karl Pfeil, Testimony, Deferred Joint Appendix, *Akil Al-Jundi et al. v. Vincent Mancusi et al.*, United States Court of Appeals, Second Circuit, 186 F. 3d 252, Docket No. 97-2912, Vol. II, December 19, 1991, A-1302.
④ 同上。
⑤ 同上。
⑥ *Akil Al-Jundi et al. v. Vincent Mancusi et al.*, 186 F. 3d 252, Docket No. 97-2912, Argued July 16, 1998, Decided August 3, 1999, 6.

尔的索赔并不取决于他个人是否直接参与了任何虐待行为,而是取决于他作为犯下这些虐待行为的人的主管做了什么或没有做什么。

在整个审判期间,辩方团队的策略主要集中在试图质疑证人的可信度上,而非为委托人的行为辩护。这种策略往往会适得其反,比如,奥斯瓦尔德的律师约翰·斯滕格试图通过引起人们对某国民警卫队队员在越南时逃避兵役的关注来诋毁其声誉。《纽约时报》就报道了双方在法庭上的唇枪舌剑:

> 斯滕格先生注意到伯克先生告诉陪审团他受过战地医生的训练。"但你从没见过任何战斗,是吧?"斯滕格先生问。
> "你说什么?"证人答道。
> "你是否见过任何战斗?"律师又问了一遍。
> "我想,"伯克先生说,"那天我看到了战斗,先生。"①

到1992年1月9日,所有证词都已听取,双方都进行了结案陈词,埃尔夫文法官也已准备好指示陪审团进行审议。但法官对陪审团的指导令人困惑,对评判该案给出的标准也不准确。埃尔夫文告诉陪审团"标准就是看是否故意为之",但随后又表示当时的情境很重要。他建议陪审员,必须判断院子里的情况是闹事,还是不是闹事,或介于两者之间,然后再采用虐待和恶意的标准、故意视而不见的标准,或是两者兼而有之的标准。② 原告律师迈克尔·德伊奇对法官表达了他的不满:"我们对你给陪审团的这些指导深感不安,[因为]你造成了一种局面,就是将你认为的正常情况与紧急情况并列了起来。现在,很明显,阿蒂卡发生的事情并不正常……但是我们所说的

---

① William Glaberson, "Echoes of Violence: Attica's Story Retold in Court," *New York Times*, December 10, 1991.
② *Akil Al-Jundi et al. v. Vincent Mancusi et al.*, 186 F.3d 252, Docket No. 97-2912, Argued July 16, 1998, decided August 3, 1999, 7.

也没有发生在紧急情况下，[没有任何东西] 可以证明出格的行为是正当的。"① 德伊奇阐述道："我们要求对医疗救治做出明确规定，即在骚乱平息之后或在非紧急情况下，它都是不可停下的，[因此] 没有必要对责任问题采用任何分级标准"。② 德伊奇坚称，他们已经依据法律证明州官员在这件案子上存在过失，如果法官想要给陪审团错误的指示以此来混淆视听，他不会袖手旁观。

正如伊丽莎白·芬克所见，埃尔夫文的指导是在暗示陪审团，为了替原告做主"就得把每个人都当成虐待狂，但这不是标准"。③ 她也反对埃尔夫文在陪审团面前把阿蒂卡描述成一个充斥着"危险的囚犯"的监狱，这几天的证词已经清楚地表明，"绝大多数时候并不是这么回事"。④ 尽管她和她的律师同行在漫长的一天中的大部分时间都在争论这些问题，但埃尔夫文不为所动，芬克只能讲出了一句被记录在案的话"我们相信你犯了一个可以纠正的错误"。⑤

陪审团开始审议的时候，发生了一件新的奇事。埃尔夫文法官决定去巴巴多斯度假，说他要在一个月后回来时才会读到密封的裁决书。⑥ 媒体简直不敢置信，原告律师也是火冒三丈，法官竟然会在审理如此重要的案件期间休假。谁都知道埃尔夫文通常会在每年的这个时候去度假，也再三劝过还他别这么做。

听说埃尔大文真的去了巴巴多斯，伊丽莎白·芬克及她的律师同行通过电话找到他，再次恳请他返回布法罗。埃尔夫文的回答是"他们告诉我今天早上的报纸有很多高谈阔论。我自己还没读，大意是说法官要出远门，陪审团还在继续审议，所以我觉得你们有什么想

---

① Deferred Joint Appendix, *Akil Al-Jundi et al. v. Vincent Mancusi et al.*, 186 F. 3d 252, Docket No. 97-2912, Vol. II, January 9, 1992, A-1471.
② 同上。
③ 同上，A-1472。
④ 同上，A-1474。
⑤ 同上，A-1616。
⑥ Andrew Yarrow, "Attica Jury Still Out, but Judge Plans Holiday," *New York Times*, January 15, 1992.

法,最好还是记录下来吧"。① 迈克尔·德伊奇答道:"法官大人,我想我们关心的是如果你走了,陪审团又有实质性问题需要解决,这该怎么办?"② "这些问题无法解决,"埃尔夫文生硬地回答,"现在,如果他们在所有这四个[被告]身上遇到这种情况的话,"他接着说,"那我此刻能想到的最好办法就是只能等我回来。"③ 乔·希斯一听勃然大怒。"问题是,实质性问题得不到解决的话,陪审团的商议就得截短,而且还得往下商议,这对我们来说无疑是个麻烦……你也知道这是很严重的情况。"④ 法官仍然不为所动。

令埃尔夫文吃惊的是,他自己的上司、西区的首席法官迈克尔·泰莱斯卡后来也卷入了此事。⑤ 据泰莱斯卡回忆,他立刻命令埃尔夫文回国,因为陪审团在那个周末的日子不好过。电话系统坏了,所以他们有问题也联系不上埃尔夫文,而与此同时,《纽约时报》又要泰莱斯卡对埃尔夫文弃案子于不顾去海滩度假一事表态。于是,他亲自给埃尔夫文打电话,与之进行了"激烈的讨论"。⑥ 翌日,埃尔夫文便返回了纽约。

但回到法庭的埃尔夫文不仅怒气冲冲,而且心怀恶意。由于陪审团使他缩短假期,所以他对陪审团施以惩罚,要求他们现在"日以继夜地工作以做出决定"。⑦ 陪审员怒不可遏,于1992年1月22日写信给法官称:"我们,作为阿蒂卡案陪审团,迫切需要做出回应。"⑧

---

① 欲了解埃尔夫文休假前风波的记录,参见:Attorneys' exchanges with Judge Elfvin, Deferred Joint Appendix, *Akil Al-Jundi et al. v. Vincent Mancusi et al.*, 186 F. 3d 252, Docket No. 97-2912, Vol. III, January 14, 1991, A-1627。
② 同上,A-1627。
③ 同上,A-1627。
④ 同上,A-1632。
⑤ 迈克尔·泰莱斯卡,与作者的交谈,纽约,布法罗,2004年8月13日。
⑥ 同上。
⑦ 同上。
⑧ Jury, Outraged letter to Judge John Elfvin, January 22, 1992, in: Deferred Joint Appendix, *Akil Al-Jundi et al. v. Vincent Mancusi et al.*, 186 F. 3d 252, Docket No. 97-2912, Vol. III, January 14, 1991, A-1748-49.

这些男女陪审员承认阿蒂卡案具有重要的历史意义,能为该案做陪审员颇感荣幸,但他们"尽责、认真、勤勉、坚定地"履行了作为陪审员的职责。① 对他们中的许多人而言,"一夜好觉已是好多天前的模糊记忆",如今他们突然感到"压力很大,觉得自己受到了货真价实的惩罚",而这一切都是因为他们不愿仓促地做出裁决。② 在结尾,他们写道:"我们的目标乃是伸张正义,无论这需要两周还是两月……周遭的压力和内心的紧张有时似乎难以承受,但我们将继续孜孜以求"。③

埃尔夫文法官对陪审团的态度,再加上原告指证州政府官员的证据,对辩方来说似乎不是什么好兆头。如果有人卜赌注,大多数人会认为,阿蒂卡兄弟最终能让州政府官员为他们在阿蒂卡的一切所作所为负责。然而,法官的指示令陪审团摸不着头脑,而且,"由于[给陪审员提供了]太多的选项,使陪审员的表决结果乱成一团"。④

最后,陪审团认为阿蒂卡囚犯的公民权利在夺狱期间和之后都受到了侵犯,但在决定四名受审的被告中谁应承担责任时,产生了意见分歧。最终陪审团只能在一个人身上达成一致意见,那就是阿蒂卡的助理副典狱长卡尔·普菲尔,应该对在阿蒂卡犯下的罪行负责,他们认为他是"该计划的一分子,然后他亲自监督了暴行的实施"。⑤ 至于另外三人——典狱长曼库斯、1991 年 3 月去世的奥斯瓦尔德专员以及 1987 年去世的州警莫纳汉少校——的责任,则被陪审团搁置了。

尽管对这么多被告逃脱了法律制裁感到失望,但阿蒂卡幸存的囚犯仍然欢欣鼓舞,毕竟对普菲尔的判决让他们的苦难得到了承认,他

---

① Jury, Outraged letter to Judge John Elfvin, January 22, 1992, in: Deferred Joint Appendix, *Akil Al-Jundi et al. v. Vincent Mancusi et al.*, 186 F. 3d 252, Docket No. 97-2912, Vol. III, January 14, 1991, A-1748-49.
② 同上。
③ 同上。
④ *Akil Al-Jundi et al. v. Vincent Mancusi et al.*, 186 F. 3d 252, Docket No. 97-2912, Argued July 16, 1998, Decided August 3, 1999, 15.
⑤ Cunningham, Deutsch, and Fink, "Remembering Attica Forty Years Later."

1992 年，伊丽莎白·芬克与凯旋的阿蒂卡兄弟会在布法罗的法庭外
(*Courtesy of Mike Groll / The New York Times*)

们最终也将获得一些赔偿。重要的是，只要有被告被认定负有责任，州政府也就负有责任，这可不是一件小事。纽约首席助理检察长理查德·里夫金已经告诉记者，说他愿意就"代表普菲尔先生进行的州政府赔偿"开始协商。① 不过，他们究竟什么时候能收到这笔钱，能收到多少，仍是个未知数。正如一家报纸所推测的，赔偿事宜"要么通过和解，要么在此后数年最终通过法律裁决"来解决。② 然而，已经过去了这么久，很难想象还要再次拖延下去。

---

① William Glaberson, "Unanswered in Attica Case: High Level Accountability," *New York Times*, February 6, 1992.
② 同上。

50. 拖延战术

虽然原告满意了,但被告卡尔·普菲尔认为审判很不公平。在他看来,叛乱期间,他是阿蒂卡的整个指挥链中权力最小的人之一。不知为何,纽约州州长、惩教署专员、他的上司文森特·曼库斯,甚至实际上指挥进攻监狱的约翰·莫纳汉少校都没被认定负有责任,他倒要承担责任。没错,奥斯瓦尔德和莫纳汉均已去世,但这没关系。如果他有责任,那么他们,或者更确切地说,他们的财产,也应该承担责任。虽然普菲尔无法理解判他有罪的原因,但伊丽莎白·芬克及其团队明白是什么导致了本案如此奇怪的结果,所以她竭尽所能想利用这些知识来确保其他被告不会逍遥法外。

这么多被告逃脱惩罚的一个关键原因在于案件申诉书的写法。从本质上说,最初的申诉书中提到了与具体侵权行为有关的具体被告,比如,提到莫纳汉是因为他在进攻中扮演的角色而非报复行为,提到曼库斯是因为他在报复行为中扮演的角色而非不予医疗救治。陪审团被要求考虑的只是曼库斯是否应对恶劣的报复行为负责;因此,它甚至不能考虑其他方式,即每个被告可能对自己在1971年所采取或没有采取的其他行为负责。

芬克决心在这方面干得彻彻底底,于是决定提交一份关键动议,"要求修改申诉,以便增加诉因,指控被告曼库斯未向原告提供医疗救治,违反了原告的宪法赋予的权利,并且就原告在监狱夺回之后遭受的报复对莫纳汉的遗产提起诉讼",还提交了一份相似的动议,要求把报复行为增加到奥斯瓦尔德的罪名中。① 她在第一项动议中辩称,"1992年责任审判期间呈交的事实清楚地表明,有足够的证据可用来指证被告曼库斯未提供医疗救治,指证被告莫纳汉对原告采取报复,令其饱受折磨"。② 最后,埃尔夫文把这些动议搪塞了事。尽管他最终裁定,依据《民权法案》,"对普菲尔的判决应被视为将任何和所有报复行为的责任归于普菲尔、奥斯瓦尔德和曼库斯,因为他们个个有份……牵涉其中",但这并没有改变陪审团的决定,因此,只有普菲尔一人要承担法律责任。③

普菲尔拒绝接受陪审团对其案件的裁决。④ 他将利用埃尔夫文法官对陪审团所作的晦涩难懂的指示与裁决文书,在上诉中辩称原告并没有表明他负有责任,因为"有关裁决的具体问题没有按照本案的事实和适用的法律正确地提交,措辞也不正确",因此,"陪审团及律师的不当行为剥夺了他受到公正审判的机会"。⑤ 更重要的是,"事件过去20多年了,这让他再也没有机会在有意义的时间以正当程序所要求的有意义的方式让他的表达被人听取"。⑥

埃尔夫文法官厌倦了被质疑。他斩钉截铁地回答:"本庭认为,有充足的证据让通情达理的陪审员作出对普菲尔的裁决。本庭业已考

---

① Elizabeth M. Fink, Affirmation (affidavit), Notice of Plaintiff Motion to Amend Complaint, *Akil Al-Jundi et al. v. Vincent Mancusi et al.*, United States Court of Appeals, Second Circuit, 186 F. 3d 252, Docket No. 97-2912, Vol. III, March 1, 1995, in the papers of Elizabeth M. Fink, Brooklyn, New York, A-1931.
② 同上,A-1932。
③ 同上,A-1827。
④ Motion for Judgment as a Matter of Law, Deferred Joint Appendix, *Akil Al-Jundi et al. v. Vincent Mancusi et al.*, United States Court of Appeals, Second Circuit, 186 F. 3d 252, Docket No. 97-2912, Vol. III, January 16, 1992.
⑤ John T. Elfvin, Order and Memorandum, Deferred Joint Appendix, *Akil Al-Jundi et al. v. Vincent Mancusi et al.*, United States Court of Appeals, Second Circuit, 186 F. 3d 252, Docket No. 97-2912, Vol. III, A-1751.
⑥ 同上,A-1760。

虑了普菲尔的其他所有争议，并认为它们没有根据。"①

埃尔夫文法官不愿意让原告或被告普菲尔再次讨论陪审团的决定或其作出决定的动机，但他似乎也不愿意在做出决定后推进该案，以确定赔偿事宜。埃尔夫文的书记员埃伦·雅克宁说得很直白："埃尔夫文法官打定主意要故意拖延案子的审理。"② 本案中有许多方法可以处理损害赔偿金，埃尔夫文似乎一个都不愿意采纳。可以和州政府谈判，商定一个双方都同意的金额；也可以由陪审团审判，或多来几次这样的审判，以确定损害赔偿金额。有一次，埃尔夫文法官对原告持续施压，要求他解决赔偿事宜感到沮丧，威胁说要分别举行1 200次赔偿审判，而原告的律师是不可能忙得过来的。③

在伊丽莎白·芬克看来，她的委托人许多现在都已身患重疾或已去世，对他们来说最好是解决这个案子。但即便如此，仍有大量工作要去做。她和她的团队首先要过手"海量的工作"，以确保本次集体诉讼中任何一个潜在的成员都被告知他们有权获得和解。她回忆道："埃尔夫文法官让我以最昂贵的方式通知了集体诉讼的全部成员。比如，他命令我在《今日美国》发个通知。"④ 然后，为了方便分配这笔款项，原告的律师得设计一份调查问卷，以确定是谁遭受了哪些侵犯其第八修正案权利的行为——残酷和不寻常的惩罚。⑤

1994年，伊丽莎白·芬克写给埃尔夫文法官的一封充满懊丧的信表示，他们已经解决了六个明确的损害赔偿类别，关于原告归于哪一类，她也已经掌握了所有的信息：

---

① John T. Elfvin, Order and Memorandum, Deferred Joint Appendix, *Akil Al-Jundi et al. v. Vincent Mancusi et al.*, United States Court of Appeals, Second Circuit, 186 F. 3d 252, Docket No. 97-2912, Vol. III, A-1760。
② 埃伦·雅克宁，与作者的交谈，2004年10月16日。
③ 同上。
④ 伊丽莎白·芬克，与作者的交谈，2014年2月23日。
⑤ 参见："Attica Questionnaire," Deferred Joint Appendix, *Akil Al Jundi et al. v. Vincent Mancusi et al.*, 186 F. 3d 252, Docket No. 97-2912, Vol. III, A-2080-89.

1. "被关进牢房前遭受身体报复"的人;

2. "被关进牢房前遭受身体报复,被关进牢房后遭受精神折磨"的人;

3. "被关进牢房前和后遭受身体与精神报复"的人;

4. "被关进牢房前受到专门的和出格的身体报复,被关进牢房后遭受精神折磨"的人;

5. "被关进牢房前和后都遭受专门的和出格的身体和精神报复"的人;

6. "在 D 院受伤并遭到报复"的人。①

埃尔夫文法官的回复非常清楚地表明,他仍然不急着推进这个案子。事实上,他还积极地搅浑水,比如,责任审判过去三年后,竟然建议普菲尔应该对判决提出上诉。② 芬克觉得匪夷所思,便给法官写了一封措辞严厉的信,提醒他她的团队为准备赔偿审判已投入了大量的时间和精力,并指出审判已经定在了 11 月。③ "现在,就在快要开庭审判的时候,"她写道,"突然,阁下在未经律师同意的情况下单方面地取消了原定的损害审判",更糟的是,他还让普菲尔在这个节点提出上诉。④ 芬克毫不客气地说:"这样的建议太过分了,既不公平也不公正"。⑤

尽管"关于赔偿事宜的庭前准备会议已开了三年",而且在原告

---

① Elizabeth Fink, Letter to Judge John T. Elfvin, Subject: "Lists of the appropriate six categories and the living plaintiffs who fall into each list," April 22, 1994, in: Deferred Joint Appendix, *Akil Al-Jundi et al. v. Vincent Mancusi et al.*, 186 F. 3d 252, Docket No. 97-2912, Vol. III, A-2090-2109.

② John Elfvin, Letter "to all counsel," November 17, 1994, in *Akil Al-Jundi et al. v. Vincent Mancusi et al.*, 186 F. 3d 252, Docket No. 97-2912, argued July 16, 1998, decided August 3, 1999.

③ Elizabeth Fink, Letter to Judge Elfvin, December 2, 1994, in *Akil Al-Jundi et al. v. Vincent Mancusi et al.*, 186 F. 3d 252, Docket No. 97-2912, Vol. III, A-1829.

④ 同上。

⑤ 同上,A-1831。

看来，被告普菲尔提出的是一个"似是而非的论点，即在确定袭击的责任之前，不能根据报复裁定判给损害赔偿金"，但法官仍旧拒绝为任何损害赔偿案的审判确定日期。① 日子就这么一年一年地拖下去。②

与此同时，伊丽莎白·芬克和她团队的其他成员确保他们已做好准备，以防埃尔夫文如期开始损害赔偿的审判。他们反复研究了几十份证词，这些证词表明了谁在阿蒂卡受过折磨，是何种方式的。在一份证词中，艾尔琼迪（又名赫比·斯科特·迪恩）讲述了他如何被迫从 D 院爬到 A 院，还被一排人猛打，然后又遭到狱警唐纳德·詹宁斯的暴揍。③ "现在求你的安拉吧。看，安拉也救不了你。"艾尔琼迪说詹宁斯边喊边一拳接一拳地打在他身上。④ 艾尔琼迪受这个罪的时候手刚在夺狱中挨了一枪，一颗无壳弹几乎把他手背的肉都掀掉

---

① Elizabeth Fink, Letter to Judge Elfvin, December 2, 1994, in *Akil Al-Jundi et al. v. Vincent Mancusi et al.*, 186 F. 3d 252, Docket No. 97-2912, Vol. III, A-1831.
② 在责任审判和损害赔偿审判之间的几年里，提交了无数动议以使此案继续下去。参见：See: Notice of Motion of Plaintiffs Setting Date for Immediate Damages Trials and Excluding Issues of Liability, Deferred Joint Appendix, *Akil Al-Jundi et al. v. Vincent Mancusi et al.*, 186 F. 3d 252, Docket No. 97-2912, Vol. III, January 26, 1995, A-1805; Irving Maghran filed his own opposition to this motion: Deferred Joint Appendix, *Akil Al-Jundi et al. v. Vincent Mancusi et al.*, 186 F. 3d 252, Docket No. 97-2912, Vol. III, February 13, 1995, A-1840; Oral Argument on Plaintiffs Motion Setting Date for Immediate Damages Trials and Excluding Issues of Liability, Deferred Joint Appendix, *Akil Al-Jundi et al. v. Vincent Mancusi et al.*, 186 F. 3d 252, Docket No. 97-2912, Vol. III, February 24, 1995, A-1847; Petition for Writ of Mandamus of Plaintiff, Deferred Joint Appendix, *Akil Al-Jundi et al. v. Vincent Mancusi et al.*, 186 F. 3d 252, Docket No. 97-2912, Vol. III, June 20, 1995, A-1875; Honorable John T. Elfvin, Response to Plaintiff's Petition for a Writ of Mandamus, Deferred Joint Appendix, *Akil Al-Jundi et al. v. Vincent Mancusi et al.*, 186 F. 3d 252, Docket No. 97-2912, Vol. III, October 25, 1995, A-2066; Second Circuit Court Order Denying Plaintiff's Petition for a Writ of Mandamus, Deferred Joint Appendix, *Akil Al-Jundi et al. v. Vincent Mancusi et al.*, 186 F. 3d 252, Docket No. 97-2912, Vol. III, November 16, 1995, A-2113。
③ Herbie Scott Dean, aka Akil Al-Jundi, Deposition, Deferred Joint Appendix, *Akil Al-Jundi et al. v. Vincent Mancusi et al.*, 186 F. 3d 252, Docket No. 97-2912, Vol. III, August 10, 1994, 11.
④ 同上，28。

了。伤口很大,白天都能穿透伤口看到对面,最终要"做16次大手术和16次小手术"才能痊愈。①

芬克及其团队动用了不计其数的资源,让阿蒂卡兄弟去看医生,包括精神病医生,这样可以对州政府官员给这些原告造成的损害程度做出一个清晰而冷静的评估。回来的每份报告都清楚地表明,这些人所遭受的身体与精神上的伤害都很大。一位医生在谈到自己检查过一名阿蒂卡囚犯时说:"他向我描述了自己和另外四个人被关在一间牢房里两天甚至更久的情形,没水,没食物,没穿的",医生还录下了这人说的话:"我现在知道别人能怎么对待我了,我变得孤僻、内向。只想一个人待着。"② 另一名医生诊断的一个囚犯除了身体创伤之外,还患有严重的创伤后应激综合征,因为他被剥光了衣服,并且就像他对医生说的那样,被光着身子"游街示众",像是州警的战利品,而州警则说着各种"污言秽语……拿阴茎的大小开玩笑之类的"。③

伊丽莎白·芬克深知,埃尔夫文还要很长一段时间才会开始损害赔偿审判,审了她才能真正用上那些证词或精神疾病报告。她就这么看着埃尔夫文在原案上拖沓已经有好些年了,所以没有理由认为他会在赔偿审判中表现得有何不同。她想,或许可以直接和纽约州政府解决这个问题。毕竟,对普菲尔的裁决下达时,首席助理检察长理查德·里夫金似乎对讨论此事持开放态度。于是,1992年,芬克决定联系埃尔夫文的上司,就是将其从巴巴多斯叫回来的那个人——首席

---

① Herbie Scott Dean, aka Akil Al-Jundi, Deposition, Deferred Joint Appendix, *Akil Al-Jundi et al. v. Vincent Mancusi et al.*, 186 F. 3d 252, Docket No. 97-2912, Vol. III, August 10, 1994, 45.
② David J. Barry, MD, Report on patient Ezell Vance, Deferred Joint Appendix, *Akil Al-Jundi et al. v. Vincent Mancusi et al.*, 186 F. 3d 252, Docket No. 97-2912, October 12, 1994, A-2158-60.
③ Also: Stephen S. Teich, MD, Report on Daniel Sheppard, Deferred Joint Appendix, *Akil Al-Jundi et al. v. Vincent Mancusi et al.*, 186 F. 3d 252, Docket No. 97-2912, October 13, 1994, A-2151-56.

法官迈克尔·泰莱斯卡,看看他是否愿意帮助他们与州政府达成和解。她向泰莱斯卡保证,"被告对和解程序没有异议,并且也认为司法干预可能会有帮助"。①

泰莱斯卡很清楚,进行这样的协商需要有政治手腕。他后来说:"我知道所有的道路都通向奥尔巴尼。在拿到钱之前,这将是个政治决定。"② 泰莱斯卡不确定自己是不是监督此类谈判的合适人选,于是把这项任务推给了另一位法官。他向原告解释说,如果有人斡旋的话,他将从旁协助达成和解,但他觉得应该由治安法官埃德蒙德·麦克斯韦尔(法学家,多年前曾听取过囚犯对阿蒂卡虐待事件的证词)进行实际的谈判,并向他汇报。③ 即便麦克斯韦尔正式负责此事,泰莱斯卡也在幕后"做了大量谨慎的调查,让他们知道我只是想从他们那里得到钱。那些案子永远不会再碍眼了。简而言之,他们这是在花大钱买赦罪符"。④

泰莱斯卡与"州政府打交道"进展得相当艰难。⑤ 与这些原告和解的最大障碍在于他们认为"这等于是在道歉。而州政府并不打算道歉"。⑥ 他甚至试图正面解决这个问题,向州政府保证"用不着道歉(因为我知道不可能道歉的)",但他仍然看得出州政府还没准备好让步。⑦ 就连平易近人的治安法官麦克斯韦尔与州政府打交道也毫无进展。于是,芬克认定检察长办公室需要再好好推一把。

碰巧,伊丽莎白·芬克与迈克尔·德伊奇此时还在处理另一个案子,此案近期正在杰克·韦恩斯坦的庭上审理,在芬克看来,他是

---

① Elizabeth Fink, Letter to Honorable Michael A. Telesca, Chief Judge, Rochester, New York, Deferred Joint Appendix, *Akil Al-Jundi et al. v. Vincent Mancusi et al.*, 186 F. 3d 252, Docket No. 97-2912, February 25, 1992, A-1823.
② 迈克尔·泰莱斯卡,与作者的交谈,2004 年 8 月 13 日。
③ Honorable Michael A. Telesca, Letter to Counsel, February 26, 1992, A-2110.
④ 泰莱斯卡,与作者的交谈,2004 年 8 月 13 日。
⑤ 同上。
⑥ 同上。
⑦ 同上。

水中血:1971 年的阿蒂卡监狱暴动及其遗产　　629

"法庭上最令人印象深刻的法官"。韦恩斯坦是"全国顶尖的5名地区法官之一",芬克觉得很重要的一点是,"他擅长处理集体诉讼,比如,他曾解决过橙剂案①"。②当芬克发现自己面对的是韦恩斯坦法官时,便提及了阿蒂卡案,向他求助。韦恩斯坦不愿牵扯进来,但她不依不饶,向他保证麦克斯韦尔会感谢他的帮助。次日,温斯坦不得不离开法庭,由另一名治安法官来处理他的案子。没想到,韦恩斯坦法官回来时带来了律师肯·范伯格,此人以其调解及和解技巧而闻名。范伯格似乎很想参与此案,并表示愿意利用他和检察长办公室的定期沟通,看看州政府是否真的认真对待和解。他说:"我会去问库莫。"③ 这可是个大新闻,因为他说的这个人正是时任纽约州州长马里奥·库莫。

据伊丽莎白·芬克说,几天后,范伯格证实州政府无意妥协,而且首席助理检察长理查德·里夫金,也就是芬克一直指望的那个人,无权就此事达成任何协议。当芬克打电话给里夫金,看看是否确有此事时,里夫金听说他无权达成交易也着实吃了一惊。他挂上电话后就去了解情况,几乎马上给芬克回电,说"你说得没错,我确实没有权力"。④

芬克很沮丧,于是再次求助于泰莱斯卡,并在法庭书记员埃伦·雅克宁的帮助下,设法让他更公开、积极地参与进来,以努力寻求和解。但泰莱斯卡与州政府打交道也一无所获,于是,他决定再次把希望寄托在埃尔夫文身上,让他处理一些赔偿审判。迫于上司的压力,埃尔夫文法官最终敲定了两次赔偿审判:不是一次主要审判来决定此次集体诉讼中每个阿蒂卡囚犯的赔偿额,而是举行一次审判,在其中根据"黑大个"弗兰克·史密斯所受的折磨来设立一个集体诉讼中

---

① Agent Orange,一种致命毒剂,越战期间美军在越南用低空慢速飞行的飞机喷洒过敌对人员藏身的森林等,使植被落叶,暴露人员踪迹。——译者
② 芬克,与作者的交谈,2014年2月23日。
③ 同上。
④ 同上。

的囚犯所能获得的最高赔偿额；第二次审判则是确定此次集体诉讼中的囚犯所能获得的最低赔偿额，依据的是阿蒂卡囚犯大卫·布罗西格在夺狱那天所受的折磨。弗兰克·史密斯那个审判定于1997年5月29日开庭。①

---

① *Akil Al-Jundi et al. v. Vincent Mancusi et al.*, United States Court of Appeals, Second Circuit, 186 F. 3d 252, Docket No. 97-2912, argued July 16, 1998, decided August 3, 1999, 9.

51. 血的代价

最后，在阿蒂卡的上空硝烟散尽超过 25 年后，以阿蒂卡幸存者"黑大个"弗兰克·史密斯为代表的损害赔偿开始审理。但这位阿蒂卡兄弟并不是在干等着正义的降临。他曾在 1991 年作为伊丽莎白·芬克的法律助手，将原来的民权案提交审判，此后他一直兢兢业业地确保所有幸存的阿蒂卡囚犯都能获知他们属于集体诉讼中的哪一类，并获知损害赔偿审判现在终于可以开庭了。而他不得不再次重温这一切，就为了让陪审团知道他和他的狱友们在 1971 年遭受了何等的野蛮对待，但这次他会确保自己说的话能真正被听到。

赔偿审判与 1991 年判决卡尔·普菲尔负有责任的那场审判截然不同。这次会组建全新的陪审团，他们将听到的议题也与之前那场审判中的天差地别。既然赔偿责任已经确定，那么每个陪审团只需决定原告将获得多少赔偿金。当时的想法是，"黑大个"史密斯的审判将会设定最高赔偿额，集体诉讼中没人会得到比他更多的钱，阿蒂卡兄弟中唯有归入第一类的人才能获得和他相同的金额，这类人根据第八修正案所享有的权利受到了极其严重的侵犯。

从审判的第一天起，媒体和陪审团就明白了，为什么"黑大个"史密斯的案子被选出来作为最高赔偿额的基准。伊丽莎白·芬克拒绝掩饰本案核心部分的残忍行为；在她的开场白中，还强调了像弗兰克·史密斯这样的因犯为从纽约州政府那里争取正义抗争了多久。第一天早上,她告诉陪审员,史密斯是如何不辞辛劳地"与那些还在阿蒂卡监狱的囚犯一起为正义而战",甚至在1973年他获释后也是如此。[1] 她提醒陪审团,"女士们,先生们……本案讲的是折磨……这样的折磨持续了好几个小时,它是身体上的,是基于种族的,还有心理上的。这样的折磨自有人证,这些证人会上庭,在你们面前作证,诉说他们亲眼见到的发生在他身上的事,以及他们对自己所见所闻的反应"。[2]

不出所料,现在担任普菲尔律师的米奇·巴纳斯想为陪审团描绘一幅截然不同的画面。他说得很直白:"你们几乎听不到什么医学证据能证明史密斯先生身上实际发生的事以及他受到的确切的伤害。你们不会听到什么打石膏、缝针、做手术的事,你们听到的无非是磕碰、瘀伤、打绷带。"[3] 此外,他还辩称史密斯的伤"并没有妨碍他谋生,没有导致他挣钱能力下降,没有明显影响他的日常生活,更没有阻止他过上富足的生活"。[4]

但从"黑大个"站上证人席的那一刻起,巴纳斯的话就显得很荒谬。这时,"黑大个"已经64岁了。他成年后的大部分时间一直在抗争,想让人听到他的声音,想让纽约州政府为自己的行为负责;他要确保陪审团明白无误地了解发生在他身上的事。"黑大个"的证词将陪审团带回了那个烟雾缭绕、瓦斯呛人的监狱院子,在那里,他和数百名狱友被迫脱光衣服,匍匐前进或跌跌撞撞地穿过布满车辙痕的泥泞院子,同时忍受州警和狱警的反复猛击。他作证的时候很平静:

---

[1] Deferred Joint Appendix, *Akil Al-Jundi et al. v. Vincent Mancusi et al.*, 186 F. 3d 252, Docket No. 97-2912, Vol. V.

[2] Plaintiffs Opening Statement, Frank Smith Damages Trial. Deferred Joint Appendix, *Akil Al-Jundi et al. v. Vincent Mancusi et al.*, 186 F. 3d 252, Docket No. 97-2912, Vol. IV, May 29, 1997, A-2323-25.

[3] Mitch Banas, Statement, Deferred Joint Appendix, *Akil Al-Jundi et al. v. Vincent Mancusi et al.*, 186 F. 3d 252, Docket No. 97-2912, Vol. IV, May 29, 1997, A-2333.

[4] 同上,A-2912。

我一直听到有人在喊我的名字,我和其他人一样被迫在地上爬,我一直听到有人喊我的名字,"黑大个"在哪,"黑大个"在哪,最后有人说,他在那儿,那个黑鬼在那儿,现在我们逮到他了……他来到我面前说,起来,黑鬼,他还踢我,我就起来了……踢我的是[霍华德·]霍尔特先生……是我干活的洗衣房的狱警……他说,起来,黑鬼,我起来走了几步,他推了我几下,我摔倒在地,然后又起来,他一直推我,我就这样穿过了院子,其他狱警也过来了,他们把我带到 A 楼的通道边,把我放到了桌子上。①

据"黑大个"说,那些狱警一直在说他阉了一名狱警……他们要以牙还牙。他就求他们高抬贵手,"我没做,我没做过那样的事,你们都知道我没有做过那种事,你们为什么要这么对我"。② 可这些人无动于衷。"他们说你喜欢打橄榄球,我们要把橄榄球塞进你里面,黑鬼,然后我们就杀了你"。③ 在证人席上,"黑大个"泪流满面,声音哽咽,他对陪审员解释了这些人是如何把一只橄榄球猛地塞到他下巴底下的,还说要是球掉下来,就开枪打死他。他向陪审员描述了自己躺在那张桌子上遭受 5 个多小时的折磨,说自己如何努力地不让球掉下去,用乞求的目光仰望着栈桥,州政府的雇员和官员则在栈桥上低头看着,于是已然明白没人会插手阻止对他的虐待,说到这些,他的声音哽咽了起来。④

地面上的那些人反复敲他的睾丸,大声恐吓他,上面的人则"朝我吐唾沫,往我身上扔烟头,把打过的弹壳丢到我身上,从栈桥

---

① Frank Smith, Testimony, Deferred Joint Appendix, *Akil Al-Jundi et al. v. Vincent Mancusi et al.*, 186 F. 3d 252, Docket No. 97-2912, Vol. IV, May 29, 1997, A-2353-54.
② 同上,A-2355-56。
③ 同上,A-2356。
④ 同上,A-2357。

"黑大个"弗兰克·史密斯(桌上)和一些囚犯遭受数小时的折磨,其他狱友从他们身边列队走过(*From the Elizabeth Fink Papers*)

上踢到我身上……我很害怕,他们叫我别动,我曲起身子想弄掉身上的烟头,满心希望这样就不会烫到我太久"。[1] 他双腿在悬在桌子边缘处 6 个小时,直到开始发麻。"我一直试着动动腿,好恢复点知觉",他说,但他又怕动得太厉害,球会掉下去。讽刺的是,他回忆道,"橄榄球成了我身体的一部分。我觉得球在那里还挺好,让我把注意力集中在它上面,让我能好好面对自己的感受……我就怕如果球

---

[1] Frank Smith, Testimony, Deferred Joint Appendix, *Akil Al-Jundi et al. v. Vincent Mancusi et al.*, 186 F.3d 252, Docket No. 97-2912, Vol. IV, May 29, 1997, A-2359.

不在那里,如果掉了下去,他们会对我不客气"。①

看着陪审员,"黑大个"哭得更厉害了,他告诉他们:"我很害怕,真的,我很害怕,我一直在想……一个人怎么能对另一个人说这样的话,做这样的事,而不管我是个囚犯。"② 他讲到了他所承受的那种疼痛:"我的头很疼,身体侧面也很疼,背疼,腿疼,最疼的是我的睾丸……当时我躺在桌上,生殖器那块儿钻心地疼。"③

当他最后被命令从桌子上下来时,他已经在那上面待了6个多小时;当他想移动自己的身体时,根本就动不了。"我坐了起来,双腿毫无知觉,所以我摔倒在地上,双膝着地,我想再次站起来,想靠着桌子保持身体平衡,但我被推倒了,然后挨了几下,最后我使出浑身力量站了起来,朝门口走去。我很害怕,我怕极了。"④ 不知怎的,"黑大个"终于设法让自己来到了A楼门口,但是,一看到"20到40个,也许50个狱警分列两边,他们在中间的地上铺了玻璃碴,叫我从那里走过去",他的心跳都差点停了。他仍然一丝不挂,忍受着"斧柄、警棍和铲子"的猛击,连奔带跑地穿过了他们中间。⑤"我被推来推去,被打,摔倒,又被拽起来;我胳膊、腿、背、脑袋都挨了好多下"。⑥"黑大个"一再复述那种痛苦是多么可怕至极。"我说的痛,就是生疼,疼痛难忍……我的睾丸……我的手指开了口子,胳膊和背上都火辣辣的疼……浑身都疼得难受"。⑦ 当他被迫忍受无休止

---

① Frank Smith, Testimony, Deferred Joint Appendix, *Akil Al-Jundi et al. v. Vincent Mancusi et al.*, 186 F. 3d 252, Docket No. 97-2912, Vol. IV, May 29, 1997, A-2366.
② 同上,A-2363。
③ 同上,A-2365。
④ 同上,A-2371-72。
⑤ 同上,A-2373。
⑥ 同上,A-2374。
⑦ Deferred Joint Appendix, *Akil Al-Jundi et al. v. Vincent Mancusi et al.*, 186 F. 3d 252, Docket No. 97-2912, Vol. II, Bl.

的"恶毒的种族主义谩骂、侮辱"时,情感上也在经历痛苦煎熬。[1]

"黑大个"被迫从 A 通道穿过又一个夹道"欢迎"他的队列向 Z 楼奔去,尽管他知道那里其实更危险。[2] 当他到达 Z 楼时,"就被打翻在地,他们往我的胳膊、腿上、背上狠命地打,砸破了我的头……我昏了过去,两眼一黑,因为接下来我记得自己一个人在一间黑漆漆的房间里"。[3] 这时候,他脸上流着血;但这场折磨还远没有结束。[4] 一被放进牢房,州警和狱警就让仍然一丝不挂的"黑大个"躺在冰冷的水泥地上,双腿分成大字形。"黑鬼,给我们把腿张开,我们要来了",至少三名狱警一边冲他喊,一边不停地打他的生殖器,并开始在他的脑袋边上玩俄罗斯轮盘赌。[5]

最后,有人把"黑大个"放到担架上,表面上是要把他带出 Z 楼,给他治伤。"他们把我放在担架上,"他向陪审团回忆道,"我记得先是有人进来,拿纱布之类的东西盖住我的伤口,再把我放到担架上,抬到医院药房那儿,那儿的地上躺了好多人。"[6] 但是,突然,"黑大个"又被拖回了 Z 楼,途中,他被立即"掀到[电梯的]地板上,把我的屁股靠着墙,双脚往上抬起靠墙,让我仰面躺着",还威胁要再给他点好看的。[7] 当电梯门打开时,在一片嘲笑、喊叫、哄笑声中,那些人叫他沿着过道跑回牢房,沿路又一次遭到了殴打。[8] "黑大个"说,其实那天疼得最厉害的是手腕,手腕骨折了,因为这几个小时他都在用它来抵挡数不清的毒打。那时,他的整个身子都是

---

[1] Frank Smith, Testimony, Deferred Joint Appendix, *Akil Al-Jundi et al. v. Vincent Mancusi et al.*, 186 F. 3d 252, Docket No. 97-2912, Vol. IV, May 29, 1997, A-2376.
[2] 同上,A-2378。
[3] 同上,A-2380。
[4] 同上,A-2381。
[5] 同上,A-2383。
[6] 同上,A-2384。
[7] 同上,A-2386。
[8] 同上,A-2389。

肿的。① 20 多年后，他展示给陪审团看，他的右臂到现在仍然不能完全举过头顶，他的双腿仍因受过的伤而肿着，身上到处是烧过的疤痕。②

尽管现在再次被关入牢房，但"黑大个"仍然惊恐万分，尤其是当狱警霍华德·霍尔特经过时。于是，他开始祈祷，祈祷自己不再受到伤害。他告诉陪审团，霍尔特还曾用枪顶着他脑袋玩俄罗斯轮盘赌。发生这些事情的时候，卡尔·普菲尔正好经过，还朝牢房里看了看。"黑大个"回忆道："霍尔特先生对他说，这就是阉了那个狱警的家伙，普菲尔看着我，嗯哼了一声，那我们就把他阉了，是的，他阉了狱警，我们就阉了他。"③眼瞅着就连普菲尔这样阿蒂卡主管都不愿保护他，"黑大个"明白了在监狱这个与世隔绝之地，没人能帮他，就算他死了，也没人知道，没人在乎。不过，即便普菲尔就这么看着霍尔特和他玩俄罗斯轮盘赌，"黑大个"仍记得："我一直都在祈祷，希望真理能够现身"，因为他知道自己是无辜的。④ "我没做这事，我希望有人能理解"。⑤ 在他祈祷的时候，他开始尿血，两只骨折的手腕无力地吊着。⑥

在法庭上，"黑大个"终于讲出了自己的故事并被记录在案，他感觉还不错。但他也为自己落泪以及无法讲得更正式、更清晰而感到难为情。"我认为哭泣是因为愤怒。"他试图这样向陪审团解释。⑦ 他的眼泪不由自主地落下，他说，这是因为"我觉得自己受到了侵犯，孤立无援……我可以走在街头，可以开车，但晚上躺在床上我会哭，

---

① Frank Smith, Testimony, Deferred Joint Appendix, *Akil Al-Jundi et al. v. Vincent Mancusi et al.*, 186 F. 3d 252, Docket No. 97-2912, Vol. IV, May 29, 1997, A-2393。
② 同上。
③ 同上，A-2396。
④ 同上，A-2399。
⑤ 同上。
⑥ 同上，A-2137。
⑦ 同上，A-2367。

那些事情始终困扰着我"。①

多个身体与心理的评估也可以向陪审团证实，阿蒂卡的这场折磨给"黑大个"留下了多深的创伤。他接受了全面的评估，一次是在首次审判结束之后，据他的医生说，很显然这个人在 1971 年遭受的痛苦仍在折磨着他。② 医生的笔记上写着："他说每当他想起他在阿蒂卡遭的罪，就会哭起来；他会愤怒；可接下来会变得害怕，怕自己会失控。"③ 值得注意的是，为了治疗这个创伤，"黑大个"先是求助于药物，随后又求助于上帝，虽然有些帮助，但无论是他的心理还是肉体都没有康复。据医生的报告："他的泌尿生殖区域的伤很重，导致他尿了大约两年的血"，而且他仍然噩梦连连，始终无法相信生活中的任何人。④ 在医生看来，"黑大个"患有严重的创伤后应激障碍，而且毋庸置疑，正是他"在夺取阿蒂卡期间所经历的，更重要的是，他在监狱被夺取后他所经历的心理和身体上的折磨，使他患上了这种病"。⑤

然而，令原告团队愤怒的是，埃尔夫文法官不允许"黑大个"的医生向陪审团透露他所得出的结论，因为如果他"被允许……发表自己的意见，我就只能允许普菲尔先生也把他的精神病学专家带上法庭，给出自己的观点"。⑥

幸好，伊丽莎白·芬克并不仅仅依靠医学证据来说服陪审团，"黑大个"惨遭折磨时，卡尔·普菲尔在冷眼旁观。她还确保陪审

---

① Frank Smith, Testimony, Deferred Joint Appendix, *Akil Al-Jundi et al. v. Vincent Mancusi et al.*, 186 F. 3d 252, Docket No. 97-2912, Vol. IV, May 29, 1997, A-2367.
② Richard G. Dudley, Jr., MD, Medical Report: Psychiatric Evaluation of Frank "Big Black" Smith, Deferred Joint Appendix, *Akil Al-Jundi et al. v. Vincent Mancusi et al.*, 186 F. 3d 252, Docket No. 97-2912, November 11, 1994, A-2132.
③ 同上，A-2134。
④ 同上，A-2137。
⑤ 同上，A-2140。
⑥ John Eltvin Instructions to the Jury, Deferred Joint Appendix, *Akil Al-Jundi et al. v. Vincent Mancusi et al.*, 186 F. 3d 252, Docket No. 97-2912, Vol. V, A-3071.

团听取了 1991 年在责任审判中作证的几个人的证词,其中有国民警卫队的丹·卡拉汉,他亲眼见过"黑大个"在 A 院的桌子上所受的折磨。其他目睹他遭受虐待的证人还有国民警卫队的罗纳德·迪尔,他当时碰巧打开了监狱医院的门,清楚地"看到了对他施暴的情景"。① "黑大个"躺在地上扭来扭去,乞求他们高抬贵手,一遍又一遍地说:"老大,我没干过那事,老大,我没干过那事。"②

到 1997 年 6 月 4 日案子行将结束的时候,陪审团受到了极大的震动。在结案陈词时,精疲力竭的伊丽莎白·芬克试图强调陪审团的各位先生女士听取"黑大个"亲口讲述他在阿蒂卡以及此后每天遭受的所有折磨是多么重要的一件事。她说,没错,"你们唯一能做的就是给他钱。钱于事无补,但它证明了这场战斗是正当的,它能够疗伤,能为你做一个了结。而钱、赔偿款,是为了补偿史密斯先生所受的伤害,补偿他遭受折磨的那些时刻,女士们,先生们,赔偿是一种尝试,尝试让他恢复"。③

陪审团进入商议阶段时,埃尔夫文法官再次对他们作出指示。他说的每句话,"黑大个"及其律师都觉得是在试图削弱他们。埃尔夫文一上来就告诉陪审团,整个审判"对牵涉其中的许多人来说都是一个非常情绪化的局面",他认为"有些证人非常情绪化,很容易陷入情境中"。④ 他提醒陪审员,第一次审判已经确定囚犯的公民权利

---

① Ronald Dill, Testimony, Deferred Joint Appendix, *Akil Al-Jundi et al. v. Vincent Mancusi et al.*, 186 F. 3d 252, Docket No. 97-2912, Vol. IV, A-2326.
② Testimony related to Big Black's treatment on the day of the retaking in D Yard, Deferred Joint Appendix, *Akil Al-Jundi et al. v. Vincent Mancusi et al.*, 186 F. 3d 252, Docket No. 97-2912, Vol. V, A-3032.
③ Plaintiffs Closing Statement, Frank Smith Damages Trial. Deferred Joint Appendix, *Akil Al-Jundi et al. v. Vincent Mancusi et al.*, 186 F. 3d 252, Docket No. 97-2912, Vol. V, June 4, 1997, A-3036.
④ John Elfvin instructions to the Jury, Deferred Joint Appendix, *Akil Al-Jundi et al. v. Vincent Mancusi et al.*, 186 F. 3d 252, Docket No. 97-2912, Vol. V, A-3086.

受到了侵犯,所以,现在他们得确定自己是否被本次审判中提交给他们的证据说服了,这些证据说明了受到侵犯的权利的性质和程度,并确定这些侵犯行为如何转化为货币数额。① 但他接着说,尽管陪审员承认在阿蒂卡发生了报复囚犯的行为,但他们仍然得"确定这位原告,即史密斯先生,是否遭受过、现在仍在承受、今后仍会承受此事的后果",如果他们决定给予他赔偿,则"任何赔偿款的裁决都必须合情合理"。②

"黑大个"及其律师团听得目瞪口呆。就像第一次审判时一样,埃尔夫文法官还在试图在他给陪审团的指示中插入他的个人意见,以这种刻意歪曲来影响陪审团的商议结果。鉴于他的这些指示,他们也无法相信,埃尔夫文法官不让陪审团听取医学专家有关"黑大个"心理创伤成因的结论,陪审团还能确定"黑大个"是否承受了心理上的"影响"。根据庭审记录,迈克尔·德伊奇厌恶地指出:"就像记录上清楚写明的,法庭把这些指示作为心理方面的证词,这种方式我们无法苟同",因为"辩方的精神病学家……根本没来作证"。③ 埃尔夫文对陪审团的指示是,赔偿款的裁决必须"合情合理",这话令人恼火,而且可能会让原告付出高昂的代价。正如他们所指出的,对一方合理的事,对另一方可未必。

尽管埃尔夫文法官试图削弱证据产生的影响,限制赔偿款的数额,但陪审员们还是认真听取了证词,对他所遭受的苦难颇为动容。1997年6月5日,他们裁决赔偿"黑大个"400万元。这下轮到埃尔大文目瞪口呆了。不仅因为此数额巨大,而且考虑到损害赔偿的类别,其他许多曾在阿蒂卡坐过牢的囚犯也有权从纽约州政府那儿获得

---

① John Elfvin instructions to the Jury, Deferred Joint Appendix, *Akil Al-Jundi et al. v. Vincent Mancusi et al.*, 186 F. 3d 252, Docket No. 97-2912, Vol. V, A-3066.
② 同上,A-3067。
③ 同上,A-3078。

同样的数额。①

1997年6月23日,就在这笔赔偿款裁决上了头条新闻之后不久,为前阿蒂卡囚犯大卫·布罗西格进行的第二次损害赔偿审判开始了。布罗西格"被选出来代表这样一些囚犯,他们遭受的伤害是本次集体诉讼中的每个人都经历过的,而不是在进攻后有针对性地予以重点打击报复"。② 但是,在夺狱期间及之后数周里,这种"普通受到的伤害"并不比"黑大个"史密斯所受的创伤更为人所知。

伊丽莎白·芬克在庭审开始时再次强调了陪审团在本案中的重要性。这次,她身边不仅有迈克尔·德伊奇和乔·希斯,还有纽约市的律师丹尼·迈耶斯,迈耶斯和她一样,处理阿蒂卡的案件已经几十年了。③ 她指出,时隔近30年,他们仍然没法为这几十个受到如此肆意和可怕的虐待的囚犯争取到公正。她提醒陪审员,他们能帮忙弥补这个缺憾,给阿蒂卡幸存者大卫·布罗西格实质性的赔偿。芬克解释道,布罗西格最初只是因为轻微的违反假释规定而被关进了阿蒂卡。他少不更事时惹了麻烦,后来被放了出来,但之后没到假释官办公室报到。④ 她继续说道,这个年轻人不仅"在多个场合遭到了不必要的殴打",而且"遭受了心理上的折磨,这影响了他的余生"。⑤ 芬克明确表示,陪审员的任务就是"确定两件事,布罗西格先生是否遭到了报复……受到了残暴的、恶意的、以造成伤害为目的的虐待。在你们确定他是否受到了这种报复之后,你们就有责任定出一个货币值,

---

① Verdict, Deferred Joint Appendix, *Akil Al-Jundi et al. v. Vincent Mancusi et al.*, 186 F. 3d 252, Docket No. 97-2912, Vol. V., June 5, 1997, A-3086.
② Dennis Cunningham, Michael Deutsch, and Elizabeth Fink, "Remembering Attica Forty Years Later" *Prison Legal News* (September 2011).
③ Plaintiffs Opening Statement, Brosig Damages Trial. Deferred Joint Appendix, *Herbert Blyden et al. v. Vincent Mancusi, et al.*, 186 F. 3d 252, Docket No. 97-2912, Vol. V, June 23, 1997, A-3161.
④ 同上,A-3163-64。
⑤ 同上,A-3164-65。

即他应该为那些损害得到的赔偿额"。①

陪审员随后听取了布罗西格的说法。他很腼腆，不习惯变成人群中的焦点，说起话来语气平和。"你不可能爬得那么快。"他一边摇头，一边向陪审员解释。② "当你的手放在头上是不可能爬得快的，所以从门里出来的人都开始压到我身上……我觉得自己快要被压扁了，喘不过气来。就像被压在一大堆东西底下，我心想我得把自己弄出去。我当时就是这么想的；怕自己会遭罪，会受伤。"③ 布罗西格接着说，所以，他努力站起来，好呼吸点空气。但当他设法站起来时，"一名州警走了过来，用霰弹枪指着我的脑袋，[说了]很多同情黑人的下场如何如何的话，说你就要死了……然后他用霰弹枪打我……打得我两眼冒金星"。④ "我们被叫做黑鬼同情者。"布罗西格解释道，没错，他是个白人。"有时候说我们死了活该。说我们不配活下去，说我们只不过是垃圾。没人会在乎我们。"说到这里，他像之前"黑大个"那样哭了起来。他也为自己如此情绪化而尴尬，在他设法恢复镇定时，陪审团听到他低声说了句"对不起"。⑤ 最后，他讲述了他在枪击停止后所受的折磨，被迫在A通道里通过州警和狱警的夹道鞭打。"你能听见人在被打后发出的惨叫，能听见怒骂，"他用难过地语气说，"很多带有种族歧视的称谓。黑鬼，黑鬼同情者……"⑥

和"黑大个"的赔偿审判时一样，芬克亦确保陪审员从其他证人那里听到大量确证大卫·布罗西格所经历的一切的证词。和"黑

---

① Plaintiffs Opening Statement, Brosig Damages Trial. Deferred Joint Appendix, *Herbert Blyden et al. v. Vincent Mancusi, et al.*, 186 F. 3d 252, Docket No. 97-2912, Vol. V, June 23, 1997, A-3166-67。
② 同上，A-3180。
③ 同上。
④ 同上，A-3181。
⑤ 同上，A-3195。
⑥ 同上，A-3198-99。

大个"的陪审团一样,这个陪审团也从观察员约翰·邓恩和国民警卫队的丹·卡拉汉等人那里听说了夺狱期间的恐怖情景。他们还听取了医护人员的证词,最令人动容的是布罗西格的前妻盖尔的证词,她讲述了这个男人在夺回阿蒂卡落下创伤之后的几年里所受的煎熬。

当伊丽莎白·芬克在 6 月 26 日作结案陈词时,她觉得他们已经尽了最大努力在法庭上表明,即便是那些在阿蒂卡受伤害最少的人,也会留下永远的伤痕。通过她的证人,她证明了大卫·布罗西格经历了一场"持久的恐怖,它持续了好几天,又在 26 年后的今天,他年近五十的时候,重新在人前讲述"。① 她提醒陪审员布罗西格是如何描述"那些殴打,狱友的尖叫,棍棒打在人身上的声音……当时他 21 岁,赤身露体,无招架之力,惊恐万分"。②

被殴打之后,有一段时间布罗西格被命令连续站了好几个小时,并被威胁说要是敢摇晃或者跌倒就死定了。"这么做的理由是什么?"芬克问陪审员,"没有……他们被迫站着,因为那些人就是想恐吓他们,折磨他们。他们被迫站在那里接受残酷的异乎寻常的惩罚;因为那些人的恶意"。③

"想象一下那种恐怖,"芬克悲从中来,"真的,你们不必展开想象,因为你们在他作证时看到发生在他身上的事对他造成的影响。你们都看到了他的崩溃。"④ 或许最糟的是,"布罗西格先生所受的折磨……不在于奉行暴力的地方执法部门的所作所为,而在于发生在这里的事乃是那些身在大约 50 英里外、宣誓维护法律和宪法的人所为"。⑤

---

① Plaintiffs Opening Statement, Brosig Damages Trial. Deferred Joint Appendix, *Herbert Blyden et al. v. Vincent Mancusi, et al.*, 186 F. 3d 252, Docket No. 97-2912, Vol. V, June 23, 1997, A-3594。
② 同上,A-3596。
③ 同上,A-3598-99。
④ 同上,A-3600。
⑤ Plaintiffs Closing Statement, Brosig Damages Trial. Deferred Joint Appendix, *Akil Al-Jundi et al. v. Vincent Mancusi et al.*, 186 F. 3d 252, Docket No. 97-2912, Vol. V, June 26, 1997, Vol. V, A-3591.

辩方律师米奇·巴纳斯把结案陈词的重点放在引发陪审团的质疑，即这种恐怖行径有哪一样真的该卡尔·普菲尔负责，尽管最初的那场审判已经确定了这一点。① "现在，我不是来告诉你，1971年9月13日，在阿蒂卡，布罗西格先生身上什么事都没发生，"他在结案陈词中说，"显然发生了。我来是要帮你们把他说的发生在他身上的事放到适当的情境中。"② 巴纳斯说的情境就是骚乱发生时的混乱，是一个普通人试图恢复某种表面秩序的时刻。正如巴纳斯在结论中所说：

> 本案中有一件事是无可争议的，那就是1971年9月13日在阿蒂卡发生了非常情况。那可不是在过家家。监狱的部分地方被毁，人质被扣押。狂暴的狱友手上有武器，可以用来对付执法人员……没错，当时有必要不断地清点人数，即便这意味着会吵醒狱友。显然，当时有必要让狱友脱光衣服，搜查武器，让他们躺下来，挪到地上，为D院的其他狱友腾出地方。这么做不是为了打击报复，也绝非心怀恶意。③

"你们得扪心自问，"他边说边走近陪审团，"布罗西格先生真的因此受到了什么伤害？……布罗西格先生作证时所说的大部分噩梦都很抽象……且不说都是些什么样的噩梦，布罗西格先生多久做一次这样的噩梦呢？"④

然而，即便有巴纳斯的歪理，即便埃尔夫文法官对陪审团做出同样有问题的指示，此案陪审员还是对大卫·布罗西格年轻时在夺回阿蒂卡期间所遭受的虐待感到震惊。1997年7月16日，他们裁定赔偿

---

① Defense, Closing Statement, Deferred Joint Appendix, *Akil Al-Jundi et al. v. Vincent Mancusi et al.*, 186 F. 3d 252, Docket No. 97-2912, Vol. V, A-3614.
② 同上，A-3615。
③ 同上，A-3617-22。
④ 同上。

布罗西格 7.5 万元。①

现在，州政府真的麻烦大了。它要向有 1 200 名原告的这起集体诉讼支付的赔偿金，最高到 400 万元，最低也有 7.5 万元。州政府立即决定对最初的赔偿责任案提起上诉，因为如果此案被推翻，损失赔偿金将被取消。

随着上诉的推进，伊丽莎白·芬克和原告的其他律师都很担心，因为他们害怕第二巡回上诉法庭的裁决会保护州政府，使其不用支付两次赔偿裁决所定的给囚犯的数千万元赔偿款。他们猜对了。1998 年 7 月 16 日，美国第二巡回上诉法庭的一个由三名法官组成的小组审理了此案，并于 1999 年 8 月 3 日裁决"陪审团在集体诉讼中的责任判决阶段'未能确定普菲尔在集体诉讼范围内的责任'"，因此，法庭"推翻责任判决与损害赔偿判决"。②

这个裁决是灾难性的，也是极为讽刺的。原告方言辞激烈地辩称埃尔夫文法官在陪审团审议前给陪审团指示，犯下了"可逆性错误"，而在他们看来，这些错误只会对辩方有利。但在巡回法庭的裁定中，法官们认为这些有缺陷的指示对普菲尔不公。事实上，拉尔夫·K. 温特法官写道，埃尔夫文对陪审团的指示"实际上确保了赔偿审判中的陪审团被迫考虑普菲尔先生的责任问题——这违反了第七修正案对于不同的、连续审理同一议题的陪审团所做的规定"。③

另一个具有讽刺意味之处是，法庭裁定埃尔夫文法官发给陪审团的裁决表也造成了严重的问题。温特的判决解释称，原来的陪审团收到的裁决表存在缺陷，因为其措辞"并未要求调查结果足以支持对

---

① Case Verdict, Deferred Joint Appendix, *Akil Al-Jundi et al. v. Vincent Mancusi et al.*, 186 F. 3d 252, Docket No. 97-2912, Vol. V, A-3663.
② Mark Hamblett, "Attica Civil Rights Verdict Overturned," *New York Law Journal* August 4, 1999.
③ 同上。

集体诉讼全部成员的责任,或者甚至特定的、可辨认的原告的责任"。① 在法庭看来,与其把这一错误再次看成是有益于辩方——比如说,因为这些有缺陷的表格在有些情况下会使许多被告脱身——不如看成是对普菲尔的损害,因此"必须推翻史密斯和布罗西格的损害赔偿金判决"。② 法官的裁决还说,普菲尔的权利也因此受到了侵犯,因为埃尔夫文允许"赔偿阶段的陪审团重新考虑责任阶段的陪审团考虑过的相同问题",埃尔夫文确实因为这个裁决而直接受到了处分,因为他对"责任审判中究竟确立了什么表述得含混不清",以至于在赔偿审判中造成了"混乱"。③ 不过,上诉法庭的裁决中最令人担忧的一个地方是,"质疑埃尔夫文法官一开始就认可集体诉讼是否明智"。④ 如果阿蒂卡兄弟没有决定抱团,那今后但凡要追究任何人对其痛苦应负的责任时都得一个个地来。对于伊丽莎白·芬克这样的律师而言,可能将不得不通过1 200件单独的案子来起诉州政府来实现司法公正,这种情况简直不可想象。

不过,第二巡回法庭也说得很清楚,这1 200人完全有权提出自己的诉求,与纽约州政府达成某种解决办法,现在可以,今后也可以。事实上,该裁决清楚地表明,"本案的被告"已经"尽其所能地拖延此案的解决,而且经常是并非没有得到法庭的默许","这种策略不可再被容忍"。⑤ 而且,该裁决总结道:"鉴于这一事件拖得太久,我们指示地区法庭从速处理。如果出现无理拖延,我们随时准备行使我们的权力,发布强制令[要求下级法院执行本庭的命令]。兹

---

① *Akil Al-Jundi et al. v. Vincent Mancusi et al.*, United States Court of Appeals, Second Circuit, 186 F. 3d 252, Docket No. 97-2912, argued July 16, 1998, decided August 3, 1999, 14.
② 同上。
③ 同上。
④ Hamblett, "Attica Civil Rights Verdict Overturned."
⑤ *Akil Al-Jundi et al. v. Vincent Mancusi et al.*, United States Court of Appeals, Second Circuit, 186 F. 3d 252, Docket No. 97-2912, argued July 16, 1998, decided August 3, 1999, 14.

请地区法院首席法官考虑将此案交给最有能力快速解决的法官处理"。①

无论埃尔夫文法官受到了多大的处分,这个法官小组的裁决让每个健在的阿蒂卡幸存者以及为已故亲人寻求正义的家属都感到伤心。伊丽莎白·芬克也怅然若失。她很清楚埃尔夫文对陪审团的指示削弱了原告胜诉的概率,但当辩方以这么做削弱了普菲尔获得陪审团支持的概率为由提起上诉时,她又不得不辩称这些引起争议的指示没什么害处,最坏也不过是让他们提交的证明州政府应承担责任的证据占了优势。据埃伦·雅克宁说,芬克在第二巡回法庭上"无懈可击地提出了自己的论点"。② 尽管如此,她还是没法阻止由三位法官组成的小组让她在1991至1997年间为胜诉所做的一切努力都付诸东流。

但在芬克看来,就此放弃是不可能的,尤其是考虑到为这些审判付出了多少东西。至少,第二巡回法庭并未对原告律师耗时数年所证实的那些事实提出异议,而且该法庭还呼吁州政府停止逃避责任,与原告一起解决这一问题。伊丽莎白·芬克明白,是时候再次联系迈克尔·泰莱斯卡法官了。这次,纽约州政府将被推到台前。

---

① *Akil Al-Jundi et al. v. Vincent Mancusi et al.*, United States Court of Appeals, Second Circuit, 186 F. 3d 252, Docket No. 97-2912, argued July 16, 1998, decided August 3, 1999, 14.
② 埃伦·雅克宁,与作者的交谈,2004年10月16日。

52. 与魔鬼交易

　　到第二巡回法庭推翻阿蒂卡民事案件的胜诉判决时，该州以超常武力夺回阿蒂卡监狱已过去快 30 年了。伊丽莎白·芬克希望，仍有机会让州政府官员为 1971 年造成的创伤承担一些责任。他们仍然有可能迫使州政府达成和解。这至少是件好事吧。于是，她打电话给埃伦·雅克宁，让她问西区的法官迈克尔·泰莱斯卡是否还愿意处理这个案子。他愿意。而且，正如雅克宁向原告保证的那样，他是个"很棒的委托人"。①

　　泰莱斯卡自己都觉得不可思议，过了这么多年，他仍在努力让纽约州政府做出正确的决定。总检察长办公室难道就不明白在他看来一目了然的事，不明白这些囚犯不会轻易放弃吗？他深知被告几十年来一直拖后腿，无疑是希望"没了冲劲，事情就会不了了之"，但他们难道不明白这种情况永远不会发生吗？② 在他看来，赔偿金"太高了"，而州政府也许可以花较少的钱达成和解。③ 现在，数字出来了。谁都清楚州北的陪审团认为这些人的痛苦和伤害值这个价。那现在他们愿意同意什么价呢？

　　泰莱斯卡很清楚摆在他面前的是个艰巨的任务，于是他决定着手挨个儿联系，希望有人能站出来和他谈谈如何解决问题。在他想来，州政府可能会同意 1 500 万元这个数字。他不太确定这个数字为什么会在他的脑海中挥之不去，虽然这对州政府而言仍是个不小的数字，

水中血：1971 年的阿蒂卡监狱暴动及其遗产

但比起两个陪审团判决其应支付的数额要少得多。他认为,就连1 500万也是很低的,如果人们想一想"那些可怕的伤害,可怕的虐待"。④他对州长办公室的对接人说得很清楚,阿蒂卡案正符合"法庭在埃斯泰尔诉甘布尔一案中想要表达的定义",后者是一个适用第八修正案保护囚犯免受残忍和异乎寻常的惩罚的著名裁决。⑤

在内心深处,泰莱斯卡想知道,让这个案子回到他手上,是否正是州政府官员对赔偿金提起上诉时所希望的。"我们会推翻它,确保泰莱斯卡接手,他会让这件事圆满结束"。⑥ 简言之,让他参与进来可能会被证明是州政府"代价最小的出路"。⑦

如果说阿蒂卡的原告们对这个裁决感到痛心不已,那埃尔夫文法官则是怒不可遏。"当他们把这个案子从我手上夺去的时候,"法官回忆道,"我气得把一直挂在墙上的阿蒂卡的照片拿下来"扔了。⑧ 的确,埃尔夫文从1975年1月起就担任该案的法官,所以他从心底里认为这个案子是他的一亩三分地。他从来就不喜欢协议解决这个案子的想法,而且向来觉得应该由他来监督此案的法律进程。确实,用他自己的话来说,他非常享受阿蒂卡案的审判过程,尤其是他与原告团队你来我往、唇枪舌剑的感觉。⑨ 尽管他认为乔·希斯"是个笨蛋","德伊奇很容易激动",但他倒是很喜欢伊丽莎白·芬克,并从他所认为的与她的"争辩"中得到了莫大的乐趣。⑩ 他从中找到了很多的乐子,这一点再明显不过。正如埃尔夫文所指出的,只要芬克不

---

① 埃伦·雅克宁,与作者的交谈,2004年10月16日。
② 迈克尔·泰莱斯卡,与作者的交谈,2004年8月13日。
③ 同上。
④ 同上。
⑤ 同上。
⑥ 同上。
⑦ 同上。
⑧ 约翰·埃尔夫文,与作者的交谈,2004年8月9日。
⑨ 同上。
⑩ 同上。

以他希望的"推动事情发展"的方式对他进行反击,他就会为审理此案设置障碍,每当此时他都会感到失望。①

尽管第二巡回法庭的决定让他"非常恼火",因为他们让他出了局,而他认为他们的想法很"愚蠢",但埃尔夫文仍然希望能够在下一阶段参与解决这个案子,不管怎么解决。② 至少理论上说,这些案件仍然可以重审,他也仍然可以监督这些案子。但这种情况并未发生。他记得,"没人跟我说话……我什么都没听说,我很生气,就把东西全弄走了。我再也不管这事了"。③ 从那时起,阿蒂卡让埃尔夫文心里不是滋味。④

与此同时,泰莱斯卡法官也觉得自己在这件案子中受到了乔治·帕塔基州长办公室的阻挠。确实,他从上层那儿得到的第一份报价只有5万元。⑤ 但他一直在努力推进。最终,令他高兴的是,他设法让州政府同意以1 200万元的数额与阿蒂卡集体诉讼案的原告方达成和解。他可以说是欣喜若狂。虽然不是他想争取的1 500万,但比起州政府准备打发人的5万元简直是云泥之别。因此,当他向芬克提议这个数字时,当2000年1月4日正式宣布和解后记者给他打电话时,他一点也不觉得愧疚。

现在问题来了——这笔钱该如何分配?泰莱斯卡也是有权来决定这件事的,而他一反常态,决定邀请众多原告来他的法庭,让他们亲口告诉他,他们身上到底发生了什么。他不仅能确定每个人的赔偿金额,而且,同样重要的是,他将帮助他们让他们所受的苦难记录在案。⑥ "如果纽约州不打算道歉,"他回忆道,"那我至少想让他们知

---

① 约翰·埃尔夫文,与作者的交谈,2004年8月9日。
② 同上。
③ 同上。
④ 同上。
⑤ 埃伦·雅克宁,与作者的交谈,2004年10月16日。
⑥ 迈克尔·泰莱斯卡,与作者的交谈,2004年8月13日。

道他们这笔钱花在了什么样的创伤上。"① 他不会盘问这些人,也不会允许别人去纠缠他们。最后,泰莱斯卡回忆说,他只是让他们自己来讲讲,"这是我做过的最有成就感的事"。②

于是,在2000年接下来的几个月里,几十名前阿蒂卡囚犯站在泰莱斯卡法官的办公室里作证,并且一个接一个地讲述各自1971年9月13日在阿蒂卡监狱和此后近30年里的悲惨经历。在这些到泰莱斯卡面前述说的人中间,"黑大个"弗兰克·史密斯对法官的触动最深。他记得,"弗兰克在我面前作证的时候,证词特别具有感染力。听他讲出真相,只觉得回肠荡气"。③ 但是,泰莱斯卡听到的故事越多,就越能深刻地理解这些人到底遭受了多大的痛苦,"他们记得的事情都很相似"。④

泰莱斯卡发现阿蒂卡发生的那些虐待事件令他寝食难安,尤其是一个曾在阿蒂卡坐牢的人所讲的故事。在夺狱发生前,此人是个很优秀的篮球运动员,好到一旦获释他就有可能会去做一个职业篮球运动员。州警知道了这一点,在重新安置他之后,把他从牢房里拖了出来,"用枪托砸碎了他的脚尖"。⑤ 他那双被砸得不成样的脚恢复得很糟,从没得到过妥善的治疗,现在他走路一瘸一拐,像只鸭子。这让泰莱斯卡很难受,"给他再多的钱也无法弥补",但当他充满歉意地试图说些什么时,那人却对法官说没事儿。他真正想做的不过是"说出我的故事……我想帮助我的那些兄弟"。⑥

等把这些故事记录下来时,泰莱斯卡也想好了怎么分钱。他将800万元分配给坐过牢的人,400万分配给阿蒂卡的律师,他知道,几十年来,这些律师完全是自掏腰包打这个官司的,特别是伊丽莎

---

① 迈克尔·泰莱斯卡,与作者的交谈,2004年8月13日。
② 同上。
③ 同上。
④ 同上。
⑤ 同上。
⑥ 同上。

652　Blood in the Water: The Attica Prison Uprising of 1971 and Its Legacy

白·芬克。2000年8月31日,与该州达成的历史性和解的具体细节被公布出来。最终,泰莱斯卡向502名索赔者支付了赔偿款,他将这些索赔者清清楚楚地分成五类。① 第一类,"遭到了殴打、夹道鞭打,遭受了身体伤害、精神折磨,以致噩梦连连等,或经历过其中的任意几项",有260人,每人分得6 500元。② 第二类,因为"遭到殴打以致骨折,包括手指、肋骨骨折,牙齿脱落,并继续遭到精神折磨",有112人,每人获赔1万元。③ 第三类,"受了枪伤和/或被挑出来受到特别对待,比如遭到更严重的反复殴打,导致永久残疾和持续的精神损害",有95人,每人获赔3.1万元。第四类,"遭受极其严重的多次殴打,惨遭折磨,或受了严重的可危及性命的枪伤,导致身体上或精神上的严重的终身残疾",有15人,每人将获赔12.5万元。④ 最后一类,也就是第五类,名字出现在集体诉讼中的有20人,他们已在"夺狱期间中弹身亡"。他们的子嗣将分别得到2.5万元,其中一人的子嗣获赔2.7万元。⑤

比如何分配州的1 200万元更重要的是泰莱斯卡的话,他讲的是本次协议是如何达成的,以及它是依据原告所受的哪些创伤达成的。在这份长篇幅的和解文件的序言中,泰莱斯卡法官讲述了阿蒂卡叛乱的来龙去脉,以及在造成大规模伤亡的夺狱行动之后为争取正义、追究责任而进行的长期法律斗争。⑥ 不过,同样重要的是,他也解释了他逐渐了解夺狱行动的种种可怕故事的过程。他指出:"2000年5月至8月期间,约有200名原告选择前来作证,以支持自己的诉求。约

---

① Michael A. Telesca, Decision and Order, Final Approval of Settlement and Distribution of Settlement, *Akil Al-Jundi et al. v. Vincent Mancusi et al.*, United States District Court, Western District of New York, Buffalo, New York, 113 F. Supp. 2d 441 (2000), No. CIV-75-132, August 28, 2000, 7.
② 同上。
③ 同上。
④ 同上。
⑤ 同上。
⑥ 同上。

有 160 人站出来，并亲自到位于纽约罗切斯特的联邦法庭上作证。"①这些人绝大多数都是自费从全国各地赶来的，包括纽约、新泽西、南卡罗来纳、俄亥俄、宾夕法尼亚、佛罗里达和明尼苏达。泰莱斯卡不仅相信这些人告诉他的话，而且认为其中一些人实际上可能"避重就轻地谈了他们的伤情以及这些伤病对他们生活的影响"。②

最后，泰莱斯卡的货币补偿方案中最有价值的部分是他的"总结"，即附录，他将阿蒂卡的那些人所忍受的苦难全都列了进去。正如《纽约时报》所说，这份200页的和解协议犹如"一本令人痛心的百科全书"，记录了夺狱期间的种种惨象，这一近30年前发生的恐怖事件造成了数十人伤亡，"以及无数心理创伤"。③

比如，在第一类索赔中，泰莱斯卡不仅将大卫·布罗西格令人心碎的故事带到了公众眼前，而且也为其他许多受害者这么做了。2000年5月30日，一名男子痛苦地轻声详述了1971年9月13日他的悲惨遭遇，他"在D院时，头、背和双腿被打；从A院的台阶上走下去时也遭到殴打；在A院里因为爬得不够快而遭到殴打，跑过夹道鞭打的队列时头、背和双腿被打。他的腿上至今还留有爬过玻璃碴时留下的割伤"。④ 这人不仅没有得到医治，而且"他还作证说他害怕请求予以治疗，因为他看见一名狱医用棍棒殴打狱友"。⑤ 2000年时，他因为"严重的创伤后应激障碍、噩梦、不断回想起往事、无法保

---

① Michael A. Telesca, Decision and Order, Final Approval of Settlement and Distribution of Settlement, *Akil Al-Jundi et al. v. Vincent Mancusi et al.*, United States District Court, Western District of New York, Buffalo, New York, 113 F. Supp. 2d 441 (2000), No. CIV-75-132, August 28, 2000, 8.
② 同上，8。
③ David Chen, "Compensation Set on Attica Uprising," *New York Times*, August 29, 2000.
④ Telesca, Decision and Order, Final Approval of Settlement and Distribution of Settlement, Final Summaries. *Akil Al-Jundi et al. v. Vincent Mancusi et al.*, 113 F. Supp. 2d 441 (2000), No. CIV-75-132, August 28, 2000.
⑤ 同上。

住工作"而痛苦万分。①

泰莱斯卡不仅将每个来法庭的人的证词转成文字,而且还确保公众能随时查阅。从那天起,任何人都可以从中了解一些人,比如有个人"被指为'头儿',背上被狱警画了个'×'"。② 这人后来对法官讲述了当时发生的事,"他被逼脱光了衣服,和其他'头儿'一起靠墙站,那些人对他们说'别担心,黑鬼,很快就会过去'",然后他被打得很惨,背部造成了永久性创伤。③ 他们还可以了解到阿蒂卡因犯被一级和二级化学烧伤的事,以及州警直接朝他脸喷瓦斯而留下的持久的精神创伤。④ 另一个叛乱前一天才来到阿蒂卡的人,被玻璃割伤,又被踢下楼梯,挨了顿毒打,以至于"他被强行举起手臂时,他的右肩脱臼,右肩的几处肌肉与右上臂的韧带撕裂"。⑤

不过,第三类到第五类的人最惨。有个人双腿被大号铅弹打成了筛子,之后"在 A 通道,夹道鞭打的狱警还对着他的脑袋、胳膊、后背、肩膀一通暴揍"。⑥ 另一个人至今仍心有余悸,不仅因为他遭到了毒打,还因为目睹了最好的朋友被枪杀。30 年后,他告诉泰莱斯卡,"我仍能在每天早上看见[他的]脸……我没法正常生活,我失去了家庭,失去了朋友"。⑦ 还有一个人因其所受的虐待而永久残疾,至今只要一看见直升机或警察,就会出现头痛和闪回的症状。事实上,泰莱斯卡法官听得出每一名索赔者都"一直会闪回、做噩梦、避开人群,受着严重的创伤后应激障碍的折磨"。⑧

---

① Telesca, Decision and Order, Final Approval of Settlement and Distribution of Settlement, Final Summaries. *Akil Al-Jundi et al. v. Vincent Mancusi et al.*, 113 F. Supp. 2d 441 (2000), No. CIV-75-132, August 28, 2000.
② 同上。
③ 同上。
④ 同上。
⑤ 同上。
⑥ 同上。
⑦ 同上。
⑧ 同上。

不然还能怎么样呢？所有人都受到了折磨，而那些被当作领导的人不仅在穿过 A 院的路上受到了伤害，后来又在 Z 楼惨遭折磨。有个人在去 Z 楼的途中遭到殴打，随后"被迫爬上两边站着警卫的楼梯，他们拿着步枪、木板、警棍，痛打他的胸部、背部、双腿、胳膊、双脚和脑袋。当他总算爬到楼梯顶上时，肚子上又被狠狠地踹了一脚，从楼梯上摔了下去，然后他被迫再次穿过夹道鞭打的警卫，爬上楼梯。随后，他被关进一间牢房（没床垫也没水），当他打算小便时，尿出来的是鲜血"。① 泰莱斯卡提到，此人的肾脏受到了永久性损伤，在医院里住了 56 天，"并且做了 4 次手术才使膀胱恢复正常"。②

第五类的死亡索赔也同样令人心酸，因为在这些案子中，是由其依然健在的家庭成员来讲述他们的故事。2000 年 8 月 7 日，囚犯塞缪尔·麦尔维尔的儿子约翰·麦尔维尔来到了泰莱斯卡的法庭，"声情并茂地替父亲讲述了当时的情况"。③ 约翰·麦尔维尔向泰莱斯卡展示了"一系列物件，包括照片、一份法医的弹道报告、已故父亲的照片，以证明他父亲是被纽约州警蓄意杀害的"，他坚定地表示："他父亲为抗议不公挺身而出，并保护了人质，却成了暗杀的靶子"。④

在州警端着枪冲进阿蒂卡疯狂扫射的事发生近 30 年后，阿蒂卡的囚犯受害者能够讲述他们受到了纽约州政府多么残酷和毫无人性的对待，同样重要的是，人们相信他们的故事。他们不仅能够叙述他们遭受的折磨有多严重，有多刻骨铭心，而且还设法得到了一定程度的赔偿。他们得到的钱相对于他们受的伤与创伤而言，可以说少得可

---

① Telesca, Decision and Order, Final Approval of Settlement and Distribution of Settlement, Final Summaries. *Akil Al-Jundi et al. v. Vincent Mancusi et al.*, 113 F. Supp. 2d 441 (2000), No. CIV-75-132, August 28, 2000.
② 同上。
③ 同上。
④ 同上。

怜。但这些人讲给泰莱斯卡听的那些经历表明,钱并不能真正弥补这种程度的精神和肉体上的创伤。谈及自己在阿蒂卡被州警折磨的事,囚犯霍华德·帕特里奇意味深长地说:"我记得那些蓝眼睛。我从没在其他任何人的眼睛里看到如此多的仇恨。"[1] 即便他们已经和州政府达成了协议,但州政府仍然不愿承认在阿蒂卡这件事上做错了。因此,这些人并没有得到公正。甚至差得还远呢。但是,它却是这些人所得到的离正义最近的东西。[2]

---

[1] Telesca, Decision and Order, Final Approval of Settlement and Distribution of Settlement, Final Summaries. *Akil Al-Jundi et al. v. Vincent Mancusi et al.*, 113 F. Supp. 2d 441 (2000), No. CIV-75-132, August 28, 2000.
[2] 埃伦·雅克宁,与作者的交谈,2004年10月16日。

第十部　终极一战

狄安娜·奎恩·米勒

2000 年时，遇害的阿蒂卡狱警威廉·奎恩的女儿狄安娜·奎恩已经成了狄安娜·奎恩·米勒，两个小女孩的母亲，纽约巴塔维亚的居民。狄安娜不常提起阿蒂卡，但在她父亲去世几十年后，这件事仍然在很大程度上影响着她。1971 年时，年仅 5 岁的狄安娜·奎恩就被告知监狱是关坏人的地方。她 3 岁半时，父亲在附近的阿蒂卡当了一名狱警。他之所以干这份工作，是因为比他做社工的收入高。因为听说阿蒂卡监狱里的人都很危险，所以狄安娜很想知道父亲去那儿上班会不会害怕。她看得出每当监狱的警报声响起，母亲是多么紧张，每当父亲下班回家在门口停好车子，她是多么如释重负。

1971 年 9 月 9 日之后，狄安娜的父亲再也没有回家，她的生活从此变了。2000 年 1 月，当传出新闻说阿蒂卡囚犯刚与州政府达成和解，获得了总额数百万元的赔偿时，狄安娜怒不可遏。她知道这些囚犯中的许多人在夺狱期间和之后遭到了毒打，但是，在她看来，骚乱是这些人挑起的，他们是罪有应得。他们制造的混乱，导致她父亲被杀。她窝了一肚子火，想知道为什么这些囚犯在阿蒂卡受的苦就可以得到赔偿，而那些人质或遇害人质的家属却没从州政府那儿得到过哪怕一句道歉。狄安娜·奎恩·米勒决定纠正这一点。

53. 愤怒的家属

2000 年 1 月 4 日，前阿蒂卡囚犯们最终获得了赔偿，他们欣喜若狂。然而，全国各地的其他许多人却想不通纽约州政府为什么会同意付这笔钱。[1]听到达成和解，或许没人会比那些在进攻中幸免于难的阿蒂卡前人质，以及夺狱期间遇害的人质的家属更震惊了。他们仍然没能从州政府那儿得到任何东西，没有钱，也没人道歉，什么都没有，过去 30 年里完全被忽略了，这一事实几乎让人无法接受。尽管前阿蒂卡观察员、依然著名的《纽约时报》专栏作家汤姆·威克对"经过 29 年的欺骗、掩盖与不公"囚犯的声音终于被世人听见感到兴奋不已，但他也概括了幸存的人质和人质家属听闻囚犯的和解协议后的沮丧。他在一篇文章中写道："但是，那些在事发当天被州警杀害的人质的遗孀和家属怎么办呢？迄今为止，纽约州政府没有采取任何措施来补偿这些被遗忘的受害者，那一天可谓是北美殖民地战争以来美国历史上最血腥的一天。"[2]

几十年来，阿蒂卡幸存下来的警卫和寡妇都在默默地承受着痛苦，几乎绝口不提阿蒂卡，希望能让痛苦尽快过去。但达成和解的新闻就像是在揭开一条长长的、一直在溃烂的伤口。"许多狱警和州警都对 800 万元的和解赔偿心烦意乱，说骚乱是囚犯们挑起的，怎么能让他们再获得经济赔偿呢"，这一点也不奇怪。[3]但前人质也持同样的观点。尽管他们中的许多人与幸存的囚犯亲如兄弟，至少在夺狱后那段时间是这样,但这种情感早已烟消云散。"我认为他们不应该得到任何东西,"这话是退休狱警盖瑞·沃克对《布法罗新闻》说的,他是当时的 31 名人质之一,"这不公平。他们受的苦比我们受的少多了……这等于是打我们的脸。"④ 唐纳德·沃纳的兄弟和叔叔都在夺狱期间死于州警的枪下,他的看法和沃克一样。当他听说囚犯获得赔偿时,非常震惊,而且比过去几年更加愤怒。"我这个人非常记仇。"他对记者坦言。⑤ "我永远忘不了这事……[我]从 1971 年起就没睡过一个好觉。"⑥

许多前人质和幸存人质的家属是从巴塔维亚的 WBTA 广播电台第一次得知了囚犯和解协议的,电台离阿蒂卡也就 12 英里,监狱的许多雇员如今都住在这儿。消息一传出,WBTA 广播电台的名人约翰·卡伯里就播报了这则新闻。那是星期六的早上,他正准备在 90 分钟的节目里用大部分时间讲讲马丁·路德·金,因为纪念金的日子马上就要到了。但他刚刚读到这份协议的细节时,他的制作人黛比·霍顿就接到一个男人的电话,她怀疑此人是阿蒂卡的幸存人质。这人很不安。他想让她知道他和他的同事"被纽约州政府害惨了"。⑦

---

① David W. Chen, "NY Agrees to Settle Lawsuit over Attica Prison Riot in '71 — $8 Million Awarded to 1,281 Inmates, Who Must Approve Deal," *Dallas Morning News*, January 5, 2000; "Attica Inmates Receive Money from Settlement," *San Diego Union-Tribune*, December 3, 2000; "Attica Riot Settlement on Way to Inmates," *St. Petersburg Times*, December 3, 2000.

② Tom Wicker, "Public Needs to Know How State Has Treated Widows, Survivors of 1971 Attica Riot," *The Daily News* (Batavia, New York), August 29, 2000.

③ Dan Herbeck and Michael Beebe, "An American Tragedy Defying Closure — A Judge's Allocation of $8 Million Among 502 Former Inmates Abused — After the 1971 Attica Prison Riot Underscored the Difficulty of Putting 'A Dollar Value on Human Suffering,'" *Buffalo News*, August 29, 2000.

④ Herbeck and Beebe, "An American Tragedy Defying Closure."

⑤ Jim Memmott, "Attica's Pain Still Lingers for Many," *Democrat and Chronicle* (Rochester, New York), January 9, 2000.

⑥ 同上。

⑦ Gary Craig, "Lawyer Fought Long, Hard for Attica Hostages, Kin," *Democrat and Chronicle* (Rochester, New York), September 13, 2005.

夺狱周年,两个女孩在阿蒂卡员工的纪念地祭拜(作者供图,日期不详)

挂断电话后,黛比·霍顿想了想,又给他打了过去,问他可否考虑在电台节目中讨论这件事。① 然后,霍顿做出了一个改变历史的决定。她准备用一整个直播节目来讨论囚犯和解这个新闻。节目现场设在阿蒂卡镇中心的"标牌咖啡馆",这是因为她希望多来点幸存的监狱雇员及其家人,聊聊他们的反应,讲讲他们的故事。②

囚犯的和解协议宣布5天后,广播节目便播出了。黛比很紧张,不知道是否会有足够多的人来参加,撑起这期节目。然而,令她吃惊

---

① Gary Craig, "Lawyer Fought Long, Hard for Attica Hostages, Kin," *Democrat and Chronicle* (Rochester, New York), September 13, 2005.
② 同上。

的是，近200人挤进了咖啡馆，而且"每个人都想谈谈"。① 计划录制一小时的节目，结果录了两小时。② 她的丈夫、当地的公设辩护律师盖瑞·霍顿那天也来了，他听到的故事让他很不安。不管他和其他许多美国人是怎么想的，阿蒂卡人质的遗孀只能独自过活，尽其所能生存下去，她们都因此承受了巨大的痛苦。创伤后的压力显然困扰着许多幸存下来的人质，而他们的家人这几十年也和他们一样承受着痛苦。尽管这看起来似乎很了不起，但这是他们第一次将自己的故事公之于众，也是第一次彼此分享。③ 约翰·卡伯里对周围的人们吐露的故事感到震惊。他对一名作家同行说："作为记者，这是一个难得的机会，你突然发现有些事情需要放到光天化日之下……然后，它会自己插上翅膀。"④

标牌咖啡馆那天发生的事，改变了许多人的生活。当被害的狱警威廉·奎恩的次女克里斯汀·奎恩·施拉德听说囚犯获得了赔偿时，她"简直怒不可遏，觉得被我们的司法系统背叛了"，于是决定去咖啡馆出出气。但一到那里，她便被另一种不同的情感淹没了。⑤ "我这辈子第一次遇到了其他一些经历过同样苦难的家庭。我们就像个互助小组，只是晚到了30年。当市长、人质、州警和家属讲话时，我忍不住哭了起来。"⑥ 克里斯汀的母亲南希和她的妹妹狄安娜·奎恩·米勒也出席了，虽然不太情愿。狄安娜也对囚犯从州政府那里拿到钱一事暴跳如雷，坦白地说，她气疯了，不确定自己还想不想听到更多的消息。最后，她决定去咖啡馆一趟只因为，到了那里，可能会了解更多东西，这样就可以"提起上诉，要求［囚犯们］在夺走

---

① Gary Craig, "Lawyer Fought Long, Hard for Attica Hostages, Kin," *Democrat and Chronicle* (Rochester, New York), September 13, 2005.
② 同上。
③ 同上。
④ 同上。
⑤ Christine Schrader Quinn, Testimony, *Attica Task Force Hearing*, July 30, 2002, 172.
⑥ 同上。

我们父亲的生命后，把钱还给我们"。①

狄安娜没想到会有这么多人出席，她母亲看到了她已有近 30 年没见的人。她甚至很难认出幸存者的家人。南希·奎恩认出了被害的狱警爱德华·坎宁汉的家人和其他一些人的家人，这一切令她百感交集。几十年来，她所在小镇上的阿蒂卡幸存者从来不提他们遭受的痛苦，现在他们都聚在了同一间屋子里。突然，狄安娜听见大家低声议论说阿蒂卡的前人质迈克尔·史密斯也在这儿，夺狱期间，他的腹部被子弹穿透，伤得极重。她不知道迈克尔·史密斯是谁，但咖啡馆里大家都在说他，语气显得不友好。后来，狄安娜才得知迈克尔·史密斯在其他幸存的人质中并不受欢迎，因为他们觉得他过去在监狱上班时对囚犯们太客气了，最近，他还公开发表声明，支持他们从州政府那儿得到赔偿。他不受待见，还因为有传言说，前几年的某个时候，他也曾试图就自己所受的枪伤起诉州政府。州政府让本地区的人有饭吃，他却跟州政府做对，所以许多人觉得他不是东西。当狄安娜概括那天早上弥漫在她周围的关于史密斯的恶劣传言时，她回忆说："他不是听话的人。他们恨他坏了规矩，自行其是。他还直言不讳地说州政府已经枪杀了他。他正变得越来越不像阿蒂卡那个老好人。"②

聚集在标牌咖啡馆的绝大多数人对骚乱发生后 D 院的真实情况知之甚少，于是他们不加批判地接受了州政府关于夺狱行动和事后重置的说法。狄安娜·奎恩·米勒就是其中之一。后来，她若有所思地说："我对阿蒂卡一无所知。"③ 所以，当迈克尔·史密斯最终站起来讲话时——人群里许多人在冲他翻白眼、叹气——她发现自己脑子里思绪万千，意识到一切并不像她想的那样。④

迈克尔·史密斯告诉大家，早在 1971 年，阿蒂卡就需要改革，

---

① 狄安娜·奎恩·米勒，与作者的交谈，2004 年 8 月 11 日。
② 同上。
③ 同上。
④ 同上。

幸存的人质迈克尔·史密斯
(*Courtesy of the Democrat and Chronicle*)

而州政府对囚犯和自己的雇员根本不管不顾,这才火力全开。史密斯说,州政府早已知道人会死,然后又对幸存的雇员以及被州警枪杀的那些人的遗孀和孩子弃之不顾。狄安娜·奎恩·米勒听着迈克尔·史密斯重述夺狱那天的噩梦以及中枪之后他受的煎熬,潸然泪下。她猛然发现囚犯和狱警都是州政府的牺牲品,而非彼此的敌人。

当迈克尔·史密斯谈到不要妒忌囚犯奋起反抗州政府,而是应该和他们站在一起,以便所有人都能得到应得的赔偿时,狄安娜·奎恩·米勒发现自己业已形成的对阿蒂卡起义及其后果的看法正在瓦解。她也开始明白为什么迈克尔"会成为院子里的活靶子"。① 她说:"迈克尔是个真正的人道主义者,[这就是为什么]他会遭人恨。"②

---

① 狄安娜·奎恩·米勒,与作者的交谈,2004年8月11日。
② 同上。

节目结束时，狄安娜知道她得去认识一下迈克尔·史密斯。她走到他面前，做了自我介绍，马上就和他聊得很投机。回忆至此，她说："我们抱在一起，哭了。"①

当狄安娜·奎恩·米勒开车回家时，节目现场听到的一切都在她脑海里回荡。她现在不再怨恨囚犯，也不再觉得他们不应拿到钱。②可如今，作为其他幸存者的代表，她的怒火甚至比之前更为炽烈。狄安娜的母亲南希不得不照顾她们姊妹俩，还有她埋葬丈夫后不久产下的孩子，口袋里连个字儿都没有。囚犯获得赔偿可能是"公正的"，但对狄安娜·奎恩·米勒而言，她母亲甚至没有从州政府那里得到象征性的赔款，这太不公正了。正如她所说："我仍然没有父亲，那些被杀囚犯的家人也一样。"③

关于囚犯有权达成协议一事，尽管并非每个人质或人质家属都能像狄安娜·奎恩·米勒和迈克尔·史密斯那样宽宏大量，但所有人都同意州政府对他们简直糟糕透顶，现在是时候团结起来了。被杀狱警爱德华·坎宁汉的儿子气得冒烟，因为州政府虽然承诺会照顾他母亲，最后却不闻不问。"拉塞尔·奥斯瓦尔德（当时的惩教署专员）直接来到我们家，"小坎宁汉对记者说，"我记得他搂着我母亲的肩，说：'海伦，我们会照顾你的。'但他们从没说到做到。"④

WBTA广播电台的节目播出几个月后，幸存的人质、人质遗孀以及人质家属决定成立一个新的名为"被遗忘的阿蒂卡受害者"（FVOA）的官方组织，当地公设辩护律师、电台制作人黛比·霍顿的丈夫盖瑞·霍顿将无偿为其提供法律服务。⑤

第一次会议是由前阿蒂卡人质 G. B. 史密斯召集的，在美国军团

---

① 狄安娜·奎恩·米勒，与作者的交谈，2004年8月11日。
② Herbeck and Beebe, "An American Tragedy Defying Closure."
③ 同上。
④ Jim Memmott, "The Attica Aftermath," *Democrat and Chronicle*, September 26, 2000.
⑤ Wicker, "Public Needs to Know How State Has Treated Widows, Survivors of 1971 Attica Riot."

大厅①召开。值得注意的是,迈克尔·史密斯没被邀请。② 当盖瑞·霍顿出现在这次会议上时,他其实并不清楚接下来该怎么走。霍顿在巴塔维亚长大,尽管他父亲当过州警,但他的家庭与地区监狱系统没什么关系。阿蒂卡爆发冲突的那一年,他从霍巴特学院毕业。选择当一名公设辩护律师的时候,他确实对阿蒂卡有一点了解,而这只是因为他在尽力阻止他的委托人被送进那里。③ 霍顿坚信,幸存人质理应得到州政府的公平对待,但那天早上,他实在不想去听他们对囚犯的恶毒攻击。④ 然而,霍顿发现随着时间的推移,巴塔维亚和阿蒂卡的许多幸存人质开始打消自己对囚犯的敌意,这让他颇为振奋。有些人,如唐纳德·阿尔米特、G. B. 史密斯和迪恩·莱特就完全没法接受囚犯也能得到钱这个事实。正如莱特对一名记者所说:"任何一个被劫持了一天或一小时的人质,理应得到至少是弗兰克·史密斯[黑大个]所得到的赔偿。"⑤ 而其他人,像卡尔·瓦隆的遗孀安则想通了,走出了愤怒。安说:"开始你会对狱友很生气。然后你会发现他们比那些当官的有人性……我们的伤口永远无法愈合。"⑥ 随着FVOA 的发展,成员达到 50 至 70 人,其中 20 至 40 人每周一晚上都会开会,学会了通过协商一致做出决定。狄安娜·奎恩·米勒对一名记者解释道:"这些人都是幸存者……我们每个人都有自己的信仰。[有的]人[说]:'州警没错。他们进去了。做了他们的本职工作。

---

① 作为主张美国主义的公民组织,美国军团(American Legion)发源于海外。1918年之后,大量美军驻留在法国等待回国,待命的军人因为娱乐而违反军纪的情况日渐增多,引起上层忧虑,包括中校小西奥多·罗斯福在内的 20 名军官就军纪涣散问题在巴黎召开会议,会后他提出建立一个退伍军人组织的构想。1919 年 3 月 15 日,驻扎在巴黎附近的数百名美军举行会议,同意成立该组织,并定名为"美国军团"。——译者
② 狄安娜·奎恩·米勒,与作者的交谈,2004 年 8 月 11 日。
③ 盖瑞·霍顿,与作者的交谈,纽约,巴塔维亚,2004 年 8 月 12 日。
④ 同上。
⑤ Jennifer Gonnerman, "Remembering Attica," *Village Voice*, September 5–11, 2001.
⑥ Clyde Haberman, "No Solace for Widow of Attica," *New York Times*, February 22, 2000.

他们没想把人都杀了。'也有人说：'州警都是混蛋。他们想把人都杀了。他们才不管别人是死是活。'……但是，你知道，我们尊重每个人的意见。"① 那天晚上结束时，她说该组织最想做到的是"让我们得到承认……让真相广为人知"。②

FVOA 最具挑战性的任务是搞清楚如何让幸存的雇员从州政府那儿得到赔偿。一些成员坚持认为，必须首先找到办法来阻止囚犯得到钱。但绝大多数成员只想将所有精力都放在为自己争取公平上。③ 朝这个方向迈出的关键一步是教育公众，让他们了解夺狱之后幸存人质身上发生的事，或者，正如被害人质埃尔默·哈迪的女儿所说，让公众"知道他们本应得到什么，但是并没有"。④ 为此，2000 年 9 月 26 日，FVOA 在附近的杰纳西社区学院赞助了"一个关于暴乱后果的论坛"。

靠他们自己发起一场成功的公关运动不是什么难事。弄清如何向州政府施压，要求政府也给他们损害赔偿，却要困难得多。辩论这个问题往往会在组织内部弄得剑拔弩张。当迈克尔·泰莱斯卡法官在罗切斯特的法庭上听取囚犯们惨遭折磨的故事，以决定如何分配赔偿款时，FVOA 开始讨论这个问题。迈克尔·史密斯和被害人质卡尔·瓦隆的全家试图向整个 FVOA 组织指出泰莱斯卡的囚犯听证会对该组织来说是一个极好的机会。FVOA 可以公开支持囚犯，并在此过程中，通过公关手段向州政府狠狠施压，要求其也对他们拿出解决方案。迈克尔·史密斯还去泰莱斯卡的办公室为囚犯作了证，卡尔·瓦隆的孩子杰米·瓦隆和安·瓦隆也经常出现在法官的办公室里，以示对囚犯的声援。已成为罗切斯特的州北大区法律项目高级律师的埃伦·雅克宁参见了一个为囚犯举办的活动，在那里巧遇了来自 FVOA 的三人

---

① Gonnerman, "Remembering Attica."
② 同上。
③ 盖瑞·霍顿，与作者的交谈，纽约，巴塔维亚，2004 年 8 月 12 日。
④ Memmott, "The Attica Aftermath."

组，并试图说服他们加入进来。①

然而，由于FVOA已经决定所有决策都通过协商一致的方式做出，所以该组织显然不会与囚犯密切合作。尽管迈克尔·史密斯和瓦隆一家会继续支持前阿蒂卡囚犯，尽管狄安娜·奎恩·米勒最终会和"黑大个"弗兰克·史密斯建立深厚的友谊——甚至亲自会见理查德·克拉克及其他将她父亲从"时代广场"带往安全地带的人——但FVOA仍然决定单干。正如盖瑞·霍顿所说，他们决定"筹集资金，租一辆巴士，去奥尔巴尼的各大机构走走，以引起公众的关注……我们举行了几场小型记者招待会。我们走访了一家又一家机构"。② 为了充分利用前往该州首府的此次行程，霍顿要求纽约州辩护人协会负责人乔纳森·E.格拉蒂斯对FVOA给予协助。他认识奥尔巴尼的所有大人物。③

---

① 埃伦·雅克宁，与作者的交谈，2004年10月16日。
② 盖瑞·霍顿，与作者的交谈，纽约，巴塔维亚，2004年8月12日。
③ 同上。

54. 被操纵与智取

到 2000 年，阿蒂卡幸存的人质及人质家属已别无选择，只能诉诸公众，这本身就是他们在 1971 年受到州政府官员如此恶劣对待的结果。夺狱之后，他们也希望通过法律系统获得正义，而且，和囚犯一样，他们也对纽约州提出了个人索赔。然而，州政府官员在幕后通过州保险基金上下其手，以确保这些官司没有着落。

作为一名州雇员，阿蒂卡夺狱行动的任何幸存者、遇袭身亡者的遗孀或家眷，都可能有权得到州或联邦的赔偿金。照 1971 年州政府代表的说法，"如果雇员死于工作期间但非因工伤事故所致，则州政府可通过公务员退休基金给予 3 倍年薪的福利"。[1]此外，还为遇害人质的家属提供社会保障死亡抚恤金，为在袭击中幸存下来的人提供各种伤残补助，包括工伤补偿金。[2]阿蒂卡的受害者甚至能够"在被扣押的整个时间段"要求加班费等福利。[3]但是，虽然其中一些人确实获得了微薄的社保金，大多数人对他们的雇主——纽约州政府可能欠他们的钱并没有清楚的认识。

就在夺回监狱后，被害人质落葬、伤者正在康复时，所有的幸存人质或家属都知道的是奥斯瓦尔德承诺过会照顾他们。专员也确实探望了一些受伤的狱警，向他们保证他们可以休长达 6 个月的假，工资照发。他对狱警的遗孀也是这么说的，说州政府肯定会照顾他们。[4]果然，没多久，州政府签发的支票就开始寄到幸存人质和人质遗孀的住所。

尤金·史密斯就是幸存的人质之一,当他收到第一张95元的支票时,甭提有多高兴了,因为当时他情绪仍然低落,没法回监狱上班。⑤ 狄安娜·奎恩·米勒的母亲开始每两周收到112元的支票时,也同样心怀感激。⑥ 另一个家庭人口比奎恩家要多的阿蒂卡遗孀开始每月收到230元的支票,她也松了一口气。⑦ 所有这些幸存者收到的支票,表面上看是为让他们用来购买食品杂货、付账单,和他们每月从监狱领来兑现金的支票没什么两样。但实情并非如此。⑧ 尽管奥斯瓦尔德暗示前人质正在"休一段经过允准的假期",遗孀们被告知给她们的这些钱只是为了减轻她们在非常时期的负担,可事实上所有这些幸存者收到的钱都是从工伤赔偿金支付的。⑨ 这将对他们的未来产生巨大的影响。

从工人赔偿委员会收到赔偿金本身并不奇怪。当可怕的工伤事故发生后,该委员会的调查员就会尽快查实此事,以"获取所需事实"填写 C-62 表格。⑩ 然后,会举行听证会,以确定赔偿事宜,届时受伤的工人或遗孀将出席。但阿蒂卡幸存者从未经过这些标准程序。有

---

① "Statement of Abe Levine: Director of the State Office of Employee Relations," Press Release, State of New York Executive Chamber, September 24, 1971, Investigation and interview files, 1971-1972, New York (State), Special Commission on Attica, 15855-90, Box 93, New York State Archives, Albany, New York.
② 同上。
③ "39 Ex-Attica Hostages Seeking Special Benefits," *New York Times*, October 31, 1971.
④ David Staba, "Survivors, Families Cope with Attica Riot After Three Decades," *Niagara Falls Reporter*, May 14, 2002.
⑤ Richard Fabian, Testimony, *Ardith Monteleone v. New York State Attica Correctional Facility*, Supreme Court of New York, Appellate Division, Third Department, 141 A. D. 2d 938 (N. Y. App. Div. 1988), January 22, 1986, 3023.
⑥ Jennifer Gonnerman, "Remembering Attica," *Village Voice*, September 5-11, 2001.
⑦ Staba, "Survivors, Families Cope with Attica Riot After Three Decades."
⑧ 同上。
⑨ 同上。
⑩ Richard Fabian, Testimony, *Ardith Monteleone v. New York State Attica Correctional Facility*, 141 A. D. 2d 938 (N. Y. App. Div. 1988), January 22, 1986, 3066.

些幸存者得到奥斯瓦尔德个人的保证会受到照顾后,"州保险基金的代表罗伯特·奈特和伦纳德·曼"也在"尽一切可能加快支付"。① 因此,在没有正式申请工伤赔偿的情况下,支票在夺回监狱后不久就签发了。收款人并不知道,在阿蒂卡的幸存者或遗孀一旦签了名、兑现了支票,依据纽约州法律,他们已然"选择了补救办法",也就是说他们就不能再起诉州政府要求赔偿了。

而这正是阿蒂卡幸存者想做的。尽管他们对收到小额支票心怀感激,但幸存的人质和健在的家属没法靠这点钱过活,因此他们有意在索赔法院向州政府提起损害赔偿诉讼。最终,共提交了28件个人索赔,每件都以州在夺狱期间过度使用武力以致造成伤亡以及州政府未能保护自己正在工作的雇员为由,要求赔偿。② 这些原告都不知道其他人在做什么。每个人都在孤军奋战,只想为各自的家庭寻求帮助。布法罗的两名律师威廉·坎宁汉和尤金·坦尼决定帮助这些人,开始了长达十年的努力,想将这些案子提交法庭审理。坎宁汉手头的案子总共索赔"超过1 500万元",尤金·坦尼也为他的案件中的22名人质原告提出了实质性赔偿。③

然而,很明显,州政府官员知道他们可能会被起诉,所以争先恐后地通过尽快将支票寄给幸存者和遗孀们来保护自己。许多年后,州保险基金的工作人员莫里斯·雅各布公开表示,该州的调查员很清楚阿蒂卡员工可以起诉,而且还推测有多少人会得到赔偿,多少人会起诉。④ 雅各布指出,如果有人怀疑州政府试图提高自己的胜算,那他只需审视一下程序,这种程序在其他所有案件中是遵循的。似乎有人已然代表幸存者和遗孀填写了C-62表格,然后赶在任何听证会之前

---

① "Fact Sheet #2 from Attica," September 16, 1971, Lieutenant H. Steinbaugh Papers.
② Dennis Cunningham, Michael Deutsch, and Elizabeth Fink, "Remembering Attica Forty Years Later," *Prison Legal News* (September 2011).
③ "Attica Hostages Pressing Law Suits," *New York Times*, January 20, 1976.
④ Morris Jacobs, Deposition, January 26, 2001, 26, taken by Gary Horton for FVOA, 作者握有这份材料。

提交并使其获得批准,这当然不合规矩。① 更重要的是,无论谁代表遗孀提交了 C-62 表格、在听证会之前批准付款,都是没得到官方授权的。②

即便居住在纽约州北部的几十名阿蒂卡幸存者和遗孀尽责地提交了起诉该州的必要文件,但最终,显然他们得拼尽全力让他们有权把诉讼继续下去。重担落到了他们律师的身上,他们要证明选择性补救措施不适用于此。③ 1981 年 7 月 6 日,纽约最高法院上诉庭(第三部门)公布了一项裁决,对所有幸存人质和遗孀来说可谓五雷轰顶。在沃纳诉纽约州一案中,法庭裁定,人质与遗孀已在起义期间及之后接受了工伤赔偿支票,故不得向州寻求额外的经济赔偿。④ 实际上,这意味着尽管自 1971 年以来有 13 名法官参与了人质案件,但突然间,除了一个案子,其余所有的都败局已定。⑤

夺回阿蒂卡后的数周里,被害人质赫伯特·琼斯的遗孀琳达·琼斯碰巧向她的一个朋友提及她收到一张来自州政府的支票。碰巧,那位朋友为威廉·坎宁汉律师工作。由于知道琳达·琼斯对财务一窍不通,更别说如何同州政府打交道了,所有这位朋友建议她去坎宁汉的办公室一趟,看看在将支票兑现之前有什么是她需要知道的。

1971 年 10 月 21 日,琼斯给坎宁汉看了那张 21 元的支票,解释说官员告诉她,这笔钱的名目是"州政府认为欠了她死去的丈夫在阿蒂卡监狱被囚犯挟持期间的四顿饭钱"。⑥ 坎宁汉觉得这事很蹊跷,

---

① Morris Jacobs, Deposition, January 26, 2001, 35.
② 同上。
③ 威廉·坎宁汉,与作者的电话交谈,2004 年 10 月 18 日。
④ *Werner v. State of New York*, Court of Appeals of the State of New York, 53 N. Y. 2d 346 (1981), argued June 1, 1981, decided July 6, 1981.
⑤ Cunningham, Deutsch, and Fink, "Remembering Attica Forty Years Later."
⑥ Tom Wicker, "Justice for One: A Widow's Attica Lawsuit," *New York Times*, March 22, 1985.

照他后来所说的"直觉",坎宁汉建议琳达不要去兑现支票。① 他提议,她应该起诉纽约州。如果他们能够证明州"在夺回监狱时过度使用了武力",她可能会赢得一大笔钱。② 为了胜诉,她必须证明她丈夫的死乃是由"雇主自行决定的故意侵权行为"造成的。③

尽管威廉·坎宁汉律师觉得他的委托人有确凿的法律依据,但琼斯的案件还是在 1972 年 12 月 31 日被驳回,就在州政府对几十名囚犯进行起诉的同时。④ 一名法官最初在州一级裁定她可以起诉,但州政府提出上诉,裁定就反转了。自 1971 年起,州的民事法庭和刑事法庭的律师一直在耗费大量精力确保囚犯受害者及人质受害者发出的声音不被人听到。然而,和囚犯一样,琳达·琼斯没有被吓倒。她的律师对上诉法院的裁决提出上诉,第二年 12 月,情势又一次逆转了,她的起诉权再次得到确认。⑤

事实上,上诉法院的裁决说,"阿蒂卡的所有幸存者以及袭击中的伤者现在都可以起诉",而且,更重要的是,它预计"许多人会这么做,而且还可能会将洛克菲勒先生本人牵扯进来"。⑥ 因此,威廉·坎宁汉和尤金·坦尼便处理起了他们手上的所有幸存的人质及遗孀的案件。就像囚犯的许多民事诉讼一样,所有这些案件都得等到阿蒂卡的刑事案件得到解决后才能审理,但坎宁汉和坦尼很好地利用了那段时间。

对威廉·坎宁汉而言,1973 至 1976 年间确实很忙。他决心尽可能多地听取州政府高层官员的证词,并认为其中最重要的证词之一就是纳尔逊·洛克菲勒本人的。

---

① Tom Wicker, "Justice for One: A Widow's Attica Lawsuit," New York Times, March 22, 1985.
② 同上。
③ Cunningham, Deutsch, and Fink, "Remembering Attica Forty Years Later."
④ "Court Bars Claim for Attica Victim," New York Times, December 31, 1972.
⑤ Cunningham, Deutsch, and Fink, "Remembering Attica Forty Years Later."
⑥ Tom Wicker, "Attica Reopened," New York Times, January 4, 1974.

不过，令坎宁汉感到沮丧的是，1977年4月22日，已当上副总统的纳尔逊·洛克菲勒回答问题时并没有特别知无不言。他很有预见性地回答了是否过度使用武力的问题，并明确表示"绝对没有"。然而，洛克菲勒无意中却帮了坎宁汉案子的忙。①

尽管这位前州长将夺回监狱的全部责任都推给了专员拉塞尔·奥斯瓦尔德，但他确实承认，是他坚持要用州警来夺取监狱的。关于这个问题，他说："我规定了该做什么，使他们能执行我的命令。"② 这话很重要，因为这意味着无论州警在阿蒂卡做了什么，都得到了州长本人的批准。更重要的是，洛克菲勒也在录音中承认，州政府官员，包括他办公室里的那些人、州警以及阿蒂卡调查组的负责人，事实上在阿蒂卡事件发生后马上就碰了面，针对监狱发生的所有事情编了一个有鼻子有眼的版本。他还透露，某处藏有另一个版本，那个才是事情的真实面目。起先，当坎宁汉问他这个问题的时候，洛克菲勒说他"没有写过任何关于9月9日至13日的阿蒂卡起义及以后情况的文章、笔记或备忘录"，并坚称就连给坎宁汉的这唯一一个版本的说法也是口头的。③ 不过，这位前州长最终承认，他"任命了一个两人委员会来编写一份书面报告……一个人是哈瑞·奥尔布赖特，另一个人是艾略特"。④ 洛克菲勒看过并审阅了这份报告。⑤

所以，当州长休·凯瑞一结束对阿蒂卡的调查及所有与起义有关的刑事审判后，坎宁汉便对委托人获得赔偿一事有了很大的信心。1977年10月，琳达·琼斯的诉讼交到了罗切斯特的罗伯特·奎格利法官手里，坎宁汉热切地期待着案子的推进。然而，审判几乎从一开

---

① Nelson Rockefeller, Deposition, *Lynda Jones v. State of New York et al.* (Claim No. 54555) and *Elizabeth M. Hardie v. State of New York et al.* (Claim No. 54684), State of New York Court of Claims, April 22, 1977, 40.
② 同上。
③ 同上，46。
④ 同上，48。
⑤ 同上，49。

始就被搁置了,因为纽约州警的律师决定不惜一切代价阻止坎宁汉使用在夺狱之后立即采集的许多州警的陈述。尽管坎宁汉据理力争,说这些陈述对他证明过度使用武力一事至关重要,但州政府搬来了大人物,总检察长罗伯特·艾布拉姆斯和助理检察长约翰·R.斯图尔特,阻止他们使用这类文件。

这是个生死存亡的关头。坎宁汉之所以第一时间就拿到了数百份狱警和州警的证词,并知道这些证词会对他的案子有所帮助,唯一的原因是州政府的律师在本案中过分依赖法官。① 简而言之,坎宁汉已经去找奎格利法官,要求法庭签发携带证件出庭作证的传票,允许他向检察长索要任何可能与本案有关的阿蒂卡文件,就像 10 年后伊丽莎白·芬克所做的那样。不出所料,州政府故意拖延,暗示它真的没有什么要紧的可共享。然而,奎格利法官对辩方越来越失望,坎宁汉了解到这一点后便去见他,告诉他这些文件就在世贸中心一号楼。法官也想在发布新命令之前亲自去看看那儿究竟有些什么。于是,两人便去了世贸中心,花了 48 个小时翻文件柜。他们找到宝了。在州警希望总检察长能解决此事的那些柜子里,他们把几百张违停罚单放到一旁之后,找到了那些陈述。坎宁汉回忆道,一看到这些文件,"我就知道赢定了"。②

有了这些陈述,坎宁汉还面临一个挑战,那就是如何"把它们记录在案"。③ 真的没办法把它们一次一个地列入证据,所以他做了个大胆的决定,就是一次性将它们全输进去。这是个激动人心的时刻,州政府的律师立马跳起来,千方百计阻止这一步。④ 坎宁汉担心会发生这种情况,便在前一晚让秘书帮他将这些陈述拿到了罗切斯特的一家复印店。一到那里,他们就要求店家关门,复印完这堆东西之后,他给了他们开了一张支票。他已经告诉法官他会把这些声明带到

---

① 威廉·坎宁汉,与作者的电话交谈,2004 年 10 月 18 日。
② 同上。
③ 同上。
④ 同上。

庭上，然后他就这么做了，但他怀疑这将是他最后一次见到它们，所以在布法罗的办公室里留了副本。① 州政府的律师设法再次中止了庭审，因为高一级的法院现在得对这些陈述是否可以采纳做出裁决。这些陈述确实从原告的证据中被移除了，但坎宁汉有充足的时间在办公室研读副本。这反过来让他形成了一个清晰的审判策略。"我所要做的就是传唤那些开过枪的州警士兵。"他心想。即便他们在刑事审判中获得了豁免权，但其豁免权在民事审判中不成立。②

当琼斯案终于在1978年11月重新开庭时，州政府遭到了迎头痛击——坎宁汉用上了"警卫和州警在骚乱后不久所做的'任务报告'"。③ 但是，即便这些陈述交代了具体士兵在具体地点从事的具体活动，但这些士兵仍然可以援引他们的第五修正案的权利——对陈述中所说的任何内容都不予证实。州警士兵一个接一个地拒绝作证，坎宁汉的耐心在一点点耗尽。他们根本不回答任何问题，就连他们是否去阿蒂卡出过任务这种基本问题也不回答。这让坎宁汉特别沮丧，因为和马尔科姆·贝尔一样，他从这些陈述中清楚地知道谁在过度使用武力。因此，他谨慎地挑选着证人，如格利高里·威尔德里奇等州警、约翰·威尔加米尼等狱警以及乔治·英凡特中校等高级州警。他甚至还设法将纽约州老资格的总检察长路易斯·莱夫科维茨送上了证人席。然而，他们每个人都拒绝回答他的问题。

坎宁汉对他们的拒不合作大为恼怒，奎格利法官更是气得冒烟，令所有人大吃一惊的是，法官祭出藐视法庭罪扇了这些人一耳光——20名证人受到指控，其中18人被判入狱。④ 绝大多数人被拧藐视法

---

① 威廉·坎宁汉，与作者的电话交谈，2004年10月18日。
② 同上。
③ Tom Goldstein, "Echoes of the 1971 Attica Uprising Haunt Courtroom in Damages Suit," *New York Times*, November 24, 1978.
④ *Lynda Jones v. State of New York et al.* (Claim No. 54555) and *Elizabeth M. Hardie v. State of New York et al.* (Claim No. 54684), Hearing transcript, Vol. XIV, State of New York Court of Claims, October 20, 1978, William Cunningham Papers; John Pauley, "Troopers in Attica Retaking to Be Named Today," *Buffalo Courier-Express*, November 2, 1978.

庭是因为拒绝回答问题,但莱夫科维茨是因为"拒绝提供某些文件和报告"。① 然而,所有的刑期最终暂缓执行,等待另一位法官举行听证。② 每个人都得等着看法官如何就不听话的证人对第五修正案的自由使用进行裁决。③

到了 1978 年 11 月 30 日,这个问题仍然悬而未决,原告和执法部门之间的对峙仍在继续。④ 其中一次情况颇不寻常,奎格利法官命令纽约州警的一名高级警司出庭,并"首次报出 10 至 12 名建议予以纪律处分的州警的姓名"。⑤ 这位高级警司实际上应该将阿尔弗雷德·斯科蒂寄给他的信带上法庭,贝尔事件和迈耶报告之后,他获得休·凯瑞州长的任命,负责解决其余囚犯起诉的人。然而,当这位纽约州警的高级警司上庭后,他并没有带上那封信,并声称"他不明白那个命令是什么意思"。⑥ 被逼无奈,他承认他想"为那些名字保密"。⑦ 奎格利法官很厌恶他,"往法官椅子的靠垫上一靠……翻了个白眼,压着怒火"冷冷地告诉他:"法庭命令你到最近的电话……打给你的秘书,确保她明白你想要哪份文件,然后随便叫你办公室的哪个人坐上车,以最快的速度带着文件到法庭来。"⑧

威廉·坎宁汉依然锲而不舍。他并没有依赖州警的坦白,而是设法让一些幸存的人质对夺狱行动提供第一手资料。这些本身就令人震惊的证词,不仅要在奎格利面前陈述,还要记录在案,因为这个国家

---

① Cunningham, Deutsch, and Fink, "Remembering Attica Forty Years Later."
② Bob Buyer, "'Truth' Asked as Hearing on Attica Closes," *Buffalo Evening News*, November 30, 1978.
③ Goldstein, "Echoes of the 1971 Attica Uprising Haunt Courtroom in Damages Suit."
④ Nancy Monaghan, "Contempt Ruling Delayed in Attica Suit," *Democrat and Chronicle* (Rochester, New York), November 30, 1978.
⑤ John Pauley, "Troopers in Attica Retaking to Be Named Today."
⑥ Janis Marston, "Leader of State Police Fails to Produce Letter," *Times Union* (Albany, New York), November 2, 1978.
⑦ 同上。
⑧ Nancy Monaghan, "Names of Troopers Remain a Secret," *Democrat and Chronicle* (Rochester, New York), November 3, 1978.

没有几个人听说过这些幸存者所受的苦难。确实，要让这些人揭开自己的伤疤，对坎宁汉来说不是一件易事。像《纽约时报》的汤姆·戈德斯坦这样的记者觉得这样的故事引人入胜。他说："有些幸存的人质讲了他们是如何患上神经疾病的，离不开药，经常喝得烂醉，睡眠也不规律。一名前阿蒂卡警卫上星期作证称，阿蒂卡暴动几乎让理查德·法戈'变了个人'。他说，如今，法戈变得'神经质、紧张兮兮，不能置身人群中'。"①

坎宁汉在此次审判中的另一个胜利，是让惩教署前专员拉塞尔·奥斯瓦尔德承认州警和狱警确实在夺狱行动中过度地使用了武力。②奥斯瓦尔德首先指出，他不明白狱警为什么"罔顾我们的命令"，在夺狱期间开枪，但他们在阿蒂卡使用枪支这件事仍是"应受谴责的"。③当坎宁汉追问，并尖锐地问及奥斯瓦尔德是否认为狱警约翰·威尔加米尼在向约翰·蒙特罗内开枪时属于过度使用武力，奥斯瓦尔德说："我觉得是。"④ 让一名州政府官员在宣誓后承认是谁对约翰·蒙特罗内开枪，这名人质后来死于枪伤，这是一个巨大的胜利。这次诉讼的目的是证实夺狱期间的枪击行为有多过分和残忍。当然，这也证实了州政府官员心里其实很清楚谁在阿蒂卡杀了谁——1975年马尔科姆·贝尔求诸公众时也一直试图表明这一点。⑤

威廉·坎宁汉律师也为阿蒂卡的人质受害者取得了重大进展，不仅是帮了琳达·琼斯，面对州政府的反制，在又一次听证会后，他终

---

① Goldstein, "Echoes of the 1971 Attica Uprising Haunt Courtroom in Damages Suit."
② 威廉·坎宁汉，与作者的电话交谈，2004年10月18日。
③ Russell Oswald, Testimony, *Lynda Jones v. State of New York et al.* (Claim No. 54555) and *Elizabeth M. Hardie v. State of New York et al.* (Claim No. 54684), Hearing transcript, William Cunningham Papers, 144–45.
④ Nancy Monaghan, "Oswald:'To Say I Am to Blame Is an Outrage,'" *Democrat and Chronicle* (Rochester, New York), undated, William Cunningham Papers.
⑤ 有意思的是，新闻媒体和蒙特罗内的家人都没听过这个证词。

于被允许使用大陪审团的证词来让那些不听话的证人好好回想回想。① 这一点至关重要,因为这意味着当坎宁汉遇到哪个在证人席上不肯回答问题的州警时,他可以将该证人先前在大陪审团面前的证词列为法庭记录——证明此人在夺狱期间射中了四个"靶子",而且没有证据表明这些"靶子"中的哪一个一直在跟此人作对。有了这份证词,坎宁汉就能将之记录在案,"那么,我们可以进一步推定你杀了四个人"。②

1982年8月31日,奎格利法官在琼斯诉纽约州一案中做出裁决。这是对纽约州政府以及它的州警、狱警处理夺狱行动的方式的严厉谴责。审判很漫长,由于坎宁汉和辩方就提供夺狱之后的陈述、迈耶报告的第2和第3卷以及大陪审团的会议记录争执不下,审判反复陷入僵局。然而,无论州政府的律师如何想方设法地隐瞒证据,他们都没能阻止奎格利在做出裁决前听取这些证词。比如,他指出"审判中,莫纳汉少校作证说自己曾经有传票中描述的大部分物品,但早已在家中壁炉里烧掉了",法官觉得这个举动简直骇人听闻。③ 他还明确表示,他就是不相信州政府的证人——比如他们再三声称证据不存在或已经丢失。"令人难以置信的是,夺回阿蒂卡监狱的行动的整体计划的所有副本都莫名其妙地'丢了'。"④ 还令法官大为光火的是,纽约州警的最高层根本不愿意为夺狱行动负责,而且将责任推卸给实际负责行动的人。莫纳汉在法庭上承认,他"在马洛维奇上尉的协助下"制定了"夺回监狱的计划",但后来又声称"让亨利·威廉姆斯上尉

---

① Major Blake Muthig, Testimony, *Lynda Jones v. State of New York et al.* (Claim No. 54555) and *Elizabeth M. Hardie v. State of New York et al.* (Claim No. 54684), Hearing transcript, William Cunningham Papers, 22.
② Lew Plumley, Testimony, *Lynda Jones v. State of New York et al.* (Claim No. 54555) and *Elizabeth M. Hardie v. State of New York et al.* (Claim No. 54684), Hearing transcript, William Cunningham Papers, 142, 87-101.
③ Quigley Order, *Lynda Jones v. State of New York*, 96 A.D.2d 105 (N.Y. App. Div. 1983), August 31, 1982, 26.
④ 同上, 75。

负责此事,并命令其留在那里",还"挑选麦卡锡上尉负责人员救援"。① 然而,奎格利并不相信。正如他在裁决中所写,尽管莫纳汉试图逃避责任,但"他制定的计划、方针、对下属的选任、下达停火命令,都清楚地表明他行使了指挥之责"。②

奎格利不仅认为莫纳汉应对这场血腥残忍的夺狱行动负责,而且还发现莫纳汉明确地承认在他"下达停火命令后"还能听到枪声是不合理的,而且他知道"射杀狱友或人质的州警的姓名",但拒绝告知当时的调查员或现在的法庭。奎格利就是想不通,夺回阿蒂卡时使用的武力是多么没必要,为什么还要这样。比如,他特别注意到,就连国民警卫队的奥哈拉将军都承认在 D 院使用的瓦斯是如此难以调动,所以对于控制骚乱毫无效果,因而亲自"下令国民警卫队的库存中不要再出现这个",但纽约州警不但用了这种瓦斯,而且还用了弹药。③ 奎格利指出,也许更糟的是,奥哈拉作证说"在场的所有官员普遍认为人质无论如何都会丧命",而且事实上"每个人都有这样的想法"。④

最让奎格利震惊的是,如此规模的火力是州政府授权在阿蒂卡使用的。正如他所见,关键在于州政府允许使用的武器的性质,即喷射出弹珠颗粒的霰弹枪。奎格利写道,每一颗弹丸"差不多有一颗点 32 口径的子弹那么大,而且容易致命",在 D 院落下的"从霰弹枪喷射出的致命弹丸数量在 2 349 颗到 3 132 颗之间",令人难以置信的是,此外还有 8 梭点 357 口径的子弹,27 梭点 38 口径的子弹,68 梭点 270 口径的子弹。⑤ 当然,他也注意到,这些数目甚至不包括未全部交代的狱警和其他执法人员朝这群狱友和人质射出的漫天子弹。⑥

---

① Quigley Order, *Lynda Jones v. State of New York*, 96 A. D. 2d 105(N. Y. App. Div. 1983), August 31, 1982, 29.
② 同上。
③ 同上, 47。
④ 同上, 49。
⑤ 同上, 52。
⑥ 同上, 56。

1971年9月14日，监狱屋顶上的狙击手戴着临时自制的防毒面罩（*Courtesy of* the New York Daily/Getty Images）

"本庭的结论是，"奎格利写道，"确系过度使用武力，该结论在审判记录中已得到充分证明。"① 据国民警卫队高级官员，如约翰·C. 贝克和艾默林·C. 奥哈拉将军所说，对于已经被催泪瓦斯困住的人使用了过多的武力。② 奎格利写道："所提供的证据［答：过度使用武力］对索赔者非常有利，故本庭无需诉诸裁决，因为可以从'最有利于原告的角度'来看待证据……索赔者已经履行了举证责任，并已经使这个初步证据确凿的案件成立。"③ 至于赔偿，"在对所有证据仔细审核后，本庭认定索赔者已受损失共计55万元，其中包

---

① Quigley Order, *Lynda Jones v. State of New York*, 96 A. D. 2d 105（N. Y. App. Div. 1983），August 31，1982，76.
② 同上。
③ 同上，79。

括丧葬费……以及从1971年9月13日起到判决之日止的利息"。① 琳达·琼斯最终将从州政府那儿获得106.3万元的赔偿。② 不出所料，州政府对这一裁决提出上诉，但1983年11月4日，上诉法院支持奎格利法官的判决。州政府再次上诉，1984年6月被高等法院驳回。③

或许，正是在这次巨额赔偿的背景下，约翰·埃尔夫文法官才会想方设法拖延那些急于对州提起民事诉讼的囚犯直到1991年。琼斯案之后，法学人士想必都已清楚地看到，有充足的证据表明夺狱期间执法人员曾在D院过度使用武力，而且当天进攻部队对囚犯百般虐待。然而，不幸的是，囚犯们自己对本案所听取的证词知之甚少，因此，在长达数十年的法庭斗争中不得不再次证明许多已被证明过的事实。另一件憾事是，琼斯的胜利帮不了其他为自己伸张正义的人质，后者继续独自承受阿蒂卡起义留下的创伤。也就是说，直到2000年，"被遗忘的阿蒂卡受害者"把大家聚到一起，结为一个组织，在政治上让纽约州蒙羞，从而迫使他们为所有受害者做该做的事。

---

① Quigley Order, *Lynda Jones v. State of New York*, 96 A. D. 2d 105 (N. Y. App. Div. 1983), August 31, 1982, 83。
② 威廉·坎宁汉，与作者的电话交谈，2004年10月18日。
③ Wicker, "Justice for One: A Widow's Attica Lawsuit."

55. 穷追不舍

在沃纳诉纽约州一案的裁决失利后,那些将州政府发放的支票兑现"选择了一种补救办法"的人质幸存者和遗孀已不能起诉,他们别无办法,只能向奥尔巴尼的政客施压。如果他们能让一些立法者听说他们所受的不公,站在他们一边,那他们可能最终会获得一些赔偿。

因此,"被遗忘的阿蒂卡受害者"不断前往纽约州首府。盖瑞·霍尔顿解释说,他们的目的就是"让他们在政治上难堪,没法视我们为无物",从而迫使其达成和解。①他们认为这个策略会成功,自有一些道理。多亏了各位州议员的大力支持,2000年6月15日,FVOA得到消息说州政府"今日最终通过了一项决议,呼吁每年为11位监狱工作人员〔在夺狱期间被杀害的人质及威廉·奎恩〕悼念一天,但1971年9月遭到杀害的32名狱友〔夺狱期间被杀的29名囚犯以及海斯、施瓦茨及普利维特拉〕不在其列"。②更重要的是,好几位州立法者对囚犯和解案(以及人质家属在2000年4月14日的一次会议上表示的对上述和解的失望之情)作出回应,提议对遗孀予以一些经济赔偿。

到2000年底,州政府的代表丹·博林、查尔斯·奈斯比特和戴尔·沃克共同立法,给11位遗孀每人5万元,这个数目比任何人希望的低得多。博林最初提议的是9万元,但在预算协商会议上这个数字被削减了。FVOA 断然拒绝了州政府提出的第一个解决方案。正如一家报纸所言："有些幸存者嘲笑这笔赔偿金钱给得太少，来得太迟。有些家属说他们不会去兑现支票。"③同样重要的是，FVOA 表示，遗孀们绝非阿蒂卡仅有的幸存者。不仅还有另一些人需要予以赔偿，比如被害人质的孩子和那些在夺狱中幸存下来但身心俱损的人质，而且 FVOA 也一直想要的不只是钱：他们拒绝了州政府的提议，因为"州政府拒不承认自己做错了"。④

FVOA 就其希望州政府做什么列出了一份经过一致同意的明确清单，并制定了一份"为伸张正义而定的五点计划"。⑤ 该计划要求如下：

1. 纽约州政府道歉，正式承认对人质的死亡、对惩教人员的身体伤害、对人质及其家人造成的精神创伤负有罪责，而且"州政府在赔偿方面口是心非"。

2. 公开关于骚乱及其后续的州政府记录……以对家属做个了结，消除对公众发布的不实信息，纠正对正当程序的否认，从而使州政府能从自身的错误中汲取教训，并揭露州政府的掩盖行为。

3. 为幸存者及家属提供法律咨询服务。
4. 确保该组织能在每年 9 月 13 日在监狱外举行追悼活动。
5. 对该组织成员进行赔偿。⑥

---

① 盖瑞·霍顿，与作者的交谈，2004 年 8 月 12 日。
② "Assembly Approves Day of Mourning for Attica Guards," *New York Times*, June 15, 2000.
③ 同上。
④ David Staba, "Survivors, Families Cope with Attica Riot After Three Decades," *Niagara Falls Reporter*, May 14, 2002.
⑤ 同上。
⑥ 同上。

关于最后一个要求，一家报纸指出，"尽管组织发言人狄安娜·奎恩·米勒……没有给出确切的数字，但有些成员将琼斯女士获得的赔偿视为遗孀获赔的基准，给幸存者的赔偿数额较少"。①

2000 年夏，FVOA 带着他们的要求去了奥尔巴尼，想见见现任州长乔治·帕塔基。不过，和他们见面的是州长的法律顾问吉姆·麦奎尔、惩教署专员格伦·古尔德以及一个由州长的资深法律顾问和初级法务顾问组成的团队。② 狄安娜·奎恩·米勒、迈克尔·史密斯和杰米·瓦隆（被害人质卡尔·瓦隆之子）以及 FVOA 的律师盖瑞·霍顿及乔纳森·格拉蒂斯并没有畏惧，而是直接进入正题。首先，FVOA 希望州长同意参加该组织下月在监狱举办的阿蒂卡周年纪念活动；其次，希望他同时考虑他们列出的一系列要求。州长的代表向 FVOA 成员保证，30 天内会给他们答复。狄安娜·奎恩·米勒回忆说，他们走出会场的时候，不仅觉得这些人会帮助他们，还认为帕塔基州长真的会来参加他们的活动。③

可是，一个又一个 30 天过去了，FVOA 没有从帕塔基的办公室得到任何消息。④ 于是，他们开始写查询函，写了许多封。在仍然没得到任何音信后，他们决定改变策略。在与律师乔纳森·格拉蒂斯进行了长时间的讨论之后，FVOA 决定起草一份文件，主张有必要就他们在 1971 年在阿蒂卡以及此后数十年的遭遇举行"真相与和解听证会"，类似于南非种族隔离政策结束后的听证会。

文件提交出去之后，又过了近 6 个月，仍渺无音讯，然后他们突然收到消息，说州长会指定一个特别小组评估举行这种听证会的可能性。这个阿蒂卡特别小组由三名成员和一名组长组成，于 2001 年 3 月 13 日正式成立。据媒体称，"帕塔基要求特别小组听取该组织的诉

---

① David Staba, "Survivors, Families Cope with Attica Riot After Three Decades," *Niagara Falls Reporter*, May 14, 2002.
② 狄安娜·奎恩·米勒，与作者的电话交谈，2006 年 5 月 7 日。
③ 同上。
④ 同上。

求，提出解决这些问题的建议"。① 然而，值得注意的是，州长并没有给特别小组定下这么做的"时间表"。②

特别小组的成立让 FVOA 的律师盖瑞·霍顿吃惊不小。当 FVOA 的律师格拉蒂斯第一次提出与州长的律师会面，然后全力以赴去成立一个类似南非的那种真相与和解委员会的想法时，很难想象奥尔巴尼会有人真的同意这两件事中的任何一件。③ 不过，格拉蒂斯认为，帕塔基州长不想卷入另一场与阿蒂卡有关的公关灾难中，这么推测没错。在他之前的好多任州长不得不处理阿蒂卡事件的后续，从来就不是什么好事。

FVOA 对阿蒂卡特别小组的感情很复杂。州长办公室以此作为回应毕竟是好事。但一旦该组织成员发现小组有哪些人，他们就一点也不相信州政府此举是认真的。正如狄安娜所说："我们不太确定他们是不是来拖延此事的。"④ 如果小组组长不是别人，正是格伦·古尔德，就是那个在 1971 年虐待阿蒂卡的幸存者和遗孀的惩教署的现任负责人，这怎么会是个好兆头？狄安娜·奎恩·米勒听说州参议员戴尔·沃克也在这个小组，非常生气，在她看来，沃克曾对媒体抱怨说阿蒂卡的遗孀拒绝了他提出的每人赔偿 5 万元的建议，说这实在是不知好歹。同样令人担忧的是，沃克是怀俄明县的共和党政客，"阿蒂卡这堆乱麻中他也有份"；谁都在猜他站在哪一边。⑤ 第二名组员就是前阿蒂卡观察员阿瑟·伊夫，这也并没有让 FVOA 的一些成员感到安心，因为他向来直言不讳地公开支持阿蒂卡的囚犯。最后一名组员倒是让人有了一丝希望：来自皇后区的民主党议员杰弗里恩·奥布

---

① "Assembly Approves Day of Mourning for Attica Guards."
② 同上。
③ 霍顿，与作者的交谈，2004 年 8 月 12 日。
④ 狄安娜·奎恩·米勒，与作者的电话交谈，2006 年 5 月 7 日。
⑤ Andrew Tilghman, "Attica Victims Seek Justice, Relief," *Times Union* (Albany, New York), July 28, 2002.

里，作为惩教署大会委员会的主席，也许更具独立性。①

阿蒂卡特别小组不仅大张旗鼓地宣布成立，而且还几乎立刻与FVOA会了面。然而，狄安娜·奎恩·米勒觉得，这初次会面对幸存的人质和人质遗孀的未来并不太妙。古尔德专员在会面中似乎毫不遮掩对他们的敌意，有两三次还突然离开会场。由此，狄安娜和FVOA的其他负责人觉得他们自己的敌意也越来越大，因为他们"不能在任何事情上达成一致。[FVOA]想举行公开的听证会。州政府不同意……我们说得很具体，他们则含糊其词"。② 不知道是该组织成员磨破了嘴皮，还是专员承受了远非他们想象的巨大压力，反正几个星期后，该组织意外地收到通知，说2002年5月9日开始会先后在罗切斯特和奥尔巴尼公开就阿蒂卡问题举行听证会。

听证会开始前，FVOA有许多工作要做。如果这是一个能让每个人的故事都被记录在案的公开听证会，那么该组织的人愿意参加与否就变得至关重要。狄安娜·奎恩·米勒、迈克尔·史密斯以及盖瑞·霍顿努力说服几乎所有的阿蒂卡人质家属来讲出他们的心声。这是他们期待已久的机会，也许也是唯一的机会，去告诉全世界夺狱期间及之后阿蒂卡工作人员的真实遭遇。

不过，FVOA知道，如果州政府着手和解，他们还需要无利害关系的证人来证实他们有关所受创伤和被忽视的故事，并佐证FVOA的说法，即州政府操控该组织成员接受工伤赔偿，从而再也无法起诉州政府。就这一点而言，他们还需要有人能讲出实情，告诉大家州政府官员是如何不断阻挠因1971年武力夺取阿蒂卡而承受一切痛苦的人获得赔偿的。

就第一点而言，尤金·坦尼和威廉·坎宁汉两位律师能提供充分的证据，表明夺狱期间对人质过度地使用了武力（与他们在琳达·

---

① Staba, "Survivors, Families Cope with Attica Riot After Three Decades."
② 霍顿，与作者的交谈，2004年8月12日。

琼斯的案子中提出的证据大致相同)。对于第二点,曾为州保险基金工作的莫里斯·雅各布愿意作证,证明州政府有操纵工伤赔偿之嫌。最后,无疑令州政府感到沮丧的是,FVOA 还让曾经检举他们的阿蒂卡案检察官马尔科姆·贝尔出庭作证,证明州政府官员试图掩盖自己在阿蒂卡的不当行为。

将马尔科姆·贝尔牵涉进来不是一个轻而易举的决定,特别是对狄安娜·奎恩·米勒来说,她认为贝尔在 1976 年设法使凯瑞州长为约翰·希尔进行了宽大处理,而约翰·希尔被判杀害了她的父亲。在内心深处,米勒不知道该觉得希尔是真的杀了她父亲还是没有杀,但她还是很谨慎,至少在一开始,她不愿向这样的律师寻求帮助。但是,迈克尔·史密斯通过"黑大个"弗兰克·史密斯与贝尔取得了联系,说服组织内的其他人让贝尔的证词对 FVOA 的事业至关重要。

盖瑞·霍顿、迈克尔·史密斯和莎朗·史密斯,以及前人质约翰·斯德哥尔摩和他妻子玛丽,都去了贝尔现在居住的佛蒙特州一个安静的乡村地区。他热情地迎接了他们,而且他也愿意毫无保留地帮助 FVOA。[①] 他们说,那你就来奥尔巴尼吧。公开听证会将是 FVOA 争取立案的一次尝试,以证明幸存的人质和遗孀理当得到纽约州的赔偿。

---

① 霍顿,与作者的交谈,2004 年 8 月 12 日。

56. 让大家听到

2002年5月至8月间，阿蒂卡特别小组举行了6天的公开听证会，85人前来讲述了自己的遭遇。本来是5月在罗切斯特理工学院有两天的听证会，7月在奥尔巴尼的帝国大厦广场有两天的听证会，但是有太多人想让大家听到自己的故事，于是，8月又在罗切斯特理工学院增加了第三次听证会。

2002年5月9日，惩教署专员格伦·古尔德在罗切斯特理工学院的切斯特-卡尔森大楼举行了第一次公开听证会，承认"这是一场直面狱警和文职人员的苦难的具有历史意义的公开听证会"。[1]在这几场听证会上，古尔德说得很清楚，大约22名证人来作证只是陈述事实而非作为呈堂证供。"我们愿意相信每一位受害者与幸存者的话。我们不会审问受害者或幸存者。"[2]

来作证的幸存人质及家属发现，他们的经历让人感到痛苦。他们在FVOA的会议上一直谈论阿蒂卡，并因此感到获得了支持，但要正式发言，会讲到那么多利害关系，而且是面对公众，情况就要难得多。约翰·斯德哥尔摩和玛丽·斯德哥尔摩率先站在了麦克风面前。约翰·斯德哥尔摩平静地说："我们一再被伤害，一再对我们受到的恶劣待遇失望。骚乱后，我们被告知可以休假。但没人告诉我们这么做了就会丧失获得赔偿的权利。我们不知道这个。"[3]他的妻子玛丽则讲了一个更为个人的故事。"我不知道怎么应对我丈夫的情绪波动、夜里盗汗，更糟的是，不说话。24 岁的时候，我们想着能克服过去，继续我们的生活；我们做到了，但阿蒂卡的事只是藏到了表面之下。"④

已故的理查德·法戈的家人也确保他们的痛苦被清晰地表达出来。法戈当时是人质，夺狱行动结束后幸免于难，但在 1992 年去世前受了大罪。他妻子琼谈到了自己被州政府欺骗的感觉——他们和其他人质是如何在监狱夺回后不久被召集到长老会教堂开会，拉塞尔·奥斯瓦尔德专员在会上要求幸存的人质去放松一下，好好休息，一切都会好起来的。她还指出，他们都"被告知别把阿蒂卡发生的事到处乱说"。⑤ 最重要的是，据琼·法戈说，休假对她丈夫毫无帮助。

> 理查德那段被挟持为人质的经历对他身心都造成了长期的影响。服用治疗心脏病和糖尿病的药他服了 20 年。他会挑衅、动怒，会做噩梦。他会半夜胸口疼醒……他竭力想把遭受的折磨抛到脑后，所以借酒浇愁。他不再是快乐的父亲，快乐的丈夫……我不知道回家后有什么在等着我。我真的会发抖……我们的生活质量严重下降……我们没法去人多的地方，他总是回头看。只要直升机飞过我们家，他的恐慌就开始发作，这种事经常发生……我们的生活都得看理查德的情绪而定……他 1992 年 5 月 29 日去世时仍在接受心理咨询。他的雇主对他和其他人质、遗孀、幸存者如此恶劣，他一直都没从这件事中缓过来。⑥

法戈的女儿苏珊的证词呼应了她母亲的故事："他可能会突然勃

---

① Gene Warner, "Echoes of Attica," *Buffalo News*, May 9, 2002.
② *Attica Task Force Hearing*, May 9-10, 2002, Rochester, New York, 4.
③ John Stockholm, Testimony, *Attica Task Force Hearing*, May 9-10, 2002, Rochester, New York, 12。
④ Mary Stockholm, Testimony, 同上, 20。
⑤ June Fargo, Testimony, 同上, 23-24。
⑥ 同上, 24-25。

然大怒，或者非常情绪化，哭泣，哽咽，颤抖，喜怒无常。我每次回家都不知道这次要面对怎样一个父亲。"①

另一名幸存的人质迪恩·莱特，那天也作了证。他表示，他不仅受了州政府官员的骗，这些人说会照顾人质，而且被州政府狠狠利用了，帮安东尼·西蒙内蒂的办公室对囚犯提起刑事诉讼。他阐述了阿蒂卡调查组的人是如何纠缠他，要他去指证囚犯，拿照片轰炸他，问他带有诱导性的问题。他恨恨地说："事情到了对我毫无意义的地步……他们试图让我按他们教我的说，编造某人在某处出现、在做你其实根本没看见他在做的事。"②

当州政府试图将阿蒂卡的事全都归咎到囚犯身上的时候，莱特自己却因为 D 院的那段经历而遭受创伤后应激障碍的折磨。"就算在晴空下，我也会发抖……我仍然会紧张，性格孤僻……这让我很烦恼，因为我不知道自己为什么会这样。"③ 尽管感觉很糟，莱特也别无选择，只能回监狱继续工作。然而，当他回到狱警岗位后，"我们什么都谈，就是不谈那次暴乱，也不谈自己的感受，不谈我们出了什么问题"，因此，他自己的问题恶化了。④ 随着时间的推移，莱特觉得越来越痛苦。对囚犯，他仍然怒气未消，对州政府，他依然恨之入骨。"我们被犯人坑了。挑起骚乱的是他们，不是我们。我们被州政府坑了，被州政府骗了。"⑤ 莱特的儿子斯科特目睹了他父亲多年来遭受的痛苦，也到麦克风前作证。斯科特·莱特给特别小组带了句话："所有这些人都应该为他们所忍受的苦难受到赞扬。我觉得纽约州政府欠这些人一个道歉。"⑥

---

① Susan Fargo, Testimony, *Attica Task Force Hearing*, May 9-10, 2002, Rochester, New York, 28。
② Dean Wright, 同上, 67-68。
③ 同上, 68。
④ 同上, 69。
⑤ 同上, 72。
⑥ Scott Wright, Testimony, 同上, 76。

在第一天的听证会结束之前，特别小组不仅听取了幸存的人质、遗孀、人质子女的证词，也听取了律师威廉·坎宁汉和尤金·坦尼的意见，他们已经花了几十年争取在法庭上为这些人讨回公道。坎宁汉详细讲述了他13年来，从州政府那儿为赫伯特·琼斯的遗孀争取赔偿的过程。他说得很清楚，为了阻止这位妇女得到任何赔偿，州政府耗费了大量的精力，甚至梳理了数千张被取消的支票，就是看能否证明琼斯兑现了她的。坎宁汉充满厌恶地说："总检察长要求休庭……以便财务人员能进一步查找支票。他们知道琳达·琼斯没有收过任何丧葬费。他们知道她一个子儿也没拿。法官批准休庭也没错，可他们愣是什么没找到。直至今日，他们也没找到。因为她没有签过这种支票。"① 他带着微笑补充道："我碰巧知道支票在哪儿。到今天我还留着。"②

即便琼斯没有拿工伤赔偿，但就像她当时作证所说的那样，上诉法庭的5位法官告诉她，她仍然不能起诉。确实，直到上诉法庭介入，她才有机会上庭陈述实情。③ 正如尤金·坦尼律师所言，琳达·琼斯是幸运儿之一。

坦尼说，他处理幸存人质和遗孀的案件已有30年之久，但他仍为其中头20年里州政府对他的委托人的操纵感到震惊。"作为律师，我很难让法官，让我以前尊敬的法官，了解当她们的丈夫［躺在］医院里、［躺在］太平间里的时候，他们［幸存人质和被害人质的遗孀］选择了补救方案，这是存心让他们拿工伤赔偿了事"。④ 他们脸上的表情让坦尼心碎，尤其是因为他至今记忆犹新，1971年12月在阿蒂卡镇的吉姆·哈迪保险公司和他们初次见面时的情景。当时他向他们保证，"我会尽我所能帮助你们"，但他并不知道州政府已经欺

---

① William Cunningham, Testimony, *Attica Task Force Hearing*, May 9-10, 2002, Rochester, New York, 80。
② 同上。
③ 同上，83。
④ Gene Tenney, Testimony, *Attica Task Force Hearings*, May 9-10, 2002, Rochester, New York, 93.

水中血：1971年的阿蒂卡监狱暴动及其遗产

骗他们到了什么地步。他苦涩地说,尽管他们直到 1971 年 12 月才请了他,但"你可以赌州保险基金会在让其所有的律师都在处理这个案子,而且从第一天起就开始干活了。我指的不是 9 月 13 日,而是 9 月 9 日"——他是在后来参加一系列听证会上发现这一点的。① 坦尼自己在幸存者和遗孀的案子上花了不止 10 万元,但他对特别小组明确表示,他没有要求补偿他。"你们给他们的都归他们。"②

接下来几天,最令人心碎的证词来自约翰·达坎杰罗的遗孀,然后是人质卡尔·瓦隆的遗孀和子女。达坎杰罗的遗孀安·德里斯科尔回忆说,她丈夫死时只有 23 岁,他们的女儿还不到 3 个月。不仅如此,她丈夫刚刚大学毕业,"主修心理学和历史。他是我丈夫,刚当上父亲,是家里的顶梁柱。最重要的是,他是我最好的朋友"。③ 然而,1971 年 9 月 13 日,她却在某个教堂的地下室里辨认他血淋淋的尸体。"在我记忆中,"她平静地说,"那地方弥漫着鲜血和泥土的味道。"④

不过,安几乎没时间悲伤,因为"葬礼后没几个星期,一群西装革履的男人来到我妈妈在纽约奥本的家。奥斯瓦尔德专员就是其中之一……他将约翰的最后一张工资支票递给我,说我得在他带来的这些文件上签字。他说签了这些文件,州政府就会照顾朱莉和我的余生。我根本不知道签了这些文件,我就永远没法起诉州政府了……我们每个礼拜得到 36 元。朱莉 16 岁时,这些福利到头了"。⑤

寡妇安·瓦隆对古尔德专员非常恼火,轮到她讲话的时候,对他狠狠抨击了一番,这些话全都记录在案。她观察了古尔德一整天,发现"在别人坦露自己的灵魂时",他却一副百无聊赖的表情。⑥ 安看

---

① Gene Tenney, Testimony, *Attica Task Force Hearings*, May 9–10, 2002, Rochester, New York, 96.
② 同上, 97-98。
③ Ann Driscoll, Testimony, 同上, 144。
④ 同上, 146。
⑤ 同上, 147。
⑥ Ann Valone, Testimony, 同上, 153。

着他，说："我认为［你们］这些人只是在听着我们说话，想着安抚我们，以表明你们都是好人。"① 安·瓦隆声音嘶哑地讲述了她的家人是如何"深受创伤"，她当时10岁的儿子卡尔（与父亲同名）是如何因为父亲的死而受到很大的伤害。② "在这个世界上，如果有人需要心理咨询的话，那肯定是我儿子卡尔"，她悲伤地说，因为他们没钱享受这样的奢侈服务。③ 最终，她的儿子卡尔上吊自杀了。

卡尔的姐姐玛丽·安·瓦隆也因为父亲的去世受到了无法弥补的伤害，尤其是州政府对他们家的弃之不顾。1971年9月，她才15岁。"我们家的孩子过得一团糟，痛苦，仇恨，愤怒，悲惨。接下来的每一天，我们都拿妈当出气筒……我们无法应付。我们对发生的事应付不来。"④ 父亲去世后，玛丽·安充满了愤怒和恐惧，几乎没法正常生活。她发现自己恨州警超过一切，因为他们想"杀死黑人，越多越好"，但她又很害怕州警，所以"年纪轻轻就离开了纽约州，因为我觉得纽约州警会杀了我，然后把枪扔到我身边"。⑤

玛丽·安成年后，把她生活中的每个人轮着恨了一遍。"我恨那些还活着的人质，我恨民权运动，恨黑人，恨上帝，恨狱警，我恨我母亲，我恨我父亲，因为他当时去上了班"。⑥ 但玛丽·安大多数时候最恨的是自己。"多年来，我一直想毁了自己，因为所有这些愤怒都转向了我的内心。我想不出该怪谁，谁该为这一切负责？"最终，她认定囚犯其实不是罪魁祸首。她是这么说的："我先原谅了他们，我很久以前就原谅了他们。他们也是受害者……在我受过一些教育

---

① Ann Valone, Testimony, *Attica Task Force Hearings*, May 9–10, 2002, Rochester, New York, 155.
② 同上，158。
③ 同上，160。
④ Mary Ann Valone, Testimony, *Attica Task Force Hearing*, July 31, 2002, Albany, New York, 106–7.
⑤ 同上，111。
⑥ 同上，112。

水中血：1971年的阿蒂卡监狱暴动及其遗产

后，我最先原谅的就是他们……［但］我花了很长时间才原谅上帝。"① 当她得知哥哥卡尔自杀后，真的很难原谅上帝。"我哥哥沉浸在痛苦中，"她哭着说，"他自杀了，在他 33 岁的时候把自己吊在了他那栋 12.5 万元的房子的平台上。"②

7 月和 8 月的听证会上还道出了更多的创伤故事。7 月在奥尔巴尼的听证会上，被害人质爱德华·坎宁汉的三个儿子作证说，他的无谓死亡以及州政府官员处理这事的方式，已经彻底颠覆了他们的世界。马克·坎宁汉讲了一个令人费解的情况，甚至连他父亲已经躺在坟墓里都有事不确定，因为州政府把事情搞得一团糟，不得不挖出他父亲的尸体重新检查。③ 马克还说这件事对他妈来说是多么艰难，身为好几个孩子的母亲，她从没真正恢复过来。他说她一直在给州政府官员打电话，想让他们听听她的想法，因为从没人听她说话，所以"她生命中的每一天都充满了焦虑，在她去世前的 28 年里，抑郁攻占了她的生活"。④

父亲被杀的时候，马克的弟弟约翰只有 8 岁，他在听证会上读了母亲去世前写的一封信。"自从我们的丈夫死在了阿蒂卡之后，我和阿蒂卡的寡妇们都极其沮丧……很难接受这种处理事情的方式，以及对我们的丈夫和家人的处理结果……州政府的欺骗、对待，流言和不实消息让我们饱受多年折磨……我希望公开档案。我们至少应该知道在阿蒂卡发生的事的真相"。⑤

7 月，人质 G. B. 史密斯告诉特别小组，他仍然没法相信州政府甚至没有为他们作为人质担惊受怕地待在 D 院的那段时间支付报酬，因为，抛开一天工作 8 小时不说，他们实际上不分昼夜地

---

① Mary Ann Valone, Testimony, *Attica Task Force Hearing*, July 31, 2002, Albany, New York, 117-118。
② 同上，126。
③ Mark, John, and James Cunningham, Testimony, 同上，5。
④ 同上，6。
⑤ 同上，12-13。

待在那里。① 前人质盖瑞·沃克试图特别小组解释他和其他幸存者受了多少苦。"最初几年,"他说,"我一直会发荨麻疹,因为神经受了伤,我就……吃药——我6个月没去上班,因为我根本没法上班,后来我回去的时候,怕得更厉害了,但是我说,好吧,我得养家、养孩子,所以我必须有份工作"。②

对阿蒂卡的死亡事件进行掩盖也给许多到场的人带来了实实在在的损失,尤其是唐·沃纳,他是被害人质罗纳德·沃纳的哥哥。他对特别小组说起去殡仪馆看他弟弟尸体的事。"当我被允许我们进殡仪馆的时候,我就问我们家的多年好友狄克·马利",罗的喉咙是不是

一名戴防毒面具的警卫在对一名躺在担架上的身份不明的人质说话(*From the Elizabeth Fink Papers*)

---

① Eugene "G. B." Smith, Testimony, *Attica Task Force Hearing*, July 31, 2002, Albany, New York, 52。
② Gary Walker, Testimony, 同上, 71。

水中血:1971年的阿蒂卡监狱暴动及其遗产　　699

被割开了。"他直直地盯着我,说'唐,他们不准我说这事'……这个困扰了我好长时间。我一直都没搞明白弟弟发生了什么事……也从没弄清楚他是怎么被杀的"。① 为免特别小组怀疑沃纳这样的人夸大其词,FVOA 就让马尔科姆·贝尔出庭作证,他细致而语气平和地描述了州政府是如何极力逃避对阿蒂卡伤亡事件负责的。

最终,特别小组确信州政府官员通过工伤赔偿系统欺骗了幸存的人质和人质遗孀。前州保险基金的雇员莫里斯·雅各布斯毫不讳言,称纽约州政府,包括"州保险基金的高层领导以及洛克菲勒政府","为免于故意侵权行为的罪责而诱使他们接受工伤赔偿"。② 这些官员"无情地操控这套系统",剥夺遗孀的福利,并"与遗孀们进行直接接触,无视一项不得随意变更的规定,即未经律师许可不得在听证会之前接近遗孀,而且是在死亡事件发生不到几天,在明知没有律师在场的情况下直接跑到处在脆弱状态中的遗孀面前",他们还"赶在听证会之前公然伪善地提出并加快赔偿金的支付,以虚假的理由称他们之所以加快支付,是在帮助和支持阿蒂卡的遗孀"。③ 最后,他表示:"这些麻木不仁的官僚"已然"通过剥夺遗孀寻求其他适当、合理、合法的补救和赔偿方案,对她们造成了二次伤害"。④

到 2002 年 8 月,听证会结束时,毫无疑问,谁都看得出阿蒂卡的人质及人质家属承受了极大的痛苦。幸存人质迈克尔·史密斯的妻子莎朗·史密斯的证词最刺耳。如果州政府没有派州警和狱警携武器进入阿蒂卡,迈克尔就永远不会受此重伤。更糟的是,这个州政府竟在他最需要帮助的时候抛弃了他。

---

① Don Werber, Testimony, *Attica Task Force Hearing*, July 31, 2002, Albany, New York, 77–78。
② Morris Jacobs, Testimony, *Attica Task Force Hearing*, July 30, 2002, Albany, New York, 98.
③ 同上,99。
④ 同上,100。

莎朗生动地解释了如何"有四个枪眼。子弹……似乎已经爆成了几百个小碎片,遍布整个腹腔,其中相当一部分嵌入了骨盆和骶骨……子弹的碎片在腹部造成了严重的破坏。大约有20个回肠穿孔被修复。回肠有两处被完全撕成小块。结果发现乙状结肠有四处彻底撕裂……膀胱穹窿有一个大裂口,约有5英寸长。骨盆底部受伤严重……[有的伤口太大]都能伸进一只拳头"。① 然后,当迈克尔"还在重症监护病房在生死线挣扎"的时候,一封日期为1971年9月30日的信寄到了他们家,信里说州政府没有收到它需要的资料,如果史密斯夫妇不立刻提交文件的话,州政府将不会支付他的医疗费。"我当时很慌,"莎朗回忆道,"[所以]我就在没有法律代表的情况下填好文件,寄了过去。"她根本不知道这些文件关乎工伤赔偿,因此她是在选择一种补救方案,后者会导致她日后无法起诉州政府。与此同时,迈克尔的伤情太重,91天都没有从医院回家,甚至后来,"他还是被救护车送回来的,因为他没法行走、坐立……迈克尔的体重当时只有124磅"。② 莎朗这时候还有一个6个月大的孩子需要照料,现在还得留在家里帮助迈克尔康复,这个任务可以说是相当艰巨。然而,迈克尔身体上的伤比起他因为州政府的利己和操纵而遭受的额外伤害,简直相形见绌。正如莎朗所指出的,"直到1972年3月13日,州政府才与他取得联系问起其健康状况",那时候他们才打电话来,是因为一名中士"想让他过去一趟,指认狱友,以进行刑事诉讼"。③ 后来,当迈克尔想保留从他身体里取出的子弹时,他"不得不签下一份声明,表示他不会追究州政府[的责任]……不会以此为证据指控他们。那是1986年了"。④

---

① Sharon Smith, Testimony, *Attica Task Force Hearing*, July 30, 2002, Albany, New York, 215-216。
② 同上。
③ 同上, 218-219。
④ 同上, 215-216。

听证会结束的时候,所有作证的人都精疲力尽,对接下来会发生什么事也是一脸茫然。据推测,他们的故事会促使阿蒂卡特别小组解决他们的要求清单,但任何人都知道,该小组采不采取行动并没有最后期限。他们还得等多久才能从州政府官员那儿得知他们的故事造成了影响?结果发现,得等很久。

57. 伺机而动

在阿蒂卡特别小组听证会结束后的几个月里，被遗忘的阿蒂卡受害者对接下来会发生什么事几乎一无所知。狄安娜·奎恩·米勒联系了特别小组的成员阿瑟·伊夫，他们成为好友之后，她得知了一些关于该小组的令人不安的信息，而她和FVOA的其他成员还在希望能得到他们的帮助。照阿瑟·伊夫的说法，阿蒂卡特别小组没什么特别的凝聚力，也不民主。在他看来，只有戴尔·沃克和格伦·古尔德在做决策，就连州长似乎也不知情。伊夫向狄安娜·奎恩·米勒表达了自己的担忧，担心古尔德专员想尽快结束整个调查，而且由于他个人控制了整个调查过程，所以他不确定会有多公正。

这当然让FVOA的成员很困扰，尤其是他们得知特别小组没有截止期限之忧，因此也不会真正感到压力去向州长提出任何建议。于是，狄安娜·奎恩·米勒就自己接下了这个活儿，定期给州长写信，并试图将希望放在古尔德身上。不过，每次同专员交谈时，她总觉得很丧气。简言之，她记得，"他们只想按自己的方式行事。真的很恶劣"。[①]FVOA越来越怕这种势头会很快消失，于是决定采取新的策略：求诸公众，希望反过来会州政府官员因为不和FVOA达成和解而感到尴尬。[②]

但是，求诸公众的成本很高，而且需要强大的人脉。于是，FVOA决定从全国各地的狱警工会入手，请他们把斗争的信息传开，如果可能的话，资助 FVOA。不到几个月，纽约州惩教人员协会与警察慈善协会（NYSCOPBA）、加州惩教人员协会（CCPOA）以及马萨诸塞州、宾夕法尼亚州、俄亥俄州和佛罗里达州的势力强大的工会就都成了 FVOA 的重要盟友。他们从这些组织得到了大量的宣传和资金支持。把狱警工会卷进来，尤其是 NYSCOPBA，也是要付出很大代价的。格伦·古尔德恨工会，尤其不喜欢其好战的主席里克·哈克罗。③ 由于工会站在 FVOA 一边，该组织成功引起了公众的关注和同情，但它也使得他们同特别小组之间的谈判更为困难。④

FVOA 很久都没听到阿蒂卡特别小组的任何消息了，于是 2003 年 2 月 13 日，它决定发表一份报告，题为《真相所需的时间》，希望能让古尔德专员觉得惭愧，也做点实事出来。这份文件开篇即指出，听证会已过去 6 个月，特别小组仍未取得进展，并摆出了 FVOA 从州政府官员那里收到的零星的、语带不屑的来信。⑤"在一封 2002 年 11 月 18 日的信中"，惩教署向 FVOA 保证，它计划"就五点中的每一点提出经过仔细斟酌的充分合理的建议，尽可能公平地对待所有相关方"，但同时也明确表示不希望 FVOA 进一步提供什么证据。⑥ FVOA 也清楚地表示这让人无法接受。通过这份报告，该组织重申了它的"证据及不满，希望这会有助于最终产生公正的结果"。⑦ 该报告向政府机构的备案材料提供了一份清晰的"骚乱事件摘要"，以及一份精心编写的说明，名为"骚乱的后续"，并明确表示 FVOA 不会这么淡出大家的视线。"阿蒂卡犹如幽灵，从未停止纠缠其幸存者，包括狱友以及已故警卫和监狱工作人员的家属"，报告这样写道，因此，

---

① 狄安娜·奎恩·米勒，与作者的电话交谈，2006 年 5 月 7 日。
② 同上。
③ 里克·哈克罗，与作者的交谈，纽约，巴塔维亚，2004 年 8 月 12 日。
④ 狄安娜·奎恩·米勒，与作者的电话交谈，2006 年 5 月 7 日。
⑤ Forgotten Victims of Attica, "A Time for Truth," report, February 13, 2003, 作者握有这份材料。
⑥ 同上。
⑦ 同上。

FVOA将坚持要求州政府提供一些补救方案。①

为了确保特别小组成员不会信手将这份报告埋在一大堆文件底下，FVOA还大张旗鼓地召开了一次记者招待会。会上，"NYSCOPBA（狱警工会）的代表、前狱警、监狱改革倡导者以及历史学家"都高声表达了阿蒂卡特别小组做好其工作的重要性。② FVOA终于发现，让公众参与到与州政府的斗争中来是一个好策略。该组织甚至还请纽约州前参议员、前阿蒂卡观察员约翰·邓恩写了一封"致被遗忘的阿蒂卡英雄的家人和朋友的公开信"，赢得了一些关注。邓恩说得很坦率："州政府在导致尽责的狱警死亡的暴力事件中起到了关键作用，却拒不向暴力夺狱的受害者提供赔偿。"③ 因此，"简单的司法公正，要求州政府对这些忠诚、勇敢的州雇员的家属及幸存者做它该做的事，以告慰那些坚守岗位、随时准备做出最后的牺牲的人"。④

在公开场合，马尔科姆·贝尔一直直言不讳地支持FVOA。他在2003年7月16日写了一封公开信给帕塔基州长。⑤ 他说，帕塔基现在是时候做正确的事了。在贝尔看来，"被遗忘的受害者的'寻求正义的五点计划'"不仅"合情合理，有担当，而且在这样不明朗的情况下，表现出了克制"。⑥

到2003年时，FVOA已经召集了很多支持者，但最令人惊讶的是，纽约州警亦在其中。自FVOA 2000年成立起，纽约州警士兵成立的摩托车俱乐部"蓝色骑士"每年都会为该组织举办筹款活动。领头的是州警托尼·斯特罗洛，他的兄弟弗兰克曾是人质，他自己也

---

① Forgotten Victims of Attica, "A Time for Truth," report, February 13, 2003, 作者握有这份材料。
② Scott Christianson, "Attica Hostages and Kin Demand Reparations and Apology," *Independent Media Center*, February 21, 2003.
③ John R. Dunne, Statement, "Open Letter to Families and Friends of the Forgotten Heroes of Attica," September 11, 2002, 作者握有这份材料。
④ 同上。
⑤ Letter, Malcolm Bell to Honorable George A. Pataki, July 16, 2003.
⑥ 同上。

参加了夺狱行动。斯特罗洛心里对夺狱行动的过程很矛盾。他知道这是一场灾难，造成了这么可怕的事。① 但他也强烈地感到州政府将疲惫、焦躁、未受过训练的州警派到监狱，做州政府希望他们做的事，从而将他们置于一个可怕的境地。② 因此，他的应对办法就是车队每年骑行一次，以示对阿蒂卡的受害人质的支持。2003 年，他们和 NYSCOPBA、CCPOA 以及其他支持 FVOA 的工会肩并肩地站在了州议会大厦的门前。③

惩教署专员格伦·古尔德注意到了公众压力的与日俱增，很快，他不得不对 FVOA 的要求做出了某种回应。2003 年 9 月，他交给该组织一份报告草稿，其中概述了特别小组将向帕塔基政府提出的建议，包括一笔 800 万元的货币赔偿协议。④ 800 万元这个和解数字，是基于囚犯已然收到的赔偿数额算出来的，他们的想法是它将在 FVOA 中小范围地分配，这意味着人质得到的赔偿款比囚犯得到的要多。有意思的是，特别小组在解释这一差异时，给出的理由是"被杀的州雇员就算不是全部也是大部分都会以某种身份继续工作。因此，我们认为他们每个人有权得到比狱友更多的赔偿"。⑤

至于 FVOA 五点计划中的其他四点，报告草稿试图将其视为不必要或有争议的要求。对于公开阿蒂卡档案一事，报告解释称，"**没有**

---

① 托尼·斯特罗，与作者的交谈，纽约，奥尔巴尼，2004 年 2 月 16 日。
② 同上。
③ "NYSCOPBA Shows their support for the Forgotten Victims of Attica," about rally at the capitol, New York State Correctional Officers & Police Benevolent Association, 2003, www. nyscopba. org website, accessed February 24, 2004, 作者握有这份材料的副本。
④ 这笔钱会发给人质幸存者和遗孀们，也会发给乔·克里斯蒂安，他在夺狱期间受伤，是被自己人射伤的。即便围绕克里斯蒂安的故事产生了很多争议，如夺狱期间为什么会朝他身边的地方开枪，但特别小组认定"他的伤势与其他受害者的伤势无法区分"。参见：Attica Task Force, Report to the Governor, Draft Report, September 2003, 11。
⑤ 同上，12。

哪任州长下令'封存'过任何阿蒂卡档案"。① 因此,除了怀俄明县高级法院的一名法官在 1979 年 5 月 22 日的一项裁决中确认封存的两卷迈耶报告之外(与他之前的卡门·鲍尔法官一样,他相信他们保存的大陪审团材料应受特殊对待),没有什么可以阻止 FVOA 的成员去纽约州档案馆查找他们想要的任何文件。② 特别小组并不觉得有必要向 FVOA 的成员提供特别的心理咨询费,建议"他们从收到的赔偿款中自行支付"。③

最后,特别小组声明州政府不会马上道歉,因为州政府认为"如果后来的政府认为他们有权采用当今的标准看问题,并用其追溯既往的事实,为前任基于当时盛行的社会标准而作出的决定进行道歉,则前任政府就会权威尽失"。④ 特别小组采取了 1971 年州政府官员"依据当时认可的法律政策与程序"所采取的立场,明确表示尽管 FVOA 有所希望,但州政府并不认为它举行的听证会与近期在南非举行的"真相与和解"之类的行动有什么相同之处,州政府官员不会像南非那样被要求为可能合法但不道德的行为道歉。⑤

如果格伦·古尔德认为他的这份报告草稿会得到 FVOA 的认可,那就大错特错了。FVOA"视 800 万元的赔偿款为对他们的侮辱,因而拒绝了",并指出,几年前州政府就已提出向遗孀支付总额 5 000

---

① 这笔钱会发给人质幸存者和遗孀们,也会发给乔·克里斯蒂安,他在夺狱期间受伤,是被自己人射伤的。即便围绕克里斯蒂安的故事产生了很多争议,如夺狱期间为什么会朝他身边的地方开枪,但特别小组认定"他的伤势与其他受害者的伤势无法区分"。参见:Attica Task Force, Report to the Governor, Draft Report, September 2003, 16。
② *Hugh L. Carey v. State of New York*, New York Supreme Court: County of Wyoming, 92 Misc. 316 (1977), decided November 29, 1977, as referenced in: Attica Task Force, Report to the Governor, Draft Report, September 2003, 18.
③ Attica Task Force, Report to the Governor, Draft Report, September 2003, 22; Forgotten Victims of Attica, Letter to New York State Legislature, Subject: "Draft report circulated by Glenn Goord to members of Task Force," January 13, 2004.
④ 同上。
⑤ 同上。

万元的赔偿，该组织认为这个数字才是"谈判的起点"。① 狄安娜·奎恩·米勒、迈克尔·史密斯和其他一直帮助将 FVOA 的事作为帕塔基政府的一大优先事项的人们都对此震怒不已，因为他们等了一年多才等到州政府提出此方案，该方案无视他们的绝大部分诉求，并且给出的赔偿数额也完全与他们心目中的数字相符。狄安娜回忆道："我想要 5 000 万，我希望每个人都拿到同样的数额。"② 由于 FVOA 最终有 52 个家庭（共 152 名索赔者），800 万元根本不够。③

FVOA 以一份 40 页的详细答复公开地对特别小组的报告草稿作出了回应。狄安娜和其他人都已听说，在撰写这份报告草稿的时候，并没向特别小组的每个成员征求意见，他们发自肺腑、心碎欲绝的证词竟换来这样的结果，令他们感到奇耻大辱。特别小组成员阿瑟·伊夫显然对这份报告不知情，直到 FVOA 把事情捅到当地一家报纸上，他才得知此事。④

FVOA 对特别小组报告草稿的回应是尖锐的。其回应在 2004 年 1 月 13 日以致纽约州议会的公开信的形式发表，并明确表示，特别小组"提交给州长的报告草稿"是对 FVOA 的冒犯。⑤ FVOA 逐条回应，首先指出特别小组以州政府的行为在可接受范围内为由声称要求道歉是不合理的，这简直太无耻了。"无论是现在，还是 1971 年，任何现代社会标准都不会宽恕纽约州政府对阿蒂卡受害者的死亡、伤害、疼痛、苦恼和漠视"。⑥ 至于特别小组声称任何人都可查阅州政府保存的有关阿蒂卡起义的文档，FVOA 指出，不到 6 个月前，

---

① Tom Precious, "Pataki to Ask Aid for Staff in Attica Riot— $12 Million Would Go to About 50 Families," *Buffalo News*, January 14, 2005.
② 狄安娜·奎恩·米勒，与作者的电话交谈，2006 年 5 月 7 日。
③ 同上。
④ 同上。
⑤ The Forgotten Victims of Attica, Letter to New York State Legislature, Subject: "Draft report circulated by Glenn Goord to members of Task Force," January 13, 2004.
⑥ 同上。

"FVOA 的一名成员以纽约州的信息自由法（FOIL）为依据，申请查阅由州政府档案馆保存的麦凯委员会的具体文件，被拒绝了"。①

FVOA 指出，特别小组建议他们自付心理咨询费，也是一种冒犯和脱离实际的做法，因为这"忽略了每个成员可能因所需治疗水平或现有保险金而产生不同的咨询费……［而且］他们也没能意识到，有些人质的子女因为该事件而遭受了极大的心理伤害，如果其父母仍然健在，他们可能得不到州政府即刻的经济赔偿"。② 更不用说，如果心理咨询费要从州政府给每名 FVOA 成员的赔款中支取的话，那就得重新讨论州政府建议给予这些成员的赔偿数额。

最后，在州政府赔偿问题上，FVOA 的回应同样尖锐，他们指责特别小组无视"公平的最合理基准，即琼斯案的判例，反而以狱友诉州政府的协议方案为基准"。③ 那份协议并不是出于法庭的裁决，而是囚犯在被逼无奈的情况下达成的。FVOA 指出，对他们的赔偿可以说是"不足的，如果诉讼继续进行下去，赔偿款可能只有已经判给的一小部分"，它还指出，因为陪审团先前仅对两位原告就做出了"400 多万元"的赔偿，如果以此为基准，则州政府的赔偿数额会"相当惊人"。④ FVOA 认为，同样重要的是，人质的赔偿款比囚犯的协议赔偿少，难道仅仅因为他们没要求把律师费算进去，因为他们的

---

① 查看州政府有关阿蒂卡起义的文件，比特别小组或 FVOA 想得要复杂得多。不仅迈耶报告的第 2、3 两卷——以及据推测用来生成这份报告的所有材料——被两名而非一名法官封存，而且麦凯委员会对阿蒂卡的大规模调查的所有记录也都被封存，这是因为阿瑟·利曼极力抗争，终于没让这些记录落入 1972 年那些想要起诉囚犯的人手中。所以，FVOA 理论上仅有的记录就是保存在世贸中心的总检察长办公室以及非事发地存储的资料，但这些文件中哪些会被披露谁也不清楚。
② Attica Task Force, Report to the Governor, Draft Report, September 2003, 22; Forgotten Victims of Attica, Letter to New York State Legislature, Subject: "Draft report circulated by Glenn Goord to members of Task Force," January 13, 2004.
③ Attica Task Force, Report to the Governor, Draft Report, September 2003, 7; Forgotten Victims of Attica, Letter to New York State Legislature, Subject: "Draft report circulated by Glenn Goord to members of Task Force," January 13, 2004.
④ 同上。

律师盖瑞·霍尔顿为 FVOA 工作没收费？即便他们没有付钱给他，但向州政府要求的赔偿费对 FVOA 来说也已经相当高了。①

关于赔偿，还有一点 FVOA 认为至关重要。阿蒂卡特别小组在报告草稿中建议，无论多少赔偿款，都从行政部门、参议院、议会的预算中提取，数额三家相等。这个想法很糟糕，FVOA 主张："FVOA 认为是纽约州政府欠他们的，赔偿款必须由州预算支付。"否则，"这只会从立法机关目前支持的各类医疗、教育和社会福利项目中支取资金。FVOA 并不认为他们的苦难应该通过让他人受苦来缓解"。②

不消说，当记者风闻阿蒂卡特别小组的报告草稿，然后又听说 FVOA 对这份建议书有多敌意，于是纷纷打电话给古尔德专员，要求他解释特别小组接下来可能采取什么措施来解决 FVOA 关心的问题。对公众，他给出的不过是些陈词滥调，翻来覆去就那些废话，比如政府"有道德义务"解决阿蒂卡的争端。③ 但对 FVOA，古尔德的回信尖刻得多，信的题目是"专员的评论"。从开场白到具体的回复，很明显看出他很生气："既然我的讨论报告草稿已被人匿名地公之于众，那我就让你们了解由我负责的阿蒂卡特别小组的最新工作吧。"④他要求 FVOA 的成员考虑一下怎么对"几个复杂问题"作出回复，在他看来，在他们和州政府之间达成任何协议之前，这些问题必须得到解决。比如，如果他们现在拿到的钱与琳达·琼斯获得的赔偿数额相同，那 FVOA 的成员是否也愿意偿还他们已经拿到的工伤赔偿金？或者，如果他们坚持采用囚犯达成的那种协议，他们是否准备将此作为最终协议，也就是说州政府不会另外再向他们支付心理咨询费？⑤

---

① Forgotten Victims of Attica, Letter to New York State Legislature, Subject: "Draft report circulated by Glenn Goord to members of Task Force," January 13, 2004.
② 同上。
③ Precious, "Pataki to Ask Aid for Staff in Attica Riot."
④ Goord, "Commissioner's Commentary."
⑤ 同上。

FVOA拒绝和古尔德来来回回地争论。相反，该组织做出了一个重大的决定，即去找强大的加州警卫工会，请求其帮忙资助一名说客，而此人可以直接与同情他们的州立法者建立联系。加州惩教人员协会确实帮他们找到了一名说客，此外，还资助他们在狄安娜·奎恩·米勒的家中设立了FVOA办公室，以便她能随时与迈克尔·史密斯和盖瑞·霍尔顿商讨达成协议的事宜。有了这层经济支持，三人很快就在全国各地发表演讲，并定期前往奥尔巴尼与立法者会面。旅行和公关费用花了FVOA很多的钱，甚至超过了加州警卫工会所能提供的限度，于是，他们转而向全国各地的其他狱警团体求助。尽管NYSCOPBA和加州警卫工会提供了所需的大量资金，但其他许多组织也给予了帮助，包括和平惩教基金会和全美惩教人员协会。[1] 许多这样的组织，以及马萨诸塞、宾夕法尼亚、俄亥俄与佛罗里达等地的执法人员工会，都通过销售阿蒂卡周年纪念币、在自己成员中进行筹款等与FVOA合作，向帕塔基办公室施压，使之达成协议。[2]

2004年秋，FVOA已经筹到了足够的钱来请一名说客。他们请的这个人名叫阿蒂·马尔金，每月的服务费通常在4 000至12 000元之间，但他答应只要FVOA能干掉大量枯燥的工作，比如打电话、写新闻稿诸如此类的事，那他就可以少收很多钱，这样他只要跑到奥尔巴尼打招呼、谈判就行了。[3]

这名说客可谓做这个的老手了。他的资历令人印象深刻，其客户有纽约州辩护人协会、药品政策联盟、美国肺病协会、纽约州警的警察慈善协会，甚至还有"为美国而教"[4] 这个组织。这意味着他在奥尔巴尼的人脉极广，确实，他与帕塔基州长的法律顾问杰瑞·康诺利、纽约州总检察长艾略特·斯皮策，甚至首席助理检察长理查德·

---

[1] 如需了解这些组织的详情，参见其网站：http：//cpof.org/，http：//www.cusa.org/。
[2] 狄安娜·奎恩·米勒，给作者的电邮，2014年2月17日。
[3] 狄安娜·奎恩·米勒，与作者的电话交谈，2006年5月7日。
[4] Teach for America，一家非营利教育组织，办公室位于旧金山。——译者

里夫金都关系很近。① 2004 年感恩节临近之际，FVOA 觉得州长办公室终于有了动静。说客更为频繁地给狄安娜·奎恩·米勒打电话，让她知晓州长办公室就达成协议愿意提供多少赔偿款，这时候，她会让 FVOA 的成员来处理相关消息，然后再将他们的对策反馈给他。

2004 年 12 月，FVOA 告诉说客，协议不能再拖了。被害人质哈里逊·沃伦的遗孀弗朗西斯·沃伦刚刚去世，从 FVOA 开始在奥尔巴尼活动以来，她是第四个去世的遗孀。现在只剩下 7 名遗孀可能希望看到州政府做出赔偿，狄安娜·奎恩·米勒担心时间不多了。② 2004 年 12 月底，FVOA 的说客与帕塔基的法律顾问之间的商讨几乎是在日以继夜地进行，最终，正如狄安娜所言，协议"总算敲定了"。③

2005 年 1 月 14 日，纽约州政府正式同意与阿蒂卡生还的人质和被害的人质的家属达成 1 200 万元的和解协议。为了表示诚意，帕塔基办公室同意立即将 200 万元分给 52 个家庭，剩下的将在日后支付。FVOA 终于赢了。抑或看起来如此。

---

① 狄安娜·奎恩·米勒，给作者的电邮，2014 年 2 月 17 日。
② 参见：Ethan Sachs, "A State and Its Prison: The Attica Riot of 1971 and Untold Stories Since," University of Michigan, Senior Honors Thesis, April 2, 2012。
③ 狄安娜·奎恩·米勒，与作者的电话交谈，2006 年 5 月 7 日。

58. 空洞的胜利

即便幸存人质和人质遗孀最终和州政府达成了协议,但仍旧不清楚钱将如何分配。35 年之后,最终的决定将再次,即 35 年后,以强大而心酸的方式将他们的一生与阿蒂卡幸存的囚犯及囚犯遗孀的一生关联起来。

作为"被遗忘的阿蒂卡受害者"组织的主要领导人,狄安娜·奎恩·米勒很早就学会了去接触任何可能帮助她为像她这样的家庭伸张正义的人,这反过来让她对阿蒂卡事件的了解比她 2000 年带着愤怒参加广播节目之前所知道的要多得多。比如,她接触了"黑大个"弗兰克·史密斯,聊了几个小时,以便更好地了解他身上究竟发生了什么事。狄安娜·奎恩·米勒爱上了黑大个,对他完全信任。和他聊过之后,她决定去联系一下迈克尔·泰莱斯卡法官以弄清楚 FVOA 的赔偿款如何分配,因为囚犯的赔偿款就是由泰莱斯卡分配的。

她越这么想越觉得对。毕竟,泰莱斯卡法官在他 2000 年 8 月 31 日的一份文件中明确表示,对于给囚犯幸存者赔偿款,他感到非常遗憾,认为这一解决方案仍然没能帮到人质家属。[①]因此,狄安娜在 FVOA 与州政府的斗争中很早就接触到了泰莱斯卡。的确,她希望泰莱斯卡能帮助州官员认识到 FVOA 对这件事是认真的,绝不会撒手。所以,随着谈判的越来越紧张,整个 2004 年她始终和泰莱斯卡保持密切的联系。这些谈判确实经历了一些激烈的曲折,而狄安娜对泰莱斯卡逐渐有了了解并对他更为信任。

比如,早在 2004 年 12 月 18 日,FVOA 的说客已经让州政府同意支付 1 050 万元的赔偿款,但米勒拒绝了这个提议,因为她相信,泰莱斯卡法官可以依靠首席助理检察长理查德·里夫金来为他们说话并得到更多赔偿。然而,当她等待州政府对 FVOA 的拒绝做出回复时,她的信任受到了考验,事实上,她很想赶在更多的遗孀去世之前达成协议,这种压力让她神经崩溃,以致她进了医院。在病床上,她带着极度痛苦给说客阿蒂·马尔金打电话,"再也不能这样下去了!"② 在这关键时刻,狄安娜看到了泰莱斯卡在尽全力帮助人质,就像他当初帮助那些囚犯一样。多亏了泰莱斯卡在背后不断施压,当说客回到州长的法律顾问那儿,他说狄安娜病了,又一名遗孀去世了,这一切现在必须结束了,州政府终于同意了 1 200 万元的赔偿金——与答应囚犯的赔偿数额相同。③ 在当地一家教堂举行的欢庆圣诞夜的晚会上,狄安娜·奎恩·米勒和盖瑞·霍顿向大家公布了这个消息,FVOA 一致决定接受这个数字。④ 米勒回忆道:"这是这么长时间以来,我们过得最美好的一次圣诞节。"⑤

尽管狄安娜相当肯定自己希望由泰莱斯卡法官来监督将新判的 1 200 万元分给 FVOA 的家庭,但她仍有一些保留意见,必须加以解决。对此,她是这么解释的:"我得去见他……即便弗兰克·史密斯认为他很棒,但我仍然想去亲自确认一下——确认他没带偏见。"⑥ 当她发现他的办公桌上放了一张令人心碎的照片——一名囚犯在帮助另一个囚犯,州警在冷眼旁观时,她相信自己找对了人。她说:"他

---

① Forgotten Victims of Attica, "A Time for Truth," Report, February 13, 2003.
② 狄安娜·奎恩·米勒,与作者的电话交谈,2006 年 5 月 7 日。
③ 同上。
④ 同上。
⑤ 同上。
⑥ 同上。

一名狱友搀扶着另一名受重伤的狱友,警卫冷眼旁观(泰莱斯卡法官供图)

办公室里的那些照片很能说明问题。它打动了我。"①

尽管如此,狄安娜·米勒仍然想让法官知道 FVOA 的处境,虽然与囚犯的处境相似,但并不相同。在她看来,人质案中的赔偿款分配不应像囚犯的协议那样,谁身心受损最严重就能得得多,她认为那些丈夫被杀的家庭应该得得最多。到 2004 年,健在的遗孀已屈指可数,她觉得她们应该得到最多。不消说,这个立场在 FVOA 的某些成员看来是有争议的,因为像迈克尔·史密斯这样的人在夺狱期间受的创伤折磨了他一生。但狄安娜·奎恩·米勒很高兴泰莱斯卡法官至少听取了她的观点,结束和他的会面离开时,她觉得他会公正客观地处理

---

① 狄安娜·奎恩·米勒,与作者的电话交谈,2006 年 5 月 7 日。

这事。①

米勒不得不说服 FVOA 的其他成员应由泰莱斯卡法官来决定如何分配州政府的赔偿款。将这项任务交给泰莱斯卡的事，已经在 FVOA 的好几次会议上提出过，对此显然存在异议。在宣布达成协议前 5 个月举行的一次这样的会议上，盖瑞·霍顿提起了这事，引来了一些敌意的回应。② 有 29 名成员来参加了这次特别的会议，那天晚上，当霍顿做开场发言说 FVOA 的成员和前阿蒂卡囚犯弗兰克·史密斯一直在"共同寻求正义"时，许多人对这个说法很不舒服。③ 霍顿接着说，泰莱斯卡法官明显帮助过弗兰克·史密斯，也应该是 FVOA 的最佳盟友。会议现场越来越安静。有些人支持，但有些人，如人质 G. B. 史密斯和盖瑞·沃克并不赞同。所以，当这个问题在 2005 年真正拿到台面上的时候，狄安娜知道要做很多工作来让大家在泰莱斯卡通力合作这件事上达成共识。在接下来的几个星期，她喝了无数杯咖啡，打了无数次电话，终于让所有人都同意了。

当 FVOA 宣布希望泰莱斯卡法官来分配他们的赔偿款时，阿蒂卡特别小组中最保守的成员之一、州参议员戴尔·沃克拒不同意。在沃克看来，谁来分配州政府的钱，FVOA 无权干涉。FVOA 毫不气馁，请说客阿蒂·马尔金来办此事。然而，他们从他那儿了解到又一个障碍：州长有意指派他人来做这件事。但 FVOA 的成员不肯松口。几天来，他们会见了州长的律师，强烈地建议让泰莱斯卡来分配资金。他们辩称，他是最好的人选，因为他正直无私。对阿蒂卡夺狱行动的来龙去脉及后果，他比州长任命的任何人都更了解。最终，州政府同意设立阿蒂卡州雇员受害者基金，州长也同意了 FVOA 的请求，让泰莱斯卡处理协议事宜。2005 年 5 月 2 日，帕塔基对他进行了正式任命。

---

① 狄安娜·奎恩·米勒，与作者的电话交谈，2005 年 6 月 21 日。
② Author's notes, Forgotten Victims of Attica, meeting, August 9, 2004.
③ 同上。

泰莱斯卡法官对于得到这个机会颇为感激。2003年，"黑大个"被诊断出癌症，病情日益严重，从那时起，法官花了大量时间与他通电话。在交谈中，"黑大个"表示希望前人质和人质家属也应从州政府那儿得到些许正义，他觉得泰莱斯卡法官应该就是帮助他们如愿的人。他对法官说："照顾好阿蒂卡监狱员工的家人……他们是好人，他们也有自己的苦痛。"① 因此，泰莱斯卡认为，如果FVOA愿意同意有约束力的仲裁，他就来分配。②

显然，有些事是州长办公室决定的，泰莱斯卡无法控制。为了减轻州预算的负担，这笔协议款将在6年内付清。而且，延期付款不会累加利息。不仅如此，虽然规定协议款须在每年9月至3月的某个时间支付，但并没有承诺确切的时间。③ 好消息是，协议款无需缴税。④

在处理这事之前，泰莱斯卡法官先与FVOA的代表狄安娜·奎恩·米勒、盖瑞·霍顿及迈克尔·史密斯开了几次会，以确保他了解他们所设想的分配方式。他们讲话，他做笔记，他不由得注意到对于谁该得到最高的赔偿额，FVOA成员中仍存在真正的分歧。狄安娜回忆道："法官注意到了……我和迈克尔之间关系紧张。"⑤ 泰莱斯科已经知道狄安娜认为遗孀们得到的应该最多，但迈克尔·史密斯认为她们虽然痛苦，但并未遭受了最大的创伤。还有一个棘手的问题：米勒的父亲威廉·奎恩之死适用了哪一点。毕竟，他并不是被州政府杀害的，尽管在米勒看来，他终究是因州政府的疏忽而死——讽刺的是，1975年，律师威廉·昆斯特勒在决定其委托人约翰·希尔的命运的陪审团面前也提出过这个观点。⑥

---

① Author's notes, Forgotten Victims of Attica, meeting, August 9, 2004.
② 迈克尔·泰莱斯卡，与作者的交谈，2004年8月13日。
③ 狄安娜·奎恩·米勒，与作者的电话交谈，2005年6月21日。
④ Melissa Long, "Settlement for Forgotten Victims of Attica," WROC-TV, May 13, 2005.
⑤ 狄安娜·奎恩·米勒，与作者的电话交谈，2005年6月21日。
⑥ 同上。

为帮助解决 FVOA 成员之间的分歧，泰莱斯卡决定于 2005 年 6 月 13 日和 FVOA 全体成员开个会，以了解其他人在这件事上想怎么样。和之前对囚犯的做法一样，他也请大家讲出自己的故事，并记录在案。他说得很清楚，他还将阅读阿蒂卡特别小组的证词，如果大家觉得可以的话，也可以把自己的故事私下说给他听，这些证词可以封存起来。① 他指示每名家属在 6 月 15 日之前将所有相关文件交给他，这样，他就可以在任何地方花 4 到 6 天来听取证词。他的目标是让整件事在 8 月 1 日前解决，符合州审计长定的付款截止日期。现在，共有 150 人有权分得赔偿款，讽刺的是，其中包括约瑟夫·克里斯蒂安中尉，根据麦凯委员会的报告和马尔科姆·贝尔的检举报告，他 1971 年 9 月 13 日在人质圈附近执行营救任务，导致许多人质被州警从栈桥上射来的子弹打死。②

7 月 3 日，迈克尔·泰莱斯卡法官发布了他备受期待的一项命令，并于 2005 年 7 月 12 日经过修改，终于确定下来。③ 这项命令解释得很清楚，有三组符合资格的索赔人。一组是阿蒂卡夺狱期间死亡的狱警和州文职雇员，这个表述很重要，因为如果不写明他们是如何死亡的，就意味着威廉·奎恩也能被包括在该组中。④ 一组是在"骚乱期间遭受人身攻击、被劫为人质或被狱友扣留……尽管在州警夺取监狱之前获得释放"的在职或离职的狱警或州文职雇员，或者他们的继承人，假如他们已经不在世的话。⑤ 最后一组是夺狱期间在阿蒂

---

① 狄安娜·奎恩·米勒，与作者的电话交谈，2005 年 6 月 21 日。
② 参见：New York State Special Commission on Attica, *McKay Report*, 391-93, and Bell, *Preliminary Report on the Attica Investigation*。
③ "Attica State Employees Victims' Compensation Fund Amended Order. This Order, and Schedule A attached hereto, are amended for the sole purpose of correcting the spelling of some of the claimants' names and, in all other respects, the Order and Certification issued by this Court on July 12, 2005 remain unchanged," United States District Court, Western District of New York.
④ 同上。
⑤ 同上。

卡上班的在职或离职的狱警或州文职雇员,或者在"1971年9月13日州警夺取阿蒂卡监狱时被枪击的"任何在职或离职的纽约州警,也包括他们的继承人,如果他们已经去世的话。①

一旦确定了这三组,泰莱斯卡又将其分成六小类。② 第一类(55万元),包括威廉·奎恩和哈里逊·威廉·惠伦,也可以描述为"受到狱友加害伤重而死的人,[以及]1971年9月13日夺狱期间受了致命伤的人,还有承受了20天甚至更长时间的有意识的疼痛和痛苦的人"。③ 第二类(50万元),包括人质爱德华·坎宁汉、约翰·达坎杰罗、埃尔默·哈迪、理查德·刘易斯、约翰·蒙特利昂、卡尔·瓦隆、埃隆·沃纳和罗纳德·沃纳,这一类也可描述为"所有在1971年9月13日夺狱期间当场死亡或其后19天内伤重而死的人"。④ 第三类(38万元),包含了迈克尔·史密斯这样的前人质——"那些在1971年9月13日夺狱期间受重伤但非致命伤的人。就该小类而言,'重'伤是指在1971年9月13日至1971年12月13日之间需连续住院治疗达20天或更久,或导致脑损伤的情况"。⑤ 第四类(22.5万元),针对的是"1971年9月9日至13日之间至少有一段时间被劫为人质者,或参与阿蒂卡夺狱行动,因囚犯殴打或枪伤造成的永久性人身伤害,导致完全或部分身体残疾者"。第五类(15万元),包括"1971年9月9日至13日之间至少有一段时间被劫为人质,并因枪伤或遭狱友殴打而受重伤者"。⑥ 最后,第六类(10万元)涵盖了

---

① "Attica State Employees Victims' Compensation Fund Amended Order. This Order, and Schedule A attached hereto, are amended for the sole purpose of correcting the spelling of some of the claimants' names and, in all other respects, the Order and Certification issued by this Court on July 12, 2005 remain unchanged," United States District Court, Western District of New York.
② 同上。
③ 同上。
④ 同上。
⑤ 同上。
⑥ 同上。

"在骚乱期间任一时间段被劫为人质的其余所有人"。①

泰莱斯卡列的这个顺序,和他给囚犯列的一样,也包括了阿蒂卡受害者的大量口述证据以及佐证他们证词的第三方证词,其中既有囚犯,也有参与进攻的执法人员。夺狱那天早上就在现场的尼亚加拉县一名前副治安官的证词,尤其令泰莱斯卡动容。"他非常激动地描述了枪击场面,描述它是多么'没必要'。他在副治安官任上训练过防暴警察,当过海军陆战队宪兵,觉得根本没必要开火。催泪瓦斯足以制服囚犯。"② 事实上,相当多的人花时间来提供确凿的证词,尽管

纪念碑上刻着:"纪念1971年9月9日至13日骚乱中献出生命的员工",2015年2月(*Courtesy of* The New York Times)

---

① "Attica State Employees Victims' Compensation Fund Amended Order. This Order, and Schedule A attached hereto, are amended for the sole purpose of correcting the spelling of some of the claimants' names and, in all other respects, the Order and Certification issued by this Court on July 12, 2005 remain unchanged," United States District Court, Western District of New York.

② Decision and Order, *Akil Al-Jundi et al. v. Vincent Mancusi et al.*, 113 F. Supp. 2d 441 (2000), No. CIV-75-132, August 28, 2000. Final Summaries.

他们自己"并不能从协议基金中分一杯羹"。① 泰莱斯卡很高兴有这么多人最终开口了。他在那项命令的最后一段说:"希望1971年阿蒂卡骚乱的幸存者及其家人不再觉得'被遗忘',希望那些遭受痛苦且仍在受苦的人将至少能从此事中感到某种程度的安慰,这件事已经结束,正义得到了某种程度的伸张"。②

或许,在35年之后,某种程度的正义是任何人在35年之后所能希望得到的最好的东西。正如人质罗恩·考兹洛夫斯基对记者盖瑞·克雷格所说,"这并不能真正弥补你所经历的一切",但是,他补充道,"有总比没有好"。③ 其他人,比如FVOA的律师盖瑞·霍顿也对FVOA获得的最终结果持务实的态度。"我也不清楚在这种状况下,什么才是真正的正义。能达到这一步我们已经很高兴了。就我个人来说,这比我料想的要远"。④ 而且,正如迈克尔·史密斯所说:"我不知道这是不是正义……但这已经是最接近我们的目的的了。"⑤

然而,对狄安娜·奎恩·米勒和迈克尔·史密斯来说,这场胜利最终让人觉得空洞。尽管现在同意向几十名遭受严重的和不必要的创伤的人支付2 000万元,并向代表他们的律师支付数百万元,但事实在于纽约州政府仍没有承认自己做了错事。没人承认自己负有责任,更别说向在夺狱期间受苦的囚犯或人质道歉了。州政府拒绝像FVOA要求的那样向公众开放所有的文件,为的是不让可怕的夺狱行动的幸存者了解该行动的细节或当天行动的详情。许多人仍在受这些一直不向公众开放的文件的庇护。

从FVOA开始工作起,狄安娜·奎恩·米勒见了大量的阿蒂卡幸

---

① Decision and Order, *Akil Al-Jundi et al. v. Vincent Mancusi et al.*, 113 F. Supp. 2d 441 (2000), No. CIV-75-132, August 28, 2000. Final Summaries.
② 同上。
③ Gary Craig, "Attica Victims Split $12M," *Democrat and Chronicle* (Rochester, New York), July 18, 2005.
④ 同上。
⑤ Long, "Settlement for Forgotten Victims of Attica."

存者，她知道公开这些记录本身并不能让受害者获得平静。事实上，他们得知的这些事会以全新的方式打破他们的生活。她想知道，她所认识的一些被害人质的子女是否会有这样的想法。她担心他们中的一些人一旦得知自己的父亲被谁所杀，会有不好的反应。[1] 然而，州政府还是不该这么做。州政府官员决定庇护那些按其吩咐犯下罪行的人，这么做是错误的。而继续掩盖自己所下的命令引发的惨剧，更是不道德的。

狄安娜心想，在阿蒂卡事件的全部真相被披露之前，历史上的那一刻仍将会萦绕在所有受害者的心头。

---

[1] 盖瑞·霍顿，与作者的交谈，2004 年 8 月 12 日。也可参见本书前言，了解本书作者为何选择将自己掌握的所有信息公之于众。

尾声　监狱与权力

2011年的时候，当我低头看着纽约州立博物馆库房地板上那些收集来的资料时，许多阿蒂卡前囚犯和前人质，以及阿蒂卡观察员、律师和州政府官员均已过世。前阿蒂卡囚犯"黑大个"弗兰克·史密斯2004年查出身患癌症，在斗争多时后也撒手人寰。阿蒂卡调查组前负责人罗伯特·费舍法官2005年去世。2009年，约翰·埃尔夫文法官去世，到2012年，阿蒂卡观察员汤姆·威克、阿蒂卡前典狱长文森特·曼库斯以及阿蒂卡前人质盖瑞·沃克都已离开人世。2016年，本书即将付梓之际，前阿蒂卡囚犯理查德·X. 克拉克和律师伊丽莎白·芬克也告别人世。

但是，即便这么多的阿蒂卡当事人和目击者已经不在了，这个历史性时刻也并未渐渐消失在茫茫人海。在书页之间，他们的故事长存于此。正是他们使阿蒂卡变得重要。

不过，阿蒂卡的遗产，即这个时刻对美国历史的意义，仍旧存在很大争议。

鉴于洛克菲勒政府以残忍的方式结束了阿蒂卡叛乱，考虑到他们得到了美国总统的支持，读者可能会惊讶，阿蒂卡的直接影响竟是引发美国刑事司法体系的重大改革。夺狱行动后不到一个星期，纽约州民主党委员会包括纽约市长约翰·林赛等党内高层在内的340名成员，就于1971年9月19日在锡拉库斯酒店举行会议，呼吁立刻实施阿蒂卡起义期间提出的那些核心要求，包括给予更多的宗教与政治自由，禁止邮件和报纸审查，并提供更多的法律服务和额外的康复服务。①

甚至在琼斯委员会（阿蒂卡事件之后即刻成立的旨在研究监狱制度的州特别小组）公布其1973年1月的那份关于如何改善监狱状况的报告之前，纽约州议会大厅里就可以听到类似的声音。② 1972年立法会议期间，洛克菲勒政府在两党议员的支持下，切实提出了各种监狱改革方案，包括允许囚犯离狱一周接受教育或职业培训；允许他们在家中有丧事时暂时离开监狱；如果他们所需的治疗在他们服刑的监狱里无法得到，应允许他们为自己寻求治疗方案。③ 那一年，似乎所有人都同意那些因"相似罪行"入狱的囚犯均应有资格"在大致相同的时间内"获得假释。④

这些各式提案和建议，在很大程度上源于全州各地的社区团体向他们所在地的立法者施加了巨大的压力，其结局是"在1972年立法会议期间，超过150项监狱改革法案提交到立法机构，通过了8项。其中最重要的包括州长的1 200万元的一揽子新基金"。⑤ 不仅监狱改革在纽约州议会1972年的会议上获得了切实的支持，而且当洛克菲勒州长提出1973年的预算时，他"免除了惩教署作为州立机构在支出上受到的限制"，以便为监狱改革提供资金。

阿蒂卡的讨论甚至在联邦层面产生了积极的影响。在国会，民主党人克劳德·佩珀领导的佩珀委员会指出，在阿蒂卡事件暴露了美国刑罚机构的现状后，需要对严肃的监狱改革提案予以考虑了；雅各布·贾维茨等来自纽约州的共和党参议员也迫于压力，要求该州的监

---

① "Democrats Back Demands," *New York Times*, September 19, 1971.
② "Rockefeller Offers Package for Prison Reform," *New York Times*, April 2, 1972.
③ 同上。
④ 同上。
⑤ Gerald Benjamin and Stephen Rappaport, "Attica and Prison Reform," *Proceedings of the Academy of Political Science* 31, no. 3, 200-13, 1974.

狱管理方式进行真正的变革。一位选民给贾维茨的得力助手写信说："积极的一步是将执法协助管理局（LEAA）未来的所有拨款与州及地方当局接受并实施'阿蒂卡28项要求'中包含的改革挂起钩来。"①

尽管许多专家学者认为1960年代是囚犯权利的黄金时期，1970年代则是彻底反弹的十年，但阿蒂卡叛乱之后的十年里，全国各地，特别是阿蒂卡的囚犯都取得了至关重要的胜利。② 起义之后的那几年，阿蒂卡兄弟争取来的大多数切实可行的建议实际上都在全州得到了落实。就在叛乱之后没多久，惩教署便要求提供近270万元用于"在全署范围内启动狱友的饮食服务和衣物计划"，这使得"惩教署

---

① Gary Gold, Letter to Brian Conboy, Subject: "Federal legislation to implement the 28 Attica Demands,'" September 15, 1971, Senator Jacob A. Javits Collection, Box 6, Special Collections and University Archives, Frank Melville Jr. Memorial Library, Stony Brook University, Stony Brook, New York.
② 1972年，美国最高法院在"克鲁兹诉贝托案"中确认了囚犯有权"拥有合理的机会去追求自己的信仰"。1976年，在埃斯泰尔诉甘布尔案中，法院同样支持囚犯获得医疗权。或许最重要的是，由于阿蒂卡事件之后，全国各地的囚犯采取的法律行动都以胜利告终，到1983年，"8个州的监狱系统被宣布违宪，另有22个州的监狱根据法院命令或合意判决来运作"。此外，即使在1970年代以后，阿蒂卡之事也在全国各地的法院系统掀起了大量的民权运动。1966年，囚犯仅提起了218件民权诉讼；1980年，即使街头的民权运动似乎已销声匿迹，囚犯在全美各地提起了创纪录的12 718起民权行动诉讼。1985年，他们提起了18 863起诉讼，到1995年，他们在州一级和联邦一级的法院提起了创纪录的41 659起民事诉讼。这一点意义重大。这意味着到1985年，共有"42个州的监狱系统或监狱被法院弄得不胜其烦"，这也就是说有人在盯着这些司法辖区内囚犯的待遇。参见：Cruz v. Beto 405 U. S. 319 (1972); Estelle v Gamble 429 U. S. 97 (1976). 关于得克萨斯最重要的案例之一，参见：Robert Chase, Civil Rights on the Cell Block: Prisoners' Rights Movements and the Construction of Carceral States, 1945-1995, manuscript in preparation for the University of North Carolina's "Justice, Power, and Politics" series. 关于囚犯权利的激进一面的另一个详细历史，参见：Dan Berger, Captive Nation: Black Prison Organizing in the Civil Rights Era (Chapel Hill: University of North Carolina Press, 2014); Table 1. Prisoner petitions filed in U. S. district court by federal and state inmates, 1980-2000. Data source: Administrative Office of the U. S. Courts, Report of the Proceedings of the Judicial Conference of the United States, in John Scalia, BJS Statistician, "Prisoner Petitions Filed in U. S. District Courts, 2000, with Trends 1980-2000," January 2002, NCJ 189430. 另外值得注意的是，1983年，提起了9 938项一般民事权利诉讼，而提起的囚犯民事权利诉讼是18 477项。

第一次向所有囚禁在其监狱内的罪犯提供了营养饮食"。① 惩教署还"申请了近 40 万元用于招募和协助少数群体候选人加入惩教署",并获得了一笔拨款,"用于在纽约选定的监狱内拓展日校和夜校的教育/职业培训"。② 这些申请很重要,是阿蒂卡囚犯自己不断向其管理者施压,要求他们兑现所作的各种承诺的结果。起义不到一年,《纽约时报》报道称,在"衣物、饮食、探视权、邮件检查及允许洗浴的次数"方面都已经实施了改革。③

除了为囚犯最终"获得更好的食物及医疗服务"铺平道路外,阿蒂卡起义还使得他们的探视时间及其他权利"得到了实质性的提升与改善",他们的"就业机会"也在扩大。④ 叛乱之后成立了多个狱友联络委员会,它们由囚犯投票选出的人组成,旨在帮助"将狱友群体的不满传达给狱方,与之沟通,提出建议"。⑤ 纽约州似乎也更重视狱警的培训。比如,惩教署决定于 1971 年 12 月 6 日至 23 日在奥尔巴尼的纽约州警察学院举办一次全方位的"狱警入职培训",内容包括"狱友类型""监管时的态度""人际动力学""偏见""少数族裔文化"。⑥ 多亏了阿蒂卡叛乱,许多现有的推动监狱改革的草根组织在纽约再度活跃起来。1971 年 11 月,宾厄姆顿举行了一个大型会议,名为"阿蒂卡之后——是什么?"同样重要的是,成立了全

---

① Russell Oswald, Memorandum to Rockefeller, Subject: "Activities Report—October 1, 1971-October 31, 1971," Rockefeller Archive Center.
② 同上。
③ Paul Montgomery, "Attica Prisoners Have Gained Most Points Made in Rebellion," *New York Times*, September 12, 1972.
④ "Since Attica: The Past Year of Penal Reform," Government Document, April 19, 1973, New York Public Library.
⑤ 同上。
⑥ On training COs better: New York State Department of Correctional Services, Program: "Orientation Training for Correction Officers," New York State Police Academy, Albany, New York, December 6-23, 1971, Investigation and interview files, 1971-1972, New York (State), Special Commission on Attica, 15855-90, Box 93, New York State Archives, Albany, New York.

新的囚犯权利组织，如"囚犯法律服务处"。①其他许多长期以来一直倡导纽约监狱人性化改革的老组织，如"奥斯本协会"和"财富社会"，也因阿蒂卡事件而焕发出活力。幸而有他们的努力，纽约州的刑事司法体系在起义之后变得不那么具有压制性了。

尽管阿蒂卡事件反映了囚犯权利行动的非凡力量和可能性，但与此同时，这也是把双刃剑，它招致并助长了对美国监狱条件进行人性化改革的一切努力的史无前例的反弹。

鉴于州政府官员于攻入阿蒂卡之后，立即站在监狱外宣讲囚犯如何野蛮的骇人故事，人们也不应高估阿蒂卡事件有多重要，不仅不要高估纽约人对民权和囚犯权利活动的看法，也不应高估其他无数美国人的看法。这场叛乱在报纸头版和电视新闻上待了整整一周，当州政府官员告诉全国人民，那些声称只是要得到更好待遇的囚犯屠杀了无辜的人质，许多人自然感到恐惧和厌恶。许多人得出结论，社会活动人士和抗议者实在太过分了。确实，特别是对无数的美国白人来说，阿蒂卡事件表明，现在是时候收拾"那些"黑人和棕色人种的家伙了，他们一直在大声挑战权威，过分要求权利。现在看来，他们并不是什么守法的自由斗士，而是危险的暴徒。②《时代》杂志的一位读者在1971年10月写信给编辑称："洛克菲勒州长做得很对。现在可千万不能让法庭对这些杀人犯慈悲为怀了。"③

---

① 关于这次监狱改革的大型会议的信息，参见："After Attica—What?," Program, New York State Conference on Prison Reform, Binghamton, New York, November 5-6, 1971, Senator Jacob A. Javits Collection, Box 6, Special Collections and University Archives, Frank Melville Jr. Memorial Library, Stony Brook University, Stony Brook, New York. Information in this collection also on a "National Conference on Prisoner Rights" in Chicago post-Attica。关于后阿蒂卡时期的其他事件、行动、组织，参见：Michele Hays, "The New York Prison System—A Generation After Attica," *Verdict: National Coalition of Concerned Legal Professionals* 7, no. 3 (July 2001).

② Hazel Erskine, "The Polls: Politics and Law and Order," *Public Opinion Quarterly* 38, no. 4 (Winter 1974-1975).

③ Letters, *Time*, October 4, 1971.

重要的是，从1971年的事件中得到这个信息的不仅仅是对此不抱幻想的公民。政策制定者也是如此。阿蒂卡起义促使美国惩教协会对监狱进行了一项大范围的研究，其结论之一是1971年的美国出现了一种"新型的囚犯"。① 据美国惩教协会的报告称，这种新型囚犯不仅要为阿蒂卡的恶性事件负责，而且他们还是"全国大多数监狱和看守所"的常客和主要威胁。② 为了防止对这个国家为什么现在面临这种好斗的罪犯的威胁这一点产生怀疑，它声称，是因为这些人在1960年代获得了"有关历史、种族问题、街头斗争的肤浅知识或其他知识以及激进主义语汇"，现在坚信自己是"种族主义社会的受害者"。③ 更惊人的是，据美国惩教协会所说，这种"新型的政治上激进的年轻囚犯"相信他们"正在对种族主义压迫者进行一场'圣战'"，该协会强调，这对本国奉公守法的公民来说绝非好事。④

对阿蒂卡的这种不寻常的理解以及它有关囚犯的建议，不啻为在告知全国官员从那一年起该如何对待囚犯。尽管在此次起义之后一些监狱立即颁布了改革方案，但加州、康涅狄格州、佛蒙特州和西弗吉尼亚州的典狱长和惩教署专员都大声反对再次与囚犯谈判。他们坚称，武力如今已是必需的。⑤ 事实上，一些人透露，在对付这种新一代好斗的黑人囚犯时，仅仅彰显自己的权威可能已经不够了。或许，现在需要为这些人建一个全新的监狱了。

阿蒂卡上空的硝烟刚刚散去，纽约惩教署专员拉塞尔·奥斯瓦尔德就向纳尔逊·洛克菲勒推销了这个观点。据媒体报道，奥斯瓦

---

① 关于美国惩教协会研究和报告的信息"New Type of Prisoner"，参见：Robert Gruenberg, draft news story, *Chicago Daily News*, 1971, Dorothy Schiff Papers, Box 4, New York Public Library。
② 同上。
③ 同上。
④ 同上。
⑤ Peter Kihss, "Prison Leaders in 8 States Support Assault at Attica," *New York Times*, September 16, 1971.

尔德建议将"该州1.6万名狱友中高达500人隔离到所谓'超警戒级别的'监狱中以阻止叛乱"。他认为,"某些个体"不得在"开放的机构"里走动,① 他们需要"隔离与加护"。②《纽约时报》的弗雷德·费雷蒂是这么总结的:"'越是好斗的、有攻击性的人'……将被集中起来,'这样他们就不能毒害其他狱友了'。"③ 全国的其他惩教署也同意奥斯瓦尔德的评估,即由于黑人激进分子在监狱里大肆活动,一场危机正在酝酿之中,至少有一名监狱管理者颇有信心地认为"在阿蒂卡事件之后所处的氛围中……'我们一定能做到'"。④

尽管是无意的,但阿蒂卡事件确实直接助长了美国的反民权、反改造的风气,全国各地关注选举政治的人很快就明了了这一点。任何想为其选区筹款的政客都知道,拿到钱的办法是扩大当地的刑法司法机构,并使之更有打击力度。一个选区在法律和秩序上越强硬,得到的钱就越多。⑤ 共和党州参议员约翰·邓恩说得很直白:"阿蒂卡事件的结果就是,公众认为我们必须变得更强硬。那意味着我们得把更多的人关进监狱。我们还没有到应该把许多人关进监狱的那个地步。"⑥

邓恩并不知道他对公众的期望看得有多准。尽管洛克菲勒政府在1972年对监狱改革基金表示赞同,但次年,洛克菲勒州长又通过了一系列比以往任何时候都要严厉的毒品法,为他自己赢得了打击犯罪

---

① Michael T. Kaufman, "Oswald Seeking Facility to House Hostile Convicts," *New York Times*, September 29, 1971.
② 同上。
③ Fred Ferretti, "Facility for Militants Urged," *New York Times*, September 23, 1971.
④ 同上。
⑤ 由于1965年的《执法协助法》以及1968年《街头安全法》的颁布,资金已经流向了美国城市,用于加强惩罚性维护治安和扩建监狱,但美国历史上最大规模的刑事司法系统所需的大部分资金出现在这次阿蒂卡叛乱之后。
⑥ Richard L. Madden, "US Will Study Charges of Mistreatment at Attica," *New York Times*, October 21, 1971.

绝不手软的名声。① 比如，颁布的法律规定"持有4盎司麻醉品的最低刑期为15年至无期徒刑，与二级谋杀罪的刑期相当"。② 在接下来的20年里，1973年的毒品法在全国范围内被复制，并且变得越来越严厉。譬如，到1978年，密歇根州已经通过了一项所谓的"650-无期徒刑"法，它将自动判处任何携带650克可卡因的人无期徒刑。似乎一夜之间，任何罪行，不仅仅是毒品罪，都可能会给人带来特别的惩罚。

确实，1980年代和1990年代，政治家们在州和联邦两级通过了几十项法律，将之前合法的行为都成为犯罪，还通过了无数的强制性最低刑期标准和所谓"判决就是真理"的法律，确保现在或一直被视为非法的任何行为都被延长刑期。③ 而到了1990年，共和党人试图通过一项严打犯罪行为的联邦法案，其内容之一是"减少法庭判处死刑所需的'恶劣因素'的数量"。④ 很明显，当一项不甚严厉的法案被提出时，全国地区检察官协会的会长就会说该法案"看起来

---

① 关于洛克菲勒毒品法的起源的更多信息，参见：Julilly Kohler Hausmann, "The Attila the Hun Law: New York's Rockefeller Drug Laws and the Making of a Punitive State." *Journal of Social History* 44, no. 1 (2010): 71-95. Also her forthcoming book with Princeton University Press on this same subject. For more on the drug wars of other decades, see: Matthew Lassiter, "Impossible Criminals: The Suburban Imperatives of America's War on Drugs," *Journal of American History* 102, 110, 1 (2015), 126-140; Donna Murch, "Crack in Los Angeles: Crisis, Militarization, and Black Response to the Late Twentieth-Century War on Drugs," *Journal of American History* 102, no. 1 (2015): 162-73。

② Madison Gray, "A Brief History of the Rockefeller Drug Laws," *Time*, April 2, 2009.

③ 比如，无家可归，直到这次惩罚性政策转变，才被执法部门视为必然导致犯罪的行为。过去40多年里，通过了越来越多的法律，将无家可归者在公共场所睡觉或乞讨定为犯罪。其他一些曾经被认为仅仅是反社会的行为，如在公共场合吐痰或小便，也开始会被逮捕。如需了解此类新出现的量刑定罪趋势，参见："Criminalizing Crisis: The Criminalization of Homelessness in U.S. Cities," a report by the National Law Center on Homelessness & Poverty, November 2011. Also see: Charles G. Koch and Mark V. Holden, "The Overcriminalization of America," Politico.com, January 7, 2015。

④ Michael Isikoff, "Bush Promises Veto of Crime Bill," *Washington Post*, September 13, 1990.

像是莱文沃斯或阿蒂卡的'死囚区政治行动委员会'起草的",试图以此减少对它的支持。①

这位地区检察官不必担心任何不那么严厉的法案会通过。那一年,不仅共和党人获胜,而且许多民主党人也想对犯罪行为采取更严厉的措施。1994年,民主党和共和党再次联手通过了一项更具毁灭性的惩罚性法案,即《暴力犯罪控制和执法法》,堪称美国历史上最为全面的"严惩犯罪行为"的法案。其中,专门拨款97亿元用于建造更多的监狱设施。到1995年,美国的监狱人数已过百万,而且仍在以史无前例的速度增长。② 如今坐牢的人很多是因为吸毒、精神病、贫穷或种族原因被逮捕的,这一事实无论是在某个州议会还是在华盛顿特区,几乎没有受到任何政客的注意。后来,为了确保这个如今已然庞大的被监禁群体不能通过国家法律体系抗议其所处环境的日益恶化,就像他们在阿蒂卡起义前后所采取的有效反抗,1996年,立法者们通过了《监狱诉讼改革法》(PLRA)。

《监狱诉讼改革法》对美国的囚犯可谓致命一击。20世纪囚犯之所以能在人权领域获得许多胜利,那是因为被监禁者能够诉诸联邦法院,以捍卫第八修正案赋予他的不受残酷和不寻常的惩罚的权利。这项新法律使囚犯更难合法地保护自己。比如,它要求在颁布任何法令或禁令前提供实质性的侵权行为的证据,并且严重限制了联邦法院的自由裁量权,使之无法做出对整个系统有影响的裁决,甚而要求联邦法院在作出任何决定时以公共安全为重。此外,它还规定了律师费的上限,且要求在任何囚犯因诉讼而获释前需经三名法官组成的小组一致同意。③

---

① Michael Isikoff, "Bush Promises Veto of Crime Bill," *Washington Post*, September 13, 1990.
② Christopher J. Mumola and Allen J. Beck, "Prisoners in 1996," Bureau of Justice Statistics Bulletin, June 1997, NCJ 164619.
③ Prisoner Rights Primer: Syllabus, Justice 294, Dr. Tom O'Connor, North Carolina Wesleyan College.

到 21 世纪初始时，美国的打击犯罪和打击毒品的行动已然将全国最贫穷的街区，即已然最边缘化的黑人和棕色人种街区，定为罪犯聚居地，从而使整个国家陷入了一种国际上前所未有的被称为大规模监禁（mass incarceration）的危机中。虽然在阿蒂卡所说的谎言——它是如何编造出来的——并没有以某种线性的方式导致集体监禁，但确实助长了这种情况。① 重要的是，尽管打击犯罪的战争早在阿蒂卡事件 6 年前就开始了，但美国监禁人数的急遽上升是在叛乱被镇压后直接出现的。

而且，值得注意的是，在大规模监禁的时代，"阿蒂卡"一词在大众的想象力中已不再意味着斗争和反抗，与多年前约翰·列侬《阿蒂卡州》（*Attica State*）的歌词或西德尼·卢美特的大片《炎热的下午》（*Dog Day Afternoon*）也不可同日而语。反倒是到了 1990 年代，

---

① 20 世纪最后 30 年，美国的刑罚政策转向的历史比阿蒂卡的大得多——尽管阿蒂卡起义以及州政府对此的回应同样极大地推动并巩固了这一转向。正如我之前所说的，打击犯罪的行动始于 1965 年，当时，林登·约翰逊总统设立了执法管理局，通过了《执法管理法》，而打击犯罪的行动反过来导致毒品战争以及美国入狱人数比其他任何国家都多。历史学家已经开始勾勒出监狱现状的轮廓，我们还将继续了解到，为何美国在 1965 年以后会接受如此严酷的刑罚政策，它为何会成为世界上最大的监狱，以及这一刑罚政策转向对我们的社区、我们的经济和我们的民主意味着什么。参见：Heather Ann Thompson, "Why Mass Incarceration Matters: Rethinking Urban Crisis, Labor Decline, and Political Transformation in Postwar America," *The Journal of American History* (December 2010). 亦可参见 the powerful essays on the history of the carceral state in special issues of the *Journal of American History* edited by Heather Ann Thompson, Khalil Gibran Mohammad, and Kelly Lytle Hernández (June 2015) and the *Journal of Urban History* edited by Heather Ann Thompson and Donna Murch (Fall 2015). 亦可参见 recent new comprehensive histories of the origins of the carceral state such as Elizabeth Kai Hinton, *From the War on Poverty to the War on Crime: The Making of Mass Incarceration in America* (Cambridge: Harvard University Press, 2016); Naomi Murakawa, *The First Civil Right: How Liberals Built Prison America* (New York: Oxford University Press, 2014); Marie Gottschaulk, *Caught: The Prison State and the Lockdown of American Politics* (Princeton: Princeton University Press, 2014); Dennis Childs, *Slaves of the State: Black Incarceration from the Chain Gang to the Penitentiary* (Minneapolis: University of Minnesota Press, 2015); and Kelly Lytle Hernández, *City of Inmates: Conquest and the Rise of Human Caging in Los Angeles* (Chapel Hill: UNC Press, forthcoming)。

"阿蒂卡"一词出现在像 KRS-One 和扎克·德·拉·罗查(Zack De La Rocha)等说唱歌手的歌词中,出现在电视剧《黑道家族》(Sopranos)的某集,甚至儿童卡通剧《海绵宝宝》之中,它指的是"坏得不能再坏的罪犯"。①

到了 21 世纪初,美国已经以令人不安的方式变得像 19 世纪末的美国。在 1800 年,"五分之三妥协"②的条款赋予白人选民来自黑人的政治权力,而黑人本身被禁止投票,2000 年后,全国许多州借监狱来不公正地划分选区,做的其实是同样的事。③ 1865 年美国内战以后,南方的非裔美国人渴望平等和民权,导致白人采取新的方式将非裔美国人社区的人当作罪犯对待,然后将大量黑人送进该地区的监狱。④ 同样,民权运动之后,黑人监禁率急剧上升,而民权运动成了阿蒂卡的缩影。从 1965 年起,越来越多的黑人社区遭到犯罪指控,

---

① 约翰·列侬 1971 年创作了歌曲《阿蒂卡州》,收入其同年发布的专辑 Some Time in New York City 中。西德尼·卢美特的《炎热的下午》1975 年上映。数十年之后的情况,参见:KRS-One、Zack de la Roche、the Last emperor 演唱的"C. I. A.(Criminal in Action)";参见《黑道家族》第一季第 13 集"I Dream of Jeannie Cusamano";亦可参见《海绵宝宝》的"Missing Identity"那集。

② 指 1787 年美国南方与东北方在制宪会议中达成的协议,妥协之处在于将奴隶的实际人口乘以五分之三,以作为税收分配与美国众议院成员分配的代表性用途。美国 1787 年宪法便是在对抗与冲突中相互妥协的结果。——译者

③ 监禁时代的监狱不公正地划分选区,将无法投票的黑人因犯群体计入普查人口数,从而增加白人的投票权,此做法扭曲了美国的民主制度。欲了解更多,参见:Heather Ann Thompson, "How Prisons Change the Balance of Power in America," The Atlantic, October 7, 2003, http://www.theatlantic.com/national/archive/2013/10/how-prisons-change-the-balance-of-power-in-america/280341/. 亦可参见"监狱政策倡议"组织完成的有关此现象的大量报告,http://www.prisonersofthecensus.org/。

④ 欲了解更多关于美国内战之后南方黑人地区刑事定罪以及剥夺公民权和罪犯出租的历史,参见:Edward L. Ayers, *Vengeance and Justice: Crime and Punishment in the 19th-Century American South* (New York: Oxford University Press, 1984); Mary Ellen Curtin, *Black Prisoners and Their World, Alabama, 1865-1900* (Charlottesville: University of Virginia Press, 2000); Alex Lichtenstein, *Twice the Work of Free Labor: The Political Economy of Convict Labor in the New South* (New York: Verso, 1996); David M. Oshinsky, *"Worse Than Slavery": Parchman Farm and the Ordeal of Jim Crow Justice* (New York: Free Press, 1997); Karin Shapiro, *A New South Rebellion: The Battle Against Convict Labor in the Tennessee Coalfields, 1871-1896* (Chapel Hill: University of North Carolina Press, 1998); Talitha L. LeFlouria, *Chained in Silence: Black* (转下页)

到 2005 年,美国监狱中 40% 是非裔美国人,但黑人占全国总人口仍不足 13%。① 正如 1870 年后,越来越多的美国人被关进监狱,企业从中获利一样,1970 年后,他们也越来越多地将监狱人口当劳力来用。在这两个世纪里,美国白人都通过加强国家的刑事司法体系,采取更严厉的惩罚措施,作为对黑人要求自由的回应。结果,在这两个世纪里,美国的刑事司法体系将被监禁、被剥夺权利的非裔美国人当作罪犯,对其进行管制并强迫劳动,种种所为对美国刑事机构内外均造成了难以估量的损害。②

阿蒂卡的囚犯们对这段漫长的历史了然于心。这就是他们的历史。所以他们才会拒绝放弃,不完成真正有意义的监狱改革决不罢休。当这些囚犯接管阿蒂卡监狱时,他们觉得很多东西岌岌可危,州政府也这么觉得。如果他们不发声,不要求得到人的待遇,如果允许

(接上页) *Women and Convict Labor in the New South*(Chapel Hill:University of North Carolina Press, 2015); Robert Perkinson, *Texas Tough: The Rise of America's Prison Empire*(New York:Picador, 2010); Sarah Haley, *No Mercy Here: Gender, Punishment, and the Making of Jim Crow Modernity*(Chapel Hill:UNC Press, 2016)。关于北方和西部黑人地区刑事定罪的情况,参见:Kali Nicole Gross, *Colored Amazons: Crime, Violence, and Black Women in the City of Brotherly Love, 1880-1910*(Durham:Duke University Press, 2006); Khalil Gibran Muhammad, *The Condemnation of Blackness: Race, Crime, and the Making of Modern Urban America*(Cambridge:Harvard University Press, 2011); Cheryl Hicks, *Talk with You Like a Woman: African-American Women, Justice, and Reform in New York, 1890-1935*(Chapel Hill:UNC Press, 2010); Donna Jean Murch, *Living for the City: Migration, Education, and the Rise of the Black Panther Party in Oakland, California*(Chapel Hill:UNC Press, 2010); Kelly Lytle Hernández, *Migra!: A History of the U. S. Border Patrol*(Oakland:University of California Press, 2010); Miroslava Chávez-García, *States of Delinquency: Race and Science in the Making of California's Juvenile Justice System*(Oakland:University of California Press, 2012)。

① Paige M. Harrison and Allen J. Beck, "Prisoners in 2005," Bureau of Justice Statistics Bulletin, US Department of Justice, November 2006, NCJ 215092; "Race and Hispanic Origin in 2005," Population Profile of the United States, US Census Bureau.

② 关于19、20世纪两本有关重罪犯剥夺公民权情况的最重要著作,参见:Pippa Holloway, *Living in Infamy: Felon Disfranchisement and the History of American Citizenship*(New York:Oxford University Press, 2013); and Jeffery Manza and Chris Uggens, *Locked Out: Felon Disenfranchisement and American Democracy*(New York:Oxford University Press, 2008)。

能够操纵全国刑事司法体系的州权力是绝对的,那美国的刑罚体系最终就变得过于严苛,太没人性,令人无法承受。①

他们是对的。仔细看看阿蒂卡的囚犯被迫噤声后的30年里纽约州的情况,就能明显发现事情最终变得有多糟糕。1971年,该州监狱中关押着12 500名囚犯,由于"量刑政策和假释率的变化",太多像阿蒂卡这样的监狱已经人满为患,到1982年,这个数字翻了一番多。② 到1990年代末,纽约州的监狱里已经塞了72 638名囚犯,仅在1998年至1999年期间,就为州监狱产业的Corcraft公司创造出了7 000万元的收入。③ 随着21世纪的到来,纽约州的监狱中里还关押了近74 000名男男女女,其中绝大多数是该州的黑人和棕色人,所有人仍然可能被强迫劳动,没人可以通过投票来改变这套系统。④

到20世纪行将结束之时,很明显,在囚犯采取行动——因而对监狱系统造成压力——被镇压的那一刻,后叛乱时代的许多要求纽约州监狱系统进行改革的呼声就被击退了。

阿蒂卡起义后十年多一点,监狱再次陷入严重危机。⑤ 到1982年,阿蒂卡监狱人满为患,任何仍然存在的囚犯项目都远远无法满足囚犯的需求。监狱里再次出现了有太多囚犯需要医疗服务的情况,可是这一次医疗服务质量仍然"很糟"。⑥ 事实上,阿蒂卡在"医疗、饮食、休闲、探视以及获得上庭和法律材料"等方面再次出现了许

---

① 关于阿蒂卡囚犯如何理解不为更好的行使权利而斗争的后果,参见:"Lessons from Attica: From Prisoner Rebellion to Mass Incarceration and Back," in special issue: "Mass Incarceration and Political Repression," coedited by Mumia Abu-Jamal and Johanna Fernández, *Socialism and Democracy*, #66, vol. 28, no. 3 (December 2014)。
② The Correctional Association of New York, verdict, "Attica, 1982: An Analysis of Current Conditions in New York State Prisons" (New York, September 1982).
③ 同上。
④ 同上; *Verdict: National Coalition of Concerned Legal Professionals* 7, no. 3 (July 2001)。
⑤ The Correctional Association of New York, Verdict, "Attica, 1982: An Analysis of Current Conditions in New York State Prisons," 5.
⑥ 同上,9, 11。

多严重的问题,许多人担心可能会再次爆发叛乱。① 尽管这里有一个狱友联络委员会可以向管理当局表达他们的担忧之情,但到了1980年代,囚犯们也清楚该组织并无实权,所以他们拒绝维持这样的假象。那一年,典狱长在报告中说,"因为几乎没有囚犯愿意竞选狱友联络委员会的职位,所以他取消了最近的一次选举,谁毛遂自荐就是谁的"。②

1980年代的阿蒂卡和以前一样,那些投诉无门的囚犯最终爆发了。不过,这次的回应是将他们隔离开,惩罚措施也比往常任何时候更严厉。根据纽约惩教协会的数据,到1982年,"该区域的实际面积在过去一年里增加了一倍多,如今关押着约80名犯人"。更糟的是,狱方建造了20个全新的隔离间,"完全用树脂玻璃包裹起来",只有几个小孔供通风之用,一到炎炎夏日,关在里面的人就得大口呼吸,汗流浃背。③ 更有甚者,狱方以及新一届狱警工会、NYSCOPBA已经开始再次呼吁"在阿蒂卡建一个所谓的超警戒单元或单独的超警戒监狱"。④ 他们的榜样大草地监狱已经建成了其中一种,即为"好惹是生非的"囚犯建的非自愿保护单元(IPU)。⑤

被关入"特殊安置单元"(就是以前被称为"盒子"的Z楼)的囚犯生不如死,以至于1985年6月3日一名被关在那里的患有精神病的犯人自杀身亡。有人代表这个单元的囚犯们对狱警提起了诉讼,诉讼称,狱警一再骚扰辱骂此人,直至其不堪受辱走上自杀之途。这份诉状由迈克尔·泰莱斯卡法官受理,囚犯在诉状中说"特

---

① The Correctional Association of New York, Verdict, "Attica, 1982: An Analysis of Current Conditions in New York State Prisons," 9, 11.
② 同上,15。
③ 同上,20, 21。
④ 虽然阿蒂卡的狱警属于美国州、县、市政府雇员联合会第82理事会,但在1982年,他们脱离出去并加入保守得多的纽约州惩教人员&警察慈善协会(NYSCOPBA)。The Correctional Association of New York, Verdict, "Attica, 1982: An Analysis of Current Conditions in New York State Prisons," 23。
⑤ 同上。

殊安置单元的狱警经常使用武力,利用裸身牢房[在这样的牢房内,囚犯没有衣服或被褥]来实施惩罚,没有充足的医疗设施,没有充足的锻炼设施,生活环境不卫生,饮食不充足且很不卫生,在许多特殊安置单元的牢房前不当地使用树脂玻璃作为隔断,无法进入法律图书馆,无法使用法律研究资料,被剥夺了自由进行宗教活动的权利"①

1971年起义40年后,阿蒂卡的情况比之前更糟。据纽约惩教协会称,到2001年,"惩教署已经削减了1 200个向狱友提供服务的项目,这些项目1991年就设立了"。② 到2011年4月12日,这座监狱关押了2 152人,其中绝大多数是非裔美国人和拉丁裔,那一年有超过21%的阿蒂卡囚犯被"诊断患有某种程度的精神疾病"。③ 纽约惩教协会调查了阿蒂卡的囚犯,称其发现"整座监狱仍然存在严重的恐吓和恐惧……[而且]我们收到了许多信件,其中描述了参与惩教协会的调查所受到的威胁和报复"。④ 更有甚者,该协会还指出,"在其走访的监狱中,阿蒂卡狱友投诉受到经常性人身攻击、口头骚扰、威胁和恐吓、强制搜身、停电停水、报复的比例最高,狱友说,报复的方法就是不让狱友离开牢房去吃饭"。⑤

至少到目前为止,对美国囚犯的残酷程度更上一层楼是1971年阿蒂卡起义最明显、最持久的遗产,这真是既可悲,又极为讽刺。尽管1971年发生的极端暴力事件绝大多数是执法人员而非囚犯所为,

---

① Decision and Order, *George Eng et al. v. Harold Smith et al.*, United States District Court, Western District of New York, No. CIV-80-385, January 29, 1988.
② Roger Wilkins, "Since Attica, the Significant Changes Have Been Rhetorical," *New York Times*, April 20, 1975; Michele Hays, "The New York Prison System—A Generation After Attica," *Verdict: National Coalition of Concerned Legal Professionals* 7, no. 3 (July 2001).
③ The Correctional Association of New York, "Attica Correctional Facility: 2011," Prison Visiting Project Report, April 2011.
④ 同上。
⑤ 同上。

但美国选民最终没有通过要求各州约束警察的权力来对这次监狱起义进行响应。相反,他们要求给警方更多的支持,实施更具惩罚性的法律。

确实,1960年代和1970年代的政治都充满讽刺意味。在1968年民主党全国代表大会的抗议活动中,在1970年肯特州立大学事件中,在1973年翁德迪尼镇事件中,不受约束的警察权力每次都使抗议活动变得血腥暴力,然而,每次发生这样的事之后,全国都会得到这样一个信息:危险的是人民而非警察。不知何故,选民也开始相信为了"秩序"、为了维持现状,值得削减民主,暂时不谈民权和自由。①

但是,尽管选民对1960年代和1970年代的暴力事件所作的回应很讽刺,他们的反应却绝不是不可避免的。那段时期的反抗事件的含义和实际发生的事,正是被这些抗议活动所针对的政客和州政府官员严重歪曲的。正如在俄亥俄州肯特市,市长勒罗伊·萨特罗姆对肯特州立大学发生的事极尽歪曲,导致了那里1970年的流血事件一样;正如南达科他州州长理查德·克内普歪曲了1973年触发翁德迪尼镇暴力事件的原因一样,许多州政府官员和政客也对阿蒂卡起义结束后

---

① 事实是,1968年民主党全国大会期间殴打63名记者的并不是抗议者,1970年在肯特州立大学枪杀、杀害、重伤许多学生的也不是抗议者。同样,包围FBI探员,在翁迪德尼镇使用M-16自动步枪、投掷M-79毒气弹的也不是美国土著抗议者。如前所述,定义阿蒂卡事件的乃是习以为常的国家暴力。但无论是自由派还是保守派政客对这些抗议行动所作的解释却大相径庭。当南达科他州的民主党州长理查德·克内普把美国印第安运动的成员叫做"恐怖分子"和"暴徒",指责他们"制造恐怖、仇恨和以牙还牙的气氛"时,美国人都听得很认真。当老资格的民主党人勒罗伊·萨特罗姆市长对肯特市发生的血腥事件进行个人分析时,美国人也同样听得很认真。这名州政府官员不仅将1970年5月4日的冲突归咎于学生中的"颠覆分子",还向公众保证如果再次发生骚乱,他还是会派国民警卫队出手,而且"绝不会让他们不带武器就来"。参见:John William Sayer, *Ghost Dancing the Law: The Wounded Knee Trials* (Cambridge: Harvard University Press, 2000); 127; *Dennis Banks et al. v. Richard Kneip, Governor of South Dakota et al.*: Class Action for Deprivation of Constitutional Rights Under Color of Law, Feb. 1973. 2 folders, Box 11, Wounded Knee Legal Defense/Offense Committee Collection, Minnesota Historical Collection; Satrom quoted in: *New York Times*, June 13, 1970, 23。

随即发生的事百般扭曲,然后又试图堵住想要说出真相之口。①

然而,真相是无法掩盖的,也无法无限期地隐藏下去。阿蒂卡夺狱行动中幸存下来的囚犯和人质不仅从未放弃斗争,誓要追究纽约州政府对1971年9月所犯下的暴行的责任,而且从未停止讲述整个故事,努力确保阿蒂卡事件没有徒劳。不管1971年监狱起义后这个国家如何压制,那些被囚禁在阿蒂卡以及全国其他类似监狱里的囚犯从未停止为自己的权利和尊严而战。

十年之后,阿蒂卡囚犯出于和1971年同样的理由再次奋起反抗。1984年7月21日,当一名囚犯被塔楼上的警卫开枪打死时,近200人砸碎窗户,发出愤怒的尖叫。②

更近,他们又团结一心,发动了一场大规模的斗争,要求被作为人对待。2011年8月9日,29岁的囚犯乔治·威廉姆斯在C楼遭到阿蒂卡的一名警佐和三名狱警的攻击。威廉姆斯受了重伤,"锁骨骨折,双腿骨折,身上多处受伤",并被送往华沙的怀俄明县社区医院救治。③但这次,阿蒂卡的囚犯没有在监狱里发动骚乱或叛乱,而是公开要求怀俄明县地方检察官调查他们的诉求。毫无疑问,历史告诉这位地方检察官,阿蒂卡的囚犯是不会让这起虐待事件被忽略的。他不仅调查了威廉姆斯身上发生的事,而且随后起诉了4名狱警,最终控告他们"一级伙同攻击罪、四级共谋罪、篡改物证罪、渎职罪"。④地方检察官说,这些人"串通一气,袭击C楼的一名狱友,暴力攻

---

① 参见:James Munves, The Kent State Coverup (Bloomington: iUniverse, 2001); Laurel Krause and Mickey Huff, "Uncovering the Kent State Cover-Up," Counterpunch, September 27, 2012; Stew Magnusen, Wounded Knee 1973: Still Bleeding: The American Indian Movement, the FBI, and Their Fight to Bury the Sins of the Past (Sioux Falls, SD: Courtbridge Publishing, 2013).
② Joseph Berger, "Attica Inmates End Night Long Protest of Shooting," *New York Times*, July 22, 1984.
③ Paul Mrozek, "Four Prison Guards Charged in Attack on Attica Inmate," New York *Daily News*, December 14, 2011.
④ 同上。

击后，4名监狱工作人员还准备了虚假的物证"。①

地方检察官起诉这些人的第一次尝试被驳回，理由是"控方在审理此案的大陪审团面前引入了不当证据"。② 检察官再次提出新的起诉，控告3名狱警：马修·拉德马赫、凯斯·斯瓦克、肖恩·沃纳；第四名狱警因被传唤至大陪审团面前作证而得到了豁免权。那3名狱警面临"一级伙同袭击罪，B级暴力重罪；篡改物证罪，E级重罪；渎职罪，A级轻罪"的指控。③ 起诉狱警拉德马赫、斯瓦克与瓦尔纳的结果要到2015年3月才能确定。该案最终的处置颇能说明阿蒂卡的遗产有多复杂。

当阿蒂卡的3名狱警最终于2015年受审时，他们并不缺乏支持者。几乎从停职的那一刻起，全国各地的警卫工会就为他们动员起来，大量的资金涌进来帮助他们在法庭上为自己辩护。正如NYSCOBPA解释的那样，阿蒂卡监狱和其他监狱的狱警设立了一个"法律辩护新基金"，其目的是"在现在和未来与这样的指控做斗争"。④ 它会"通过开罐头器、T恤、腕带、救济金和捐款"，为被起诉的狱警提供其所需的资金，以聘请高级律师，并让公众站在他们一边。⑤ 值得注意的是，FVOA也送去了支持。被起诉的狱警肖恩·瓦尔纳在一封写给FVOA的信中说，"FVOA从一开始就捐款给我，安慰我，给我打电话、写信，提供了许多支持。这些人在过去40年里经历了那么多磨难，无论情况如何，仍然站在现在的监狱员工这一边。能有这样的人跟我站在一起，是我的荣幸"。⑥

---

① Paul Mrozek, "Four Prison Guards Charged in Attack on Attica Inmate," New York Daily News, December 14, 2011.
② Paul Mrozek, "Three Attica Guards Re-Indicted on Gang Assault Charges," New York Daily News, January 24, 2013.
③ 同上。
④ Jason Ziolkowski, Attica CCS, Letter to "friends," New York State Correctional Officers & Police Benevolent Association, 日期不详。
⑤ 同上。
⑥ Sergeant Sean Warner, Letter to "my NYSCOPBA Brothers and Sisters," New York State Correctional Officers & Police Benevolent Association, 日期不详。

这些人得到这么多的公众支持，这一事实当然对他们在纽约司法体系中会怎样至关重要。庭审于 2015 年 3 月 2 日开始，最后以一份很轻的认罪协议突然结束。① 法官允许每位狱警承认一项轻罪和不当行为的指控，谁都不必在监狱服刑。② 乔治·威廉姆斯哭了。不管他如何努力地争取正义，那些无情殴打他的人只受到一点申斥，这让他大吃一惊。③

　　然而，这些人最终在法庭上被指控犯罪这一事实是很重要的。这是"纽约州历史上第一次有警卫因对监狱中的人施暴而被起诉"，纽约惩教协会在认罪协议出来后作出了如此评价。④ 事实上，这些人被起诉也反映了阿蒂卡最强大的遗产——囚犯是多么坚决地反抗压迫。

　　1971 年的阿蒂卡起义之所以发生，是因为普通人、穷人、被剥夺公民权的人、有色人种对所受的非人待遇已忍无可忍。他们的渴望，他们的抗争，是迄今为止阿蒂卡最为重要的遗产。正是这样的遗产导致乔治·威廉姆斯拒绝沉默，即便他知道自己大声说出来必定会遭到报复，也在所不惜。这就是为什么即使一名当地法官试图驳回对殴打他的人提起的刑事指控时，他也绝不放弃。这就是为什么当殴打他的人只在州法院受到训斥时，他决心向联邦法院寻求正义。⑤ 这就是为什么司法部 2015 年 3 月开始正式调查阿蒂卡监狱对囚犯的暴行。⑥ 阿蒂卡的囚犯拒绝保持沉默。

　　那些在阿蒂卡遭受折磨的人一直坚持说出心声，这点极为重要。

---

① Tom Robbins, "A Brutal Beating Wakes Attica's Ghosts," *New York Times*, February 28, 2015.
② Tom Robbins and Lauren D'Avoliomarch, "3 Attica Guards Resign in Deal to Avoid Jail," *New York Times*, March 2, 2015.
③ 同上。
④ "CA Says Attica Guards' Plea Deal in 2011 Gang Assault Is Historic, Not Justice," March 3, 2015, Correctional Association of New York, http://www.correctionalassocia-tion.org/news/ca-responds-to-attica-guards-plea-deal-in-2011-gang-assault.
⑤ Dan Herbeck, "Former Attica Prisoner's Attorney Pledges to Push Forward with Federal Lawsut," *Buffalo News*, March 7, 2015.
⑥ Tom Robbins, "Feds Open Attica Investigation," *The Marshall Project*, May 17, 2015.

本书即将付印之际，纽约州档案馆的重要的阿蒂卡材料仍旧不对公众开放。州政府官员仍在不理会依据《信息自由法案》提出的申请，虽然他们这么做毫无法律依据。就连2006年伊利县法院架上满满当当的阿蒂卡资料也消失不见了。但是，尽管州政府官员继续费尽心机地对记者、历史学家和电影制作人设置重重障碍，但他们无法阻止阿蒂卡的历史被付诸文字，也无法阻止阿蒂卡的幸存者讲述他们的故事。

从1971年纽约近1 300名囚犯奋起反抗过度拥挤的监狱现状以及已经成为政策的其他无数不公正现象，到2013年加州30 000名囚犯发起绝食抗议，反抗监狱系统对他们的压迫，再到2015年得克萨斯州，囚犯由于遭到严重的虐待而使一座大型监狱几近瘫痪，美国的被监禁者从未停止过与这个国家最恶劣、刑罚最严酷的政策做斗争。[1]1971年的阿蒂卡监狱起义向这个国家表明，即便是最边缘化的公民，只要不被当人对待，就永远不会停止抗争。它证明了对正义的渴求是无法抑制的。而这就是阿蒂卡的遗产。

---

[1] Sarah Childress, "After Riot, Feds End Contract for Private Texas Prison," *Frontline*, Public Broadcasting Service, March 17, 2015.

鸣　谢

耗费整整十年的功夫写一本书，意味着有许多人需要感谢，只是没有太多的篇幅来充分传递我的谢意。不过，我仍将尽力而为。

我最想感谢的第一个人就是我的代理人盖里·托马，最先看好这本书的就是他。盖里，你不仅是无与伦比的文学作品代理人，也是我的朋友。天空布满阴霾的时候，你总是鼓励我，每次研究上有了很大的进展，每次写作上有了突破，每次传来一丝的好消息，你总是会真诚地为我欢呼。这对我来说意义重大。

我还要感谢万神图书公司的编辑爱德华·卡斯腾迈尔，还有与他一起共事的明星编辑艾米莉·吉里耶拉诺和斯黛拉·谭。你们三个让我感激不尽。

我还得感谢全国各地的许多人，当纽约州政府没有向我开放阿蒂卡档案的时候，他们向我提供了有关阿蒂卡的许多弥足珍贵的资料。

没有阿蒂卡律师、非凡的伊丽莎白·芬克的竭诚帮助，本书根本无法写成。多亏了这份历史记录，为了纪念阿蒂卡的许多受害者，伊丽莎白保存了无数备忘录、证词、记录、州政府文件、照片、视频等等，堪称1971年至2000年阿蒂卡历史记录真正的宝库，并大度地让我查阅。今天，她已经去世，我无法将这本书交到她的手上，这是我最大的遗憾，我希望我没有写砸……我希望我交出的是一份满意的答卷。

阿蒂卡律师威廉·坎宁汉与我分享了琳达·琼斯诉州政府一案中的关键资料。狄·奎恩·米勒与我分享了有关人质和人质家属极力抗争的许多弥足珍贵的资料。安·瓦隆、弗洛·霍尔德和理查德·麦斯勒也与我分享了他们的个人所藏，帮助我更好地理解了阿蒂卡。还有一些人不希望透露自己的姓名，尽管他们愿意提供重要的资料，如阿蒂卡的尸检报告、私人信件等来帮助我，你知道我说的是你，对于各位的信任，我在此深表谢意。

我还要感谢以下诸位研究者、新闻记者和历史学家：纪录片导演、不知疲倦的研究者克里斯汀·克里斯托弗给我寄来了关键资料，并让我在她和大卫·马歇尔拍摄关于阿蒂卡起义的影片《非正义的罪行：阿蒂卡的死亡与政治》时，参与她的研究之旅。罗切斯特《民主党人与编年史》的盖瑞·克雷格非常慷慨地允许我占用他的时间，并给了我许多资料；盖瑞对阿蒂卡反抗事件及其后续有着广泛的研究，而且他还竭尽全力地获得了堪称无价的阿蒂卡珍贵照片，允我收录在本书中，对此我将永远心怀感激。多年来，刑事司法改革组织"监狱政策倡议会"的彼得·瓦格纳向我提供了宝贵的研究协助。纽约州立博物馆的克雷格·威廉姆斯让我看到并触摸了阿蒂卡文物，多年来，它们一直不为公众所知。最后，我的那些历史学家朋友也与我分享了他们令人惊叹的阿蒂卡研究成果，尤其是西蒙·巴尔托、丹尼尔·查德、大卫·戈德伯格、特雷弗·格里菲、卡莱布·史密斯和约翰·大卫·史密斯。

多年来，许多学生也向我慷慨地提供了许多与监狱相关的资料，支持我的研究。有些学生的论文就写了阿蒂卡，其中一名学生的论文写的是纽约市监狱的骚乱，所有这些都使我获益匪浅。谢谢你们，杰里米·列文森、图桑·欧伟图、伊桑·萨克斯和摩根·沙汉。多年来，我也颇为依赖凯蒂·玛农、莎拉·米勒在研究上对我的帮助，还有玛丽·布里吉特·李，最近，她简直帮了我大忙。没有她帮我找照片、设计尾注的格式，本书或许只是我存在苹果电脑里的一堆散乱的草稿。非常感谢你们。

特别感谢各位档案管理员，感谢他们不厌其烦地为我复印、拍摄缩微资料，还允许我查阅有关阿蒂卡的大量至关重要的资料，他们来自以下图书馆、研究中心：密歇根大学拉巴迪资料馆，密歇根州立大学美国激进主义资料馆，沃特·卢瑟图书馆劳工与城市事务资料部，石溪的特藏馆，洛克菲勒档案中心，纽约州档案馆，加州大学伯克利分校班克罗夫图书馆特藏部，斯坦福大学特藏馆，纽约市档案馆，耶鲁大学特藏馆，弗吉尼亚大学米勒中心，大西洋无线电档案馆，范德比尔特电视档案馆，杰拉德·福特图书馆，天普大学图书馆查尔斯·布洛克森资料室，朔姆堡黑人文化研究中心，罗切斯特大学特藏馆，布法罗大学特藏馆。

我还要特别感谢大卫·斯沃茨和詹姆斯·康威，感谢他们允许我在 2006 年去他们工作的地方查阅与起义相关的关键资料，当时，前者任纽约布法罗的伊利县法院书记员，后者为阿蒂卡监狱的典狱长。

无论我最终见过多少文件和文物，在亲耳听到那些亲身经历起义及后续情况的人的讲述后，我才对阿蒂卡有了真正的了解。感谢他们愿意告诉我他们的故事和记忆，而这样的分享经常会使他们陷入痛苦。真的非常非常感谢你们：唐纳德·阿米特、赫尔曼·巴迪罗、特雷茜·巴克利、琳达·博鲁斯、查尔斯·布拉德利、唐·卡拉汉、凯斯·克拉克、凯文·克拉克、詹姆斯·康威、马克·坎宁汉、乔莫·戴维斯、迈克尔·德伊奇、约翰·邓恩、约翰·埃尔夫文、阿瑟·伊夫、伊丽莎白·芬克、伊丽莎白·盖恩斯、威廉·古德曼、弗兰克·霍尔、里克·哈克罗、杰兹·海登、威廉·海勒斯坦、爱德华·赫歇、苏珊娜·赫舍尔、"达卡杰瓦尔"约翰·希尔、弗洛·霍尔德、盖瑞·霍尔顿、克拉伦斯·琼斯、莎拉·昆斯特勒、拉里·里昂斯、休·里昂斯、理查德·麦斯勒、乔什·麦尔维尔、丹尼·迈耶、狄安娜·奎恩、米勒、乔治·涅维茨、玛格丽特·帕特森、卡洛斯·罗什、赫尔曼·施瓦茨、迈克尔·史密斯、莎朗·史密斯、刘易斯·斯蒂尔、约翰·斯德哥尔摩、玛丽·斯德哥尔摩、托尼·斯特罗洛、迈克尔·泰莱斯卡、安·瓦隆、杰米·瓦隆、玛丽·安·瓦隆、汤姆·威克、艾伦·雅克宁。

尤其要感谢的是马尔科姆·贝尔和乔·希斯。尽管马尔科姆·贝尔明确表示，没法让我看他最初的揭发材料，但他依然在我靠自己磕磕绊绊前行的时候给我支持，并觉得有义务向我透露文件中触目惊心的内容。乔也对我予以了极大的支持，并以他独具的慧眼帮我核实事实。他们俩一起赋予我力量，使我在这本书中知无不言。

为了写好阿蒂卡的故事，我还需要对美国的监狱、美国刑事司法的政治及警务领域有广泛的了解，为此，我要对许多学者特别致谢，他们是阿曼达·亚历山大、米歇尔·亚历山大、唐·伯格、道格·布莱克蒙、伊森·布鲁、丹尼尔·查德、罗伯特·蔡斯、米洛斯拉瓦·查维兹·加西亚、丹尼斯·奇尔兹、塔-奈希斯·寇茨、玛丽·艾伦·柯汀、哈利拉·布朗、迪恩·阿历克斯·埃尔金斯、麦克斯·菲尔克-坎托、本杰明·福勒里·斯坦纳、鲁斯·威尔逊·吉尔摩、玛丽·戈特夏尔克、卡里·格罗斯、莎拉·哈利、切里尔·希克斯、马克·拉蒙特·希尔、皮帕·霍洛韦、阿曼达·修吉特、詹姆斯·吉尔戈、诺拉·克里尼茨基、雷吉纳·昆泽尔、塔里沙·拉夫卢丽娅、马修·拉西特、阿历克斯·里希腾斯坦、图桑·洛西耶、格伦·卢里、艾什利·卢卡斯、丽萨·米勒、鲁本·米勒、艾伦·米尔斯、南希·穆伦、德韦恩·纳什、杰西卡·涅普顿、迈克尔·李·欧文斯、乔什·佩吉、德瓦·佩杰、安妮·帕森斯、罗伯特·珀金森、伊玛尼·佩里、谢里·兰道尔夫、娜塔莉·灵、玛戈·施兰格、卡拉·谢德、乔纳森·西蒙、杰森·斯坦利、大卫·斯坦、卢比亚·塔皮亚、杰里米·特拉维斯、尼可·冈萨雷斯·范·克雷夫、维斯拉·韦弗、布鲁斯·韦斯顿、约胡卢·威廉姆斯、蒂莫西·斯图尔特·温特，基安加·亚玛塔-泰勒。

在此还要感谢从事其他重要时期和主题的研究的朋友们，他们对我的工作大声叫好,并在我写作这本书期间给予我如此多的支持,谢谢你们:伊文·贝内特、玛莎·比昂迪、查利·布莱特、尼昂比·卡特、凯瑟琳·克林顿、斯特芬尼·科尔、凯瑟琳·康纳、内森·康纳利、简·戴莉、马可斯·丹尼尔、安杰拉·迪拉德、多纳·加巴西亚、莎拉·加德纳、盖瑞·格斯尔、蒂芙妮·吉尔、詹姆斯·格林、朱莉·格林、辛迪·哈哈莫维奇、格雷斯·黑尔、雅克林·道得·霍尔、拉尚·哈里斯、林赛·海尔夫曼、达林·克拉克·海恩、帕特里克·琼斯、斯蒂夫·卡特洛维茨、罗宾·D.G.凯利、罗伯特·科斯塔德、麦克斯·克罗赫马尔、凯文·克鲁斯、迈克尔·兰蒂斯、斯蒂芬·劳森、纳尔逊·里希腾斯坦、谢瑞·林克顿、丽萨·林赛、南希·麦克林、奥斯汀·麦科伊、罗贝塔·米克、凯文·蒙福德、阿隆德拉·纳尔逊、斯科特·纳尔逊、利斯尔·奥雷尼克、查德·皮尔森、温德尔·普利切特、芭芭拉·兰斯比、雅各布·雷姆斯、利亚·莱特·里格尔、斯泰西·罗伯逊、丹·罗伊尔斯、约翰·卢索、罗伯特·塞尔夫、罗伯特·史密斯、汤姆·苏格鲁、彼得·汤普逊、蒂姆·泰森、达拉·沃尔克、斯蒂芬·沃德、黛博拉·格雷·怀特和拉克菲特·扎拉锡克。还要感谢丹·卡茨和帕特里西亚·杰里多,他们使我在纽约做研究期间有了一个温暖如家的住处。

对一些从事学术研究的朋友我也想特别说声感谢。

至于我亲如姊妹的朋友,卡伦·考克斯、珊农·弗里斯塔克、阿莱西亚·朗和丹尼埃尔·马奎尔,感谢你们的爱与支持,还有永远令我向往的周末女生聚会。丽莎·列文斯坦,感谢你在这漫长的岁月中成为我最强大的盟友和坚定的知己。感谢我的朋友与合作编者朗达·Y.威廉姆斯,还有北卡罗来纳大学出版社的编辑布兰登·普罗亚,谢谢你们在我为本书付梓所做的最后挣扎时,使《正义、权力与政治》书系得以延续并欣欣向荣。

感谢哈里勒·吉布兰·穆罕默德:我不确定我跟谁在视频连线中讨论监狱和政策的时间能长过跟你讨论的时间,对此我深表感激。你不断激励我,我很有幸能成为你的朋友。感谢凯利·利特尔·赫南德斯:你促使我从新的角度思考这个国家过去的监狱制度,对此以及对我们的友谊,我铭记于心。

感谢堂娜·穆尔奇:你是我在学术界的好姊妹,更是合作编者,感谢你在过去几年对我的无私帮助,做我真正的挚友。感谢你和沃尔特·穆尔奇,住在纽约时我就像回到了家。

感谢伊丽莎白·辛顿、朱莉莉·科勒-豪斯曼和梅兰妮·纽波特:你们三个不仅深得我心,而且也是监狱历史研究的未来。感谢你们拓宽了研究的疆域。

还要特别感谢布莱恩特·西蒙,他在西费城的聚会使我保持着清醒的头脑和动力,感谢他使我们两家人建立了美好的友谊。感谢吉姆·道恩斯,他总让我觉得自己是个摇滚明星,即使是在我觉得精疲力竭的时候。彼得·罗根,感谢你在天普大学人文中心营造了一个任何历史学家都能寻求帮助的、知识氛围最为浓郁、令人深受鼓舞的环境,感谢你让我在10楼拥有了栖身之地。

除了要感谢帮助我撰写这段阿蒂卡历史的学者、朋友、律师以及盟友之外,我还要深深地感谢一些机构和组织:美国历史协会,国家人文基金会,北卡罗来纳大学夏洛特分校,洛克菲勒档案中心,纽约州档案馆;最后但并非最不重要的一个是,开放社会的索罗斯正义奖学金,它改变了我的生活。它不仅使我有一年的时间来进行本书的研究,还让我认识了无数致力于刑事司法改革的律师、活动家和学者。和他们之间的相识深刻地改变了我,对我的写作产生无可估量的影响。谢谢亚当·卡斯伯特和克里斯蒂娜·沃伊特,谢谢你们开办这样一个重要的项目,年复一年地让我们所有人聚到一起。跟我一样接受索罗斯奖学金资助但我还没提及的人里面,我要特别感谢尼卢姆·阿里亚、苏杰萨·巴里加、米歇尔·德伊奇、沙埃纳·法泽尔、玛丽·海能、皮帕·霍洛韦、埃里克·洛特克、南希·穆伦和狄·安·内威尔。你们都是我灵感的源泉。

说起这本书的写作，尤其是要写得好，我就得感谢天使般的你们，你们读了一稿又一稿，逐页甚至逐字逐句地帮我了解阿蒂卡如此重要，其核心何在。感谢泰瑞·比森、梅根·里奇·居斯特，特别是贝斯·拉什鲍姆，谢谢你们对我的草稿付出了极大耐心和辛苦工作。感谢 J. 安东尼·卢卡斯 WIP 奖委员会 2014 年提名本书的手稿参加这一享有盛誉的奖项的决选。我希望本书没有辜负你们的期望。

感谢 E. M. W. 贝斯特，你的声音使本书有了生命。

最后，我得组织语句来好好表达我对家人的感激，他们给予我时间、空间、爱、鼓励，这些对我至关重要，使我有了完成本书的信念。

感谢塔玛拉·史密斯，你从一开始就在我们左右，不辞辛劳地帮助我们在密歇根安顿下来。爱你，向你致谢。

感谢我在堪萨斯、科罗拉多、芝加哥、加州和苏黎世的家人，你们在脸书上关注我这本书的漫长写作进程，给予我极大的支持，过去几年你们来看我，使我终于可以忙里偷闲，感谢你们。

感谢艾格尼斯·施皮策，你知道我对这本书有多在意，你的建议和到来对我来说有多重要。现在和今后我们永远是灵魂上的姐妹。

感谢丹·威尔斯和贝齐·威尔斯、卡洛琳·威尔斯、菲尔·赫维和布莱尼·赫维：你们给我的爱与支持，远比任何媳妇和妯娌有权要求的多。爱你们，感谢你们所有人。

感谢妹妹萨斯齐亚·汤普森，我的外甥女伊莎贝尔·拉巴里·汤普森，你们俩使我在费城那几年的生活快乐无比。我非常怀念和你们毗邻而居的日子。

感谢安·卡里·汤普森和弗兰克·汤普森……哦，你们懂的。是你们教会我如何看待这个世界。因为你们，我才希望这个世界变得更好。好了，不多说了。感谢有你们这样的父母。

感谢迪伦·汤普森·埃尔布、威尔德·汤普森·埃尔布、埃瓦·汤普森·威尔斯、金伯利·布林克和拉尚·（肖恩）·约翰逊：一个母亲生命中能拥有你们 5 个了不起的孩子，于愿足矣。迪伦和威尔德，我为你们俩感到自豪，你们在生活中取得的成就令我惊叹。艾娃，我仍然记得听说我有了个女儿的那天，此后的每一天我都心怀感激。你才华横溢，如今你已长成善良、慷慨、勇敢的姑娘，我的赞叹无以言表。金，你是我所认识的最非凡的女性之一。你温婉的心灵、睿智的才思、慷慨的性格以及雄心壮志都让我相形见绌，我很高兴你是我们家的一员。肖恩，你简直是创造了奇迹。你是我所见过的最可爱的灵魂之一，你使我们家、使我都完整了。

最后，也是最深的谢意，要献给乔纳森·丹尼尔·威尔斯。乔恩，是你的支持让我去完成这本书——从你为我付出太多的时间，到你每天每秒给予我的无条件的爱，再到你对我的信心，知道我总有一天会完成这个梦想——这一切都让我感激不尽。你是我生命中最好的朋友、最好的伴侣。现在，这本书终于大功告成，我迫不及待地想和你重续我们的生活。我爱你。

Heather Ann Thompson
Blood in the Water: The Attica Prison Uprising of 1971 and Its Legacy
copyright© 2016 by Heather Ann Thompson
Published by agreement with Writers House LLC through The Grayhawk Agency Ltd.

图字：09-2018-900号

图书在版编目(CIP)数据

水中血／(美)海瑟·安·汤普森
(Heather Ann Thompson)著；张竝译. — 上海：上海译文出版社,2021.5
(译文纪实)
书名原文：Blood in the Water: The Attica Prison Uprising of 1971 and Its Legacy
ISBN 978-7-5327-8675-6

Ⅰ.①水… Ⅱ.①海…②张… Ⅲ.①纪实文学—美国—现代 Ⅳ.①I712.55

中国版本图书馆 CIP 数据核字(2021)第 087460 号

水中血：1971年的阿蒂卡监狱起义及其遗产
[美]海瑟·安·汤普森／著　张竝／译
责任编辑／钟　瑾　　装帧设计／邵　旻　观止堂_未氓

上海译文出版社有限公司出版、发行
网址：www.yiwen.com.cn
200001　上海福建中路193号
启东市人民印刷有限公司印刷

开本 890×1240　1/32　印张 24　插页 2　字数 633,000
2021年7月第1版　2021年7月第1次印刷
印数：00,001-11,000册

ISBN 978-7-5327-8675-6/I.5354
定价·98.00元

本书中文简体字专有出版权归本社独家所有,非经本社同意不得转载、摘编或复制
如有质量问题,请与承印厂质量科联系。T：0513-83349365